Howard Phillips Lovecraft

DIE LAUERNDE FURCHT

Wenn Lesen zur Mutprobe wird ...

www.Festa-Verlag.de

H. P. LOVECRAFT

DIE LAUERNDE FURCHT

Horrorgeschichten

Originalausgabe
© dieser Ausgabe 2013 by Festa Verlag, Leipzig
Titelbild, Buchrückenbild, Rückseitenbild und
Illustration Seite 7: Jyri Nousiainen – www.straechav.com
Alle Rechte vorbehalten

ISBN 978-3-86552-288-7
eBook 978-3-86552-289-4

INHALT

DIE LAUERNDE FURCHT

I. Der Schatten beim Kamin

Donner grollte durch die Nacht, als ich zu dem verlassenen Anwesen auf dem Tempest Mountain hinaufstieg, um der lauernden Furcht zu begegnen. Ich war nicht allein, denn damals mischte sich Tollkühnheit noch nicht mit meiner Liebe zum Grotesken und Schaurigen, die meine Karriere zur pausenlosen Suche nach dem Grauen in der Literatur wie auch in der Realität hatte werden lassen. Mich begleiteten zwei vertrauenswürdige und kräftige Männer, nach denen ich geschickt hatte, als es so weit war – die beiden hatten mich wegen ihrer Geschicklichkeit schon häufig auf meinen schaurigen Forschungsreisen begleitet.

Wir waren in aller Stille aus dem Dorf aufgebrochen, wegen der Reporter, die nach der entsetzlichen Panik des letzten Monats – dem albtraumhaft umherkriechenden Tod – dort noch immer herumlungerten. Später, so glaubte ich, konnten sie mir vielleicht nützlich sein, doch jetzt brauchte ich sie nicht. Ich wünschte bei Gott, ich hätte sie an der Suche teilnehmen lassen, dann hätte ich das Geheimnis nicht so lange alleine mit mir herumtragen müssen; alleine, weil ich fürchte, die Welt würde mich für verrückt halten oder selbst verrückt werden bei den dämonischen Folgerungen aus der Sache. Jetzt, da ich ohnehin davon erzähle, damit das Grübeln mich nicht irremacht, wünschte ich, die Geschichte nie geheim gehalten zu haben. Denn ich, nur ich allein, weiß, welche Art von Furcht auf dem gespenstischen, verlassenen Berg lauerte.

In einem kleinen Auto legten wir den Weg durch den urzeitlichen Wald und über den Hügel zurück, bis der bewaldete Anstieg die Weiterfahrt verhinderte. Die Landschaft hatte etwas ungewohnt Finsteres an sich, da wir sie in der

Nacht und ohne die sonst präsenten Mengen von Ermittlern betrachteten, was uns häufig dazu verleitete, die Scheinwerfer zu verwenden, auch wenn wir dadurch Aufmerksamkeit auf uns ziehen mochten. Nach Anbruch der Dunkelheit wirkte diese Landschaft ganz und gar nicht einladend, und ich glaube, mir wäre das Morbide daran auch aufgefallen, wenn ich nichts von dem Grauen gewusst hätte, das hier umherging. Wild gab es hier nicht – Tiere spüren es, wenn der Tod in der Nähe lauert. Die uralten, von Blitzen vernarbten Bäume schienen unnatürlich groß und verwachsen, die übrige Vegetation ungewöhnlich fleischig und rastlos, während eigenartige Hügel in der unkrautüberwucherten, von Blitzröhren zerfurchten Erde mich an gigantisch angeschwollene Schlangen und menschliche Schädel erinnerten.

Die Furcht lauerte schon seit über hundert Jahren auf Tempest Mountain. Das hatte ich rasch aus den Zeitungsberichten über die Katastrophe erfahren, die zum ersten Mal die Aufmerksamkeit der Öffentlichkeit auf die Gegend lenkten. Dieser Ort ist eine entlegene, einsame Anhöhe in jenem Teil der Catskill Mountains, der von der niederländischen Zivilisation nur kurz besucht wurde. Nach ihrem Rückzug blieben nur wenige verfallene Herrenhäuser und degenerierte Siedler zurück, die in erbärmlichen Dörfern auf unzugänglichen Hängen hausten. Normale Wesen haben vor der Gründung der Staatspolizei nur selten diese Gegend bereist, und noch heute patrouillieren berittene Polizisten sie nur gelegentlich. Doch in allen benachbarten Dörfern ist die Furcht eine alte Überlieferung, Hauptthema der schlichten Gespräche der armen Tölpel, die ihre Täler zuweilen verlassen, um geflochtene Körbe gegen das Nötigste einzutauschen, das sie nicht jagen, anbauen oder anfertigen können.

Die lauernde Furcht hauste in dem gemiedenen, verlassenen Anwesen der Martenses, das die hohe, gleichmäßig ansteigende Erhebung krönte. Da der Ort häufig Gewittern ausgesetzt war, hatte ihm das den Namen Tempest Mountain eingetragen, also ›Gewitterberg‹. Seit über hundert Jahren war das alte, von einem Hain umgebene Steinhaus das Thema unglaublich übertriebener und scheußlicher Geschichten – Geschichten über einen lautlosen, gewaltigen, kriechenden Tod, der im Sommer die Gegend heimsuchte. Mit geradezu winselnder Beharrlichkeit erzählten die Siedler von einem Dämon, der nach Anbruch der Dunkelheit einsame Reisende packte und sie verschleppte oder in einem fürchterlich angefressenen und zerstückelten Zustand zurückließ. Manchmal tuschelten sie auch von Blutspuren, die zu dem fernen Haus führten und behaupteten, der Donner locke die lauernde Furcht aus ihrer Behausung hervor – andere sagten, der Donner sei ihre Stimme.

Niemand außer diesen Hinterwäldlern hatte diesen vielen, sich widersprechenden Geschichten Glauben geschenkt, die mit unzusammenhängenden, überspannten Beschreibungen des immer nur halb erspähten Bösen gewürzt wurden; allerdings zweifelte auch kein Bauer oder Dorfbewohner an, dass im Haus der Martenses ein grausiges Monster hause. Die örtlichen Annalen schlossen jeden Zweifel daran aus, obwohl von keinem der Forscher, die das Gebäude erkundet hatten, jemals ein Beweis für den Geist erbracht wurde. Alte Frauen erzählten sonderbare Ammenmärchen über das Schreckgespenst der Martenses – Märchen über die Familie der Martense, ihre eigentümliche vererbte Ungleichheit in der Augenfarbe, die lange, ungewöhnliche Familienchronik und von dem Mord, der einen Fluch über sie gebracht habe.

Das Grauen, das mich an diesen Ort brachte, war eine unerwartete, unheilvolle Bestätigung der übertriebensten Legenden der Bergbewohner. Die Region wurde in einer Sommernacht von einem Gewitter von noch nie erlebter Gewalt erschüttert und danach kam es zu einer panischen Massenflucht der Siedler – eine bloße Sinnestäuschung hätte dies sicherlich nicht auslösen können. Die armselige Menge der Einheimischen schrie und jammerte, ein unsägliches Grauen sei über sie gekommen, und niemand zweifelte ihre

Geschichten an. Sie hätten ihn zwar nicht gesehen, doch aus einem ihrer Dörfer solche Schreie vernommen, dass sie wussten, ein kriechender Tod war gekommen.

Am nächsten Morgen folgten Bürger und berittene Polizisten den zitternden Bergbewohnern an den Ort, von dem sie behaupteten, er werde vom Tod heimgesucht. Und der Tod war wirklich da: Unter einem der Dörfer hatte sich nach dem Einschlag eines Blitzes der Boden aufgetan und mehrere der übel riechenden Hütten vernichtet; doch dieser materielle Schaden verblasste völlig vor dem organischen Schaden. Von den etwa fünfundsiebzig Einheimischen, die diesen Flecken bewohnt hatten, ließ sich nämlich keiner lebend auffinden.

Die aufgewühlte Erde war mit Blut und menschlichen Überresten bedeckt, die sehr deutlich von dämonischen Zähnen und Klauen kündeten, doch eine sichtbare Spur, die vom Schauplatz des Massakers fortführte, gab es nicht. Allen war sofort klar, dass irgendein scheußliches Raubtier zugeschlagen haben musste, und niemand erinnerte sich daran, dass derart abscheuliche Mordfälle in degenerierten Gemeinden durchaus öfter vorkamen. Diese Anschuldigung wurde erst geäußert, als man von ungefähr fünfundzwanzig Einwohnern keine Leichen fand; doch selbst so war es schwierig, sich die Ermordung von fünfzig Menschen durch halb so viele zu erklären. Es blieb jedoch die Tatsache, dass in einer Sommernacht ein Blitz vom Himmel geschossen war und ein totes Dorf hinterlassen hatte, voll von schrecklich zerfleischten, verstümmelten und zernagten Leichen.

Die erschütterten Siedler brachten das Grauen sogleich mit dem Spukhaus der Martenses in Verbindung, auch wenn der Tatort mehr als fünf Kilometer davon entfernt lag. Die Polizisten waren eher skeptisch und zogen das Herrenhaus nur beiläufig in ihre Untersuchung mit ein, und nachdem sie es völlig verlassen vorfanden, ließen sie diese Spur ganz fallen. Die Land- und Dorfbewohner indessen durchsuchten das Anwesen mit unendlicher Sorgfalt, sie drehten jeden Stein im Haus um, loteten Teiche und Bäche aus, schlugen

Sträucher ab und durchstöberten die nahe gelegenen Wälder. Alles umsonst – der Tod, der gekommen war, hatte außer seinen Verheerungen selbst keine Spuren hinterlassen.

Am zweiten Tag der Suche wurde die Sache zum Hauptthema der Zeitungen, deren Reporter nun den Tempest Mountain überrannten. Sie beschrieben den Vorfall in allen Einzelheiten und mit vielen Interviews versuchten sie, die von den ansässigen Großmüttern erzählte Geschichte des Grauens zu erhellen. Diese Berichte verfolgte ich zuerst recht unbeteiligt, da ich ein Kenner auf dem Gebiet des Grauens bin. Nach einer Woche allerdings erregte mich die ganze Atmosphäre dieser Geschichte so sehr, dass ich mich am 5. August 1921 in einem Dorf nahe des Tempest Mountain ins Gästebuch des Hotels Lefferts Corner eintrug, unter die Namen all jener Reporter, die das Hotel bevölkerten und zu ihrem Hauptquartier ernannt hatten.

Drei Wochen später waren die meisten der Reporter wieder abgereist und nun konnte ich ungehindert meine schrecklichen Forschungen beginnen, die auf genauestes Nachfragen und Beobachten aufbauten, mit denen ich mich in der Zwischenzeit beschäftigt hatte. So verließ ich in dieser Sommernacht, in der in der Ferne der Donner grollte, mit meinen zwei bewaffneten Gefährten das Auto und stieg die letzten, von Erdhügeln bedeckten Hänge des Tempest Mountain hinauf, bis die Strahlen unserer Taschenlampen die gespenstisch grauen Mauern berührten, die sich allmählich zwischen den riesenhaften Eichen vor uns zeigten. In der beklemmenden Einsamkeit der Nacht und dem schwachen, schwankenden Licht verströmte der gewaltige, kastenartige Bau eine Andeutung des Grauens, die das Licht des Tages nicht demaskiert hatte; doch ich zögerte nicht, ich war ja mit dem festen Entschluss hergekommen, einen Einfall zu überprüfen. Ich vermutete, dass der Donner den Dämon des Todes aus seinem grässlichen Versteck hervorlockte. Ob dieser Dämon nun ein reales Wesen oder nur eine giftige Ausdünstung war – ich wollte ihn sehen.

Ich hatte die Ruine des Anwesens schon zuvor gründlich durchsucht, daher kannte ich die Anlage gut. Als Ort für meine nächtliche Wacht wählte ich das alte Zimmer von Jan Martense aus, dessen Ermordung eine so große Rolle in den bäuerlichen Legenden spielt – intuitiv hatte ich das Gefühl, dieser Raum des frühen Opfers eigne sich für meine Zwecke am besten. Die Kammer war ungefähr sechs Meter lang und ebenso breit und enthielt wie die anderen Zimmer nur Schutt, der einstmals Mobiliar dargestellt hatte. Der Raum lag im ersten Stock im südöstlichen Winkel des Hauses und verfügte über ein riesiges Ostfenster und ein schmales nach Süden, die beide keinerlei Scheiben oder Jalousien mehr enthielten. Dem großen Fenster gegenüber befand sich ein gewaltiger holländischer Kamin mit Kacheln, auf denen die biblische Geschichte des verlorenen Sohnes erzählt wurde, und gegenüber dem kleinen Fenster war ein geräumiges Bett in die Wand eingebaut.

Als der von den Bäumen gedämpfte Donner allmählich lauter wurde, ordnete ich die Einzelheiten für meinen Plan an. Zuerst befestigte ich an dem Sims des großen Fensters nebeneinander drei Strickleitern, die ich mitgebracht hatte. Ich wusste, dass sie bis auf den Rasen draußen hinabreichten, denn ich hatte sie bereits erprobt. Dann schleppten wir zu dritt aus einem anderen Zimmer ein breites Bettgestell mit vier hohen Pfosten herbei und schoben es längsseits vors Fenster. Dann belegten wir es mit Fichtenzweigen und ließen uns mit gezogenen Automatikpistolen darauf nieder; zwei ruhten, während der dritte Wache hielt. Aus welcher Richtung der Dämon auch kommen mochte, wir hatten für jeden Fall eine Möglichkeit zur Flucht. Kam er aus dem Innern des Hauses, blieben uns die Strickleitern am Fenster, kam er von draußen, standen uns die Tür und die Treppe offen. Anhand der früheren Vorfälle hielten wir es für nicht wahrscheinlich, dass er uns selbst im schlimmsten Falle weit verfolgen würde.

Ich hielt von Mitternacht bis ein Uhr Wache, als mich trotz des düsteren Hauses, des ungeschützten Fensters und des anrückenden Gewitters die Schläfrigkeit überfiel. Ich lag zwischen meinen beiden Begleitern, George Bennett auf der Fensterseite, William Tobey auf der Seite des Kamins. Bennett schlief, da er anscheinend von derselben ungewöhnlichen Müdigkeit wie ich befallen war, also bestimmte ich Tobey zur nächsten Wacht, obwohl auch er gegen das Einnicken ankämpfte. Es ist sonderbar, wie gebannt ich auf den Kamin gestarrt hatte.

Der anschwellende Donner muss sich auf meine Träume ausgewirkt haben, denn während meines kurzen Schlafes nahm ich Unheil verkündende Visionen wahr. Einmal erwachte ich beinahe, wahrscheinlich weil der Schlafende auf der Fensterseite unruhig einen Arm auf meine Brust gelegt hatte. Ich wurde nicht wach genug, um zu kontrollieren, ob Tobey aufmerksam Wache hielt, doch ich verspürte deswegen eine deutliche Angst. Niemals zuvor hatte die Gegenwart des Bösen so stark auf mir gelastet.

Später muss ich wieder eingeschlafen sein, denn mein Geist wurde aus einem unwirklichen Chaos gerissen, als die Nacht durch unvorstellbare Schreie, wie ich sie noch niemals zuvor gehört hatte, zum Grauen wurde. In diesem Kreischen rüttelte das Innerste der menschlichen Angst und Qual irrsinnig und ohne Hoffnung an den schwarzen Pforten des Vergessens.

Ich erwachte in rotem Wahnsinn, verspottet von Hexerei, während sich die kranke, klebrige Panik immer weiter zurückzog und aus der Tiefe widerhallte. Es war dunkel, doch der leere Platz rechts neben mir verriet, dass Tobey fort war, Gott allein weiß wohin. Von links lag noch immer Bennetts Arm schwer über meiner Brust.

Dann schlug der verheerende Blitz ein, der den ganzen Berg erschütterte, die dunkelsten Grüfte des altersgrauen Waldes erhellte und den Erzvater der krummen Bäume spaltete. Als eine ungeheure Feuerkugel dämonisch aufflackerte, schreckte George Bennett plötzlich auf, während das grelle Licht von draußen seinen Schatten lebhaft auf den Rauchabzug über dem Kamin warf.

Dass ich noch lebe und bei Verstand bin, ist ein Wunder, das ich kaum begreife. Ich verstehe es nicht, denn der Schatten auf dem Rauchabzug stammte weder von George Bennett noch von irgendeinem anderen menschlichen Wesen. Es war eine gotteslästerliche Abnormität aus den tiefsten Höllenkratern; eine namenlose, unförmige Scheußlichkeit, die kein Verstand zu erfassen oder auch nur ansatzweise zu beschreiben vermag. Einen Augenblick später war ich allein in dem verfluchten Herrenhaus, zitternd und lallend. George Bennett und William Tobey haben keine Spuren hinterlassen, nicht einmal die eines Kampfes. Man hörte nie wieder von ihnen.

II. Einer geht im Sturm vorüber

Noch Tage nach diesem entsetzlichen Erlebnis in dem waldumringten Anwesen lag ich mit erschütterten Nerven in meinem Hotelzimmer in Lefferts Corner. Ich weiß nicht, wie es mir gelang, das Auto zu erreichen, es zu starten und unbemerkt zurück ins Dorf zu gelangen. Die einzigen Eindrücke, die ich noch habe, sind die von den wild mit den Armen fuchtelnden Riesenbäumen, dem tobenden Donnergrollen und den tiefen Schatten über den niedrigen Erdhügeln, die die Gegend durchzogen.

Als ich schaudernd über diesen hirnzerfressenden Schatten nachdachte, wusste ich, dass ich tatsächlich einen der äußersten Schrecken der Erde erblickt hatte – einen namenlosen Gifthauch aus fernen Bereichen, dessen leises, dämonisches Kratzen wir zuweilen am äußersten Rand der Stille vernehmen, vor dem uns jedoch unsere eigene begrenzte Sichtweise gnädigerweise schützt. Den Schatten, den ich gesehen hatte, wagte ich kaum zu erklären. In jener Nacht hatte sich irgendetwas zwischen mir und dem Fenster bewegt, doch jedes Mal erbebte ich, sobald sich der Instinkt zur Erklärung nicht abschütteln ließ. Hätte es bloß gefaucht oder gebellt oder gekichert – selbst das hätte die abgründige Scheußlichkeit geschmälert. Doch es war völlig lautlos gewesen. Es hatte einen schweren Arm oder Vorderlauf auf meine Brust gelegt ...

Offenkundig war es organisch, oder war es zumindest früher gewesen ... Jan Martense, in dessen Zimmer ich eingedrungen war, lag auf dem Friedhof in der Nähe des Herrenhauses begraben ... Ich muss Bennett und Tobey finden, falls sie noch leben ... weshalb hat es sich die beiden ausgesucht und mich bis zum Schluss aufgehoben? Die Schläfrigkeit ist so erdrückend, und die Träume sind so schrecklich ...

Schon bald wurde mir klar, dass ich jemandem meine Geschichte erzählen musste oder völlig zusammenbrechen würde. Ich hatte bereits den Entschluss gefasst, die Suche nach der lauernden Furcht nicht aufzugeben, erschien mir in meiner unbesonnenen Ignoranz doch die Ungewissheit schlimmer als eine Aufklärung, ganz egal wie furchtbar diese auch sein mochte. Deshalb überlegte ich mir die beste Vorgehensweise und wen ich ins Vertrauen ziehen konnte, um dieses Wesen, das diesen albtraumhaften Schatten geworfen und zwei Menschenleben ausgelöscht hatte, aufzuspüren.

Meine wichtigsten Bekannten in Lefferts Corner waren einige der geselligen Reporter, von denen noch einige anwesend waren, um letzte Eindrücke von der Tragödie zu sammeln. Unter diesen wollte ich mir einen Begleiter wählen, und je mehr ich darüber nachdachte, desto mehr neigte ich einem gewissen Arthur Munroe zu. Er war ein dunkelhaariger, schlanker Mann von Mitte dreißig, dessen Bildung, Geschmack, Intelligenz und Temperament ihn als jemanden auszuzeichnen schienen, der offen für unkonventionelle Gedanken und Einsichten ist.

An einem Nachmittag Anfang September lauschte Arthur Munroe meiner Geschichte. Ich bemerkte von Anfang an, dass er mir sowohl Interesse als auch Mitgefühl entgegenbrachte, und als ich schloss, analysierte und erörterte er die

Sache mit größtem Scharfsinn. Sein Rat war überaus vernünftig, denn er empfahl mir, so lange nichts im Anwesen der Martenses zu unternehmen, bis wir uns ausführliche historische und geografische Angaben beschafft hätten. Daraufhin durchforsteten wir die Umgebung nach Informationen über die schreckliche Familie und stießen dabei auf einen Mann, in dessen Besitz sich ein bemerkenswert informatives Tagebuch befand, das einst einer seiner Ahnen geführt hatte. Wir unterhielten uns auch lange mit einigen Bergbewohnern, die nicht vor dem Grauen auf fernere Hänge geflohen waren, und bereiteten uns abschließend auf die genauere Untersuchung der Orte vor, die mit den verschiedenen Tragödien aus den Legenden der Siedler in Verbindung standen.

Was für ein Wesen eigentlich hinter der lauernden Furcht steckte und wie sie aussah, ließ sich aus den verängstigten und geistlosen Hüttenbewohnern nicht herausholen. Im gleichen Atemzug sprachen sie von einer Schlange, dann von einem Riesen, von einem Donnerdämon, einer Fledermaus, von einem Geier oder von einem wandelnden Baum. Wir hielten unterdessen die Annahme für berechtigt, es handle sich um einen lebendigen Organismus, der sehr empfindlich auf spannungsgeladene Gewitter reagierte, und obwohl einige der Sagen darauf hindeuteten, dass es Schwingen besaß, glaubten wir, dass seine Abneigung gegen freie Flächen eine Fortbewegung auf der Erde wahrscheinlich machte. Das Einzige, was nicht so recht zu dieser Auffassung passen wollte, war die Schnelligkeit, mit der die Kreatur sich fortbewegt haben musste, um alle ihm zugeschriebenen Taten vollbracht zu haben.

Als wir die Siedler allmählich besser kennenlernten, entpuppten sie sich in vielerlei Hinsicht als recht liebenswert. Es handelte sich um schlichte Gemüter, die die Evolutionsleiter wegen ihrer bedauerlichen Abstammung und stupiden Isolation hinabstiegen. Sie hatten Angst vor Fremden, gewöhnten sich allerdings langsam an uns; schließlich halfen sie uns sogar dabei, bei unserer Suche nach der lauernden Furcht alle Gebüsche abzuschlagen und alle Zwischenwände des Herrenhauses einzureißen. Als wir sie darum baten, uns beim Aufspüren von Bennett und Tobey zu unterstützen, zeigten sie sich wirklich bekümmert, denn so sehr sie uns helfen wollten, wussten sie doch, dass die beiden Opfer ebenso vollständig von der Erdoberfläche verschwunden waren wie ihre eigenen Vermissten. Dass viele von ihnen wirklich verschleppt und getötet worden waren, ebenso wie das Wild längst verscheucht war, davon waren wir natürlich gründlich überzeugt, und wir warteten ängstlich gespannt auf weitere tragische Zwischenfälle dieser Art.

Mitte Oktober sahen wir verwundert, dass wir einfach nicht weiterkamen. Aufgrund der klaren Nächte hatten sich keine weiteren dämonischen Übergriffe ereignet und unsere vollkommen ergebnislose Suche im Haus und der Umgebung ließ uns beinahe glauben, die lauernde Furcht sei eine rein körperlose Kraft. Wir befürchteten, dass das kalte Wetter bald alle weiteren Erkundungen vereiteln würde, denn es hieß allgemein, dass sich der Dämon im Winter meist ruhig verhielt. Und so lag eine verzweifelte Hast in unserer letzten Suche bei Tageslicht durch das vom Grauen gepeinigte Dorf, das wegen der Ängste der Siedler jetzt verlassen war.

Dieses vom Unglück heimgesuchte Dörfchen trug keinen Namen, obwohl es schon seit Langem in einer geschützten, aber baumlosen Felsspalte zwischen zwei Erhebungen namens Cone Mountain und Maple Hill existierte. Es lag näher an Maple Hill als am Cone Mountain, und manche der plumpen Behausungen waren wirklich bloß Höhlen in der Flanke des Berges. Geografisch lag es ungefähr drei Kilometer nordwestlich des Fußes von Tempest Mountain und fünf Kilometer von dem von Eichen umringten Herrenhaus entfernt. Zwischen dem Dörfchen und dem Anwesen lagen ganze dreieinhalb Kilometer offenen Geländes; die Ebene war mit Ausnahme einiger der niedrigen, geschlängelten Erdwälle recht flach und nur verstreut von Gras und Unkraut bewachsen.

Angesichts dieser Topografie waren wir zu dem Entschluss gekommen, dass der Dämon über den Cone Mountain gekommen sein musste, von dem ein bewaldeter südlicher Ausläufer bis kurz vor den westlichsten Vorsprung von Tempest Mountain reichte. Das aufgeworfene Erdreich ließ sich ganz plausibel auf einen Bergrutsch am Maple Hill zurückführen, bis zu einem hohen, einsamen, zersplitterten Baum, in dessen Flanke der Blitz eingeschlagen war, der das Biest hervorgelockt hatte.

Als Arthur Munroe und ich ungefähr zum zwanzigsten Mal jeden Zentimeter des zerstörten Dorfes genauestens absuchten, erfasste uns eine untrügliche, mit unklaren, starken Ängsten gekoppelte Entmutigung. Es war sehr unheimlich – selbst wenn man an Beängstigendes und Unheimliches gewohnt war –, es mit einem so spurenlosen Tatort zu tun zu haben, an dem sich jedoch so außergewöhnliche Dinge zugetragen hatten. Wir liefen unter dem bleiernen, finster werdenden Himmel mit jenem tragischen, ziellosen Eifer hin und her, der sich ergibt aus dem Wissen um die Vergeblichkeit und um die Notwendigkeit des Handelns. Wir untersuchten zum Abschluss alles noch einmal überaus sorgfältig, jede Hütte wurde neuerlich betreten, jede Höhle in der Hügelflanke nochmals nach Leichen abgesucht, jeder dornenbewehrte Meter der anliegenden Hänge wieder nach Verstecken und Höhlen abgelaufen – aber alles ohne Ergebnis. Und doch plagten uns, wie ich bereits sagte, unklare, neue Ängste, als schielten riesige Greife mit Fledermausschwingen aus den Zwischenräumen kosmischer Abgründe nach uns.

Der Nachmittag verging und das Tageslicht wurde schnell schwächer, weil sich, wie wir hören konnten, über dem Tempest Mountain grollend ein Unwetter zusammenbraute. Dieses Geräusch an diesem Ort alarmierte uns natürlich sehr, auch wenn es bei Nacht schlimmer gewesen wäre. So konnten wir nur verzweifelt hoffen, dass das Gewitter erst nach Anbruch der Dunkelheit einsetzen würde. Wir ließen jetzt von der ziellosen Suche auf den Berghängen ab und gingen in das nächste bewohnte Dorf, um einige Siedler zu finden, die uns bei den Untersuchungen unterstützen wollten.

Obwohl diese Leute ängstlich und scheu waren, vertrauten uns doch einige der jüngeren Männer und versprachen zu helfen. Wir hatten uns kaum umgedreht, da stürzte ein solch blendender Sturzbach vom Himmel, dass wir dringend einen Unterschlupf benötigten. Die extreme, fast nachtschwarze Finsternis des Himmels ließ uns umherstolpern, aber geleitet vom zuckenden Licht der vielen Blitze und unserer Kenntnis des Dorfes erreichten wir bald die wasserbeständigste Hütte von allen – eine wirr zusammengewürfelte Zusammensetzung aus rohen Stämmen und Brettern, deren noch vorhandene Tür und das einzige, winzige Fenster in Richtung Maple Hill blickten.

Wir verbarrikadierten die Tür vor dem Toben von Wind und Regen und schlossen die primitiven Fensterläden. Es war trostlos, in der tintenschwarzen Dunkelheit auf wackligen Kisten herumzusitzen, doch wir rauchten Pfeifen und ließen gelegentlich die Taschenlampen aufleuchten. Dann und wann sahen wir durch Risse in den Wänden die Blitze – der Nachmittag war so unglaublich finster, dass jeder Blitz sich anschaulich abhob.

Die stürmische Wacht erinnerte mich schaurig an die grässliche Nacht auf dem Tempest Mountain. Mein Verstand wandte sich wieder der befremdlichen Frage zu, die ich mir seit dem albtraumhaften Geschehnis so oft stellte: Wieso hatte der Dämon, der sich uns drei Wächtern entweder vom Fenster oder aus der Zimmermitte genähert hatte, mit den beiden Männern auf den Seiten angefangen? Warum hatte er mich in der Mitte so lange aufgehoben, bis die gewaltige Feuerkugel ihn vertrieb? Weshalb hatte er sich seine Opfer nicht in der logischen Reihenfolge genommen – denn aus welcher Richtung er sich auch genähert hatte, hätte ich nicht der zweite sein müssen? Mit welch langen Greifarmen schnappte er sich seine Beute? Ob er gewusst hatte, dass ich der Anführer war, und hatte er mich für ein Los aufgespart, das schrecklicher als das meiner Begleiter werden sollte?

Mitten in diese Überlegungen hinein, wie um sie dramatisch zu verstärken, krachte in der Nähe ein heftiger Blitz zu Boden, gefolgt von den Geräuschen eines Erdrutsches. Im selben Augenblick steigerte sich das wolfsgleiche Heulen des Windes zu einem dämonischen Crescendo. Wir waren uns sicher, dass der einzige Baum auf Maple Hill erneut getroffen worden war, und Munroe sprang von seiner Kiste und ging zu dem kleinen Fenster, um sich den Schaden anzusehen. Als er die Fensterläden öffnete, heulten Wind und Regen so ohrenbetäubend in den Raum, dass ich das, was er sagte, nicht verstehen konnte, also wartete ich, solange er sich hinauslehnte und das Pandämonium der Natur bestaunte.

Allmählich ließ der Wind nach und die Auflockerung der ungewöhnlichen Dunkelheit verriet das Abklingen des Sturmes. Ich hatte gehofft, er würde bis in die Nacht andauern, um uns bei unserer Suche zu helfen, aber schon drang ein verstohlener Sonnenstrahl durch ein Astloch hinter mir herein.

Ich schlug Munroe vor, mehr Licht für den Fall weiterer Schauer zu besorgen, und entriegelte und öffnete die grob gezimmerte Tür. Draußen war der Erdboden eine einzige Masse aus Schlamm und Pfützen inmitten frischer Haufen Erde, die von dem leichten Bergrutsch herrührten. Ich sah jedoch nichts, was das Interesse meines Gefährten so fesselte, dass er sich noch immer stumm aus dem Fenster lehnte. Ich näherte mich ihm und berührte seine Schulter. Munroe regte sich nicht. Deshalb schüttelte ich ihn leicht, drehte ihn herum und spürte die erstickenden Fühler eines krebsartig wuchernden Grauens, dessen Wurzeln bis in die unermessliche Vergangenheit und die bodenlosen Abgründe der Nacht reichten, die jenseits der Zeit brütet.

Denn Arthur Munroe war tot. Und dort, inmitten der Überreste seines zerfressenen und ausgehöhlten Kopfes, befand sich kein Gesicht mehr.

III. Was das rote Glühen bedeutete

In der vom Sturm gepeitschten Nacht des achten Novembers 1921 stand ich allein in den Gruftschatten einer Laterne und hob wie ein Verrückter das Grab des Jan Martense aus. Ich hatte mit dem Schaufeln schon am Nachmittag begonnen, als ein Gewitter sich zusammenbraute, und nun, da es dunkel war und der Sturm sich über dem wahnsinnig dichten Laubwerk ergoss, überkam mich eine Erleichterung.

Ich glaube, mein Verstand war durch die Geschehnisse seit dem fünften August teilweise etwas aus dem Gleichgewicht geraten – der dämonische Schatten im Herrenhaus, die starke Anspannung, die Enttäuschung und die Sache, die sich während des Oktobersturms in dem Dorf zugetragen hatte. Anschließend hatte ich ein Grab für einen ausgehoben, dessen Tod ich nicht begreifen konnte. Ich wusste, dass auch andere ihn nicht begriffen hätten, und so ließ ich sie in dem Glauben, Arthur Munroe sei fortgegangen. Sie suchten, fanden aber nichts. Die Siedler hätten es wohl verstanden, doch wagte ich nicht, ihnen noch mehr Angst einzujagen.

Ich selbst schien merkwürdig abgebrüht. Jener Schock im Herrenhaus hatte sich irgendwie auf mein Gehirn ausgewirkt, und ich vermochte nur noch, an die Suche nach dem Grauen zu denken, das in meiner Vorstellung riesige Ausmaße annahm – und diese Suche, das ließ mich das Los von Arthur Munroe geloben, musste ich geheim halten und alleine weiterverfolgen.

Der Ort meiner Ausgrabungen allein wäre schon genug gewesen, um jeden gewöhnlichen Menschen aus der Fassung zu bringen. Bedrohliche, urzeitliche Bäume von unheiliger Größe wie die Säulen eines teuflischen Druidentempels schielten grotesk auf mich herab. Sie dämpften den Donner und den reißenden Wind und ließen nur wenig Regen durch. Hinter den vernarbten Stämmen erhoben sich, vom schwachen Licht der gefilterten Blitze erhellt, die feuchten, rankenbewachsenen Mauern des verlassenen Hauses, und etwas näher lag der ehemalige holländische Garten. Seine Wege und Beete waren von einer weißen, pilzartigen, stinkenden, übernährten Vegetation besudelt, die niemals das volle Licht des Tages sah. Um mich herum befand sich der Friedhof, wo die deformierten Bäume mit wahnsinnigen Ästen um sich schlugen, während ihre Wurzeln unheilige Grabplatten verschoben und Gift aus dem sogen, was darunter lag. Hier und dort konnte ich unter dem braunen Grabtuch verfaulenden Laubes in der vorsintflutlichen Finsternis des Waldes die bedrohlichen Umrisse einiger der niedrigen Erdwälle ausmachen, die diese von Blitzen durchfurchte Gegend charakterisierten.

Die Vergangenheit hatte mich zu diesem alten Grab geleitet. Ja, die Vergangenheit, denn sie war nun alles, was mir noch blieb, nachdem alles andere in höhnischem Satanskult geendet war. Ich glaubte inzwischen, dass die lauernde Furcht kein stoffliches Wesen, sondern ein Gespenst mit Wolfszähnen sei, das mit den mitternächtlichen Blitzen herabfuhr. Und aufgrund der vielen regionalen Überlieferungen, die ich bei der Suche mit Arthur Munroe ans Tageslicht gebracht hatte, glaubte ich, dass es sich bei diesem Gespenst um den Geist von Jan Martense handelte, der 1762 gestorben war. Aus diesem Grund buddelte ich wie ein Irrer in seinem Grab.

Das Anwesen der Martenses war 1670 von Gerrit Martense erbaut worden, einem wohlhabenden Händler aus New-Amsterdam, dem der Wandel im Lande unter britischer Herrschaft missfallen hatte und der sich dieses prächtige Domizil auf dem entlegenen, bewaldeten Berg errichten ließ, weil dessen unberührte Einsamkeit und ungewöhnliche Landschaft ihm zusagten. Die einzige erhebliche Beeinträchtigung an diesem Ort stellten die häufigen und heftigen Gewitter im Sommer dar. Als er sich den Berg auswählte und sein Herrenhaus errichten ließ, hatte Mynheer Martense diese häufigen Ausbrüche der Natur zuerst als eine Eigenheit des

Jahres angesehen, doch bald wurde ihm bewusst, dass diese Stelle besonders anfällig für solche Phänomene war. Da ihn diese Stürme starke Kopfschmerzen bereiteten, richtete er einen Keller ein, in den er sich vor ihrem größten Aufruhr zurückziehen konnte.

Von Gerrit Martenses Nachfahren ist weniger bekannt als von ihm selbst; sie waren alle mit einem Hass auf die englische Kultur erzogen worden und man hatte ihnen eingeimpft, alle Kolonisten zu meiden, die nach ihr lebten. So gestaltete sich ihr Leben überaus abgeschieden, und die Leute erklärten, dass diese Isolation bei ihnen eine Schwerfälligkeit im Reden und Begreifen mit sich gebracht habe. Äußerlich hatten sie alle eine sonderbare, ererbte Ungleichheit der Augenfarbe gemein – meist war eines blau und das andere braun. Ihre gesellschaftlichen Kontakte wurden weniger und weniger, bis sie schließlich dazu übergingen, sich mit den zahlreich vertretenen Dienstboten und Knechten des Anwesens zu vermählen. Viele Abkömmlinge dieser auf engem Raum zusammenlebenden Familie degenerierten, zogen auf die andere Seite des Tales und vermengten sich dort mit der Bevölkerung, aus der später die armen Siedler hervorgingen. Der Rest klammerte sich missmutig an den Wohnsitz der Ahnen, lebte immer zurückgezogener, wurde verschwiegener und entwickelte eine nervöse Empfindlichkeit gegenüber den häufigen Gewittern.

Ein Großteil dieser Informationen erhielt die Außenwelt durch den jungen Jan Martense, der sich aus einer inneren Unruhe heraus der Kolonialarmee anschloss, als Nachrichten über den Kongress von Albany auch Tempest Mountain erreicht hatten. Er war der Erste von Gerrits Nachfahren, der etwas von der Welt sah. Als er 1760 nach sechs Jahren Krieg heimkehrte, brachten sein Vater, seine Onkel und Brüder ihm Abscheu entgegen wie einem Außenseiter, obgleich auch er die unterschiedlichen Martense-Augen hatte. Er vermochte die Eigenheiten und Vorurteile der Martenses nicht länger zu teilen, und die Berggewitter wirkten sich nicht mehr so stark auf ihn aus wie früher. Stattdessen bedrückte ihn seine Umgebung, und häufig schrieb er an einen Freund in Albany von seinem Vorhaben, das väterliche Anwesen zu verlassen.

Im Frühjahr 1763 sah sich Jonathan Gifford, der Freund Jan Martenses aus Albany, durch das lange Schweigen seines Briefpartners beunruhigt, vor allem vor dem Hintergrund der Zustände und Streitigkeiten im Hause der Martenses. Entschlossen, Jan persönlich zu besuchen, reiste er zu Pferd ins Gebirge. Sein Tagebuch vermerkt, dass er am 20. September auf Tempest Mountain ankam und dort ein stark verfallenes Anwesen vorfand. Die brummigen Martenses mit den merkwürdigen Augen, deren schmutziges, fast tierisches Erscheinungsbild ihn bestürzte, erklärten ihm in gebrochenen Kehllauten, dass Jan tot sei. Er sei, so behaupteten sie, im letzten Herbst vom Blitz erschlagen worden und läge nun hinter den vernachlässigten, eingesunkenen Gärten begraben. Sie zeigten dem Besucher das Grab, öde und ohne jede Kennzeichnung. Irgendetwas im Verhalten der Martenses flößte Gifford Abscheu und Misstrauen ein, und eine Woche später kehrte er mit Spaten und Hacke zurück, um die Grabstätte genauer zu erforschen. Er fand, was er erwartet hatte – einen wie von heftigen Schlägen grausig zerschmetterten Schädel –, und nach seiner Rückkehr nach Albany klagte er die Martenses offen des Mordes an ihrem Verwandten an.

Es fehlte an triftigen Beweisen, doch die Geschichte verbreitete sich in der Gegend sehr schnell und von dieser Zeit an wurden die Martenses von der Gesellschaft geächtet. Niemand trieb mehr Handel mit ihnen, und ihr fernes Anwesen wurde wie ein verfluchter Ort gemieden. Irgendwie gelang es ihnen, sich von den Erträgen ihres Anwesens zu ernähren, denn die Lichter, die man gelegentlich von fernen Hügeln beobachtete, kündeten von ihrer beharrlichen Anwesenheit. Diese Lichter wurden noch 1810 gesehen, doch schließlich traten sie nur noch sehr selten auf.

Unterdessen rankte sich um das Anwesen und den Berg

allmählich ein Gespinst diabolischer Legenden. Der Ort wurde gemieden und mit jedem geflüsterten Aberglauben in Verbindung gebracht, den die Überlieferung aufbot. Bis 1816 besuchte niemand das Haus, erst dann wurde das beständige Ausbleiben einer nächtlichen Beleuchtung von den Siedlern bemerkt. Deshalb untersuchte eine Gruppe von ihnen das Gelände, die das Haus verlassen und zum Teil verfallen vorfand.

Da sie nirgends Gerippe fanden, glaubten sie eher an eine Abreise als an den Tod der Bewohner. Der Clan schien das Anwesen schon vor mehreren Jahren verlassen zu haben, und einige einfache Anbauten zeigten, wie stark er vor der Abwanderung angewachsen sein musste. Das kulturelle Niveau musste sehr tief gesunken sein, wie das vermodernde Mobiliar und das umherliegende Silberbesteck bewiesen, die wohl schon lange vor der Abreise der Besitzer nicht mehr benutzt worden waren. Doch obwohl die gefürchteten Martenses fort waren, blieb die Furcht vor dem gespenstischen Haus, ja, sie wurde sogar noch gesteigert, als neue, seltsame Geschichten unter den Gebirgsbewohnern die Runde machten. So stand das Anwesen, verlassen, gefürchtet und mit dem rachsüchtigen Geist von Jan Martense verbunden. Und so stand es noch immer in der Nacht, als ich Jan Martenses Grab aushob.

Ich habe mein sich hinziehendes Graben als verrückt beschrieben, und das war es auch durchaus, was Absicht und Vorgehen anging. Der Sarg von Jan Martense kam bald zum Vorschein – er enthielt nur noch Staub und Salpeter –, doch in meinem Wahn, auch seinen Geist zu exhumieren, grub ich irrationalerweise und unbeholfen immer weiter an der Stelle, wo er gelegen hatte. Gott weiß, was ich zu finden erwartete – ich spürte bloß, dass ich in dem Grab eines Mannes grub, dessen Geist in der Nacht umging.

Es ist unmöglich zu sagen, welch ungeheuerliche Tiefe ich erreicht hatte, als erst mein Spaten und dann ich durch den Grund brachen. Unter den Umständen war das ein Ereignis von enormer Tragweite, wurden doch durch das Vorhandensein unterirdischer Räume hier meine irren Theorien auf schreckliche Art bestätigt. Bei meinem kurzen Sturz war meine Laterne ausgegangen, aber ich nahm eine Taschenlampe und betrachtete den schmalen, waagerechten Tunnel, der sich in beide Richtungen ins Unendliche erstreckte. Er war breit genug, dass ein Mensch sich hindurchwinden konnte, und obgleich keine vernünftige Person das zu diesem Zeitpunkt versucht hätte, vergaß ich in meinem monomanen Fieber, die lauernde Furcht aufzuspüren, alle Gefahr, Vernunft und Reinlichkeit. Ich schlug die Richtung zum Haus ein und kroch leichtfertig in die enge Erdhöhle, schlängelte mich blind und hastig voran und schaltete nur selten die Lampe ein, die ich bei mir trug.

Welche Sprache vermag das Schauspiel eines Mannes zu beschreiben, der sich in den unendlichen Abgründen der Erde verläuft, der scharrt, sich windet und keucht, der wie toll durch eingesunkene Krümmungen uralter Schwärze kriecht, ohne einen Gedanken an Zeit, Sicherheit, Richtung oder Ziel zu verschwenden? Es liegt etwas Scheußliches darin, aber genau das ist, was ich tat. Ich kroch so lange dahin, bis das Leben für mich zu einer fernen Erinnerung verblasste und ich eins wurde mit den Maulwürfen und Maden der nachtschwarzen Tiefen.

Es lag nur an einem Zufall, dass ich nach unendlichen Windungen meine schon vergessene Taschenlampe einschaltete, sodass sie ihr Licht auf den unheimlichen Höhlengang aus verkrustetem Lehm warf, der sich vor mir ausdehnte und vorwärtskrümmte.

Ich kroch einige Zeit weiter, bis die Batterie schon fast erschöpft war, als der Durchgang plötzlich scharf nach oben führte. Als ich jetzt den Blick hob, sah ich ohne jede Vorbereitung weit vor mir zwei dämonische Reflexionen meiner schwachen Lampe schimmern – zwei Reflexionen, die mit tödlichem und eindeutigem Glanz aufglühten und irremachende, unklare Erinnerungen hervorlockten. Unwillkürlich blieb ich hocken, doch um den Rückzug anzutreten, fehlte es mir an Verstand.

Die Augen näherten sich, doch von dem Wesen, zu dem sie gehörten, erkannte ich lediglich eine Klaue. Doch was für eine Klaue! Dann hörte ich weit über mir ein schwaches Grollen, das ich wiedererkannte. Es war der wilde Donner des Berges, zu hysterischer Wut gesteigert – ich musste also schon seit einiger Zeit nach oben gekrochen sein, denn die Oberfläche war mir nun recht nahe. Und während die gedämpften Donnerschläge dröhnten, starrten mich diese Augen immer noch mit geistloser Bösartigkeit an.

Ich danke Gott, dass ich zu diesem Zeitpunkt nicht wusste, was es war, sonst wäre ich gestorben. Aber ebenjener Donner, der es heraufbeschworen hatte, rettete mich, denn nach einer entsetzlichen Zeit des Wartens schoss aus dem unsichtbaren Himmel einer der häufigen Blitze in den Berg, deren Auswirkungen ich hier und da an den aufgewühlten Erdhaufen und Blitzröhren unterschiedlicher Größe gesehen hatte. Mit zyklopischer Wut durchzuckte der Blitz den Erdboden über dieser verfluchten Grube, blendete und betäubte mich, ließ mich aber nicht völlig in Bewusstlosigkeit versinken.

Im Chaos eines Bergrutsches krallte und strampelte ich hilflos umher, bis der Regen auf meinem Kopf mich beruhigte und ich erkannte, dass ich an einer vertrauten Stelle an die Oberfläche gelangt war: einem steilen, unbewaldeten Flecken am südwestlichen Hang des Berges. Mehrere Flächenblitze erleuchteten das abgerutschte Erdreich und die Überreste eines eigenartigen, niedrigen Erdwalls, der sich von einem bewaldeten, höher gelegenen Hang erstreckte, aber in all dem Chaos war keine Spur der Stelle zu sehen, durch die ich der tödlichen Katakombe entkommen war. Mein Gehirn befand sich im gleichen Chaos wie die Erde, und als sich fern von Süden her ein rotes Glühen über der Landschaft ausbreitete, war ich mir kaum des Grauens bewusst, das ich gerade durchlebt hatte.

Als mir die Siedler aber zwei Tage später erklärten, was mit dem roten Glühen zusammenhing, durchfuhr mich ein größeres Entsetzen als der Erdtunnel, die Klaue und die Augen in mir ausgelöst hatten: In einem etwa dreißig Kilometer entfernten Dorf war auf den Blitz, der mich an die Oberfläche gebracht hatte, eine Orgie der Angst gefolgt, denn etwas Namenloses hatte sich von einem überhängenden Baum in eine Hütte mit nachgiebigem Dach fallen lassen. Dort hatte es gewütet, doch ehe es entweichen konnte, hatten die Siedler die Hütte in Brand gesetzt. Es hatte genau in jenem Moment in der Hütte gewütet, als der Gang über dem Wesen mit der Klaue und den funkelnden Augen eingestürzt war.

IV. Das Grauen in den Augen

Der Verstand eines Mannes, der weiß, was ich über die Schrecken von Tempest Mountain wusste, und der sich dennoch alleine auf die Suche nach der dort lauernden Furcht macht, kann nicht mehr normal sein. Dass zumindest zwei der Verkörperungen der Furcht vernichtet worden waren, stellte in dieser Unterweltflut vielgestaltigen Dämonismus' nur eine geringe Gewähr geistiger und körperlicher Unversehrtheit dar – trotzdem setzte ich meine Suche mit einem Eifer fort, der noch anwuchs, je ungeheuerlicher die Ereignisse und Offenbarungen wurden.

Als ich zwei Tage nach meiner grauenhaften Kriecherei durch die Gewölbe des Wesens mit den Augen und der Klaue erfuhr, dass im selben Moment, als mich dessen Augen angestarrt hatten, in dreißig Kilometern Entfernung ein weiteres solch böses Wesen angegriffen hatte, schüttelte es mich buchstäblich vor ängstlichen Krämpfen. Doch mischte sich diese Angst mit einem Gefühl des Staunens und unwiderstehlicher Absurdität, sodass sie beinahe zu einer angenehmen Empfindung wurde. Zuweilen, wenn einen die

Fänge eines Albtraums umklammern, wenn unsichtbare Mächte einen über die Dächer fremder, toter Städte hin zu dem grinsenden Abgrund von Nis wirbeln, ist es eine Erleichterung und sogar ein Vergnügen, laut aufzuschreien und sich bereitwillig in den grausigen Strudel der Traumverdammnis zu werfen, egal welch eine bodenlose Schlucht dort gähnen mag. Und so verhielt es sich auch mit dem wandelnden Nachtmahr von Tempest Mountain – die Entdeckung, dass zwei Bestien die Gegend heimgesucht hatten, löste in mir das wahnsinnige Verlangen aus, in die Erde dieser verfluchten Gegend einzutauchen und mit bloßen Händen den Tod auszugraben, der aus jedem Zoll des vergifteten Grundes hervorgrinste.

So bald wie möglich ging ich zum Grab von Jan Martense und grub an der Stelle, an der ich schon zuvor Grabungen angestellt hatte. Allerdings vergeblich, denn durch enorme Einbrüche waren alle Spuren des unterirdischen Gangs ausgelöscht und der Regen hatte so viel Schlamm in meine ausgehobene Grube gespült, dass ich nicht mehr feststellen konnte, wie tief ich zuvor gegraben hatte. Außerdem unternahm ich eine mühsame Reise in das entfernte Dorf, wo die Todeskreatur verbrannt worden war, und wurde für meine Mühen nur schwach entlohnt. In der Asche der tragischen Hütte fand ich mehrere Knochen, die aber anscheinend alle nicht zu dem Ungeheuer gehörten. Die Siedler behaupteten, das Wesen habe nur ein Opfer gefunden; ich hielt diese Einschätzung allerdings für unzutreffend, da ich neben einem vollständigen Menschenschädel ein Bruchstück entdeckte, das mit Sicherheit irgendwann zu einem anderen menschlichen Schädel gehört hatte.

Obwohl der rasche Sprung der Bestie beobachtet worden war, vermochte niemand die Kreatur zu beschreiben; jene, die sie erblickt hatten, bezeichneten sie schlicht als Teufel. Ich untersuchte den großen Baum, in dem das Wesen gelauert hatte, fand aber keine deutlichen Spuren. Ich versuchte irgendwelche Fährten in Richtung des finsteren

Waldes zu entdecken, aber diesmal ertrug ich den Anblick der morbid hohen Baumstämme nicht, mit ihren gewaltigen, schlangengleichen Wurzeln, die sich so tückisch wanden, ehe sie im Boden verschwanden.

Als Nächstes untersuchte ich mit mikroskopischer Sorgfalt erneut das verlassene Dorf, wo der Tod so reichlich Ernte gehalten und Arthur Munroe etwas gesehen, hatte, das er nicht mehr beschreiben konnte. Obwohl mein bisheriges, ergebnisloses Suchen sehr gründlich gewesen war, hatte ich nun neue Anhaltspunkte, denen ich nachgehen konnte, denn mein schreckliches Kriechen durch das Grab hatte mich davon überzeugt, dass es sich bei zumindest einer Manifestation des Ungeheuers um eine unterirdisch lebende Kreatur gehandelt hatte. Am 14. November konzentrierte ich meine Suche also vor allem auf die Abhänge des Cone Mountain und des Maple Hill, wo sie das unglückliche Dorf überragen, und widmete der losen Erde des Gebietes, wo der Bergrutsch stattgefunden hatte, besondere Beachtung.

Der Nachmittag meiner Suche brachte nichts ans Tageslicht und als ich auf dem Maple Hill stand und auf das Dorf und über das Tal bis zum Tempest Mountain den Blick schweifen ließ, brach bereits die Abenddämmerung herein. Der Sonnenuntergang war betörend schön gewesen, nun ging der nahezu volle Mond auf und goss seine silberne Flut über die Ebene, den fernen Berg und die sonderbaren niedrigen Erdhügel, die sich hie und da erhoben. Es war ein friedvoller, idyllischer Anblick, doch da ich wusste, was sich dahinter verbarg, hasste ich ihn. Ich hasste den höhnischen Mond, die scheinheilige Ebene, den gärenden Berg und diese finsteren Erdhügel. Alles schien mir von einer widerlichen Verseuchung befleckt, beseelt von einem abscheulichen Pakt verborgener Mächte.

Während ich so über das Panorama im Mondlicht schaute, wurde ich auf etwas Eigenartiges in der Art und der Anordnung bestimmter topografischer Details aufmerksam. Ohne sonderlich beschlagen in Geologie zu sein, hatten mich die merkwürdigen Erhebungen und kleinen Erdwälle dieser Gegend von Anfang an interessiert. Ich hatte bemerkt, dass sie sich weit herum um den Tempest Mountain verteilten, auf der Ebene aber weniger häufig auftraten als auf dem Berg selbst, wo die prähistorische Vereisung mit ihren verblüffenden und fantastischen Launen zweifelsohne auf schwächeren Widerstand gestoßen war. Im Licht des niedrig stehenden Mondes, der lange, sonderbare Schatten erzeugte, fiel mir nun deutlich ins Auge, dass die verschiedenen Punkte und Linien des Hügelsystems in eigenartiger Beziehung zum Gipfel des Tempest Mountain standen. Dieser Gipfel bildete ohne jeden Zweifel das Zentrum der Linien oder Punktreihen, die unregelmäßig ausstrahlten – so, als habe das Herrenhaus der kranken Martenses sichtbare Greifarme des Schreckens ausgefahren.

Die Vorstellung solcher Greifarme bereitete mir einen unerklärlichen Kitzel, und ich begann, meine Gründe dafür zu analysieren, warum ich diese kleinen Erdwälle für Phänomene aus der Eiszeit hielt. Je mehr ich nämlich jetzt darüber nachgrübelte, desto weniger glaubte ich daran. An meinen neu aufgeschlossenen Verstand pochten nun groteske und grausige Analogien auf der Grundlage meines Erlebnisses unter der Erde.

Gedankenlos murmelte ich bereits fieberhafte und zusammenhanglose Worte vor mich hin: »Mein Gott! … Maulwurfshügel … der verfluchte Ort muss wie ein Bienenstock durchlöchert sein … wie viele … in dieser Nacht im Herrenhaus … zuerst packten sie Bennett und Tobey … von beiden Seiten …« Dann fing ich hektisch an, den mir nächsten der Hügel aufzugraben. Ich grub verzweifelt und schaudernd und doch zugleich triumphierend. Ich grub und schrie schließlich von wirren Gefühlen überwältigt auf, als ich auf einen Tunnel oder Gang stieß, der ganz wie jener war, durch den ich in der dämonischen Nacht gekrochen war.

Danach, so erinnere ich mich, rannte ich los, mit dem Spaten in der Hand – ein entsetzlicher Lauf über vom Mond beschienene, von Erdwällen durchsetzte Wiesen, durch kranke, steile Abgründe gespenstischer Wälder die Bergflanken hinauf. Ich sprang, schrie, keuchte, hüpfte dem schrecklichen Anwesen der Martenses entgegen.

Ich erinnere mich, wie ich nutzlos in allen Ecken des von Dornengestrüpp überwucherten Kellers grub; ich grub auf der Suche nach dem Kern, dem Mittelpunkt dieses bösartigen Universums kleiner Erdwälle. Und dann, das weiß ich noch, kicherte ich, als ich auf den Durchgang stieß – das Loch im Fundament des alten Kamins, wo dichtes Unkraut wucherte, das im Licht der einzigen Kerze, die ich bei mir trug, unheimliche Schatten warf. Was in diesem höllischen Labyrinth noch lauern mochte und auf den Donner wartete, um erweckt zu werden, wusste ich nicht. Zwei waren getötet worden; vielleicht war damit alles beendet. Noch immer brannte in mir die Entschlossenheit, das abgründige Geheimnis der Furcht zu entschlüsseln, das ich nun wieder für fassbar, real und lebendig hielt.

Meine unentschlossenen Erwägungen darüber, ob ich den Durchgang nun sogleich allein mit meiner Taschenlampe erforschen oder eine Gruppe von Siedlern für die Suche herbeirufen sollte, wurde nach einer Weile von einem plötzlich aufkommenden Wind von draußen unterbrochen, der die Kerze ausblies. Ich stand in tiefste Schwärze gehüllt.

Der Mond schien nicht mehr durch die Spalten und Löcher über mir, und mit einem Gefühl verhängnisvoller Beklemmung hörte ich das bedrohliche, bedeutungsschwere Grollen heranziehenden Donners. Ein Wirrwarr zusammenhängender Ideen überschwemmte mein Gehirn und brachte mich dazu, mich in die hinterste Ecke des Kellers zu tasten. Meine Augen wandten sich währenddessen nicht von der schrecklichen Öffnung am Fuß des Kamins ab; ich erkannte nach und nach die mürben Ziegelsteine und die kranken Pflanzen, als das schwache Licht der Blitze durch das Gestrüpp draußen drang und die Spalten im oberen Teil der Mauer erhellte.

Ich wurde von einer Mischung aus Angst und Neugierde zermalmt. Was würde das Gewitter hervorlocken – oder gab es nichts mehr, um es hervorzulocken? Geleitet vom Licht eines Blitzes verbarg ich mich hinter einem dichten Strauch, durch den ich die Öffnung sehen konnte, ohne selbst gesehen zu werden.

Falls der Himmel Gnade kennt, wird er eines Tages das Gesehene aus meinem Bewusstsein streichen und mich meine letzten Jahre in Frieden leben lassen. Ich kann jetzt nachts nicht mehr schlafen und muss starke Beruhigungsmittel nehmen, wenn es donnert. Es quoll blitzschnell und ohne jede Vorwarnung hervor: ein dämonisches, rattenähnliches Huschen aus fernen und unvorstellbaren Erdgruben, ein höllisches Keuchen und gedämpftes Grunzen, und dann ergoss sich aus der Öffnung unter dem Kamin eine wimmelnde Flut aussätzigen Lebens – eine abstoßende, nächtliche Brut organischer Verderbnis, scheußlicher und bestürzender als die finstersten und perversesten Vorstellungen sterblichen Wahnsinns. Krabbelnd, schwitzend, aufbrandend und blubbernd wie Schlangenschleim quoll es aus diesem klaffenden Loch heraus, breitete sich wie eine faulige Pestilenz aus und strömte durch jede vorhandene Öffnung aus dem Keller heraus – heraus, um sich in den verfluchten, mitternächtlichen Wäldern zu verteilen und dort Furcht, Irrsinn und Tod zu säen.

Gott allein weiß, wie viele es waren – es müssen Hunderte gewesen sein. Diesen Strom im schwachen, unruhigen Licht zu sehen, war grauenhaft. Als es so wenige geworden waren, dass man sie als einzelne Lebewesen zu unterscheiden vermochte, sah ich, dass sie zwergwüchsig waren, missgebildete behaarte Teufel oder Affen – monströse, diabolische Karikaturen der Affengattung.

Sie waren so entsetzlich still … kaum ein Quieken war zu hören, als einer der Nachzügler sich umdrehte und mit der Fingerfertigkeit langer Übung aus einem schwächeren Gefährten eine Mahlzeit machte. Andere schnappten sich das, was er übrig ließ, und verspeisten es mit sabbernder Befriedigung. Dann, als die Letzte der Monstrositäten allein aus der Unterwelt unbekannter Albträume hervorkroch, siegte meine unheilbare Neugierde über Angst und Ekel, und ich zog die Automatikpistole und erschoss das Geschöpf, als gerade ein Donner krachte.

Kreischende, rutschende, strömende Schatten roten, heimtückischen Wahnsinns, die einander durch endlose, blutfarbene Bahnen des violetten, blitzdurchzuckten Himmels jagten … formlose Chimären und kaleidoskopische Mutationen einer grauenhaften Szene aus der Erinnerung; Wälder von ungeheuren, übernährten Eichen, deren schlangenartige Wurzeln sich winden und unsagbare Säfte aus einem Erdreich saugen, das verlaust ist von Millionen kannibalischer Bestien. Erdwallartige Greifarme, die sich vom unterirdischen Kern polypenartiger Perversion aus hervortasteten … irre Blitze über von bösartigen Ranken überwucherte Mauern und dämonische Gewölbe voller Pilzbewuchs … Dem Himmel sei gedankt für den Instinkt, der mich unbewusst zurück zu Orten führte, wo Menschen wohnten: zu dem friedlichen Dorf, das unter den ruhigen Sternen des sich wieder auflockernden Himmels schlief.

Innerhalb einer Woche hatte ich mich genügend erholt, um aus Albany einen Hilfstrupp zu holen, damit das Anwesen der Martenses und der gesamte Gipfel des Tempest Mountain mit Dynamit gesprengt, alle entdeckten Hügelgräben zugeschüttet und einige besonders übernährte Bäume gefällt wurden, deren bloße Existenz die Vernunft beleidigte. Nachdem das geschehen war, konnte ich ein wenig schlafen, aber wirkliche Ruhe wird mir nicht vergönnt sein, solange ich mich an das unerträgliche Geheimnis der lauernden Furcht erinnern kann. Es wird mich weiter quälen, denn wer vermag schon zu sagen, ob sie wirklich komplett ausgelöscht worden sind, und ob es nicht irgendwo auf der Welt ähnliche Erscheinungen gibt? Wer kann mit dem, was ich weiß, an die unbekannten Höhlen der Erde denken, ohne eine albtraumhafte Furcht vor künftigen Möglichkeiten zu verspüren? Ich kann nicht einmal einen Brunnen oder den Zugang zu einer Untergrundbahn sehen, ohne zu erschaudern … Weshalb können die Ärzte mir nicht etwas geben, das mich schlafen lässt oder mein Gehirn wirklich beruhigt, wenn ein Gewitter aufzieht?

Was ich im Licht der Taschenlampe sah, nachdem ich den unbeschreiblichen Nachzügler erschossen hatte, lag so nahe, dass beinahe eine Minute verstrich, bis ich es begriff und dem Wahnsinn anheimfiel. Das Ding war ekelhaft – eine schmutzige, blasse, gorillaähnliche Kreatur mit spitzen gelben Reißzähnen und verfilzter Behaarung. Es war das Endprodukt der Degenerierung eines Säugetiers, das fürchterliche Ergebnis von Inzucht, Vermehrung und kannibalischer Ernährung über und unter der Erde, die Verkörperung all des fauchenden Chaos und der grinsenden Furcht, die hinter dem Leben lauern.

Als es starb, hatte es mich angesehen, und seine Augen hatten dieselbe merkwürdige Eigenheit aufgewiesen wie jene anderen, die mich unter der Erde angestarrt und schattige Erinnerungen geweckt hatten. Ein Auge war blau, das andere braun. Es waren die ungleichen Augen der Martenses aus den alten Legenden, und in einer überwältigenden Flut lautlosen Horrors begriff ich, was aus der verschwundenen Familie geworden war – dem schrecklichen, vom Donner in den Wahnsinn getriebenen Geschlecht der Martenses.

Das Tier in der Höhle

Die entsetzliche Schlussfolgerung, die sich meinem verwirrten und zögerlichen Verstand allmählich aufgedrängt hatte, war nun schreckliche Gewissheit. Ich war verloren, vollkommen, hoffnungslos verloren in den gewaltigen und labyrinthischen Tiefen der Mammuthöhle. In welche Richtung ich mich auch wendete, nirgends konnten meine angestrengten Augen einen Gegenstand ausmachen, der mir als Hinweis für einen Weg nach draußen hätte dienen können. Dass ich nimmermehr das gesegnete Licht des Tages und die schönen Hügel und Täler der herrlichen Außenwelt sehen würde, daran konnte mein Verstand mittlerweile nicht mehr zweifeln. Ich verlor jegliche Hoffnung.

Doch da ich mein ganzes Leben lang philosophische Studien betrieben hatte, empfand ich eine gewisse Befriedigung über mein gefasstes Verhalten, denn ich hatte schon häufig darüber gelesen, dass Opfer ähnlicher Situationen in eine irre Raserei geraten, doch ich selbst blieb davon verschont – ich verharrte ruhig, sobald mir klar bewusst wurde, dass ich die Orientierung verloren hatte. Die Vorstellung, dass ich wahrscheinlich viel zu weit vom Weg abgekommen war, um von einem Suchtrupp entdeckt zu werden, brachte mich ebenfalls keine Sekunde aus der Fassung. Wenn ich also sterben musste, grübelte ich, dann war diese schreckliche und zugleich majestätische Höhle mir als Grabstätte ebenso willkommen wie jeder Friedhof, und diese Vorstellung hatte eher etwas Beruhigendes als etwas Verzweifeltes.

Der Hunger würde mir zum Verhängnis werden, dessen war ich mir sicher. Einige Menschen, das wusste ich, waren unter diesen Umständen wahnsinnig geworden, doch ich spürte, dass mir ein solches Ende nicht beschieden sein sollte. An meinem Verhängnis trug allein ich die Schuld, denn ich hatte mich ohne Wissen unseres Führers von der übrigen Besichtigungsgruppe getrennt und über eine Stunde lang die verbotenen Wege der Höhle erforscht, und jetzt war ich nicht mehr in der Lage, den Rückweg durch die wirren Windungen, die ich durchlaufen hatte, zu finden.

Das Licht meiner Taschenlampe verblasste bereits; nicht mehr lange, und mich würde die völlige, fast greifbare Schwärze der Eingeweide der Erde umfangen. So stand ich im fahlen, unsteten Licht und stellte müßige Überlegungen über die genauen Umstände meines bevorstehenden Endes an. Ich erinnerte mich an die Berichte über die Kolonie der Schwindsüchtigen, die sich in dieser gigantischen Grotte niedergelassen hatte, um an der vermeintlich heilsamen, reinen Luft der unterirdischen Welt, den gleichmäßigen Temperaturen und der friedlichen Stille zu genesen, doch die stattdessen ein merkwürdiger und grausiger Tod ereilt hatte. Ich hatte die Überreste ihrer grob gezimmerten Hütten gesehen, als wir mit der Besuchergruppe daran vorbeigingen, und mich gefragt, welchen unnatürlichen Einfluss ein langer Aufenthalt in dieser gewaltigen und stillen Höhle auf jemanden wie mich, der gesund und kräftig ist, ausüben würde. Und jetzt, so sagte ich mir finster, hatte ich die Gelegenheit, diese Frage zu beantworten, vorausgesetzt, dass der Mangel an Nahrung mich nicht zu schnell aus diesem Leben beförderte.

Während die letzten, zitternden Strahlen meiner Taschenlampe vergingen, fasste ich den Entschluss, bei der Suche nach einem möglichen Ausweg jeden Stein umzudrehen und keine Möglichkeit zu entkommen außer Acht zu lassen. Als Erstes nahm ich alle Kräfte meiner Lunge zusammen und stieß mehrere laute Schreie aus, in der vergeblichen Hoffnung, dadurch den Führer auf mein Los aufmerksam zu machen. Doch noch während ich schrie, wusste ich bereits, dass meine Bemühungen sinnlos waren und dass meine von den unzähligen Wällen des schwarzen Labyrinths verstärkte und zurückgeworfene Stimme von keinen außer meinen Ohren vernommen wurde.

Doch dann wurde meine Aufmerksamkeit abrupt auf etwas anderes gerichtet, denn ich glaubte, das Geräusch sanfter, sich nähernder Schritte auf dem felsigen Boden der Höhle zu hören.

Sollte ich so schnell Rettung finden? Waren all meine schrecklichen Vorahnungen also müßig gewesen? Hatte der Fremdenführer mein eigenmächtiges Entfernen von der Gruppe bemerkt und suchte er mich jetzt in diesem Irrgarten aus Sandstein? Als diese freudigen Gedanken in mir aufstiegen, wollte ich erneut rufen, um schneller gefunden zu werden, als sich beim Lauschen meine Freude innerhalb eines Augenblickes in Entsetzen verwandelte, denn mein gutes Gehör, das in der völligen Stille der Höhle noch an Schärfe gewonnen hatte, trug meinem betäubten Verstand das unerwartete und erschreckende Wissen zu, dass diese Schritte *nicht wie die eines sterblichen Menschen klangen.* In der unweltlichen Stille dieses unterirdischen Reiches hätten die Schritte des gestiefelten Fremdenführers wie scharfe, durchdringende Schläge klingen müssen. Diese Laute klangen jedoch sanft und verstohlen, wie von den Pfoten einer Katze. Bei genauerem Hinhören schien es mir außerdem, als vernehme ich die Schritte von *vier* statt von *zwei* Füßen.

Ich war nun überzeugt, dass ich durch meine Rufe ein wildes Tier, einen Berglöwen vielleicht, auf mich aufmerksam gemacht hatte, der zufällig in dieser Höhle umherstreunte. Vielleicht, so überlegte ich, hatte der Allmächtige ein schnelleres und gnädigeres Ende als das Verhungern für mich vorgesehen. Doch in meiner Brust regte sich der nie völlig unterdrückte Selbsterhaltungstrieb, und obwohl eine Flucht vor der sich nähernden Gefahr für mich bloß ein härteres und langwierigeres Ende bedeutete, war ich dennoch fest entschlossen, mein Leben so teuer wie möglich zu verkaufen.

So sonderbar das auch erscheinen mag, mein Verstand vermochte dem sich nähernden Besucher ausschließlich böse Absichten zu unterstellen. Daher verhielt ich mich ganz still, in der Hoffnung, dass sich das unbekannte Tier in Ermangelung eines Geräusches, um es zu mir zu führen, ebenso verlaufen würde wie ich – und so an mir vorbeilaufen würde. Doch diese Hoffnung erfüllte sich nicht. Die seltsamen Schritte kamen stetig näher, da das Tier offenkundig meine Witterung aufgenommen hatte, was in einer von allen äußeren Ablenkungen freien Atmosphäre wie der in dieser Höhle zweifellos selbst aus großer Entfernung möglich war.

Da ich mich also gegen einen unheimlichen und unsichtbaren Angriff aus dem Dunkeln wappnen musste, sammelte ich tastend die größten Felsstücke ein, die in meiner Nähe auf dem Höhlenboden lagen. Ich nahm in jede Hand eines, um sofort reagieren zu können und wartete ergeben auf das, was unausweichlich geschehen musste. In der Zwischenzeit näherte sich das scheußliche Tapsen der Pfoten. Das Verhalten der Kreatur war sehr merkwürdig. Die meiste Zeit über schienen die Schritte die eines Vierfüßers zu sein, der sich mit einem seltsamen *Mangel an Einklang* zwischen den Vorder- und Hinterläufen bewegte, doch mehrmals meinte ich, das gelegentlich nur zwei Füße für das Vorankommen sorgten.

Ich fragte mich, mit welcher Tiergattung ich es gleich zu tun haben würde; es musste sich, stellte ich mir vor, um ein unglückliches Geschöpf handeln, das seine Neugier, einen der Eingänge zu der fürchterlichen Grotte zu erkunden, mit lebenslanger Haft in den unendlichen Weiten bezahlte. Es ernährte sich wohl von den augenlosen Fischen, Fledermäusen und Ratten der Höhle, sicherlich auch von den gewöhnlichen Fischen, die bei jedem Hochwasser des Green River hereingespült werden, die ihn über verborgene Wege mit den Gewässern in der Höhle verbinden.

Ich füllte mein entsetzliches Warten mit grotesken Mutmaßungen darüber aus, welche körperlichen Veränderungen das Höhlenleben bei dem Tier ausgelöst haben mochte, und erinnerte mich an einige örtliche Überlieferungen, die darüber berichteten, wie grausig die Schwindsüchtigen ausgesehen hatten, die nach langem Aufenthalt in der Höhle gestorben waren. Dann fiel mir plötzlich ein, dass ich, selbst wenn ich mich erfolgreich gegen meinen Gegner wehren konnte, *niemals seine Gestalt sehen würde,* denn meine Taschenlampe war doch längst erloschen, und Streichhölzer trug ich keine bei mir.

Die Anspannung in meinem Hirn wurde unerträglich. Meine aufgewühlte Fantasie beschwor die abstoßendsten und grässlichsten Erscheinungen aus der mich umgebenden Finsternis herauf, die mich regelrecht *körperlich* anzugreifen schien. Näher, näher kamen die furchtbaren Schritte. Ich hatte das Gefühl, einen durchdringenden Schrei ausstoßen zu müssen, doch selbst wenn ich diesem Drang nachgegeben hätte, wäre meine Stimme wohl kaum dazu in der Lage gewesen. Ich stand wie versteinert, auf die Stelle genagelt. Ich bezweifelte, ob mein rechter Arm im entscheidenden Moment wirklich fähig war, dem sich nähernden Wesen den Gesteinsbrocken entgegenzuschleudern. Nun war das stete *Tapp-tapp* der Schritte nahe – jetzt *ganz* nahe. Ich konnte den mühsamen Atem des Tieres hören, und angsterfüllt wie ich war, bemerkte ich doch, dass es aus beträchtlicher Entfernung hergekommen sein musste und deshalb erschöpft war.

Mit einem Mal brach der Bann. Meine rechte Hand, von meinem immer verlässlichen Gehör geleitet, warf mit ganzer Kraft den spitzen Kalkstein ins Dunkel, in die Richtung, aus der das Atmen und Tapsen kam. Es ist erfreulich, berichten zu können, dass der Stein beinahe sein Ziel erreichte, denn ich hörte das Wesen zur Seite springen und wieder landen, wo es dann zu warten schien.

Ich zielte wieder und warf den zweiten Stein, dieses Mal mit mehr Erfolg, denn mit Freude hörte ich, wie das Geschöpf, den Geräuschen nach, zusammenbrach und offenbar regungslos liegen blieb. Die große Erleichterung, die mich durchströmte, überwältigte mich fast, und ich taumelte zurück gegen die Wand. Es atmete noch, ein schweres, keuchendes Ein- und Ausatmen – ich hatte die Kreatur also nur verwundet. Und nun versiegte all mein Verlangen, das *Geschöpf* näher zu untersuchen.

So etwas wie bodenlose, abergläubische Angst überfiel jetzt mein Gehirn, und ich näherte mich weder dem Körper, noch warf ich weitere Steine nach ihm, um es ganz zu töten. Stattdessen rannte ich so schnell ich konnte in die Richtung, die mir in meinem aufgelösten Zustand als die erschien, aus der ich gekommen war. Plötzlich vernahm ich ein Geräusch oder besser: eine regelmäßige Abfolge von Geräuschen. Einen Moment später klangen sie wie eine Reihe hastiger, metallisch klackender Schritte. Dieses Mal konnte es keinen Zweifel geben. *Es war der Fremdenführer.*

Und dann rief und schrie ich, brüllte, schrie vor Freude, als ich auf der Höhlendecke über mir das schwache, glimmende Licht sah, von dem ich wusste, dass es die Reflexion einer näher kommenden Taschenlampe war. Ich lief los, dem Licht entgegen, und noch ehe ich begreifen konnte, was ich tat, lag ich auf dem Boden, dem Fremdenführer zu Füßen, umarmte seine Stiefel und plapperte trotz meiner üblichen Zurückhaltung, auf die ich bisher so stolz gewesen war, überaus unsinnig und idiotisch daher, sabberte meine ganze schreckliche Geschichte hervor und überschüttete meinen Retter gleichzeitig mit Bekundungen meiner Dankbarkeit.

Irgendwann kam ich wieder halbwegs zu mir. Dem Fremdenführer war bei der Ankunft der Gruppe am Höhlenausgang mein Fehlen aufgefallen, und so hatte er, im Vertrauen auf seinen eigenen intuitiven Orientierungssinn, alle Nebengänge durchsucht, die von der Stelle ausgingen, wo er zuletzt mit mir gesprochen hatte, und nach einer ungefähr vierstündigen Suche hatte er mich jetzt gefunden.

Nachdem er mir dies erzählt hatte und ich durch das Licht der Lampe und durch seine Gegenwart meine Fassung wiedererlangte, dachte ich an das sonderbare Tier, das ich dicht hinter mir in der Finsternis verwundet zurückgelassen hatte, und ich schlug vor, dass wir mithilfe der Taschenlampe herausfanden, was für ein Lebewesen da eigentlich mein Opfer geworden war. So verfolgte ich meinen Weg zurück zu dem Ort des grausigen Erlebnisses, dieses Mal von einem Mut erfüllt, der daher rührte, dass ich einen Begleiter hatte. Bald erkannten wir ein weißes Etwas. Es lag auf dem Boden und war noch bleicher als der schimmernde Kalkstein. Wir näherten uns vorsichtig und stießen gleichzeitig einen Ruf des Erstaunens aus, denn von allen widernatürlichen Ungeheuern, die wir beide in unseren Leben je gesehen hatten, war dies mit weitem Abstand das sonderbarste.

Es schien ein sehr großer menschenähnlicher Affe zu sein, womöglich aus einem Wanderzirkus entlaufen. Seine Behaarung war schneeweiß, was zweifelsohne auf einen Ausbleicheffekt durch das lange Dasein in der tintenschwarzen Höhle zurückzuführen war – sie war aber auch überraschend spärlich; eigentlich wuchsen die Haare nur auf dem Kopf in größerer Menge, dort aber so lang und voll, dass sie überreichlich über die Schultern strömten. Das Gesicht konnten wir nicht erkennen, da das Geschöpf auf dem Bauch lag. Die Winkel, in denen die Gliedmaße lagen, waren sehr eigenartig, erklärten allerdings ihren abwechselnden Gebrauch, der mir zuvor aufgefallen war, als die Bestie mal alle viere, mal nur zwei Beine zur Fortbewegung benutzt hatte. Die Spitzen der Finger oder Zehen mündeten in langen Krallen, die denen von Ratten glichen. Die Hände oder Füße waren nicht zum Greifen geeignet, eine Tatsache, die ich dem langen Aufenthalt in der Höhle zuschrieb, der, wie ich bereits erwähnte, auch für die dem ganzen Körper eigene, fast unirdische Weiße verantwortlich war. Einen Schwanz konnten wir nicht entdecken.

Es atmete nur noch sehr schwach. Der Fremdenführer griff nach seiner Pistole, um die Kreatur zu erlösen, als sie unverhofft einen *Laut* von sich gab, der ihn dazu brachte, die Waffe unbenutzt zu Boden fallen zu lassen. Dieser Laut lässt sich nur schwer beschreiben. Er entsprach nicht den üblichen Lauten einer uns bekannten Affengattung, und ich fragte mich, ob diese ungewöhnlichen Laute vielleicht die Folge eines langen, völligen Verstummens sein konnten, das jetzt durch Empfindungen gebrochen wurde, die der Anblick des Lichtes in ihm erweckte – etwas, das dieses Wesen seit seinem Einstieg in die Höhle wahrscheinlich nicht mehr gesehen hatte. Es stieß diese Laute, die ich mit einer Art dunklem Schnattern umschreiben will, weiterhin leise aus.

Mit einem Mal schien der Körper des Tieres von einem neuen Funken Energie durchdrungen zu werden. Die Pfoten zuckten krampfhaft, die Gliedmaßen zogen sich zusammen. Mit einem Ruck rollte der weiße Leib sich herum und zeigte uns sein Gesicht.

Einen Moment lang war ich angesichts der Augen, die sich uns nun offenbarten, so von Entsetzen erfüllt, dass ich sonst nichts wahrnahm. Sie waren schwarz, diese Augen, tief pechschwarz, und sie bildeten einen scheußlichen Kontrast zu der schneeweißen Behaarung und Haut. Wie auch bei anderen Höhlenbewohnern, lagen sie tief im Schädel versunken und wiesen keinerlei Iris auf. Bei genauerem Hinsehen erkannte ich, dass sie zu einem Gesicht gehörten, das weniger vorspringend war als das eines durchschnittlichen Affen und auch viel haarloser, dafür war die Nase recht ausgeprägt. Während wir den unglaublichen Anblick, der sich uns bot, in uns aufnahmen, öffneten sich die wulstigen Lippen und gaben mehrere *Laute* von sich, dann brach das *Geschöpf* tot zusammen.

Der Fremdenführer packte mich am Ärmel meines Mantels und zitterte so heftig, dass die Lampe unheimlich zuckende Schatten an die Wände warf.

Ich regte mich nicht, stand wie festgefroren, die entsetzten Augen auf den Boden vor mir gerichtet.

Die Angst ließ nach und wandelte sich zu Staunen, Verblüffung, Mitleid und Ehrfurcht, denn die *Laute,* die das gequälte

Geschöpf dort auf dem Kalksteinboden von sich gegeben hatte, hatten uns die grausige Wahrheit enthüllt. Die Kreatur, die ich getötet hatte, das sonderbare Tier in der unergründeten Höhle, war zumindest in früheren Zeiten einmal ein *MENSCH* gewesen!!!

ER

Ich traf ihn in einer schlaflosen Nacht, als ich voller Verzweiflung herumwanderte, um mich und meine Träume zu retten. Es war ein Fehler gewesen, nach New York zu kommen, denn wo ich in dem wimmelnden Irrgarten alter Straßen, die sich endlos von vergessenen Höfen und Plätzen und Hafenvierteln zu gleichermaßen vergessenen Höfen und Plätzen und Hafenvierteln winden, und inmitten zyklopischer moderner Türme und Bastionen, die sich schwarz und babylonisch unter dem abnehmenden Mond erheben, nach ergreifenden Mysterien und Inspirationen gesucht hatte, fand ich lediglich ein Gefühl des Entsetzens und der Beklemmung, das mich zu überwältigen, zu lähmen und zu vernichten drohte.

Die Enttäuschung hatte sich nach und nach eingestellt. Als ich das erste Mal in die Stadt gekommen war, hatte ich sie von einer Brücke im Sonnenuntergang betrachtet, wie sie majestätisch über den Wassern aufragte, und ihre unglaublichen Spitzen und Pyramiden hatten sich zart wie Blumen aus violetten Nebelbänken erhoben, um mit den flammend roten Wolken und den ersten Abendsternen zu spielen. Dann wurde ein Fenster nach dem anderen erleuchtet, hoch über den schimmernden Gewässern, auf denen Laternen nickend dahinglitten und tiefe, unheimliche Töne aus Hörnern röhrten. So war die Stadt selbst zu einem Sternenhimmel der Träume geworden, erfüllt von fantastischer Musik und verschmolzen mit den Wundern von Carcassonne, Samarkand, El Dorado und all den anderen glorreichen, sagenumwobenen Städten.

Bald darauf führte man mich durch die altertümlichen kleinen Straßen, die meiner Fantasie so lieb sind – gewundene Gassen und enge Durchgänge, und zwischen den Reihen der georgianischen roten Ziegelsteinmauern zwinkerten über säulengeschmückten Eingängen die kleinen

Fenster der Mansarden, die einst auf geschmückte Kutschen geschaut haben. Im ersten Glücksrausch glaubte ich, endlich jene lange ersehnten Schätze gefunden zu haben, die aus mir im Laufe der Zeit einen Dichter machen würden.

Doch Erfolg und Glück waren mir nicht beschieden. Grelles Tageslicht enthüllte nur Schmutz und Fremdes und die krankhafte Wucherung von aufgetürmtem, sich ausbreitendem Gestein, wo der Mond Anmut und ehrwürdigen Zauber hervorgehoben hatte. Die Scharen von Menschen, die durch die Straßenschluchten strömten, waren derbe, dunkelhäutige Fremde mit verhärteten Gesichtern und schmalen Augen, gerissen und ohne Träume und ohne jede Beziehung zu ihrer Umgebung, die einem Einheimischen, der in seinem Herzen die Liebe zu den schönen grünen Feldwegen und den weißen Kirchtürmen neuenglischer Dörfer trägt, nie etwas bedeuten können.

Und so fand ich statt der erhofften Gedichte nur schauerliche Entartung und unsagbare Einsamkeit; und letztlich erkannte ich eine fürchterliche Wahrheit, die niemand zuvor gewagt hatte auszusprechen – das nicht einmal zu flüsternde Geheimnis der Geheimnisse –, nämlich die Tatsache, dass diese Stadt aus Stein und Geröchel nicht die beseelte Fortsetzung des alten New York ist, so wie London jene vom alten London und Paris jene vom alten Paris, sondern dass sie in Wirklichkeit völlig tot ist. Der niedergestreckte Leichnam dieser Stadt ist unvollkommen einbalsamiert und infiziert von sonderbaren Lebewesen, die nichts mit dem, wie sie zu Lebzeiten war, zu tun haben.

Nachdem ich diese Entdeckung gemacht hatte, schlief ich nicht mehr gut; obgleich mich bald eine beherrschte Ruhe überkam, als ich mir angewöhnte, die Straßen tagsüber zu meiden und nur in den Nächten hinauszugehen, wenn die Dunkelheit die wenigen geisterhaft herumtreibenden Reste der Vergangenheit herbeiruft und die alten weißen Türstürze sich der stolzen Gestalten erinnern, die einst durch sie hindurchschritten. In dieser erleichterten Verfassung schrieb ich sogar einige Gedichte und konnte davon absehen, zurück nach Hause zu meiner Familie zu gehen, als würde ich unwürdig und besiegt zurückkriechen.

Dann, bei einem Spaziergang in einer schlaflosen Nacht, begegnete mir der Mann. Es war in einem seltsam versteckten Innenhof im Greenwich, denn dort hatte ich mich in meiner Unkenntnis einquartiert, da ich gehört hatte, die Dichter und Künstler würden in diesem Viertel wohnen. Die altertümlichen Sträßchen und Häuser und unerwarteten Freiflächen alter Innenhöfe begeisterten mich wirklich, und als ich erkannte, dass es sich bei den Dichtern und Künstlern um großmäulige Angeber handelte, deren Talent bloß Flitter und deren Leben eine Verneinung all der reinen Schönheit von Dichtung und Kunst ist, blieb ich dennoch hier, alleine aus Liebe zu diesen ehrwürdigen Dingen. Oft stellte ich mir das Viertel in der Zeit seiner Blüte vor, als Greenwich noch ein friedliches Dorf war und noch nicht von der Stadt geschluckt, und wanderte in den Stunden vor dem Morgengrauen, nachdem auch die letzten Nachtschwärmer sich davongeschlichen hatten, allein durch die dunklen Windungen und grübelte über die sonderbaren Geheimnisse nach, die Generationen dort zurückgelassen haben mussten. Das hielt meine Seele lebendig und erweckte einige wenige der Träume und Visionen, nach denen der Dichter tief in mir so sehr klagte.

Der Mann kam mir ungefähr um zwei Uhr an einem bewölkten Augustmorgen entgegen, als ich durch eine Reihe entlegener Innenhöfe schlenderte, die jetzt nur noch durch die unbeleuchteten Eingänge dazwischenliegender Gebäude zugänglich sind, aber sie bildeten einst ein ausgedehntes Netzwerk pittoresker Gassen. Ich hatte davon in unklaren Gerüchten gehört, und mir war klar, dass man sie wohl auf keiner gegenwärtigen Karte eingezeichnet finden wird – doch die Tatsache, dass man sie vergessen hatte, machte sie für mich nur noch anziehender, und ich suchte mit doppeltem Eifer nach ihnen. Da ich sie nun gefunden hatte, wurde mein Eifer erneut entflammt, denn ihre Anordnung deutete darauf hin, dass es sich nur um einen kleinen Teil einer größeren Anzahl handelte – ihre dunklen und stummen Gegenstücke mochten vergessen zwischen hohen fensterlosen Mauern und verlassenen Hinterhäusern eingeklemmt sein oder unbeleuchtet hinter Torbögen lauern, unbemerkt von den Horden der Fremden. Vielleicht wurden sie verheimlicht von hinterhältigen, ungeselligen Künstlern, deren Gepflogenheiten nicht an die Öffentlichkeit oder das Licht des Tages dringen sollten.

Er bemerkte meine Stimmung und meine Blicke, als ich die mit Türklopfern versehenen Eingänge über eiseneingefassten Stufen betrachtete und ein fahles Glimmen aus lang gezogenen Oberlichtern schwach mein Gesicht beleuchtete, und sprach mich unaufgefordert an. Sein eigenes Gesicht blieb im Schatten, vielleicht weil er einen breitkrempigen Hut trug, der irgendwie perfekt zu seinem aus der Mode gekommenen Umhang passte; doch er erregte in mir ein leises Unbehagen, noch ehe er mich ansprach. Er war sehr hager, geradezu leichenhaft dürr, und seine Stimme klang außergewöhnlich dumpf und hohl, wenngleich nicht besonders tief. Er habe mich schon mehrere Male bei meinen Streifzügen beobachtet, sagte er, und folgere daraus, dass ich ein ähnliches Interesse wie er an den Überresten früherer Zeiten hege. Ob ich mich nicht gerne von jemandem führen lassen möchte, der langjährige Erfahrung bei solchen Streifzügen hat und über profunde Ortskenntnisse verfüge, von denen ein offensichtlicher Neuankömmling nichts wissen könne?

Während er sprach, erhaschte ich im gelben Lichtstrahl aus einem einsamen Giebelfenster einen Blick auf sein Gesicht. Es war das edel geschnittene, sogar schöne Antlitz eines älteren Mannes mit den Merkmalen einer geradlinigen, vornehmen Abstammung, die für unser Zeitalter und diesen Ort ungewöhnlich waren. Obwohl mir diese Züge gefielen, verstörte mich irgendetwas daran beinahe genauso sehr –

vielleicht war das Gesicht zu blass oder zu ausdruckslos, vielleicht passte es einfach nicht in diese Umgebung und flößte mir deshalb Unbehagen ein. Dennoch ging ich mit ihm, war doch in diesen trüben Tagen meine Suche nach ehrwürdiger Schönheit und alten Rätseln alles, was ich hatte, um meine Seele am Leben zu erhalten, und ich hielt es für eine Gunst des Schicksals, jemanden gefunden zu haben, der in der gleich gearteten Suche anscheinend schon weiter vorangekommen war als ich.

Irgendetwas in der Nacht hielt den Mann im Umhang zum Schweigen an, eine ganze Stunde lang ging er voran, ohne ein Wort zu viel zu verlieren; er gab nur kurze Erklärungen ab zu alten Namen und Daten und was erneuert worden war. Ansonsten führte er mich mithilfe von Gesten vorwärts, während wir uns durch Zwischenräume zwängten, auf Zehenspitzen durch Gänge tippelten, über Ziegelmauern stiegen und einmal sogar auf allen vieren durch einen niedrigen Gewölbegang krochen, dessen gewaltige Länge und zahlreiche Windungen zuletzt jeglichen Sinn zur Orientierung auslöschten, den ich mir bislang noch bewahrt hatte. Was wir erblickten, war sehr alt und wundervoll, jedenfalls schien es mir so in den wenigen flackernden Lichtstrahlen, in denen ich es sah. Niemals werde ich die schwankenden ionischen Säulen, die gerippten Wandpfeiler, die Gitter mit den urnenähnlichen Spitzen obenauf, die aufgeblähten Fensterstürze und die verzierten Oberlichte vergessen, die immer altmodischer und fremdartiger wurden, je tiefer wir in diesen unerschöpflichen Irrgarten unbekannten Alters vordrangen.

Wir begegneten keiner Menschenseele, und im Laufe der Zeit wurden die beleuchteten Fenster immer seltener und seltener. Die Straßenlaternen, die uns zuerst den Weg wiesen, besaßen die Form antiker Rauten und wurden mit Öl betrieben. Später fielen mir einige mit Kerzen auf, und nachdem wir einen grässlichen, unbeleuchteten Innenhof durchquert hatten, wo mein Führer mich mit seiner behandschuhten Hand durch die pechschwarze Finsternis zu einer engen Holzpforte in einer hohen Mauer führte, stießen wir auf den Abschnitt einer Gasse, in der nur vor jedem siebten Haus eine Laterne brannte – es war unglaublich, doch es handelte sich um Blechlaternen aus der Kolonialzeit mit kegelförmigen Deckeln und gestanzten Löchern in den Seiten. Diese Gasse führte einen steilen Hügel hinauf – steiler, als ich es in diesem Teil New Yorks für möglich gehalten hätte –, und das obere Ende wurde durch die von Efeu überwucherte Mauer eines Privatgrundstücks begrenzt, hinter der ich eine fahle Kuppel und die Wipfel von Bäumen sehen konnte, die sich schwankend vor einem schwach be-leuchteten Himmel abhoben. In der Mauer befand sich ein kleines, niedriges Türchen aus nagelbeschlagenem schwarzen Eichenholz, das der Mann mit einem riesigen Schlüssel öffnete. Er führte mich durch den Durchgang in völlige Dunkelheit hinein, und über etwas, das wohl ein Kiesweg zu sein schien, und schließlich eine Steintreppe hinauf bis zur Tür des Hauses, die er ebenfalls öffnete und mir aufhielt.

Wir traten ein, und mir schwanden beinahe die Sinne angesichts des uralten Modergeruchs, der uns empfing und die Frucht ganzer Jahrhunderte ungesunden Zerfalls sein musste. Mein Gastgeber schien ihn gar nicht zu bemerken, und aus Höflichkeit schwieg auch ich, während er mich über eine gewundene Treppe einen Gang entlang in ein Zimmer führte, dessen Tür er, wie ich hörte, hinter uns abschloss. Dann sah ich, wie er vor drei kleinen Fenstern, die sich kaum vor dem sich aufhellenden Himmel abhoben, die Vorhänge zuzog und danach zum Kamin ging, einen Zündstein und Stahl nahm und damit zwei Kerzen auf einem zwölfarmigen Leuchter anzündete. Nun machte er eine Geste, die bedeu-tete, dass wir uns nur gedämpft unterhalten sollten.

In diesem schwachen Licht erkannte ich, dass wir uns in einer geräumigen, gut ausgestatteten und holzgetäfelten Bibliothek aus dem ersten Viertel des 18. Jahrhunderts befanden, mit prachtvollen Ziergiebeln an der Tür, einem anmutigen dorischen Fries und einem herrlich geschnitzten

Sims mit umkränzten Vasen über dem Kamin. An den Wänden über den überfüllten Bücherregalen hingen in regelmäßigen Abständen schön gemalte Familienporträts; alle nachgedunkelt, was ihre Rätselhaftigkeit noch verstärkte, und alle von unübersehbarer Ähnlichkeit mit dem Mann, der mir nun einen Sessel neben einem eleganten Chippendale-Tisch anbot. Bevor er selbst sich auf der gegenüberliegenden Tischseite niederließ, hielt er einen Augenblick wie peinlich berührt inne; dann zog er langsam die Handschuhe, den breitkrempigen Hut und den Umhang aus und enthüllte ein stilechtes Gewand aus der Mitte der georgianischen Epoche – mit Haarzopf, Halsrüsche, Kniehose, Seidenstrümpfen und Schnallenschuhen, die mir bislang nicht aufgefallen waren. Jetzt nahm er langsam auf einem Stuhl Platz, in dessen Rückenlehne eine Leier geschnitzt war, und taxierte mich aufmerksam.

Ohne seinen Hut wirkte er ungeheuer alt, was man zuvor nicht bemerkt hatte, und ich fragte mich, ob dieses bisher nicht wahrgenommene Zeichen für eine einzigartige Langlebigkeit einer der Gründe für mein Unbehagen gewesen war. Als er endlich sprach, zitterte seine sanfte, hohle und gewissenhaft akzentuierte Stimme öfter, sodass ich ab und zu große Schwierigkeiten hatte, ihm zu folgen. Dennoch lauschte ich ihm mit einem Schauer voller Erstaunen und halb unterdrückter Beunruhigung, die mit jedem Augenblick größer wurde.

»Sie sehen hier vor sich, mein Herr«, begann mein Gastgeber, »einen Mann mit überaus exzentrischen Gepflogenheiten, für dessen Bekleidung ein Mann Ihres Verstandes und mit Ihren Neigungen jedoch keine Entschuldigung bedarf. Als ich über bessere Zeiten nachgedacht habe, gab es für mich keinerlei Bedenken, ihre Gebräuche zu bewahren und ihre Bekleidung und ihre Manieren anzunehmen; eine Manie, die niemanden kränkt, wenn man sie ohne Aufgeblasenheit praktiziert. Es war mein großes Glück, den Landsitz meiner Vorfahren erhalten zu können, auch wenn er von zwei Städten geschluckt wurde – zuerst von Greenwich, das nach 1800 bis hierher reichte, und dann von New York, das sich um 1830 anschloss. Es gab viele Gründe, dieses Haus im Besitz meiner Familie zu bewahren, und ich habe mich dieser Verpflichtung nicht entzogen. Der Landjunker, der es im Jahre 1768 erbte, beschäftigte sich mit gewissen Künsten und machte gewisse Entdeckungen, die alle mit Einflüssen zusammenhängen, die in diesem besonderen Grundstück verweilen und die der größten Wachsamkeit bedürfen. Einige merkwürdige Auswirkungen dieser Künste und Entdeckungen möchte ich Ihnen bei strengster Geheimhaltung nun enthüllen; ich kann mich wohl gebührend auf meine Menschenkenntnis verlassen, um weder Ihr Interesse noch Ihre Verschwiegenheit in Zweifel zu ziehen.«

Er hielt inne, doch ich vermochte bloß, stumm zu nicken. Ich sagte bereits, dass ich beunruhigt war, doch andererseits erschien meiner Seele nichts tödlicher als das reale New York im hellen Licht des Tages, und ob dieser Mann nun ein harmloser Exzentriker war oder ein Eingeweihter gefährlicher Künste – mir blieb keine andere Wahl, als einzuwilligen und meinen Hunger nach dem Wundersamen an dem zu stillen, was er offenbaren wollte. Deshalb lauschte ich.

»Für … meinen Vorfahren«, fuhr er leise fort, »schienen einige überaus bemerkenswerte Fähigkeiten im menschlichen Willen zu liegen; Fähigkeiten, die eine kaum vermutete Macht ausüben, nicht nur über die eigenen Taten und die anderer Menschen, sondern auch über alle möglichen Kräfte und Substanzen der Natur und über viele Elemente und Dimensionen, die umfassender als selbst die Natur sind. Darf ich Ihnen sagen, dass er die Heiligkeit so einmaliger Dinge wie Raum und Zeit bespöttelte und dass er die Riten gewisser Halbblutindianer, die einst auf diesem Hügel ihr Lager errichteten, zu sonderbaren Zwecken einsetzte? Jene Indianer hatten Gift und Galle gespien, als dieses Haus erbaut wurde, und baten störrisch immer wieder darum, dass sie das Gelände bei Vollmond betreten durften. Über Jahre hinweg stahlen sie sich jeden Monat über die Mauer, wenn sie konnten, und vollzogen in aller Heimlichkeit bestimmte Riten. Im Jahre 1868 ertappte der neue Herr des Anwesens sie dabei und erstarrte bei dem Anblick, der sich ihm bot. Später traf er mit ihnen ein Abkommen und bot ihnen ungehinderten Zugang zu seinem Grund und Boden im Austausch für genaue Kenntnis dessen, was sie dort taten – so erfuhr er, dass ihre Großväter die Bräuche zum Teil von ihren rothäutigen Vorfahren und zum Teil von einem alten Holländer aus der Zeit der Generalstaaten übernommen hatten. Nun, die Pocken sollen ihn fressen, denn der Gutsherr muss ihnen – ob nun absichtlich oder nicht – einen ungeheuerlich schlechten Rum kredenzt haben, denn eine Woche, nachdem er das Geheimnis erfahren hatte, war er der einzige Lebende, der noch davon wusste. Sie, mein Herr, sind der erste Außenstehende, der von diesem Geheimnis erfährt, und fürwahr, ich hätte nicht gewagt, derart mit … den Mächten … zu spielen, wären Sie nicht so erpicht auf Dinge aus vergangenen Zeiten.«

Ich erschauderte über die Art, wie der Mann in seiner Rede Umgangssprache und altertümliche Wendungen vermischte.

Er fuhr fort: »Doch Sie müssen wissen, Herr, dass das, was … der Gutsherr … von diesen primitiven Bastarden erfuhr, nur ein Bruchteil des Wissens war, das er sich noch aneignen sollte. Er war nicht umsonst in Oxford gewesen, hatte nicht ohne Ergebnis mit einem alten Chemiker und Sternendeuter in Paris gesprochen.

Er erkannte, um mich kurzzufassen, dass die ganze Welt bloß auf dem Rauch unseres Verstandes beruht. Er ist dem Zugriff der gewöhnlichen Menschen entzogen, doch der Weise kann ihn einatmen und wieder ausblasen wie den Rauch des guten Virginiatabaks. Was wir uns wünschen, vermögen wir um uns herum zu schaffen; was wir nicht möchten, können wir hinfortfegen. Ich behaupte nicht, dass all dies von universaler Wahrheit ist, doch genügt es, um dann und wann ein recht hübsches Spektakel aufzuziehen. Sie, so vermute ich, reizt es, einen genaueren Blick, als Ihre Fantasie Ihnen zu bieten vermag, auf gewisse Jahre zu werfen – also haben Sie bitte keine Angst und schauen Sie, was ich Ihnen zeigen werde. Kommen Sie ans Fenster und schweigen Sie.«

Mein Gastgeber nahm mich nun an der Hand und zog mich zu einem der beiden Fenster an der längeren Wand des muffig riechenden Zimmers. Schon bei der ersten Berührung seiner unbehandschuhten Finger wurde mir kalt, denn sie waren zwar trocken und fest, doch so frostig wie Eis, dass ich mich beinahe losgerissen hätte, als er mich vorwärtszog. Doch wieder dachte ich an die Leere und das Entsetzen der Wirklichkeit und entschloss mich mutig, ihm überall hin zu folgen, egal wo er mich hinführen mochte.

Als wir am Fenster standen, öffnete der Mann die gelben Seidenvorhänge und lenkte meinen Blick in die Finsternis dort draußen. Einen Augenblick lang sah ich nichts als eine unendliche Schar winziger, tanzender Lichter weit, weit entfernt vor mir. Dann, wie als Reaktion auf einen geheimen Wink meines Gastgebers, züngelte ein Blitz über die Szenerie, und dann blickte ich hinaus auf ein Meer üppigen Grüns – jungfräuliches Laubwerk, und nicht das Dächermeer, das jeder normal Denkende erwartet hätte.

Zu meiner Rechten schimmerte der Hudson boshaft, und am Horizont sah ich das ungesunde Glitzern einer riesigen Salzwüste, über der nervöse Glühwürmchen wie Sterne tanzten. Der Blitz erstarb, und ein böses Lächeln verzerrte das wächserne Gesicht des alten Geisterbeschwörers.

»Das war vor meiner Zeit – vor der Zeit des neuen Herren. Bitte, versuchen wir es noch einmal.«

Ich fühlte mich kraftlos, noch kraftloser als die gehasste Modernität der verfluchten Stadt mich hatte werden lassen.

»Gütiger Gott!«, flüsterte ich, »können Sie das mit *jeder Zeit* tun?«

Und als er nickte und die schwarzen Stummel zeigte, die

von seinen gelben Vorderzähnen übrig waren, hielt ich mich am Vorhang fest, um nicht hinzufallen. Doch er hielt mich mit seiner schrecklichen, eiskalten Klaue und vollführte erneut seine heimtückische Geste.

Wieder blitzte es – doch diesmal enthüllte der Blitz eine Szenerie, die mir nicht ganz unbekannt erschien.

Es war Greenwich, das Greenwich früherer Zeiten, hier und da sah man ein Dach oder eine Häuserreihe, wie man sie heute kennt, doch umgeben von hübschen grünen Wegen und Feldern und kleinen grasbewachsenen Stadtparks. Im Hintergrund schimmerte noch immer die Salzwüste, doch in weiterer Entfernung sah ich die Kirchtürme des damaligen New York: die Dreifaltigkeitskirche, die Paulskirche und die Kirche aus Ziegelsteinen, die ihre Schwestern überragte, und über dem Ganzen schwebte ein leichter Dunst von Holzrauch. Tief atmete ich ein, weniger wegen des Anblicks, der sich mir bot, sondern wegen der Möglichkeiten, die meine Fantasie mir grausig vor Augen hielt.

»Können Sie … wagen Sie es … weiter zurückzugehen?« Ich fragte dies voller Ehrfurcht, und ich glaube, sie übertrug sich eine Sekunde lang auf ihn, doch dann kehrte das ruchlose Lächeln zurück.

»Weiter? Was ich gesehen habe, würde dich vor Wahnsinn zu Stein werden lassen! Zurück, zurück – vorwärts, *vorwärts* – schau, du wimmernder Dummkopf!«

Und während er diese Worte beinahe atemlos fauchte, machte er erneut die Geste, die dieses Mal einen grelleren Blitz als zuvor am Himmel erweckte. Ganze drei Sekunden lang konnte ich den pandämonischen Anblick erhaschen, und in diesen Sekunden erblickte ich eine Szene, die mich seither in meinen Träumen quält.

Ich sah den Himmel verseucht mit sonderbaren fliegenden Geschöpfen, und darunter eine höllische schwarze Stadt aus gigantischen Steinterrassen mit frevelhaften Pyramiden, die sich wild dem Mond entgegenreckten, und Teufelslichter brannten in unzähligen Fenstern. Und auf den hohen

Galerien sah ich den widerlichen Schwarm der gelben, scheeläugigen Menschen dieser Stadt, gekleidet in entsetzliches Orange und Rot. Sie tanzten wie toll zu dem Pulsen fiebriger Kesselpauken, dem Rasseln obszöner Klappern und dem manischen Wimmern gedämpfter Hörner, deren unaufhörliches Wehklagen anstieg und fiel wie die Wellen eines unheiligen Meeres aus Asphalt.

Diese Vision der Zukunft sah ich, und im Geiste hörte ich die Kakofonie aus einem gotteslästerlichen Schlund, die sie begleitete. Es war die kreischende Erfüllung allen Entsetzens, das diese leichenhafte Stadt je in meiner Seele erweckt hatte, und ich vergaß alle Gebote, still zu sein, und ich schrie und schrie und schrie, bis meine Nerven nachgaben und die Wände um mich herum schwankten.

Dann, als der Blitz verglühte, sah ich, dass auch mein Gastgeber zitterte; in seinem Gesicht wurde die schlangenhaft zuckende Wut, die meine Schreie bei ihm ausgelöst hatten, nun durch den Ausdruck entsetzlicher Furcht überlagert. Er schwankte, hielt sich an den Vorhängen fest, wie ich es zuvor getan hatte, und schüttelte heftig den Kopf wie ein gehetztes Tier. Gott weiß, dass er einen guten Grund dazu hatte, denn als der Widerhall meiner Schreie verebbte, erklang ein anderes Geräusch, so voller teuflischer Andeutungen, dass nur innere Betäubung mich bei Verstand und Bewusstsein hielt. Es war das stetige, verstohlene Knarren der Treppenstufen hinter der verschlossenen Tür, als steige eine barfüßige oder Fellschuhe tragende Horde sie hinauf; und schließlich das vorsichtige, doch entschlossene Rütteln an dem Messingknauf, der im schwachen Licht der Kerzen funkelte.

Der alte Mann spuckte nach mir, schlug durch die moderige Luft und brüllte kaum verständlich mit kehliger Stimme, während er mit dem gelben Vorhang in Händen vorwärtstaumelte: »Der Vollmond – sei verdammt – Du … Du kläffender Hund – Du hast sie herbeigerufen, und sie wollen mich! Füße in Mokassins – tote Männer – Gott vernichte euch, ihr roten Teufel, ich habe euren Rum nicht vergiftet – hab ich nicht eure vermaledeite Magie geheim gehalten? – Ihr habt euch ins Grab gesoffen, verflucht noch mal, und doch wollt ihr eurem Herrn die Schuld zuschreiben – verschwindet, ihr! Lasst den Türknauf los – hier gibt es nichts für euch zu holen …«

In diesem Moment erschütterten drei zögernde und sehr behutsame Klopflaute die Bretter der Tür, und auf den Lippen des von Panik ergriffenen Hexenmeisters sammelte sich weißer Schaum. Seine Furcht wandelte sich zu starrer Verzweiflung und ließ noch genügend Platz für seine Wut auf mich; er schwankte auf den Tisch zu, an dessen Rand ich mich festhielt. Die Vorhänge, die er noch immer mit seiner rechten Hand umklammert hielt, während er die linke nach mir ausstreckte, spannten sich und rissen schließlich aus ihrer Halterung – das Licht des Vollmonds, den der sich aufhellende Himmel angekündigt hatte, strömte nun ungehindert ins Zimmer. In diesem grünlichen Lichtschein verblasste das Kerzenlicht und eine neue Aura des Verfalls strich durch den modrig riechenden Raum, über die wurmzerfressene Täfelung, den durchsackenden Boden, den ramponierten Kaminsims, die wackligen Möbel und die zerschlissenen Wandbehänge.

Das Licht legte sich auch über den Alten, und ob es nun wegen des Lichtes oder wegen seiner Furcht und seiner Wut geschah – ich sah, wie er zusammenschrumpfte und sich schwarz verfärbte, als er auf mich zuschlurfte und mich mit raubvogelartigen Klauen zerfetzen wollte. Nur seine Augen veränderten sich nicht; sie flammten in einem glühenden, auflodernden heißen Zorn auf, der noch zunahm, während das sie umgebende Gesicht verkohlte und einfiel.

Das Schlagen gegen die Tür wurde nun mit größerer Dringlichkeit wiederholt, und dieses Mal klang es metallisch. Das schwarze Etwas vor mir war jetzt nur noch ein Kopf mit Augen, der ohnmächtig versuchte, sich über den eingesunkenen Boden in meine Richtung zu winden, und mehrmals ein schwaches kümmerliches Fauchen unsterblicher

Boshaftigkeit von sich gab. Nun trafen rasche, zerschmetternde Schläge die schwachen Paneele der Tür, und ich sah einen Tomahawk schimmern, als er das Holz spaltete.

Ich regte mich nicht, vermochte es nicht; ich sah nur benommen zu, wie die Tür in Stücke geschlagen wurde und eine gewaltige, formlose, tintenschwarze Substanz mit leuchtenden, übelwollenden Augen hereinflutete. Sie ergoss sich zäh in den Raum, wie eine Woge aus Öl, warf einen Stuhl um und strömte quer durchs Zimmer bis unter den Tisch, hin zu dem geschwärzten Haupt, dessen Augen mich noch immer anstarrten. Die Substanz brodelte über den Kopf, verschlang ihn gänzlich, und im nächsten Moment zog sie sich bereits wieder zurück, trug ihre unsichtbare Beute davon, ohne mich zu berühren. Schließlich strömte sie wieder durch die schwarze Türöffnung hinaus, die unsichtbare Treppe hinab, die erneut knarrte, doch diesmal in umgekehrter Reihenfolge.

Dann gab unter mir der Fußboden nach und ich stürzte keuchend in die nachtschwarze Kammer darunter, erstickte fast an Spinnweben und verlor vor Grauen beinahe die Besinnung. Der grüne Mond, der durch die zerbrochenen Fenster strahlte, zeigte mir, dass die Tür zur Halle halb offen stand, und als ich mich vom gipsbedeckten Boden erhob und von den Resten der eingebrochenen Decke befreite, sah ich durch die Öffnung einen grausigen Strom aus Schwärze vorüberziehen, in dem Dutzende hasserfüllter Augen glühten.

Die Schwärze suchte nach der Kellertür, und als sie sie fand, verschwand sie darin. Ich spürte, wie unter mir der Boden nachgab, genau wie es bereits im Zimmer darüber geschehen war, dann krachte es über mir laut und vor dem westlichen Fenster fiel etwas hinab – dies muss wohl die Kuppel des Gebäudes gewesen sein.

Als ich mich aus den Trümmern befreit hatte, rannte ich durch die Halle zur Vordertür. Da ich sie nicht zu öffnen vermochte, packte ich einen Stuhl und schlug ein Fenster

ein, durch das ich hastig auf den verwilderten Rasen hinauskletterte, wo das Mondlicht über dem hohen Gras und
Unkraut tanzte. Die Mauer war hoch und alle Tore
verschlossen, doch ich stapelte in einer Ecke einige Kisten
übereinander und erreichte so die Mauerkrone, auf der ich
mich an einer der großen Steinvasen festhielt.

In meiner Erschöpfung erkannte ich um mich her nur
fremde Mauern und Fenster und alte Giebeldächer. Die
steile Straße, auf der ich hierhergelangt war, war nirgends zu
sehen, und das wenige, das ich ausmachte, wurde rasch von
einem Nebel verschlungen, der trotz des strahlend hellen
Mondes vom Fluss heranwallte. Plötzlich schwankte die Vase,
an der ich mich festhielt, als teilte sie meine eigene fatale
Benommenheit; einen Augenblick später stürzte mein
Körper hinunter, ich weiß nicht welchem Schicksal entgegen.

Der Mann, der mich gefunden hat, gab an, ich muss trotz
meiner Knochenbrüche ein gutes Stück gekrochen sein,
denn eine Blutspur habe sich erstreckt, so weit er nur
nachzusehen wagte. Der einsetzende Regen löschte diese
Verbindung zu dem Schauplatz meiner Prüfung rasch. Im
Polizeibericht steht bloß, ich sei aus unbekannter Richtung
kommend in der Perry Street am Eingang zu einem kleinen
dunklen Innenhof gefunden worden.

Ich habe nie das Verlangen verspürt, in diese finsteren
Labyrinthe zurückzukehren, und ich rate auch keinem
geistig gesunden Menschen, einen Fuß dorthin zu setzen.
Wer oder was dieses uralte Geschöpf denn nun war, weiß ich
nicht – aber ich wiederhole: Diese Stadt ist tot und steckt
voller unerwarteter Schrecken. Wohin *er* nun verschwunden
ist, weiß ich nicht; ich bin jedenfalls heimgekehrt zu den
freundlichen Fußwegen Neuenglands, über die am Abend
ein frischer Meereswind streicht.

DER ALCHEMIST

Hoch oben auf dem grasbewachsenen Gipfel eines Berges, dessen Seiten zum Fuße hin mit den knorrigen Bäumen urzeitlicher Wälder bewachsen sind, steht das alte Schloss meiner Ahnen. Jahrhundertelang haben seine Zinnen sich bedrohlich über die wilde und zerklüftete Landschaft erhoben und dem stolzen Geschlecht, dessen ehrwürdiger Stammbaum sogar noch älter ist als die moosbewucherten Schlossmauern, als Heim und Festung gedient.

Diese alten Türme, von Generationen an Stürmen gezeichnet und unter dem langsamen und doch machtvollen Zugriff der Zeit zerbröckelnd, stellten im Zeitalter des Feudalismus einst eine der gefürchtetsten und bedeutendsten Bastionen in ganz Frankreich dar. Die mit Gusserkern versehenen Brustwehre und erhöhten Zinnen haben Baronen, Grafen, ja selbst Königen getrotzt, und in den weitläufigen Räumen hallte nie der Tritt eines Eroberers wider.

Doch seit diesen glorreichen Zeiten hat sich alles verändert. Armut, die nur knapp über der Stufe der ärgsten Not lag, gekoppelt mit einem alten Familienstolz, der die Bekämpfung dieser Armut durch kommerzielle Geschäfte unterband, hat die Abkömmlinge unseres Geschlechts davon abgehalten, das Anwesen im ursprünglichen Glanz zu erhalten. Die aus den Mauern fallenden Steine, die ungepflegte Vegetation der Parks, der ausgetrocknete und staubige Burggraben, die schlecht gepflasterten Höfe, die wackligen Türme, die einsackenden Fußböden sowie die von Würmern zerfressene Wandvertäfelung und die ausgeblichenen Gobelins im Innern – dies alles erzählt die düstere Geschichte geschwundener Größe. Im Laufe der Zeit überließ man zuerst einen der vier großen Türme dem Verfall, dann einen weiteren, bis schließlich der traurige Rest der einstmals mächtigen Herren dieses Anwesens nur noch einen Turm bewohnen konnte.

In einem der riesigen und finsteren Gemächer dieses verbliebenen Turmes erblickte ich, Antoine, der Letzte aus dem Hause der unglückseligen und verfluchten Grafen von C–, vor neunzig langen Jahren das Licht der Welt. In diesen Mauern und draußen in den dunklen, schattigen Wäldern, den wilden Schluchten und Grotten unten auf dieser Bergseite, brachte ich die ersten Jahre meines geplagten Lebens zu.

Meine Eltern habe ich nie kennengelernt. Mein Vater wurde im Alter von zweiunddreißig Jahren, einen Monat vor meiner Geburt, durch einen herabfallenden Stein erschlagen, der sich irgendwie aus einer der verrotteten Brustwehre des Schlosses gelöst hatte. Und da meine Mutter bei meiner Geburt starb, lag die Obhut und meine Erziehung allein in den Händen des letzten verbliebenen Dieners, eines alten, vertrauenswürdigen und überaus intelligenten Mannes, der, wenn ich mich recht entsinne, Pierre hieß. Ich war ein Einzelkind und der aus dieser Tatsache erwachsende Mangel an Gesellschaft wurde noch verstärkt durch die eigenartige Sorgfalt, die mein alter Vormund darauf verwandte, mich von den Bauernkindern fernzuhalten, deren elterliche Gehöfte hier und da auf den Ebenen am Fuße des Berges verstreut lagen. Damals erklärte Pierre mir diese Einschränkung damit, dass ein Junge von solch edler Abstammung wie ich nicht mit solchem Gesindel verkehren dürfe. Mittlerweile kenne ich den wahren Grund dafür: Ich sollte die üblen Geschichten über den schrecklichen Fluch nicht hören, der angeblich auf unserem Geschlecht liegt – Geschichten, die sich die schlichten Gemüter in den Nächten mit gesenkten Stimmen im Schein ihrer Herdfeuer erzählten und immer weiter ausschmückten.

Derart einsam und auf mich selbst beschränkt, verbrachte ich die unzähligen Stunden meiner Kindheit über den uralten Folianten der von Schatten beherrschten Bibliothek des Schlosses, oder ich streifte ziellos durch den ewigen Staub des gespenstischen Waldes, der den Fuß der Bergflanke bedeckte. Es lag wohl an einer derartigen Umgebung, dass ich schon früh zur Melancholie neigte. Besonders die Studien, die sich dem Dunklen und Verborgenen der Natur widmen, zogen mich in ihren Bann.

Über meine eigene Familie ließ man mich merkwürdig wenig in Erfahrung bringen, doch das wenige, was ich herausfand, hat mich wohl stark bedrückt. Vielleicht war es anfangs nur die ausgeprägte Zurückhaltung meines alten Lehrers, mit mir über meine väterlichen Ahnen zu sprechen, die in mir ein Grauen erweckte, sobald mein großer Name erwähnt wurde. Doch mit der Zeit, als ich dem Kindesalter entwuchs, konnte ich unzusammenhängende Gesprächs-fetzen, die ungewollt über Lippen kamen, die sich der drohenden Altersschwäche nicht mehr erwehren konnten, wie Teile eines Puzzles zusammensetzen und kam damit einem gewissen Umstand näher, der mir schon immer merkwürdig erschienen war, aber nun einen nebulösen Schrecken gewann. Besagter Umstand war der frühe Tod, der alle Grafen meines Geschlechts getroffen hat. Bislang hatte ich dies auf eine naturgegebene Kurzlebigkeit der Familie zurückgeführt, doch nun grübelte ich lange über diese vorzeitigen Tode nach und fing an, sie mit den Fantas-tereien des Alten in Verbindung zu bringen, der häufig von einem Fluch sprach, der seit Jahrhunderten verhindere, dass die Träger meines Titels älter als zweiunddreißig Jahre würden.

Zu meinem einundzwanzigsten Geburtstag überreichte der alte Pierre mir ein Familiendokument, von dem er behaup-tete, es sei seit vielen Generationen vom Vater auf den Sohn vererbt und von jedem Besitzer weitergeführt worden. Der Inhalt war überaus bestürzend und schon die flüchtige Lektüre bestätigte meine schlimmsten Befürchtungen. Zu dieser Zeit war mein Glaube an das Übernatürliche fest und tief verwurzelt, ansonsten hätte ich die unglaubliche Erzäh-lung, die sich vor meinen Augen entfaltete, wohl voller Spott abgetan.

Das Dokument führte mich zurück ins 13. Jahrhundert, als

das alte Schloss, in dem ich wohnte, noch eine gefürchtete und uneinnehmbare Festung gewesen war. Es berichtete von einem besonderen alten Mann, der einst auf unserem Anwesen gewohnt hatte, eine Person mit beachtlichen Fertigkeiten, obgleich er nicht viel mehr als ein Bauer war: Man nannte ihn Michel – wegen seines üblen Rufes wurde er für gewöhnlich mit dem Beinamen Mauvais, der Böse, versehen. Er hatte für eine Person seines Standes ungewöhnliche Studien betrieben, nach dem Stein der Weisen und dem Elixier des ewigen Lebens gesucht, und er soll die grausigen Geheimnisse der Schwarzen Magie und Alchemie gekannt haben. Michel Mauvais hatte einen Sohn namens Charles, ein Jüngling, der in den verborgenen Künsten ebenso beschlagen war wie sein Vater und den man deshalb Le Sorcier, den Zauberer, nannte. Dieses Paar, das von allen ehrbaren Menschen gemieden wurde, verdächtigte man der scheußlichsten Praktiken. Vom alten Michel hieß es, er habe sein Weib dem Teufel geopfert, indem er es bei lebendigem Leibe verbrannte, und dem gefürchteten Gespann wurde auch das ungeklärte Verschwinden vieler kleiner Bauernkinder in die Schuhe geschoben. Und doch zeigten Vater und Sohn in ihren finsteren Charakteren einen hellen Sonnenstrahl der Menschlichkeit: Der böse Alte liebte seinen Sprössling abgöttisch und der Jüngling brachte seinem Erzeuger eine mehr als übliche Zuneigung entgegen.

Eines Nachts wurde das Schloss auf dem Hügel von größtem Aufruhr ergriffen, denn der junge Godfrey, der Sohn des Grafen Henri, war verschwunden. Ein Suchtrupp unter der Führung des panischen Vaters drang in die Hütte der Hexenmeister ein und traf dort auf den alten Michel Mauvais, der gerade mit einem großen Kessel beschäftigt war, in dem es heftig brodelte. Ohne Beweis, einzig erfüllt von unbeherrschter Wut und Verzweiflung, packte der Graf den alten Zauberer, und als er seinen mörderischen Griff endlich wieder löste, war sein Opfer tot. In der Zwischenzeit verkündeten frohe Diener, sie hätten den jungen Godfrey in einer entlegenen und ungenutzten Kammer des großen Gebäudes gefunden – der arme Michel war umsonst ermordet worden.

Als der Graf und seine Begleiter sich von der bescheidenen Unterkunft des Alchemisten abwandten, trat zwischen den Bäumen die Gestalt des Charles Le Sorcier hervor. Das erregte Geplapper der Knechte in seiner Nähe verriet ihm, was geschehen war, doch zuerst zeigte er keinerlei Regung über das Los seines Vaters. Dann schritt er langsam auf den Grafen zu und sprach mit gedämpfter, aber schrecklicher Stimme den Fluch aus, der fortan auf dem Hause der C– liegen sollte:

»Möge kein Edler deines mörderischen Stammes
ein höheres Alter als du erreichen!«

So sprach er und lief plötzlich zurück in die schwarzen Wälder, doch zuvor hatte er ein Fläschchen mit farbloser Flüssigkeit aus seiner Tunika genommen und es dem Mörder seines Vaters ins Gesicht geschleudert – und war hinter dem tintenschwarzen Vorhang der Nacht verschwunden.

Der Graf starb ohne jeden Laut und wurde am nächsten Tag begraben, kaum älter als zweiunddreißig Jahre seit der Stunde seiner Geburt. Von seinem Mörder fand sich keine Spur, obschon Scharen von rohen Bauern unablässig die benachbarten Wälder und das Weideland um den Berg durchstöberten.

Die Zeit und das Fehlen einer warnenden Stimme ließen bei der Familie des verstorbenen Grafen die Erinnerung an den Fluch verblassen und als Godfrey, der unschuldige Auslöser der ganzen Tragödie und jetziger Träger des Titels, im Alter von zweiunddreißig Jahren auf der Jagd durch einen Pfeil getötet wurde, gab man sich keinen weiteren Gedanken als denen der Trauer über sein Verscheiden hin. Doch als Jahre später der nächste junge Graf, sein Name war Robert, in einem nahe liegenden Feld tot aufgefunden wurde, ohne dass ein Grund dafür ersichtlich war, flüsterten die Bauern sich zu, dass ihr Herr doch erst vor Kurzem seinen zweiunddreißigsten Geburtstag gefeiert hatte – und nun war er einem frühen Tod erlegen. Louis, der Sohn Roberts, ertrank im selben schicksalhaften Alter im Burggraben, und so verlief die unheimliche Chronik weiter durch die Jahrhunderte: Henri, Robert, Antoine und Armand, alle wurden aus einem glücklichen und ehrenhaften Leben gerissen, kurz bevor sie das Alter ihres unglückseligen Ahnherrn zum Zeitpunkt seiner Ermordung erreicht hatten.

Mir blieben höchstens noch elf Jahre zu leben, wurde mir von den gerade gelesenen Worten versichert. Mein Leben, das ich bislang wenig wertgeschätzt hatte, erschien mir nun mit jedem Tag kostbarer, mit dem ich tiefer und tiefer in die Mysterien der geheimnisvollen Welt der Schwarzen Magie eindrang. So isoliert wie ich lebte, hatte die moderne Wissenschaft keinerlei Einfluss auf mich genommen, und so arbeitete ich wie im Mittelalter, tief versunken in dämonologische und alchemistische Lehren wie dereinst der alte Michel und der junge Charles. Doch so viel ich auch las, ich konnte keinerlei Erklärung für den sonderbaren Fluch finden, der auf meinem Geschlecht lag. In seltenen rationalen Stunden ging ich gar so weit, nach einer natürlichen Erklärung zu suchen, indem ich die frühen Tode meiner Ahnen dem finsteren Charles Le Sorcier und seinen Nachfahren zuschrieb, doch bei sorgfältigen Nachforschungen fand ich heraus, dass keinerlei Nachkommen des Alchemisten bekannt waren. Deshalb verfiel ich wieder auf die okkulten Studien und versuchte weiterhin, einen Zauber zu finden, der meine Familie von dieser grausigen Bürde befreien würde. Einen festen Entschluss hatte ich bereits gefasst: Ich würde niemals heiraten, und damit, da es ja keinen weiteren Familienzweig gab, würde ich den Fluch mit mir ins Grab nehmen.

Kurz vor meinem dreißigsten Geburtstag wurde Pierre von

dieser Welt abberufen. Alleine bestattete ich ihn unter den Steinen des Innenhofes, über die er im Leben so gerne geschlendert war. Somit verblieb ich als einziges menschliches Geschöpf in der großen Festung und in meiner vollkommenen Einsamkeit wehrte mein Geist sich allmählich nicht mehr gegen das bevorstehende Ende und versöhnte sich beinahe mit dem Schicksal, das so viele meiner Vorfahren getroffen hatte.

Ich brachte nun einen Großteil meiner Zeit damit zu, die verfallenen und verlassenen Hallen und Türme des alten Schlosses zu erforschen, die ich in meiner Jugend aus Furcht gemieden hatte. Pierre hatte mir erzählt, dass einige davon seit mehr als vier Jahrhunderten durch keinen menschlichen Fuß mehr betreten worden waren. Merkwürdig und erschreckend waren viele der Gegenstände, die ich dort vorfand. Ich erblickte Mobiliar, das vom Staub der Jahrhunderte bedeckt und von der ewigen Feuchtigkeit vermodert war. Überall, in einer Fülle, wie ich sie nie zuvor gesehen hatte, hingen Spinnweben und mächtige Fledermäuse flatterten mit ihren knochigen und unheimlichen Flügeln durch alle Winkel des unbewohnten Halbdunkels.

Ich führte gründlichst Protokoll über mein genaues Alter, bis hin zu den Tagen und Stunden, denn jede Schwingung des Pendels der großen Standuhr in der Bibliothek wischte einen Teil von meiner verfluchten Existenz hinweg. Am Ende näherte ich mich dem Zeitpunkt, dem ich mit solchen Ängsten entgegengesehen hatte. Da die meisten meiner Ahnen, kurz bevor sie das genaue Alter von Graf Henri zum Zeitpunkt seines Todes erreicht hatten, aus dem Leben gerissen worden waren, blieb ich jeden Moment auf mein unbekanntes Ende gefasst. Ich wusste nicht, auf welch sonderbare Art der Fluch mich heimsuchen würde, doch ich hatte den Entschluss gefasst, dass er in mir zumindest kein feiges oder untätiges Opfer vorfinden sollte. Mit neuem Eifer widmete ich mich weiter der Erforschung des alten Schlosses und seiner Räume.

Es geschah bei einem meiner längsten Forschungsgänge durch den verlassenen Teil des Schlosses, dass es zum entscheidenden Ereignis meines Lebens kam – nur Tage vor der verhängnisvollen Stunde, von der ich glaubte, dass sie die äußerste Grenze meines irdischen Daseins markierte, jenseits der ich keinerlei Hoffnung auf ein Weiteratmen zu hegen brauchte. Den Großteil des Morgens hatte ich damit verbracht, halb eingebrochene Treppen in einem der verfallensten der alten Türme hoch- und runterzulaufen. Im Laufe des Nachmittags war ich dann in die unteren Etagen hinabgestiegen und im Keller auf einen Raum gestoßen, der entweder ein mittelalterliches Verlies oder ein später angelegtes Lager für Schießpulver zu sein schien.

Als ich langsam den salpeterverkrusteten Durchgang am Fuß der letzten Treppe durchschritt, wurde der Steinboden sehr feucht, und bald offenbarte das Licht meiner flackernden Fackel, dass eine nackte, mit Wasserflecken übersäte Mauer mir den Weg versperrte. Als ich mich wieder umwandte, fiel mein Blick auf eine kleine Falltür mit ringförmigem Griff direkt neben meinen Füßen. Ich bückte mich und nach einiger Anstrengung gelang es mir, die Falltür zu öffnen – darunter verbarg sich eine schwarze Öffnung, aus der widerliche Dämpfe aufwirbelten, die meine Fackel sprühen ließen. In diesem unsteten Licht enthüllte sich der Anfang einer Steintreppe.

Sobald die Fackel, die ich in die abstoßende Tiefe hielt, hell und gleichmäßig brannte, machte ich mich an den Abstieg. Es waren viele Stufen und sie führten zu einem engen, mit Steinplatten gefliesten Durchgang, der sich tief unter der Erde befinden musste. Dieser Durchgang erwies sich als sehr lang und er endete vor einer massiven Eichentür, die von der allgegenwärtigen Feuchtigkeit überzogen war und sich allen Versuchen, sie zu öffnen, unnachgiebig widersetzte. Nach einer Weile stellte ich meine Bemühungen ein und ging schon zurück zur Treppe, als mir eine der tief greifendsten und unerträglichsten Erschütterungen widerfuhr, die der menschliche Geist zu ertragen vermag. Ohne Vorwarnung hörte ich, wie die schwere Tür sich hinter mir langsam und knarrend in ihren rostigen Angeln öffnete.

Meine unmittelbaren Empfindungen darauf waren nicht zu deuten. An einem Ort wie diesem, den ich für völlig verlassen gehalten hatte, mit einem Beweis für die Gegenwart eines Menschen oder eines Geistes konfrontiert zu werden, löste in mir ein Grauen jenseits jeder Beschreibung aus. Als ich mich endlich umdrehte und der Ursache des Geräuschs gegenüberstand, müssen meine Augen bei dem Anblick, der sich ihnen bot, förmlich aus ihren Höhlen gefallen sein: Dort im uralten gotischen Türrahmen stand eine menschliche Gestalt.

Es war ein Mann mit einer Schädelkappe und einem langen, mittelalterlichen Umhang von dunkler Farbe. Sein Haar und der wallende Bart waren tiefschwarz und unglaublich lang gewuchert, seine Stirn höher als bei gewöhnlichen Menschen, seine Wangen eingesunken und tief von Falten gefurcht. Seine Hände waren lang, klauenartig und verknöchert und von einer so tödlichen, marmornen Blässe, wie ich sie noch nie zuvor bei einem Menschen gesehen hatte. Seine Gestalt, mager wie ein Gerippe, stand sonderbar gebückt und wirkte verloren in den weiten Falten seiner eigentümlichen Kleidung. Doch am merkwürdigsten von allem waren seine Augen, zwei Höhlen voll abgründiger Schwärze, voller tiefgründiger Weisheit und zugleich unmenschlicher Heimtücke. Der Blick dieser Augen richtete sich nun auf mich, zerschnitt meine Seele in ihrem Hass und bannten mich fest an der Stelle, an der ich stand.

Endlich sprach die Gestalt mit einer grollenden Stimme, die mir mit ihrem dumpfen Klang voll lauernder Rachsucht durch und durch ging. Die Sprache, die diese Gestalt benutzte, war jene niedere Form des Latein, das die gebildeteren Menschen des Mittelalters gebraucht hatten und mir durch meine Studien der Werke alter Alchemisten und Dämonologen vertraut war.

Die Erscheinung sprach von dem Fluch, der über meinem Geschlecht schwebte und verkündete mir mein bevorstehendes Ende. Sie hielt sich bei dem Unrecht auf, das mein Ahnherr an dem alten Michel Mauvais begangen habe, und redete schadenfroh von der Rache des Charles Le Sorcier. Sie berichtete, wie der junge Charles in die Nacht entkommen und Jahre später zurückgekehrt sei, um den Erben Godfrey, der sich gerade dem Alter seines Vaters bei dessen Ermordung näherte, mit einem Pfeil zu töten. Anschließend sei Charles heimlich auf das Anwesen zurückgekehrt und habe sich unbemerkt in der schon damals verlassenen unterirdischen Kammer niedergelassen, in deren Eingang der grausige Erzähler nun stand; wie er Robert, den Sohn von Godfrey, auf einem Feld gepackt und ihn gezwungen habe, Gift zu schlucken, sodass er im Alter von zweiunddreißig Jahren starb, um den rachsüchtigen Fluch aufrechtzuerhalten.

Es blieb mir allein überlassen, mir die Lösung des größten aller Rätsel auszumalen, wie nämlich der Fluch seit jener Zeit erfüllt worden war, da Charles Le Sorcier doch naturgemäß gestorben sein musste, denn der Mann schweifte jetzt ab und berichtete über die profunden alchemistischen Studien der beiden Hexenmeister, Vater und Sohn, und sprach vor allem von den Forschungen Charles le Sorciers an einem Elixier, welches dem, der davon trank, ewiges Leben und ewige Jugend verlieh.

Die Begeisterung schien einen Moment lang die schwarze Feindseligkeit aus seinen schrecklichen Augen zu verdrängen, doch jetzt kehrte der verteufelte Blick schlagartig zurück und mit dem schaurigen Zischen einer Schlange hob der Fremde eine Glasphiole, offensichtlich in der Absicht, mein Leben so zu beenden, wie Charles le Sorcier sechshundert Jahre zuvor das meines Ahnen beendet hatte.

Mein Selbsterhaltungstrieb löste den Bann, der mich bislang reglos gehalten hatte, und ich schleuderte die schon ersterbende Fackel in Richtung der Kreatur, die mein Leben bedrohte. Ich hörte, wie das Fläschchen unschädlich auf den Steinen des Durchgangs zerbrach, während die Tunika des seltsamen Mannes Feuer fing und alles in gespenstisches Licht tauchte. Der Schrei voller Angst und ohnmächtigem Hass, den der verhinderte Meuchelmörder ausstieß, war zu viel für meine ohnehin erschütterten Nerven – ich verlor das Bewusstsein und fiel vornüber auf den schleimigen Boden.

Als ich endlich wieder zu mir kam, war alles in fürchterliche Dunkelheit gehüllt, und als ich mich an das Geschehene erinnerte, schreckte ich vor der Vorstellung zurück, noch mehr zu sehen; doch schließlich siegte die Neugierde. Wer, so fragte ich mich, war dieser Mann des Bösen, und wie war er ins Innere des Schlosses gelangt? Weshalb wollte er den Tod von Michel Mauvais rächen und wie war der Fluch durch all die Jahrhunderte seit der Zeit des Charles Le Sorcier aufrechterhalten worden?

Die Furcht vieler Jahre glitt von mir ab, denn jetzt wusste ich, dass der, den ich niedergestreckt hatte, die Gefahr des Fluches verkörperte. Nun, da ich erleichtert war, brannte ich darauf, mehr über die finsteren Umstände zu erfahren, die mein Geschlecht seit Jahrhunderten heimgesucht und meine Jugend zu einem fortwährenden Albtraum gemacht hatten. Ich war fest entschlossen, mehr herauszufinden, tastete in meiner Tasche nach Feuerstein und Stahl und zündete die unbenutzte Fackel an, die ich noch bei mir trug.

Zuerst fiel das neue Licht auf die verkrümmte und verbrannte Gestalt des geheimnisvollen Fremden. Die scheußlichen Augen waren jetzt geschlossen. Angeekelt wandte ich mich von diesem Anblick ab und betrat die Kammer hinter der gotischen Tür. Dahinter fand ich, was allem Anschein nach das Laboratorium eines Alchemisten war. In einer Ecke lag ein gewaltiger Haufen strahlendes gelbes Metall, das im Schein der Fackel herrlich funkelte. Es mag Gold gewesen sein, doch ich nahm mir nicht die Zeit, um es zu untersuchen, war ich doch noch seltsam betäubt von dem, was ich durchgemacht hatte. Auf der gegenüberliegenden Seite des Raumes befand sich eine Öffnung, die hinaus in eine der vielen Schluchten des dunklen Bergwaldes führte. Erstaunt wurde mir klar, wie der Mann sich Zugang zum Schloss verschafft hatte.

Ich machte mich auf den Rückweg. Ich wollte an den sterblichen Überresten des Fremden mit abgewandtem Gesicht vorbeigehen, doch als ich mich dem Leichnam näherte, glaubte ich ein leises Geräusch zu hören, als sei der letzte Lebensfunken doch noch nicht erloschen. Entsetzt drehte ich mich um, um die verkohlte und verschrumpelte Gestalt am Boden zu betrachten.

Mit einem Male öffneten sich die schrecklichen Augen, schwärzer noch als das verbrannte Gesicht, weit aufgerissen, mit einem Ausdruck, den ich nicht zu deuten vermochte. Die aufgeplatzten Lippen versuchten Worte zu formen, die ich kaum verstand. Einmal hörte ich den Namen Charles Le Sorcier und glaubte die Worte ›Jahre‹ und ›Fluch‹ aus dem verzerrten Mund zu vernehmen. Dennoch gelang es mir nicht, diese Bruchstücke sinnvoll zu verbinden. Die pechschwarzen Augen funkelten mich wegen meiner offenkundigen Dummheit erneut boshaft an, und obwohl ich wusste, dass mein Gegner machtlos war, erzitterte ich bei diesem Anblick.

Plötzlich sammelte der Elende seine allerletzten Kräfte und hob den grässlichen Kopf von dem feuchten und eingesunkenen Steinboden. Und während ich vor Angst erstarrt danebenstand, fand er seine Stimme wieder und schrie mir im Sterben die Worte zu, die mich seither Tag und Nacht verfolgen.

»Narr!«, kreischte er, »Errätst du mein Geheimnis nicht? Hast du kein Hirn, um zu erkennen, welcher Wille über sechs lange Jahrhunderte hinweg den schrecklichen Fluch auf deinem Geschlecht erfüllt hat? Habe ich dir nicht von dem großen Elixier des ewigen Lebens erzählt? Weißt du denn nicht, wer das Rätsel der Alchemie löste? Ich sage dir, ich war's! Ich! Ich! Ich habe sechshundert Jahre lang gelebt, um meine Rache zu vollziehen, denn ich bin Charles Le Sorcier!«

IN DER GRUFT

Es gibt meiner Ansicht nach nichts Absurderes als jene herkömmliche Assoziation des Einfachen mit dem Gesunden, von der das Seelenleben der Massen durchdrungen zu sein scheint. Man erwähne eine idyllische Yankee-Umgebung, einen linkischen und dickfelligen Leichenbestatter und ein achtloses Missgeschick in einer Gruft, und der durchschnittlicher Leser wird kaum mehr erwarten als eine herzhafte, wenngleich groteske Komödie. Doch bei Gott, die prosaische Geschichte, die George Birchs Verscheiden mir zu erzählen gestattet, weist Aspekte auf, neben denen einige unserer düstersten Tragödien heiter erscheinen.

Birch zog sich eine Behinderung zu und wechselte im Jahre 1881 seinen Beruf, sprach aber nie über diesen Vorfall, wenn er es vermeiden konnte. Ebenso hielt es sein alter Arzt, Dr. Davis, der schon vor Jahren starb. Es hieß allgemein, dass sein Leiden und der Schock die Folge eines Missgeschicks seien, aufgrund dessen Birch sich neun Stunden lang in der Leichenhalle des Friedhofes von Peck Valley eingeschlossen hatte und nur mithilfe kruder und verheerender mechanischer Hilfsmittel zu entkommen vermochte; doch während dies zweifellos der Wahrheit entsprach, gab es da noch andere und schwärzere Dinge, die mir der Mann im Säuferdelirium kurz vor seinem Ende zuflüsterte. Er wandte sich an mich, weil ich sein Arzt war und weil er vermutlich das Bedürfnis verspürte, sich nach Davis' Tod jemand anderem anzuvertrauen. Er war Junggeselle und hatte keine Verwandten.

Bis zum Jahre 1881 war Birch der Leichenbestatter des Dorfes Peck Valley gewesen, und er war selbst für sein Metier ein überaus abgebrühter und primitiver Kautz. Die ihm zugeschriebenen Praktiken, von denen ich hörte, wären heutzutage undenkbar, zumindest in einer Stadt; und selbst Peck Valley wäre ein wenig erschaudert, hätte es um die lockere Moral seines Bestattungskünstlers bezüglich solcher Angelegenheiten wie dem Eigentumsrecht an kostbaren, unter dem Sargdeckel verborgenen Aufbahrungsgewändern gewusst oder des zu wahrenden Maßes an Würde beim Zurechtrücken und Anpassen der verborgenen Glieder lebloser Insassen an Behältnisse, die nicht immer mit der größtmöglichen Genauigkeit berechnet worden waren. Vor allem war Birch unordentlich, unsensibel und seines Handwerks nicht mächtig; dennoch bin ich nach wie vor der Auffassung, dass er kein schlechter Mensch war. Er war lediglich aus grobem Holz geschnitzt – gedankenlos, unachtsam und dem Schnaps ergeben, wie sein leicht vermeidbares Missgeschick beweist, und ohne jenes Mindestmaß an Vorstellungskraft, das den Durchschnittsbürger innerhalb gewisser, vom Takt bestimmter Grenzen hält.

An welcher Stelle ich mit Birchs Geschichte beginnen soll, vermag ich kaum zu entscheiden, da ich kein geübter Geschichtenerzähler bin. Ich nehme an, man sollte im kalten Dezember des Jahres 1880 anfangen, als der Erdboden gefror und die Totengräber bis zum nächsten Frühjahr keine neuen Leichengruben mehr ausheben konnten. Glücklicherweise war das Dorf klein und die Sterberate gering, sodass es möglich war, Birchs leblose Schützlinge allesamt in der einzigen Leichenhalle der Gemeinde unterzubringen, einer antiquierten Gruft. Der Bestatter wurde angesichts des bitterkalten Wetters doppelt so lethargisch wie gewöhnlich und schien sich in puncto Unachtsamkeit selbst zu übertreffen. Niemals zimmerte er dürftigere und plumpere Särge zusammen oder missachtete auf eklatantere Weise die Anforderungen des eingerosteten Schlosses an der Eingangstür, die er mit unbekümmerter Nachlässigkeit aufriss und zuwarf.

Endlich kam das Frühlingstauwetter, und fleißig bereitete man die Gräber für die stumme Ernte des Sensenmannes, neun Leichname, die in der Gruft warteten. Birch, obgleich er die Mühen des Transports und der Beisetzungen fürchtete, ging an einem unschönen Morgen im April an die

Überführungsarbeit, hielt jedoch noch vor der Mittagsstunde wegen des heftigen Regens inne, der sein Pferd zu irritieren schien, nachdem er erst einen Leichnam der ewigen Ruhe anheimgegeben hatte. Dabei handelte es sich um Darius Peck, den Neunzigjährigen, dessen Grabstätte nicht weit von der Gruft entfernt lag. Birch beschloss, am nächsten Tag mit dem kleinen alten Matthew Fenner zu beginnen, dessen Grab sich ebenfalls in der Nähe befand; er schob die Angelegenheit aber über drei Tage vor sich her und machte sich erst am Karfreitag, dem 15. des Monats, ans Werk. Da ihm jeglicher Aberglaube fremd war, beachtete er das Datum überhaupt nicht, wenngleich er sich später weigern sollte, an diesem verhängnisvollen sechsten Tag der Woche irgendetwas von Bedeutung zu tun. Gewiss hatten die Geschehnisse jenes Abends George Birch stark verändert.

Am Nachmittag des 15. Aprils, einem Freitag, machte Birch sich also mit Pferd und Kutsche zur Gruft auf, um die sterbliche Hülle des Matthew Fenner zu überführen. Dass er nicht völlig nüchtern dabei war, gab er im Nachhinein zu; doch hatte er sich damals noch nicht völlig der Trunksucht ergeben, wie er es später tat, um gewisse Dinge vergessen zu können. Er war nur benommen und unachtsam genug, um sein reizbares Pferd scheu zu machen, das, als er es heftig in Richtung Leichenhalle antrieb, wieherte und stampfte und sich aufbäumte, wie es erst kürzlich geschehen war, als der Regen es anscheinend irritiert hatte. Der Himmel war an diesem Tag wolkenlos, doch ein starker Wind hatte sich erhoben, und Birch war froh über den Unterschlupf, den ihm die in den Hügel gebaute Gruft bot, als er die Eisentür aufsperrte. Einem anderen hätte die feuchte, miefige Kammer mit den acht sorglos aufgestellten Särgen wohl kaum behagt; doch Birch war zur damaligen Zeit unempfindlich und sorgte sich einzig darum, den richtigen Sarg für das richtige Grab zu finden. Er hatte den Tadel nicht vergessen, den er sich eingehandelt hatte, als Hannah Bixbys Verwandte, die ihren Leichnam auf den Friedhof der Stadt überführen wollten, in die sie umgezogen waren, unter ihrem Grabstein den Sarg von Richter Capwell vorfanden.

Das Licht war trübe, doch Birch hatte gute Augen, und er griff sich nicht versehentlich Asaph Sawyers Sarg, obwohl dieser sehr ähnlich aussah. Er hatte diesen Sarg eigentlich für Matthew Fenner gemacht, ihn jedoch in einer sonderbar sentimentalen Anwandlung als zu ungeschlacht und dürftig beiseitegestellt, als er sich der Güte des kleinen alten Mannes erinnerte, der ihm vor fünf Jahren während einer Geldverlegenheit geholfen hatte. Er gab dem alten Matt das Beste, wozu ihn sein Talent befähigte, war allerdings knauserig genug, das verworfene Exemplar aufzuheben und zu verwenden, als Asaph Sawyer einem bösartigen Fieber erlag. Sawyer war kein liebenswerter Mann gewesen, und viele Geschichten machten die Runde über seine fast unmenschliche Rachsucht und sein hartnäckiges Gedächtnis für ihm zugefügtes Unrecht, ob dieses nun echt oder bloß eingebildet war. In seinem Fall hatte Birch keinerlei Bedenken verspürt, ihm den sorglos zusammengeschusterten Sarg zuzuweisen, den er nun aus dem Weg schob, um nach Fenners Totenkiste zu suchen.

Gerade hatte er den Sarg des alten Matt erkannt, da schlug die Tür im Wind zu und ließ ihn in einem tieferen Dämmerlicht als zuvor zurück. Das schmale Querfenster über der Tür ließ nur die schwächsten Lichtstrahlen durch und der Entlüftungsschacht in der Decke so gut wie gar keine; und so musste er sich mit profanem Herumtasten behelfen, als er sich inmitten der langen Kisten seinen Weg stockend zum Türschloss bahnte. Im Grabeszwielicht rüttelte er am rostigen Türknauf, stemmte sich gegen die Eisentür und fragte sich, warum das massive Portal mit einem Mal so widerspenstig war. In diesem Halbdunkel erkannte er auch allmählich den Ernst der Lage und begann, laut zu rufen, als könne sein Pferd draußen mehr tun als eine teilnahmslose Antwort zu wiehern. Denn das seit Langem vernachlässigte Türschloss war offenkundig entzweigegangen und der unachtsame Bestatter in der Gruft gefangen, ein Opfer seiner eigenen Sorglosigkeit.

Die Sache muss sich gegen halb vier nachmittags zugetragen haben. Birch, vom Temperament her phlegmatisch und praktisch veranlagt, rief nicht lange, sondern ging daran, nach einigen Werkzeugen zu tasten, die er in einem Winkel der Gruft gesehen zu haben glaubte. Es ist zweifelhaft, ob ihn das Grauenhafte und ausgesprochen Unheimliche seiner Lage überhaupt berührte, doch die nüchterne Tatsache, fernab der alltäglichen Pfade der Menschen gefangen zu sein, war genug, um ihn nachhaltig zu verärgern. Sein Tagewerk wurde traurigerweise unterbrochen, und käme nicht zufällig bald ein Wanderer vorbei, so würde er die ganze Nacht oder länger hier zubringen müssen. Bald hatte Birch den Werkzeughaufen erreicht und einen Hammer und eine Meißel genommen, um über die Särge hinweg zur Tür zurückzukehren. Die Luft wurde allmählich überaus ungesund, doch diesem Detail schenkte er keine Beachtung, als er sich halb nach Gefühl am schweren und verrosteten Metall des Türschlosses zu schaffen machte. Viel hätte er für eine Laterne oder einen Kerzenstummel gegeben, doch da diese ihm fehlten, pfuschte er halb blind drauflos, so gut er konnte.

Als er erkannte, dass das Türschloss solch kärglichen Werkzeugen unter so finsteren Bedingungen keinesfalls nachgeben würde, suchte Birch nach anderen Fluchtmöglichkeiten. Die Gruft war in die Seite eines Hügels gebaut worden, sodass der enge Entlüftungsschacht mehrere Meter durchs Erdreich verlief, wodurch dieser Weg gar nicht erst in Betracht kam. Das hohe, schlitzähnliche Querfenster in der Ziegelmauer über der Tür versprach jedoch, von einem emsigen Arbeiter womöglich vergrößert werden zu können; und so blieb sein Blick lange darauf gerichtet, während er sich den Kopf zerbrach, wie er es erreichen konnte. Es gab keine Leiter in der Gruft, und die Sargnischen in den

Seitenwänden und der Rückwand, die Birch nur selten zu nutzen beliebte, boten keine Aufstiegsmöglichkeit zu der Stelle über der Tür. Nur die Särge selbst blieben als mögliche Trittsteine, und als er dies in Erwägung zog, sann er über die beste Art und Weise ihrer Anordnung nach. Drei Lagen aufeinandergestapelter Särge, so schätzte er, würden ihm erlauben, das Querfenster zu erreichen; besser aber ginge es mit vieren. Die Kisten waren halbwegs ebenmäßig und konnten wie Blöcke gestapelt werden, und so begann er zu errechnen, wie er die acht am besten arrangieren könnte, um eine besteigbare Plattform von vier Särgen Höhe zu errichten. Bei seiner Planung konnte er nicht umhin zu wünschen, die Einzelteile seiner beabsichtigten Treppe stabiler gebaut zu haben. Ob er Fantasie genug hatte, sich zu wünschen, sie seien leer, muss stark in Zweifel gezogen werden.

Schließlich entschloss er sich dazu, als Fundament drei Särge parallel zur Wand zu stellen, um darauf zwei Lagen von jeweils zwei Kisten zu türmen, und auf diese wiederum einen einzelnen Sarg, der dann als Plattform dienen sollte. Diese Anordnung wäre leicht zu erklimmen und böte die gewünschte Höhe. Besser noch, er würde sogar nur zwei Kisten des Fundaments dazu nützen, um den Überbau zu tragen, wodurch eine frei blieb, um auf die Spitze gestellt zu werden, sollte der eigentliche Kraftakt der Flucht eine noch größere Höhe verlangen. Und so plagte der Gefangene sich im Zwielicht, hievte die teilnahmslosen sterblichen Überreste ohne große Umstände, derweil sein kleiner Turmbau zu Babel nach und nach emporwuchs. Mehrere Särge splitterten bereits beim Transport, und er hatte vor, den stabil gebauten Sarg des kleinen Matthew Fenner für zuletzt aufzuheben, sodass seine Füße auf einem möglichst sicheren Untergrund standen. Im Halbdunkel vertraute er zumeist auf seinen Tastsinn, um den richtigen Sarg zu finden, und in der Tat stieß er fast zufällig darauf, als dieser ihm merkwürdigerweise wie aus eigenem Willen in die Hände fiel, nachdem er ihn unwissentlich in der dritten Lage neben einen anderen gestellt hatte.

Schließlich war der Turm vollendet, und er gönnte seinen schmerzenden Armen eine Pause, während der er auf der untersten Stufe seines grausigen Bauwerks saß. Dann machte Birch sich vorsichtig an den Aufstieg und stand mit seinen Werkzeugen vor dem schmalen Querfenster. Die Einfassung der Öffnung bestand zur Gänze aus Ziegelsteinen, und es schien keinen Zweifel daran zu geben, dass er binnen kurzer Zeit genügend davon fortzumeißeln vermochte, um hindurchschlüpfen zu können. Als er mit den Hammerschlägen begann, wieherte draußen das Pferd in einem Ton, der sowohl Ermunterung als auch Spott bedeuten mochte. Beides wäre angemessen gewesen, denn die unerwartete Hartnäckigkeit des so spröde wirkenden Ziegelmauerwerks war gewiss ein sardonischer Kommentar über die Nichtigkeit irdischen Hoffens und die Quelle einer Aufgabe, deren Durchführung jeder möglichen Ermutigung bedurfte.

Die Abenddämmerung brach an, und Birch plagte sich noch immer. Er arbeitete mittlerweile größtenteils nach Gefühl, da neu aufgezogene Wolken den Mond verbargen; und obwohl sein Werk nur langsam voranschritt, fühlte er sich ermutigt durch das Ausmaß seiner Erweiterungen ober- und unterhalb der Öffnung. Er könnte, dessen war er sicher, wohl um Mitternacht herauskommen, und es war charakteristisch für ihn, dass dieser Gedanke keinerlei unheimlichen Beiklang für ihn hatte. Unbekümmert von bedrückenden Betrachtungen über Zeit, Ort und die Gesellschaft unter seinen Füßen meißelte er mit stoischer Gelassenheit an dem steinigen Mauerwerk, fluchte, wenn ein Bruchstück ihm ins Gesicht sprang, und lachte, wenn eins das zunehmend erregte Pferd traf, das nahe der Zypresse tänzelte. Nach einiger Zeit war das Loch so groß, dass er von Zeit zu Zeit versuchte hindurchzuschlüpfen, wobei er sich so hin und her bewegte, dass die Särge unter ihm wackelten und knarrten. Er erkannte, dass er keinen weiteren Sarg auf die

Plattform würde stapeln müssen, um die rechte Höhe zu erreichen.

Es muss mindestens Mitternacht gewesen sein, als Birch entschied, dass er durch das Querfenster passen würde. Trotz vieler Pausen war er erschöpft und schweißgebadet, und er stieg hinunter und setzte sich für eine Weile auf die untere Kiste, um Kraft zu schöpfen für das finale Hindurchzwängen und den Sprung auf den Boden draußen. Das hungrige Pferd wieherte wiederholt und geradezu unheimlich, und er verspürte undeutlich den Wunsch, es möge damit aufhören. Er fühlte sonderbarerweise keine Freude über sein bevorstehendes Entkommen, und fast fürchtete er die Strapazen, denn seine Gestalt war von der trägen Beleibtheit der beginnenden mittleren Lebensjahre.

Als er die splitternden Särge wieder hinaufstieg, kam ihm sein Gewicht überaus deutlich zu Bewusstsein; besonders als er den obersten erreichte und jenes eindringliche Knirschen vernahm, das das weitgehende Splittern von Holz ankündigt. Er hatte, so schien es, umsonst den stabilsten Sarg für die Plattform ausgewählt, denn kaum war sein ganzer Wanst wieder oben, da gab der modernde Sargdeckel auch schon nach und beförderte ihn ruckartig einen halben Meter tiefer auf einen Untergrund, den nicht einmal er sich ausmalen wollte. Das wartende Pferd wurde rasend von dem Geräusch – oder aber von dem Gestank, der sich in die frische Luft draußen mischte – und gab einen Schrei von sich, der für ein Wiehern zu panisch war, galoppierte wie toll in die Nacht davon, und der Wagen klapperte wie verrückt hinterdrein.

Birch in seiner grausigen Lage stand nun zu tief, um ohne Weiteres aus dem vergrößerten Querfenster klettern zu können, sammelte aber seine Kräfte für einen entschlossenen Versuch. Er umklammerte den Rand der Öffnung und wollte sich daran hochziehen, als er ein sonderbares Hemmnis in Gestalt eines unmissverständlichen Zerrens an seinen Fußknöcheln bemerkte.

Binnen einer Sekunde verspürte er zum ersten Mal in

jener Nacht Angst, denn so sehr er sich auch anstrengen mochte, er konnte sich dem unbekannten Griff nicht entwinden, der seine Füße unnachgiebig gefangen hielt. Schreckliche Schmerzen wie von grausamen Wunden schossen durch seine Waden; und sein Verstand geriet in einen Strudel der Furcht, dem sich ein unerschütterlicher Materialismus beimischte, der ihn an Splitter, lose Nägel oder andere Merkmale einer geborstenen Holzkiste denken ließ. Vielleicht schrie er. Jedenfalls trat er um sich und wand sich panisch und unwillkürlich, während sein Bewusstsein fast in einer halben Ohnmacht versank.

Sein Instinkt leitete ihn, als er sich durch die Öffnung schlängelte und nach seinem unangenehmen Aufprall über den feuchten Erdboden kroch. Es hatte den Anschein, dass er nicht mehr laufen konnte, und der aufgehende Mond war wohl Zeuge eines entsetzlichen Anblicks, als Birch sich mit blutenden Fußknöcheln in Richtung des Friedhofshäuschens schleppte, wobei seine Finger sich in gedankenloser Hast in den schwarzen Torf gruben und sein Körper mit jener wahnsinnig machenden Langsamkeit reagierte, unter der man leidet, wenn man von den Phantomen eines Albtraums gejagt wird. Es gab jedoch offensichtlich keinen Verfolger, denn er war allein und am Leben, als Armington, der Friedhofswärter, auf Birchs schwache Kratzgeräusche hin seine Türe öffnete.

Armington half Birch auf ein Gästebett und schickte seinen kleinen Sohn Edwin nach Dr. Davis. Der Leidende war bei vollem Bewusstsein, sagte aber nichts Zusammenhängendes, sondern murmelte nur Dinge wie »Oh, meine Knöchel!«, »Lass mich los!« oder »… eingesperrt in der Gruft«. Dann kam der Arzt mit seinem Bereitschaftskoffer, stellte knappe Fragen und zog dem Patienten Oberkleider, Schuhe und Socken aus. Die Wunden – denn beide Knöchel waren an den Achillessehnen fürchterlich zerfleischt – schienen den alten Doktor sehr zu verwirren und ihn letztlich fast zu ängstigen. Seine strengen Fragen gingen über das rein Medizinische hinaus, und seine Hände zitterten, während er die zerfetzten Gliedmaßen verband, als wolle er die Wunden so rasch wie möglich seinem Blick entziehen.

Für einen sachlichen Arzt erschien Davis' ominöses und bestürztes Kreuzverhör tatsächlich sehr sonderbar, als er aus dem geschwächten Leichenbestatter noch die letzte Einzelheit seines schrecklichen Erlebnisses herauszupressen versuchte. Er war merkwürdig erpicht darauf zu wissen, ob Birch sicher – vollkommen sicher – sei, was die Identität des oberen Sarges auf dem Turm anbelangte, wie er ihn ausgewählt habe, wie er ihn in der Dunkelheit als den Sarg Fenners habe erkennen können und woran er ihn von dem minderwertigen Duplikat unterschieden habe, in dem der bösartige Asaph Sawyer lag. Konnte der robuste Fenner-Sarg wirklich so leichthin nachgeben? Davis, der schon seit langer Zeit im Dorf praktizierte, hatte natürlich Fenner wie auch Sawyer anlässlich ihrer Beerdigungen gesehen, da er beiden am Sterbebett beigestanden hatte. Er hatte sich bei Sawyers Beisetzung sogar gefragt, wie es dem rachsüchtigen Bauern gelungen war, in einer Kiste ausgestreckt zu liegen, die jener des kleinwüchsigen Fenner so ähnlich war.

Nach geschlagenen zwei Stunden verabschiedete sich Dr. Davis und drängte Birch, unbeirrt darauf zu beharren, seine Wunden seien lediglich die Folge loser Nägel und zersplitterten Holzes. Was sonst, so fügte er hinzu, könnte denn auch je bewiesen oder geglaubt werden? Doch es sei gut, so wenig wie möglich zu sagen und keinen anderen Arzt als ihn die Wunden behandeln zu lassen. Birch befolgte diesen Ratschlag für den Rest seines Lebens, bis er mir seine Geschichte erzählte. Als ich die Narben sah – die damals schon uralt und verblasst waren –, musste ich zugeben, dass dies ein weiser Entschluss gewesen war. Er war für immer lahm geblieben, denn die großen Sehnen waren durchtrennt worden; doch ich glaube, die größte Lähmung hatte sich seiner Seele bemächtigt. Seine einst so phlegmatischen und nüchternen Denkprozesse hatten unauslöschliche

Narben davongetragen, und es war ein Jammer, seine Reaktion auf die zufällige Erwähnung von Begriffen wie »Freitag«, »Gruft«, »Sarg« und Wörtern von weniger offensichtlicher Bedeutsamkeit mit anzusehen. Sein verängstigtes Pferd war heimgekehrt, doch sein verängstigter Verstand fand nie nach Hause. Er wechselte den Beruf, aber irgendetwas zehrte immerzu an ihm. Es mag Furcht gewesen sein, die sich mit einer sonderbaren verspäteten Art von Reue für vergangene Geschmacklosigkeiten vermischte. Seine Trunksucht verstärkte natürlich nur, was er damit zu lindern trachtete.

Als Dr. Davis in jener Nacht Birch verließ, hatte er sich eine Laterne genommen und war zu der alten Leichenhalle gegangen. Der Mond schien auf die verstreuten Ziegelbruchstücke und die beschädigte Fassade, und auf eine Berührung von außen öffnete sich das Schloss an der großen Tür bereitwillig. Durch sämtliche Nervenproben der Seziersäle abgehärtet, trat der Arzt ein und sah sich um, wobei er den geistigen und körperlichen Ekel unterdrückte, den all das auslöste, was er sah und roch. Einmal schrie er laut auf und ließ kurz darauf ein Keuchen vernehmen, das wesentlich schlimmer war als ein Schrei. Dann floh er zurück in das Häuschen und brach alle Regeln seines Standes, indem er seinen Patienten wachrüttelte und ihm flüsternd Dinge entgegenschleuderte, die sich in dessen erstaunte Ohren wie das Zischen von Vitriol einbrannten.

»Es war Asaphs Sarg, Birch, wie ich es mir gedacht habe! Ich kenne sein Gebiss, in seinem Oberkiefer fehlen die Vorderzähne – zeigen Sie in Gottes Namen niemandem je diese Wunden! Die Leiche war ziemlich hinüber, aber wenn ich auf einem Gesicht – oder einem ehemaligen Gesicht – jemals Rachsucht gesehen habe! … Sie wissen, welch teuflische Lust ihm Rache bereitete – wie er den alten Raymond dreißig Jahre nach ihrem Gerichtsstreit über die Grundstücksgrenze ruinierte, und wie er letztes Jahr im August den kleinen Hund tottrat, der nach ihm geschnappt hatte … Er war der Teufel in Menschengestalt, Birch, und ich glaube, dass sein Auge-um-Auge-Wahn stärker war als die Zeit und der Tod! Gott, sein Zorn – um nichts in der Welt möchte ich den auf mich ziehen!

Wieso haben Sie das getan, Birch? Er war ein Schurke, und ich verüble es Ihnen nicht, ihm einen ausrangierten Sarg gegeben zu haben, aber hier sind Sie verflucht noch mal zu weit gegangen! Nun, es ist schon genug, dieses Ding zu knapp zu bemessen, aber Sie wissen, wie klein der alte Fenner war.

Ich werde diesen Anblick meinen Lebtag nicht mehr vergessen. Sie haben heftig um sich getreten, denn Asaphs Sarg lag auf dem Boden. Sein Schädel war zertrümmert, und alles um ihn lag in Stücken. Ich habe schon so einiges gesehen, aber eines war hier zu viel. Auge um Auge! Gütiger Himmel, Birch, Sie haben bekommen, was Sie verdienen! Der Anblick des Schädels hat mir den Magen umgedreht, doch das andere war schlimmer – *diese säuberlich an den Knöcheln abgetrennten Füße, damit er in Matt Fenners ausrangierten Sarg passte!*«

DIE FAKTEN ÜBER ARTHUR JERMYN
UND SEINE FAMILIE

Das Leben ist etwas Abscheuliches, und hinter allem, was wir darüber wissen, schielen dämonische Andeutungen der Wahrheit hervor, die es zuweilen um ein Tausendfaches abscheulicher machen. Die Wissenschaft, die uns schon genug mit ihren schockierenden Offenbarungen bedrückt, wird sich vielleicht als der endgültige Todesstoß für unsere menschliche Gattung erweisen – falls wir denn eine eigene Gattung darstellen –, denn ihre Reserve an ungeahnten Schrecken könnte kein sterbliches Gehirn ertragen, würde man sie auf die Welt loslassen. Wenn wir wüssten, was wir sind, würden wir handeln wie Sir Arthur Jermyn, denn Arthur Jermyn übergoss sich eines Nachts mit Heizöl und steckte seine Kleidung in Brand. Niemand sammelte seine verkohlten Überreste in eine Urne oder setzte dem Andenken des Verstorbenen ein Grabmal. Besondere Dokumente und ein besonderer Gegenstand waren in einer Kiste gefunden wurden, die in den Menschen den Wunsch erweckten, zu vergessen. Manche, die ihn kannten, geben nicht einmal mehr zu, dass er jemals existierte.

Arthur Jermyn ging hinaus ins Moor und verbrannte sich selbst, nachdem er das Objekt in der Kiste gesehen hatte, die aus Afrika stammte. Dieses Objekt war es, und nicht sein eigenes, eigenartiges Aussehen, das ihn dazu veranlasste, seinem Leben ein Ende zu setzen. Mit den eigenartigen Gesichtszügen von Arthur Jermyn hätten viele sicher nicht gerne gelebt, doch er war ein Dichter und Gelehrter gewesen und hatte sich um dergleichen nicht geschert. Die Gelehrsamkeit lag ihm im Blut, denn bereits sein Urgroßvater Sir Robert Jermyn war ein anerkannter Anthropologe gewesen und sein Urururgroßvater Sir Wade Jermyn einer der ersten Erforscher des Kongo-Gebietes, der kenntnisreich die dortigen Stämme, Tierarten und vermeintlichen Altertümer beschrieb. Der alte Sir Wade war tatsächlich von einem intellektuellen Eifer beseelt gewesen, der fast ans Manische grenzte. Als sein Buch *Betrachtungen über die verschiedenen Teile Afrikas* erschien, brachten seine bizarren Theorien über eine vorgeschichtliche weiße Zivilisation im Kongo ihm einiges an Spott ein. 1765 wurde dieser beherzte Forscher in eine Irrenanstalt in Huntingdon eingeliefert.

In allen Jermyns steckte die Anlage zum Wahnsinn, und die Menschen waren froh, dass es nicht viele von ihnen gab. Es gab keine Seitenlinien im Stammbaum, und Arthur war der letzte aus dieser Familie. Wäre er das nicht gewesen, so lässt sich kaum sagen, wie er sich wohl dann beim Eintreffen des Objektes verhalten hätte. Die Jermyns schienen schon immer irgendwie seltsam auszusehen – irgendetwas schien zu fehlen, doch bei Arthur war es am schlimmsten, denn die alten Familienporträts im Haus der Jermyns, die aus der Zeit vor Sir Wade stammten, zeigten durchaus auch edle Gesichter. Jedenfalls begann der Wahnsinn mit Sir Wade, dessen fantastische Geschichten über Afrika zugleich die Freude und das Grauen seiner wenigen Freunde bildeten. Dieser Wahnsinn zeigte sich in seiner Trophäen- und Präparatensammlung, deren Stücke ein normaler Mensch niemals erworben und aufbewahrt hätte, und er trat ganz deutlich in der orientalischen Klausur zutage, in der er seine Frau hielt. Sie wäre, so hatte er erklärt, die Tochter eines portugiesischen Händlers, dem er in Afrika begegnet sei, und sie könne sich nicht mit den englischen Gepflogenheiten anfreunden. Nach seiner zweiten und längsten Afrika-Reise war sie mitsamt einem dort geborenen kleinen Sohn mit ihm nach England gekommen und hatte ihn auf der dritten und letzten Reise begleitet, von der sie nicht mehr wiederkehrte. Niemand hatte sie je aus der Nähe gesehen, nicht einmal die Dienstboten, da sie als gewalttätig und eigenartig galt. Während ihres kurzen Aufenthalts im Hause der Jermyns hatte sie einen entlegenen Flügel bewohnt und war allein von ihrem Ehegatten versorgt worden. Die Fürsorglichkeit, mit der Sir

Wade seine Familie umgab, war wirklich ziemlich eigen-artig – als er nach Afrika zurückkehrte, durfte außer einer abstoßenden Schwarzen aus Guinea niemand die Pflege seines kleinen Sohnes übernehmen und nach der Rückkehr nach England, als Lady Jermyn verstorben war, kümmerte er sich ganz allein um den Knaben.

Es war jedoch in der Hauptsache das Gerede von Sir Wade, vor allem, wenn er betrunken war, das seine Freunde zu dem Urteil bewegte, er sei wahnsinnig. In einem von der Vernunft geprägten Zeitalter wie dem 18. Jahrhundert war es für einen gebildeten Mann nicht gerade klug, von fantastischen Visionen und seltsamen Szenerien unter dem Mond des Kongo zu reden, von den gigantischen Mauern und Säulen einer vergessenen Stadt, verfallen und von wilden Gewächsen überwuchert, und von feuchten Steinstufen, die endlos hinab in die Finsternis abgrundtiefer Schatzkammern und unvorstellbarer Katakomben führen. Besonders unklug war es, von den Lebewesen zu schwärmen, die einen derartigen Ort womöglich heimsuchten, von Kreaturen, die halb zum Urwald und halb zu der unheiligen, alten Stadt gehörten – sagenhafte Geschöpfe, die selbst ein Plinius nur mit Skepsis beschrieben hätte; Wesen, die erschienen sein mochten, nachdem die großen Affen die sterbende Stadt mit den Mauern und Säulen, den Grabgewölben und unheimlichen Reliefs überrannt hatten.

Dennoch sprach Sir Wade nach seiner letzten Heimkehr mit einer erschreckenden Eindringlichkeit über solche Dinge, meist, nachdem er im *Knight's Head* das dritte Glas intus hatte. Er prahlte dann damit, was er im Dschungel entdeckt habe und wie er inmitten grauenhafter Ruinen, die ihm allein bekannt seien, gelebt habe. Am Ende hatte er in einer solchen Weise von den Lebewesen gesprochen, dass man ihn ins Irrenhaus brachte. Er zeigte kaum Bedauern darüber, in Huntingdon eingesperrt zu werden, da sein Verstand sonderbaren Regungen folgte. Seit sein Sohn das Kindesalter allmählich hinter sich ließ, hatte er sich immer unwohler in seinem eigenen Heim gefühlt, bis er es zuletzt sogar zu fürchten schien. Der *Knight's Head* war ihm zum Zufluchtsort geworden, und als man ihn einsperrte, drückte er einen unklaren Dank darüber aus, von nun an beschützt zu werden. Drei Jahre später starb er.

Wade Jermyns Sohn Philip war eine überaus merkwürdige Person. Trotz einer ausgeprägten äußerlichen Ähnlichkeit zu seinem Vater waren sein Aussehen und sein Verhalten in vielerlei Hinsicht derart ungehobelt, dass er im Allgemeinen gemieden wurde. Obwohl Philip den Wahnsinn nicht geerbt hatte, was manche befürchteten, war er geradezu dumm und neigte zu Anfällen von enthemmter Brutalität. Er war eher klein, doch äußerst stark und er konnte sich unglaublich wendig bewegen. Zwölf Jahre, nachdem er den Titel geerbt hatte, vermählte er sich mit der Tochter seines Wildhüters, einer Frau, von der es hieß, sie stamme von Zigeunern ab, aber noch vor der Geburt seines Sohnes ging er als ganz gewöhnlicher Seemann zur Marine, wodurch er die Abscheu nur vervollkommnete, die er bereits mit seinen Eigenarten und seiner Missheirat hervorgerufen hatte. Nach dem Ende des amerikanischen Befreiungskrieges hörte man, er verdinge sich als Matrose auf einem Handelsschiff in Afrika und genieße wegen seiner Kraft und seiner Kletterkünste hohes Ansehen, doch eines Nachts verschwand er spurlos, während sein Schiff vor der Küste des Kongo vor Anker lag.

Im Sohn von Sir Philip Jermyn nahm die mittlerweile gewohnte Eigenheit der Familie eine sonderbare und fatale Wendung. Groß gewachsen, recht gut aussehend und mit einem sonderbaren orientalischen Charme, trotz der etwas merkwürdigen Proportionen seines Körpers, begann Robert Jermyn schon früh mit der Arbeit als Gelehrter und Forscher. Er war der Erste, der die gewaltige Sammlung von Relikten, die sein verrückter Großvater aus Afrika mitgebracht hatte, wissenschaftlich erfasste und den Namen der Familie im Bereich der Ethnologie ebenso berühmt machte wie in der Welt der Forschung. 1815 heiratete Sir Robert die Tochter des siebten Viscount Brightholme. Diese Verbindung wurde mit drei Kindern gesegnet, von denen das älteste und das jüngste wegen angeblicher körperlicher und geistiger Schwächen niemals in der Öffentlichkeit zu sehen waren. Von dieser familiären Tragödie belastet, suchte der Wissenschaftler Trost in der Arbeit und unternahm zwei ausgedehnte Expeditionen ins Innere Afrikas. 1849 brannte sein zweiter Sohn Nevil, eine ungemein abstoßende Person, die offenbar die Verdrießlichkeit von Philip Jermyn und die Hochnäsigkeit der Brightholmes in sich vereinte, mit einer ordinären Tänzerin durch, doch als er im nächsten Jahr wieder heimkehrte, vergab man ihm. Er kam als Witwer ins Elternhaus zurück, bei sich einen kleinen Sohn, Alfred, der viele Jahre später Arthur Jermyns Vater werden sollte.

Freunde behaupteten, dass es all diese Kümmernisse gewesen seien, die Sir Robert Jermyns Verstand trübten, doch wahrscheinlich war es lediglich ein wenig afrikanische Folklore, die das Desaster auslöste. Der in die Jahre gekommene Gelehrte hatte die Legenden der Onga-Stämme gesammelt, die sich in der Nähe des von ihm und seinem Großvater erkundeten Gebietes aufhielten, in der Hoffnung, dabei irgendwelche Belege für die fantastischen Geschichten zu finden, die Sir Wade über eine verschollene Stadt erzählt hatte, die von sonderbaren Mischlingswesen bewohnt sein sollte. Eine gewisse Folgerichtigkeit in den merkwürdigen Unterlagen seines Vorfahren deutete an, dass die Fantasie des Wahnsinnigen offensichtlich von Mythen der Eingeborenen angeregt worden war.

Am 19. Oktober 1852 besuchte der Forschungsreisende Samuel Seaton das Haus der Jermyns. Er brachte einige Aufzeichnungen mit, die unter den Onga gesammelt worden waren. Seaton ging davon aus, dass gewisse Legenden über eine graue Stadt, von weißen Affen bewohnt und von einem weißen Gott beherrscht, für den Ethnologen interessant sein könnten. Während des Gespräches schilderte er vermutlich noch viele zusätzliche Einzelheiten, von deren Natur wir nie erfahren werden, da sich plötzlich eine ganze Reihe grässlicher Tragödien ereignete. Als Sir Robert Jermyn seine Bibliothek verließ, ließ er in ihr die erdrosselte Leiche des Forschungsreisenden zurück, und ehe man ihn hindern konnte, hatte er jedes seiner drei Kinder umgebracht – die beiden, die man nie zu Gesicht bekommen hatte, und den Sohn, der einst davongelaufen war. Nevil Jermyn starb, als er erfolgreich das Leben seines eigenen, zwei Jahre alten Sohnes verteidigte, den der irre alte Mann ebenfalls töten wollte. Sir Robert selbst weigerte sich starrköpfig, noch irgendwelche artikulierte Laute von sich zu geben und nach mehreren Selbstmordversuchen starb er schließlich an einem Schlaganfall im zweiten Jahr seiner Haft.

Sir Alfred Jermyn erhielt den Adelstitel des Baronet vor seinem vierten Geburtstag, doch seine Gewogenheiten passten überhaupt nicht dazu. Im Alter von zwanzig Jahren schloss er sich einer Gruppe von Varietékünstlern an und mit sechsunddreißig ließ er Frau und Kind sitzen, um mit einem amerikanischen Wanderzirkus umherzureisen. Sein Ende war äußerst abstoßend. Zu den Tieren der Show, mit der er reiste, gehörte ein riesiges Gorillamännchen. Es war von hellerer Farbe als üblich und ein außergewöhnlich gehorsames Tier, das bci den Akrobaten sehr beliebt war. Von diesem Gorilla war Alfred Jermyn eigenartig fasziniert, und häufig betrachteten sich die beiden lange Zeit durch die Stäbe des Käfigs hindurch. Irgendwann bat Jermyn um die Erlaubnis, das Tier trainieren zu dürfen. Diese Bitte wurde ihm gewährt und er verblüffte das Publikum ebenso wie seine Artistenkollegen mit seinen Erfolgen.

Eines Morgens in Chicago, als der Gorilla und Alfred Jermyn einen überaus findigen Boxkampf einübten, schlug das Tier stärker als sonst zu und verletzte damit sowohl den Körper als auch die Würde des Amateurbändigers. Von dem, was folgte, sprechen die Mitwirkenden der »Größten Schau der Welt« nicht gerne. Völlig überrascht mussten sie zusehen, wie Sir Alfred Jermyn einen schrillen, unmenschlichen

Schrei ausstieß, seinen tollpatschigen Gegner mit beiden Händen packte, auf den Boden des Käfigs schleuderte und sich wie ein Raubtier in dessen behaarter Kehle verbiss. Der Gorilla wurde überrumpelt, aber das währte nicht lange, und ehe der ausgebildete Dompteur eingreifen konnte, war der Körper, der einem Baronet gehört hatte, bereits nicht mehr zu erkennen.

II

Arthur Jermyn war der Sohn von Sir Alfred Jermyn und einer Varietésängerin unbekannter Herkunft. Als der Ehemann und Vater seine Familie sich selbst überließ, brachte die Mutter das Kind ins Haus der Jermyns – dort gab es niemanden mehr, der sich von ihrer Anwesenheit hätte gestört fühlen können. Sie hatte durchaus eine Vorstellung davon, was zur Würde eines Edelmannes gehört, und sorgte dafür, dass ihr Sohn die beste Erziehung erhielt, die die begrenzten Geldmittel erlaubten. Diese Ressourcen waren äußerst knapp geworden, und das Haus der Jermyns befand sich mittlerweile in einem kläglich baufälligen Zustand, doch der junge Arthur liebte das Gebäude und alles, was sich darin befand. Er glich keinem anderen Jermyn, der bisher gelebt hatte, denn er war ein Dichter und ein Träumer. Manche der Familien in der Nachbarschaft, die Geschichten über die nie gesehene portugiesische Frau des alten Sir Wade Jermyn gehört hatten, meinten, ihr romanisches Blut breche wohl in Arthur wieder hervor. Die meisten Nachbarn rümpften jedoch nur die Nase über seinen Hang für das Schöne und führten ihn auf seine Mutter aus dem Varieté zurück, die man für nicht gesellschaftsfähig hielt. Arthur Jermyns poetische Empfindlichkeit war in Anbetracht seiner ungeschlachten äußeren Erscheinung umso bemerkenswerter. Die meisten der Jermyns hatten unterschwellig eigenartige, abstoßende Gesichtszüge besessen, doch in Arthurs

Fall war das sehr auffällig. Es ist schwierig zu sagen, wem oder was er ähnelte, doch seine gesamte Erscheinung – die Physiognomie und die Länge seiner Arme – löste bei allen, die ihm zum ersten Mal begegneten, einen Schauder des Widerwillens aus.

Es waren Verstand und Charakter von Arthur Jermyn, die mit dessen Aussehen versöhnten. Begabt und belesen, schloss er das Studium in Oxford mit den höchsten Ehrungen ab. Er schien dazu bestimmt, den einstmals guten intellektuellen Ruf seiner Familie wiederherzustellen. Auch wenn er eher poetisch denn wissenschaftlich veranlagt war, wollte er das Werk seiner Ahnen auf dem Gebiet der afrikanischen Volks- und Altertumskunde fortführen, wozu er die wirklich wundervolle, wenn auch sonderbare Sammlung von Sir Wade nutzte. Sein kreativer Geist grübelte oft über die prähistorische Zivilisation nach, an die der wahnsinnige Forscher so innig geglaubt hatte, und spann eine Geschichte nach der anderen über die stille Stadt im Dschungel, die in den unglaublichen Notizen und Aufzeichnungen seines Vorfahren erwähnt wurde. Er hegte eine Mischung aus Grauen und Anziehung gegenüber den nebelhaften Äußerungen über eine unbeschreibliche, ungeahnte Dschungelrasse von Hybridwesen, stellte Vermutungen über die möglichen Grundlagen dieser Fantastereien an und versuchte, Licht in die letzten Aufzeichnungen zu bringen, die sein Urgroßvater und Samuel Seaton unter den Onga gesammelt hatten.

1911, nach dem Tode seiner Mutter, entschied sich Sir Arthur Jermyn, seine Untersuchungen bis zum Äußersten voranzutreiben. Er verkaufte einen Teil seiner Ländereien, um das benötigte Geld aufzubringen, stattete eine Expedition aus und reiste mit einem Schiff in den Kongo. Über die belgischen Behörden besorgte er sich eine Gruppe von Führern und verbrachte ein Jahr in den Gebieten der Onga und der Kahn, wo er auf Informationen stieß, die seine höchsten Erwartungen übertrafen. Bei den Kaliris begegnete er einem alten Häuptling namens Mwanu, der nicht nur über ein ausgezeichnetes Gedächtnis, sondern auch über eine einzigartige Intelligenz verfügte und an den alten Legenden interessiert war. Der Alte bestätigte alle die Geschichten, die Jermyn gehört hatte, und fügte seinen eigenen Bericht hinzu über die steinerne Stadt und die weißen Affen, wie es ihm erzählt worden war.

Laut Mwanu gab es die graue Stadt und die Mischlingswesen nicht mehr, da sie schon vor vielen Jahren von dem kriegerischen Volk der N'bangus ausgerottet worden seien. Dieser Stamm habe zuerst einen Großteil der Gebäude zerstört und dann alle Lebewesen getötet. Danach hätten sie die ausgestopfte Göttin davongetragen, denn sie sei das Ziel ihrer Suche gewesen: die weiße Affengöttin, die von den seltsamen Geschöpfen verehrt wurde und die nach einer Überlieferung des Kongo der Körper einer Frau war, die vormals über diese Wesen als Gebieterin geherrscht hatte. Wer diese weißen, affenähnlichen Kreaturen gewesen sein mochten, konnte Mwanu sich nicht vorstellen, doch er glaubte, dass es sich bei ihnen um die Erbauer der zerstörten Stadt handelte. Jermyn vermochte keine Vermutungen anzustellen, aber durch nachdrückliche Nachfragen erfuhr er eine äußerst pittoreske Legende über die ausgestopfte Göttin.

Die Affenfürstin, so hieß es, sei die Gefährtin eines großen weißen Gottes geworden, der aus dem Westen gekommen wäre. Lange Zeit hätten sie beide über die Stadt geherrscht, doch als sie einen Sohn bekamen, gingen sie alle drei fort. Später seien der Gott und die Fürstin wieder heimgekehrt, und nach dem Tode der Fürstin hätte ihr göttlicher Gemahl ihre sterbliche Hülle mumifizieren und in einem gewaltigen steinernen Bauwerk aufbewahren lassen, wo man sie verehrte. Dann ging er allein davon.

Diese Legende schien in drei Fassungen zu existieren. Einer Darstellung zufolge geschah nichts weiter, als dass die ausgestopfte Göttin zum Symbol der Überlegenheit des Stammes wurde, der sie sein Eigen nannte. Das war der

Grund, weshalb die N'bangus sie fortschleppten. Eine andere Geschichte berichtete von der Rückkehr des Gottes und seinem Tod zu Füßen seiner im Schrein eingeschlossenen Frau. Eine dritte erzählte von der Rückkehr des Sohnes, der zum Mann – oder, je nachdem, auch zum Affen oder zum Gott – herangereift war, sich seiner Identität jedoch nicht bewusst gewesen sei. Jedenfalls hatten die fantasievollen Schwarzen eine Menge aus den Ereignissen gemacht, die womöglich hinter diesen bizarren Legenden lagen.

Die Wirklichkeit der Dschungelstadt, wie sie der alte Sir Wade beschrieben hatte, zweifelte Arthur Jermyn nun nicht mehr an, und als er Anfang 1912 dann tatsächlich auf ihre Überreste stieß, war er kaum überrascht. Ihre Größe war sicher übertrieben worden, doch die umherliegenden Steine bewiesen, dass es sich nicht bloß um ein Negerdorf gehandelt hatte. Leider wurden keinerlei Schnitzereien oder Inschriften gefunden, und die geringe Größe der Expedition verhinderte, einen erkennbaren, aber verschütteten Eingang freizuräumen, der hinab in die Gewölbeanlage zu führen schien, die Sir Wade erwähnt hatte.

Man erkundigte sich bei allen Eingeborenenhäuptlingen der Region über die weißen Affen und die ausgestopfte Göttin, doch sollte es einem Europäer vorbehalten sein, die Angaben des alten Mwanu zu ergänzen. M. Verhaeren, ein belgischer Zwischenhändler von einem Handelsposten am Kongo, glaubte, die ausgestopfte Göttin, von der er schon einmal gehört habe, nicht nur aufspüren, sondern auch erwerben zu können – schließlich waren die einstmals so mächtigen N'bangus inzwischen die untertänigen Diener der Regierung von König Albert, und es bedürfe wohl nur geringer Überzeugungskraft, um sie dazu zu bringen, sich von der grausigen Gottheit zu trennen, die sie verschleppt hatten. Als Jermyn sich auf die Schiffsreise zurück nach England begab, tat er es im freudigen Wissen um die Möglichkeit, binnen weniger Monate ein unschätzbares ethnologisches Relikt zu empfangen, das sogar noch die abstrusesten

Geschichten seines Urururgroßvaters bestätigen würde –
zumindest die abstrusesten, die er jemals gehört hatte. Die
Landleute aus der Umgebung des Anwesens der Jermyns
hatten vielleicht noch abstrusere Geschichten gehört, die
ihnen von ihren Vorfahren überliefert worden waren, die Sir
Wade an den Tischen des *Knight's Head* zugehört hatten.

Arthur Jermyn wartete sehr geduldig auf die von
M. Verhaeren angekündigte Kiste, und in der Zwischenzeit
studierte er mit gesteigertem Eifer die hinterlassenen
Aufzeichnungen seines verrückten Ahnen. Er fühlte sich mit
Sir Wade immer geistesverwandter und fing an, Andenken
an dessen Leben in England und seinen afrikanischen Aben-
teuern zu suchen. Es gab zahlreiche mündliche Berichte
über Sir Wades geheimnisvolle, abgesondert lebende Frau,
aber keinerlei faktischen Beleg für ihren Aufenthalt im
Anwesen der Jermyns. Jermyn fragte sich, welche Umstände
zu solch einer nachdrücklichen Spurenbeseitigung geführt
oder sie nötig gemacht hatten, und entschied, dass die
Ursache dafür wohl im Wahnsinn des Ehemannes zu suchen
sei. Seine Urururgroßmutter, erinnerte er sich, sollte die
Tochter eines portugiesischen Händlers in Afrika gewesen
sein. Zweifellos hatte ihre praktische Veranlagung und die
oberflächliche Kenntnis des Dunklen Kontinents sie dazu
gebracht, über Sir Wades Geschichten aus dem Landes-
inneren zu spotten, und das war eine Sache, die ein Mann
wie er nicht leichtfertig verzeihen durfte. Sie war in Afrika
gestorben – vielleicht war sie von ihrem Ehemann dorthin
gezerrt worden, der ihr das, was er behauptet hatte, beweisen
wollte. Doch noch während Jermyn sich diesen Überlegungen hingab, musste er über ihre Sinnlosigkeit lächeln,
anderthalb Jahrhunderte, nachdem seine beiden merkwürdigen Vorfahren gestorben waren.

Im Juni 1913 erreichte ihn ein Brief von M. Verhaeren, der
ihn von dem Fund der ausgestopften Göttin unterrichtete.
Diese sei, so versicherte der Belgier, ein mehr als außerge-
wöhnliches Objekt, ein Objekt, das ein Laie wie er mitnichten

klassifizieren könne. Ob es sich um einen Menschen oder eher um einen Affen handele, könne nur ein Wissenschaftler feststellen, doch eine solche Untersuchung würde durch den beschädigten Zustand sehr erschwert werden. Die Zeit und das Klima im Kongo wären Mumien nicht zuträglich, vor allem dann nicht, wenn diese so amateurhaft einbalsamiert seien, wie es hier offenbar geschehen war.

Um den Hals des Geschöpfes habe er eine Goldkette gefunden, mit einem leeren Medaillon, auf dem man Muster wie von einem Wappen erkennen könne – ohne Zweifel das Medaillon eines unglücklichen Reisenden, das die N'bangus geraubt und der Göttin als eine Art Schutzzauber umgehängt hatten. Bei der Beschreibung der Gesichtszüge der Mumie deutete M. Verhaeren einen skurrilen Vergleich an, oder besser: Er stellte sich die humorvolle Frage, wie sein Korrespondent reagieren wird, er sei aber zu sehr wissenschaftlich interessiert, um weitere Worte für dumme Scherze zu vergeuden. Die ausgestopfte Göttin, so schrieb er, würde gut verpackt ungefähr einen Monat nach dem Empfang des Briefes eintreffen.

Die Kiste mit dem Fund wurde am Nachmittag des 3. August 1913 ins Haus der Jermyns geliefert und direkt in den großen Raum getragen, wo sich die von Sir Robert und Arthur arrangierte Sammlung afrikanischer Exponate befand. Was dann geschah, kann am besten aus den Aussagen der Dienstboten und den später überprüften Gegenständen und Unterlagen rekonstruiert werden. Von den verschiedenen Aussagen ist die des alten Butlers Soames am ausführlichsten und zusammenhängendsten. Laut diesem vertrauenswürdigen Mann schickte Sir Arthur Jermyn alle aus dem Raum, ehe er die Kiste öffnete. Die sofort vernommenen Geräusche von Hammer und Meißel zeigten, dass er diese Arbeit nicht hinauszögerte.

Einige Zeit blieb es still, wie lange dies währte, konnte Soames nicht genau beurteilen, jedenfalls war weniger als eine Viertelstunde verstrichen, als man das entsetzliche

Geschrei hörte, das zweifellos aus Jermyns Kehle stammte. Unmittelbar danach stürzte Jermyn aus dem Raum, rannte in Panik zur Eingangstür des Hauses, als verfolge ihn ein fürchterlicher Feind. Der Ausdruck auf seinem Gesicht, das im Normalzustand schon abstoßend genug wirkte, war kaum zu beschreiben. Als er die Haustür fast erreicht hatte, schien ihm etwas einzufallen, er wandte sich um und verschwand auf der Treppe, die in den Keller hinabführte. Die Dienstboten waren wie vom Donner gerührt und warteten oberhalb der Kellertreppe, doch ihr Brotherr kehrte nicht zurück. Ein Geruch von Heizöl war alles, was aus den unteren Räumen nach oben drang.

Nach Einbruch der Dunkelheit vernahm man das Klappern der Tür, die vom Keller auf den Hof führte, und einer der Stallburschen sah, wie Arthur Jermyn, von Kopf bis Fuß mit Heizöl übergossen und auch danach stinkend, sich verstohlen herausschlich und ins schwarze Moor verschwand, das das Haus umgab. Dann, in einem Ausbruch äußersten Entsetzens, erlebten alle das Ende mit. Im Moor blitzte ein Funke auf, eine Flamme zuckte empor, und eine menschliche Feuersäule hob die Arme zum Himmel. Das Geschlecht der Jermyns existierte nicht mehr.

Der Grund, weshalb man Arthur Jermyns verkohlte Überreste nicht einsammelte und bestattete, liegt in dem, was man danach fand, vor allem an der Kreatur in der Kiste. Die ausgestopfte Göttin bot einen abstoßenden Anblick, eingefallen und zerfressen. Es handelte sich eindeutig um einen mumifizierten weißen Affen, doch von einer unbekannten Gattung, die weniger behaart war als die uns bekannten Spezies und unendlich stärker dem Menschen verwandt – auf ziemlich schockierende Weise sogar.

Eine detaillierte Beschreibung ist wenig angebracht, doch zwei auffallende Eigentümlichkeiten müssen erwähnt werden, denn sie ergänzen auf widerwärtige Weise einige Aufzeichnungen über Sir Wade Jermyns Afrika-Expeditionen und die Kongo-Legenden über den weißen Gott und die

Affenherrin. Diese beiden Eigentümlichkeiten sind: Das Wappen auf dem goldenen Medaillon, das der Kreatur um den Hals hing, war das Wappen der Jermyns, und die scherzhafte Andeutung von Verhaeren über eine gewisse Ähnlichkeit des verschrumpelten Gesichtes traf auf niemand anderen als auf den empfindsamen Arthur Jermyn zu, Urururenkel von Sir Wade Jermyn und einer unbekannten Ehefrau. Mitglieder des Königlichen Institutes für Anthropologie verbrannten das Geschöpf und warfen das Medaillon in einen Brunnen, und einige von ihnen geben nicht einmal mehr zu, dass Arthur Jermyn jemals existierte.

Aus dem Jenseits

Über alle Vorstellung schrecklich war die Veränderung, die mit meinem besten Freund Crawford Tillinghast vorgegangen war. Ich hatte ihn seit jenem Tag vor zweieinhalb Monaten nicht mehr gesehen, als er mir erzählte, worauf seine naturwissenschaftlichen und metaphysischen Forschungen abzielten; als er meine erstaunten und beinahe ängstlichen Vorhaltungen erwidert hatte, indem er mich in einer Anwandlung fanatischen Zornes aus seinem Labor und seinem Haus warf, wusste ich, dass er nun meistens in dem Mansardenlaboratorium mit jener verfluchten elektrischen Maschine eingeschlossen bleiben, nur wenig essen und selbst die Dienstboten aussperren würde – doch hätte ich nicht geglaubt, dass eine kurze Zeitspanne von zehn Wochen ein menschliches Wesen derart verwandeln und entstellen könnte.

Es ist kein angenehmer Anblick, wenn ein stämmiger Mann plötzlich abmagert, und es ist noch schlimmer, wenn die schlaffe Haut gelblich oder grau wird, die Augen eingesunken und umrändert sind und unheimlich leuchten, die Stirn sich mit Adern und Furchen überzieht und die Hände zittern. Kommen noch abstoßende Ungepflegtheit dazu, sehr unordentliche Kleidung, buschiges dunkles Haar, das an den Wurzeln weiß ist, und ein ungezähmter weißer Bartwuchs auf einem einst glatt rasierten Gesicht, so ist die Wirkung insgesamt recht erschütternd. Doch gerade so sah Crawford Tillinghast in jener Nacht aus, als seine nur halb verständliche Botschaft mich nach Wochen der Abwesenheit vor seine Pforte brachte; dergestalt war das zitternde Gespenst, das mich mit einer Kerze in der Hand hereinbat und verstohlen über die Schulter spähte, als fürchte es unsichtbare Dinge in dem alten einsamen Hause, das etwas abseits der Benevolent Street lag.

Dass Crawford Tillinghast je Wissenschaft und Philosophie

studiert hatte, war ein Fehler gewesen. Diese Dinge sollten dem kühlen und objektiven Forscher überlassen bleiben, denn sie bieten dem Mann des Gefühls und der Tat zwei gleichermaßen tragische Wege an: Verzweiflung, wenn seine Suche scheitert, und unaussprechliches und unvorstellbares Grauen, sollte sie von Erfolg gekrönt sein. Tillinghast war früher das Opfer von Fehlschlägen, von Einsamkeit und Melancholie gewesen; doch nun erkannte ich mit würgender Angst, dass er dem Erfolg zum Opfer gefallen war. Tatsächlich hatte ich ihn zehn Wochen zuvor gewarnt, als er mit seiner Geschichte herausplatzte, was er bald zu entdecken glaubte. Er war damals sehr erregt und außer sich gewesen und hatte mit einer hohen und unnatürlichen, wenngleich stets pedantischen Stimme gesprochen.

»Was wissen wir schon«, hatte er gefragt, »von der Welt und dem uns umgebenden Universum? Unsere Mittel, Eindrücke zu empfangen, sind absurd gering, und unsere Begriffe von den uns umgebenden Dingen unendlich eng. Wir sehen die Dinge nur, wie wir sie zu sehen befähigt sind, und können uns keine Vorstellung von ihrem absoluten Wesen machen. Mit fünf schwachen Sinnen geben wir vor, den grenzenlos komplexen Kosmos zu erfassen, doch andere Wesen mit weitreichenderen, stärkeren oder andersartigen Sinnen könnten nicht nur die Dinge, die wir sehen, auf ganz andere Weise sehen, sie könnten auch ganze Welten von Materie, Energie und Leben erblicken und studieren, die dicht daneben liegen und dennoch nie von unsern Sinnen entdeckt werden können. Ich habe stets geglaubt, dass solche sonderbaren, unzugänglichen Welten direkt vor unserer Nase existieren, *und nun glaube ich, einen Weg gefunden zu haben, die Barrieren zu überwinden.* Ich scherze nicht. Binnen vierundzwanzig Stunden wird diese Maschine neben dem Tisch dort Schwingungen erzeugen, die sich auf unentdeckte Sinnesorgane auswirken, die in unserem Innern als verkümmerte oder rudimentäre Reste existieren. Diese Schwingungen werden uns viele Perspektiven eröffnen, die dem Menschen unbekannt sind, und einige, die allem unbekannt sind, was wir als organisches Leben erachten. Wir werden das sehen, was die Hunde im Dunkeln anheulen und worauf die Katzen nach Mitternacht die Ohren spitzen. Wir werden diese und andere Dinge sehen, die noch kein atmendes Geschöpf je erblickt hat. Wir werden Zeit, Raum und Dimensionen überspringen und ohne körperliche Fortbewegung auf den Grund der Schöpfung blicken.«

Als Tillinghast dies gesagt hatte, machte ich ihm Vorhaltungen, denn ich kannte ihn gut genug, um eher verängstigt als amüsiert zu sein; doch er war ein Fanatiker und warf mich aus dem Haus. Jetzt war er nicht weniger fanatisch, doch sein Verlangen, mit jemandem zu sprechen, hatte über seinen Groll gesiegt, und er hatte mir dringlich in einer kaum zu entziffernden Handschrift geschrieben. Als ich die Wohnstatt meines Freundes betrat, der sich so plötzlich in ein bebendes Schreckgespenst verwandelt hatte, ließ ich mich anstecken von dem Grauen, das hier in allen Schatten zu lauern schien. Die Worte und Ansichten, die zehn Wochen zuvor geäußert worden waren, schienen in der Finsternis jenseits des kleinen Kreises aus Kerzenlicht Gestalt angenommen zu haben, und ich verspürte Ekel beim Klang der hohlen, veränderten Stimme meines Gastgebers. Ich wünschte mir die Dienstboten herbei, und mir behagte es nicht, als er erzählte, dass sie alle vor drei Tagen ihren Abschied genommen hatten. Es schien zumindest sonderbar, dass selbst der alte Gregory seinen Herrn verlassen haben sollte, ohne es einem so erprobten Freund wie mir mitzuteilen, war er es doch gewesen, der mir nach meinem Hinauswurf alle Neuigkeiten über Tillinghast hatte zukommen lassen.

Doch ordnete ich meine Ängste rasch der wachsenden Neugier und Faszination unter. Was genau Crawford Tillinghast von mir wünschte, konnte ich nur erraten; dass er indes ein gewaltiges Geheimnis oder eine gewaltige Entdeckung zu enthüllen hatte, war nicht zu bezweifeln. Zuvor hatte ich ihn wegen seiner unnatürlichen Ausflüge ins Undenkbare gerügt; nun, da er offenbar einen gewissen Erfolg erzielt hatte, teilte ich fast seine Begeisterung, so furchtbar der Preis für den Sieg auch scheinen mochte. Durch die dunkle Leere des Hauses folgte ich der auf und ab tanzenden Kerze in der Hand dieses zitternden Spottbildes eines Menschen. Der elektrische Strom schien abgeschaltet zu sein, und als ich meinen Führer danach fragte, sagte er, dafür gebe es einen ganz bestimmten Grund.

»Es wäre zu viel ... Ich würde es nicht wagen«, murmelte er weiter. Mir fiel seine neue Angewohnheit, eben jenes Murmeln, besonders auf, denn es passte nicht zu ihm, Selbstgespräche zu führen. Wir betraten das Labor in der Dachstube, und ich betrachtete jene verabscheuungswürdige elektrische Maschine, die ein widerliches, drohendes violettes Leuchten ausstrahlte. Sie war verbunden mit einer mächtigen chemischen Batterie, schien jedoch keinen Strom zu bekommen; denn ich erinnerte mich, dass sie in der Probephase gestottert und gesurrt hatte, wenn sie angeschaltet war. Als Antwort auf meine Frage murmelte Tillinghast, dieses dauerhafte Leuchten sei in keinem mir begreiflichen Sinne elektrisch.

Er wies mir nun einen Platz nahe der Maschine zu, sodass sie zu meiner Rechten stand, und betätigte irgendwo unter der krönenden Traube von Glasbirnen einen Schalter. Das übliche Stottern setzte ein, wandelte sich zu einem Winseln und wurde schließlich zu einem derartig leisen Dröhnen, dass fast die Stille wieder einzukehren schien. Zwischenzeitlich nahm das Leuchten zu, verblasste wieder und nahm dann eine fahle, außergewöhnliche Farbe oder Farbmischung an, die ich weder einordnen noch beschreiben kann. Tillinghast hatte mich beobachtet und meinen verwirrten Gesichtsausdruck bemerkt.

»Weißt du, was das ist?«, flüsterte er. »*Das ist Ultraviolett.*« Er kicherte seltsam angesichts meiner Überraschung. »Du dachtest, Ultraviolett sei unsichtbar, und das ist es auch – doch *jetzt* kannst du es sehen, und noch viele andere unsichtbare Dinge.

Höre mir zu! Die Schwingungen dieses Dings erwecken tausend schlafende Sinne in uns; Sinne, die wir über Äonen der Evolution vom Zustand ungebundener Elektronen bis zum Zustand organischer Menschlichkeit bewahrt haben. Ich habe die *Wahrheit* geschaut, und ich beabsichtige, sie dir zu zeigen. Fragst du dich, wie sie wohl aussehen mag? Ich werde es dir sagen.« Hierauf ließ Tillinghast sich mir gegenüber nieder, blies die Kerze aus und starrte mir auf scheußliche Weise in die Augen. »Deine existierenden Sinnesorgane – zuerst die Ohren, glaube ich – werden viele der Eindrücke aufnehmen, denn sie sind eng mit den schlummernden Sinnen verbunden. Dann werden es andere sein. Hast du von der Zirbeldrüse gehört? Ich lache über die seichten Endokrinologen, über Gimpel und Emporkömmlinge wie die Freudianer. Jene Drüse ist *das* Sinnesorgan überhaupt – *ich habe es herausgefunden*. Im Grunde ist es wie der Gesichtssinn, es übermittelt visuelle Bilder an das Hirn. Wenn du normal bist, bekommst du auf diese Weise am meisten mit … Ich meine, du erhältst dann die meisten Beweise *aus dem Jenseits.*«

Ich sah mich in der gewaltigen Dachkammer mit der schrägen Südwand um, die trübe von Strahlen erhellt wurde, die das alltägliche Auge nicht wahrnehmen kann. Die fernen Winkel lagen alle im Schatten, und der ganze Ort war von einer verschwommenen Unwirklichkeit, die sein Wesen verfinsterte und Einbildungskraft zu Trugideen und Wahnvorstellungen verführte. Während der Unterbrechung, in der Tillinghast schwieg, glaubte ich mich in einem gewaltigen, unglaublichen Tempel lange toter Götter; ein undeutliches Gebäude mit zahllosen schwarzen Steinsäulen, die von einem feuchten steingepflasterten Boden in umwölkte, jenseits meiner Sichtweite liegende Höhen reichen. Das Bild war eine Weile lang äußerst lebhaft, trat aber allmählich hinter einer schrecklicheren Vorstellung zurück; der Vorstellung

schierer, absoluter Einsamkeit im endlosen, lichtlosen, lautlosen Raum. Dort schien ein Abgrund zu sein, und sonst
nichts, und ich verspürte eine kindische Furcht, die mich
dazu verleitete, aus meiner Hosentasche den Revolver zu
ziehen, den ich nach Anbruch der Dunkelheit stets bei mir
zu tragen pflegte, seit ich eines Nachts in East Providence
überfallen worden war. Dann strich aus den entlegensten
Regionen weiter Ferne das *Geräusch* sanft zu uns herüber. Es
war unermesslich schwach, vibrierte kaum spürbar und war
unverkennbar melodisch, doch war ihm eine alles überstei-
gende Wildheit zu eigen, die sich wie eine zarte Folter auf
meinen ganzen Körper auswirkte. Ich empfand wie jemand,
der versehentlich über eine Mattglasscheibe kratzt. Zugleich
entwickelte sich etwas wie ein kalter Sog, der anscheinend
aus der Richtung des fernen Geräuschs an mir vorüberfegte.
Als ich atemlos abwartete, wurde mir bewusst, dass sowohl
das Geräusch als auch der Wind zunahmen; diese Empfindung erzeugte bei mir die Vorstellung, ich sei an Bahngleise
gekettet und läge im Weg einer gigantischen sich nähernden
Lokomotive. Ich sagte etwas zu Tillinghast, und schlagartig
verschwanden all diese ungewöhnlichen Eindrücke. Ich sah
nur noch den Mann, die leuchtende Maschine und das
düstere Zimmer. Tillinghast grinste widerlich über den
Revolver, den ich fast unbewusst gezogen hatte, doch nach
seinem Gesichtsausdruck zu urteilen, hatte er gewiss ebenso
viel gesehen und gehört wie ich, wenn nicht einiges mehr.
Ich teilte flüsternd mit, was ich erlebt hatte, und er bat mich,
so still und empfänglich wie möglich zu bleiben.

»Bewege dich nicht«, warnte er mich, »denn in diesen
Strahlen *können wir nicht nur sehen, sondern auch gesehen
werden.* Ich erzählte dir, dass die Dienstboten fortgingen,
doch sagte ich dir nicht, *wie.* Es war diese begriffsstutzige
Haushälterin – sie drehte im Erdgeschoss das Licht an, nachdem ich sie davor gewarnt hatte, und die Drähte nahmen
wohl sympathetische Schwingungen auf. Es muss entsetzlich
gewesen sein – ich konnte die Schreie hier oben hören, trotz

all dem, was ich aus anderer Richtung sah und hörte, und später war es ziemlich schrecklich, im Haus verstreut diese leeren Kleiderhaufen zu finden. Mrs. Updickes Kleider lagen in der Nähe des Lichtschalters in der Eingangsdiele – daher weiß ich, dass sie es war. Es hat sie alle erwischt. Doch so lange wir uns nicht regen, sind wir ziemlich sicher. Bedenke, dass wir es mit einer scheußlichen Welt zu tun haben, in der wir so gut wie hilflos sind … *Bleibe still sitzen!*«

Die doppelte Erschütterung durch die Enthüllung und den schroffen Befehl ließ mich erstarren, und in meinem Entsetzen öffnete mein Geist sich erneut den Eindrücken, die von dorther kamen, was Tillinghast das ›*Jenseits*‹ genannt hatte. Ich befand mich nun in einem Wirbel aus Klang und Bewegung, der vor meinen Augen alle Bilder vermischte. Ich sah verschwommen die Umrisse des Raumes, doch aus irgendeinem Winkel des Weltalls schien sich eine brodelnde Säule unkenntlicher Schemen oder Wolken zu ergießen, die das feste Hausdach an einem Punkt rechts über mir durchdrang. Dann erblickte ich wieder die tempelgleiche Spiegelung, dieses Mal aber reichten die Säulen hinauf in einen ätherischen Ozean aus Licht, der anstelle der Wolkensäule, die ich zuvor gesehen hatte, einen blendenden Strahl herabsandte. Danach glich die Vision fast völlig einem Kaleidoskop, und in diesem Gewirr von Gesichten, Geräuschen und unerklärlichen Sinneseindrücken spürte ich, dass ich kurz davorstand, mich aufzulösen oder in sonst einer Weise meine feste Gestalt zu verlieren. Ein bestimmtes blitzartiges Bild werde ich nie vergessen. Ich schien einen Augenblick lang den Ausschnitt eines merkwürdigen Nachthimmels zu erblicken, der mit strahlenden kreisenden Kugeln erfüllt war, und als ich zurücktrat, erkannte ich, dass die glühenden Sonnen ein Sternbild oder eine Galaxie von fester Form bildeten; und diese Form war das verzerrte Gesicht von Crawford Tillinghast. Zu einem anderen Zeitpunkt fühlte ich, wie gewaltige lebende Wesen an mir vorüber- und zuweilen *durch meinen vermeintlich festen Körper hindurchschritten oder -schwebten,* und ich glaubte, Tillinghast betrachte sie, als könnten seine besser geübten Sinne sie visuell erfassen. Ich erinnerte mich daran, was er über die Zirbeldrüse gesagt hatte, und fragte mich, was er mit seinem übernatürlichen Auge sehen mochte.

Plötzlich wurde mir selbst eine Art erweiterter Gesichtssinn zuteil. Über dem leuchtenden und umschatteten Chaos erhob sich ein Bild, das, obschon undeutlich, die Elemente der Festigkeit und Dauerhaftigkeit enthielt. Es war tatsächlich etwas Vertrautes, denn der ungewöhnliche Teil war über eine gewöhnliche irdische Szene gelegt, so wie ein Kinofilm auf den bemalten Vorhang eines Theaters projiziert werden kann. Ich sah das Labor in der Mansarde, die elektrische Maschine und die unschöne Gestalt Tillinghasts mir gegenüber; doch vom ganzen Raum, der nicht von vertrauten Gegenständen in Anspruch genommen wurde, war nicht ein Stückchen leer. Unbeschreibliche Formen, lebend wie nicht lebend, mischten sich in widerlicher Unordnung, und in der Nähe jedes bekannten Objekts befanden sich ganze Welten fremder, unbekannter Wesenheiten. Ebenso schienen all die bekannten Objekte in die Struktur der anderen, unbekannten Dinge einzudringen und umgekehrt. An erster Stelle der lebenden Wesen standen tiefschwarze gallertartige Monstrositäten, die in Einklang mit den Schwingungen der Maschine schlaff zitterten. Sie waren in widerlicher Überzahl anwesend, und zu meinem Entsetzen sah ich, dass sie *ineinander übergingen;* dass sie halb flüssig waren und fähig, durcheinander hindurch und durch das, was wir als feste Gegenstände kennen, zu passieren. Diese Wesen standen nie still, sondern schienen immerzu mit irgendeiner bösartigen Absicht umherzuschweben. Manchmal schienen sie einander zu verzehren, wobei der Angreifer sich auf sein Opfer stürzte und dieses sogleich aus dem Blickfeld tilgte. Erschaudernd glaubte ich nun zu wissen, was die unglückseligen Dienstboten ausgelöscht hatte, und ich konnte diese Dinger nicht aus meinen Gedanken verbannen, als ich mich anstrengte, andere Eigenarten dieser nun sichtbaren Welt zu betrachten, die uns unbemerkt umgibt.

Doch Tillinghast hatte mich beobachtet und rief: »Siehst du sie? Siehst du sie? Siehst du die Wesen, die in jedem Augenblick deines Lebens um dich her und durch dich hindurchschweben und -flattern? Du siehst die Kreaturen, die das bilden, was die Menschen die reine Luft und den blauen Himmel nennen? War ich nicht erfolgreich damit, die Barriere zu durchbrechen; habe ich dir nicht Welten gezeigt, die noch kein Lebender gesehen hat?«

Ich hörte sein Gekreisch durch das schreckliche Chaos und blickte auf das wilde Gesicht, das sich meinem Bewusstsein so beleidigend aufdrängte. Seine Augen waren Flammengruben, und sie funkelten mich an mit etwas, das ich nun als überwältigenden Hass erkannte. Die Maschine dröhnte scheußlich.

»Du glaubst, jene umherwimmelnden Wesen hätten den Dienstboten den Garaus gemacht? Du Narr, sie sind harmlos! Doch die Dienstboten sind weg, nicht wahr? Du hast versucht, mich aufzuhalten; du hast mich entmutigt, als ich jedes bisschen Ermutigung gebraucht habe; du hattest Angst vor der kosmischen Wahrheit, du verdammter Feigling, doch nun habe ich dich! Was hat die Dienstboten vertilgt? Was hat sie so laut schreien lassen? … Du weißt es nicht, was? Du wirst es bald gut genug wissen. Sieh mich an – höre, was ich dir sage – nimmst du an, es gäbe wirklich so etwas wie Zeit und Ausdehnung? Glaubst du, es gäbe Dinge wie Form oder Materie? Ich sage dir, ich habe Tiefen erkundet, die sich dein kleines Hirn nicht ausmalen kann. Ich habe jenseits der Grenzen der Unendlichkeit geblickt und Dämonen von den Sternen herabgerufen … Ich habe mir die Schatten nutzbar gemacht, die von einer Welt zur andern schreiten, um Tod und Wahnsinn zu säen … Das Weltall gehört mir, hörst du? Wesen jagen mich nun – Wesen, die verschlingen und auflösen –, doch ich weiß, wie ich sie zu täuschen vermag. Dich werden sie bekommen, wie sie die Dienstboten bekommen haben … Zittern Sie, werter Herr? Ich sagte dir, es ist gefährlich, sich zu bewegen, ich habe dich bislang geschützt, indem ich dich still zu sein hieß – habe dich geschützt, auf dass du mehr sehen und mir lauschen kannst. Hättest du dich bewegt, so hätten sie dich schon längst zu fassen bekommen. Sorge dich nicht, sie werden dir nicht *wehtun*. Sie taten auch den Dienstboten nicht weh – es war der Anblick, der die armen Teufel so schreien ließ. Meine Haustiere sind nicht hübsch, denn sie kommen von Orten, wo die ästhetischen Maßstäbe – *sehr anders* sind. Die Auflösung ist völlig schmerzlos, das versichere ich dir – *aber ich will, dass du sie siehst.* Ich habe sie fast gesehen, doch ich wusste sie aufzuhalten. Du bist neugierig? Ich wusste immer, dass du kein Wissenschaftler bist. Du zitterst, was? Zitterst vor Aufregung, die von mir entdeckten letzten Dinge zu sehen. Weshalb regst du dich dann nicht? Erschöpft? Nun, sorge dich nicht, mein Freund, *denn sie kommen* … Sieh, sieh doch, verflucht, sieh … genau über deiner linken Schulter …«

Was zu berichten bleibt, ist rasch erzählt und mag aus den Zeitungsberichten bekannt sein. Die Polizei hörte einen Schuss im alten Haus der Tillinghasts und fand uns dort – Tillinghast tot und mich besinnungslos. Sie nahmen mich fest, da der Revolver sich in meiner Hand befand, doch drei Stunden später ließen sie mich wieder gehen, als sie herausfanden, dass Tillinghast einem Schlaganfall erlegen war, und sahen, dass mein Schuss auf die widerwärtige Maschine gerichtet gewesen war, die nun hoffnungslos zertrümmert auf dem Boden des Labors lag. Ich berichtete nicht viel von dem, was ich gesehen hatte, denn ich befürchtete, der Leichenbeschauer würde Zweifel äußern; doch aufgrund meiner ausweichenden Darstellung der Vorgänge erzählte der Arzt mir, ich sei zweifelsohne von dem rachsüchtigen und mordlustigen Wahnsinnigen hypnotisiert worden.

Ich wünschte, ich könnte jenem Arzt Glauben schenken. Es würde meinen zerrütteten Nerven helfen, könnte ich das abtun, was ich von der Luft um mich herum und über mir nun glauben muss. Ich fühle mich niemals allein oder behaglich, und ein grässliches Gefühl des Verfolgtseins drängt sich mir zuweilen frostig auf, wenn ich erschöpft bin. Was mich davon abhält, dem Arzt zu glauben, ist diese eine schlichte Tatsache – dass die Polizei nie die Leichen jener Dienstboten fand, die Crawford Tillinghast ihrer Ansicht nach ermordet hatte.

DER TEMPEL

(An der Küste Yucatáns aufgefundenes Manuskript)

Am 20. August 1917 übergebe ich, Karl Heinrich, Graf von Altberg-Ehrenstein, Korvettenkapitän der Kaiserlichen Deutschen Marine und verantwortlich für das Unterseeboot U-29, diese Flaschenbotschaft dem Atlantischen Ozean an einer mir unbekannten Stelle, die sich vermutlich 20° nördlicher Länge, 35° westlicher Breite befindet, wo mein Boot manövrierunfähig am Meeresboden liegt. Ich handle dergestalt aus dem Wunsche heraus, der Öffentlichkeit gewisse Tatsachen darzulegen, was ich aller Wahrscheinlichkeit nach nicht mehr persönlich werde tun können, da die mich umgebenden Umstände so bedrohlich wie außergewöhnlich sind; diese beziehen sich nicht nur auf die hoffnungslose Lahmlegung der U-29, sondern auch auf die verheerende Minderung meines eisernen deutschen Willens.

Am Nachmittag des 18. Juni torpedierten wir, wie es der auf Heimatkurs nach Kiel befindlichen U-61 über Funk mitgeteilt wurde, das britische Frachtschiff *Victory,* das von New York nach Liverpool unterwegs war, bei 45° 16' nördlicher Länge, 28° 34' westlicher Breite; wir gestatteten der Mannschaft, in die Boote zu steigen, um gute Kameraaufnahmen für das Admiralitätsarchiv zu gewinnen. Das Schiff versank in pittoresker Weise mit dem Bug voran, das Heck erhob sich hoch aus dem Wasser, derweil der Rumpf lotrecht zum Grund des Meeres schoss. Unserer Kamera entging nichts, und ich bedaure es, dass eine derart schöne Filmrolle niemals Berlin erreichen wird. Danach versenkten wir die Rettungsboote mit unseren Bordgeschützen und gingen auf Tauchstation.

Als wir gegen Sonnenuntergang wieder auftauchten, fand man an Deck die Leiche eines Matrosen, dessen Hände in seltsamer Weise um die Reling gekrallt waren. Der arme

Bursche war jung, recht dunkelhäutig und sehr stattlich; vermutlich ein Italiener oder Grieche und zweifellos zur Besatzung der *Victory* gehörig. Er hatte offensichtlich Zuflucht bei ebenjenem Schiff gesucht, das dazu gezwungen gewesen war, sein eigenes zu zerstören – ein weiteres Opfer des ungerechten Angriffskrieges, den die englischen Schweinehunde gegen unser Vaterland führen. Unsere Männer suchten ihn nach Erinnerungsstücken ab und fanden in seiner Manteltasche einen sehr sonderbaren Gegenstand aus Elfenbein, der das lorbeergekrönte Haupt eines Jünglings darstellte. Mein Offizierskamerad, Leutnant Klenze, war der Ansicht, das Objekt sei von hohem Alter und künstlerischem Wert, weshalb er es an sich nahm. Wie es in den Besitz eines gewöhnlichen Matrosen gelangt war, konnte keiner von uns beiden sich vorstellen.

Als man den Toten über Bord warf, ereigneten sich zwei Zwischenfälle, die unter der Mannschaft für viel Aufregung sorgten. Man hatte dem Burschen die Augen geschlossen, doch als man seine Leiche zur Reling schleppte, waren sie weit offen, und etliche unterlagen offenbar der merkwürdigen Täuschung, dass sie starr und spöttisch auf Schmidt und Zimmer blickten, die sich über den Leichnam beugten. Bootsmann Müller, ein älterer Mann, der es hätte besser wissen müssen, wäre er nicht ein abergläubisches elsässisches Schwein gewesen, brachte dieser Eindruck derart außer Fassung, dass er die Leiche im Wasser beobachtete, und er schwor, nachdem sie ein wenig gesunken sei, hätte sie die Glieder in Schwimmposition gebracht und sei unter den Wellen in südlicher Richtung schnell hinfortgetaucht. Klenze und ich mochten diese Zurschaustellung bäuerlicher Dummheit gar nicht und rügten die Männer heftig, insbesondere Müller.

Am nächsten Tag entstand eine sehr heikle Lage durch die Unpässlichkeit eines Teils der Mannschaft. Offenkundig litten sie unter der nervlichen Belastung unserer langen Fahrt und hatten schlechte Träume. Einige wirkten sehr benommen und stumpfsinnig, und nachdem ich mich vergewissert hatte, dass sie ihre Schwäche nicht vortäuschten, befreite ich sie von ihren Pflichten. Die See war recht rau, weshalb wir auf eine Tiefe hinabtauchten, in der der Wellengang weniger spürbar war. Hier war es vergleichsweise ruhig, ungeachtet einer recht verwirrenden Südströmung, die wir auf unseren ozeanografischen Karten nicht orten konnten. Das Stöhnen der kranken Männer war entschieden ärgerlich, doch da es die übrige Mannschaft nicht zu demoralisieren schien, ergriffen wir keine schärferen Maßnahmen. Wir hatten vor, dort zu bleiben, wo wir waren, und dem Linienschiff *Dacia* den Weg abzuschneiden, das die Agenten in New York in ihren Berichten erwähnt hatten.

Am frühen Abend stiegen wir zur Wasseroberfläche auf und fanden einen weniger schweren Seegang vor. Die Rauchfahne eines Schlachtschiffes befand sich am nördlichen Horizont, doch die Entfernung und die Fähigkeit der U-29 zum Untertauchen gewährleisteten unsere Sicherheit. Was uns mehr beunruhigte, war das Gerede von Bootsmann Müller, das mit Herannahen der Nacht immer verrückter wurde. Er befand sich in einem abscheulich kindischen Zustand und stammelte etwas über Leichen, die unter Wasser an den Bullaugen vorbeitrieben; Leichen, die ihn anstarrten und die er trotz ihres aufgedunsenen Zustandes als Männer erkannte, die er während einiger unserer siegreichen deutschen Heldentaten hatte sterben sehen. Und er sagte, der junge Mann, den wir gefunden und über Bord geworfen hatten, sei ihr Führer. Dies war sehr schauerlich und abnorm, weshalb wir Müller in Ketten legen und tüchtig auspeitschen ließen. Die Männer waren nicht erfreut über seine Bestrafung, doch war Disziplin vonnöten. Zudem schlugen wir die Bitte einer Delegation unter der Leitung des Matrosen Zimmer aus, den sonderbaren geschnitzten Elfenbeinkopf ins Meer zu werfen.

Am 20. Juni verfielen die Matrosen Bohm und Schmidt, die tags zuvor krank gewesen waren, in heftigen Wahnsinn. Ich bedauerte, dass zu unserer Besatzung kein Arzt zählte, da deutsches Leben kostbar ist; doch die ununterbrochene Faselei der beiden über einen schrecklichen Fluch war der Disziplin höchst abträglich, und so wurden drastische Maßnahmen ergriffen. Die Mannschaft nahm das Geschehen widerspenstig hin, doch Müller schien es zu beruhigen; er machte uns danach keine Schwierigkeiten mehr. Am Abend ließen wir ihn frei, und er ging stumm seinen Pflichten nach.

In der folgenden Woche waren wir alle sehr nervös und hielten Ausschau nach der *Dacia*. Die Anspannung wurde durch das Verschwinden von Müller und Zimmer gesteigert, die ohne Zweifel als Folge der sie quälenden Ängste Selbstmord begangen hatten, wenngleich niemand Zeuge gewesen war, wie sie über Bord sprangen. Ich war recht froh darüber, Müller los zu sein, denn selbst sein Schweigen hatte die Mannschaft noch ungünstig beeinflusst. Alle schienen nun sehr still zu sein, als verschwiegen sie eine geheime Furcht. Viele waren krank, aber keiner verursachte mehr Aufruhr. Leutnant Klenze wurde unter der Belastung sehr reizbar und ärgerte sich über die geringste Lappalie – etwa über eine Gruppe von Delfinen, die sich in immer größerer Zahl um die U-29 scharten, und über die zunehmende Stärke jener Südströmung, die nicht auf unserer Karte zu finden war.

Schließlich wurde deutlich, dass wir die *Dacia* völlig verpasst hatten. Solches Scheitern ist nicht ungewöhnlich, und wir waren eher erfreut denn enttäuscht, da nun unsere Rückkehr nach Wilhelmshaven bevorstand. Am Mittag des 28. Juni drehten wir in nordöstliche Richtung, und trotz einiger komischer Komplikationen mit der ungewöhnlichen Menge Delfine waren wir bald auf dem Weg.

Die Explosion im Maschinenraum um zwei Uhr früh kam völlig überraschend. Weder ein Maschinendefekt noch eine Nachlässigkeit der Mannschaft konnte festgestellt werden, und doch wurde das Boot ohne Vorwarnung von einem Ende zum andern von einer gewaltigen Erschütterung erfasst. Leutnant Klenze eilte in den Maschinenraum und fand den Treibstofftank und einen Großteil der Mechanik zerstört vor; die Maschinisten Raabe und Schneider waren auf der Stelle getötet worden. Unsere Lage war mit einem Schlag tatsächlich sehr ernst geworden, denn obgleich die chemischen Luftregeneratoren intakt waren und wir die Tauchzellen so lange betätigen konnten, wie die Druckluft und die Akkumulatoren es zuließen, waren wir doch nicht in der Lage, das U-Boot fortzubewegen oder zu steuern. In den Rettungsbooten Zuflucht zu suchen hätte geheißen, uns in die Hände des Feindes zu begeben, der einen unmäßigen Groll gegen unsere große deutsche Nation hegt, und seit der Sache mit der *Victory* war uns kein Funkverkehr mit einem weiteren U-Boot der Kaiserlichen Marine mehr gelungen.

Vom Zeitpunkt dieses Ereignisses bis zum 2. Juli trieben wir im Grunde planlos stetig südwärts, ohne einem Schiff zu begegnen. Immer noch umkreisten Delfine die U-29, ein recht bemerkenswerter Umstand angesichts der Entfernung, die wir zurückgelegt hatten. Am Morgen des 2. Juli sichteten wir ein Kriegsschiff unter amerikanischer Flagge, und die Besatzung wurde sehr unruhig in ihrem Verlangen, sich zu ergeben. Schließlich musste Leutnant Klenze einen Matrosen namens Traube erschießen, der diesen undeutschen Akt mit besonderem Nachdruck erzwingen wollte. Dies stellte die Mannschaft für den Augenblick ruhig, und wir tauchten unbemerkt unter.

Am nächsten Nachmittag erschien ein dichter Schwarm von Meeresvögeln aus dem Süden, und der Ozean begann, unheilvoll zu wogen. Wir schlossen die Luken und warteten die Entwicklung ab, bis uns klar wurde, dass wir untertauchen mussten; andernfalls riskierten wir, dass das Boot voll schlug. Unser Luftdruck und der Strom waren im Schwinden begriffen, und wir wollten jeglichen unnötigen Verbrauch unserer kargen Ressourcen verhindern, doch blieb uns in diesem Falle keine andere Möglichkeit. Wir stiegen nicht tief hinab, und als die See sich nach einigen Stunden beruhigte, entschlossen wir uns, an die Oberfläche zurückzukehren. Dort gab es indes neue Probleme, denn ungeachtet aller

Bemühungen der Maschinisten reagierte das Boot nicht mehr auf unsere Führung. Als die Männer sich vor dieser Unterwassergefangenschaft zu fürchten begannen, murmelten einige erneut etwas über Leutnant Klenzes Elfenbeinbildnis, doch der Anblick einer Automatikpistole ließ sie verstummen. Wir hielten die armen Teufel so gut auf Trab wie möglich und ließen sie an den Maschinen herumflicken, obgleich wir wussten, dass es sinnlos war.

Klenze und ich schliefen für gewöhnlich zu verschiedenen Zeiten; und es war während meines Schlafes gegen fünf Uhr früh am 4. Juli, dass die allgemeine Meuterei ausbrach. Die sechs übrig gebliebenen Matrosenschweine mutmaßten, wir seien verloren, gerieten in Raserei über unsere zwei Tage zurückliegende Weigerung, uns dem Yankee-Schlachtschiff zu ergeben, und ergingen sich in einer Tobsucht des Fluchens und der Zerstörung. Sie brüllten wie die Tiere, die sie waren, und zerstörten wahllos Instrumente und Einrichtung; dabei schrien sie von solchem Unsinn wie dem Fluch des Elfenbeinbildnisses und des dunkelhäutigen toten Jünglings, der sie angesehen hatte und dann weggeschwommen war. Leutnant Klenze schien wie betäubt und blieb untätig, wie man es von einem weichen, weibischen Rheinländer erwartet. Ich erschoss aus Notwendigkeit alle sechs Männer und stellte sicher, dass keiner am Leben blieb.

Wir entledigten uns der Leichen durch die Schleuse und waren nun allein in der U-29. Klenze schien sehr nervös zu sein und trank viel. Es wurde beschlossen, dass wir so lange wie möglich am Leben bleiben wollten, unter Verwendung der großen Proviantvorräte und der chemischen Sauerstoffzufuhr, die unter den verrückten Mätzchen dieser Schweinehunde von Matrosen nicht gelitten hatten. Unsere Kompasse, Tiefenmesser und anderen empfindlichen Instrumente waren ruiniert; von nun an mussten wir uns auf Vermutungen anhand unserer Uhren, des Kalenders und des sichtbaren Dahintreibens verlassen, das wir an den Gegenständen einschätzen konnten, die wir durch die Bullaugen erspähten.

Glücklicherweise ermöglichten die Akkumulatoren uns noch für lange Zeit den Gebrauch der Innenbeleuchtung wie auch der Suchscheinwerfer. Wir richteten den Strahl häufig auf die Umgegend des Schiffes, sahen aber nur Delfine, die parallel zu unserem eigenen Treibkurs schwammen. Ich hegte ein wissenschaftliches Interesse an diesen Delfinen, denn obwohl es sich beim gewöhnlichen *Delphinus delphis* um einen Meeressäuger handelt, der ohne Luft nicht zu überleben vermag, beobachtete ich einen der Schwimmer zwei Stunden lang, ohne dass er seinen Kurs geändert hätte.

Im Laufe der Zeit stellten Klenze und ich fest, dass wir nach wie vor südwärts trieben und dabei immer tiefer sanken. Wir betrachteten die Flora und Fauna des Meeres und lasen viel über das Thema in den Büchern nach, die ich für freie Augenblicke mitgenommen hatte. Ich musste indes die geringen wissenschaftlichen Kenntnisse meines Gefährten feststellen. Sein Geist war nicht der eines Preußen, sondern anfällig für Einbildungen und Spekulationen, die ohne Wert waren. Die Tatsache unseres nahen Todes machte ihn sonderbar betroffen, und er betete häufig voller Reue für die Männer, Frauen und Kinder, die wir auf den Meeresgrund geschickt hatten, wobei er vergaß, dass alles edel ist, was dem deutschen Staate dient. Nach einer Weile wurde er merklich unausgeglichen, starrte stundenlang seine Elfenbeinfigur an und sponn fantastische Geschichten über die verschollenen und vergessenen Dinge im Meer. Als psychologisches Experiment spornte ich ihn zuweilen in seinem Fieberwahn noch an und lauschte seinen endlosen poetischen Zitaten und Erzählungen über versunkene Schiffe. Es tat mir sehr leid um ihn, denn nur ungern sehe ich einen Deutschen leiden; doch er war kein Mann, mit dem man gut zusammen sterben konnte. Bezüglich meiner Person empfand ich Stolz, da ich wusste, wie das Vaterland mein Angedenken ehren und dass man meine Söhne dazu erziehen würde, Männer wie ich zu sein.

Am 9. August suchten wir den Meeresboden ab und ließen einen starken Scheinwerferstrahl darüber hinweggleiten. Es war eine gewaltige wellenförmige Ebene, die größtenteils mit Seetang und den Schalen kleiner Mollusken bedeckt war. Hier und da fanden sich schleimige Objekte von rätselhafter Form, bedeckt von Algen und mit Entenmuscheln verkrustet, die Klenze für uralte Schiffe in ihrem Meeresgrab hielt. Er war von einem Ding verwirrt, einer Art Spitze aus festem Material, die sich bis etwas mehr als einen Meter aus dem Meeresboden erhob, im Durchmesser weniger als einen Meter umfasste und flache Seiten und glatte Oberflächen aufwies, die extrem stumpfwinklig aufeinandertrafen. Ich bezeichnete diese Spitze als aufragenden Fels, doch Klenze glaubte, Reliefs darauf zu erkennen. Nach einer Weile erschauderte er und wandte sich von dem Anblick ab, als sei er verängstigt; doch konnte er keine andere Erklärung dafür geben als jene, dass die gewaltige Größe, die Entlegenheit, das Alter und die Rätsel der Meeresabgründe ihn überwältigt hätten. Sein Geist war unaufmerksam, doch ich bin stets ein Deutscher und bemerkte rasch zwei Dinge: dass die U-29 dem Tiefseedruck prächtig standhielt und dass die eigenartigen Delfine uns noch immer umgaben – in einer Tiefe, in der die Existenz hoch entwickelter Lebewesen nach Ansicht der meisten Naturkundler unmöglich ist. Ich war mir sicher, dass ich unsere Tiefe zuvor überschätzt hatte; dennoch musste sie groß genug sein, um diese Phänomene bemerkenswert erscheinen zu lassen. Wie ich am dahinziehenden Meeresboden erkennen konnte, entsprach die Südwärtsbewegung dem von mir im höheren Bereich geschätzten Tempo.

Es war am 12. August um 3:15 Uhr nachmittags, dass der arme Klenze gänzlich dem Wahnsinn anheimfiel. Er hatte sich zuvor im Kommandoturm befunden und den Suchscheinwerfer betätigt, ehe er in die Bibliotheksabteilung hineinplatzte, in der ich gerade lesend saß; sein Gesicht verriet ihn sofort. Ich werde an dieser Stelle das von ihm Gesagte wiederholen und jene Worte hervorheben, die er mit Nachdruck betonte: »*Er* ruft! *Er* ruft! Ich höre ihn! Wir

müssen gehen!« Beim Sprechen nahm er sein Elfenbeinbildnis vom Tisch, steckte es in die Tasche, ergriff mich am
Arm und versuchte, mich die Kajütentreppe hinauf zum
Deck zu zerren. Binnen Sekunden begriff ich, dass er
vorhatte, die Luke zu öffnen und sich mit mir ins Wasser zu
stürzen, eine selbstmörderische Laune, auf die ich kaum
vorbereitet gewesen war. Als ich mich wehrte und ihn zu
beruhigen versuchte, wurde er immer heftiger und sagte:
»Komm *jetzt* – warte nicht bis später; es ist besser, zu bereuen
und Vergebung zu erlangen, als verstockt zu sein und
verdammt zu werden.« Dann gab ich die Beschwichtigungs-
taktik auf und sagte ihm, er sei wahnsinnig – jämmerlich
verrückt. Doch das ließ ihn kalt, und er sagte: »Sollte ich
verrückt sein, so ist das eine Gnade! Mögen die Götter sich
des Mannes erbarmen, der dank seiner Gefühllosigkeit bis
zum entsetzlichen Ende bei Verstande bleibt! Komm und sei
verrückt, während *Er* noch voller Gnade ruft!«

Dieser Ausbruch schien den Druck in seinem Hirn zu
mildern, denn als er fertig war, wurde er viel sanfter und bat
mich darum, ihn alleine gehen zu lassen, wenn ich ihn schon
nicht begleiten wolle. Meine Vorgehensweise wurde mir
sogleich klar. Er war ein Deutscher, wenn auch nur ein
Rheinländer und Bürgerlicher; zudem war er nun ein poten-
ziell gefährlicher Irrer. Indem ich seiner selbstmörderischen
Bitte nachgab, konnte ich mich unverzüglich eines Mannes
entledigen, der nicht länger ein Gefährte war, sondern eine
Bedrohung darstellte. Ich bat ihn, mir das Elfenbeinbildnis
zu geben, bevor er ging, doch brachte mir diese Bitte ein so
unheimliches Gelächter von ihm ein, dass ich sie nicht
wiederholte. Dann fragte ich ihn, ob er irgendein Andenken
oder eine Haarlocke für seine Familie in Deutschland hier-
zulassen wünsche für den Fall, dass ich gerettet werden
sollte, doch wiederum entgegnete er mir mit jenem sonderbaren Lachen. Als er dann die Leiter erklomm, ging ich zum
Hebel und betätigte die Maschinerie, die ihn in den Tod
schickte. Als ich sah, dass er sich nicht mehr an Bord befand,

suchte ich das umgebende Gewässer mit dem Scheinwerfer ab, um einen letzten Blick auf ihn werfen zu können; denn ich wollte mich vergewissern, ob der Wasserdruck ihn sofort platt quetschen würde, wie das theoretisch geschehen musste, oder ob sein Leichnam wie diese außergewöhnlichen Delfine davon unbeschadet bliebe. Es gelang mir jedoch nicht, meinen verstorbenen Gefährten auszumachen, denn die Delfine scharten sich dicht um den Kommandoturm und nahmen mir die Sicht.

An jenem Abend bedauerte ich, das Elfenbeinbildnis nicht heimlich aus der Tasche des armen Klenze genommen zu haben, als er ging, denn ich war von der Erinnerung daran fasziniert. Ich konnte das jugendliche schöne Haupt mit der Blätterkrone nicht vergessen, obschon ich vom Wesen her kein Künstler bin. Zudem tat es mir leid, dass ich niemanden mehr zur Unterhaltung hatte. Klenze war, wenngleich er nicht meinem geistigen Rang entsprach, doch besser als nichts gewesen. Ich schlief nicht gut in dieser Nacht und fragte mich, wann genau das Ende kommen würde. Gewiss war die Möglichkeit meiner Rettung überaus gering.

Am nächsten Tag stieg ich in den Kommandoturm und begann mit der üblichen Scheinwerfererkundung. Gegen Norden bot sich der gleiche Anblick wie an den vier vorangegangenen Tagen, seit wir den Meeresboden gesichtet hatten, doch ich bemerkte, dass das Driften der U-29 sich verlangsamt hatte. Als ich den Scheinwerfer südlich ausrichtete, fiel mir auf, dass der Meeresboden merklich steil abfiel und an gewissen Stellen sonderbar regelmäßige Steinquader aufwies, die einem regelmäßigen Muster zu entsprechen schienen. Das Boot fiel nicht sofort gemäß der größeren Meerestiefe ab, weshalb ich mich bald dazu gezwungen sah, den Scheinwerfer so zu richten, dass er einen starken Strahl nach unten warf. Aufgrund des abrupten Stellungswechsels löste sich ein Kabel, dessen Reparatur eine Verzögerung von mehreren Minuten zur Folge hatte; doch endlich strahlte das Licht wieder und überflutete das Meerestal unter mir.

Ich neige nicht zu Gefühlsregungen irgendeiner Art, doch mein Erstaunen war sehr groß, als ich sah, was sich mir in jenem elektrischen Licht offenbarte. Und doch hätte ich als jemand, der in der besten Kultur Preußens erzogen worden war, nicht erstaunt sein sollen, denn die Geologie und die Überlieferungen berichten uns gleichermaßen von großen Umwälzungen in den ozeanischen und kontinentalen Gebieten. Ich sah eine weitläufige und kunstfertige Anordnung verfallener Bauwerke; alle waren von prachtvoller, wenngleich nicht zu klassifizierender Architektur und befanden sich in unterschiedlichem Erhaltungszustand. Die meisten schienen aus Marmor zu sein und schimmerten weiß in den Strahlen des Scheinwerfers. Dem Grundriss nach handelte es sich um eine große Stadt in einem engen Tal mit frei stehenden Tempeln und Villen auf den steilen Hängen darüber. Die Dächer waren eingestürzt und die Säulen zerbrochen, doch verblieb noch immer eine Aura unvorstellbar alten Glanzes, die nichts auszulöschen vermochte.

Da ich nun mit jenem Atlantis konfrontiert war, das ich zuvor größtenteils als Mythos erachtet hatte, wurde ich zum kühnsten aller Forscher. Am Grunde dieses Tales war einst ein Fluss verlaufen, denn als ich die Landschaft näher untersuchte, erblickte ich die Überreste steinerner und marmorner Brücken, Dämme, Terrassen und Uferstraßen, die einstmals grün und schön gewesen sein mussten. In meiner Begeisterung wurde ich beinahe so idiotisch und sentimental wie der arme Klenze und bemerkte erst spät, dass die Südströmung endlich versiegt war, was der U-29 gestattete, sich langsam in der versunkenen Stadt niederzulassen, so wie ein Flugzeug in einer Stadt auf der Erdoberfläche landet. Ich bemerkte auch erst spät, dass die ungewöhnliche Delfingruppe verschwunden war.

Nach ungefähr zwei Stunden ruhte das Boot auf einem gepflasterten Platz nahe der Felswand des Tales. Auf einer Seite konnte ich die gesamte Stadt überblicken, die sich von meinem Standort bis hinab zum alten Flussufer erstreckte;

auf der anderen Seite befand ich mich in überraschender Nähe der reich verzierten und perfekt erhaltenen Fassade eines großen Gebäudes, offensichtlich eines Tempels, der in den soliden Fels hineingebaut worden war. Über die ursprüngliche Kunstfertigkeit dieses gewaltigen Bauwerks kann ich nur Mutmaßungen anstellen. Die Fassade von immenser Pracht bedeckt anscheinend einen durchgehenden Raum, denn sie weist viele Fenster auf, die großzügig verteilt sind. In der Mitte gähnt ein großes offenes Tor, das man über eine eindrucksvolle Treppenflucht erreicht, gesäumt von vorzüglich gearbeiteten Reliefs, die Gestalten eines Bacchanals darzustellen scheinen. Zuvorderst stehen die großen Säulen und Friese, geschmückt mit Bildnissen von unaussprechlicher Schönheit, die offenkundig idealisierte ländliche Szenen und Prozessionen von Priestern und Priesterinnen darstellen, die sonderbares zeremonielles Gerät zur Anbetung einer strahlenden Gottheit tragen. Die Kunst ist von überaus erstaunlicher Vollkommenheit, von der Auffassung her hellenisch, doch merkwürdig eigenständig. Sie vermittelt den Eindruck außerordentlichen Alters, als wäre dies der entfernteste und nicht der unmittelbare Vorfahre griechischer Kunst. Ich bezweifele nicht, dass jede Einzelheit dieses gewaltigen Werkes aus dem jungfräulichen Hügelfelsen unseres Planeten gefertigt wurde. Es ist augenfällig, dass es ein Teil der Talwand ist, doch mit welchen Mitteln das gewaltige Innere je ausgehöhlt worden war, kann ich mir nicht vorstellen. Vielleicht stellte eine Höhle oder eine Kette von Höhlen den Kern dar. Weder Zeit noch Überflutung haben die ursprüngliche Erhabenheit dieses Ehrfurcht gebietenden Tempels – denn ein solcher musste es gewesen sein – zerstören können, und heute ruht er nach Tausenden von Jahren unbefleckt und unversehrt in der endlosen Nacht und Stille einer Meeresspalte.

Ich kann die Zahl der Stunden nicht ermessen, die ich damit zubrachte, die versunkene Stadt mit ihren Gebäuden, Bögen, Standbildern und Brücken und den kolossalen

Tempel in seiner Schönheit und Rätselhaftigkeit zu betrachten. Obgleich ich wusste, dass der Tod nahe war, brannte meine Neugier, und ich ließ den Strahl des Scheinwerfers bei meiner eifrigen Suche umherkreisen. Der Lichtstrahl erlaubte mir, viele Einzelheiten zu erfassen, gewährte mir jedoch keinerlei Einblick in das klaffende Tor des aus dem Fels geschlagenen Tempels; und nach einer Weile schaltete ich den Strom ab, da ich mir der Notwendigkeit des Energiesparens bewusst war. Die Strahlen waren nun erheblich schwächer als in den Wochen des Umhertreibens. Und als sei es vom nahenden Entzug des Lichtes angefacht worden, wuchs mein Verlangen, die wasserumspülten Geheimnisse zu erkunden. Ich, ein Deutscher, wäre der Erste, der seit Äonen auf diesen vergessenen Pfaden schritt!

Ich holte einen metallverstärkten Tiefseetaucheranzug hervor und experimentierte mit der tragbaren Lampe und dem Luftregenerator. Obgleich ich wohl Probleme damit haben würde, die Doppelluke oben zu handhaben, glaubte ich, all diese Hürden mit meiner wissenschaftlichen Begabung überwinden und persönlich durch die tote Stadt wandeln zu können.

Am 16. August gelang mir der Ausstieg aus der U-29, und ich bahnte mir mühsam den Weg durch die zerfallenen und vom Schlamm begrabenen Straßen bis zum alten Fluss. Ich fand keine Skelette oder sonstigen menschlichen Überreste, sammelte aber anhand von Skulpturen und Münzen eine Fülle an archäologischen Erkenntnissen. Davon kann ich nun nicht sprechen, möchte aber meine Ehrfurcht ausdrücken angesichts einer Kultur, die in vollem Glanze stand, als Europa von Höhlenbewohnern durchstreift wurde und der Nil noch unbeobachtet ins Meer floss. Andere müssen unter Anleitung dieses Manuskriptes, sollte es denn je gefunden werden, die Geheimnisse enthüllen, die ich hier nur andeuten kann. Ich kehrte zum Schiff zurück, da meine elektrischen Batterien schwächer wurden, und fasste den Entschluss, den Felsentempel am nächsten Tage zu erforschen.

Am 17., als mein Drang, das Geheimnis des Tempels zu erkunden, noch beharrlicher wurde, überkam mich eine große Enttäuschung, denn ich stellte fest, dass die zum Aufladen der tragbaren Lampe benötigten Materialien beim Aufstand dieser Schweine im Juli vernichtet worden waren. Mein Zorn war grenzenlos, doch mein deutscher Verstand verbat mir, mich unvorbereitet in das stockfinstere Innere zu wagen, das sich als die Höhle eines unbeschreiblichen Seeungeheuers oder als ein Labyrinth von Gängen erweisen mochte, aus dessen Windungen ich mich nie wieder würde befreien können. Ich konnte nur das schwindende Licht des Suchscheinwerfers der U-29 anstellen und mit seiner Hilfe die Tempelstufen hinaufschreiten und die Reliefs an der Außenseite studieren. Der Lichtstrahl trat in aufwärts geneigtem Winkel durch das Tor, und ich spähte hinein, ob ich nicht irgendetwas erkennen könnte, doch es war alles umsonst. Nicht einmal das Dach war sichtbar; und obschon ich ein oder zwei Schritte hineingegangen war, nachdem ich den Boden mit einem Stock geprüft hatte, wagte ich mich nicht weiter vor. Mehr noch, zum ersten Mal in meinem Leben verspürte ich das Gefühl der Angst. Ich begann zu begreifen, was einige von Klenzes Launen verursacht hatte, denn als ich dem Tempel näher und immer näher kam, fürchtete ich seine wassergefüllten Abgründe mit blindem und wachsendem Grauen. Als ich zum Unterseeboot zurückgekehrt war, drehte ich die Lichter aus und saß grübelnd in der Dunkelheit. Die Elektrizität musste nun für Notfälle aufgespart werden.

Samstag den 18. brachte ich in völliger Finsternis zu, gemartert von Gedanken und Erinnerungen, die meinen deutschen Willen zu überwältigen drohten. Klenze war verrückt geworden und umgekommen, bevor er bei diesem finstren Überbleibsel einer entsetzlich fernen Vergangenheit angelangt war, und hatte mir geraten, mit ihm zu gehen. Bewahrte denn das Schicksal meinen Verstand nur auf, um mich unwiderstehlich einem Ende zuzutreiben, das grausiger und unvorstellbarer war als alles, was ein Mensch sich erträumen mochte? Meine Nerven waren eindeutig auf eine harte Probe gestellt, und ich musste diese Gedankenspiele schwacher Männer abschütteln.

Samstagnacht konnte ich nicht schlafen und drehte, ohne an Morgen zu denken, das Licht an. Es war ärgerlich, dass die Elektrizität nicht so lange wie die Luft und der Proviant reichen würde. Ich ließ meine Gedanken an den Freitod wieder aufleben und untersuchte meine automatische Pistole. Gegen Morgen muss ich wohl bei angeschaltetem Licht eingeschlafen sein, denn ich erwachte gestern Nachmittag im Dunkeln und stellte fest, dass die Batterien leer waren. Ich zündete in rascher Folge mehrere Streichhölzer an und bedauerte verzweifelt die Unbedachtsamkeit, die uns schon vor Langem dazu verleitet hatte, die wenigen mitgenommenen Kerzen aufzubrauchen.

Nachdem das letzte Zündholz, das ich zu verschwenden wagte, erloschen war, saß ich sehr still ohne Licht da. Als ich über das unvermeidliche Ende nachdachte, durchlief mein Geist die vorangegangenen Geschehnisse; dabei verstärkte sich in mir eine bislang unbewusste Empfindung, die einen schwächeren und abergläubischeren Mann hätte erschaudern lassen. *Das Haupt der strahlenden Gottheit unter den Skulpturen am Felsentempel ist identisch mit jenem geschnitzten Stück Elfenbein, das der tote Matrose aus dem Meer gebracht und der arme Klenze dorthin zurückgetragen hatte.*

Ich fühlte mich ein wenig benommen durch diesen Zufall, entsetzte mich aber nicht darüber. Nur der minderwertige Denker erklärt das Eigenartige und Vielschichtige auf dem primitiven Umweg des Übernatürlichen. Der Zufall war sonderbar, doch war ich ein zu vernünftiger Denker, um Umstände in Beziehung zueinander zu setzen, die keinen logischen Zusammenhang besaßen, noch wollte ich die katastrophalen Ereignisse, die von der Sache mit der *Victory* bis zu meinem jetzigen Los führten, miteinander verknüpfen. Da ich mich ein wenig ruhebedürftig fühlte, nahm ich ein

Beruhigungsmittel und sicherte mir so etwas Schlaf. Der Zustand meiner Nerven fand seinen Widerhall in meinen Träumen, denn ich schien die Schreie von Ertrinkenden zu hören und tote Gesichter zu sehen, die sich gegen die Bullaugen des Bootes drückten. Zu den toten Gesichtern zählte das lebendige spöttische Antlitz des Jünglings mit dem Elfenbeinbild.

Ich muss vorsichtig sein, stellte ich beim heutigen Erwachen fest, weil ich mit den Nerven am Ende bin, und so mischen sich zwangsläufig Sinnestäuschungen mit den Tatsachen. Psychologisch betrachtet ist mein Fall höchst interessant, und ich bedaure, dass er nicht von kompetenten deutschen Fachgrößen wissenschaftlich untersucht werden kann. Nachdem ich die Augen aufgeschlagen hatte, war meine erste Empfindung ein überwältigendes Verlangen, den Felsentempel aufzusuchen; ein Verlangen, das mit jedem Augenblick wuchs, dem ich jedoch unwillkürlich aus einem Angstgefühl heraus zu widerstehen versuchte, das in die entgegengesetzte Richtung arbeitete. Als Nächstes drängte sich mir der Eindruck von *Licht* inmitten der Finsternis auf, und ich schien durch das Bullauge, das zum Tempel hinausging, eine Art phosphoreszierendes Leuchten zu sehen. Dies entfachte meine Neugierde, denn ich wusste von keinem Tiefseeorganismus, der fähig gewesen wäre, ein solches Strahlen zu erzeugen. Doch noch ehe ich dieses Phänomen untersuchen konnte, stürmte ein dritter Eindruck auf mich ein, und aufgrund seiner Irrationalität sah ich mich gezwungen, die Objektivität dessen in Zweifel zu ziehen, was meine Sinne wahrzunehmen schienen. Es war eine akustische Täuschung; eine Empfindung rhythmischen, melodischen Klanges wie von einem wilden, doch schönen Gesang oder hymnischen Choral, der von außerhalb durch die vollkommen schalldichte Hülle der U-29 drang. Da ich von der Abnormalität meines psychologischen und nervösen Zustandes überzeugt war, zündete ich einige Streichhölzer an und schluckte eine große Dosis Natriumbromid-Lösung, die mich so weit zu beruhigen schien, dass die Klangillusion verschwand. Doch das Phosphorglühen blieb, und ich hatte Schwierigkeiten, dem kindischen Impuls zu widerstehen, zum Bullauge zu gehen und seinen Ursprung auszumachen. Es war fürchterlich real, und mit seiner Hilfe konnte ich alsbald die vertrauten Gegenstände in meiner Umgebung erkennen, ebenso wie das leere Natriumbromid-Glas, das ich vorher auf seinem Platz nicht hatte sehen können. Dieser letzte Umstand machte mich nachdenklich, und ich durchquerte den Raum und berührte das Glas. Es befand sich in der Tat an der Stelle, wo ich es zu sehen geglaubt hatte. Nun wusste ich, dass das Licht entweder wirklich war oder aber Teil einer so dichten und folgerichtigen Halluzination, dass ich nicht darauf hoffen konnte, sie zu zerstreuen, weshalb ich allen Widerstand aufgab und in den Kommandoturm stieg, um nach der Lichtquelle zu suchen. Könnte es nicht vielleicht ein anderes U-Boot sein, sodass ich auf Rettung hoffen konnte?

Es wird gut sein, wenn der Leser nichts vom Folgenden als objektive Wahrheit akzeptiert, denn da die Geschehnisse die Grenzen der Naturgesetze überschreiten, sind es zwangsläufig die subjektiven und unwirklichen Ausgeburten meines überbeanspruchten Geistes. Als ich den Kommandoturm erreichte, bemerkte ich, dass das Meer im Allgemeinen weit weniger leuchtete, als ich erwartet hatte. Keine tierische oder pflanzliche Lichtquelle war zu sehen, und die Stadt, die sich bis hinab zum Fluss erstreckte, lag unsichtbar in der schwarzen Finsternis. Was ich sah, war nicht spektakulär, weder grotesk noch erschreckend, doch es raubte mir den letzten Rest an Vertrauen in meinen Bewusstseinszustand. *Denn das Tor und die Fenster des aus dem Felshügel geschlagenen Unterwassertempels erstrahlten lebhaft in flackerndem Schein, als brenne tief im Innern eine gewaltige Altarflamme.*

Die späteren Vorfälle sind chaotisch. Als ich das unheimlich erleuchtete Tor und die Fenster anstarrte, fiel ich höchst überspannten Trugbildern zum Opfer – derart überspannten

Trugbildern, dass ich sie nicht einmal wiederzugeben vermag. Ich glaubte, Gegenstände im Tempel zu erkennen; stillstehende und bewegliche Gegenstände; und erneut schien ich den unwirklichen Gesang zu hören, der mir beim Erwachen ans Ohr gedrungen war. Und über all dem erhoben sich Gedanken und Ängste, die um den Jüngling aus dem Meer und das Elfenbeinbildnis kreisten, das auf den Friesen und Säulen des Tempels vor mir wiederkehrte. Ich dachte an den armen Klenze und fragte mich, wo sein Leichnam mit dem Bildnis ruhen mochte, das er zurück ins Meer getragen hatte. Er hatte mich vor etwas gewarnt, und ich hatte es nicht beachtet – doch war er ein schwachsinniger Rheinländer, der angesichts von Problemen wahnsinnig wurde, die ein Preuße mit Leichtigkeit zu ertragen vermag.

Der Rest ist sehr einfach. Mein Drang, den Tempel aufzusuchen und zu betreten, ist nun zu einem unerklärlichen und herrischen Befehl geworden, dem ich mich nicht verweigern kann. Mein deutscher Wille bestimmt nicht länger mein Handeln, und freie Entscheidungen sind mir von nun an nur noch in geringfügigen Angelegenheiten möglich. Solcher Wahnsinn war es, der Klenze barhäuptig und schutzlos ins Meer, in den Tod getrieben hat; doch ich bin ein Preuße und ein Mann des Verstandes; ich werde bis zum Letzten den wenigen Willen nützen, der mir verbleibt. Als ich zum ersten Mal erkannte, dass ich würde gehen müssen, bereitete ich meinen Tauchanzug, den Helm und den Luftregenerator zum sofortigen Gebrauch vor; und sogleich fing ich an, diese überstürzte kleine Chronik in der Hoffnung niederzuschreiben, dass sie eines Tages die Welt erreichen wird. Ich werde das Manuskript in einer Flasche versiegeln und dem Meere anvertrauen, wenn ich die U-29 für immer verlasse.

Ich habe keine Furcht, nicht einmal wegen der Prophezeiungen des verrückten Klenze. Was ich gesehen habe, kann nicht der Wahrheit entsprechen, und ich weiß, dass mein eigener Wahn im schlimmsten Falle nur zum Ersticken führen wird, sobald meine Luft aufgebraucht ist. Das Licht im Tempel ist eine bloße Täuschung, und ich werde wie ein Deutscher seelenruhig in den schwarzen und vergessenen Tiefen sterben. Dies dämonische Gelächter, das ich während der Niederschrift vernehme, stammt allein aus meinem schwächer werdenden Hirn. Und so werde ich mit aller Sorgfalt meinen Taucheranzug anlegen und tapfer die Stufen zu diesem unermesslich alten Schrein hinaufsteigen, jenem stummen Geheimnis unergründeter Wasser und ungezählter Jahre.

Der Schreckliche Alte Mann

Angelo Ricci, Joe Czanek und Manuel Silva hatten beschlossen, dem Schrecklichen Alten Mann einen Besuch abzustatten. Dieser Alte lebt ganz allein in einem sehr alten Haus in der Water Street dicht am Meer, und den Gerüchten nach soll er ebenso übermäßig reich sein wie übermäßig gebrechlich. Diese Situation wirkt sehr anziehend auf Männer mit einer Profession wie die der Herren Ricci, Czanek und Silva, denn sie übten den ehrenwerten Beruf von Räubern aus.

Die Einwohner von Kingsport sagen und denken so mancherlei über den Schrecklichen Alten Mann, was ihn eigentlich vor den Begehrlichkeiten solcher Gentlemen wie Mr. Ricci und seiner Kollegen bewahrte, und das trotz der als sicher geltenden Tatsache, dass er irgendwo in seiner modrig ehrwürdigen Unterkunft ein unschätzbares Vermögen von gewaltiger Höhe verbarg. Er ist tatsächlich ein sehr merkwürdiger Mensch. Man glaubt, er ist zu seiner Zeit Kapitän auf Klippern gewesen, die nach Indien fuhren, doch inzwischen ist er so alt, dass niemand sich an seine Jugend erinnern kann, und derart verschwiegen, dass nur wenige seinen wahren Namen wissen.

Zwischen den knorrigen Bäumen im Vorgarten seines alten, vernachlässigten Anwesens bewahrt er eine sonderbare Sammlung großer Steine auf, seltsam angeordnet und bemalt, sodass sie den Götzenbildern in obskuren asiatischen Tempeln gleichen. Diese Sammlung verscheucht die meisten der kleinen Jungen, die den Schrecklichen Alten Mann gern wegen seines langen weißen Bartes und der Haare verspotten oder die kleinen Fensterscheiben seiner Unterkunft mit hinterhältigen Wurfgeschossen einschlagen.

Es sind jedoch andere Dinge, die die älteren und neugierigeren Menschen ängstigen, die sich zuweilen zum Haus hinaufschleichen, um durch die staubigen Scheiben zu spähen. Diese Leute behaupten, auf einem Tisch in einem leeren Zimmer im Erdgeschoss würden viele eigenartige Flaschen stehen, und in jeder davon hinge ein Stückchen Blei wie ein Pendel von einem Faden herab. Und sie behaupten, dass der Schreckliche Alte Mann zu diesen Flaschen spricht und ihnen Namen gibt wie Jack, Narbengesicht, Langer Tom, Spanier-Joe, Peters und Maat Ellis, und immer, wenn er so mit einer Flasche spreche, würde das kleine Bleipendel im Inneren gewisse Schwingungen vollführen, als antworte es. Jeder, der den großen, mageren Schrecklichen Alten Mann einmal bei einer solchen eigentümlichen Konversation beobachtet hat, wird ihm nie wieder nachspionieren.

Doch Angelo Ricci, Joe Czanek und Manuel Silva stammten nicht aus Kingsport; sie gehörten zu jenen andersartigen Fremden, die außerhalb des rechtschaffenen, magischen Lebenskreises und der Traditionen von Neuengland leben. Sie sahen im Schrecklichen Alten Mann bloß einen tatterigen, so gut wie hilflosen Graubart, der ohne Hilfe seines knotigen Spazierstocks kaum gehen konnte und dessen dünne, schwache Hände jämmerlich zitterten. Sie hatten auf ihre Art sogar ziemliches Mitleid mit dem einsamen, unbeliebten Kerl, der von allen gemieden wurde und den sogar die Hunde verbellten. Aber Geschäft ist Geschäft, und für einen Räuber, der mit Herz und Seele seinen Beruf ausübt, liegt eine Lockung und Herausforderung in einem sehr alten und sehr schwachen Mann, der über kein Bankkonto verfügt und beim Krämer im Dorf für seine wenigen Bedürfnisse mit spanischem Gold und Silber zahlt, das vor zweihundert Jahren geprägt worden ist.

Die Herren Ricci, Czanek und Silva wählten für ihren Besuch die Nacht des 11. April. Mr. Ricci und Mr. Silva sollten den hilflosen alten Gentleman ausfragen, während Mr. Czanek in einem Auto in der Ship Street vor dem Tor in der hohen, hinteren Mauer des Anwesens ihres Gastgebers, auf sie und ihre aller Voraussicht nach metallische Last wartete. Der Wunsch, sinnlose Erklärungen zu umgehen, sollte es zu unerwarteten polizeilichen Störungen kommen, erforderte einen stillen und unauffälligen Aufbruch.

Wie abgesprochen machten die drei Abenteurer sich getrennt auf den Weg, um jeglichen späteren gemeinen Verdacht von vorneherein zu zerstreuen. Die Herren Ricci und Silva trafen sich in der Water Street vor dem Hauseingang des Alten, und obwohl ihnen die Art und Weise nicht behagte, wie das Mondlicht durch die knospenden Zweige der knorrigen Bäume auf die bemalten Steine fiel, hatten sie sich doch um Wichtigeres zu kümmern als um dummen Aberglauben.

Sie befürchteten, es könnte unangenehm werden, den Schrecklichen Alten Mann bezüglich seines gehorteten Goldes und Silbers zum Reden zu bewegen, sind betagte Hochseekapitäne doch bemerkenswert stur und verdreht. Doch er war sehr alt und sehr gebrechlich, und sie besuchten ihn zu zweit. Die Herren Ricci und Silva hatten Erfahrung in der Kunst, unwilligen Personen die Zunge zu lockern, und die Schreie eines schwachen und außergewöhnlich alten Mannes können leicht gedämpft werden. Und so schlichen sie sich an das einzige erleuchtete Fenster und hörten, wie der Schreckliche Alte Mann kindisch zu seinen Flaschen mit den Pendeln sprach. Dann zogen sie Masken über und klopften höflich an die wetterzerfressene Eichenholztür.

Das Warten wurde Mr. Czanek sehr lang, wie er in dem Auto vor dem Hintertor des Schrecklichen Alten Mannes in der Ship Street so auf dem Sitz hin und her rutschte. Er war besonders zartfühlend, und ihm behagten die scheußlichen Schreie nicht, die er aus dem alten Haus kurz nach der verabredeten Stunde für die Tat hörte. Hatte er denn seine Kameraden nicht ermahnt, mit dem mitleiderregenden alten Kapitän so sanft wie nur möglich umzugehen? Ziemlich nervös beobachtete er das schmale Eichenholztor in der hohen, rebenumrankten Steinmauer. Regelmäßig schaute er auf seine Uhr und wunderte sich über die Verzögerung. War der alte Mann gestorben, ehe er das Versteck seiner Schätze enthüllt hatte, und war deshalb eine gründliche Suche notwendig geworden?

Mr. Czanek gefiel es gar nicht, an einem solchen Ort so lange in der Dunkelheit warten zu müssen. Dann vernahm er leise Schritte oder ein Tapsen auf dem Weg hinter der Mauer, hörte, wie sich jemand sanft am rostigen Schloss zu schaffen machte, und sah, wie die schmale, schwere Tür nach innen aufschwang. Und im fahlen Scheine der einzigen trüben Straßenlaterne strengte er die Augen an, um zu erkennen, was seine Kameraden aus dem finsteren Haus, das so dicht hinter ihnen emporragte, heraustrugen. Doch als er hinschaute, sah er keineswegs das Erwartete. Seine Kameraden waren gar nicht zu sehen, dafür jedoch der Schreckliche Alte Mann, der sich stumm auf seinen knotigen Spazierstock stützte und ein grausiges Lächeln zeigte. Mr. Czanek war nie zuvor die Augenfarbe dieses Mannes aufgefallen, nun sah er, dass sie gelb war.

In kleinen Städten sorgen Kleinigkeiten schnell für beträchtliches Aufsehen, und das ist der Grund, weshalb die Menschen von Kingsport während des ganze Frühjahrs und den ganzen Sommer hindurch über die drei unidentifizierbaren Leichen sprachen, die von den Gezeitenströmen an die Küste gespült wurden, schrecklich zerschnitten wie von vielen Entermessern und grausig zertrampelt wie von unzähligen grausamen Bootsstiefeln. Einige Leute sprachen auch von so trivialen Dingen wie dem verlassenen Auto, das man in der Ship Street fand, oder einigen besonders unmenschlichen Schreien, die wahrscheinlich von einem streunenden Tier oder einem Zugvogel stammten und einige noch wache Bürger in der Nacht vernommen hatten.

Doch dieser müßige Dorfklatsch interessierte den Schrecklichen Alten Mann überhaupt nicht. Er war von Natur aus zurückhaltend, und wenn man alt und schwach ist, steigert diese Zurückhaltung sich noch. Außerdem muss ein so alter Meereskapitän in den entlegenen Tagen seiner fast vergessenen Jugend zahllose Dinge von weitaus aufregenderer Natur erlebt haben.

Das seltsame Haus hoch oben im Nebel

Am frühen Morgen weht von der See bei den Klippen hinter Kingsport der Nebel herauf. Weiß und federig steigt er aus der Tiefe zu seinen Brüdern, den Wolken, empor, erfüllt von Träumen an feuchte Bergwiesen und den Höhlen des Leviathan. Und später, wenn der leise Sommerregen auf die steilen Dächer der Dichter fällt, verteilen die Wolken Bruchstücke dieser Träume, denn die Menschen sollen nicht leben ohne die Legenden von alten, sonderbaren Geheimnissen und die Wunder, die die Planeten anderen Planeten nur in den Nächten zuflüstern. Wenn in den Grotten der Tritonen Sagen die Luft durchwirbeln und in Städten aus Seegras auf Muschelhörnern wilde Melodien geblasen werden, die man von den Älteren Göttern erlernt hat, dann strömen die dichten Nebel eifrig zum Himmel hinauf, getränkt von märchenhaften Überlieferungen, und schaut man auf die ausgebreiteten Meeresfelsen, sieht man nichts als ein mystisches Weiß, als sei der Rand der Klippen der Rand der ganzen Welt und die feierlichen Glocken der Bojen läuteten frei im Äther des Feenreiches.

Nun wachsen die Felswände nördlich des alten Kingsport ehrwürdig und merkwürdig empor, Terrasse nach Terrasse, bis die nördlichste im Himmel hängt wie eine graue, gefrorene Wolke im Wind. Ganz einsam ragt dieser öde Fels in den grenzenlosen Raum hinein, denn die Küste vollzieht dort eine scharfe Biegung, wo der gewaltige Miskatonic sich aus den Ebenen bei Arkham ergießt und Legenden der Wälder und vergängliche, malerische Erinnerungen aus den Hügeln Neuenglands mit sich trägt. Die Seefahrer von Kingsport schauen zu dieser Klippe hinauf wie andere Seefahrer zum Polarstern, und teilen die nächtlichen Wachen danach ein, ob die Klippe den Großen Bären, die Kassiopeia und den Drachen gerade zeigt oder gerade verbirgt. Für sie ist die Klippe ein Teil des Sternenhimmels, und sie verbirgt sich wirklich vor ihnen, wenn der Nebel die Gestirne oder die Sonne verhüllt.

Manche der Klippen mögen sie sehr, etwa jene mit dem grotesken Profil, die sie Vater Neptun nennen, oder die, deren säulenumstandene Stufen sie als den ›Übergang‹ bezeichnen; doch diese fürchten sie auch, weil sie dem Himmel so nahe ist. Die portugiesischen Matrosen, die hier nach einer Reise einlaufen, bekreuzigen sich, wenn sie diese Klippen zum ersten Mal erblicken, und die alten Yankees glauben, es sei ein schlimmeres Los als der Tod, sie zu erklimmen, falls das überhaupt möglich ist. Und doch steht auf dieser Klippe ein altes Haus, und am Abend sehen die Menschen Licht in den schmalen Fenstern.

Dieses alte Haus stand schon immer dort und die Menschen behaupten, darin wohne der Eine, der mit den Nebeln spricht, wenn sie am Morgen aus der Tiefe steigen, und der auf dem Meer vielleicht einzigartige Dinge sieht, wenn der Rand der Klippe zum Rand der ganzen Welt wird und die feierlichen Bojen frei im weißen Äther des Feenreiches läuten. Dies erzählen sie aber nur vom Hörensagen, denn niemand steigt auf die schroffe Felsklippe hinauf, und es widerstrebt den Einheimischen, ein Fernrohr auf sie zu richten. Sommerbesucher haben dennoch vorwitzig ihre Feldstecher auf das Haus gerichtet, doch sie sahen nie mehr als das graue, urtümliche Dach, spitz und von Schindeln bedeckt, dessen überhängende Kanten fast bis zu den grauen Grundsteinen herabreichen, und das trübe, gelbe Licht in den kleinen Fenstern, die in der Abenddämmerung unter diesen Vorsprüngen hervorspähen. Diese Sommergäste glauben nicht, dass seit Hunderten von Jahren derselbe Eine in dem alten Haus wohnt, doch können sie keinen wahren Kingsporter von ihrem Irrglauben überzeugen. Selbst der Schreckliche Alte Mann, der mit bleiernen Pendeln in Flaschen redet, seine Lebensmittel mit jahrhundertealtem spanischem Gold bezahlt und im Hofe seines vorsintflutlichen Häuschens in der Water Street steinerne Götzen hält, weiß nicht mehr zu sagen, als dass dies alles schon so gewesen ist, als sein Großvater noch ein Junge war, und das muss vor undenklichen Zeiten gewesen sein, als noch Belcher oder Shirley oder Pownall oder Bernard die Gouverneure der königlichen Provinz an der Massachusetts-Bay gewesen waren.

Dann erschien eines Sommers ein Philosoph in Kingsport. Sein Name war Thomas Olney und er lehrte an einem College in der Nähe der Narragansett-Bay schwierige Themen. Er kam mit einer drallen Frau und sich balgenden Kindern, und seine Augen waren müde, weil er seit so vielen Jahren immerzu das immer Gleiche sah und die immer gleichen, leidenschaftslosen Gedanken dachte. Von Vater Neptuns Diadem aus betrachtete er die Nebel und versuchte, über die titanischen Stufen des Übergangs in ihre geheimnisvolle weiße Welt zu wandern. Morgen für Morgen saß er auf den Klippen und schaute über den Rand der Welt in den kryptischen Äther dahinter, lauschte den gespenstischen Glockenklängen und den wilden Schreien, die vielleicht von den Seemöwen stammten. Wenn der Nebel sich dann lichtete und das Meer mit dem langweiligen Rauch der Dampfschiffe sichtbar wurde, seufzte er und stieg hinunter in die Stadt, wo er gern durch die engen alten Gassen bergauf, bergab schlenderte und die verrückten, wankenden Giebel und die von merkwürdigen Pfosten gesäumten Eingänge der Häuser studierte, in denen schon unzählige Generationen derber Seefahrer gelebt hatten. Er sprach sogar mit dem Schrecklichen Alten Mann, der Fremde eigentlich nicht mochte, und wurde von ihm in sein fürchterlich altes Häuschen eingeladen, wo die niedrigen Decken und die wurmstichigen Wandverkleidungen in den dämmrigen frühen Morgenstunden den Widerhall bestürzender Selbstgespräche wahrnehmen.

Es war natürlich unvermeidlich, dass Olney das graue, unbesuchte Haus im Himmel auf dieser finsteren, nach Norden ragenden Klippe, die zu den Nebeln und zum Sternenzelt gehört, bemerkte. Schon immer hatte es über Kingsport gehangen und schon immer hallten in den verwinkelten Gassen von Kingsport seine geflüsterten Geheimnisse wider. Der Schreckliche Alte Mann keuchte eine Geschichte, die sein Vater ihn einst erzählt hatte, von einem Blitz, der eines Nachts von dem Häuschen mit dem spitzgiebeligen Dach bis weit hinauf zu den Wolken hoch am Himmel gezuckt sei und Großmütterchen Orne, deren winzige Walmdachhütte in der Ship Street von oben bis unten mit Moos und Efeu bedeckt ist, krächzte etwas, das ihre Großmutter von anderen erfahren hatte, etwas über Erscheinungen, die aus den östlichen Nebeln schnurstracks in die schmale, einzige Tür des unerreichbaren Hauses geschwebt seien – denn die Tür befindet sich nahe des Klippenrandes auf der Meeresseite und kann nur von Schiffen auf See aus gesehen werden.

Da er begierig war auf neue und seltsame Dinge und weder von der Angst der Kingsporter noch der üblichen Trägheit der Sommerurlauber zurückgehalten wurde, fasste Olney endlich einen furchtbaren Entschluss. Trotz seiner konservativen Erziehung – oder gerade deswegen, denn ein eintöniges Leben weckt die Sehnsucht nach dem Unbekannten – schwor er alle Eide, die von jedermann gemiedene Klippe im Norden zu erklettern und das ungewöhnlich alte graue Haus dort oben im Himmel zu besuchen.

Sehr plausibel argumentierte sein vernünftigeres Ich, dass der Ort von Menschen bewohnt sein müsse, die ihn vom Binnenland aus über den leichter begehbaren Kamm neben der Flussmündung des Miskatonic erreichten. Wahrscheinlich besorgten sie ihre Einkäufe in Arkham, da sie wussten, dass man ihre Behausung in Kingsport nicht mochte, oder weil sie vielleicht nicht in der Lage waren, die Klippe auf der nach Kingsport gelegenen Seite hinabzusteigen. Olney wanderte über die niedrigeren Felsenriffe zu der Stelle, wo die große Klippe so vorwitzig nach oben springt, um sich mit himmlischeren Bereichen zu verbinden, und überzeugte sich davon, dass auf diesem vorstehenden Südhang kein menschlicher Fuß Halt finden kann, um einen Auf- oder Abstieg zu wagen. Nach Osten und Norden wuchs er viele hundert Meter senkrecht aus dem Wasser, also blieb allein die westliche Inlandseite übrig, die nach Arkham führt.

An einem frühen Morgen im August brach Olney auf, um einen Weg zu dem unzugänglichen Gipfel zu finden. Durch freundliche Nebengassen ging er in nordwestlicher Richtung, vorbei an Hooper's Pond und dem alten Munitionslager aus Ziegeln zu der Stelle, wo sich die Wiesen vom Ufer des Miskatonic aus die Hügel hinaufziehen und einen bezaubernden Ausblick auf Arkhams weiße georgianische Kirchtürme, den Fluss und kilometerweite Weiden gewähren. Hier fand er einen schattigen Weg nach Arkham, aber keinen, der, wie er es hoffte, in Richtung des Meeres führte. Wälder und Felder vereinigten sich auf den hoch gelegenen Ufern der Flussmündung und zeigten sich völlig unberührt von menschlicher Anwesenheit. Keine Steinmauer, nicht einmal eine verlaufene Kuh war zu sehen, nur hohes Gras und gigantische Bäume und ein Gewirr aus Dornengestrüpp, das vielleicht schon der erste Indianer gesehen hatte. Er stieg langsam in östlicher Richtung höher und höher über die Flussmündung zu seiner Linken, immer näher zum Meer, bis der Weg immer schwieriger wurde und er sich fragte, wie es den Bewohnern des unbeliebten Hauses wohl gelingen mochte, die Außenwelt zu erreichen, und ob sie häufig nach Arkham kamen, um ihre Einkäufe zu erledigen.

Dann wurden die Bäume seltener und tief unter sich zur Rechten sah er die Anhöhen und die uralten Dächer und Kirchtürme von Kingsport. Aus dieser Höhe wirkte selbst der Central Hill wie ein Zwerg und den alten Friedhof beim Gemeindehospital, unter dem Gerüchten zufolge schreckliche Höhlen oder Gräben klafften, konnte er gerade noch so erkennen. Vor ihm lagen karge Gräser und Blaubeersträucher, und dahinter der nackte Fels der Klippe und der schmale Gipfel mit dem gefürchteten grauen Haus.

Nun wurde der Kamm immer schmaler, und Olney

schwirrten die Sinne, als er sich seiner Einsamkeit hier oben am Himmel bewusst wurde – im Süden lag der furchtbare Abhang über Kingsport, im Norden der senkrechte, fast zwei Kilometer tiefe Absturz zur Flussmündung. Unerwartet öffnete sich vor ihm eine große Spalte, die drei Meter tief war; er musste sich beim Hinabklettern mit den Händen festhalten und auf den abschüssigen Boden fallen lassen und dann – ein gefährliches Unterfangen – einen natürlichen Engpass in der Wand auf der anderen Seite hinaufsteigen. Das war also der Weg, den die Bewohner des unheimlichen Hauses zwischen Himmel und Erde benutzen!

Als er aus der Schlucht hinauskletterte, sammelte sich der frühe Morgennebel, doch er konnte das hohe, heidnische Haus deutlich sehen; die Mauern so grau wie der Fels, hob es sich kühn vor dem milchweißen Dunst der vom Meer dräuenden Nebel ab. Er bemerkte, dass es auf der landwärts gelegenen Seite keine Tür gab, nur ein paar kleine Gitterfenster mit schmutzigen Bullaugenscheiben, die in der Manier des 17. Jahrhunderts in Blei eingesetzt waren. Ihn umgaben nur Wolken und Chaos, und unterhalb der Weiße des grenzenlosen Raumes vermochte er nichts mehr zu erkennen. Er war hier oben am Himmel allein mit diesem befremdenden und verstörenden Haus, und als er sich zu der Vorderseite schlich und sah, dass die Mauer genau am Rand der Klippe aufhörte, sodass die einzige, schmale Tür nur aus der Luft erreicht werden konnte, verspürte er ein deutliches Grauen, das nicht allein durch die Höhe verursacht wurde – und es war doch äußerst seltsam, dass derart wurmzerfressene Schindeln noch hielten, und dass so bröckelnde Ziegel noch immer einen aufrecht stehenden Kamin bilden konnten.

Der Nebel wurde dichter. Olney trat leise an die Fenster der Nord-, West- und Südseite und versuchte, sie zu öffnen, doch sie alle waren verschlossen. Er war darüber beinahe froh, denn je mehr er von dem Haus sah, desto geringer wurde sein Wunsch, es zu betreten. Dann ließen ihn Geräusche verharren. Er hörte das Klappern eines Schlosses und ein Riegel wurde zurückgeschoben. Ein langes Knarren folgte, als öffne jemand langsam und vorsichtig eine schwere Tür. Das geschah auf der seewärts gelegenen Seite, die er nicht sehen konnte, wo die schmale Pforte sich Hunderte von Metern im dunstigen Himmel über den Wellen ins Nichts öffnete.

Dann ertönten schwere, bedächtige Schritte im Haus, und gleich darauf hörte Olney, dass die Fenster geöffnet wurden, erst die auf der Nordseite, dann die im Westen. Als Nächstes würden wohl die Fenster unter den breiten, niedrigen Dachvorsprüngen im Süden folgen, hier, wo er stand. Es muss erwähnt werden, dass ihm der Gedanke an das abscheuliche Haus auf der einen und die Leere des Abgrunds auf der anderen Seite mehr als Unbehagen bereitete. Als er hörte, wie jemand sich an einem der Fenster neben ihm zu schaffen machte, kroch er wieder ums Haus herum, auf die Westseite, und drückte sich an die Mauer unter den nun offenen Fenstern. Es war offensichtlich, dass der Eigentümer heimgekehrt war, doch er war nicht von der Landseite eingetreten und auch mit keinem Ballon oder Luftschiff gekommen, wie man sich vorstellen könnte. Wieder hörte Olney Schritte und er wandte sich herum zur Nordwand, aber noch ehe er sicher stand, rief eine sanfte Stimme, und er wusste, dass er sich dem Hausherren nun stellen musste.

Aus dem Fenster im Westen schaute ein breites Gesicht mit schwarzem Bart, dessen Augen vom Eindruck unerhörter Visionen leuchteten. Doch die Stimme klang freundlich und altväterlich, und so erschauderte Olney nicht, als eine braune Hand sich ihm entgegenstreckte, um ihm über den Fenstersims in einen niedrigen Raum mit schwarzen Wandvertäfelungen aus Eichenholz und geschnitzten Möbeln im Stil der Tudorzeit zu helfen.

Der Mann trug sehr alte Gewänder und verströmte eine unerklärliche Aura alter Seemannssagen und Träume von großen Segelschiffen. Olney erinnert sich nicht mehr an die vielen Wunder, von denen der Mann erzählte, noch daran, wer er war; doch er sagt, er sei merkwürdig und liebenswürdig gewesen und erfüllt von der Magie unermesslicher Fernen zwischen Zeit und Raum. Das kleine Zimmer schien in einem trüben, grünen, wässrigen Licht zu erstrahlen, und Olney sah, dass die nach Osten weisenden Fenster geschlossen waren und die matten Fensterscheiben, die den Böden alter Flaschen glichen, den nebligen Äther abhielten.

Der bärtige Hausherr schien jung zu sein und blickte doch aus Augen, die von ältesten Mysterien durchdrungen schienen. Anhand der Geschichten von wundersamen uralten Begebenheiten, die er offenbarte, muss man annehmen, dass die Bewohner des Dorfes recht hatten mit ihrer Vermutung, er halte mit den Nebeln des Meeres und den Wolken des Himmels Zwiegespräche, schon so lange es eine Siedlung gab, von der aus man seine verschwiegene Behausung sehen konnte. Und die Stunden des Tages verrannen, und Olney lauschte immer noch Legenden aus alten Zeiten und fernen Stätten und hörte, wie die Könige von Atlantis mit den glitschigen Blasphemien gerungen hatten, die sich aus Spalten im Meeresboden herausschlängelten, und dass man den von Tang überwucherten Säulentempel des Poseidon um Mitternacht von Schiffen aus sehen kann, die bei diesem Anblick wissen, dass sie verloren sind. Die Jahre der Titanen wurden ins Gedächtnis gerufen, doch der Hausherr sprach leiser, als er von der dämmrigen ersten Epoche des Chaos berichtete, bevor die Götter oder selbst die Älteren geboren waren und die *anderen Götter* erschienen, um auf dem Gipfel des Hatheg-Kla, in der steinigen Wüste nahe Ulthar jenseits des Flusses Skai, zu tanzen.

Es war zu diesem Zeitpunkt, als es an der Tür klopfte, jener uralten Tür aus nagelbeschlagenem Eichenholz, hinter der nur der Abgrund aus weißem Wolkendunst gähnte. Olney zuckte erschrocken zusammen, doch der bärtige Mann bedeutete ihm, still zu sein, und ging auf Zehenspitzen zu der Tür, um durch ein sehr kleines Guckloch zu schauen.

Was er sah, behagte ihm nicht – er legte den Finger an die Lippen und schlich auf Zehenspitzen umher, um alle Fenster zu schließen, ehe er sich wieder auf die uralte Sitzbank neben seinem Gast niederließ. Dann sah Olney vor den durchsichtigen Rechtecken der matten kleinen Fenster nacheinander eine sonderbare schwarze Silhouette vorüberziehen – der Besucher strich neugierig ums Haus, bevor er endlich wieder ging. Olney war froh, dass sein Gastgeber auf das Pochen hin nicht geöffnet hatte, denn es existieren seltsame Elemente im großen Abgrund, und jeder der nach Träumen sucht, muss achtgeben, nicht die Falschen zu wecken oder ihnen zu begegnen.

Nun sammelten sich allmählich die Schatten; erst kleine, verstohlen unter dem Tisch, dann kühnere in den dunklen Winkeln der Holzvertäfelung. Der bärtige Mann vollzog rätselhafte Gesten des Gebetes und zündete lange Kerzen in eigentümlich gefertigten Kandelabern aus Messing an. Von Zeit zu Zeit schaute er zur Tür, als erwarte er jemanden, und schließlich wurde sein Blick von einem merkwürdigen Klopfen beantwortet, das ohne Zweifel einem sehr alten und geheimen Code folgte. Dieses Mal spähte er nicht durch das kleine Guckloch, sondern schob den großen Holzriegel zurück, schloss die schwere Tür auf und öffnete sie mit einen Ruck den Sternen und dem Nebel.

Zu dem Klang düsterer Harmonien strömten jetzt aus der Tiefe all die Träume und Erinnerungen der versunkenen Mächtigen der Erde in den Raum hinein. Goldne Flammen umspielten Locken aus Seetang, sodass Olney geradezu geblendet wurde, als er ihnen seine Ehrerbietung erwies. Neptun mit seinem Dreizack war erschienen, verspielte Tritonen und fantastische Nereiden, und auf den Rücken von Delfinen ruhte eine gewaltige, gezackte Muschel, in der saß die graue und scheußliche Gestalt des uralten Nodens, Herr des Großen Abgrundes. Die Muschelhörner der Tritonen stießen unheimliche Windstöße aus und die Nereiden erzeugten sonderbare Laute beim Trommeln auf groteske, widerhallende Schalen von unbekannten Jägern aus den schwarzen Höhlen des Meeres. Dann streckte der altersgraue Nodens seine runzelige Hand aus und half Olney und dessen Gastgeber in die gewaltige Muschel hinein und die Muschelhörner und Gongs steigerten sich zu einem wilden und grandiosen Toben – und die sagenhafte Schar wirbelte hinaus in den unbegrenzten Äther, ihre Schreie verflogen im Echo des Donners.

Die ganze Nacht über beobachtete man in Kingsport die hohe Klippe, wenn Sturm und Nebel den Blick darauf freigaben, und als in den frühen Morgenstunden das Licht in den kleinen, trüben Fenstern erlosch, flüsterten sie von Grauen und Unheil. Olneys Kinder und seine dralle Frau beteten zu dem langweiligen und gesitteten Gott der Baptisten und hofften, der Wanderer leihe sich einen Schirm und Gummistiefel aus, falls der Regen bis zum Morgen nicht aufhören würde. Dann stieg die Dämmerung feucht und nebelschwer aus der See und die Bojen läuteten feierlich in Wirbeln des weißen Äthers.

Gegen Mittag ertönten Elfenhörner über dem Ozean, als Olney, trocken und leichtfüßig, die Klippen ins alte Kingsport hinabkletterte, mit dem Ausdruck ferner Orte in seinen Augen. Er vermochte sich nicht zu erinnern, was er in dem unterm Himmel kauernden Haus des immer noch namenlosen Einsiedlers geträumt hatte, noch erklären, wie er den Felsen hatte hinabsteigen können, was bislang keinen anderen Menschen möglich war. Er konnte auch mit niemandem über diese Dinge sprechen, außer mit dem Schrecklichen Alten Mann, der danach merkwürdige Dinge in seinen langen, weißen Bart murmelte und schwor, dass der Mann, der von den Klippen hinabgestiegen war, nicht mehr ganz derselbe Mann sei, der hinaufkletterte, und dass irgendwo dort oben unter dem grauen, spitzen Dach oder inmitten der unerreichbaren Wirbel des beängstigenden weißen Nebels immer noch der verlorene Geist von dem weilt, der Thomas Olney war.

Und seit dieser Stunde, durch freudlose, zähe, graue, müde Jahre hindurch, hat der Philosoph seine Arbeit erledigt und gegessen und geschlafen und ohne zu klagen seine Bürgerpflichten erfüllt. Er sehnt sich nicht mehr nach dem Zauber ferner Hügel, seufzt nicht mehr nach Geheimnissen, die sich wie grüne Riffe aus der bodenlosen See erheben. Die Eintönigkeit seiner Tage bereitet ihm keinen Kummer mehr und wohlbeherrschte Gedanken reichen seiner Vorstellungskraft nun völlig aus. Seine gute Ehefrau wird immer dicker und seine Kinder älter und alltäglicher und nützlicher, und er versäumt es nie, ein stolzes Lächeln aufzusetzen, wenn die Situation es erfordert. In seinen Augen schimmert kein rastloses Leuchten mehr, und sollte er je nach feierlichen Glocken oder fernen Elfenhörnern lauschen, dann nur in den Nächten, wenn alte Träume umherstreichen. Kingsport hat er nie wieder besucht, weil seine Familie die drolligen alten Häuser nicht mag und sich über die Kanalisation beklagte, die unglaublich schlecht sei. Sie besitzen nun einen schmucken Bungalow in Bristol Highlands, wo sich keine hohen Felsen erheben und die Nachbarn kultiviert und modern sind.

In Kingsport jedoch gehen seltsame Geschichten um, und selbst der Schreckliche Alte Mann hat etwas eingestanden, das sein Großvater nie erzählt hatte. Denn jetzt, wenn der Wind ungestüm aus dem Norden heransaust, an dem hohen alten Haus entlang, das eins ist mit dem Sternenzelt, ist nun endlich die bedrohliche, brütende Stille durchbrochen, die zuvor das Seefahrervolk von Kingsport bekümmerte. Die alten Menschen reden von lieblichen Stimmen, die sie dort oben singen hören, und von Gelächter, in dem so viel Freude klingt, dass es alle irdischen Freuden übersteigt, und sie sagen, dass an den Abenden die kleinen, niedrigen Fenster heller erleuchtet sind als jemals zuvor. Sie erzählen auch, dass dort oben nun öfters das wilde Polarlicht erscheint und im Norden blau erstrahlt voller Visionen gefrorener Welten, während die Klippen und das Haus sich schwarz und unwirklich vor den flammenden Blitzen abheben. Und im Morgengrauen sind die Nebel dichter, und die Matrosen sind sich nicht ganz sicher, ob das gedämpfte Bimmeln, das vom Meer heranklingt, wirklich nur von den feierlichen Bojen stammt.

Am bedauerlichsten von allem jedoch ist die Tatsache, dass in den Herzen der jungen Männer von Kingsport die alten Ängste schwinden, weil sie sich daran gewöhnen, in den Nächten den leisen, fernen Lauten des Nordwinds zu lauschen. Sie schwören, dass nichts Peinvolles oder Gefährliches dieses Haus auf dem Gipfel bewohnen kann, denn aus den neuen Stimmen erklingt das Glück, getragen von schallendem Lachen und Musik. Welche Geschichten die Meeresnebel zu diesem gespenstischen Gipfel im Norden herantragen, wissen sie nicht, aber sie sehnen sich danach, eine Andeutung der Mysterien zu erfahren, die an die Tür über dem gähnenden Abgrund klopfen, wenn die Wolken sich am dichtesten zusammenbrauen. Und die Ältesten fürchten den Tag, an dem die Jungen einer nach dem andern auf den unzugänglichen Gipfel hoch am Himmel steigen und erfahren, was die Geheimnisse der Jahrhunderte unter dem hohen Schindeldach verbergen, das ein Teil der Felsen und der Sterne und der uralten Ängste von Kingsport ist. Dass diese wagemutigen jungen Männer wieder zurückkehren, bezweifeln sie nicht, doch sie befürchten, dass dann ein Glanz aus ihren Augen entschwunden sein wird und ein Wille aus ihren Herzen.

Sie wollen nicht, dass das malerische Kingsport mit seinen ansteigenden Pfaden und urtümlichen Giebeln im Laufe der Jahre immer lebloser wird, während der lachende Chor mit Stimme um Stimme lauter und wilder wird, dort oben in dem unbekannten und schrecklichen Adlerhorst, wo Nebel und Träume auf ihrem Weg hinauf in den Himmel innehalten und ausruhen. Sie wollen nicht, dass die Seelen ihrer jungen Männer die behaglichen Stuben und die mit Giebeldächern bedeckten Schänken des alten Kingsport verlassen, und sie möchten auch nicht, dass das Gelächter und Singen auf diesem hohen Felsen immer lauter wird. Denn da die hinzugekommene Stimme neuen Nebel vom Meer und weiteres Leuchten aus dem Norden mit sich gebracht hat, sagen sie, würden weitere Stimmen noch mehr Nebel und noch weiteres Leuchten mit sich bringen, bis vielleicht die Alten Götter (deren Existenz sie nur leise andeuten, aus Angst, der Gemeindepfarrer könnte es hören) aus der Tiefe und aus dem unbekannten Kadath in der kalten Wüste hervorkommen und ihre Bleibe auf diesen so perfide geeigneten Klippen einrichten, so nahe bei den sanften Hügeln und Tälern, wo die stillen, einfachen Fischer leben. Dies wollen sie auf keinen Fall, denn den einfachen Menschen sind Dinge, die nicht von dieser Welt sind, unerwünscht; und zudem erinnert der Schreckliche Alte Mann sich häufig an das, was Olney über ein Klopfen erzählt hat, vor dem der einsame Hausherr sich fürchtete, und über eine schwarze, neugierige Silhouette, die man durch die sonderbar durchscheinenden bleigefassten Fenster im Nebel habe sehen können.

Über all diese Dinge mögen jedoch allein die Älteren entscheiden, und unterdessen steigt der Morgennebel immer noch hinauf auf den einzigartigen, schwindelerregenden Gipfel mit dem uralten Haus – diesem grauen Haus mit dem tief herabgezogenen Dach, wo man niemanden sieht, doch der Abend verstohlene Lichter mit sich bringt und der Nordwind von sonderbaren Festlichkeiten kündet. Weiß und federig steigt der Nebel aus der Tiefe zu seinen Brüdern, den Wolken, empor, erfüllt von Träumen an feuchte Bergwiesen und den Höhlen des Leviathan, und Kingsport, unbehaglich geduckt auf den niederen Klippen unter dem ehrfürchtigen Wachtposten aus Felsengestein, sieht auf dem Meer nichts als ein mystisches Weiß, als sei der Rand der Klippen der Rand der ganzen Welt und die feierlichen Glocken der Bojen läuteten frei im Äther des Feenreiches.

DAS BILD IM HAUS

Jene, die nach dem Entsetzen forschen, suchen sonderbare
und entlegene Orte auf. Ihnen gehören die Katakomben von
Ptolemais und die reliefgeschmückten Mausoleen albtraumhafter Länder. Sie besteigen die mondbeschienenen Türme
verfallener Burgen am Rhein und taumeln die schwarzen
spinnwebverhangenen Stufen unter den Ruinen vergessener
Städte Asiens hinab. Gespenstische Wälder und entlegene
Berge sind ihre Heiligtümer, und sie verbringen Stunden vor
den finsteren Monolithen unbewohnter Inseln. Doch der
wahre Adept des Schrecklichen, dem ein neuer Reiz von
unaussprechlicher Grässlichkeit Lebensziel und Daseins-
berechtigung ist, schätzt am meisten die uralten, einsamen
Bauernhäuser in den Wäldern Neuenglands, denn dort
vereinen sich Intensität, Einsamkeit, Absurdität und Einfalt
zur Vervollkommnung des Grauens.

Den fürchterlichsten Anblick bieten die kleinen unge-
strichenen Holzhäuser abseits der üblichen Wege, die sich
für gewöhnlich an einen feuchten grasbewachsenen Hang
schmiegen oder an einen gewaltigen Felsvorsprung lehnen.
Zweihundert Jahre und mehr stehen sie schon da, Efeu-
ranken haben sie umschlungen, und Bäume sind an ihnen
festgewachsen. Fast unsichtbar sind sie in der ungebändigten
grünen Fülle und den schützenden Schatten, doch die
Fenster mit den kleinen Scheiben starren noch immer
unheimlich, als blinzelten sie in einer tödlichen Betäubung,
die den Wahnsinn abwehrt und die Erinnerung an Unaussprechliches verdrängt.

In solchen Häusern haben Generationen merkwürdiger
Menschen gewohnt, wie sie die Welt noch nicht gesehen hat.
Von einem düsteren und fanatischen Glauben beherrscht,
der sie von ihresgleichen absonderte, hatten ihre Ahnen die
Freiheit in der Wildnis gesucht. Dort konnten die Spröss-
linge eines Geschlechtes von Eroberern tatsächlich ohne

Einschränkungen durch ihre Mitmenschen aufleben, doch ergaben sie sich in widerwärtigem Frondienst den trüben Trugbildern ihres eigenen Geistes. Weit entfernt vom Licht der Aufklärung fanden die seelischen Kräfte dieser Puritaner ganz eigene Kanäle; in Abgeschiedenheit, krankhafter Selbstunterdrückung und im Kampf auf Leben und Tod mit der unnachgiebigen Natur kehrten aus urzeitlichen Abgründen dunkle, verstohlene Züge ihrer nordischen Abstammung zurück. Aus Notwendigkeit praktisch veranlagt und mit einer strengen Lebensauffassung ausgestattet, waren ihre Sünden nicht gerade pittoresk. Zwar kamen sie wie alle Sterblichen vom Wege ab, doch zwang ihr rigider Moralkodex sie, diese Vergehen unter allen Umständen zu verheimlichen – was schließlich dazu führte, dass das Verheimlichte mit der Zeit immer geschmackloser wurde. Allein die stummen, schläfrigen, starrenden Häuser der Hinterwäldler könnten von dem berichten, was seit den frühesten Tagen verborgen wurde, und sie sind ganz und gar nicht mitteilsam, da sie nur ungern den Dämmerschlaf abschütteln, der ihnen zu vergessen hilft. Zuweilen beschleicht einen das Gefühl, es sei im Grunde eine Gnade für diese Häuser, die gewiss viel träumen, abgerissen zu werden.

Zu einer dieser von der Zeit mitgenommenen Behausungen wurde ich eines Nachmittags im November des Jahres 1896 getrieben, als ein so kalter und heftiger Regen einsetzte, dass mir jeder Unterschlupf recht schien. Ich führte seit einiger Zeit genealogische Nachforschungen im Miskatonic-Tal durch, und auf meiner entlegenen, verzweigten und heiklen Reiseroute hatte ich – trotz der Jahreszeit – zu meiner Bequemlichkeit ein Fahrrad mitgenommen. Nun fand ich mich auf einer offenbar lange nicht mehr benutzten Straße wieder, die ich als Abkürzung nach Arkham hatte nehmen wollen, weitab jeder Stadt vom Sturm überrascht und mit keinerlei Zuflucht in Sicht als dem uralten und abstoßenden Holzgebäude, dessen trübe Fenster zwischen zwei riesigen entlaubten Ulmen am Fuße eines Felshügels blinzelten. Obwohl es von den Überresten der Straße ein Stück entfernt lag, machte das Haus schon auf den allerersten Blick einen ungünstigen Eindruck auf mich. Redliche, gesunde Bauwerke starren Reisende nicht so verstohlen und gespenstisch an, und bei meinen genealogischen Nachforschungen war ich auf Legenden aus dem vorigen Jahrhundert gestoßen, die mich entschieden gegen derartige Orte einnahmen. Doch ließ die Gewalt der Elemente mich meine Skrupel überwinden, sodass ich nicht länger zögerte und mein Fahrrad die von Unkraut bewachsene Auffahrt zu der geschlossenen Tür hinaufschob, die mir zugleich geheimnisvoll und vielsagend erschien.

Aus irgendeinem Grunde hatte ich es für selbstverständlich gehalten, dass das Haus verlassen sei, doch als ich mich ihm näherte, schwand meine Sicherheit, denn obschon Unkraut den Gehweg überwucherte, war er doch ein wenig zu gut in Schuss, um auf völlige Verlassenheit hinzudeuten. Daher öffnete ich die Tür nicht einfach, sondern klopfte erst an, und dabei verspürte ich eine Ängstlichkeit, die ich mir nicht zu erklären vermochte. Ich wartete auf dem grob behauenen, moosbewachsenen Steinklotz, der als Türschwelle diente, und spähte nach den Fenstern seitlich des Eingangs und den Scheiben des Oberlichtes darüber; zwar waren sie alt und klapperig und beinahe blind vor Schmutz, doch immerhin nicht zerbrochen. Also musste das Gebäude trotz seiner Entlegenheit und der allgemeinen Vernachlässigung noch bewohnt sein. Dennoch reagierte niemand auf mein Klopfen, und nachdem ich es erneut versucht hatte, drückte ich die rostige Klinke nieder und fand die Tür unverriegelt. Vor mir lag eine kleine Eingangshalle, von deren Wänden der Verputz bröckelte, und mir schlug ein schwacher, aber eigentümlich widerwärtiger Geruch entgegen. Ich nahm mein Fahrrad und trat ein, schloss die Tür hinter mir. Vor mir ging eine enge Treppe nach oben, daneben befand sich eine kleine Tür, die vermutlich in den Keller führte, und links und rechts befanden sich die geschlossenen Türen der Räume im Erdgeschoss.

Ich stellte mein Fahrrad gegen die Wand und öffnete die Tür zur Linken, die mich in eine kleine Kammer mit niedriger Decke führte, von zwei staubigen Fenster nur notdürftig beleuchtet und in der denkbar kümmerlichsten und primitivsten Art und Weise eingerichtet. Sie schien so etwas wie eine Wohnstube darzustellen, da sie einen Tisch mit mehreren Stühlen und einen gewaltigen Kamin, auf dessen Sims eine antike Uhr tickte, vorzuweisen hatte. Es gab nur wenige Bücher und Papiere, und in dem vorherrschenden Dämmerlicht konnte ich die Titel nicht gut erkennen. Interessant fand ich die alles beherrschende Aura des Altertümlichen, die von jedem sichtbaren Detail auszugehen schien. In den meisten Häusern dieser Gegend hatte ich eine Unmenge an Relikten der Vergangenheit vorgefunden, doch hier war das Archaische sonderbar vollkommen, konnte ich doch im ganzen Raum keinen einzigen Gegenstand ausmachen, der aus der Zeit nach der Revolution stammte. Wäre die Einrichtung nicht so bescheiden gewesen, so hätte dieser Ort ein Paradies für Sammler sein können.

Als ich die altertümliche Behausung erforschte, verstärkte sich meine Abneigung, die sich beim ersten Blick auf das trostlose Äußere des Hauses eingestellt hatte. Was genau ich denn fürchtete oder verabscheute, konnte ich nicht bestimmen; doch schien mir die ganze Atmosphäre durchdrungen von unheiligem Alter, unangenehmer Rohheit und von Geheimnissen, die besser vergessen werden sollten. Ich verspürte wenig Neigung dazu, Platz zu nehmen, also ging ich umher und betrachtete die verschiedenen Gegenstände, die mir aufgefallen waren. Das erste Objekt meiner Neugierde war ein Buch mittleren Formats, das auf dem Tisch lag und so vorsintflutlich aussah, dass ich mich wunderte, es hier und nicht in einem Museum oder einer Bibliothek zu finden. Es war in Leder gebunden, mit metallenen Beschlägen versehen und befand sich in einem ausgezeichneten Erhaltungszustand; mir erschien es recht ungewöhnlich, einen solchen Band in einer so schäbigen Wohnstatt zu finden. Als ich das

Titelblatt aufschlug, wuchs mein Erstaunen noch, handelte es sich doch um nichts Geringeres als Pigafettas Bericht über das Kongo-Gebiet, den dieser nach den Aufzeichnungen des Seemanns Lopez ins Lateinische übertragen und im Jahre 1598 in Frankfurt hatte drucken lassen. Ich hatte schon oft von diesem Werk mit den eigenartigen Illustrationen der Gebrüder De Bry gehört, und so vergaß ich einen Augenblick lang mein Unbehagen, da ich nur noch den Wunsch verspürte, in dem Buch vor mir zu blättern. Die Holzschnitte waren in der Tat interessant, da sie gänzlich der Fantasie ihrer Schöpfer und den ungenauen Beschreibungen entsprungen waren, sodass sie Eingeborene mit weißer Haut und europäischen Gesichtszügen darstellten; ich hätte das Buch wohl lange nicht wieder zugeklappt, hätte nicht ein überaus banaler Umstand meine erschöpften Nerven strapaziert und meine innere Unruhe neu entfacht. Dieser lag schlicht darin, dass das Buch sich von selbst beharrlich bei der zwölften Bildtafel aufschlug, der grässlich detaillierten Darstellung einer Metzgerei der kannibalischen Anziken. Ich schämte mich meiner Überreaktion wegen etwas so Nichtigem, dennoch verstörte mich diese Darstellung, vor allem im Zusammenhang mit den dazugehörigen Abschnitten über die Kochkunst der Anziken.

Ich hatte mich gerade einem benachbarten Bücherregal zugewandt und untersuchte dessen mageren literarischen Inhalt – eine Bibel aus dem 18. Jahrhundert, eine Ausgabe von *Eines Christen Reise nach der Seeligen Ewigkeit* aus derselben Epoche mit grotesken Holzschnitten der Druckerei des Almanach-Herstellers Isaiah Thomas, eine modrige Ausgabe von Cotton Mathers *Magnalia Christi Americana* und ein paar weitere, augenscheinlich ebenso alte Bücher –, als das unmissverständliche Geräusch von Schritten über mir meine Aufmerksamkeit fesselte. Erst war ich angesichts der Tatsache, dass zuvor niemand auf mein Anklopfen reagiert hatte, erstaunt und verwirrt, kam dann aber gleich zu der Schlussfolgerung, dass die Person wohl gerade aus einem festen

Schlaf erwacht sei, und lauschte den Schritten auf der knarrenden Treppe mit größerer Gelassenheit. Es waren schwere Schritte, die zugleich allerdings auf sonderbare Weise vorsichtig wirkten – und angesichts der Schwere der Schritte missfiel mir diese Eigenschaft umso mehr. Beim Betreten des Zimmers hatte ich die Tür hinter mir geschlossen. Nach einem Moment der Stille, in dem die Person wahrscheinlich mein Fahrrad in der Diele inspiziert hatte, wurde die Türklinke heruntergedrückt, und die Paneeltür schwang auf.

Im Türrahmen stand eine Person von so eigenartiger Erscheinung, dass ich laut aufschreien wollte, hätte meine gute Erziehung mich nicht davon abgehalten. Mein Gastgeber war alt, weißbärtig und in Lumpen gekleidet, besaß aber dennoch eine Haltung und Statur, die Erstaunen und Respekt einflößten. Er maß mindestens einen Meter achtzig, und trotz seines Alters und seiner offensichtlichen Armut wirkte er sehr kräftig. Das von einem langen Bart fast verborgene Gesicht war von ungewöhnlich gesunder Farbe und weniger faltig, als man hätte erwarten können. Über die hohe Stirn fiel ein Schopf weißen Haars, der im Laufe der Jahre nur wenig ausgedünnt war. Seine blauen Augen waren zwar ein wenig blutunterlaufen, schienen aber unerklärlich scharf und lebhaft zu sein. Wäre er nicht so fürchterlich ungepflegt gewesen, so hätte der Mann einen recht vornehmen Eindruck machen können. So jedoch beleidigte er trotz seines Gesichtes und seiner Gestalt das Auge. Woraus seine Kleidung sich zusammensetzte, das vermag ich kaum zu sagen, denn mir schien es nicht viel mehr als ein Haufen von Fetzen über einem Paar hoher, schwerer Stiefel zu sein; und sein Mangel an Körperhygiene spottete jeder Beschreibung.

Die Erscheinung des Mannes und die instinktive Angst, die er mir einflößte, ließen mich eine feindselige Begrüßung erwarten, und so erschrak ich fast vor Überraschung und Verwirrung, als er mir einen Stuhl wies und mich mit dünner, schwacher Stimme im Tonfall schmeichlerischen Respekts gastfreundlich ansprach. Er bediente sich eines extremen Yankee-Dialekts, den ich eigentlich für lange ausgestorben gehalten hatte, und ich gab genau auf das Gesagte acht, als er sich mir gegenüber niederließ und ein Gespräch begann.

»Vom Regen erwischt, wa?«, begrüßte er mich. »Gut, dass Se inner Nähe vom Haus warn un gleich reingekommen sin. Ich glaub, ich hab geschlafen, sonst hätt ich Se ja gehört – ich bin ja nich mehr der Jüngste und brauch 'ne Menge Schlaf. Sin Se weit gereist? Ich hab schon lange keinen Menschen mehr gesehn, seit se die Postkutsch nach Arkham eingestellt ham.«

Ich entgegnete, dass ich auf dem Weg nach Arkham sei, und entschuldigte mich für mein unhöfliches Eindringen in sein Haus, woraufhin er fortfuhr: »Bin ganz froh, Se zu sehn, junger Mann – hier kommen einem nicht oft neue Gesichter vor Augen, un ich hatt in letzter Zeit nich viel Abwechslung. Se komm wohl von Boston, wa? Bin nie da gewesen, aber ich erkenn 'nen Stadtmensch, wenn ich einen seh – '84 hatten wir einen als Bezirksschulmeister, aber der is ganz plötzlich wieder weg, un niemand hat mehr was von ihm gehört –« An dieser Stelle verfiel der alte Mann in eine Art Kichern, das er mir auch auf meine Nachfrage hin nicht erklären wollte. Er schien übermäßig guter Laune zu sein, legte dabei aber genau die Verschrobenheiten an den Tag, die man aufgrund seines Äußeren erwarten konnte. Eine Zeit lang plauderte er in einer fast aufgekratzten Freundlichkeit weiter, als mir der Gedanke kam, ihn zu fragen, wie er in den Besitz eines so seltenen Buches wie Pigafettas *Regnum Congo* gelangt sei. Die Wirkung dieses Buches auf mich hatte noch immer nicht nachgelassen, und ich zögerte ein wenig, davon zu sprechen; schließlich aber siegte meine Neugierde über all die vagen Ängste, die sich in mir angesammelt hatten, seit ich das Haus zum ersten Mal erblickt hatte. Zu meiner Erleichterung schien dem alte Mann meine Frage nicht peinlich zu sein, denn er antwortete freimütig und redselig.

»Ach, dies Buch da über Afrika? Das hat mir Käpt'n

Ebenezer Holt im Jahre '68 in 'nem Tauschhandel gegeben – er is dann im Krieg gefallen.« Die Erwähnung des Namens Ebenezer Holt ließ mich abrupt aufblicken. Ich war ihm schon im Rahmen meiner genealogischen Arbeiten begegnet, aber nur in Dokumenten aus der Zeit vor der Revolution. Ich fragte mich, ob mein Gastgeber mir nicht bei meiner Aufgabe helfen könnte, und fasste den Entschluss, ihn später darum zu bitten. Er fuhr fort: »Der Ebenezer war viele Jahr auf'm Handelsschiff aus Salem, un in jedem Hafen hat er was Merkwürdiges entdeckt. Das Buch da hatte er, glaub ich, aus London – er hat immer gern da in den Läden gekauft. Ich war mal bei ihm zu Haus, auffen Hügeln, un da hab ich das Buch gesehn. Mir ham die Bilder gut gefallen, un da hat er mir's gegeben. Is ein ziemlich seltsames Buch – da, lassen Se mich mal meine Brill holen –« Der alte Mann tastete seine Lumpen ab und brachte eine schmutzige und unglaublich alte Brille mit kleinen achteckigen Gläsern und Stahlbügeln zum Vorschein. Nachdem er sie aufgesetzt hatte, griff er nach dem Buch auf dem Tisch und blätterte liebevoll darin herum.

»Ebenezer konnt 'n bisschen was davon lesen – es is auf Latein –, ich leider nich. Zwei oder drei Lehrer wollten's mir beibringen, auch Pfarrer Clark – von dem's heißt, er wär im Teich ertrunken –; verstehn Se was davon?« Dies bejahte ich, und ich übersetzte für ihn einen Abschnitt ziemlich zu Anfang. Sollte mir dabei ein Fehler unterlaufen sein, so war der Mann nicht gebildet genug, um mich zu korrigieren; jedenfalls schien meine englische Fassung ihm eine beinahe kindliche Freude zu bereiten. Seine Nähe wurde mir bald recht unangenehm, doch sah ich keine Möglichkeit, mich ihm zu entziehen, ohne ihn zu beleidigen. Ich amüsierte mich über das naive Vergnügen, das dieser ungebildete alte Mann an den Bildern eines Buches hatte, das er nicht verstand, und ich fragte mich, ob er denn überhaupt die wenigen englischen Bücher lesen konnte, die das Zimmer schmückten. Die Erkenntnis seiner Einfältigkeit befreite mich von einem Großteil der unklaren Befürchtungen, die mich befallen hatten, und ich lächelte, als mein Gastgeber weitersprach: »Schon komisch, wie so Bilder einen zum Nachdenken bringen könn. Sehn Se mal das hier ganz am Anfang. Ham Se jemals solche Bäum gesehn, mit so großen Blättern, die immer rauf un runter flattern? Un diese Menschen da – das könn doch keine Neger sein –, die übertreffen doch alles. Sehn aus wie Indianer, glaub ich, auch wenn se in Afrika sein sollen. Ein paar von den Bastarden da sehn aus wie Affen, oder wie 'ne Mischung aus Affen un Menschen, aber von so was wie dem hier hab ich noch nie gehört.« Dabei wies er auf eine fantastische Schöpfung des Künstlers, die man am besten als eine Art Drachen mit dem Kopf eines Alligators beschreiben könnte.

»Aber jetzt zeig ich Ihnen das Beste von allem – da drüben, fast inner Mitte –« Die Stimme des Alten klang nun ein wenig belegt, und seine Augen nahmen einen helleren Glanz an; seine tastenden Hände schienen zwar ein wenig unbeholfener als eben noch, waren aber der Aufgabe vollkommen gewachsen. Das Buch blieb, fast wie aus eigenem Willen und aufgrund häufiger Konsultierung dieser Stelle, bei der widerlichen zwölften Abbildung aufgeschlagen liegen, die eine Metzgerei der Anziken-Kannibalen darstellte. Meine innere Unruhe kehrte zurück, wenngleich ich sie nicht nach außen hin zeigte. Ganz besonders bizarr war die Tatsache, dass der Künstler die Afrikaner wie weiße Männer darstellte – die Gliedmaßen und Viertel, die an den Wänden des Ladens hingen, waren grauenvoll, und der Metzger mit seinem Beil wirkte auf scheußliche Weise unpassend. Doch mein Gastgeber schien das Bild so sehr zu genießen, wie ich es verabscheute.

»Was halten Se denn hiervon – so was sieht man in unsern Breitengraden nich, hä? Als ich das zum ersten Mal gesehn hab, hab ich zu Eb Holt gesagt: ›Das hier regt einen ganz schön auf un lässt einem's Blut gefrieren.‹ Wenn ich inner Heiligen Schrift von Massakern gelesen hab – wie dem annen Midianitern –, dann konnt ich mir die Sachen zwar irgendwie vorstellen, aber mir kein richtiges Bild von machen. Hier kann man genau sehn, was so passiert – ich vermut mal, dass es 'ne Sünde is, aber sin wir nich alle schon seit unsrer Geburt Sünder? – Der Bursche da, der grad zerhackt wird, da kribbelt's mich jedes Mal, wenn ich das Bild seh – ich muss es mir immer wieder anschau'n –; sehn Se, wo der Metzger ihm die Füß abgeschnitten hat? Auffer Bank da liegt sein Kopp, un gleich daneben is einer von sein Armen, un der zweite Arm is auf der andren Seite vonner Schlachtbank.«

Der Mann brabbelte weiter in seiner schockierenden Ekstase, und sein haariges, bebrilltes Gesicht nahm einen unbeschreiblichen Ausdruck an, doch wurde seine Stimme eher leiser, als sich zu erheben. Meine Gefühle vermag ich schwerlich wiederzugeben. All das Grauen, das ich zuvor nur undeutlich verspürt hatte, schlug jetzt heftig und wild über mir zusammen, und mir wurde bewusst, dass ich vor der uralten und abstoßenden Kreatur neben mir unendlichen Abscheu empfand. Es schien außer Frage zu stehen, dass der Alte irrsinnig oder doch zumindest pervers war. Mittlerweile flüsterte er fast; seine raue Stimme klang mir schrecklicher als ein Schrei, und ich zitterte, als ich ihm lauschte.

»Wie ich schon sagte, es is schon komisch, wie so Bilder einen zum Nachdenken bringen könn. Wissen Se, junger Mann, ich bin von dem hier richtig besessen. Als ich das Buch vom Eb bekommen hab, hab ich mir's ziemlich oft angeguckt, vor allem sonntags, wenn ich den Pfarrer Clark unter seiner großen Perücke hab predigen hörn. Einmal hab ich was Lustiges probiert – ach, erschrecken Se sich doch nich, junger Mann! –, ich hab mir das Bild angeguckt, bevor ich die Schaf für'n Markt geschlachtet hab – un das Schafe-schlachten hat mir irgendwie mehr Spaß gemacht, wenn ich mir vorher das Bild angesehn hab –« Der Alte sprach nun sehr leise, und zuweilen war seine Stimme so schwach, dass seine Worte kaum vernehmbar waren. Ich lauschte dem Regen und dem Klappern der trüben kleinen Fenster, und ich bemerkte ein nahendes Donnergrollen, das für die Jahreszeit recht ungewöhnlich war. Bald darauf ließ ein fürchterlicher Blitz und ein darauf folgendes Donnern das schwächliche Haus bis in die Grundmauern erbeben, doch schien der Flüsternde dem keine Beachtung zu schenken.

»Das Schafeschlachten hat danach irgendwie mehr Spaß gemacht – aber wissen Se, es hat mich nich so recht *befriedigt*. Schon komisch, wie so 'ne Lust von einem Besitz ergreifen kann – um der Liebe Gottes willen, junger Mann, sagen Se das bloß niemand, aber ich schwör Ihnen, dass dies Bild mir *'nen Hunger auf Sachen gemacht hat, die ich weder anbauen noch kaufen kann* – setzen Se sich doch, was ham Se denn nur? – Ich hab ja nichts gemacht, hab mich nur gefragt, wie's wäre, wenn ich's machen würd. – Es heißt, dass Fleischessen einen stark macht un neues Leben gibt, un da hab ich mich halt gefragt, ob man nich viel länger leben würd, wenn es von *derselben Sorte wär*–« Aber der Flüsterer sprach nie weiter. Die Unterbrechung war keine Folge meiner Angst und auch nicht des rasch aufbrausenden Sturms, inmitten dessen Wüten ich sehr bald die Augen aufschlug, um nichts als schwarze, verlassene, rauchende Ruinen zu sehen. Es geschah durch ein sehr einfaches, wenngleich ungewöhnliches Ereignis.

Das aufgeschlagene Buch lag flach zwischen uns, das widerwärtige Bild starrte uns an. Als der Alte die Worte »wenn es von *derselben Sorte wär*« flüsterte, hörte ich den leisen Laut eines Platschens, und plötzlich war etwas auf dem vergilbten Papier des aufgeschlagenen Buches zu sehen. Ich dachte an den Regen und ein beschädigtes Dach, aber Regen ist nicht rot. Auf der Metzgerei der Anziken-Kannibalen schimmerten kleine rote Tropfen, die dem grauenhaften Holzschnitt nur noch größere Lebendigkeit verliehen. Der alte Mann sah das und hörte zu flüstern auf, noch ehe der Ausdruck des Entsetzens auf meinem Gesicht ihn dazu bewegen konnte; er sah es und warf einen raschen Blick zur Decke – dem Boden des Zimmers, das er vor einer Stunde verlassen hatte. Ich folgte

seinem Blick und sah unmittelbar über uns auf dem abge-
bröckelten Gips der uralten Decke einen großen unregel-
mäßigen Fleck von nassem Scharlachrot, der sich vor meinen
Augen auszubreiten schien. Weder schrie ich noch regte ich
mich, ich schloss einfach nur die Augen. Einen Moment
später kam der gewaltigste Blitzschlag, den man sich vorzustellen vermag; und dieser fegte das verfluchte Haus mitsamt
seinen unaussprechlichen Geheimnissen hinfort und brachte
das Vergessen, das allein meinen Geist retten konnte.

DAS MOND-MOOR

Ich weiß nicht, in welche entlegenen und furchtbaren Regionen Denys Barry entschwunden ist. Ich war bei ihm in der letzten Nacht, in der er unter Menschen weilte, hörte seine Schreie, als das Wesen zu ihm kam, doch weder die Bauern noch die Polizisten aus der Gegend von Meath, die ihn lange und weiträumig suchten, konnten ihn je finden. Und nun erschaudere ich jedes Mal, sobald ich die Frösche in den Sümpfen quaken höre oder sehe, wie der Mond über einsame Orte zieht.

In Amerika hatte ich Denys Barry gut kennengelernt; er war dort reich geworden. Als er das alte Schloss beim Moor im verschlafenen Kilderry zurückkaufte, habe ich ihm dazu gratuliert. Aus Kilderry stammte nämlich sein Vater, und dort, in der Landschaft seiner Ahnen, wollte er die Früchte seines Reichtums genießen. Männer seines Blutes hatten dereinst über Kilderry geherrscht und dieses Schloss erbaut und bewohnt, doch diese Tage waren lange vorüber und das Schloss stand seit Generationen leer und verfiel.

Nachdem er nach Irland abgereist war, schrieb Barry mir häufig und berichtete, wie unter seiner Aufsicht ein Turm des grauen Schlosses nach dem andern wieder in alter Pracht auferstand, wie der Efeu allmählich wieder über die erneuerten Mauern kroch, so wie er es vor Jahrhunderten schon getan hatte, und dass ihn die Bauern dafür segneten, dass er mit seinem Geld aus Übersee die guten alten Tage zurückbrachte. Doch nicht lange, und es kam zu Schwierigkeiten. Die Bauern segneten ihn nicht länger, stattdessen flohen sie vor ihm wie vor einem Verhängnis. Und dann bat er mich in einem Brief, ihn zu besuchen, denn er fühle sich einsam auf seinem Schloss, wo er mit niemandem sprechen könne außer den neuen Dienstboten und Arbeitern, die er aus dem Norden hergebracht hatte.

Das Moor sei die Ursache all dieser Probleme, erzählte mir

Barry sogleich am Abend meiner Ankunft im Schloss. Ich hatte Kilderry im sommerlichen Sonnenuntergang erreicht, als das Gold des Himmels das Grün der Hügel und Haine und das Blau des Moores erhellte, in dem auf einem entlegenen Inselchen eine seltsame alte Ruine gespenstisch aufschimmerte.

Der Sonnenuntergang war wunderschön, doch die Bauern von Ballylough hatten mich gewarnt und behauptet, auf Kilderry läge ein Fluch, und so erschauderte ich fast, als die hohen Türmchen des Schlosses in feuriges Goldlicht getaucht wurden. Barry hatte mich am Bahnhof von Ballylough von seinem Wagen abholen lassen, weil Kilderry nicht von Zügen angefahren wird. Die Dorfbewohner hatten vor dem Wagen und dem Chauffeur aus dem Norden eine große Scheu gezeigt, doch mir hatten sie mit bleichen Gesichtern die Warnung zugeflüstert, als sie erkannten, dass Kilderry mein Ziel war. Und an diesem Abend unseres Wiedersehens erzählte Barry mir auch, warum.

Die Bauern flüchteten aus Kilderry, weil Denys Barry vorhatte, das große Moor trockenzulegen. Trotz aller Liebe zu seiner irischen Heimat hatte Amerika ihn doch nicht unverändert gelassen, und er verabscheute die Vorstellung dieses vergeudeten Gebietes, wo man doch Torf stechen und Land bestellen könnte. Die Legenden und abergläubischen Geschichten, die in Kilderry umgingen, rührten ihn nicht, und er hatte gelacht, als die Bauern sich das erste Mal geweigert hatten, ihm zu helfen, ihn bald sogar verfluchten und mit ihrer wenigen Habe nach Ballylough gingen, als sie merkten, dass er an seinem Vorhaben festhielt. Um sie zu ersetzen, stellte er Arbeiter aus dem Norden ein, und als seine Dienstboten gingen, ersetzte er sie auf die gleiche Weise. Doch unter all diesen Fremden fühlte er sich einsam, und deshalb hatte Barry mich gebeten, zu ihm zu kommen.

Als ich hörte, welche Ängste die Menschen aus Kilderry forttrieben, lachte ich so laut, wie mein Freund gelacht hatte, denn diese Ängste waren doch sehr vage, übertrieben und absurd. Sie hatten irgendwas mit einer absonderlichen Legende über den Sumpf zu tun und mit einem bösartigen Schutzgeist, der angeblich auf dem Inselchen in der seltsamen alten Ruine hauste, die ich im Licht des Sonnenuntergangs gesehen hatte. Es gab Geschichten über tanzende Lichter im Schatten des Mondes, über kalte Winde, wenn die Nächte warm waren, über weiße Gespenster, die über dem Gewässer schwebten, und über eine angebliche Stadt aus Stein, die tief unter der sumpfigen Oberfläche liegen solle. Doch an erster Stelle unter all den sonderbaren Hirngespinsten stand der Fluch – es hieß, er treffe jeden, der es wagen sollte, den weiten, rötlichen Morast trockenzulegen. Dort ruhten Geheimnisse, so erzählten die Bauern, die nicht enthüllt werden dürften; verborgene, uralte Geheimnisse aus der vorgeschichtlichen, sagenumwobenen Zeit, als die Pest die Kinder von Partholan befiel. Im *Buch der Eroberungen* heißt es, dass diese Söhne Griechenlands alle in Tallaght begraben liegen, doch die alten Männer von Kilderry behaupteten, es sei eine Stadt übersehen worden. Diese Stadt sei von ihrer Patronin, der Mondgöttin, beschützt worden, sodass sie einzig von den bewaldeten Hügeln begraben wurde, als die Männer von Nemed mit dreißig Schiffen aus dem Land der Skythen hersegelten.

Das waren also die dummen Geschichten, wegen derer die Dorfbewohner Kilderry verließen. Als ich sie jetzt hörte, wunderte ich mich nicht, dass Denys Barry sie nicht ernst genommen hatte. Er interessierte sich jedoch sehr für die Antike und schlug vor, das Moor gründlich zu erforschen, sobald es trockengelegt war. Die weißen Ruinen auf der kleinen Insel hatte er schon häufig besucht, doch wenngleich sie von hohem Alter waren und ihre Gestaltung denen anderer Ruinen in Irland sehr unähnlich sah, waren sie zu verfallen, um von den Tagen ihres Glanzes zu erzählen. Nun stand die Trockenlegung kurz bevor, die Arbeiter aus dem Norden würden bald das grüne Moos und die rote Heide des verbotenen Moores beseitigen und die kleinen, mit Muscheln gepflasterten Bächlein und stillen, blauen, von Binsen gesäumten Teiche töten.

Nachdem Barry mir all dies erzählt hatte, war ich sehr müde, denn die Reise war erschöpfend gewesen, und mein Gastgeber hatte sich bis spät in die Nacht mit mir unterhalten. Ein Dienstbote zeigte mir mein Zimmer, das sich in einem abgeschiedenen Turm befand, mit Aussicht über das Dorf und die Ebene am Rande des Moores und das Moor selbst. Von meinen Fenstern aus konnte ich im Mondlicht die stillen Dächer erkennen, aus deren Schutz die Bauern geflohen waren und die nun die Arbeiter aus dem Norden beherbergten, ebenso die Gemeindekirche mit dem altertümlichen Turm und, weitab im brütenden Moor, die baufällige Ruine auf der kleinen Insel, deren Gemäuer so gespenstisch weiß schimmerte.

Beim Einschlafen glaubte ich noch, aus der Ferne leise Geräusche zu hören; wilde, halb musikalische Töne, die in mir eine sonderbare Erregung auslösten, die sich auf meine Träume auswirkte. Doch als ich am nächsten Morgen erwachte, wusste ich, dass alles nur ein Traum gewesen sein konnte, denn die Visionen, die ich gesehen hatte, waren fantastischer gewesen als der Klang aller wilden Flöten in der Nacht. Unter dem Einfluss der Legenden, die Barry mir erzählt hatte, war mein schlafender Geist durch eine prächtige Stadt in einem grünen Tal geschwebt, voller Statuen und Straßen aus Marmor, Villen und Tempel, Reliefs und Inschriften – all das kündete mit Sicherheit vom Glanze Griechenlands.

Als ich Barry von diesem Traum erzählte, lachten wir beide darüber, doch war mein Lachen lauter, weil er über seine Arbeiter aus dem Norden verwirrt war. Zum sechsten Mal schon hatten sie alle verschlafen, waren nur sehr langsam und benommen aufgewacht und verhielten sich, als hätten sie überhaupt nicht geruht, obwohl sie am vorigen Abend früh zu Bett gegangen waren.

An jenem Morgen und Nachmittag wanderte ich alleine

durch das von der Sonne vergoldete Dorf und unterhielt mich hie und da mit einem der schläfrigen Arbeiter, denn Barry war mit den letzten Planungen zur Trockenlegung beschäftigt. Die Arbeiter waren nicht sonderlich glücklich, die meisten von ihnen schienen sich unbehaglich wegen eines Traumes zu fühlen, den sie in der Nacht gehabt hatten und an den sie sich nicht zu erinnern vermochten. Ich erzählte ihnen von meinem Traum, doch sie zeigten sich erst interessiert, als ich die unheimlichen Geräusche erwähnte, die ich zu hören geglaubt hatte. Da blickten sie mich merkwürdig an und sagten, dass sie sich auch an unheimliche Geräusche zu erinnern glaubten.

Am Abend speiste Barry mit mir und verkündete, dass die Trockenlegung in zwei Tagen beginnen würde. Darüber freute ich mich, denn obschon es mir missfiel, dass das Moos und die Heide und die kleinen Bäche und Teiche weichen mussten, wuchs in mir der Wunsch, die alten Geheimnisse zu sehen, die der dunkle Torf verbergen mochte. Und in jener Nacht kamen meine Träume von Flötenspiel und marmornen Säulenhöfen zu einem abrupten, beunruhigenden Ende: Ich sah, wie sich über die Stadt im Tal die Pestilenz legte, und dann stürzte eine fürchterliche Lawine von den bewaldeten Böschungen herab und begrub die Leichen in den Straßen unter sich, ließ nur den Tempel der Artemis auf seinem hohen Gipfel frei, wo die greise Mondpriesterin Kleis kalt und stumm daniederlag, eine Krone aus Elfenbein auf ihrem silbrigen Haupt.

Ich sagte schon, dass ich abrupt und erschreckt erwachte. Eine Zeit lang wusste ich nicht, ob ich wachte oder noch schlief, denn der Klang der Flöten hallte mir noch schrill in den Ohren nach; doch als ich auf dem Boden die frostigen Strahlen des Mondes und die Umrisse eines gotischen Gitterfensters sah, vermutete ich, dass ich wach sei und mich im Schloss Kilderry befand. Dann hörte ich eine Uhr auf einem der unteren Treppenabsätze zweimal schlagen, und ich wusste mit Sicherheit, dass ich wach war. Und doch hörte ich immer noch dieses ungeheuere Flötenspiel von ferne – wilde, merkwürdige Lieder, die mich an einen Faunentanz auf dem fernen Mänalus denken ließen. Es ließ mich nicht mehr einschlafen, und von Ungeduld gepackt sprang ich aus dem Bett und lief hin und her. Nur zufällig trat ich ans nördliche Fenster und blickte hinaus auf das schweigende Dorf und die Ebene am Rande des Moores. Ich wollte eigentlich nicht hinausblicken, nur schlafen, doch die Flöten setzten mir zu, und irgendetwas musste ich tun. Wie hätte ich auf das vorbereitet sein sollen, was ich dann erblickte?

Dort, im Mondlicht, das die weite Ebene übergoss, bot sich mir ein Schauspiel, wie es kein Sterblicher, der es gesehen hat, je wieder vergessen könnte. Zum Klang schriller Flöten, der über das Moor hallte, taumelte stumm und befremdlich eine gemischte Schar sich wiegender Gestalten, und das so ausgelassen, wie in alter Zeit wohl die Sizilier vor der Göttin Demeter unter dem Erntemond neben der Cyane zu tanzen pflegten. Die weite Ebene, das goldene Mondlicht, die sich wie Schatten bewegenden Gestalten und vor allem das schrille, monotone Flötenspiel zeitigten einen Effekt, der mich fast erstarren ließ. Doch trotz meiner Furcht erkannte ich, dass die Hälfte jener unermüdlichen, mechanischen Tänzer aus den Arbeitern bestand, von denen ich geglaubt hatte, dass sie schliefen. Die andere Hälfte bestand aus seltsam dunstartigen weißen Wesen, deren Natur ich nicht bestimmen konnte, die mich aber an fahle, wehmütige Najaden aus den heimgesuchten Quellen des Moores denken ließen. Ich weiß nicht, wie lange ich aus dem einsamen Turmfenster diesem Schauspiel zusah, ehe ich plötzlich in einen traumlosen Schlummer fiel, aus dem mich am nächsten Morgen die schon hochstehende Sonne weckte.

Mein erster Impuls nach dem Erwachen war, alle meine Ängste und Beobachtungen Denys Barry mitzuteilen, aber als ich sah, wie das Sonnenlicht durch das Gitterwerk des östlichen Fensters fiel, glaubte ich, dass alles, was ich zu sehen geglaubt hatte, nicht wirklich passiert war. Ich habe eine Schwäche fürs Fantastische, bin jedoch nie schwach genug, auch daran zu glauben; diesmal gab ich mich damit zufrieden, die Arbeiter zu befragen, die erst spät aufstanden und sich an nichts erinnerten, außer an unklare Träume voll schrillen Getöses.

Dieses Rätsel der gespenstischen Flötenmusik quälte mich sehr und ich fragte mich, ob die Grillen, die sonst erst im Herbst kamen, schon vor ihrer Zeit angefangen hatten, die Nacht zu plagen und die Träume der Menschen heimzusuchen. Später am Tag erblickte ich Barry, wie er sich in seiner Bibliothek über die Pläne des großen Werkes beugte, das am nächsten Morgen begonnen werden sollte, und zum ersten Mal befiel mich ein Hauch jener Furcht, die die Bauern fortgetrieben hatte. Aus einem mir unbekannten Grund erschreckte mich die Vorstellung, das uralte Moor und seine sonnenlosen Geheimnisse aufzuwühlen, und ich malte mir aus, welch entsetzlich schwarzen Dinge unter den unermesslichen Schichten jahrhundertealten Torfes liegen mochten. Dass diese Geheimnisse ans Tageslicht geholt werden sollten, schien mir nicht ratsam, und ich wünschte allmählich, einen Grund dafür zu finden, Schloss und Dorf verlassen zu können. Ich ging so weit, dass ich Barry wie beiläufig auf das Thema ansprach, doch als er wieder schallend lachte, schwieg ich. Ich blieb also schweigsam, bis die Sonne gleißend hinter den fernen Hügeln unterging und Kilderry in einem rotgoldenen Feuerschein aufflammte, der mir wie ein Vorzeichen erschien.

Ob nun die Geschehnisse der folgenden Nacht Wirklichkeit oder Einbildung waren, werde ich nie feststellen können. Auf jeden Fall übertrafen sie alles, was wir uns in der Natur oder im Weltall vorstellen, und es ist mir unmöglich, das Verschwinden mehrerer Menschen, das danach bekannt wurde, auf normale Weise zu erklären.

Ich zog mich schon früh voller dunkler Vorahnungen zurück, und in der unheimlichen Stille des Turmes konnte ich lange nicht einschlafen. Es blieb sehr dunkel, obwohl der

Himmel klar war, doch der Mond war deutlich im Abnehmen begriffen und er würde erst in den frühen Morgenstunden aufgehen. Als ich so dalag, dachte ich an Denys Barry und daran, was in jenem Moor geschehen würde, sobald der Tag anbrach, und mich ergriff der fast panische Drang, in die Nacht hinauszulaufen, Barrys Wagen zu nehmen und wie verrückt nach Ballylough zu rasen, weg von den bedrohten Ländereien. Doch ehe meine Ängste sich zu einer Handlung konkretisieren konnten, schlief ich ein, und in meinen Träumen erblickte ich die Stadt im Tal, die kalt und tot unter einem Leichentuch aus scheußlichen Schatten lag.

Wahrscheinlich war es das schrille Pfeifen, das mich weckte, und doch war es etwas anderes als dieses Flötenspiel, was mir zuerst auffiel, als ich die Augen öffnete. Ich lag mit dem Rücken zum östlichen Fenster, das das Moor überblickte, wo der abnehmende Mond aufgehen würde. Deshalb erwartete ich, auf der Wand mir gegenüber einen Lichtschein zu sehen – doch solch einen Anblick, der sich mir nun bot, hatte ich nicht erwartet. Auf den Holzpaneelen vor mir schien wirklich Licht, doch es war nicht von der Art, wie es der Mond spendet. Schrecklich und grell war der rötlich glänzende Strahl, der durch das gotische Fenster strömte – die ganze Kammer erstrahlte in intensivem, unirdischem Glanz.

Meine Reaktion war angesichts der Situation eigenartig, doch nur in Erzählungen handeln Menschen voller Dramatik und Vorbereitung. Anstatt hinaus auf das Moor zu sehen, um die Quelle dieses neuen Lichtes zu bestimmen, hielt ich den Blick in panischer Angst vom Fenster abgewandt und zog mich unbeholfen an, getrieben von einem unklaren Gedanken an Flucht. Ich erinnere mich, dass ich meinen Revolver und meinen Hut ergriff, doch noch ehe alles vorbei war, hatte ich beide verloren, ohne den einen abgefeuert oder den anderen aufgesetzt zu haben. Nach einer Weile überwältigte die Faszination des roten Glühens meine Angst, und ich kroch zum östlichen Fenster und spähte hinaus, während das irre, unaufhörliche Flötenspiel durchs Schloss und das gesamte Dorf wimmerte und hallte.

Über dem Moor züngelte eine Flut flackernden Lichts, scharlachrot und finster, und sie ergoss sich aus der seltsamen alten Ruine auf der fernen kleinen Insel. Das Aussehen jener Ruine vermag ich nicht zu beschreiben – ich musste den Verstand verloren haben, denn ich sah sie majestätisch da stehen, ohne Spuren des Verfalls, voller Pracht und von Säulen umstanden. Die Marmorverzierung des Hauptgiebels reflektierte die Flammen und durchschnitt den Himmel wie die hohe Spitze eines Tempels auf einem Berggipfel. Flöten kreischten und Trommeln wurden geschlagen, und während ich voller Staunen und Entsetzen zusah, glaubte ich, dunkle, tanzende Gestalten als groteske Silhouetten vor dieser Vision aus Marmor und Herrlichkeit zu erkennen.

Die Wirkung war enorm – gänzlich unvorstellbar –, und ich hätte wohl noch ewig weitergestarrt, wäre das Flötenspiel links von mir nicht lauter geworden. Ich bebte vor Grauen, das sich sonderbar mit Ekstase mischte, und lief durch den kreisförmigen Raum zum Nordfenster hin, aus dem ich das Dorf und die Ebene am Rand des Moores beobachten konnte. Dort weiteten sich meine Augen erneut vor wildem Staunen, als hätte ich mich nicht gerade erst von einem Anblick abgewandt, der jenseits der Grenzen der Natur lag, denn auf der grässlich rot erleuchteten Ebene hüpfte eine Prozession von Wesen in einer Art und Weise heran, wie man es noch nie zuvor gesehen hatte – es sei denn in Albträumen.

Halb gleitend, halb durch die Luft schwebend zogen sich die weiß gekleideten Moorgeister langsam zu den stillen Gewässern und der Ruine auf der Insel zurück, und das in einer fantastischen Reihenfolge, die an einen uralten und feierlichen zeremoniellen Tanz erinnerte. Ihre durchsichtigen Arme wogten im Takt der abscheulichen Musik unsichtbarer Flöten, lockten in einem unheimlichen Rhythmus eine Schar schlurfender Arbeiter, die ihnen hündisch folgten, blind, gedankenlos und schwankend, als schleife sie ein schwerfälliger, aber unüberwindlicher dämonischer Wille mit sich.

Als die Najaden sich dem Moor näherten, ohne ihren Kurs zu ändern, stolperte eine Schar von Nachzüglern im trunkenen Zickzack durch eine Tür weit unter meinem Fenster aus dem Schloss heraus. Sie tasteten sich blind über den Hof und den dazwischenliegenden Teil des Dorfes, um sich der schwankenden Prozession der Arbeiter auf der Ebene anzuschließen. Trotz der Entfernung wusste ich sofort, dass es sich um die Arbeiter aus dem Norden handelte, denn ich erkannte die schmuddelige und schwerfällige Gestalt des Kochs, dessen absurdem Äußeren jetzt etwas unsagbar Tragisches anhaftete. Die Flöten schrillten entsetzlich und wieder hörte ich die Trommelschläge aus der Richtung der Ruineninsel.

Dann erreichten die stummen und anmutigen Najaden das Wasser und verschmolzen eine nach der andern mit dem uralten Moor. Die Schlange der Nachfolgenden achtete nicht darauf, wohin sie lief, die Männer plantschten ihnen unbeholfen hinterdrein und verschwanden in einem winzigen Strudel blasser Blasen, die ich im scharlachroten Licht kaum erkennen konnte. Und als der letzte der erbärmlichen Nachzügler, der feiste Koch, schwer in diesem trüben Teich versank, verstummten die Flöten und die Trommeln. Die blendenden roten Strahlen aus den Ruinen erloschen schlagartig – jetzt erhellte allein das fahle Licht des frisch aufgegangenen Mondes das verfluchte, leere Dorf.

Ich befand mich in einem unbeschreiblich chaotischen Zustand. Ich wusste nicht, ob ich wahnsinnig war oder bei Verstand, ob ich schlief oder wach war und wurde nur durch eine gnädige Lähmung errettet. Ich glaube, ich tat so alberne Dinge wie Gebete an Artemis, Latona, Demeter, Persephone und Pluton zu richten. Alles, woran ich mich aus meiner klassischen Erziehung erinnerte, kam über meine Lippen, denn das grauenhafte Ereignis hatte meine tiefsten abergläubischen Neigungen geweckt. Ich spürte, dass ich Zeuge des

Todes eines ganzen Dorfes geworden war, und ich wusste, ich war allein im Schloss mit Denys Barry, dessen Waghalsigkeit dieses Verhängnis heraufbeschworen hatte.

Jetzt fühlte ich den eisigen Windstoß aus dem Ostfenster, wo der Mond aufgegangen war, und ich hörte die Schreie im Schloss weit unter mir. Denys! Beim Gedanken an ihn durchzuckte mich neues Grauen und ich fiel zu Boden; ich verlor zwar nicht das Bewusstsein, war aber körperlich hilflos. Bald nahmen diese Schreie eine Lautstärke und eine Eigenart an, die kein Wort beschreiben kann und die mir beim bloßen Gedanken daran die Sinne rauben. Ich kann nur sagen, dass sie von etwas kamen, das ich zuvor als Freund gekannt hatte.

Irgendwann in dieser entsetzlichen Zeitspanne müssen der kalte Wind und das Geschrei mich wieder zum Aufstehen gebracht haben, denn als Nächstes erinnere ich mich daran, wie ein Irrer durch tintenschwarze Räume und Korridore gerast zu sein, auf den Hof und in die scheußliche Nacht hinaus. Man fand mich im Morgengrauen, stumpfsinnig in der Nähe von Ballylough umherstreifend, doch was mich gänzlich aus der Bahn warf, war keiner der Schrecken, die ich zuvor gesehen oder gehört hatte. Ich murmelte, als ich allmählich wieder aus den Schatten fand, von zwei unglaublichen Vorfällen, die sich während meiner Flucht zutrugen: Vorfälle ohne jede Bedeutung, die mich aber unerbittlich heimsuchen, wenn ich an sumpfigen Orten oder im Licht des Mondes allein bin.

Als ich aus dem verfluchten Schloss flüchtete, am Rand des Moores entlanglief, hörte ich ein neues Geräusch: ein ganz gewöhnliches Geräusch, und dennoch eines, das ich zuvor nicht in Kilderry vernommen hatte. Die trägen Gewässer, die seit einiger Zeit von so gut wie keinen Tieren mehr bewohnt gewesen waren, wimmelten nun vor einer Horde schleimiger, enormer Frösche, die unaufhörlich schrille Pfeiflaute von sich gaben, die so gar nicht zu ihrer Größe passen wollten. Sie glänzten aufgebläht und grün im Mondschein und schielten hinauf zur Quelle des Lichts. Ich folgte dem

Starren eines besonders fetten und hässlichen Froschs und sah das zweite der Dinge, die mir meinen Verstand raubten.

Mein Blick folgte einem Strahl schwachen, zitternden Lichtes, der sich in den Gewässern des Sumpfes nicht spiegelte und sich geradewegs von der seltsamen alten Ruine auf der fernen kleinen Insel bis hinauf zum abnehmenden Mond zu erstrecken schien. Und irgendwo auf diesem fahlen Pfad malte sich meine fieberkranke Fantasie einen dünnen Schatten aus, der sich mühsam krümmte; ein undeutlicher, verzerrter Schatten, der dagegen ankämpfte, von unsichtbaren Dämonen fortgezogen zu werden. So umnachtet ich auch war, ich erkannte in diesem grausigen Schemen eine monströse Ähnlichkeit – eine widerwärtige, unglaubliche Karikatur –, ein blasphemisches Abbild des Mannes, der einst Denys Barry gewesen war.

Der böse Geistliche

Ein ernsthafter, intelligent wirkender Mann, unauffällig gekleidet und mit eisengrauem Bart, brachte mich in die Dachkammer und sprach Folgendes zu mir:

»Ja, *er* lebte hier – doch möchte ich Ihnen davon abraten, irgendetwas zu unternehmen. Ihre Neugier macht Sie allzu leichtfertig. *Wir* kommen nie nachts hierher, allein weil es *sein* Wille war, halten wir das so. Sie wissen, was *er* tat. Jene abscheuliche Gesellschaft forderte zuletzt ihren Preis, und wir wissen nicht einmal, wo *er* begraben liegt. Die Gesellschaft konnte weder vom Gesetz noch sonst irgendwie angefochten werden.

Ich hoffe, dass Sie nicht bis nach Anbruch der Dunkelheit hierbleiben. Und ich bitte Sie innig darum, lassen Sie dieses Ding auf dem Tisch – das Ding, das wie eine Streichholzschachtel aussieht – in Frieden. Wir wissen nicht, was es ist, vermuten aber, dass es etwas damit zu tun hat, was *er* tat. Wir hüten uns sogar, es länger anzuschauen.«

Nach einer Weile ließ der Mann mich allein in der Dachkammer. Der Raum war ziemlich armselig und staubig, mit nur sehr dürftigem Mobiliar ausgestattet, doch von einer Ordnung, die zeigte, dass dies nicht die Unterkunft eines Slumbewohners war. Da waren Regale voller theologischer und klassischer Werke, und ein weiterer Buchschrank enthielt Abhandlungen über Magie – Paracelsus, Albertus Magnus, Trithemius, Hermes Trismegistos, Borellus und andere Namen in fremden Schriftzeichen, deren Titel ich nicht zu entziffern vermochte. Die Einrichtung war äußerst schlicht gehalten. Es gab eine Tür, doch sie führte nur in einen Wandschrank – der einzige Zugang war die Öffnung im Boden, zu der die grob gezimmerte, steile Treppe hinaufführte. Die Fenster waren gleich Bullaugen gefertigt, und die Stützpfeiler aus schwarzem Eichenholz verrieten ein unglaubliches Alter. Dieses Haus gehörte eindeutig der Alten Welt an. Ich schien zu wissen, wo es sich befand, kann mich aber jetzt nicht mehr daran erinnern, dass ich es damals wusste. Bei der Stadt handelte es sich mit Sicherheit *nicht* um London. Mein Eindruck war, dass ich mich in einer kleinen Hafenstadt befand.

Der kleine Gegenstand auf dem Tisch übte eine ungemein starke Faszination auf mich aus. Ich schien zu wissen, was man damit tun musste, denn ich entnahm meiner Tasche eine Taschenlampe – oder etwas, das so aussah – und probierte nervös ihr Licht aus. Das Licht war nicht weiß, sondern violett, und es wirkte eher wie eine radioaktive Bestrahlung. Ich entsinne mich, dass ich sie nicht für eine gewöhnliche Taschenlampe hielt – und tatsächlich trug ich noch eine normale Taschenlampe bei mir.

Die Abenddämmerung setzte ein, und die alten Dächer und Schornsteine sahen durch die Scheiben der Bullaugen ziemlich sonderbar aus. Jetzt nahm ich all meinen Mut zusammen, stellte den kleinen Gegenstand auf dem Tisch aufrecht hin und stützte ihn mit einem Buch ab – dann richtete ich die Strahlen des eigenartigen violetten Lichtes darauf. Das Licht schien eher aus einer Art Regen oder Hagel oder winzigen violetten Partikeln zu bestehen, und nicht aus einem einheitlichen Strahl. Als die Partikel die glasige Oberfläche in der Mitte des merkwürdigen Gegenstandes berührten, schienen sie ein knisterndes Geräusch zu erzeugen, ähnlich dem Knattern einer luftleeren Röhre, durch die Funken springen. Die dunkle glasige Oberfläche glühte rosa auf, und in ihrer Mitte schien sich undeutlich ein weißer Schemen abzuzeichnen. Dann bemerkte ich, dass ich nicht mehr alleine in diesem Raum war – und steckte den Strahlenprojektor zurück in meine Tasche.

Der Neuankömmling sagte kein Wort – in den unmittelbar folgenden Augenblicken vernahm ich überhaupt keinen einzigen Laut. Alles war eine Pantomime von Schatten, wie aus weiter Entfernung durch einen Nebelschleier gesehen – doch gleichzeitig erschienen mir der Neuankömmling und auch alle weiteren Besucher groß und nahe, als befänden sie sich sowohl nah als auch weit entfernt, gemäß den Gesetzen einer abnormen Geometrie.

Der Neuankömmling war ein dürrer, finsterer Mann mittlerer Größe in der geistlichen Tracht der anglikanischen Kirche. Er war wohl um die dreißig Jahre alt, hatte einen fahlen, olivfarbenen Teint und recht markante Gesichtszüge, jedoch eine ungewöhnlich hohe Stirn. Sein schwarzes Haar war ordentlich geschnitten und gekämmt, und obwohl er sauber rasiert war, warf sein starker Bartwuchs bereits wieder blaue Schatten um sein Kinn. Er trug eine randlose Brille mit Stahlbügeln. Seine Statur und die unteren Gesichtszüge glichen denen anderer Geistlicher, die ich gesehen hatte, doch durch die enorm hohe Stirn wirkte er finsterer und intelligenter – unterschwellig sah er *bösartiger* aus.

Im Augenblick – er hatte gerade eine trübe Öllampe entzündet – wirkte er nervös, und ehe ich mich versah, warf er all seine magischen Bücher in den Kamin auf der Fensterseite des Zimmers (wo die Wand kantig abknickte), der mir bislang nicht aufgefallen war. Die Flammen verzehrten die Bände gierig – sprangen auf in seltsamen Farben und verströmten unbeschreiblich scheußliche Gerüche, während die mit merkwürdigen Hieroglyphen beschriebenen Seiten und wurmstichigen Einbände dem vernichtenden Element anheimfielen. Im selben Moment sah ich, dass sich noch andere im Raum befanden – ernst blickende Männer in geistlichen Gewändern, von denen einer die Bänder und Kniehosen eines Bischofs trug.

Obwohl ich nichts hören konnte, begriff ich doch, dass sie dem, der als Erstes hereingekommen war, eine Entscheidung von großer Bedeutung mitteilten. Sie schienen ihn ebenso zu hassen wie zu fürchten, und er schien diese Empfindungen zu erwidern. Sein Gesicht wurde von einem grimmigen Ausdruck verzerrt, doch ich sah, wie seine rechte Hand beim Versuch, einen Stuhlrücken zu umfassen, zitterte. Der Bischof deutete auf das leere Regal und die Feuerstelle (wo die

Flammen inmitten einer verkohlten, uneindeutigen Masse erstickt waren) und schien dabei von einem sonderbaren Ekel ergriffen. Jener, der als Erster hereingekommen war, lächelte jetzt spöttisch und griff mit der linken Hand nach dem kleinen Gegenstand auf dem Tisch. Das schien alle mit Furcht zu erfüllen. Die Prozession der Geistlichen stieg durch die Falltür im Boden die steilen Stufen hinab, einige drehten sich nochmals um und machten Drohgebärden. Der Bischof ging als Letzter.

Der Zuerstgekommene ging nun zu einem Schrank an der Wand des Zimmers und entnahm ihm ein Seil. Er stieg auf einen Stuhl, befestigte das eine Ende des Seiles an einem Haken in dem großen, frei liegenden Mittelbalken aus schwarzem Eichenholz und fing an, aus dem anderen Ende eine Schlinge zu knüpfen. Als ich begriff, dass er sich aufhängen wollte, trat ich vor, um ihn aufzuhalten und zu retten. Er sah mich und hielt inne in seinen Vorbereitungen, um mich mit einer Art von *Genugtuung* anzuschauen, die mich verwirrte und verstörte. Langsam stieg er vom Stuhl herunter und glitt auf mich zu, ein geradezu wölfisches Grinsen auf dem dunklen, dünnlippigen Gesicht.

Ich spürte, dass ich mich in tödlicher Gefahr befand und nahm den eigenartigen Strahlenprojektor aus meiner Tasche, um ihn zu meiner Verteidigung einzusetzen. Weshalb ich dachte, er könnte mir helfen, weiß ich nicht. Ich schaltete ihn an – richtete ihn direkt in das Gesicht des Mannes und sah, wie die fahlen Züge erst im violetten, dann im rosafarbenen Licht erglühten. Der Ausdruck wölfischen Frohlockens begann dem einer tiefen Angst zu weichen – auch wenn sie das Frohlocken nicht ganz verdrängte. Der Mann blieb abrupt stehen, ruderte wild mit den Armen umher und taumelte zurück. Ich sah, dass er auf die Bodenöffnung zur Treppe zusteuerte, und rief ihm eine Warnung zu, doch er konnte mich nicht hören. Im nächsten Moment stürzte er rücklings durch die Falltür und war verschwunden.

Es war äußerst schwierig, in Richtung der Falltür zu gehen,

doch als ich endlich dort ankam, sah ich auf dem Boden dort unten keinen zerschmetterten Leib. Stattdessen drängte eine laute Schar von Menschen mit Laternen herauf, denn der Bann der gespenstischen Stille war gebrochen, und ich hörte wieder alle Geräusche und nahm alle Gestalten normal und dreidimensional wahr. Offenkundig hatte irgendetwas eine Menschenmenge an diesen Ort gelockt. Lag es an irgendeinem Geräusch, das ich nicht gehört hatte?

Nun erblickten mich die beiden Männer (allem Anschein nach einfache Dorfbewohner), die den Trupp anführten – und erstarrten. Der eine schrie laut und widerhallend auf: »Ahrrh! … Ihr seid's, Herr? Wieder?«

Woraufhin sich alle umdrehten und panisch flohen – alle außer einem. Als die Menge verschwunden war, sah ich den ernsten, bärtigen Mann, der mich an diesen Ort geleitet hatte. Alleine stand er da, mit einer Laterne in der Hand. Mit großen Augen starrte er mich nach Atem ringend und fasziniert an, schien aber keine Angst zu haben.

Dann stieg er die Treppe herauf, betrat die Dachkammer und sagte zu mir: »Sie konnten also *nicht* davon lassen! Das tut mir leid. Ich weiß, was geschehen ist. Es ist schon einmal passiert, doch der Mann bekam es mit der Angst zu tun und hat sich erschossen. Sie hätten *ihn* nicht zurückkehren lassen dürfen. Sie wissen doch, was *er* will. Doch Sie müssen sich nicht ängstigen, wie der andere Mann, den er sich holte. Ihnen ist etwas äußerst Sonderbares und Schreckliches widerfahren, aber es ging nicht so weit, dass es Ihren Verstand und Ihre Persönlichkeit in Mitleidenschaft zog. Wenn Sie kühlen Mutes sind und die Notwendigkeit einsehen, in Ihrem Leben gewisse radikale Veränderungen anzustellen, dann können Sie weiterhin die Welt und die Früchte Ihrer Gelehrsamkeit genießen. Doch leben können Sie hier nicht – und ich glaube auch nicht, dass es Sie nach London zurückzieht. Ich würde Ihnen zu Amerika raten.

Sie dürfen keinerlei Versuche mehr mit diesem – Ding – anstellen. Nichts kann das Geschehene noch rückgängig machen. Es würde die Sache nur noch verschlimmern, falls Sie etwas unternehmen – oder etwas heraufbeschwören. Ihnen ist es nicht so übel ergangen, wie es Ihnen hätte ergehen können – doch müssen Sie unverzüglich von hier fort und diesem Ort fernbleiben. Sie sollten dem Himmel danken, dass es nicht weiter ging …

Ich werde Sie so offen wie möglich vorbereiten. Es hat eine gewisse Veränderung stattgefunden – in Ihrer äußeren Erscheinung. *Er* verursacht immer so etwas. Aber in einem neuen Land können Sie sich daran gewöhnen. Am anderen Ende des Raumes steht ein Spiegel und ich bringe Sie jetzt da hin. Sie werden einen Schock erleiden – auch wenn Sie nichts Abstoßendes sehen werden.«

Mittlerweile zitterte ich vor tödlicher Angst. Der Bärtige musste mich beinahe stützen, als er mich durch den Raum hin zu dem Spiegel führte, in der freien Hand die schwache Lampe, jene, die zuvor auf dem Tisch stand, nicht die noch schwächere, die er mitgebracht hatte.

Und dies sah ich in dem Spiegelglas: Einen dürren, finsteren Mann mittlerer Größe in der geistlichen Tracht der anglikanischen Kirche, wohl um die dreißig Jahre alt, mit einer randlosen Brille mit Stahlbügeln unter einer fahlen, olivfarbenen ungewöhnlich hohen Stirn.

Es war der stumme Mann, der zuerst gekommen war und seine Bücher verbrannt hatte.

Den ganzen Rest meines Daseins werde ich nun im Körper dieses Mannes leben müssen!

DAS GRAUEN IN RED HOOK

Uns umgeben Weihungen des Bösen ebenso wie solche des Guten, und wir leben und bewegen uns meiner Überzeugung nach in einer unbekannten Welt, einem Ort voller Höhlen und Schatten und Bewohner im Zwielicht. Es ist möglich, dass der Mensch zuweilen den Pfad der Evolution zurückschreitet, und ich glaube, dass ein schreckliches überliefertes Wissen bis heute überlebt hat.

Arthur Machen

I.

Vor wenigen Wochen erregte ein großer, stämmig gebauter und gesund aussehender Fußgänger an einer Straßenecke im Dorf Pascoag in Rhode Island durch sein eigenartiges Verhalten einiges Aufsehen. Er war allem Anschein nach den Hügel neben der Straße nach Chepachet herabgekommen, und als er auf ein dicht besiedeltes Viertel stieß, wandte er sich nach links in die Hauptstraße, wo einige bescheidene Geschäftsgebäude den Eindruck des Städtischen erweckten. Dort begann er, ohne ersichtlichen Grund, mit seinem erstaunlichen Verhalten – er starrte eine Sekunde lang das größte der Gebäude merkwürdig an, stieß dann mehrere entsetzte, hysterische Schreie aus und rannte panisch davon, bis er an der nächsten Kreuzung ins Stolpern geriet und hinfiel. Hilfsbereite Bürger halfen ihm auf und klopften ihm den Staub von den Kleidern – der Mann war wieder bei Vernunft und unverletzt und sein plötzlicher nervöser Anfall war offensichtlich schon wieder vorbei. Er murmelte eine verschämte Erklärung, dass er in letzter Zeit starken Belastungen ausgesetzt gewesen sei, und mit gesenktem Blick wandte er sich zurück auf die Chepachet Road und trottete davon, ohne sich noch einmal umzusehen. Es war seltsam, dass einem so großen, robusten, normal und tüchtig wirkenden Mann so etwas zustieß, und das Seltsame des Vorfalls wurde auch durch die Bemerkung eines Passanten nicht geschmälert, der den Mann als den Mieter eines bekannten Meiereibesitzers am Rande von Chepachet erkannt hatte.

Der Mann war, wie sich herausstellte, ein Kriminalbeamter aus New York. Er hieß Thomas F. Malone, und er wurde mittlerweile auf längere Zeit beurlaubt, um sich einer ärztlichen Behandlung zu unterziehen – die Folge einer unverhältnismäßig schweren Arbeit an einem grausigen örtlichen Fall, der sich unglücklicherweise ins Dramatische gesteigert hatte. Bei einer Durchsuchung, an der er teilgenommen hatte, waren mehrere alte Ziegelbauten eingestürzt, und die vielen Todesfälle unter den Festgenommenen und auch unter seinen Kollegen hatten ihn über alle Maße erschüttert. In der Folge hatte er eine ausgeprägte, anormale Furcht vor jeglichen Gebäuden entwickelt, die mit den eingestürzten auch nur entfernte Ähnlichkeit aufwiesen, weshalb ihm die Psychologen schließlich auf unbestimmte Frist den Anblick solcher Gebäude untersagten. Ein Polizeiarzt, der Verwandte in Chepachet hatte, empfahl ihm das malerische Dörfchen mit seinen kolonialen Holzhäusern als idealen Ort zur Erholung seines Geistes, und hierher war der Erkrankte auch gereist und hatte geschworen, unter keinen Umständen die größeren Dörfer mit ihren Ziegelbauten zu besuchen, bis der Facharzt in Woonsocket, an den man ihn verwiesen hatte, es ihm ausdrücklich gestattete. Malones Spaziergang nach Pascoag, um sich Zeitschriften zu besorgen, war ein Fehler gewesen, für den der Kranke mit Angst, Prellungen und einer öffentlichen Demütigung bezahlte.

So viel war dem Klatsch in Chepachet und Pascoag zu entnehmen, und das war auch das, woran die ausgebildeten Spezialisten glaubten. Doch anfangs hatte Malone den Ärzten weitaus mehr erzählt – bis er bemerkte, dass ihm nur äußerster Unglauben entgegengebracht wurde. Schließlich

schwieg er und machte auch keinerlei Einwände, als alle
darin übereinstimmten, sein geistiges Gleichgewicht sei
durch den Einsturz einiger verwahrloster Ziegelhäuser im
Red-Hook-Viertel von Brooklyn und dem damit verbundenen Tod von vielen tapferen Polizeibeamten erschüttert
worden. Er habe zu viel gearbeitet, sagten sie alle, als er
versuchte, diese Brutstätten von Aufruhr und Gewalt auszuräuchern; einige Einzelheiten seien schon schockierend
genug gewesen und die unvorhergesehene Tragödie habe
sich als der Tropfen erwiesen, der das Fass zum Überlaufen
brachte.

Das war eine einfache Erklärung, die jedermann verstehen
konnte, und da Malone ein durchaus vernünftiger Mensch
war, hielt er es für besser, dem nichts mehr hinzuzufügen.
Einfallslosen Menschen gegenüber auch nur eine Andeutung eines Grauens jenseits allen menschlichen Ermessens
zu machen – eines leprösen Grauens, das Häuser, Häuser-
blocks und ganze Städte zernagt wie ein bösartiges Krebsgeschwür aus einer älteren Welt – hätte ihm anstelle der
ländlichen Ruhe eher den Aufenthalt in einer Gummizelle
eingebracht, und Marlone war trotz seiner mystischen
Neigungen ein Mann der Vernunft. Er besaß den weitrei-
chenden Blick der Kelten für unheimliche und verborgene
Vorgänge, aber auch das fähige Auge des Logikers für das
nur äußerlich Plausible – diese Mischung hatte ihn in den
zweiundvierzig Jahren seines Lebens schon weit vom norma-
len Weg abgebracht und an merkwürdige Orte, zumindest
für einen Absolventen der Universität Dublin, der in einer
georgianischen Villa nahe Phoenix Park geboren worden war.

Und nun, als er alles, was er gesehen, empfunden und
begriffen hatte, noch einmal überdachte, gab sich Malone
damit zufrieden, das Geheimnis für sich zu behalten, wie aus
einem unerschrockenen Kämpfer ein zitterndes Nerven-
bündel werden konnte und wie alte, aus Ziegel errichtete
Slums mit ihrem Meer aus finsteren, verschlagenen Gesichtern sich in Albträume und böse Vorzeichen verwandeln

können. Es wäre nicht das erste Mal, dass er seine Empfindungen für sich behalten musste – denn war nicht schon sein Eintauchen in den vielsprachigen Abgrund der New Yorker Unterwelt eine Laune fernab jeder vernünftigen Erklärung gewesen? Was hätte er den nüchternen Menschen erzählen sollen von den alten Hexereien und bizarren Mysterien, die sich nur dem sensiblen Auge offenbaren inmitten dieses Giftkessels, wo all der Abschaum ungesunder Zeitalter sein Gift mischt und sein obszönes Grauen fortbesteht? Er hatte die höllisch grüne Flamme geheimer Magie in diesem schreienden Brodeln äußerlicher Habgier und innerlicher Gotteslästerung gesehen und milde gelächelt, als alle seine Bekannten aus New York über seine Untersuchungen während der Polizeiarbeit gespottet hatten. Sie waren sehr witzig und zynisch gewesen, hatten über seine eigenartige Suche nach unbekannten Geheimnissen gehöhnt und ihm versichert, dass sich heute in New York nichts Weiteres entdecken ließe außer Belangloses und Gewöhnliches. Einer von ihnen hatte ihm sogar eine stattliche Summe als Wetteinsatz geboten, dass Malone – trotz einiger packender Berichte in der *Dublin Review,* die auf seinen Erlebnissen beruhten – keine wirklich interessante Geschichte über das New Yorker Untergrundleben schreiben könne. Jetzt, im Rückblick, wurde ihm klar, dass eine kosmische Ironie die Worte des Propheten bestätigt und zugleich ihre banale Bedeutung insgeheim widerlegt hatte. Aus dem Grauen, das er letztlich erblickt hatte, konnte er keine Geschichte machen – denn dafür galt Ähnliches wie für jenes Buch, über das ein deutscher Poe-Kenner schrieb: »*Es lässt sich nicht lesen* – es erlaubt nicht, dass man es liest.«

II.

Malone hatte schon immer ein Gespür für die unterschwelligen Rätsel des Daseins gehabt. In seiner Jugend hatte er die verborgene Schönheit und Verzückung der Dinge gefühlt und in Gedichte gefasst; doch Armut, Kummer und Isolation hatten seinen Blick in dunklere Bahnen gelenkt, und er hatte beim Gedanken an das Wirken des Bösen in der Welt einen starken Reiz verspürt. Der Alltag war ihm zu einem Trugbild makabrer Schattenstudien geronnen, das manchmal wie Beardsleys beste Werke in unterschwelliger Fäule aufkeimte und schielte, manchmal hinter den allergewöhnlichsten Umrissen und Gegenständen ein Grauen andeutete, wie in den subtileren und weniger bekannten Arbeiten von Gustave Doré.

Er betrachtete es oft als Gnade, dass die meisten Menschen mit hoher Intelligenz über die verborgensten Geheimnisse nur lachen – denn, so fand er, kämen überragende Geistesgrößen jemals in unmittelbaren Kontakt mit den Geheimnissen der uralten und primitiven Kulte, würden die daraus resultierenden Abweichungen nicht nur die Welt in den Untergang treiben, sondern sogar den Zusammenhalt des gesamten Universums bedrohen. Alle diese Überlegungen waren zweifelsohne morbide, doch seine ausgeprägte Logik und sein tiefer Sinn für Humor glichen das wieder aus. Malone sah in seinen Vorstellungen nur undeutlich erhaschte und verbotene Visionen, mit denen er in Gedanken naiv spielen konnte – die Hysterie setzte erst ein, als er während des Dienstes so plötzlich und hinterhältig in einen Höllenschlund der Offenbarung gezerrt wurde, dass er sich daraus nicht mehr zu befreien vermochte.

Er war seit einiger Zeit der Polizeiwache in der Butler Street in Brooklyn zugeteilt, als er auf den Fall in Red Hook aufmerksam wurde. Red Hook ist ein Irrgarten wild gemischter Verwahrlosung, nahe dem alten Hafenviertel, gegenüber von Governor's Island, mit schmutzigen Straßen, die vom Kai aus über den Hügel klettern, bis hin zu jenen höheren Bereichen, wo die verfallenen Ausläufer der Clinton und Court Street in Richtung Borough Hall führen. Die Häuser bestehen größtenteils aus Ziegeln und wurden

Anfang bis Mitte des 19. Jahrhunderts erbaut, und einige der düsteren Gassen und Seitenstraßen haben dieses reizvolle, altertümliche Flair, wie man es üblicherweise mit den Romanen von Charles Dickens in Verbindung bringt. Die Bevölkerung stellt ein hoffnungsloses Durcheinander und Rätsel dar: syrische, spanische, italienische und negroide Massen treffen hier auf skandinavische und amerikanische Siedlungen. Es ist ein babylonisches Gewirr des Lärms und Schmutzes, und es gibt sonderbare Schreie von sich, als Antwort auf das Branden der öligen Wellen an den dreckigen Piers und den ungeheuerlichen Orgellitaneien der Sirenen im Hafen.

Vor langer Zeit bot sich hier noch ein fröhlicheres Bild: Man traf auf den unteren Straßen Matrosen mit klarem Blick und auf dem Hügel säumten geschmackvoll eingerichtete Häuser die Wege. Man kann noch Spuren dieses früheren Glücks aufspüren – in der gepflegten Gestaltung der Gebäude, den gelegentlich auftauchenden, anmutigen Kirchen und den Resten des einstigen Kunsthandwerks, die sich hier und dort noch finden: eine abgenutzte Treppenflucht, ein beschädigter Torbogen, einige von Würmern zerfressene Ziersäulen oder Bruchstücke früherer Rasenflächen mit verbogenen und verrosteten Eisengeländern. Die Häuser sind meist aus soliden Steinblöcken erbaut, und zuweilen erhebt sich eine Kuppel mit vielen Fenstern, um von den Zeiten zu erzählen, als die Familien von Kapitänen und Reedern ihren Blick aufs Meer richteten.

Aus diesem Wirrwarr materieller und geistiger Verwesung bestürmen Lästerungen in hundert verschiedenen Sprachen den Himmel. Horden von Herumtreibern torkeln rufend und singend durch die Gassen und Durchgänge, verstohlene Hände löschen plötzlich die Lichter und ziehen Vorhänge zu, dunkle, sündenzerfressene Gesichter verschwinden von den Fenstern, wenn jemand daran vorübergeht. Die Polizisten haben jegliche Hoffnung auf Ordnung oder Verbesserungen aufgegeben und versuchen nunmehr, Grenzen zu errichten, um die Außenwelt vor Ansteckung zu schützen. Das Getöse der Streifenwagen wird von einer gespenstischen Stille beantwortet, und die wenigen Leute, die festgenommen werden, sind nie besonders mitteilsam. Die offenkundigen Verstöße gegen das Gesetz sind so vielfältig wie die Dialekte und erstrecken sich von Rumschmuggel und illegaler Einwanderung über diverse Stadien der Gesetzlosigkeit und anrüchiger Laster bis hin zu Mord und Verstümmelung in den scheußlichsten Formen. Dass solche Verbrechen nicht noch öfter geschehen, ist kein Verdienst der Bewohner des Viertels – außer man erachtet die Kunst der Verheimlichung als etwas Verdienstvolles. Es kommen mehr Menschen nach Red Hook, als es verlassen – zumindest über den Landweg –, und diejenigen, die verschwiegen sind, können am ehesten wieder gehen.

Malone witterte in dieser Sache den schwachen Brodem von Geheimnissen, die wesentlich schrecklicher sind als die Sünden, die von Bürgern zur Anzeige gebracht werden und die Priester und Humanisten geißeln. Er war sich dank seiner Gabe, Fantasie mit wissenschaftlicher Erkenntnis zu vereinen, der Tatsache bewusst, dass moderne Menschen unter gesetzlosen Bedingungen auf unheimliche Weise dazu neigen, in ihrem Alltag und ihren rituellen Ausschweifungen die finstersten, instinktiven Verhaltensmuster primitiver Halbaffen zu wiederholen. Mit dem Erschaudern eines Anthropologen hatte er oft die singenden und fluchenden Umzüge scheeläugiger, pockennarbiger junger Männer betrachtet, die sich in der Dunkelheit der frühen Morgenstunden ihren Weg bahnten. Man konnte dauernd Gruppen dieser Jugendlichen beobachten: Manchmal hielten sie grinsend Wache an einer Straßenecke, manchmal saßen sie vor Eingängen und spielten auf billigen Instrumenten ihre unheimliche Musik, manchmal saßen sie benebelt vor sich hindösend oder in anzügliche Gespräche vertieft um die Tische eines Cafés in der Nähe von Borough Hall, und manchmal hockten sie, vertieft in eine geflüsterte Unterhaltung, neben rostigen

Taxis auf den hohen Eingangsstufen baufälliger, mit Brettern vernagelter alter Häuser.

Sie erschreckten und faszinierten ihn mehr, als er seinen Arbeitskollegen gegenüber zugeben wollte. Er schien in ihnen eine Art ungeheuerliche, geheime Beständigkeit zu erkennen, ein teuflisches, kryptisches, uraltes Verhaltensmuster, das mit den trüben Fakten und Gewohnheiten, die die Polizei mit so gewissenhafter technischer Sorgfalt festhielt, absolut nichts gemein hatte. Sie mussten, so spürte er, die Erben einer erschreckenden urzeitlichen Tradition sein, die Träger eines bruchstückhaften, unguten Wissens von Kulten und Zeremonien, die älter sind als die Menschheit. Ihr Zusammenhalten und ihre Entschlossenheit deuteten darauf hin, und es zeigte sich in einer unterschwelligen Ordnung, die unter ihrer schmierigen Unordnung zum Vorschein kam. Malone hatte nicht fruchtlos Bücher wie etwa Miss Murrays *Der Hexenkult in Westeuropa* gelesen, er wusste, dass bis in jüngste Zeit ein schreckliches, verborgenes System von Zusammenkünften und Orgien unter Bauern und dem esoterischen Volk überlebt hatte, das aus finsteren Religionen vor der Zeit der indogermanischen Welt stammt und in volkstümlichen Legenden in Gestalt von Schwarzen Messen und Hexensabbaten erscheint. Dass diese höllischen Überreste alter, turanisch-asiatischer Magie und Fruchtbarkeitskulte nun völlig ausgestorben sein sollten, glaubte er keinen Augenblick lang, und oft fragte er sich, um wie vieles älter und um wie vieles schwärzer als die schlimmsten der geflüsterten Sagen manche davon wohl sein mochten.

III.

Es war der Fall Robert Suydam, der Malone ins Zentrum der Vorgänge in Red Hook führte. Suydam war ein belesener Einzelgänger aus alter holländischer Familie, die ursprünglich nicht besonders wohlhabend gewesen war. Er bewohnte das geräumige, aber schlecht erhaltene Herrenhaus, das sein Großvater in Flatbush hatte errichten lassen, als dieses Dorf kaum mehr als eine charmante Siedlung aus kolonialen Landhäusern gewesen war, die sich um die reformierte Kirche mit ihrem hohen Turm, den efeubewachsenen Mauern und den von einem Eisenzaun umgebenen Friedhof mit den niederländischen Grabsteinen gedrängt hatte. In seinem einsamen Haus, das ein wenig versetzt von der Martense Street inmitten eines Parks voller alter Bäume lag, hatte Suydam die letzten sechs Jahrzehnte mit Lesen und Nachdenken zugebracht – mit Ausnahme einer Zeit, die ungefähr eine Generation zurücklag, als er mit einem Schiff in die Alte Welt reiste und sich dort acht Jahre lang herumtrieb. Personal konnte er sich keines leisten, und nur selten durften Besucher seine selbst gewählte Einsamkeit stören, denn er mied enge Freundschaften und empfing seine wenigen Bekannten in einem der drei Zimmer im Erdgeschoss, die er in Ordnung hielt – eine geräumige Bibliothek mit hoher Decke, deren Wände völlig bedeckt waren mit Regalen voller zerschlissener Bücher, die seltsam, altertümlich und irgendwie abstoßend aussahen.

Die Ausweitung der Kleinstadt und die Tatsache, dass sie schließlich in den Bezirk Brooklyn aufgenommen wurde, hatten für Suydam keinerlei Bedeutung, so wie auch er immer weniger Bedeutung für die Stadt besaß. Ältere Leute wiesen auf der Straße noch mit dem Finger auf ihn, doch für die jüngere Bevölkerung war er bloß ein schrulliger, korpulenter alter Herr, dessen ungepflegtes weißes Haar, Stoppelbart, abgewetzte schwarze Kleidung und Spazierstock mit Goldknauf ihm lediglich einen amüsierten Seitenblick eintrugen, nicht mehr. Malone kannte ihn nicht, bis der Dienst ihn mit diesem Mann in Verbindung brachte. Er hatte aber schon gehört, Suydam sei eine wirkliche Autorität auf dem Gebiet des mittelalterlichen Aberglaubens, und vorgehabt, den Alten bei Gelegenheit nach einer vergriffenen

Broschüre über die Kabbala und die Faustsage zu fragen, aus der ein Freund einmal auswendig zitiert hatte.

Suydam wurde zu einem ›Fall‹, als seine einzigen und entfernten Verwandten vor Gericht zogen, um über seinen Geisteszustand entscheiden zu lassen. Ihr Handeln erschien für die Außenwelt ziemlich überraschend, doch der Sache waren lange Beobachtungen und bedrückte Diskussionen vorausgegangen. Die Ursache waren einige merkwürdige Veränderungen in seiner Sprache und in seinen Gewohnheiten: hysterische Hinweise auf bevorstehende Wunder und unerklärliche Streifzüge durch die verrufene Gegend Brooklyns. Sein Äußeres hatte er im Laufe der Jahre immer stärker vernachlässigt und nun lief er wie ein Bettler herum. Gelegentlich sahen ihn peinlich berührte Bekannte in U-Bahnhöfen oder bei den Parkbänken um Borough Hall herumlungern, wo er sich mit Gruppen von dunkelhäutigen, hinterlistig aussehenden Fremden unterhielt. Wenn er sprach, brabbelte er von unbegrenzten Mächten, die ihm bald zu Gebote stünden, und mit wissendem Blick wiederholte er fortdauernd mystische Begriffe oder Namen wie ›Sephiroth‹, ›Ashmodai‹ und ›Samaël‹.

Die Gerichtsverhandlung enthüllte, dass er sein gesamtes Einkommen und seine Ersparnisse damit vergeudete, sonderbare Bücher aus London und Paris einführen zu lassen und Miete für eine schäbige Kellerwohnung im Viertel Red Hook zahlte, in der er beinahe jede Nacht verbrachte, um merkwürdige Gruppen von bunt zusammengewürfelten Schlägertypen und Ausländern zu empfangen und offenbar hinter den grünen Vorhängen der verschwiegenen Fenster irgendwelche Zeremonien abhielt. Detektive, die man auf ihn angesetzt hatte, berichteten von seltsamem Geschrei und Gesang und dem Stampfen von Füßen, das von den nächtlichen Riten nach draußen gedrungen war, und sie erschauderten über ihre eigenartige Ekstase und Hingabe, obwohl sonderbare Orgien in diesem morastigen Stadtteil keineswegs außergewöhnlich waren.

Als die Sache zur Anhörung kam, gelang es Suydam jedoch, seine Freiheit zu bewahren. Vor dem Richter zeigte er sich weltgewandt und vernünftig. Sein sonderbares Verhalten und die übersteigerte Ausdrucksweise gab er unverblümt zu – es seien einfach die Folgen seiner übermäßigen Studien- und Forschungstätigkeit. Er beschäftige sich, so erklärte er, mit der Erforschung einiger europäischer Überlieferungen, die einen engen Kontakt mit ausländischen Gruppen und ihren Liedern und Volkstänzen erforderlich mache. Die Vermutung seiner Verwandten, er sei das Opfer einer Geheimgesellschaft mit niederen Beweggründen, wäre wirklich absurd und zeige lediglich, dass ihr Verständnis für ihn und seine Arbeit traurig gering sei. Durch seine ruhig vorgebrachten Erklärungen gewann er das Verfahren und durfte ungehindert gehen; die von den Suydams, Corlears und van Brunts bezahlten Detektive wurden mit resigniertem Überdruss zurückgezogen.

Nun schalteten sich in den Fall staatliche Ermittler in Zusammenarbeit mit der Polizei ein, darunter war auch Malone. Das Gesetz hatte Suydams Verhalten mit Interesse verfolgt und war mehrmals gebeten worden, den privaten Detektiven zu helfen. Schnell stellte sich heraus, dass zu Suydams neuen Bekannten die finstersten und abgefeimtesten Verbrecher aus den hintersten Gassen von Red Hook zählten – mindestens ein Drittel von ihnen waren bekannte Diebe, Verschwörer und Einführer illegaler Einwanderer. Es wäre wirklich nicht übertrieben, zu behaupten, dass der eigenartige Bekanntenkreis des alten Gelehrten sich fast vollständig deckte mit den schlimmsten organisierten Banden, die gewissen namenlosen orientalischen Abschaum ins Land schmuggelten, der von der Einwanderungsbehörde in Ellis Island klugerweise abgewiesen worden war.

In dem wimmelnden Elendsviertel von Parker Place – das inzwischen umbenannt wurde –, wo sich Suydams Parterrewohnung befand, hatte sich eine sehr ungewöhnliche Kolonie schlitzäugiger Gestalten unbekannter Herkunft niedergelassen, die zwar das arabische Alphabet benutzten, doch von den meisten der Syrer in und um die Atlantic Avenue herum lauthals zurückgewiesen wurden. Aus Mangel an Bescheinigungen hätten sie alle ausgewiesen werden können, doch die Mühlen des Gesetzes mahlen langsam, und man handelt in Red Hook nur dann, wenn die öffentliche Aufmerksamkeit solche Maßnahmen erzwingt.

Diese Kreaturen suchten regelmäßig eine baufällige Steinkirche auf, die mittwochs als Tanzhalle genutzt wurde und die ihre gotischen Stützpfeiler im übelsten Teil des Hafenviertels erhob. Sie sollten dem Namen nach katholisch sein, doch alle Priester aus Brooklyn sprachen dieser Kirche jegliches Ansehen und jegliche Legalität ab, und die Polizisten stimmen ihnen zu, sobald sie die Geräusche gehört hatten, die nachts aus dem Gebäude drangen.

Zuweilen, wenn die Kirche leer und unbeleuchtet war, glaubte Malone, er höre die schrecklichen, verstimmten Basstöne einer versteckten Orgel, die sich unter der Erde befand, während alle anderen Beobachter das Kreischen und Trommeln fürchteten, das die eigentlichen Gottesdienste begleitete. Bei einer Befragung sagte Suydam, er halte dieses Ritual für einen Überrest des nestorianischen Christentums, vermengt mit dem Schamanismus Tibets. Die meisten Besucher, so vermutete er, seien mongolischer Abstammung und kämen aus Kurdistan oder einer Nachbarregion – und Malone erinnerte sich augenblicklich daran, dass Kurdistan die Heimat der Jezidi war, der letzten Überlebenden der persischen Teufelsanbeter.

Wie immer es auch gewesen sein mag, die Aufregung um die Untersuchung im Fall Suydam brachte zum Vorschein, dass diese illegalen Einwanderer Red Hook in stetig wachsender Zahl überfluteten. Sie gelangten mithilfe von Seeleuten über geheime Meereswege ins Land, auf die Steuerbeamte und Hafenpolizei keinen Zugriff hatten, überliefen Parker Place, breiteten sich rasch bis über den Hügel aus und wurden mit eigentümlicher Brüderlichkeit von den anderen Bewohnern der Gegend willkommen geheißen. Ihre untersetzten Gestalten und charakteristisch verkniffenen Gesichtszüge, die in einem so grotesken Gegensatz zu ihrer protzigen amerikanischen Kleidung standen, tauchten bald immer zahlreicher unter den Rumtreibern und umherziehenden Gaunern in Borough Hall auf, bis man es endlich für notwendig erachtete, ihre Anzahl zu erfassen, ihre Herkunft und Beschäftigung in Erfahrung zu bringen, sie in Gewahrsam zu nehmen und bei der zuständigen Einwanderungsbehörde abzuliefern. Mit dieser Aufgabe wurde Malone in Übereinkunft mit den staatlichen wie städtischen Behörden betraut.

Als er mit seiner Arbeit in Red Hook begann, fühlte er sich wie am Rande unbeschreiblichen Grauens, und der schäbige, ungepflegte Robert Suydam war in diesem Spiel sein Erzfeind und Gegner.

IV.

Polizisten bedienen sich vielfältiger und raffinierter Methoden. Malone brachte mithilfe von unauffälligem, ziellosem Herumbummeln, geplanten, doch absichtslos wirkenden Gesprächen, gut angepassten Einladungen zum Schnapstrinken und einsichtigen Unterhaltungen mit verunsicherten Häftlingen viele Einzelheiten über die Bewegung in Erfahrung, die so bedrohliche Züge angenommen hatte. Bei den Neuankömmlingen handelte es sich tatsächlich um Kurden, doch sie sprachen einen so obskuren Dialekt, dass sie die Philologen verwirrten. Diejenigen unter ihnen, die einer Arbeit nachgingen, verdienten ihren Unterhalt zumeist als Dockarbeiter und lizenzlose Hausierer, bedienten aber auch oft in griechischen Restaurants oder betrieben Zeitungskioske. Die meisten von ihnen verfügten jedoch über kein ersichtliches Einkommen und hatten offenbar mit Tätigkeiten in der Unterwelt zu schaffen, von denen Schmuggel und Schwarzhandel noch die am leichtesten zu beschreibenden waren.

Sie waren auf Dampfschiffen angekommen, allem Anschein nach Trampfrachter, und im Schutz mondloser Nächte in Ruderboote umgestiegen, die sich unter einer bestimmten Werft hindurch einen verborgenen Kanal entlangstahlen, bis sie einen geheimen unterirdischen Teich unter einem Haus erreichten. Um welche Werft, welchen Kanal und um welches Haus es sich handelte, konnte Malone nicht herausfinden, denn die Erinnerungen seiner Informanten waren ziemlich wirr, und ihre Sprache war selbst den besten Dolmetschern oft ein Rätsel. Er gewann auch keine Erkenntnis darüber, aus welchem Grund die Leute derart systematisch ins Land geschleust wurden. Sie gaben über ihre genaue Herkunft kaum etwas preis und waren auch nie unachtsam genug, um die Helfer zu verraten, die sie hergebracht hatten und nun ihre Wege leiteten. Sie zeigten tatsächlich so etwas wie Angst, wenn man sie nach den Gründen ihrer Anwesenheit befragte. Die Kriminellen aus den anderen Ländern waren ebenso verschwiegen, und das wenige, was man aus ihnen herausbekam, war, dass irgendein Gott oder eine große Priesterschaft ihnen unerhörte Macht und übernatürlichen Ruhm und die Vorherrschaft in einem fremden Land versprochen hatte.

Sowohl die Neuankömmlinge als auch die alteingesessenen Ganoven besuchten regelmäßig Suydams sorgfältig abgeschirmte nächtliche Zusammenkünfte, und die Polizei brachte bald in Erfahrung, dass der ehemalige Einsiedler noch weitere Wohnungen angemietet hatte, um Gäste unterzubringen, die ein bestimmtes Passwort kannten. Suydam verfügte bald über mindestens drei komplette Häuser und ließ dort viele seiner sonderbaren Gefährten auf Dauer wohnen. Er verbrachte nur noch wenig Zeit in seinem Heim in Flatbush, holte dort offenbar nur noch Bücher oder brachte sie zurück. Sein Gesicht und sein ganzes Verhalten hatten etwas abstoßend Rohes angenommen.

Malone verhörte Suydam zweimal, wurde aber jedes Mal brüsk zurückgewiesen. Er sagte, er wisse nichts über irgendwelche mysteriösen Verschwörungen oder Einwanderungen und er habe auch keine Ahnung, weshalb die Kurden in die Stadt kommen und was sie beabsichtigten. Seine Aufgabe sei es, unbehindert die Folklore aller Einwanderer des Bezirks zu studieren – eine Angelegenheit, mit der kein Polizist etwas zu schaffen habe. Malone erwähnte seine Wertschätzung von Suydams alter Veröffentlichung über die Kabbala und andere Mythen, doch der alte Mann ließ sich davon nur einen kurzen Moment erweichen. Er spürte eine Absicht dahinter und erteilte seinem Besucher eine grobe Abfuhr; schließlich zog Malone sich angewidert zurück und wandte sich anderen Informationsquellen zu.

Was Malone ans Licht gebracht hätte, wenn er kontinuierlich an diesem Fall hätte arbeiten können, werden wir nie erfahren, denn die Untersuchungen wurden aufgrund eines albernen Konflikts zwischen städtischen und staatlichen Behörden für mehrere Monate eingestellt. Während dieser Zeit betraute man den Polizisten mit anderen Aufgaben. Doch Malone verlor deshalb keineswegs das Interesse, und er war immer von Neuem darüber erstaunt, was mit Robert Suydam vor sich ging.

Zu der Zeit, als eine Welle von Entführungen und Vermisstenfällen New York in Aufregung versetzte, durchlebte der ungepflegte Gelehrte eine Metamorphose, die so verblüffend wie absurd war. Eines Tages sah man ihn in der Nähe von Borough Hall, glatt rasiert, mit gut geschnittenem Haar und in geschmackvollem, makellosem Anzug, und an den darauffolgenden Tagen bemerkte man immer wieder irgendeine geringe Verfeinerung an ihm. Er behielt diesen neuen Anspruch an sich selbst bei, fügte ihm ein ungewohntes Funkeln der Augen und einen neuen Schwung beim Reden hinzu und verlor nach und nach seine Beleibtheit, die ihn so lange verunstaltet hatte. Nun hielt man ihn häufig für jünger, als er war. Sein Gang wurde kraftvoller, sein ganzes Auftreten lebenslustiger, dass es viel besser zu seinem neuen Äußeren passte – merkwürdigerweise wurde sogar sein Haar dunkler, ohne dass etwas auf eine Färbung hindeutete.

Als die Monate verstrichen, fing er an, sich immer moderner zu kleiden und erstaunte seine neuen Freunde schließlich damit, dass er sein Haus in Flatbush renovieren und neu einrichten ließ. Zur Einweihung gab er mehrere Empfänge, zu denen er alle Bekannten einlud, an die er sich erinnern konnte, und auf denen er ganz besonders seine Verwandten willkommen hieß, denen er ihre noch nicht lange zurückliegenden Versuche, ihn einsperren zu lassen, gänzlich vergeben hatte. Einige nahmen die Einladung aus Neugierde, die anderen aus Pflichtgefühl an, doch sie alle zeigten sich bezaubert durch den frischen Charme und die Umgänglichkeit des früheren Einsiedlers. Er habe, so erklärte er, endlich den Großteil seiner selbst auferlegten Arbeit vollendet, und da er gerade eine Erbschaft von einem schon fast vergessenen Freund in Europa erhalten habe, wolle er seine ihm verbleibenden Jahre durch Ruhe, Pflege und Diät in einer Art zweiten sonnigen Jugend verbringen. Man sah in jetzt seltener und seltener in Red Hook, doch immer öfter in den gesellschaftlichen Kreisen, in die er hineingeboren war. Den Polizisten fiel auf, dass die Gauner sich nun eher in der alten Steinkirche und Tanzhalle versammelten als in der Kellerwohnung in Parker Place, obwohl sie und die dazugehörigen Räumlichkeiten immer noch vor schädlichen Leben überflossen.

Dann ereigneten sich zwei Vorfälle – sie hatten zwar recht wenig miteinander zu tun, doch Malone fand, sie hätten einen starken Bezug zu dem Fall. Die eine Sache war die unauffällige Ankündigung im *Eagle* über Robert Suydams Verlobung mit Miss Cornelia Gerritsen aus Bayside, einer jungen Dame ausgezeichneter Herkunft, entfernt mit dem betagten Bräutigam verwandt. Das zweite Ereignis war eine Polizeirazzia in der Kirche mit der Tanzhalle, die erfolgte, nachdem jemand gemeldet hatte, er habe das Gesicht eines

entführten Kindes ganz kurz in einem der Erdgeschoss-
fenster gesehen.

Malone hatte an dieser Razzia teilgenommen und das
Innere der Kirche sorgfältig durchsucht. Es wurde nichts gefunden – bei Eintreffen der Polizei befand sich kein Mensch
in dem Gebäude –, doch den sensiblen Kelten verstörten
mehrere Aspekte der Inneneinrichtung. Es gab dort primitive Malereien auf Holztafeln, die ihm nicht gefielen –
Gesichter von Heiligen mit eigenartig lüsternem, hämischem
Ausdruck. Die Maler hatten sich einige Freiheiten herausge-
nommen, die selbst gegen das Anstandsgefühl eines Nicht-
gläubigen verstießen. Zudem behagte ihm die griechische
Inschrift an der Wand über der Kanzel nicht, denn es
handelte sich um eine antike Beschwörungsformel, auf die
er als Student am Dublin College schon einmal gestoßen war
und die in wörtlicher Übersetzung wie folgt lautete:

»O Freund und Gefährte der Nacht, der du dich ergötzest an
Hundegeheul und vergossnem Blute, der du wanderst inmitten der
Schatten und Gräber, du, den es dürstet nach Blut und der den
Sterblichen Schrecken bringt, Gorgo, Mormo, tausendgesichtiger
Mond, blicke voller Huld auf unsere Opfer!«

Beim Lesen erschauderte Malone, und er dachte unbewusst an die misstönende Bassorgel, die er glaubte, in
mehreren Nächten unter der Kirche gehört zu haben. Er
erschauderte nochmals, als er den Rost bemerkte, der den
Rand einer Metallschale bedeckte, die auf dem Altar stand,
und blieb beunruhigt stehen, als seine Nase einen eigenartigen, grässlichen Geruch irgendwo aus der Umgebung
wahrnahm. Die Erinnerung an die Orgel ließ ihm keine
Ruhe, und er durchsuchte den Keller sehr gründlich, ehe er
wieder ging. Dieser Ort war ihm zuwider, doch letztlich:
Waren die gotteslästerlichen Malereien und Inschriften
denn nichts anderes als Geschmacklosigkeiten, begangen
von ungebildeten Menschen?

Als Suydams Hochzeit stattfand, war die Welle der Entführungen in den Zeitungen zu einem allgemeinen Skandal

angewachsen. Bei den meisten Opfern handelte es sich um kleine Kinder aus der Unterschicht, doch die zunehmende Häufung dieser Vermisstenfälle erregte in der Bevölkerung den stärksten Zorn. Die Zeitungen verlangten endlich Taten von der Polizei, und wieder einmal entsandte die Wache in der Butler Street ihre Männer nach Red Hook, um nach Hinweisen, Entdeckungen und Kriminellen zu suchen.

Malone war froh, wieder an dem Fall arbeiten zu können, und stolz, die Durchsuchung von einem der Suydam-Häuser in Parker Place leiten zu dürfen. Dort fand man jedoch keines der entführten Kinder, trotz der Berichte über Schreie und einem roten Schal, den man auf dem Hinterhof gefunden hatte, aber die Gemälde und derben Inschriften an den abblätternden Anstrichen der Wände der meisten Räume und das primitive chemische Labor in der Dachkammer überzeugten den Polizeibeamten davon, dass er etwas Überwältigendem auf der Spur war.

Die Malereien waren abstoßend – scheußliche Monstren jeder Form und Größe sowie Parodien menschlicher Gestalten, die jeglicher Beschreibung spotteten. Die Inschriften waren mit roter Farbe hingeschmiert worden, sowohl mit arabischen als auch griechischen, römischen und hebräischen Schriftzeichen. Malone konnte das meiste davon nicht entziffern, doch was er lesen konnte, war unheilvoll und kabbalistisch genug. Ein häufig auftauchendes Motto war in hellenistischem Griechisch mit hebräischen Einsprengseln verfasst und erinnerte an die entsetzlichsten Dämonenanrufungen aus der Zeit des Untergangs von Alexandria:

»HEL · HELOYM · SOTHER · EMMANVEL · SABAOTH · AGLA · TETRAGRAMMATON · AGYROS · OTHEOS · ISCHYROS · ATHANATOS · IEHOVA · VA · ADONAI · SADAY · HOMOVSION · MESSIAS · ESCHEREHEYE.«

Überall wimmelte es von gemalten Kreisen und Pentagrammen, die ein aufschlussreiches Zeugnis über den seltsamen

Glauben und die Bestrebungen der Menschen ablegten, die in dieser schäbigen Umgebung lebten. Im Keller machte man allerdings die merkwürdigste Entdeckung – dort fand man einen Stapel aus echten Goldbarren. Sie waren nachlässig mit einem Stück Sackleinen bedeckt und auf ihren Oberflächen glänzten die gleichen unheimlichen Schriftzeichen, die auch die Wände verzierten.

Während der Razzia leisteten die schmaläugigen Orientalen, die aus jeder Türöffnung herausschwärmten, den Polizisten keinerlei Widerstand. Da sie nichts von Belang fanden, mussten die Polizisten alles so verlassen wie vorgefunden; der Bezirkswachtmeister schrieb immerhin an Suydam eine kurze Mitteilung und riet ihm, sich hinsichtlich des wachsenden öffentlichen Missbehagens seine Mieter und Schützlinge etwas sorgfältiger auszusuchen.

V.

Dann kam die Vermählung im Juni und die große Sensation. Zur Mittagsstunde war Flatbush von fröhlichem Lärm erfüllt, und wimpelgeschmückte Autos verstopften die Straßen um die alte holländische Kirche herum, wo eine Markise sich von der Tür bis zur Straße erstreckte. Kein Ereignis in dieser Gegend sollte an Geschmack und Ausmaß je die Suydam-Gerritsen-Hochzeit übertreffen. Die Gesellschaft, die Braut und Bräutigam zum Cunard Pier begleitete, war vielleicht nicht die Crème de la Crème, aber immerhin ein solider Auszug aus dem Gesellschaftsbuch. Um fünf Uhr nachmittags wurde den Flitterwöchnern zum Abschied gewunken, und der schwerfällige Kreuzer wandte sich von dem langen Pier ab, drehte die Nase langsam seewärts, man löste die Leinen und schipperte hinaus auf die immer breiter werdende Wasserfläche, die die Reisenden zu den Wundern der Alten Welt führen sollte. Am Abend ließ das Schiff den äußeren Hafen hinter sich, und die Passagiere, die sich noch nicht zurückgezogen hatten, betrachteten die funkelnden Sterne über dem unbefleckten Ozean.

Ob nun zuerst der Trampdampfer oder der Schrei die Aufmerksamkeit auf sich zog, vermag niemand zu sagen. Wahrscheinlich geschah beides gleichzeitig, doch ist es müßig, darüber zu grübeln. Der Schrei drang aus der Kabine der Suydams, und der Matrose, der die Tür aufbrach, hätte vielleicht Scheußliches zu berichten gewusst, hätte er nicht sogleich völlig den Verstand verloren – er schrie noch lauter als die beiden Opfer und rannte dann mit dümmlichem Grinsen auf dem Schiff herum, bis man ihn fasste und ihm Handschellen anlegte. Der Schiffsarzt, der die Kabine betrat und einen Moment später das Licht anschaltete, verlor zwar nicht den Verstand, doch er erzählte zunächst niemandem, was er dort sah; erst später, als er mit Malone in Chepachet korrespondierte, berichtete er davon.

Es war ein Doppelmord geschehen – durch Erwürgen. Doch dass die Klauenabdrücke am Hals von Mrs. Suydam weder von ihrem Ehemann noch von irgendeinem anderen menschlichen Wesen stammen konnten, braucht man nicht erwähnen, oder dass einen Augenblick lang auf der weißen Kabinenwand eine scheußlich rote Inschrift aufflackerte, die, als sie später aus dem Gedächtnis niedergeschrieben wurde, nichts anderes als die fürchterlichen chaldäischen Buchstaben des Wortes »LILITH« ergaben. Es ist unnötig, diese Dinge zu erwähnen, weil sie so rasch wieder verschwanden – was Suydam anging, so konnte der Arzt anderen wenigstens so lange den Zutritt zu dem Raum verwehren, bis er Klarheit über dessen Zustand gewonnen hatte.

Der Arzt hat Malone nachdrücklich versichert, dass er ES nicht gesehen hat. Das offene Bullauge war in dem kurzen Moment, ehe er das Licht anschaltete, von einem schwachen Flimmern erfüllt, und einen Augenblick lang schien draußen in der Nacht ein leises, teuflisches Kichern zu verhallen, doch er konnte nichts Wirkliches erkennen. Zum Beweis betonte der Arzt seine ungebrochene geistige Gesundheit.

Dann zog der Trampdampfer alle Aufmerksamkeit auf sich. Ein Beiboot wurde herabgelassen, und eine Horde dunkelhäutiger, unverschämter Lumpen in Offiziersuniformen schwärmte an Bord des angehaltenen Passagierschiffes. Sie forderten Suydam oder dessen Leiche – sie wussten von seiner Reise und waren aus irgendwelchen Gründen sehr sicher, dass er sterben würde.

Das Kapitänsdeck glich einem Pandämonium, denn in der Zeit, bevor der Arzt das Geschehen in der Kabine berichtete und vor den Forderungen der Männer vom Trampdampfer, wussten nicht einmal die erfahrensten Seemänner, was sie tun sollten. Unerwartet zückte der Anführer der fremden Matrosen, ein Araber mit einem abscheulich breiten Mund, ein schmutziges, verknittertes Stück Papier und reichte es dem Kapitän. Es war unterzeichnet von Robert Suydam und enthielt folgende merkwürdige Botschaft:

Im Falle, dass ich bei einem ungeklärten Unfall oder auf sonstige Weise plötzlich den Tod finde, überlassen Sie bitte meinen Leichnam dem Besitzer dieses Schriftstücks und seinen Helfern, ohne Fragen zu stellen. Für mich, und vielleicht auch für Sie, hängt alles von der völligen Befolgung ab. Erklärungen können später folgen – Sie dürfen mich jetzt nicht enttäuschen.

Robert Suydam

Kapitän und Arzt sahen sich an, dann flüsterte der Doktor dem Kapitän etwas ins Ohr. Schließlich nickten sie hilflos und führten die Fremden in Suydams Kabine. Als der Arzt die Tür aufschloss, riet er dem Kapitän, in eine andere Richtung zu schauen und ließ die seltsamen Matrosen hinein. Er selbst atmete aufgeregt aus und ein, bis die Männer nach einer ziemlich langen Zeit mit ihrer Last wieder heraustraten. Die Leiche war in die Laken der Betten gehüllt, und der Arzt war froh, dass man ihre Umrisse kaum erkennen konnte. Irgendwie gelang es den Männern, das Ding über Bord und auf ihren Trampdampfer zu hieven, ohne es zu enthüllen.

Das Passagierschiff startete wieder, und der Arzt ging mit dem Bestatter des Schiffes erneut in die Kabine der Suydams, um zu tun, was sie noch tun konnten. Doch noch einmal wurden die Nerven des Doktors auf eine harte Belastungsprobe gestellt, denn etwas Teuflisches hatte sich zugetragen. Als der Bestatter ihn fragte, weshalb er Mrs. Suydam denn ihr ganzes Blut entzogen habe, da erwiderte er nicht, dass er das gar nicht getan hatte, er zeigte auch nicht auf das leere Flaschenregal oder erwähnte den Geruch im Waschbecken, in das der ursprüngliche Inhalt der Flaschen in aller Eile entleert worden war. Er sagte auch nicht, dass die Taschen der Männer – falls es sich um Männer gehandelt hatte – stark ausgebeult gewesen waren, als sie das Schiff verlassen hatten. Zwei Stunden später wusste die Welt aus dem Radio alles, was ihr von dem grausigen Ereignis zu wissen erlaubt wurde.

VI.

Am selben Juniabend war Malone, ohne etwas von den Geschehnissen auf See zu wissen, verzweifelt in den Gassen von Red Hook beschäftigt. Die Gegend schien plötzlich von einer Unruhe erfasst zu sein, und als wären sie über dunkle Kanäle benachrichtigt worden, versammelten sich die Anwohner erwartungsvoll um die Kirche mit der Tanzhalle und die Häuser in Parker Place.

Gerade waren wieder drei Kinder verschwunden – blauäugige Norweger aus den Straßen in Richtung Gowanus –, und es gab Gerüchte, dass sich unter den kräftigen Wikingern dieses Stadtteils ein Mob zusammenrotte. Malone hatte seine Kollegen schon seit Wochen bedrängt, eine breite Säuberungsaktion durchzuführen, doch erst jetzt, von Umständen bewegt, die ihrer Vernunft einleuchtender erschienen als die Vermutungen eines Träumers aus Dublin, hatten sie sich zu einem großen Schlag entschlossen. Die bedrohliche Unruhe dieses Abends hatte den Ausschlag gegeben, und um Mitternacht fiel ein Stoßtrupp mit Männern aus drei Polizeistationen in Parker Place und Umgebung ein. Türen wurden eingeschlagen, Herumlungerer verhaftet, und aus kerzenbeleuchteten Räumen wurden unglaubliche Scharen bunt gemischter Ausländer getrieben, die mit Schriftzeichen bestickte Roben, Bischofsmützen und andere unerklärliche Dinge trugen. In den Handgemengen ging viel verloren, denn einige Utensilien wurden hastig in unvermutete Schächte geworfen und verräterische Gerüche übertünchte man hastig mit aufwallenden, stechenden Weihrauchschwaden. Doch überall klebten Blutspritzer, und Malone erschauderte jedes Mal, wenn er ein Kohlebecken oder einen Altar sah, von dem noch Rauch aufstieg.

Er hätte gern an mehreren Orten gleichzeitig eingegriffen und entschied sich erst für Suydams Kellerwohnung, als ein Bote ihm berichtete, dass in der verfallenen Kirche kein Mensch mehr sei. In der Wohnung, so glaubte er, müssten sich irgendwelche Hinweise auf die Sekte finden lassen, deren Mittelpunkt und Führer der Gelehrte des Okkultismus offensichtlich geworden war und voller Erwartung durchsuchte Malone die nach Schimmel riechenden Räume. Als er die eigenartigen Bücher, Instrumente, Goldbarren und mit Glasstopfen verstöpselten Flaschen untersuchte, die achtlos überall verstreut herumlagen, nahm er auch den schwachen Leichengeruch wahr.

Einmal schlüpfte eine magere, schwarz-weiß gefleckte Katze zwischen seinen Beinen hindurch und brachte ihn zum Stolpern, und dabei warf er einen Krug um, der zur Hälfte mit einer roten Flüssigkeit gefüllt war. Er erlitt einen schweren Schock, und bis zum heutigen Tag ist Malone sich nicht sicher, was er eigentlich sah, doch in seinen Träumen erscheint immer wieder jene Katze, wie sie davonhuscht – monströs verändert und sich seltsam verhaltend.

Dann stand er vor der versperrten Kellertür und suchte nach etwas, um sie zu öffnen. In der Nähe fand er einen schweren Hocker, dessen harte Sitzfläche ausreichte, um die uralten Bretter der Tür einzuschlagen. Ein Spalt bildete sich, wurde größer, und schließlich gab die ganze Tür nach – aber von der *anderen Seite* ergoss sich ein heulender, eisig kalter Wind, der allen Gestank bodenloser Abgründe mit sich herantrug und sich um den machtlosen Polizisten mit einer saugenden Kraft schlang, die weder von der Erde noch vom Himmel stammte. Sie zerrte ihn wie ein denkendes Wesen durch die Öffnung, eine unermessliche Leere hinab, erfüllt von Getuschel und Wimmern und Anfällen höhnischen Gekichers.

Natürlich war es nur ein Traum. Alle Spezialisten haben ihm das gesagt, und wie er das Gegenteil beweisen könnte, weiß er nicht. Es wäre ihm sogar viel lieber, hätten sie recht, denn dann hätte sich der Anblick der alten Ziegelslums und der dunklen, fremden Gesichter nicht so tief in seine Seele gefressen. Doch damals war alles grauenhaft real, und nichts kann jemals seine Erinnerung auslöschen an diese nacht-schwarzen Grabgewölbe, die titanischen Bogengänge und die nur halb sichtbaren Höllengestalten, die mit gigantischen Schritten schweigend umherstapften und angeknabberte Dinge festhielten, deren noch lebendige Teile um Gnade brüllten oder vor Wahnsinn lachten. Die Gerüche von Weih-rauch und Fäulnis vereinten sich zu einem benebelnden Gemisch und lebendige, dunstartige, halb sichtbare Elemen-targeister mit Augen wogten durch die schwarze Luft. Irgendwo plätscherte dunkles, klebriges Wasser an Molen aus Onyxstein, und einmal ertönte das zittrige Klingeln heiserer Glöckchen, um auf das wahnsinnige Kichern eines leuchtenden, nackten Wesens zu antworten, das heran-schwamm, an Land kroch und weiterrobbte, um sich glot-zend auf ein verziertes goldenes Podest im Hintergrund zu kauern.

Gänge grenzenloser Nacht schienen in jede Richtung auszustrahlen, sodass man sich vorstellen konnte, hier läge die Wurzel einer ansteckenden Verderbnis, die Städte krank macht und verschlingt und ganze Nationen mit dem fauligen

Hauch vielgestaltiger Pestilenz umwickelt. Hier war die kosmische Sünde eingedrungen. Hier hatte, durch unheilige Riten zersetzt, der grinsende Marsch des Todes begonnen, der uns alle zu schimmligen Abnormitäten verfaulen lassen wird, die zu scheußlich sind, als dass ein Grab sie behüten könnte. Der Satan hielt hier seinen babylonischen Hof, und mit dem Blut unbefleckter Kindheit wurden die leprösen Glieder Liliths gewaschen. Incubi und Succubi heulten ihre Huldigungen der Hekate, und kopflose Mondkälber blökten zur Magna Mater. Ziegen hüpften zum Klang kleiner, verfluchter Flöten, und Aigipane jagten missgestaltete Faune unaufhörlich über Felsen hinweg, die aussahen wie ange-schwollene Kröten. Auch Moloch und Ashtaroth fehlten nicht, denn in diesem Herd aller Verdammnis wurden die Grenzen des Bewusstseins zerrissen, und die menschliche Vorstellungskraft war frei für Blicke auf jedes Reich des Grauens und jede verbotene Dimension, die das Böse jemals geschaffen hat. Welt und Natur waren wehrlos gegen derar-tige Angriffe aus den aufgebrochenen Gruben der Nacht, und kein Symbol oder Gebet vermochte den Walpurgistanz des Schreckens aufzuhalten, den ein Weiser durch einen entsetz-lichen Schlüssel in Gang setzte, als er auf eine Horde mit der versiegelten, gefüllten Truhe uralter Dämonenkunde traf.

Plötzlich durchdrang ein Strahl eines wirklichen Lichtes diese Halluzinationen, und Malone hörte inmitten der Blasphemien der Kreaturen, die eigentlich hätten tot sein sollen, die Geräusche von Ruderschlägen. Ein Boot mit einer Laterne im Bug trieb rasch ins Blickfeld, wurde an einem Eisenring des schleimbedeckten Steinpiers festgetaut und ergoss einen Schwall dunkler Männer, die eine lang gestreckte, mit Bettlaken verhüllte Last schleppten. Sie brachten sie zu dem nackten, phosphoreszierenden Wesen auf dem verzierten goldenen Thron. Das Wesen zerrte an den Laken und kicherte. Die Männer wickelten die Laken ab und stellten aufrecht vor dem Podest den eiterigen Leich-nam eines dicklichen alten Mannes mit Stoppelbart und ungepflegten weißen Haaren auf. Das flimmernde Geschöpf kicherte wieder, und die Männer entnahmen ihren Taschen mehrere Flaschen, um dem Wesen mit einer roten Flüssigkeit die Füße zu waschen, anschließend reichten sie ihm die Flaschen und es trank daraus.

Mit einem Mal drang aus einem Bogengang, der ins Endlose zu führen schien, das dämonische Rasseln und Keuchen einer gotteslästerlichen Orgel, deren unreine, sardonische Basstöne einen höllischen Spottgesang herauswürgten und grollten. Innerhalb eines Augenblicks war jedes Lebewesen erstarrt und sie alle bildeten sogleich eine zeremonielle Prozession. Die albtraumhafte Horde schlich dahin auf der Suche nach dem Ursprung des Klanges – Ziege, Satyr und Aigipan, Incubus, Succubus und Lemur, die deformierte Kröte und der formlose Elementargeist, der hundegesichtige Heuler und der, der stumm durch die Finsternis stolziert. Sie alle wurden angeführt von dem scheußlichen, nackten, phosphoreszierenden Geschöpf, das auf dem verzierten goldenen Thron gekauert hatte und das nun dreist voranschritt und auf den Armen die Leiche des korpulenten alten Mannes mit den glasigen Augen trug. Die merkwürdigen, dunkelhäutigen Männer bildeten den tanzenden Abschluss, und die ganze Prozession tobte und hüpfte vor dionysischer Ekstase.

Malone schwankte ihnen einige Schritte hinterher, fiebernd und benommen, unsicher über seinen Stand in dieser oder irgendeiner anderen Welt. Dann drehte er sich um, zögerte und sank auf den kalten, feuchten Steinboden. Er keuchte und zitterte, während die dämonische Orgel immer weiter krächzte und das Heulen und Trommeln und Kichern der irren Prozession immer leiser und leiser wurde.

Undeutlich nahm er in weiter Ferne gesungene Grausigkeiten und entsetzliche Krächzlaute wahr. Ab und zu drang ein Wehklagen oder Wimmern voll ritueller Hingabe durch das schwarze Gewölbe zu ihm durch, bis schließlich jene fürchterliche griechische Anrufung erklang, deren Worte er über der Kanzel der Tanzdielenkirche gelesen hatte.

»O Freund und Gefährte der Nacht, der du dich ergötzest an Hundegeheul (ein scheußliches Heulen setzte jetzt ein) *und vergossnem Blute* (hier wetteiferten unbeschreibliche Töne mit grauenhaften Schreien), *der du wanderst inmitten der Schatten und Gräber* (ein pfeifender Seufzer erklang), *du, den es dürstet nach Blut und der den Sterblichen Schrecken bringt* (kurze, scharfe Schreie aus Myriaden unzähliger Kehlen), *Gorgo* (wie eine Antwort wiederholt), *Mormo* (voller Entzücken erwidert), *tausendgesichtiger Mond* (Seufzer und das Spiel von Flöten), *blicke voller Huld auf unsere Opfer!«*

Als der Gesang endete, erhob sich ein allgemeines Geschrei, und zischende Laute übertönten beinahe das misstönende Krächzen der Bassorgel. Es folgte ein Keuchen wie aus vielen Kehlen und ein babylonisches Gewirr gebellter und geblökter Worte – »Lilith, Große Lilith, siehe den Bräutigam!« Weitere Schreie, der Lärm eines Aufruhrs, und die scharfen, klackenden Geräusche von rennenden Füßen auf dem Steinboden. Diese Schritte kamen immer näher, und Malone stützte sich auf die Ellbogen, um besser zu sehen.

Das Leuchten in der Gruft, das nachgelassen hatte, nahm nun wieder etwas zu, und in diesem teuflischen Licht erschien undeutlich eine Gestalt, die eigentlich weder laufen, noch etwas fühlen, noch hätte atmen sollen – die glasäugige, brandige Leiche des korpulenten alten Mannes, die nun keiner Stütze mehr bedurfte, sondern während der eben beendeten Zeremonie durch einen Höllenzauber wiederbelebt worden war. Hinter ihm her raste das nackte, kichernde, leuchtende Wesen, das auf den geschmückten Thron gehörte, und dahinter keuchten die dunkelhäutigen Männer und der ganze grausige Rest der lebendig gewordenen Widerwärtigkeiten.

Die Leiche gewann an Vorsprung und schien es auf etwas Bestimmtes abgesehen zu haben; sie strengte jeden ihrer verwesenden Muskeln an, um zu dem verzierten goldenen Thron zu gelangen, der offensichtlich von großer nekromantischer Bedeutung war. Einen Moment später hatte sie ihr

Ziel bereits erreicht, während die Schar der Verfolger noch schneller lief. Doch sie kamen zu spät, denn in einer letzten Kraftanstrengung, bei der eine Sehne nach der anderen riss und die widerliche Masse in einer gallertartigen Auflösung zu Fall kam, erreichte die glotzäugige Leiche des Robert Suydam ihr Ziel und triumphierte.

Der Sprung war gewaltig gewesen, doch die Kraft hatte ausgereicht, und während der Leichnam zu einem schleimigen Klumpen der Fäulnis zerfiel, schwankte und bebte der Thron, den er angestoßen hatte, und stürzte schließlich von seinem Unterbau aus Onyx hinab in das zähflüssige Gewässer – wie zum Abschied funkelte das verzierte Gold noch einmal auf, als es schwer in den unvorstellbaren Abgründen des unterirdischen Tartarus versank. Im selben Moment verblasste vor Malones Augen auch die gesamte Szenerie des Grauens, und inmitten eines donnernden Krachens, das das ganze unmenschliche Universum aufzulösen schien, verlor er das Bewusstsein.

VII.

Malones Traum, den er erlebte, bevor er überhaupt von Suydams Tod und der Übergabe der Leiche auf See erfuhr, wurde in sonderbarer Weise von einigen tatsächlichen Ereignissen des Falles ergänzt, doch das ist natürlich kein Grund dafür, dass irgendjemand ihn glauben sollte. Die drei alten Häuser in Parker Place, ohne Zweifel schon seit langer Zeit vom heimtückischen Verfall zerfressen, stürzten ohne ersichtlichen Grund in sich zusammen, während die Hälfte der Polizisten und ein Großteil der Verhafteten sich noch im Innern befanden; von beiden Gruppen waren die meisten sofort tot. Nur im Parterre und in den Kellergewölben konnten einige Menschenleben gerettet werden.

Malone hatte Glück, dass er sich tief unter dem Haus von Robert Suydam befand. Ja, dort war er tatsächlich, daran zweifelt niemand. Man fand ihn bewusstlos am Rande eines nachtschwarzen Beckens, inmitten einer grotesk-grausigen Masse aus Moder und Knochen, die man anhand der Zahnprothese, die daneben lag, als die sterblichen Überreste von Suydam identifizierte. Die Sache war völlig klar: Hierher hatte der unterirdische Kanal der Schmugglerbande geführt, und die Männer, die Suydam vom Schiff geholt hatten, hatten ihn nach Hause gebracht. Sie selbst wurden nie gefunden oder zumindest nie identifiziert, doch der Schiffsarzt will sich mit diesen einfachen Schlussfolgerungen der Polizei nicht abfinden.

Suydam war offenkundig der Anführer eines ausgedehnten Menschenschmugglerrings gewesen, denn der Kanal zu seinem Haus war nur einer von mehreren unterirdischen Wasserstraßen und Tunneln in der Gegend. Ein Tunnel führte direkt von diesem Haus zu einem Grabgewölbe unter der Kirche mit dem Tanzsaal; eine Gruft, die allein durch einen schmalen Geheimgang in der Nordwand der Kirche zugänglich war und in deren Kammern man einige außergewöhnliche und schreckliche Dinge entdeckte. Dort, in einer großen gewölbten Kapelle mit Bänken aus Holz und einem Altar mit seltsamem Figurenschmuck, stand auch die krächzende Orgel. Die Wände waren von kleinen Zellen gesäumt, und in siebzehn dieser Zellen fand man – entsetzlich, es zu berichten – einzelne, angekettete Gefangene im Zustand völligen Irrsinns, darunter vier Mütter mit Säuglingen, deren seltsames Aussehen bestürzte. Diese Kinder starben bald, nachdem sie ans Licht des Tages gebracht worden waren, und diesen Umstand hielten die Ärzte für eine Gnade des Himmels. Unter denen, die sie angesehen haben, erinnerte sich niemand außer Malone an die finstere Frage des alten Delrio: »*An sint unquam daemones incubi et succubae, et an ex tali congressu proles nasci queat?*«

Ehe man die Kanäle zuschüttete, wurden sie gründlich ausgebaggert, und dabei fand man eine unglaubliche Anzahl angesägter und zersplitterter Gebeine in jeglicher Größe.

Die Welle der Entführungen wurde also eindeutig aufge-
klärt, obgleich nur zwei der überlebenden Festgenommenen
vom Gesetz damit in Verbindung gebracht werden konnten.
Diese Männer sitzen nun im Gefängnis, obwohl man ihnen
die Beihilfe an diesen Morden nicht direkt nachweisen
konnte. Der geschmückte goldene Podest oder Thron, den
Malone mehrmals als Gegenstand von hoher okkulter Bedeutung erwähnte, wurde nie aufgespürt; unter dem Suydam-
Haus befand sich jedoch eine Stelle, wo der Kanal in einen
Brunnen mündete, der sich als viel zu tief zum Ausbaggern
erwies. Als die Keller der neuen Häuser angelegt wurden,
wurde der Zugang versiegelt und zubetoniert, doch Malone
denkt noch immer oft darüber nach, was wohl darunter
liegen mag.

Die Polizei, zufrieden, eine gefährliche Bande von Geistes-
gestörten und Menschenschmugglern zerschlagen zu haben,
lieferte die nicht vor Gericht gestellten Kurden den staatlichen Behörden aus, die vor der Ausweisung schlüssig
nachwiesen, dass sie alle den Teufelsanbetern des Jezidi-Clan
angehörten. Der Trampdampfer und seine Besatzung bleiben
ein ungelöstes Rätsel, aber unerschütterliche Ermittler sind
inzwischen schon wieder dabei, gegen Schmuggel und
Rumhandel vorzugehen.

Malone findet, dass diese Ermittler beklagenswert wenig
Erstaunen über die unzähligen ungeklärten Details und die
tiefgründige Merkwürdigkeit des ganzen Falles zeigen und
dass sie somit ihr beschränktes Vorstellungsvermögen offenbaren. Ebenso kritisch steht er allerdings der Presse gegenüber, die in allem nur eine morbide Sensation sehe und sich
auf eine kleine sadistische Sekte stürzte, in der sie besser ein
Grauen aus dem Herzen des Universums erkannt hätte.
Doch er schweigt und ist zufrieden, in Chepachet bleiben zu
können, um seine Nerven zu beruhigen, und er betet, die
Zeit möge nach und nach sein schreckliches Erlebnis aus
dem Reich der gegenwärtigen Wirklichkeit in pittoreske,
halbmythische Ferne rücken.

Robert Suydam ruht nun neben seiner Braut auf dem Friedhof von Greenwood. Die unter so merkwürdigen Umständen aufgefundenen Gebeine wurden ohne jede Bestattungszeremonie beigesetzt, und die Verwandten sind froh darüber, dass sich so rasch Vergessen über den ganzen Fall legte. Die Verbindung des Gelehrten mit dem Grauen von Red Hook wurde niemals von rechtsgültigen Beweisen untermauert, denn sein Tod verhinderte jede weitere Untersuchung, der er sich sonst hätte stellen müssen. Über sein Ende wird nicht oft gesprochen, und die Suydams hoffen, dass die Nachwelt sich an ihn nur als einen sanftmütigen Einsiedler erinnern wird, der sich mit harmloser Magie und Folklore beschäftigte.

Was Red Hook selbst angeht – es bleibt immer das gleiche. Suydam kam und ging, ein Grauen wuchs und verschwand wieder, doch der böse Geist der Finsternis und des Schmutzes brütet weiterhin inmitten der Mischlinge in den alten Ziegelbauten, und herumlungernde Banden leisten immer noch rätselhafte Botengänge zwischen Häusern, an deren Fenstern Lichter und verzerrte Gesichter auf unerklärliche Weise auftauchen und wieder verschwinden. Uralter Schrecken ist eine tausendköpfige Hydra, und die Kulte der Finsternis sind in Blasphemien verwurzelt, die tiefer reichen als der Brunnen des Demokrit. Die Seele des Tieres ist allgegenwärtig und siegesgewiss, und Red Hooks Legionen von lichtscheuen, pockennarbigen Jugendlichen singen und fluchen und heulen noch immer, während sie von einem Abgrund zum andern ziehen – niemand weiß, woher und wohin, vorangetrieben von blinden biologischen Gesetzen, die sie selbst wohl nie begreifen werden. Wie früher gelangen mehr Menschen nach Red Hook, als es auf dem Landweg wieder verlassen, und es gibt bereits Gerüchte von neuen Kanälen, die im Untergrund verlaufen und gewisse Zentren des Schnapshandels und weniger erwähnenswerte Dinge miteinander verbinden.

Die Kirche wird nun größtenteils als Tanzsaal verwendet,

und in den Nächten wurden eigenartige Gesichter hinter ihren Fenstern bemerkt. Vor Kurzem sagte ein Polizist, er glaube, die aufgefüllte Krypta sei wieder freigegraben worden, und das aus keinem einfach zu erklärenden Grund. Wer sind wir, dass wir gegen Gifte ankämpfen wollen, die älter sind als die Geschichte, älter als die Menschheit selbst? Affen tanzten in Asien zu diesen Schrecknissen, und das Krebsgeschwür lauert gut geschützt und wuchert immer weiter in der Verborgenheit verfallender Ziegelmauern.

Malone erschaudert nicht ohne Grund immer wieder – noch vor wenigen Tagen hat ein Polizist zufällig gehört, wie eine dunkelhäutige, schielende alte Hexe im Schatten eines Hinterhofes einem kleinen Kind einige geflüsterte Sprüche in fremder Sprache beibrachte. Er lauschte und fand es sehr merkwürdig, als er hörte, wie sie immer und immer wieder Folgendes wiederholte:

»O Freund und Gefährte der Nacht, der du dich ergötzest an Hundegeheul und vergossnem Blute, der du wanderst inmitten der Schatten und Gräber, du, den es dürstet nach Blut und der den Sterblichen Schrecken bringt, Gorgo, Mormo, tausendgesichtiger Mond, blicke voller Huld auf unsere Opfer!«

DAS UNNENNBARE

Wir saßen an einem späten Herbstnachmittag auf einem verfallenen Grab aus dem 17. Jahrhundert auf dem alten Friedhof in Arkham und sinnierten über das Unnennbare. Bei der Betrachtung eines gewaltigen Weidenbaums auf dem Friedhof, dessen Stamm eine uralte, unleserliche Grabplatte beinahe verschlungen hatte, hatte ich eine verstiegene Bemerkung über die gespenstische und unaussprechliche Nahrung gemacht, die jene riesenhaften Wurzeln aus der uralten Leichenerde ziehen mussten. Mein Freund tadelte mich wegen solchen Unsinns und sagte, da hier seit über hundert Jahren niemand mehr bestattet worden sei, könne der Baum sich nicht anders als in der üblichen Weise nähren.

Zudem, so fügte er hinzu, sei mein ständiges Gerede von »unnennbaren« und »unaussprechlichen« Dingen recht kindisch und erkläre wohl mein niedriges Ansehen als Schriftsteller. Ich hätte zu sehr die Neigung, meine Geschichten mit Anblicken oder Geräuschen enden zu lassen, die meine Helden so erschüttert und mutlos zurückließen, dass sie keine rechten Worte oder Erklärungen fanden, um das Erlebte beschreiben zu können. Wir begreifen die Dinge um uns herum, sagte er, allein über unsere fünf Sinne oder unsere Intuition, deshalb sei es völlig unmöglich, sich auf irgendein Objekt oder Schauspiel zu beziehen, das nicht durch solide faktische Definitionen oder die korrekten Lehrsätze der Theologie klar erklärt werden könne – vorzugsweise jene der Kongregationalisten –, einschließlich aller Variationen, welche die Überlieferung oder Sir Arthur Conan Doyle bieten mochten.

Mit diesem Freund namens Joel Manton hatte ich oft müßige Diskussionen geführt. Er war der Rektor der East High School, geboren und aufgewachsen in Boston und geleitet von der selbstzufriedenen Taubheit des Neuengländers für die heikleren Aspekte des Lebens. Er war der Ansicht, dass allein unseren alltäglichen, objektiven Erfahrungen irgendeine ästhetische Bedeutung zukomme, und dass es Aufgabe des Künstlers sei, weniger durch Handlungen, Ekstasen und Erstaunen starke Empfindungen zu wecken, als vielmehr ein ruhiges Interesse und Verständnis zu bewahren, indem er das Alltägliche genau und detailliert beschreibe. Besondere Einwände erhob er gegen meine Vorliebe für Mystisches und Unerklärtes, denn obschon er wesentlich stärker an das Übernatürliche glaubte als ich, erachtete er das als nicht gewöhnlich genug, um literarische Behandlung zu verdienen. Dass ein Verstand sein größtes Vergnügen an Fluchten aus der Tretmühle des Alltags empfinden könne, an originellen und dramatischen Neuzusammensetzungen von Bildern, die üblicherweise durch Gewohnheit und Müdigkeit in die abgedroschenen Muster des eigentlichen Daseins gepresst werden, erschien seinem klaren, praktischen und logischen Intellekt geradezu unbegreiflich. Für ihn hatten alle Dinge und Gefühle feste Dimensionen, Eigenschaften, Ursachen und Auswirkungen. Obgleich ihm undeutlich bewusst war, dass der menschliche Geist zuweilen Visionen und Empfindungen von weitaus weniger geometrischer, klassifizierbarer und anwendbarer Natur birgt, hielt er sich für befugt, eine willkürliche Grenze zu ziehen und alles in Bausch und Bogen zu verdammen, was vom Durchschnittsbürger nicht erlebt und verstanden werden kann. Übrigens war er so gut wie überzeugt davon, dass nichts wirklich »unnennbar« sein kann. Das erschien ihm nicht vernünftig.

Obwohl mir die Sinnlosigkeit, mit fantasievollen und metaphysischen Argumenten gegen die Selbstgefälligkeit eines engstirnigen Sonnenmenschen ankämpfen zu wollen, durchaus klar war, forderte irgendetwas in der Umgebung dieses nachmittäglichen Meinungsaustausches mehr als meinen üblichen Trotz heraus. Die bröckelnden Schiefersteine, die ehrwürdigen Bäume und die jahrhundertealten

Walmdächer der von Hexen heimgesuchten alten Stadt verbündeten sich und riefen mich auf, meine Arbeit zu verteidigen, und schon bald bekämpfte ich meinen Gegner mit seinen eigenen Waffen.

Es war tatsächlich nicht schwierig, einen Gegenangriff zu starten, denn ich wusste, dass Joel Manton noch halbwegs auf so manche abergläubische Altweibergeschichte beharrte, die gebildete Menschen längst nicht mehr ernst nahmen: etwa der Glaube daran, dass Sterbende an fernen Orten erscheinen oder dass Fenster die Abdrücke von alten Gesichtern bewahren, die dort ihr Leben lang hindurchschauten. Diesem Geflüster greiser Bäuerinnen Glauben zu schenken, beharrte ich nun, verrate einen Glauben an das Vorhandensein gespenstischer Substanzen auf der Erde, die getrennt von ihren materiellen Gegenstücken und länger als diese existierten. Es verrate die Bereitschaft, an Phänomene jenseits aller herkömmlichen Erkenntnisse zu glauben, denn wenn ein Toter sein sichtbares oder greifbares Abbild um die halbe Welt oder über Jahrhunderte hinweg übertragen könne, wie kann man es dann für absurd halten, dass leer stehende Häuser von sonderbaren Lebewesen bevölkert sind, oder dass es auf alten Friedhöfen vor den schrecklichen, körperlosen Geistern von ganzen Generationen nur so wimmelt? Und wenn solch ein Geist, um all die ihm zugeschriebenen Manifestationen zu verursachen, von keinen Gesetzen der Materie eingeschränkt werde, weshalb ist es dann verstiegen, zu glauben, es gäbe psychisch-lebendige tote Wesen in Gestalt – oder ohne Gestalt –, die für den menschlichen Betrachter auf abscheuliche Weise »unnennbar« sein mussten? Beim Nachdenken über solche Themen auf den »gesunden Menschenverstand« zu beharren, versicherte ich Manton freundlich, offenbare doch lediglich einen dummen Mangel an Vorstellungskraft und geistiger Flexibilität.

Mittlerweile dämmerte der Abend, doch keiner von uns beiden wollte das Gespräch jetzt beenden. Mein Freund schien von meinen Argumenten nicht beeindruckt zu sein und widersprach ihnen mit Eifer; er war von diesem Vertrauen in seine eigenen Überzeugungen beseelt, das zweifelsohne für seinen Erfolg als Lehrer verantwortlich war, aber auch ich war mir meines Terrains zu sicher, um eine Niederlage zu fürchten. Es dunkelte, und in einigen der fernen Fenster glommen blasse Lichter auf, doch wir regten uns nicht. Wir saßen recht bequem auf dem Grab, und ich wusste, dass mein rationaler Freund sich nicht daran störte, dass ein breiter Riss durch das uralte, von Wurzeln aufgebrochene Mauerwerk ging, oder dass ein baufälliges, verlassenes Haus aus dem 17. Jahrhundert zwischen uns und der nächsten beleuchteten Straße unseren Sitzplatz in völlige Dunkelheit tauchte. Dort in der Finsternis, auf der geborstenen Grabplatte neben dem einsamen Haus, sprachen wir weiter über das »Unnennbare«, und nachdem mein Freund mit seinem Spötteln fertig war, berichtete ich ihm von den grauenvollen Tatsachen hinter der Erzählung, über die er am meisten gehöhnt hatte.

Meine Geschichte trug den Titel ›Das Giebelfenster‹ und war im Januar 1922 im *Whispers*-Magazin erschienen. An ziemlich vielen Orten, vor allem in den Südstaaten und an der Westküste, waren die Ausgaben wegen der Beschwerden von albernen Milchbärten aus dem Verkehr gezogen worden; in Neuengland jedoch verstand man die Aufregung nicht und zuckte bloß die Achseln über meine Extravaganz. Das Ganze sei, so behauptete man, schon aus biologischer Hinsicht ganz und gar unmöglich; es sei lediglich eines der vielen verrückten Hirngespinste des Landvolkes, das der leichtgläubige Cotton Mather in sein wirres Buch *Magnalia Christi Americana* aufnahm, aber mit so dürftigen Beweisen, dass selbst er sich nicht getraut hatte, den angeblichen Ort des grausigen Geschehens zu nennen. Und was die Art und Weise betreffe, in der ich die knapp hingeworfene Notiz des alten Mystikers aufgebläht habe – das sei alles ganz unmöglich und ja so typisch für einen oberflächlichen, gedankenlosen Schreiberling!

Mather hatte tatsächlich von der Geburt des Wesens berichtet, doch niemand außer einem billigen Sensationshascher hätte dargestellt, wie es aufwächst, in den Nächten durch die Fenster der Menschen späht und im Dachgeschoss eines Hauses versteckt wird, im Fleisch und im Geist, bis es Jahrhunderte später jemand am Fenster sieht und nicht beschreiben kann und darüber graue Haare bekommt. All das war offenkundig Schund, und mein Freund Manton verweilte gern bei dieser Tatsache. Dann erzählte ich ihm, was ich in einem alten Tagebuch gefunden hatte, das zwischen 1706 und 1723 geführt worden war und das ich kaum eine Meile entfernt von unserem derzeitigen Plätzchen zusammen mit anderen Familiendokumenten entdeckt hatte – und ich erzählte ihm von den wirklichen Narben auf Brust und Rücken meines Vorfahren, die in dem Tagebuch beschrieben wurden. Ich berichtete ihm auch von den Ängsten anderer Menschen dieser Gegend, und dass diese Ängste von einer Generation zur nächsten weitergeflüstert wurden und wie der Junge, der im Jahre 1793 ein verlassenes Haus betrat, um einige, dort vermutete Spuren zu untersuchen, von einem keineswegs mythischen Wahnsinn befallen wurde.

Es war ein grässliches Ereignis gewesen – kein Wunder, dass empfindliche Studenten immer noch erschaudern, sobald die Rede auf das puritanische Zeitalter in Massachusetts kommt. Es ist nur wenig von dem bekannt, was unter der Oberfläche passierte – so wenig und doch so grausig, dass es gelegentlich wie fauliges ghoulisches Aufstoßen nach oben blubbert. Die Gräuel der Hexenprozesse richten einen schrecklichen Lichtstreif auf das, was damals in den wirren Köpfen der Menschen vor sich hinschwärte, doch auch das ist nur ein Bruchteil. Es gab keine Schönheit, keine Freiheit – wir können das an den Architektur- und Haushaltsüberresten sowie den giftigen Predigten der verstockten Geistlichen ablesen. Und im Innern jener verrosteten Eisenzwangsjacke lauerten kichernde Scheußlichkeiten,

Perversionen und Teufeleien. Hier lag wahrhaftig die Lobpreisung des Unnennbaren.

In seinem dämonischen Sechsten Buch, das niemand nach Anbruch der Dunkelheit lesen sollte, nahm Cotton Mather kein Blatt vor den Mund, während er seine Bannsprüche vorbrachte. Streng wie ein jüdischer Prophet und lakonisch nüchtern wie niemand seither, berichtet er von dem Vieh, das etwas gebar, das mehr als ein Tier war, doch weniger als ein Mensch – das Wesen mit dem missgebildeten Auge –, und von dem schreienden, betrunkenen Unglücksraben, den sie aufknüpften, weil er ein solches Auge hatte. Davon erzählt er ganz freimütig, doch darüber, was folgte, verliert er kein Wort. Vielleicht wusste er es nicht oder er wusste es und traute sich nicht, darüber zu schreiben. Andere wussten sicherlich mehr und wagten nicht, darüber zu sprechen, so gibt es zum Beispiel keine klaren Hinweise darauf, weshalb die Leute so viel über die verriegelte Tür zur Dachkammer im Hause eines kinderlosen, verbitterten alten Mannes tuschelten, der über ein abgeschiedenes Grab eine Schiefer-platte ohne jegliche Beschriftung legen ließ und es lassen sich noch genug weitere abwegige Legenden aufspüren, die selbst das dünnste Blut gerinnen ließen.

Es steht alles in dem Tagebuch meines Vorfahren, das ich gefunden habe; all die verstohlenen Andeutungen und heimlichen Geschichten über Geschöpfe mit einem defor-mierten Auge, die in der Nacht an Fenstern oder auf einsamen Wiesen in der Nähe der Wälder gesehen wurden. Irgendetwas hatte meinen Vorfahren auf einer dunklen Talstraße erwischt und auf seiner Brust Abdrücke von Hörnern und auf seinem Rücken die von Krallen, die denen von Affen glichen, hinterlassen. Als man den zertrampelten Boden nach Spuren absuchte, fand man die vermischten Abdrücke von gespaltenen Hufen und Pfoten, die entfernt an menschliche Hände erinnerten. Einmal behauptete ein berittener Postbote, er habe auf Meadow Hill einen alten Mann gesehen, wie er in den kaum von Mondlicht erhellten frühen Morgenstunden einem schrecklich springenden, unbeschreiblichen Wesen hinterherlief und nach ihm rief, und viele glaubten ihm.

Gesichert ist, dass seltsame Gerüchte aufkamen, nachdem der kinderlose, verbitterte alte Mann eines Nachts im Jahre 1710 in der Gruft hinter seinem Haus bestattet wurde, in Sichtweite der unbeschrifteten Schieferplatte. Die Tür zur Dachkammer wurde nie entriegelt, man ließ das ganze Haus einfach so, wie es war, mied es und gab es dem Verfall preis. Drangen Geräusche daraus hervor, tuschelten die Leute und erschauderten und sie hofften, dass das Schloss an der Tür zur Dachkammer stark genug war. Dann, als sich etwas Grauenhaftes in der Pfarrei zutrug und dort kein Mensch am Leben blieb und an einem Stück, erstarb diese Hoffnung. Im Laufe der Jahre nahmen die Legenden einen immer gespenstischeren Charakter an – ich gehe davon aus, dass das Wesen, falls es sich denn um ein lebendes Wesen handelte, zwischenzeitlich wohl gestorben sein muss. Die Erinnerung daran überlebte – eine umso scheußlichere Erinnerung, weil alles so rätselhaft blieb.

Während dieser Erzählung war mein Freund Manton sehr schweigsam geworden, und ich sah, dass meine Worte ihn beeindruckt hatten. Er lachte nicht, als ich innehielt, sondern stellte mir sehr ernsthafte Fragen über den Jungen, der 1793 den Verstand verlor und der allem Anschein nach wohl der Held meiner Kurzgeschichte war. Ich sagte ihm, warum der Junge in das gemiedene, leer stehende Haus gegangen war, und machte die Bemerkung, dass ihn das ja interessieren sollte, weil er doch daran glaubte, dass Fenster die Abbilder derer bewahren, die zu Lebzeiten hinter ihnen saßen. Der Junge hatte wegen der vielen Geschichten über das, was man zuweilen hinter ihnen zu sehen glaubte, einen Blick auf die Fenster der schrecklichen Dachkammer werfen wollen, und war als schreiender Irrer nach Hause zurückgekehrt.

Manton blieb nachdenklich, als ich ihm das berichtete, kehrte aber allmählich in seine analytische Stimmung zurück.

Eines Argumentes wegen räumte er ein, es habe wohl tatsächlich ein unnatürliches Monstrum existiert, erinnerte mich aber daran, dass selbst die morbidesten Abirrungen der Natur nicht zwangsläufig *unnennbar* oder wissenschaftlich nicht beschreibbar sein müssten.

Ich bewunderte seine Klarheit und Beharrlichkeit und fügte einige weitere Offenbarungen hinzu, die ich von den älteren Menschen erfahren hatte. Diese späteren gespenstischen Legenden, betonte ich, bezogen sich auf ungeheuerliche Schemen, die beunruhigender waren, als es etwas Organisches je sein könnte; Erscheinungen mit enormen bestialischen Formen, die zuweilen sichtbar und zuweilen nur spürbar waren, die sich in den mondlosen Nächten erhoben und das alte Haus, die Gruft dahinter und das Grab heimsuchten, wo der Schössling eines Baumes neben einer unleserlichen Grabplatte Wurzeln geschlagen hatte.

Ob diese Schemen nun wirklich in die Menschen eindrangen und sie erstickten, wie es in einigen unbestätigten Überlieferungen heißt, oder nicht, sie hinterließen jedenfalls einen starken und dauerhaften Eindruck und sie werden noch immer von den alten Einheimischen gefürchtet, obgleich die letzten beiden Generationen sie weitgehend vergessen haben – vielleicht sind diese Erscheinungen eingegangen, weil niemand mehr an sie dachte. Außerdem, um eine ästhetische Theorie zu bilden: Wenn die geistigen Emanationen von Menschen groteske Entstellungen erwecken können, welche entsprechende Gestaltung könnte denn dann etwas so Ungewöhnliches, Dubioses und Rätselhaftes wie der Geist einer bösartigen, chaotischen Perversion hervorbringen, die ja bereits selbst eine morbide Lästerung der Natur ist? Würde solch ein rauchiger Schrecken, geformt im toten Hirn eines zwittrigen Albtraums, in aller abstoßenden Wahrheit nicht geradezu das schreiend *Unnennbare* sein?

Es musste bereits sehr spät geworden sein. Eine ungewöhnlich lautlose Fledermaus streifte mich, und ich glaube, sie berührte auch Manton, denn obwohl ich ihn nicht sehen konnte, spürte ich, wie er den Arm hob. Kurz darauf sagte er: »Aber dieses verlassene Haus mit dem Dachfenster – steht das noch?«

»Ja«, antwortete ich. »Ich war darin.«

»Und hast du dort irgendwas gefunden – in der Dachkammer oder sonst wo?«

»Bei der Dachtraufe lagen ein paar Knochen. Vielleicht hat der Junge sie gesehen – falls er empfindsam war, brauchte es nichts Weiteres im Fensterglas, um ihm den Verstand zu zerrütten. Wenn diese Knochen alle zu einem einzigen Wesen gehörten, dann musste das eine unglaubliche, wahnsinnige Monstrosität gewesen sein. Es wäre sündhaft gewesen, solche Knochen auf der Welt zu lassen, also kehrte ich mit einem Beutel wieder und brachte sie zum Grab hinter dem Haus. Es gab eine Öffnung, durch die ich sie fallen lassen konnte. Halte mich nicht für einen Narren – du hättest den Schädel sehen müssen. Er hatte etwa zehn Zentimeter lange Hörner, aber ein Gesicht und Kiefer beinahe wie bei dir und mir.«

Endlich konnte ich spüren, wie Manton, der näher gerückt war, wirklich von einem Schauder gepackt wurde. Doch seine Neugierde blieb ungezügelt.

»Und was ist mit den Fensterscheiben?«

»Die waren alle fort. Von einem der Fenster war nicht einmal mehr der Rahmen da, und bei allen anderen gab es keine Spur mehr von dem Glas, das einst in den kleinen rautenförmigen Fassungen steckte. Es waren nämlich solche Gitterfenster, wie sie bis um 1700 in Gebrauch waren. Ich glaube nicht, dass da in den letzten hundert Jahren oder länger Glas drin steckte – vielleicht hat der Junge ja die Scheiben zerschlagen, wenn er so weit ging. Die Legende besagt darüber jedenfalls nichts.«

Manton dachte wieder nach.

»Ich würde dieses Haus gerne sehen, Carter. Wo ist es? Glasscheiben oder nicht, ich muss es ein wenig erkunden. Und das Grab, in das du diese Knochen geschüttet hast, und das andere, das ohne Inschrift – das Ganze muss ein wenig gespenstisch wirken.«

»Du hast es schon gesehen – ehe es dunkel wurde.«

Mein Freund war aufgeregter, als ich vermutet hatte, denn nach meinem harmlosen theatralischen Auftritt zuckte er vor mir zurück und stieß tatsächlich einen keuchenden Schrei aus, als würde er eine lang angestaute Anspannung befreien. Der Schrei klang seltsam, und umso schrecklicher, weil er eine Antwort erhielt. Denn noch war er nicht verhallt, da hörte ich in der pechschwarzen Dunkelheit ein Knarren und wusste, dass sich in dem verfluchten alten Haus neben uns ein Gitterfenster öffnete. Und da die anderen Rahmen längst zerfallen waren, wusste ich, dass es sich um das grausige, glaslose Fenster der dämonischen Dachkammer handeln musste.

Jetzt wehte ein widerlicher, kalter Luftzug aus derselben Richtung heran, gefolgt von einem markerschütternden Schrei genau neben mir, aus dem entsetzlichen, gespaltenen Grab von Mensch und Monstrum. In der nächsten Sekunde wurde ich durch das teuflische Umsichschlagen einer unsichtbaren, aber riesengroßen Kreatur ungewisser Natur von meinem gruseligen Sitz gestoßen. Ich fiel rücklings auf den von Wurzeln durchbrochenen Moder des scheußlichen Friedhofs, während aus dem Grab ein gedämpftes Brüllen, Keuchen und Zischeln drang, sodass meine Fantasie die undurchdringliche Finsternis mit Miltons Legionen von entstellten Verdammten bevölkerte. Ein tödlich kalter Wind wirbelte heran, und dann hörte ich das Krachen von losem Ziegelgestein und Mörtelbrocken, doch ehe ich begriff, was geschah, umfing mich eine barmherzige Ohnmacht.

Manton ist zwar kleiner als ich, aber robuster, denn obwohl er viel schlimmer verletzt war als ich, öffneten wir beinahe im gleichen Moment wieder die Augen. Unsere Betten standen nebeneinander, und nach wenigen Sekunden wurde uns klar, dass wir uns im St. Mary's Hospital befanden. Krankenhausangestellte umringten uns voll gespannter Neugier, darauf erpicht, unserem Gedächtnis auf die Sprünge zu helfen, indem sie uns erzählten, wie wir hierhergelangt waren. So hörten wir bald, dass wir gegen Mittag von einem Farmer auf einem einsamen Feld hinter Meadow Hill gefunden worden waren, beinahe zwei Kilometer von dem alten Friedhof entfernt, an einer Stelle, an der früher angeblich einmal ein Schlachthaus gestanden haben soll.

Manton hatte zwei böse Wunden auf der Brust und einige weniger schwere Schnitte und Prellungen auf dem Rücken. Ich dagegen war nicht ernsthaft verletzt, aber mit erstaunlichen Striemen und blauen Flecken bedeckt – einschließlich dem Abdruck eines gespaltenen Hufes.

Es war offensichtlich, dass Manton mehr wusste als ich, doch den verwunderten und interessierten Ärzten gegenüber sagte er nichts, bis er sich über das Ausmaß unserer Verwundungen informiert hatte. Dann sagte er, wir seien von einem wild gewordenen Stier angegriffen worden – auch wenn diese Attacke schwer zu erklären war.

Nachdem die Ärzte und Krankenschwestern uns allein gelassen hatten, flüsterte ich ihm eine ehrfürchtige Frage zu: »Großer Gott, Manton, *was war das?* Diese Narben – *war es so?*«

Ich war zu benommen, um zu frohlocken, als er mir etwas zuflüsterte, das ich schon halb erwartet hatte: »Nein – *es war ganz und gar nicht so.* Es war überall – eine Gelatine – ein Schleim, aber mit Formen, eintausend grauenhaften Formen fern jeder Vorstellung. Da waren Augen – und eine Missbildung. Es war der Schlund – der Mahlstrom – die ultimative Abscheulichkeit. Carter, es war das *Unnennbare!*«

DER AUSSENSEITER

In dieser Nacht träumt' der Baron von Unheil nur;
Und all seine Kriegergäste mit Schatten und Form
Von Hex' und Teufel und großem Grabeswurm
Gaben lange schlechte Träume ihm.

– Keats

Unglücklich ist der, dessen Erinnerung an die Kindheit nichts als Angst und Traurigkeit birgt. Bedauernswert ist der, der nur zurückblicken kann auf einsame Stunden in riesigen, elenden, braun verhangenen Gemächern mit irrsinnigen Reihen uralter Bücher, endlos wachend inmitten dämmerbeschienener Haine voller grotesker, gigantischer, von Ranken umschlungener Bäume, deren Zweige sich weit nach oben krümmten und lautlos winkten. Solch ein Los haben die Götter mir beschieden – mir, dem Verwirrten und Enttäuschten, dem Unfruchtbaren, dem Gebrochenen. Und doch bin ich sonderbar zufrieden und klammere mich wie verzweifelt an jene welken Erinnerungen, wenn mein Verstand für einen Augenblick droht, sich darüber hinaus *des Anderen* zu entsinnen.

Ich weiß nicht, wo ich geboren wurde, außer dass das Schloss unvorstellbar alt und unvorstellbar grauenhaft war, voll dunkler Gänge und hoher Decken, an denen man nichts als Spinnweben und Schatten zu entdecken vermochte. Die Steinmauern der zerfallenden Korridore schienen immerzu von scheußlicher Feuchtigkeit überzogen zu sein, und überall herrschte ein widerwärtiger Geruch – wie von den aufgehäuften Leichen toter Generationen. Niemals war es hell, sodass ich zuweilen Kerzen anzündete und sie zum Trost anstarrte; draußen schien nie die Sonne, denn die schrecklichen Bäume wuchsen bis weit über den höchsten zugänglichen Turm hinaus. Zwar gab es einen schwarzen

Turm, der über die Bäume hinaus ins Unbekannte ragte, doch er war zum Teil verfallen und konnte nur durch eine kaum zu bewerkstelligende Kletterpartie, Stein für Stein die bloße Wand empor, erklommen werden.

An diesem Ort muss ich viele Jahre meines Lebens zugebracht haben, doch vermag ich den Zeitraum nicht zu ermessen. Irgendwelche Wesen müssen sich um mich und meine Bedürfnisse gekümmert haben, doch kann ich mich an keine Person außer mich selbst erinnern, an keine Lebewesen außer den lautlosen Ratten und Fledermäusen und Spinnen. Ich glaube, dass die Person, die sich um mich gekümmert hat, erschütternd alt gewesen sein muss, denn meine erste Vorstellung von einem lebenden Menschen war ein höhnisches Abbild meiner selbst, jedoch verwachsen, verkümmert und verkommen, ganz so wie das Schloss. Für mich war nichts Groteskes an den Gebeinen und Gerippen, die auf dem Boden mancher Steingruft tief unten im Fundament verstreut lagen. In meiner Fantasie verband ich diese Dinge mit alltäglichen Geschehnissen und empfand sie als natürlicher denn die farbigen Bilder von lebenden Wesen, die ich in vielen der modrigen Bücher fand. Aus jenen Büchern lernte ich alles, was ich weiß. Kein Lehrer drängte oder leitete mich, und ich kann mich nicht erinnern, in all diesen Jahren je eine menschliche Stimme gehört zu haben – nicht einmal meine eigene, denn obwohl ich über das Sprachvermögen gelesen hatte, kam ich doch nie auf den Gedanken, selbst laut zu sprechen. Über mein Aussehen machte ich mir ebenfalls keine Gedanken, denn im ganzen Schloss fand sich kein Spiegel. Rein instinktiv hielt ich mich den jugendlichen Gestalten für ähnlich, die ich auf den Zeichnungen und Gemälden in den Büchern betrachtete. Ich hielt mich für jung, weil ich so wenige Erinnerungen besaß.

Draußen, in dem fauligen Burggraben und unter den finstren, stummen Bäumen, lag ich oft und träumte stundenlang von dem, was ich in den Büchern gelesen hatte. Voller

Sehnsucht stellte ich mir vor, dass ich die endlosen Wälder verlassen könnte und inmitten der fröhlichen Wesen der sonnenbeschienenen Welt spazieren ging. Einmal unternahm ich den Versuch, aus dem Wald zu fliehen, doch je weiter ich mich vom Schloss entfernte, desto tiefer wurden die Schatten und desto mehr Furcht hing lauernd in der Luft. Schließlich rannte ich von Panik erfüllt zurück, voller Angst, mich in einem Labyrinth nachtschwarzer Stille zu verlaufen.

Und so träumte und wartete ich im endlosen Dämmerlicht, doch worauf ich wartete, das wusste ich nicht. Dann wurde in den Schatten der Einsamkeit meine Sehnsucht nach Licht so stark, dass mir keine Ruhe mehr blieb, und ich erforschte mit tastenden Händen den einzigen schwarzen Turm, der sich über den Wald in den unbekannten Himmel erhob. Endlich fasste ich den Entschluss, diesen Turm zu erklimmen, und sollte ich dabei abstürzen. Denn es war besser, einmal einen Blick auf den Himmel zu erhaschen und zu sterben, als zu leben, ohne je das Tageslicht gesehen zu haben.

Im feuchten Zwielicht erklomm ich die abgetragene und uralte Steintreppe bis dahin, wo sie endete; dann zog ich mich wagemutig an den kleinen Vorsprüngen hinauf, die nach oben führten. Gespenstisch und grausig war es in diesem toten stufenlosen Steinzylinder, schwarz, verfallen und verlassen, voller aufgescheuchter Fledermäuse, deren Schwingen keinen Laut erzeugten. Doch gespenstischer und grausiger noch war die Langwierigkeit meines Aufstieges – denn so weit ich auch kletterte, die Finsternis über mir wollte und wollte sich nicht lichten, und ein neuer Frosthauch wie von heimgesuchtem und uraltem Moder befiel mich. Ich erschauderte und fragte mich, warum ich nicht zum Licht gelangte, und hätte ich es gewagt, so hätte ich hinabgeschaut. Ich glaubte, die Nacht habe mich überrascht, und umsonst tastete ich mit der einen Hand nach einer Fensteröffnung, um herauszuspähen und so die erreichte Höhe abschätzen zu können.

Nach unendlich langem und blindem Klettern über diesem gewölbten verfluchten Abgrund spürte ich mit einem Mal, wie ich mit dem Kopf gegen ein festes Hindernis stieß, und ich wusste, dass ich das Dach oder zumindest eine Art Zwischendecke erreicht haben musste. In der Dunkelheit streckte ich meine freie Hand aus und tastete die Barriere ab: Sie war aus Stein und unbeweglich. Also musste ich mich seitwärts durch die fatale Rundung des Turmes hangeln und mich an allem festkrallen, was die schleimbedeckte Mauer mir bot. Schließlich fand meine suchende Hand eine Stelle, an der die Barriere nachgab, und ich streckte mich, um den Steindeckel oder die Tür mit dem Kopf anzuheben, und setzte meinen angsterfüllten Aufstieg mit beiden Händen fort.

Über mir offenbarte sich kein Licht, und je höher ich die Wand abtastete, desto bewusster wurde mir, dass meine Kletterpartie fürs Erste beendet war. Der Deckel war eine Falltür, die auf eine ebene Steinfläche von größerem Durchmesser als der darunterliegende Turm führte, ohne Zweifel der Boden einer hohen und geräumigen Aussichtskammer. Ich schlängelte mich vorsichtig durch die Öffnung und achtete darauf, dass die Falltür nicht wieder zuschlug, was ich aber nicht verhindern konnte. Während ich erschöpft auf dem Steinboden lag, hörte ich das unheimliche Echo der zugeschlagenen Falltür und hoffte, sie wieder aufstemmen zu können, falls es nötig sei.

Da ich mich nun in beträchtlicher Höhe glaubte, weit über den verfluchten Ästen des Waldes, erhob ich mich mühsam vom Boden und tastete nach Fenstern, um zum ersten Mal den Himmel und den Mond und die Sterne erblicken zu können, von denen ich gelesen hatte. Doch rundherum wurde ich enttäuscht – ich ertastete nichts als gewaltige Nischen aus Marmor, die abscheuliche, längliche Kisten von verwirrender Größe bargen. Mehr und mehr kam ich ins Grübeln und fragte mich, welche grausigen Geheimnisse wohl in diesem hohen Raum hausen mochten, der seit unzähligen Jahren vom unteren Schloss abgeschnitten war.

Ganz unerwartet fanden meine Hände einen Türsturz mit einem steinernen Portal, das mit seltsamen Reliefs bedeckt war. Ich rüttelte daran, doch die Tür war verschlossen, aber mit einer erheblichen Anstrengung überwand ich diese Schranke und riss die Tür nach innen auf. Nach dieser Tat überwältigte mich die reinste Ekstase, die mir je zuteilgeworden war, denn durch ein kunstfertiges Eisengitter und über eine kurze Steintreppe, die nach oben führte, strahlte hell und friedlich der Vollmond, den ich bisher nur in Träumen und vagen Visionen gesehen hatte, die Erinnerungen zu nennen ich nicht wagte.

Nun war ich überzeugt, die höchsten Zinnen des Schlosses erreicht zu haben. Ich wollte die wenigen Stufen vor der Tür hinaufeilen, doch eine Wolke schob sich plötzlich vor den Mond und ich stolperte. Langsam und vorsichtig ging ich weiter. Es war noch immer sehr dunkel, als ich das Gitter erreichte und vorsichtig daran rüttelte. Es war nicht verschlossen, dennoch wagte ich es nicht zu öffnen, da ich fürchtete, aus der von mir erklommenen Höhe hinabzustürzen.

Dann trat der Mond wieder hervor.

Von allen Schrecken ist stets der am teuflischsten, der vollkommen unerwartet eintritt und so grotesk ist, dass man ihn kaum glauben kann. Nichts, was ich bisher erlebt hatte, kam dem bizarren Entsetzen gleich, das sich nun meinem Blick offenbarte. Was ich sah, war ebenso einfach wie erstaunlich, handelte es sich doch um nicht mehr als dies: Statt einer schwindelerregenden Aussicht aus großer Höhe auf Baumwipfel erstreckte sich vor dem Eisengitter nach allen Seiten *fester Erdboden,* der bedeckt war mit marmornen Platten und Säulen und überschattet von einer uralten Steinkirche, deren verfallener Glockenturm im Mondlicht gespenstisch leuchtete.

Halb benommen öffnete ich das Gitter und taumelte auf den weißen Kieselpfad hinaus, der in zwei Richtungen führte. Zwar war mein Verstand benebelt und im Aufruhr, doch noch immer erfüllte mich die unbändige Sehnsucht nach Licht; nicht einmal dieser unglaubliche Anblick brachte mich davon ab. Ich wusste nicht, ob dieses Erlebnis eine irre Einbildung, ein Traum oder Zauberei war, und es kümmerte mich auch nicht. Ich war fest dazu entschlossen, strahlendes Licht und Lebensfreude zu erblicken, koste es, was es wolle.

Ich wusste nicht, wer ich war oder was ich war oder was meine Umgebung bedeutete, doch als ich weiter vorwärtsstolperte, drang mir eine erschreckende lange verbannte Erinnerung immer stärker ins Bewusstsein, die mir meinen Weg nicht gänzlich zufällig erscheinen ließ. Durch einen Torbogen verließ ich dieses Reich der Platten und Säulen und wanderte über das offene Land; manchmal folgte ich der sichtbaren Straße, manchmal verließ ich sie, um neugierig über Wiesen zu schlendern, wo nur gelegentliche Reste die frühere Gegenwart eines Weges verrieten. Einmal durchschwamm ich einen rasch dahinströmenden Fluss, in dem zerfallenes und moosbedecktes Mauerwerk von einer seit langer Zeit verschwundenen Brücke kündete.

Mehr als zwei Stunden muss ich so gewandert sein, bis ich das erreichte, was mir mein Ziel zu sein schien: ein ehrwürdiges von Efeu umschlungenes Schloss in einem dicht bewaldeten Park. Der Ort kam mir auf rasend machende Weise zugleich vertraut und verstörend fremd vor. Ich sah, dass der Burggraben Wasser führte und dass einige der wohlbekannten Türme beschädigt waren; doch es gab auch neue Seitenflügel, wie ich erstaunt bemerkte.

Was ich jedoch mit größtem Interesse und Entzücken betrachtete, waren die offenen Fenster – prächtig erfüllt von Licht gossen sie Klänge eines ausgelassenen Festes in die Nacht. Ich näherte mich einem der Fenster, spähte hinein und erblickte eine wirklich eigentümlich gekleidete Gesellschaft, die sich vergnügte und sich heiter miteinander unterhielt. Anscheinend hatte ich nie zuvor die Sprache der Menschen gehört und konnte daher nur unklar vermuten, was sie sagten. Einigen der Gesichter war ein Ausdruck zu eigen, der in mir unglaublich ferne Erinnerungen wachrief, andere waren mir gänzlich fremd.

Nun trat ich durch den hohen Durchlass in den blendend hellen Raum, und zugleich schritt ich von meinem einzigen hellen Hoffnungsschimmer in den schwärzesten Schlund der Verzweiflung und Erkenntnis. Unvermittelt wurde ein Albtraum wahr, denn sobald ich eintrat, spielte sich vor meinen Augen das allerentsetzlichste Schauspiel ab. Kaum hatte ich die Schwelle überschritten, da überwältigte die gesamte Gesellschaft eine plötzliche und unerwartete Angst von so grässlicher Heftigkeit, dass sich jedes Gesicht verzerrte und aus beinahe jeder Kehle schreckliche Schreie drangen. Alles floh, und in dem Tumult und der Panik verloren einige das Bewusstsein und wurden von ihren wie toll flüchtenden Gefährten mitgeschleift. Viele hielten sich die Hände vors Gesicht und setzten blind und unbeholfen ihre Flucht fort, stießen Möbelstücke um und liefen gegen die Wände, ehe sie eine der vielen Türen erreichten.

Die Schreie waren markerschütternd; und als ich da so allein und verwirrt in dem strahlend hellen Festsaal stand und den ersterbenden Echos lauschte, erbebte ich beim Gedanken an das, was verdeckt in meiner Nähe lauern mochte. Auf den ersten Blick kam mir der Raum verlassen vor, doch als ich auf eine der Nischen zuging, war mir, als sei dort etwas – die Andeutung einer Bewegung jenseits des vergoldeten Torbogens, der in einen recht ähnlichen Nebenraum führte. Als ich mich diesem Bogen näherte, konnte ich die Erscheinung deutlicher erkennen …

Dann gab ich den ersten und letzten Laut von mir, den ich je ausstieß – ein grässliches Geheul, das mir fast ebenso heftigen Abscheu einflößte wie seine unerträgliche Ursache –, und erblickte in seiner ganzen grausigen Lebendigkeit die unfassbare, unbeschreibliche und unnennbare Monstrosität, die durch ihr bloßes Erscheinen eine fröhliche Festgesellschaft in einen Haufen hysterisch Fliehender verwandelt hatte.

Ich vermag nicht einmal anzudeuten, wie es aussah, denn es war das Ergebnis all dessen, was unrein, unheimlich, unwillkommen, abweichend und verabscheuungswürdig ist. Es war der dämonische Schatten der Verwesung, des undenklichen Alters und des Niedergangs; der faulige, triefende Götze einer kranken Offenbarung, die grässliche Entblößung all dessen, was die barmherzige Erde für immer hätte verbergen sollen.

Gott weiß, es war nicht – oder nicht mehr – von dieser Welt, dennoch erkannte ich zu meinem Entsetzen in den abgefressenen und die Knochen nicht mehr verhüllenden Umrissen eine glotzende abscheuliche Karikatur auf die menschliche Gestalt, die mich wegen der vermoderten, auseinanderfallenden Kleidung auf unbeschreibliche Weise noch mehr schaudern ließ.

Ich war geradezu gelähmt, aber nicht genug, um nicht einen kläglichen Fluchtversuch zu unternehmen. Ich taumelte zurück, doch dies entriss mich nicht dem Bann des namenlosen stummen Ungeheuers. Verhext von den glasigen Augen, die mich abscheulich anstarrten, vermochte ich meinen Blick nicht abzuwenden, obwohl meine Wahrnehmung nach dem ersten Schock glücklicherweise getrübt war und ich das schreckliche Wesen jetzt nur noch undeutlich erkannte. Ich versuchte, die Hand zu heben und mich vor diesem Anblick zu schützen, doch waren meine Nerven so angeschlagen, dass mein Arm meinem Willen nicht mehr ganz folgen konnte. Doch alleine der Versuch genügte, um mich aus dem Gleichgewicht zu bringen – ich musste ein paar rasche Schritte vorwärts machen, um einen Sturz zu verhindern. Dabei wurde ich mir der *Nähe* des Kadavers unvermittelt und schmerzlich bewusst; ich glaubte sogar, seine scheußlichen, hohlen Atemzüge hören zu können. Wahnsinnig vor Angst gelang es mir doch noch, eine Hand auszustrecken, um die eklige Erscheinung abzuwehren, die mir so nahe gekommen war, und in einer fatalen Sekunde kosmischen Schreckens und höllischen Zufalls *berührte ich mit*

den Fingern die ausgestreckte verrottete Klaue des Scheusals unter
dem goldenen Bogen.

Ich schrie nicht, doch all die dämonischen Leichenfresser, die auf dem Nachtwind reiten, schrien in diesem Augenblick für mich, als über meinem Verstand eine nie da gewesene und reißende Lawine seelenzerstörender Erinnerungen hereinbrach. In diesem Augenblick wusste ich wieder alles, was geschehen war; ich erinnerte mich an das, was sich *vor* dem fürchterlichen Schloss inmitten der Bäume zugetragen hatte. Jetzt erkannte ich das veränderte Bauwerk wieder, in dem ich mich befand – doch am grauenvollsten von allem war das Erkennen der unheiligen Scheußlichkeit, die glotzend vor mir stand, während ich meine besudelten Finger von ihren fortriss.

Doch im Kosmos existieren sowohl Balsam wie auch Bitternis, und dieser Balsam ist Nepenthes. In dem alles übersteigenden Grauen jener Sekunde vergaß ich, was mich so entsetzt hatte, und der Schwall schwarzer Erinnerungen löste sich auf in einen Tumult widerhallender Bilder.

Wie im Traum floh ich aus diesem gespenstischen, verfluchten Gebäude und rannte rasch und lautlos durchs Mondlicht. Als ich auf den Friedhof mit seinen marmornen Säulen zurückkehrte und die Stufen wieder hinabging, ließ sich die steinerne Falltür nicht mehr öffnen; doch das tat mir gar nicht leid, denn ich hatte das uralte Schloss und die Bäume ohnehin gehasst. Jetzt reite ich gemeinsam mit den schadenfrohen und freundlichen Ghoulen auf dem Nachtwind und spiele bei Tag in den Katakomben des Nephren-Ka im versiegelten und unbekannten Tal von Hadoth am Nil. Ich weiß, dass ich nie das Licht sehen werde, bis auf das des Mondes über den Felsengräbern von Neb, und für mich gibt es auch kein Vergnügen, außer den unbeschreiblichen Festen der Nitokris unter der Großen Pyramide; doch in meiner neuen und wilden Freiheit ist mir die Bitterkeit meines Andersseins beinahe willkommen.

Denn obgleich Nepenthes mich besänftigt hat, so weiß ich

doch, dass ich immer ein Außenseiter sein werde; ein Fremder in diesem Jahrhundert und unter jenen, die noch Menschen sind. Dies weiß ich, seit ich meine Finger jener Scheußlichkeit in dem großen goldenen Rahmen entgegenstreckte und *eine kalte und unnachgiebige Oberfläche aus poliertem Spiegelglas* berührte.

HERBERT WEST – REANIMATOR

I. *Aus dem Dunkel*

Von Herbert West, der auf dem College und im sonstigen Leben mein Freund war, kann ich nur mit äußerstem Grauen sprechen. Dieses Grauen ist nicht allein auf die entsetzliche Art und Weise seines kürzlichen Verschwindens zurückzuführen, sondern verdankt sich auch dem generellen Charakter seines Lebenswerkes; vor mehr als siebzehn Jahren wurde es zum ersten Male spürbar, als wir beide im dritten Jahr unseres Studiums an der Medizinischen Fakultät der Miskatonic-Universität in Arkham standen. Während er bei mir war, faszinierte mich, seinen engsten Gefährten, das Wunderbare und Teuflische seiner Experimente über alle Maßen. Nun, da er verschwunden ist und der Bann gebrochen, macht sich die Furcht verstärkt bemerkbar. Erinnerungen und Spekulationen sind stets schrecklicher als die Realität.

Der erste grausige Vorfall während unserer Bekanntschaft war der größte Schock, den ich je erlitt, und ich berichte nur widerwillig davon. Wie ich bereits sagte, trug er sich zu, als wir an der Medizinischen Fakultät studierten, wo West bereits berüchtigt war wegen seiner abenteuerlichen Theorien über das Wesen des Todes und die Möglichkeit, ihn künstlich zu überwinden. Seine Ansichten, die von der Fakultät und den Kommilitonen weithin ins Lächerliche gezogen wurden, drehten sich um die grundlegend mechanistische Natur des Lebens; sie betrafen Mittel, die organische Maschinerie des Menschen nach dem Versagen der natürlichen Lebensprozesse mittels einer wohlberechneten chemischen Einwirkung weiter zu betreiben. Bei seinen Experimenten mit verschiedenen belebenden Lösungen hatte er eine immense Anzahl von Kaninchen, Meerschweinchen, Katzen, Hunden und Affen getötet und behandelt, bis er sich zum größten Ärgernis der Universität entwickelt hatte. Mehrere Male war es ihm tatsächlich gelungen, Lebenszeichen bei anscheinend toten Tieren hervorzurufen, in vielen Fällen sogar sehr heftige; doch bald schon sah er ein, dass die Vervollkommnung seiner Methodik, sollte sie denn möglich sein, notwendigerweise eine lebenslange Forschungsarbeit voraussetzte. Ebenso wurde ihm klar, dass er aufgrund der Tatsache, dass dieselbe Lösung bei verschiedenen biologischen Arten nie die gleiche Wirkung zeigte, für ihre gezielte Weiterentwicklung menschliche Versuchsobjekte benötigte. An dieser Stelle geriet er zum ersten Mal mit der Hochschulleitung in Konflikt und wurde von keinem geringeren Würdenträger als dem Dekan der Medizinischen Fakultät persönlich – dem gelehrten und gütigen Dr. Allan Halsey, an dessen Werke zugunsten der Kranken sich jeder ältere Einwohner Arkhams erinnert – von weiteren Experimenten ausgeschlossen.

Ich war Wests Bestrebungen gegenüber immer außerordentlich tolerant gewesen, und oftmals diskutierten wir über seine Theorien, deren Verzweigungen und Folgerungen nahezu unendlich erschienen. Da er Haeckels Ansicht teilte, alles Leben sei ein chemischer und physikalischer Prozess und die so genannte ›Seele‹ ein Mythos, glaubte mein Freund, dass die künstliche Wiederbelebung der Toten allein vom Zustand des Gewebes abhinge; und dass, sofern der eigentliche Zerfall noch nicht eingesetzt habe, ein mit allen Organen ausgestatteter Leichnam mit entsprechenden Maßnahmen wieder in jenen eigenartigen Zustand versetzt werden könne, den man das Leben nennt. Dass psychische oder geistige Funktionen durch den geringfügigen Verfall der empfindlichen Gehirnzellen beeinträchtigt würden, den selbst ein kurzfristiger Todeszustand durchaus verursachen könnte, war West völlig bewusst. Zunächst hatte er gehofft, ein Reagens finden zu können, das die Lebenskraft vor dem Eintritt des tatsächlichen Todes wiederherstellen würde, und nur das fortgesetzte Scheitern seiner Tierversuche hatte ihm gezeigt, dass natürliche und künstlich erzeugte Lebensregungen inkompatibel waren. Dann versuchte er es mit sehr frischen Tieren und injizierte seine Lösung unmittelbar nach der Tötung in den Blutkreislauf. Dieser Umstand war es, der die Professoren so überaus skeptisch machte, denn sie vertraten die Ansicht, in keinem Fall sei wirklich der Tod eingetreten. Sie hörten nicht auf, die Angelegenheit penibel und kritisch zu verfolgen.

Nicht lange nachdem ihm die Fakultät seine Arbeit untersagt hatte, vertraute West mir seinen Entschluss an, auf irgendeine Weise an frische Leichen zu gelangen und im Geheimen die Experimente fortzuführen, die er nicht mehr öffentlich ausüben durfte. Ihn über die Mittel und Wege reden zu hören, mithilfe derer er dies bewerkstelligen wollte, war recht gruselig, denn auf der Universität hatten wir anatomische Versuchsobjekte niemals selbst beschaffen müssen. Konnte das Leichenschauhaus den Anforderungen nicht genügen, kümmerten sich um die Angelegenheit zwei Neger aus der Nachbarschaft, denen man nur selten eingehendere Fragen stellte. West war damals ein kleiner, schlanker, bebrillter Jüngling mit feinen Gesichtszügen, blondem Haar, blassblauen Augen und sanfter Stimme, und es war unheimlich, ihn von den im Vergleich zum Armenfriedhof eingeschränkten Vorzügen des Christ-Church-Friedhofs sprechen zu hören, weil so gut wie jeder Leichnam auf dem Kirchhof der Christ Church einbalsamiert wurde, was Wests Forschungen natürlich abträglich war.

Ich fungierte zu jener Zeit als sein tatkräftiger und geradezu höriger Assistent und unterstützte ihn bei allen Entscheidungen, nicht nur was die Beschaffung der Leichen betraf, sondern auch in Bezug auf einen angemessenen Ort für unsere widerliche Arbeit. Ich war es, dem das verlassene Bauernhaus der Chapmans jenseits von Meadow Hill einfiel, wo wir dann im Erdgeschoss einen Operationssaal und ein Laboratorium einrichteten und beide Räume mit dunklen Vorhängen ausstatteten, um unsere mitternächtlichen Tätigkeiten verborgen zu halten. Das Haus lag abseits aller Straßen und außer Sichtweite anderer Häuser, dennoch waren Vorsichtsmaßnahmen notwendig, da Gerüchte über seltsame Lichter, von zufälligen nächtlichen Wanderern in Umlauf gebracht, das Ende unserer Unternehmungen bedeuten würden. Wir kamen darin überein, das Ganze als Chemielabor zu bezeichnen, sollten wir entdeckt werden. Nach und nach rüsteten wir unseren finsteren wissenschaftlichen Schlupfwinkel mit Materialien aus, die wir entweder in Boston erstanden oder still und heimlich in der Universität ausborgten – Materialien, die, außer für geschulte Augen, sorgfältig unkenntlich gemacht wurden –, und besorgten uns Spaten und Hacken für die vielen Gräber, die wir im Keller würden ausheben müssen. Auf der Hochschule benutzten wir für die Beseitigung von Kadavern einen Verbrennungsofen, doch war ein solcher Apparat zu kostspielig für unser illegales Labor. Die Leichen waren stets sehr lästig – selbst die der kleinen Meerschweinchen, die West bei den heimlichen und unbedeutenden Experimenten auf seinem Zimmer im Studentenwohnheim benutzte.

Wir verfolgten die örtlichen Todesanzeigen wie die Ghoule, denn wir benötigten Forschungsobjekte von besonderer Qualität. Wir wollten Leichen, die rasch nach dem Tod und ohne Konservierungsmaßnahmen bestattet worden waren; vorzugsweise frei von Missbildungen und vor allem mit sämtlichen Organen ausgestattet. Auf Unfallopfer richteten wir unsere größte Hoffnung. Viele Wochen lang hörten wir von nichts Geeignetem, obgleich wir – vorgeblich im Interesse der Universität – in Leichenschauhäusern und Hospitälern so oft vorsprachen, wie es möglich war, ohne Verdacht zu erregen. Wir fanden heraus, dass die Universität in jedem Fall den Vorzug erhielt, sodass es wohl nötig war, den Sommer über in Arkham zu bleiben, da dann nur die wenig besuchten Sommervorlesungen gehalten wurden. Am Ende jedoch stand uns das Glück bei, denn eines Tages hörten wir von einem fast idealen Fall auf dem Armenfriedhof: ein muskulöser junger Arbeiter, der erst am Morgen zuvor im Summer's Pond ertrunken und auf Kosten der Stadt unverzüglich ohne jede Konservierung bestattet worden war. Am selben Nachmittag fanden wir das neue Grab und beschlossen, bald nach Mitternacht mit der Exhumierung zu beginnen.

Es war eine widerwärtige Arbeit, die wir in den finsteren frühen Morgenstunden verrichteten, obwohl uns damals noch das besondere Grauen vor Friedhöfen abging, das uns spätere Erfahrungen einbringen sollten. Wir führten Spaten und Öllampen mit uns, denn obwohl es damals schon elektrische Taschenlampen gab, waren diese nicht so zufriedenstellend wie die Wolframapparate von heute. Das Ausgraben der Leiche gestaltete sich langwierig und schmutzig – es hätte auf grausige Weise poetisch sein können, wären wir Künstler und nicht Wissenschaftler gewesen –, und wir waren froh, als unsere Spaten auf Holz trafen. Als der Sarg gänzlich freigelegt war, beugte West sich vor und hob den Deckel ab, um den Inhalt hervorzuziehen und aufzurichten. Ich langte hinunter und zerrte das Ding aus dem Grab heraus, und dann mühten wir beide uns sehr, der Stätte ihr früheres Aussehen wiederzugeben. Die Angelegenheit machte uns sehr nervös, insbesondere die steife Gestalt und das ausdruckslose Gesicht unserer ersten Beute, doch es gelang uns, alle Spuren unseres Besuches zu verwischen. Nachdem wir die letzte Schaufel voll Erde glatt geklopft hatten, steckten wir das Versuchsobjekt in einen Leinensack und machten uns auf den Weg zum alten Chapman-Haus jenseits von Meadow Hill.

Auf einem improvisierten Seziertisch im alten Bauernhaus, im Licht einer starken Acetylenlampe, sah unser Versuchsobjekt nicht sehr gespenstisch aus. Es handelte sich um einen kräftigen und anscheinend einfältigen Jüngling vom gesunden plebejischen Typus – von großer Statur, mit grauen Augen und braunem Haar –, ein vernunftbegabtes Tier ohne psychologische Feinheiten, dessen Lebensvorgänge vermutlich alle von der einfachsten und gesündesten Sorte gewesen waren. Jetzt, mit geschlossenen Augen, sah er mehr schlafend denn tot aus, obwohl die fachmännische Überprüfung durch meinen Freund keinen Zweifel an seinem Zustand ließ. Endlich verfügten wir über das, wonach West sich immer gesehnt hatte – einen wirklichen toten Menschen idealster Beschaffenheit, bereit für die chemische Lösung, die gemäß den sorgfältigsten Berechnungen und Einschätzungen zum Gebrauch am Menschen vorbereitet worden war. Unsere Anspannung wuchs. Wir wussten, dass es kaum eine Chance auf so etwas wie einen vollständigen Erfolg gab, und konnten schreckliche Befürchtungen bezüglich möglicher grotesker Ergebnisse einer teilweisen Wiederbelebung nicht unterdrücken. Besonders gespannt waren wir auf die geistigen Fähigkeiten und die Impulse des Wesens, da in der Zeit seit seinem Tod einige der empfindlichen Hirnzellen womöglich Schaden genommen hatten. Ich selbst hing noch einigen merkwürdigen Ansichten über die traditionelle ›Seele‹ des Menschen an und verspürte Ehrfurcht vor den Geheimnissen, die jemand berichten mochte, der von den Toten wiederkehrte. Ich fragte mich, was dieser stille Jüngling in den unzugänglichen Sphären wohl gesehen haben mochte und was er erzählen könnte, wenn er gänzlich ins Leben zurückkehrte. Doch hielt sich meine Neugierde hinsichtlich dessen in Grenzen, da ich den Materialismus meines Freundes überwiegend teilte. West war gelassener als ich; er injizierte eine große Menge der Flüssigkeit in eine Vene im Arm des Leichnams und verband sogleich den Einstich.

Das Warten war grauenhaft, doch West ließ sich nicht aus der Ruhe bringen. Dann und wann untersuchte er das Versuchsobjekt mit seinem Stethoskop und trug das negative Ergebnis mit philosophischer Gelassenheit vor. Nach etwa einer Dreiviertelstunde ohne das geringste Lebenszeichen verkündete er enttäuscht, die Lösung sei ungeeignet, beschloss aber, das Beste aus dieser Situation zu machen und eine Abwandlung des Rezeptes auszuprobieren, ehe er sich seiner gespenstischen Beute entledigen würde. Wir hatten an jenem Nachmittag ein Loch im Keller ausgehoben und würden es bis zur Morgendämmerung füllen müssen – denn obwohl wir das Haus mit einem Schloss verriegelt hatten, wollten wir selbst das geringste Risiko einer grausigen Entdeckung vermeiden. Zudem wäre der Leichnam in der nächsten Nacht nicht einmal mehr annähernd so frisch. Also nahmen wir die einzige Acetylenlampe mit ins Labor nebenan, ließen unseren stummen Gast auf der Tischplatte im Dunkeln zurück und widmeten all unsere Kraft der Zusammensetzung einer neuen Lösung, deren Wiegen und Abfüllen West mit fast fanatischer Sorgfalt überwachte.

Das schreckliche Ereignis trat schlagartig und gänzlich unerwartet ein. Ich goss gerade etwas von einem Reagenzglas in ein anderes, während West mit einer Petroleumlampe beschäftigt war, die in diesem Gebäude ohne Gasanschluss als Bunsenbrenner herhalten musste, als aus dem pechschwarzen Raum, den wir verlassen hatten, die entsetzlichste und dämonischste Folge von Schreien drang, die wir beide je vernommen hatten. Das Chaos teuflischer Klänge hätte nicht unsäglicher sein können, wenn der Abgrund der Hölle sich aufgetan hätte, um die Qualen der Verdammten zu offenbaren, denn in einer unvorstellbaren Kakofonie vereinten sich das höchste Grauen und die ungeheuerliche Verzweiflung der beseelten Natur. Menschlichen Ursprungs konnte das nicht sein – es ist dem Menschen nicht gegeben, solche Laute zu erzeugen –, und ohne einen Gedanken an unsere jüngste Beschäftigung oder eine mögliche Entdeckung sprangen West und ich wie gejagte Tiere durchs nächste Fenster, warfen Reagenzgläser, Lampe und Retorten um und rasten wie toll in den bestirnten Abgrund der ländlichen Nacht. Ich glaube, wir schrien selbst, als wir panisch der Stadt entgegenstolperten, doch als wir die Außenbezirke erreichten, rissen wir uns zusammen – sodass wir verspäteten Zechern glichen, die von einem Gelage nach Hause schwankten.

Wir trennten uns nicht, sondern gelangten schließlich zu Wests Zimmer, wo wir bis zum Morgengrauen bei Gaslicht flüsterten. Zu diesem Zeitpunkt hatten wir uns mithilfe rationaler Theorien und Pläne zur Untersuchung des Phänomens ein wenig beruhigt, sodass wir den Tag über schlafen konnten – ohne unsere Kurse zu besuchen. Doch an diesem Abend machten zwei Zeitungsartikel, die nicht miteinander in Verbindung standen, es uns wiederum unmöglich zu schlafen. Das alte verlassene Chapman-Haus war unerklärlicherweise zu einem unförmigen Aschehaufen niedergebrannt; das konnten wir uns mit der umgestoßenen Lampe erklären. Zudem war der Versuch unternommen worden, ein frisches Grab auf dem Armenfriedhof zu schänden, als hätte jemand mit bloßen Händen den Boden aufscharren wollen. Das konnten wir nicht begreifen, denn wir hatten die Erde sorgfältig glatt gestrichen.

Und noch siebzehn Jahre später blickte West häufig über seine Schulter und beklagte sich über eingebildete Fußschritte hinter ihm. Nun ist er verschwunden.

II. *Der Seuchendämon*

Ich werde jenen entsetzlichen Sommer vor sechzehn Jahren niemals vergessen, als wie ein tödlicher Efrit aus den Hallen des Iblis der Typhus lüstern in Arkham umging. Wegen jener teuflischen Geißel erinnern sich die meisten dieses Jahres, denn wahrhaftiges Grauen brütete mit Fledermausschwingen über den Stapeln von Särgen in den Gräbern des Christ-Church-Friedhofs; doch für mich birgt diese Zeit ein noch größeres Entsetzen – ein Entsetzen, von dem nur ich weiß, nun, da Herbert West verschwunden ist.

Nach Erlangung des ersten akademischen Grades arbeiteten West und ich während des Sommersemesters im medizinischen Fachbereich der Miskatonic-Universität, und mein Freund erfreute sich weithin eines schlechten Rufes wegen seiner Experimente, die auf die Wiederbelebung der Toten hinzielten. Nach der wissenschaftlichen Abschlachtung zahlloser Kleintiere war diese wahnwitzige Arbeit durch eine Weisung unseres skeptischen Dekans Dr. Allan Halsey scheinbar beendet worden; doch West hatte weiterhin gewisse geheime Versuche in seinem schäbigen Studentenwohnheim durchgeführt, und bei einer schrecklichen und unvergesslichen Gelegenheit hatte er einen menschlichen Leichnam aus einem Grab auf dem Armenfriedhof in ein verlassenes Bauernhaus jenseits von Meadow Hill gebracht.

Ich war bei jener abscheulichen Begebenheit bei ihm gewesen und hatte zugesehen, wie er in die starren Venen jenes Elixier injizierte, von dem er glaubte, es würde bis zu einem gewissen Grad die chemischen und physikalischen Prozesse des Lebens wiederherstellen. Es hatte entsetzlich geendet – in einem Delirium der Angst, das wir allmählich unseren überstrapazierten Nerven zuzuschreiben begannen –, und West hatte seither nicht mehr das quälende Gefühl abschütteln können, verfolgt und gejagt zu werden. Der Leichnam war nicht mehr frisch genug gewesen; es ist offensichtlich, dass man zur Wiederherstellung normaler geistiger Fähigkeiten eine wirklich sehr frische Leiche benötigt. Der Brand des alten Hauses hatte uns davon abgehalten, das Ding zu begraben. Es wäre besser gewesen, hätten wir es wieder unter der Erde gewusst.

Nach diesem Erlebnis hatte West seine Forschungen für einige Zeit ruhen lassen; doch als der Eifer des geborenen Wissenschaftlers nach und nach in ihn zurückkehrte, behelligte er wieder die Fakultät und bat um das Nutzungsrecht für den Sezierraum und frische menschliche Versuchsobjekte für die Arbeit, die er als so überaus bedeutsam erachtete. Seine Bemühungen waren jedoch vergeblich, denn die Entscheidung Dr. Halseys war unumstößlich, und die übrigen Professoren billigten allesamt das Urteil ihres Vorgesetzten. In der radikalen Wiederbelebungstheorie sahen sie nichts anderes als die unreifen Grillen eines jugendlichen Enthusiasten, dessen schlanke Gestalt, blondes Haar, bebrillte blaue Augen und sanfte Stimme den übermenschlichen – nahezu diabolischen – eiskalten Verstand, der dahintersteckte, erahnen ließen. Ich kann ihn jetzt noch vor mir sehen, wie er damals war – und ich erschaudere. Sein Gesicht wurde immer ernster, aber es alterte nicht. Und nun ist in Sefton das Unglück geschehen, und West ist verschwunden.

Gegen Ende unseres letzten Semesters kam es zwischen ihm und Dr. Halsey zu einem wortreichen Disput, der seiner Höflichkeit weniger Ehre machte als der des gütigen Dekans. West glaubte, man hielte ihn in sinnloser und unvernünftiger Weise von einer wichtigen und bedeutsamen Arbeit ab; einer Arbeit, die er in späteren Jahren natürlich nach eigenem Ermessen fortführen konnte, mit der er jedoch zu beginnen wünschte, solange ihm noch die vortrefflichen Möglichkeiten der Universität zur Verfügung standen. Dass seine traditionsgebundenen Vorgesetzten die einzigartigen Ergebnisse seiner Tierversuche ignorierten und beharrlich die Möglichkeit einer Wiederbelebung leugneten, war für einen jungen Mann von Wests logischer Veranlagung nahezu unbegreiflich und schwer zu ertragen. Nur größere geistige Reife hätte ihm dazu verholfen, die chronische Beschränktheit des ›Professor-Doktor‹-Typus zu verstehen – das Erzeugnis des jämmerlichen Puritanismus vieler Generationen: gütig, gewissenhaft und manchmal freundlich und liebenswert, doch stets engstirnig, unduldsam, von Gewohnheiten beherrscht und mit mangelndem Weitblick geschlagen. Das Alter hegt mehr Nachsicht für diese unvollkommenen, doch edel gesinnten Charaktere, deren einziges wirkliches Laster die Ängstlichkeit ist und die vom Spott der Allgemeinheit am schwersten für ihre geistigen Sünden bestraft werden – Sünden wie der Glaube an die Lehren des Ptolemäus und Calvins, die Gegnerschaft zu Darwin und Nietzsche und jede Art von religiöser Strenge sowie Verachtung des Luxus. West, der ungeachtet seiner erstaunlichen wissenschaftlichen Erfolge ein junger Mensch war, hatte nur wenig Geduld mit dem guten Dr. Halsey und dessen gelehrten Kollegen; er hegte einen wachsenden Groll, der sich mit dem Verlangen vereinte, diese begriffsstutzigen Würdenträger auf erschütternde und dramatische Weise von der Wahrheit seiner Theorien zu überzeugen. Wie die meisten jungen Leute ergab er sich ausschweifenden Tagträumen von Rache, Triumph und schließlicher großmütiger Vergebung.

Und dann war grinsend und tödlich die Geißel aus den albtraumhaften Höhlen des Tartarus hervorgebrochen. West und ich hatten ungefähr zum Zeitpunkt des Seuchenbeginns graduiert, verblieben aber für zusätzliche Arbeit im Sommerkursus, sodass wir uns in Arkham befanden, als der Typhus sich mit voller dämonischer Wut in der Stadt ausbreitete. Obwohl wir noch keine approbierten Ärzte waren, hatten wir doch unsere Promotion abgeschlossen und wurden panisch in den öffentlichen Dienst gedrängt, da die Anzahl der Erkrankten stieg. Die Situation war kaum noch zu beherrschen, und die Todesfälle folgten zu rasch aufeinander, um von den örtlichen Totengräbern bewältigt werden zu können. In rascher Folge vollzogen sich die Bestattungen ohne vorherige Einbalsamierung der Leichen, und selbst das Massengrab auf dem Christ-Church-Friedhof war überfüllt mit den Särgen unbehandelter Toter. Dieser Umstand blieb nicht ohne Wirkung auf West, der oftmals über die Ironie der Lage nachdachte – so viele frische Versuchsobjekte, doch keines tauglich für seine verbotene Forschungsarbeit! Wir waren fürchterlich überarbeitet, und die entsetzliche mentale und nervliche Belastung ließ meinen Freund über Morbidem brüten.

Doch waren Wests edelmütige Gegner nicht weniger von aufreibenden Pflichten geplagt als er. Die Universität war im Grunde geschlossen, und jeder Arzt der Medizinischen Fakultät half mit im Kampfe gegen die Typhusepidemie. Insbesondere Dr. Halsey gab sich dem Dienst aufopfernd hin und verwandte mit von Herzen kommender Kraft seine außergewöhnlichen Fähigkeiten auf Fälle, die viele andere aufgrund der Gefahr oder der offenkundigen Aussichtslosigkeit mieden. Ehe ein Monat verstrichen war, hatte der furchtlose Dekan den Rang eines Volkshelden eingenommen, wenngleich sein Ruhm ihm nicht bewusst zu sein schien, als er darum rang, nicht vor körperlicher Erschöpfung und nervlicher Belastung zusammenzubrechen. West konnte nicht umhin, die seelische Kraft seines Feindes zu bewundern, doch war er aufgrund dessen umso entschlossener darin, ihm die Wahrheit seiner erstaunlichen Lehrsätze zu beweisen. Er nutzte das Chaos der Universitätsarbeit und der städtischen Gesundheitsverordnungen zu seinem Vorteil, konnte eines Nachts die Leiche eines kürzlich Verschiedenen in den Sezierraum der Hochschule schmuggeln und injizierte dem Toten in meinem Beisein eine modifizierte Variante seiner Lösung. Das Ding öffnete tatsächlich die Augen, starrte aber lediglich mit seelenerschütterndem Grauen die Decke an, bevor es in eine Trägheit verfiel, aus der nichts es mehr erwecken konnte. West sagte, das Objekt sei nicht frisch genug gewesen – die heiße Sommerluft schade den Leichen. Dieses Mal wurden wir beinahe ertappt, bevor wir das Ding verbrennen konnten, und West bezweifelte, ob es ratsam sei, den kühnen Missbrauch des Universitätslabors zu wiederholen.

Die Epidemie erreichte ihren Höhepunkt im August. West und ich waren halb tot, und Dr. Halsey starb tatsächlich am 14. des Monats. Alle Studenten waren bei der hastigen Beisetzung am 15. zugegen und kauften einen eindrucksvollen Trauerkranz, obwohl dieser von den Blumenspenden der wohlhabenden Bürger Arkhams und der Stadtverwaltung in den Schatten gestellt wurde. Es war fast eine öffentliche Angelegenheit, denn der Dekan war ohne Frage ein Wohltäter der Bevölkerung gewesen. Nach der Beerdigung waren wir alle recht niedergeschlagen und verbrachten den Nachmittag in der Bar der Handelskammer; dort erschreckte West, obwohl ihn der Tod seines Hauptwidersachers erschüttert hatte, den Rest von uns mit Andeutungen seiner berüchtigten Theorien. Als der Abend nahte, gingen die meisten Studenten schließlich nach Hause oder sonstigen

Verpflichtungen nach; doch West überredete mich dazu, ihm dabei zu helfen, »das Beste aus dieser Nacht zu machen«. Wests Vermieterin sah uns gegen zwei Uhr in der Frühe mit einem dritten Mann in unserer Mitte heimkommen und erzählte ihrem Gatten, wir hätten wohl alle recht großzügig Speis und Trank zugesprochen.

Allem Anschein nach hatte die säuerliche Matrone recht; denn gegen drei Uhr morgens wurde das ganze Haus von Schreien aus Wests Zimmer geweckt, wo man, nachdem man die Tür eingeschlagen hatte, uns beide bewusstlos auf dem blutbefleckten Teppich fand, zerschunden, zerkratzt und übel zugerichtet, umgeben von den zerbrochenen Überresten der Flaschen und Instrumente Wests. Nur ein geöffnetes Fenster verriet, was aus unserem Angreifer geworden war, und viele fragten sich, wie es ihm nach dem schrecklichen Sturz aus dem zweiten Stock auf den Rasen ergangen sein mochte. Es befanden sich einige sonderbare Kleidungsstücke im Zimmer, doch nachdem er das Bewusstsein wiedererlangt hatte, behauptete West, dass diese nicht dem Fremden gehörten, sondern Versuchsobjekte zur bakteriologischen Analyse im Rahmen einer Untersuchung der Übertragbarkeit von ansteckenden Krankheiten seien. Er ließ sie sobald als möglich in dem geräumigen Kamin verbrennen. Der Polizei gegenüber beteuerten wir unser Unwissen bezüglich der Identität unseres entschwundenen Gefährten. Er sei, so sagte West nervös, ein sympathischer Fremder gewesen, den wir in irgendeiner Bar in der Innenstadt getroffen hatten. Wir seien alle recht vergnügt gewesen, und West und ich wünschten nicht, dass unser streitsüchtiger Kumpan verfolgt werde.

In derselben Nacht wurde Arkham Zeuge des Beginns eines zweiten Grauens – eines Grauens, das in meinen Augen selbst die Epidemie übertraf. Der Christ-Church-Friedhof war Schauplatz eines schrecklichen Mordes; ein Wächter wurde auf eine Weise in Stücke gerissen, die nicht nur zu scheußlich ist, um beschrieben zu werden, sondern auch

Zweifel aufkommen ließ, ob es sich bei dem Täter überhaupt um einen Menschen gehandelt hatte. Das Opfer war noch weit nach Mitternacht lebendig gesehen worden – das Morgengrauen enthüllte das Unaussprechliche. Der Direktor eines Zirkus in der Nachbarstadt Bolton wurde vernommen, doch er schwor, dass zu keinem Zeitpunkt eines der Raubtiere aus seinem Käfig entkommen sei. Jene, die den Leichnam fanden, bemerkten eine Blutspur, die zum Massengrab führte, wo sich eine kleine rote Pfütze auf dem Beton direkt vor dem Tor befand. Eine schwächere Spur führte hinaus in die Wälder, verlor sich dort aber bald.

In der folgenden Nacht tanzten Teufel auf den Dächern Arkhams, und ein widernatürlicher Wahnsinn heulte im Wind. Durch die fiebergeplagte Stadt schlich ein Fluch, der, wie manche sagten, schlimmer war als die Epidemie und über den manche flüsterten, es sei die fleischgewordene Dämonenseele der Krankheit selbst. Acht Häuser wurden von einem namenlosen Wesen heimgesucht, das roten Tod mit sich brachte – alles in allem hinterließ das stumme sadistische Ungeheuer siebzehn zermalmte und verstümmelte Leichen. Einige wenige Personen hatten es undeutlich im Dunkeln gesehen und sagten, es gliche einem weißen missgestalteten Affen oder einem menschenähnlichen Teufel. Es hatte nicht immer alles zurückgelassen, was es angegriffen hatte, denn manchmal hatte es Hunger verspürt und ihn befriedigt. Die Anzahl der Getöteten belief sich auf vierzehn; drei der Toten hatten sich in von der Krankheit heimgesuchten Häusern befunden und waren bereits nicht mehr am Leben gewesen.

In der dritten Nacht wurde das Wesen von einem verzweifelten Suchtrupp unter Polizeileitung in einem Haus in der Crane Street nahe dem Miskatonic-Campus eingefangen. Man hatte die Suche sorgfältig organisiert und war mithilfe eines freiwilligen Telefondienstes miteinander in Verbindung geblieben; als jemand aus dem Universitätsviertel berichtete, er höre ein Scharren an einem verschlossenen

Fenster, schnappte die Falle zu. Aufgrund der allgemeinen Warnungen und Vorsichtsmaßnahmen gab es nur noch zwei weitere Opfer, und die Gefangennahme gelang ohne weitere Verluste. Schließlich wurde das Ding von einer Kugel aufgehalten, die allerdings nicht tödlich war, und inmitten allgemeiner Aufregung und Abscheu eilends ins Ortskrankenhaus gebracht.

Denn es war ein Mensch gewesen. Dies war trotz der widerlichen Augen, der stummen Affenähnlichkeit und der dämonischen Wildheit offensichtlich. Man verband seine Wunde und brachte es in das Irrenhaus von Sefton, wo es sechzehn Jahre lang den Kopf gegen die Wand einer Gummizelle schlug – bis zu dem jüngsten Missgeschick, bei dem es unter Umständen entfliehen konnte, über die nicht gerne gesprochen wird. Was den Suchtrupp von Arkham am meisten entsetzt hatte, war das, was sie entdeckten, nachdem man das Gesicht des Monstrums gesäubert hatte – die höhnische, unglaubliche Ähnlichkeit mit einem gelehrten und aufopfernden Märtyrer, der nur drei Tage zuvor bestattet worden war – dem verstorbenen Dr. Allan Halsey, dem öffentlichen Wohltäter und Dekan der Medizinischen Fakultät der Miskatonic-Universität.

Für den verschwundenen Herbert West und mich waren Ekel und Entsetzen nicht mehr zu steigern. Heute Nacht, wenn ich daran denke, erschaudere ich mehr noch als an jenem Morgen, als West durch seine Bandagen murmelte: »Verdammt, es war nicht mehr *ganz* frisch!«

III. *Sechs Schüsse im Mondlicht*

Es ist ungewöhnlich, alle sechs Kugeln eines Revolvers in rascher Folge abzufeuern, wenn eine einzige vermutlich ausreichend wäre, doch viele Dinge im Leben des Herbert West waren ungewöhnlich. Es ist zum Beispiel nicht üblich, dass ein junger Arzt, der von der Universität abgeht, gezwungen ist, die Kriterien zu verbergen, nach denen er sein Heim und seine Arbeitsstätte auswählt, doch bei Herbert West war dies der Fall. Nachdem wir an der Medizinischen Fakultät der Miskatonic-Universität promoviert hatten und danach strebten, unserer Armut abzuhelfen, indem wir uns als praktische Ärzte etablierten, verschwiegen wir sorgfältig, dass wir unser Haus nur deshalb wählten, weil es recht einsam und in direkter Nähe des Armenfriedhofs lag.

Eine solche Verschwiegenheit ist selten ohne Grund, das galt auch für die unsre; denn unsere Anforderungen ergaben sich aus einer überaus unpopulären Lebensaufgabe. Nach außen hin waren wir lediglich Ärzte, doch unter dieser Oberfläche verbargen sich Ziele weit größerer und weit schrecklicherer Tragweite – denn das Wesentliche in Herbert Wests Dasein war die Suche in den schwarzen und verbotenen Reichen des Unbekannten, in denen er das Geheimnis des Lebens zu entdecken und dem kalten Lehm der Gräber ewiges Leben zu verleihen hoffte. Ein solches Streben erfordert seltsame Materialien, darunter frische menschliche Leichname; und um stets einen Vorrat dieser unentbehrlichen Rohstoffe zu haben, muss man unauffällig leben und nicht weit entfernt von einem Ort formloser Bestattungen.

West und ich waren uns auf der Universität begegnet, und ich war der Einzige gewesen, der für seine scheußlichen Experimente Verständnis aufbrachte. Allmählich war ich zu seinem unentbehrlichen Assistenten geworden, und nun, da wir die Universität verlassen hatten, mussten wir zusammenbleiben. Es war nicht einfach, eine gute Stelle für zwei Ärzte auf einmal zu finden, doch schließlich sicherte uns der Einfluss der Universität eine Praxis in Bolton – eine Industriestadt nahe Arkham, dem Sitz der Hochschule. Die Boltoner Kammgarnfabriken sind die größten im Miskatonic-Tal, und ihre aus aller Welt stammenden Arbeiter sind bei den örtlichen Ärzten als Patienten nicht sonderlich beliebt. Wir wählten unser Haus mit größter Sorgfalt aus und entschieden uns endlich für eine recht heruntergekommene Hütte am

Ende der Pond Street; fünf Hausnummern vom nächsten Nachbarn entfernt und vom örtlichen Armenfriedhof nur durch einen Streifen Weideland getrennt, den ein schmaler Ausläufer des im Norden gelegenen recht dichten Waldes zweiteilte. Die Entfernung zu der Begräbnisstätte war größer als uns lieb war, doch konnten wir kein näher gelegenes Haus bekommen, ohne uns auf die andere Seite des Friedhofes und damit völlig heraus aus dem Fabrikbezirk zu begeben. Wir waren indes nicht gänzlich unzufrieden, da keine Menschenseele zwischen uns und unserer finsteren Vorratsstätte wohnte. Der Fußweg war ein wenig lang, doch konnten wir unsere stummen Versuchsobjekte unbemerkt befördern.

Die Zahl unserer Patienten war von Beginn an überraschend groß – groß genug, um die meisten jungen Ärzte zufriedenzustellen, aber zu groß, um nicht eine langweilige und mühselige Bürde für Studenten darzustellen, deren wahres Interesse andernorts lag. Die Fabrikarbeiter waren von recht ungestümer Wesensart, und neben ihren vielen natürlichen Leiden gaben uns ihre häufigen Zusammenstöße, Handgreiflichkeiten und Messerstechereien eine Menge zu tun. Doch was unseren Geist vollauf beschäftigte, war das geheime Labor, das wir im Keller eingerichtet hatten – das Labor mit dem langen Tisch unter der elektrischen Lampe, wo wir in den frühen Morgenstunden häufig Wests verschiedene Lösungen in die Venen der Dinger einspritzten, die wir vom Armenfriedhof herbeigeschafft hatten. West experimentierte wie verrückt, um etwas zu finden, das die Lebensregungen des Menschen wieder neu entfachen würde, nachdem das, was wir den Tod nennen, ihnen Einhalt geboten hatte, doch stieß er auf die grausigsten Hindernisse. Die Lösung musste für unterschiedliche Typen verschieden zusammengesetzt werden – was bei Meerschweinchen half, wirkte nicht bei Menschen, und verschiedene Versuchsobjekte machten große Abänderungen notwendig.

Die Leichen mussten außergewöhnlich frisch sein, oder

der leichte Verfall des Hirngewebes würde eine vollkommene Wiederbelebung unmöglich machen. Tatsächlich bestand das größte Problem darin, sie frisch genug zu erhalten – West hatte im Laufe seiner geheimen Forschungen auf der Universität fürchterliche Erfahrungen mit Leichen zweifelhaften Alters gemacht. Die Ergebnisse einer teilweisen oder unvollkommenen Wiederbelebung waren weitaus grässlicher als ein vollständiges Scheitern, und wir hatten beide furchtbare Erinnerungen an solche Ereignisse. Seit unserem ersten dämonischen Versuch in dem verlassenen Bauernhaus in der Nähe des Meadow Hill in Arkham hatten wir stets eine lauernde Bedrohung verspürt; und West, obschon er in mancher Beziehung ein ruhiger, blonder, blauäugiger Wissenschaftsroboter war, gestand mir gegenüber ein, er fühle sich ständig verfolgt. Er verspüre undeutlich, dass jemand hinter ihm her sei – die psychische Sinnestäuschung zerrütteter Nerven, die noch von der unbestreitbar verstörenden Tatsache verstärkt wurde, dass zumindest eines unserer Versuchsobjekte noch am Leben war, ein entsetzliches menschenfressendes Wesen in einer Gummizelle in Sefton. Außerdem gab es noch ein anderes – unser erstes –, von dessen Schicksal wir nie etwas erfahren hatten.

Wir hatten viel Glück mit unseren Versuchsobjekten in Bolton – viel mehr als in Arkham. Wir hatten uns erst vor einer Woche dort niedergelassen, als wir uns ein Unfallopfer in der Nacht seiner Beerdigung verschafften; es öffnete die Augen mit einem erstaunlich vernünftigem Ausdruck, ehe die Lösung versagte. Es hatte einen Arm verloren – hätte es sich um einen vollständigen Körper gehandelt, wären wir vielleicht erfolgreicher gewesen. Zwischen diesem Zeitpunkt und dem folgenden Januar bekamen wir drei weitere Objekte: einen völligen Misserfolg, einen Fall merklicher Muskelbewegung und ein recht schauerliches Ding – es erhob sich von selbst und stieß einen Laut aus. Dann kam eine Zeit, in der uns das Glück nicht hold war; die Zahl der Bestattungen nahm ab, und jene

Beerdigungen, die stattfanden, galten Exemplaren, die für unsere Zwecke entweder zu stark erkrankt oder zu verstümmelt waren. Wir führten mit systematischer Sorgfalt Buch über alle Todesfälle und ihre Umstände.

Eines Nachts im März jedoch erhielten wir unerwartet ein Versuchsobjekt, das nicht vom Armenfriedhof kam. In Bolton hatte der vorherrschende puritanische Geist den Boxsport verboten – mit dem üblichen Ergebnis. Heimliche und schlecht organisierte Ringkämpfe unter den Fabrikarbeitern waren an der Tagesordnung, und gelegentlich kam ein professionelles Talent niedrigen Ranges von außerhalb. In jener Nacht im späten Winter hatte es einen solchen Kampf gegeben, offenkundig mit verheerenden Folgen, denn zwei verängstigte Polen waren zu uns gekommen mit der fast unverständlich geflüsterten Bitte, einen geheimen und hoffnungslosen Fall aufzusuchen. Wir folgten ihnen in eine verlassene Scheune, wo der Rest einer Schar verschreckter Ausländer eine stumme schwarze Gestalt auf dem Boden betrachtete.

Es war ein Kampf zwischen Kid O'Brien – einem flegelhaften und nun zitternden Jüngling mit einer überaus unirischen Hakennase – und Buck Robinson, dem ›Teufel von Harlem‹, gewesen. Der Neger war k. o. gegangen, und eine kurze Untersuchung zeigte uns, dass er das auch für immer bleiben würde. Er war ein widerliches gorillaähnliches Geschöpf mit abnorm langen Armen und Händen, die ich nur als Pranken bezeichnen konnte, und einem Gesicht, das Vorstellungen von den unaussprechlichen Geheimnissen des Kongo und von Trommelklängen unter einem unheimlichem Mond heraufbeschwor. Dieser Leichnam musste im lebendigen Zustand noch schrecklicher ausgesehen haben – doch gibt es viel Hässliches auf der Welt. Furcht lähmte die ganze jämmerliche Menge, denn sie wussten nicht, was ihnen von Gesetzesseite drohen würde, käme die Sache ans Licht; sie waren dankbar, als West ungeachtet meines unwillkürlichen Abscheus anbot, dass wir das Ding heimlich wegschaffen würden – zu einem Zweck, den ich nur zu gut kannte.

Helles Mondlicht lag über der schneelosen Landschaft, doch wir verhüllten das Ding und trugen es in unserer Mitte über die verlassenen Straßen und Wiesen nach Hause, so wie wir es schon einmal, in einer schrecklichen Nacht in Arkham, mit einem ähnlichen Ding gemacht hatten. Wir näherten uns dem Haus über ein dahinterliegendes Feld, brachten das Versuchsobjekt durch die Hintertür hinein und trugen es die Kellertreppe hinunter; dort bereiteten wir es auf das übliche Experiment vor. Unsere Angst vor der Polizei war absurd groß, obgleich wir den Zeitpunkt unseres Ausfluges so gelegt hatten, dass wir dem einsam patrouillierenden Streifenbeamten dieser Gegend ausweichen konnten.

Das Ergebnis war eine niederschmetternde Enttäuschung. So grässlich unsere Beute auch aussah, sie reagierte auf keine der Lösungen, die wir in seine schwarzen Arme injizierten, Lösungen, die wir aufgrund unserer Erfahrungen mit Versuchsobjekten weißer Hautfarbe vorbereitet hatten. Als das Morgengrauen gefährlich naherückte, taten wir mit der Leiche dasselbe wie mit den andern – wir schleppten das Ding über die Wiesen zum Wald nahe des Armenfriedhofs und gruben dort ein Grab, so gut es der gefrorene Boden zuließ. Das Loch war nicht sonderlich tief, aber ebenso ausreichend wie jenes für das vorige Versuchsobjekt – das Ding, das sich von selbst erhoben und einen Laut ausgestoßen hatte. Im Licht unserer schwachen Laternen bedeckten wir das Grab sorgfältig mit Laub und welkem Efeu und waren uns ziemlich sicher, dass es die Polizei in einem so finstren und dichten Wald niemals entdecken würde.

Am nächsten Tag machte ich mir zunehmend Sorgen wegen der Polizei, denn ein Patient erzählte von Gerüchten über einen Boxkampf, bei dem jemand zu Tode gekommen sei. West hatte noch einen weiteren Grund zur Sorge, denn am Nachmittag wurde er zu einem Fall gerufen, der auf sehr bedrohliche Weise endete. Eine italienische Frau war wegen ihres vermissten Kindes hysterisch geworden, eines Jungen von fünf Jahren, der am frühen Morgen spielen gegangen und zum Abendbrot nicht wieder heimgekehrt war – und sie hatte Symptome entwickelt, die angesichts ihres ohnehin schon schwachen Herzens höchst alarmierend waren. Es war eine sehr törichte Hysterie, denn der Knabe war schon häufig fortgelaufen; doch sind italienische Bauern überaus abergläubisch, und diese Frau schien sich von Vorzeichen ebenso beunruhigen zu lassen wie von Tatsachen. Gegen sieben Uhr abends starb sie, und ihr rasender Ehemann machte eine hässliche Szene bei dem Versuch, West zu töten, den er beschuldigte, sie nicht gerettet zu haben. Freunde hatten ihn festgehalten, als er ein Stilett zückte. West verschwand, begleitet von den unmenschlichen Schreien, Flüchen und Racheschwüren des Mannes. Angesichts des neuen Kummers schien der Bursche sein Kind vergessen zu haben, das bei Anbruch der Nacht noch immer vermisst wurde. Man erwog, den Wald abzusuchen, doch die meisten Freunde der Familie waren mit der toten Frau und dem schreienden Mann beschäftigt. Alles in allem muss Wests nervliche Belastung gewaltig gewesen sein. Sowohl der Gedanke an die Polizei als auch an den wahnsinnigen Italiener wog schwer.

Wir zogen uns gegen elf Uhr abends zurück, doch ich schlief nicht gut. Für eine so kleine Stadt hatte Bolton eine überraschend gute Polizeitruppe, und ich fürchtete das Unheil, das folgen würde, sollte die Angelegenheit der letzten Nacht je aufgedeckt werden. Es mochte das Ende unserer ganzen Arbeit in der Gegend bedeuten – und vielleicht Gefängnis für West und mich. Diese Gerüchte über einen Boxkampf gefielen mir ganz und gar nicht. Nachdem die Uhr drei geschlagen hatte, schien der Mond mir in die Augen, doch drehte ich mich auf die andere Seite und erhob mich nicht, um die Jalousie herunterzuziehen. Dann hörte ich das beharrliche Klappern an der Hintertür.

Ich lag still und recht benommen da, doch bald hörte ich

West an meine Tür pochen. Er trug einen Morgenmantel und Pantoffeln, in den Händen hielt er einen Revolver und eine elektrische Taschenlampe. Wegen des Revolvers nahm ich an, dass er eher mit dem verrückten Italiener als mit der Polizei rechnete.

»Wir gehen besser zusammen«, flüsterte er. »Wir machen auf, vielleicht ist es ja ein Patient – es würde zu diesen Trotteln passen, es an der Hintertür zu versuchen.«

Und so gingen wir gemeinsam die Treppe auf Zehenspitzen hinab, erfüllt von einer Furcht, die zum Teil berechtigt war und zum Teil dem Wesen der unheimlichen frühen Morgenstunden entsprang. Das Klappern hielt an und wurde lauter. Als wir die Tür erreichten, löste ich vorsichtig den Riegel und riss sie auf, und als das Mondlicht die Gestalt dahinter offenbarte, tat West etwas Eigenartiges. Ungeachtet der offensichtlichen Gefahr, Aufmerksamkeit zu erregen und uns die befürchtete polizeiliche Untersuchung einzuhandeln – ein Risiko, das glücklicherweise durch die relative Entlegenheit unseres Hauses abgewendet wurde –, leerte mein Freund mit einem Mal aufgeregt und gänzlich sinnlos alle sechs Kammern seines Revolvers in den nächtlichen Besucher.

Denn jener Besucher war weder Italiener noch Polizist. Vor dem gespenstischen Mond zeichnete sich scheußlich ein gewaltiges missgestaltetes Wesen ab, das man sich selbst im Albtraum nicht vorzustellen vermag – eine pechschwarze Erscheinung mit glasigen Augen, die sich fast auf allen vieren bewegte, mit Erde, Laub und Ranken bedeckt, stinkend von eingetrocknetem Blut, zwischen den schimmernden Zähnen ein schneeweißes, schreckliches, länglich rundes Etwas, das in einer winzigen Hand endete.

IV. *Der Schrei des Toten*

Der Schrei eines toten Mannes gab mir jenes heftige und gesteigerte Entsetzen vor Dr. Herbert West ein, das mich während der letzten Jahre unserer Kameradschaft quälend heimsuchte. Es ist nur zu natürlich, dass so etwas wie der Schrei eines Toten Entsetzen auslöst, denn dies ist offenkundig kein angenehmer oder gewöhnlicher Vorfall; doch ich war an ähnliche Erlebnisse gewöhnt und litt bei dieser Gelegenheit nur wegen eines besonderen Umstandes. Und wie ich bereits andeutete, war es nicht der tote Mann selbst, vor dem ich mich fürchtete.

Herbert West, dessen Gefährte und Assistent ich war, verfügte über wissenschaftliche Interessen, die weit über die übliche Routine eines Kleinstadtarztes hinausgingen. Dies war der Grund, weshalb er für seine Praxis in Bolton ein abgelegenes Haus nahe dem Armenfriedhof ausgesucht hatte. Um es kurz und klar zu sagen: Das Interesse, das West voll und ganz in Anspruch nahm, war das geheime Studium der Phänomene des Lebens mit dem Ziel der Wiederbelebung der Toten durch Verabreichung einer stimulierenden Lösung. Für diese grausigen Experimente war eine dauernde Zufuhr sehr frischer menschlicher Leichen vonnöten; sehr frisch, weil selbst der geringste Verfall die Hirnstruktur hoffnungslos schädigte, und menschlich, weil wir herausgefunden hatten, dass die Lösung für verschiedene Arten von Organismen unterschiedlich zusammengesetzt sein musste. Eine Unmenge von Kaninchen und Meerschweinchen war getötet und behandelt worden, doch hatte uns dies auf eine falsche Spur geführt. West hatte nie wirklich Erfolg gehabt, weil es ihm nie gelungen war, einen ausreichend frischen Leichnam zu bekommen. Was er wollte, waren Körper, aus denen die Lebenskraft gerade erst entwichen war; Körper, an denen jede Zelle intakt war und fähig, wieder den Impuls zu empfangen, der jenen Bewegungszustand, Leben genannt, ermöglicht. Es gab Hoffnung, dass dieses zweite, künstliche Leben durch wiederholte Injektionen auf ewig verlängert werden konnte, doch hatten wir erfahren, dass gewöhnliches, natürliches Leben auf den Eingriff nicht ansprach. Um den künstlichen Antrieb zu bewirken, musste das natürliche

Leben ausgelöscht werden – die Versuchsobjekte mussten frisch, aber wirklich tot sein.

Die schreckliche Suche hatte begonnen, als West und ich Studenten an der Medizinischen Fakultät der Miskatonic-Universität in Arkham gewesen waren, wo wir uns zum ersten Mal der durch und durch mechanischen Natur des Lebens deutlich bewusst wurden. Das war nun sieben Jahre her, und doch sah West seither kaum einen Tag gealtert aus – er war klein, blond, glatt rasiert, hatte eine weiche Stimme und trug eine Brille, und nur das gelegentliche Aufblitzen seiner kalten blauen Augen verriet die Verhärtung und den wachsenden Fanatismus seines Charakters unter der Bürde seiner entsetzlichen Forschungen. Unsere Erfahrungen waren oft überaus scheußlich gewesen; die Folgen fehlerhafter Wiederbelebung, wenn Klumpen von Grabeslehm durch verschiedene Modifikationen der belebenden Lösung zu morbider, widernatürlicher und hirnloser Regung elektrisiert worden waren.

Eines dieser Wesen hatte einen nervenerschütternden Schrei ausgestoßen; ein anderes hatte sich ruckartig erhoben, uns beide bewusstlos geschlagen und war auf entsetzliche Weise Amok gelaufen, bevor man es in einer Anstalt einsperren konnte; ein weiteres, ein widerliches afrikanisches Ungeheuer, hatte sich aus seinem flachen Grab herausgewühlt und etwas verbrochen – West hatte dieses Exemplar erschießen müssen. Wir konnten uns keine Leichen besorgen, die frisch genug waren, um nach der Wiederbelebung eine Spur von Vernunft zu zeigen, und so hatten wir ungewollt namenlosen Schrecken erschaffen. Es war ein verstörender Gedanke, dass eines, vielleicht sogar zwei unserer Monstren noch lebten – dieser Gedanke suchte uns schattenhaft heim, bis West schließlich unter entsetzlichen Umständen verschwand. Doch zur Zeit des Schreis im Kellerlabor des entlegenen Hauses in Bolton hatten wir unsere Ängste unserem Verlangen nach äußerst frischen Versuchsobjekten untergeordnet. West war noch begieriger als ich, sodass ich fast den Eindruck hatte, er werfe halb begehrliche Blicke auf jeden gesunden lebenden Körper.

Es war im Juli 1910, dass sich unser Pech bezüglich der Versuchsobjekte zum Guten zu wenden begann. Ich hatte meinen Eltern in Illinois einen langen Besuch abgestattet, und bei meiner Rückkehr fand ich West in einem Zustand einzigartiger Hochstimmung vor. Er habe, so erzählte er mir erregt, aller Wahrscheinlichkeit nach das Problem der Frische durch eine völlig neue Herangehensweise gelöst – durch künstliche Konservierung. Ich wusste, dass er an einem neuartigen und höchst ungewöhnlichen Einbalsamierungspräparat arbeitete, und war nicht überrascht, dass er zu einem guten Ergebnis gekommen war; doch bis West mir die Einzelheiten erläuterte, befand ich mich im Unklaren darüber, wie ein solches Präparat unsere Arbeit voranbringen könnte, da der beklagenswerte Zustand der Versuchsobjekte hauptsächlich an der Verzögerung lag, mit der sie in unseren Besitz gelangten. Dies hatte West, wie ich nun sah, deutlich erkannt; er hatte sein Einbalsamierungspräparat eher für zukünftigen denn für sofortigen Gebrauch erschaffen und vertraute dem Schicksal, dass es uns wieder einen frischen und unbegrabenen Leichnam liefern würde, wie Jahre zuvor den Neger, der bei dem Preisboxen in Bolton getötet worden war. Endlich war das Schicksal gütig gewesen, sodass nun im geheimen Kellerlabor ein Leichnam lag, bei dem der Verfall unmöglich eingesetzt haben konnte. Was bei der Wiederbelebung geschehen würde und ob wir auf ein Wiedererstehen von Geist und Verstand hoffen konnten, wagte West nicht vorherzusagen. Das Experiment würde einen Meilenstein unserer Forschungen darstellen, und West hatte die neue Leiche für meine Rückkehr aufgehoben, damit wir beide das Spektakel in gewohnter Weise miteinander teilen konnten.

West berichtete mir, wie er in den Besitz des Versuchsobjektes gelangt war. Es hatte sich um einen tatkräftigen Mann gehandelt; einen wohlgekleideten Fremden, der gerade mit dem Zug angekommen war und einen Handel mit der Boltoner Kammgarnfabrik abschließen wollte. Der Weg durch die Stadt war lang gewesen, und zu dem Zeitpunkt, als der Mann an unserem Haus anhielt, um den Weg zur Fabrik zu erfragen, war sein Herz bereits überanstrengt gewesen. Er hatte ein Anregungsmittel ausgeschlagen und war nur einen Augenblick später plötzlich tot umgefallen. Die Leiche erschien West, wie man sich wohl denken mag, wie ein Geschenk des Himmels. In ihrem kurzen Gespräch hatte der Fremde erklärt, dass er in Bolton unbekannt sei, und eine spätere Untersuchung seiner Taschen hatte ihn als Robert Leavitt aus St. Louis identifiziert, der anscheinend keine Familie besaß, die sein Verschwinden bemerken würde. Konnte dieser Mann nicht wieder ins Leben gerufen werden, so würde niemand von unserem Experiment erfahren; gewöhnlich vergruben wir unser Versuchsmaterial in einem dichten Waldstreifen zwischen dem Haus und dem Armenfriedhof. Sollte er allerdings wiederhergestellt werden, so wäre unser Ruhm auf brillante Weise für immer gefestigt. Also hatte West ohne Verzögerung das Präparat, das die Leiche bis zu meiner Ankunft frisch halten würde, in deren Handgelenk injiziert. Die Sache mit dem vermutlich schwachen Herz, das meiner Ansicht nach den Erfolg unseres Experimentes gefährdete, schien West nicht weiter zu beschäftigen. Er hoffte, nun endlich das zu erreichen, was er zuvor nie erreicht hatte – den Funken der Vernunft neu zu entfachen und vielleicht ein normales Menschenwesen wiederzubeleben.

Also standen Herbert West und ich in der Nacht des 18. Juli 1910 im Kellerlabor und starrten auf eine weiße reglose Gestalt unter der blendenden Bogenlampe. Das Einbalsamierungspräparat hatte eine beklemmend gute Wirkung gezeigt, denn als ich fasziniert den stämmigen Körper anblickte, der seit zwei Wochen ohne Eintreten der Leichenstarre dalag, musste ich mir von West versichern lassen, dass das Ding auch wirklich tot war. Er tat dies bereitwillig genug; er erinnerte mich daran, dass die wiederbelebende Lösung niemals ohne vorangegangene sorgfältige Prüfung der Lebensfunktionen angewandt wurde, da sie keine Wirkung haben konnte, wenn noch ein Rest der ursprünglichen Lebenskraft vorhanden war. Als West die einleitenden Schritte unternehmen wollte, war ich beeindruckt von der gewaltigen Schwierigkeit des neuen Experimentes; einer so gewaltigen Schwierigkeit, dass er keiner Hand als seiner eigenen vertrauen wollte. Er untersagte mir, den Körper zu berühren, und injizierte ein Medikament ins Handgelenk knapp neben der Stelle, wo die Nadel eingedrungen war, um das Einbalsamierungspräparat einzuspritzen. Dies, sagte er, sollte das Präparat neutralisieren und das Körpersystem zu normaler Entspannung führen, sodass die wiederbelebende Lösung frei wirken könne, sobald sie injiziert würde. Ein wenig später, als eine Veränderung und ein leichtes Zucken die toten Gliedmaßen zu erfassen schien, drückte West einen kissenähnlichen Gegenstand fest auf das zuckende Gesicht und entfernte ihn erst wieder, als der Leichnam ruhig schien und bereit für unseren Wiederbelebungsversuch. Der blasse Fanatiker führte nun noch einige letzte flüchtige Tests durch, um die vollständige Leblosigkeit zu prüfen, trat dann befriedigt zurück und injizierte schließlich in den linken Arm eine genauestens bemessene Menge des Lebenselixiers, das von uns im Laufe des Nachmittags mit größerer Sorgfalt vorbereitet worden war, als wir sie seit unsrer Studienzeit aufgebracht hatten, während der unsere Großtaten noch neu und unerprobt waren. Ich kann die heftige, atemlose Anspannung nicht in Worte fassen, mit der wir auf Ergebnisse an diesem ersten wirklich frischen Exemplar warteten – dem ersten, bei dem wir zu Recht erwarten durften, dass es den Mund zu vernünftigen Worten öffnen würde, um uns vielleicht zu berichten, was es jenseits des unermesslichen Abgrundes gesehen hatte.

West war Materialist, er glaubte nicht an die Seele und führte alle Bewusstseinseindrücke auf körperliche Phänomene zurück; dementsprechend suchte er nicht nach

Offenbarungen entsetzlicher Geheimnisse aus Schlünden und Höhlen jenseits der Grenze des Todes. Theoretisch war ich nicht gänzlich anderer Auffassung als er, behielt jedoch undeutliche, instinktive Überbleibsel des primitiven Glaubens meiner Vorväter bei, sodass ich nicht umhin konnte, den Leichnam mit einem gewissen Staunen und einer schrecklichen Erwartung zu betrachten. Außerdem konnte ich jenen entsetzlichen unmenschlichen Schrei nicht aus meiner Erinnerung verbannen, den wir in der Nacht gehört hatten, als wir in dem verlassenen Bauernhaus in Arkham unser erstes Experiment durchführten.

Nur wenig Zeit verstrich, bis ich sah, dass der Versuch kein völliger Misserfolg sein würde. Ein Hauch von Farbe erschien auf den bis dahin kreideweißen Wangen und verbreitete sich unter dem sonderbar üppigen sandfarbenen Bartwuchs. West, der die Finger auf den Puls der linken Hand hielt, nickte plötzlich bedeutsam; und fast gleichzeitig beschlug der Spiegel, der schräg über dem Mund der Leiche befestigt war. Darauf folgten einige wenige krampfhafte Muskelbewegungen, ein hörbares Atmen und die sichtbare Bewegung des Brustkorbes. Ich blickte auf die geschlossenen Augenlider und glaubte zu bemerken, dass sie bebten. Dann hoben sich die Lider, und es zeigten sich die Augen, die grau, ruhig und lebendig waren, doch noch immer unverständig und ohne jede Neugierde.

Aus einer absurden Laune heraus flüsterte ich Fragen in die sich rötenden Ohren; Fragen über andere Welten, an die vielleicht noch eine Erinnerung vorhanden war. Das darauffolgende Entsetzen strich sie aus meinen Gedanken, doch ich glaube, die letzte, die ich zweimal stellte, lautete: »Wo sind Sie gewesen?« Ich weiß noch immer nicht, ob ich eine Antwort erhielt oder nicht, denn kein Laut drang aus dem wohlgeformten Mund; doch ich weiß, dass ich in jenem Moment davon überzeugt war, die dünnen Lippen bewegten sich stumm und formten Silben, die ich als ›erst jetzt‹ wiedergegeben hätte, würden diese Worte irgendeinen Sinn oder eine Bedeutung erheischen. In jenem Augenblick war ich, wie ich schon sagte, freudig erregt angesichts der Überzeugung, dass unser eines großes Ziel erreicht worden war und dass zum ersten Male eine wiederbelebte Leiche verständliche Worte geäußert hatte, die von wirklicher Vernunft gesteuert waren. Im nächsten Moment gab es keinen Zweifel am Sieg; keinen Zweifel, dass die Lösung zumindest zeitweise ihre Aufgabe erfüllt hatte, rationales und artikulationsfähiges Leben in einem Toten wiederherzustellen. Doch mit diesem Triumph vereinte sich das größte aller Entsetzen – kein Entsetzen vor dem Wesen, das sprach, sondern vor der Tat, deren Zeuge ich war, und vor dem Mann, mit dem mein berufliches Los verknüpft war.

Denn jener sehr frische Leichnam, der endlich zuckend zu vollem und erschreckendem Bewusstsein erwachte und dessen Augen geweitet waren bei der Erinnerung an seinen letzten Anblick auf Erden, warf panisch die Hände um sich wie in einem Kampf auf Leben und Tod, der in der Luft stattzufinden schien; und als er plötzlich in den endgültigen Zustand der Auflösung fiel, aus der es keine Wiederkehr mehr gab, schrie er jenen Satz heraus, der auf alle Zeit in meinem gemarterten Hirn widerhallen wird: »Hilfe! Bleib weg, du verfluchter kleiner flachshaariger Teufel – bleib mir mit dieser verdammten Nadel vom Leib!«

V. *Das Grauen aus dem Schatten*

Viele Männer berichteten von scheußlichen Dingen, die sich auf den Schlachtfeldern des Großen Krieges zutrugen und nicht in Büchern und Zeitungen erwähnt werden. Manche dieser Geschehnisse ließen mich schier die Besinnung verlieren, andere haben mich vor niederschmetterndem Ekel erschaudern lassen, indes wiederum andere mich erzittern und in der Dunkelheit über die Schulter blicken ließen; doch trotz dieser schlimmen Geschichten glaube ich, die entsetzlichste von allen erzählen zu können – jene vom erschütternden, widernatürlichen, unglaublichen Grauen aus dem Schatten.

Im Jahre 1915 war ich Arzt im Rang eines Oberleutnants bei einem kanadischen Regiment in Flandern, als einer von vielen Amerikanern, die sich noch vor ihrer Regierung in das gewaltige Ringen einbrachten. Ich war nicht aus eigener Initiative der Armee beigetreten, sondern vielmehr als natürliche Folge der freiwilligen Meldung des Mannes, dessen unentbehrlicher Assistent ich war – des gefeierten Chirurgen und Spezialisten aus Boston, Dr. Herbert West. Dr. West war auf die Gelegenheit erpicht gewesen, als Chirurg in einem großen Krieg zu dienen, und als die Chance sich bot, zog er mich fast gegen meinen Willen mit sich. Es gab Gründe, aus denen heraus ich froh gewesen wäre, hätte der Krieg unsere Wege getrennt; Gründe, aus denen ich die Ausübung der Medizin und das Beisammensein mit West zunehmend als beunruhigend empfand; doch als er nach Ottawa gegangen war und sich durch den Einfluss eines Kollegen eine medizinische Tätigkeit im Range eines Majors gesichert hatte, konnte ich den gebieterischen Überzeugungskünsten eines Mannes nicht widerstehen, der fest entschlossen war, mich in meiner üblichen Funktion an seiner Seite zu behalten.

Wenn ich schreibe, Dr. West sei erpicht auf den Kriegsdienst gewesen, so möchte ich damit nicht andeuten, er sei von Natur aus kriegerisch veranlagt gewesen oder besorgt um die Rettung der Zivilisation. Stets eine eiskalte intellektuelle Maschine – schlank, blond, blauäugig und bebrillt –, spottete er insgeheim, so glaube ich, über meine gelegentliche Kriegsbegeisterung und Missbilligung tatenloser Neutralität. Es gab indes im umkämpften Flandern etwas, das er wollte; und um das zu erhalten, musste er sich ein militärisches Äußeres verleihen. Er wollte etwas, wonach nicht viele Menschen verlangen, jenes Etwas, das zusammenhing mit dem eigenartigen Zweig der medizinischen Wissenschaft, den er heimlich zu verfolgen gewählt und worin er erstaunliche und gelegentlich auch entsetzliche Ergebnisse erzielt hatte. Sein Begehr war tatsächlich nicht mehr und nicht weniger als der reiche Nachschub frisch getöteter Männer in jedem Zustand der Verstümmelung.

Herbert West benötigte frische Leichen, weil seine Lebensaufgabe die Wiederbelebung der Toten war. Diese Aufgabe war seiner eleganten Klientel nicht bekannt, die seinen Ruhm schon bald nach seiner Ankunft in Boston begründet hatte; mir indes nur allzu gut, da ich seit den alten Tagen an der Medizinischen Fakultät der Miskatonic-Universität in Arkham sein engster Freund und einziger Assistent gewesen war. In jenen Tagen auf der Hochschule hatte er mit seinen schrecklichen Versuchen begonnen, erst mit den Kadavern kleiner Tiere und dann mit menschlichen Leichen, an die er auf erschütternde Weise gelangt war. Er besaß eine Lösung, die er in die Adern der toten Wesen injizierte, und waren sie ausreichend frisch, so reagierten sie darauf in sonderbarer Weise. Er hatte viel Mühe damit gehabt, auf die richtige Formel zu kommen, denn jede Art von Organismus benötigt einen Stimulus, der speziell auf ihn zugeschnitten ist. Das Grauen suchte West heim, als er über seine teilweisen Misserfolge nachdachte; unbeschreibliche Wesen, die auf mangelhafte Lösungen oder unzureichende Frische der Leichen zurückzuführen waren. Eine gewisse Anzahl dieser Misserfolge war am Leben geblieben – einer befand sich in einer Irrenanstalt, während andere verschwunden waren –, und wenn er an vorstellbare, wenngleich praktisch ausgeschlossene Möglichkeiten dachte, schauderte ihn oft wegen seiner üblichen Gelassenheit.

West hatte bald gelernt, dass absolute Frische die wichtigste Voraussetzung für geeignete Versuchsobjekte war, und demgemäß hatte er auf fürchterliche und widerliche Hilfsmittel zurückgegriffen, um Leichen zu rauben. Auf der Hochschule und in der Anfangszeit unserer Praxis in der kleinen Fabrikstadt Bolton war meine Einstellung ihm gegenüber von faszinierter Bewunderung bestimmt gewesen;

doch als die Kühnheit seiner Methoden zunahm, begann ich, eine nagende Furcht zu entwickeln. Ich mochte die Art und Weise nicht, wie er die Körper gesunder lebender Menschen betrachtete; und dann folgte ein albtraumhafter Versuch im Kellerlabor, bei dem ich erfuhr, dass ein gewisses Versuchsobjekt ein noch lebender Mensch gewesen war, als er es sich verschafft hatte. Das war das erste Mal gewesen, dass er bei einem Leichnam die Eigenschaft rationalen Denkens erfolgreich wiederhergestellt hatte; und dieser Erfolg, der zu einem so widerlichen Preis erlangt worden war, hatte ihn vollkommen gefühlskalt gemacht.

Von seinen Methoden in den dazwischen liegenden fünf Jahren wage ich nicht zu sprechen. Ich war durch die schiere Macht der Angst an ihn gefesselt und wurde Zeuge von Dingen, die keine menschliche Zunge zum Ausdruck bringen könnte. Nach und nach erschien mir Herbert West selbst schrecklicher als alles, was er tat – da kam mir die Erkenntnis, dass sein einst normaler wissenschaftlicher Eifer zur Verlängerung des Lebens unmerklich zu einer bloß morbiden und ghoulhaften Neugierde und einer heimlichen Vorliebe für Friedhofsromantik degeneriert war. Sein Interesse wandelte sich zu einer höllischen und perversen Abhängigkeit von widerlichen, teuflisch abnormen Dingen; er weidete sich seelenruhig an künstlichen Ungeheuerlichkeiten, angesichts derer die meisten gesunden Menschen aus Furcht und Ekel tot umfallen würden; hinter seiner fahlen intellektuellen Fassade wurde er zu einem wählerischen Baudelaire des physikalischen Experiments – einem gelangweilten Heliogabal der Grabstätten.

Gefahren begegnete er unerschrocken; Verbrechen beging er ungerührt. Ich glaube, der Höhepunkt war erreicht, als er seine Ansicht bewiesen sah, dass vernunftbegabtes Leben wiederhergestellt werden konnte, und neue Welten zu erobern suchte, indem er mit der Wiederbelebung abgetrennter Körperteile experimentierte. Er hegte wilde und eigenwillige Ideen über die unabhängigen vitalen

Eigenschaften organischer Zellen und des Nervengewebes, das von den natürlichen physiologischen Systemen losgelöst ist; und er erreichte einige vorläufige Ergebnisse in Gestalt eines unsterblichen künstlich ernährten Gewebes, das er aus den fast fertig bebrüteten Eiern einer unbeschreiblichen Tropenechse gewonnen hatte. Zwei biologische Fragen wollte er unbedingt lösen – erstens, ob ausgehend vom Rückgrat und verschiedenen Nervenzentren irgendein Grad von Bewusstsein und denkender Tätigkeit ohne das Gehirn möglich sei; und zweitens, ob irgendeine Art ätherischer, ungreifbarer Beziehung unabhängig von den materiellen Zellen existieren mochte, um die chirurgisch voneinander getrennten Teile eines ehemals ganzen lebenden Organismus zu verbinden. All diese Forschungsarbeit setzte einen ungeheueren Nachschub an frisch gemordetem Menschenfleisch voraus – und dies war der Grund, weshalb Herbert West in den Großen Krieg gezogen war.

Das Unwirkliche, Unaussprechliche trug sich eines Mitternachts Ende März 1915 in einem Feldlazarett hinter den Linien bei St. Eloi zu. Ich frage mich sogar heute noch, ob es nicht doch ein dämonischer Fiebertraum gewesen sein könnte. West verfügte in einem östlich gelegenen Raum der scheunenähnlichen Baracke über ein Privatlabor, das ihm auf seine Bitte hin, ihm dort neue und radikale Methoden zur Behandlung bisher hoffnungsloser Fälle der Verstümmelung entwickeln zu lassen, zugeteilt worden war. Hier arbeitete er wie ein Schlächter inmitten seiner blutigen Erzeugnisse – ich konnte mich nie an die Leichtfertigkeit gewöhnen, mit der er gewisse Dinge behandelte und einstufte. Zuweilen vollbrachte er tatsächlich chirurgische Wunder an den Soldaten; doch seine wirklichen Freuden waren von weniger öffentlicher und menschenfreundlicher Natur, und es wurde notwendig, gewisse Geräusche wortreich zu erklären, die selbst inmitten dieses Babels der Verdammten eigenartig schienen. Zu diesen Geräuschen zählten häufige Revolverschüsse – gewiss nichts Ungewöhnliches auf einem Schlachtfeld, aber ausgesprochen ungewöhnlich in einem Lazarett. Dr. Wests wiederbelebte Versuchsobjekte waren weder für ein langes Leben noch für ein großes Publikum bestimmt. Abgesehen von menschlichem Körpergewebe verwendete West viel von dem Reptilembryo-Gewebe, das er mit so einzigartigen Ergebnissen gezüchtet hatte. Es war besser als menschliches Material dazu geeignet, das Leben in organlosen Körperteilen aufrechtzuerhalten; darin lag nun die Haupttätigkeit meines Freundes. In einem dunklen Winkel des Labors bewahrte er über einem sonderbaren Inkubationsofen einen großen zugedeckten Bottich voll von reptilischem Zellstoff auf, der sich aufgedunsen und widerwärtig vervielfältigte.

In der Nacht, von der ich spreche, hatten wir ein prachtvolles neues Versuchsobjekt ergattert – einen Mann, der sowohl körperlich stark als auch von außerordentlichen Geistesgaben gewesen war, sodass wir ein empfindsames Nervensystem sicherstellen konnten. Es war dies ein recht ironischer Fall, denn es handelte sich um den Offizier, der West zu seiner Stellung verholfen hatte und unser Teilhaber hätte werden sollen. Darüber hinaus hatte er in der Vergangenheit unter West insgeheim die Theorie der Wiederbelebung studiert. Major Sir Eric Moreland Clapham-Lee, D. S. O., war der beste Chirurg unserer Division gewesen und hastig dem Frontabschnitt bei St. Eloi zugeteilt worden, als die Nachricht von den schweren Kämpfen das Hauptquartier erreicht hatte. Er war in einem Flugzeug, gesteuert von dem unerschrockenen Leutnant Ronald Hill, angereist, nur um genau über seinem Ziel abgeschossen zu werden. Der Absturz war besonders spektakulär und schrecklich gewesen; Hill war danach nicht mehr zu erkennen, doch gab das Wrack den großen Chirurgen fast gänzlich enthauptet, sonst aber in unversehrtem Zustand frei. West hatte das leblose Ding, das einmal sein Freund und Kollege gewesen war, gierig in Besitz genommen, und ich erschauderte, als er das Abtrennen des Kopfes vollendete, diesen in den teuflischen

Bottich voll breiigen Reptiliengewebes tat, um ihn für künftige Experimente aufzubewahren, und dann daranging, den enthaupteten Körper auf dem Operationstisch zu behandeln. Er injizierte neues Blut, verband einige Venen, Arterien und Nerven am kopflosen Hals miteinander und schloss die grausige Öffnung, indem er Haut von einem unidentifizierten Versuchsobjekt, das eine Offiziersuniform getragen hatte, verpflanzte. Ich wusste, was er beabsichtigte – er wollte sehen, ob dieser hoch entwickelte Körper auch ohne Kopf irgendein Anzeichen der geistigen Regsamkeit aufweisen würde, die Sir Eric Moreland Clapham-Lee ausgezeichnet hatte. Einst ein Student der Wiederbelebung, war er nun ein regloser Rumpf, der diese Theorie auf grauenhafte Weise veranschaulichen sollte.

Ich sehe Herbert West noch immer unter dem schwachen elektrischen Licht, wie er seine wiederbelebende Lösung in den Arm der enthaupteten Leiche injizierte. Den Anblick vermag ich nicht zu beschreiben – ich würde die Besinnung verlieren, versuchte ich es, denn welchen Wahnsinn verkörperte solch ein Raum voller beschrifteter Teile aus den Massengräbern, voll mit Blut und niederem menschlichem Abfall, die den schleimigen Boden fast fußknöchelhoch bedeckten, sowie widerlichen reptilischen Abnormitäten, die über einer flackernden blaugrünen Flamme in einer abgelegenen, verschatteten Ecke spritzten, Blasen warfen und festbackten.

Das Versuchsobjekt verfügte, wie Herbert West wiederholt feststellte, über ein prachtvolles Nervensystem. Wir hegten große Erwartungen; und als ein leichtes Zucken aufzutreten begann, konnte ich das fieberhafte Interesse auf Wests Gesicht erkennen. Ich glaube, er war bereit, den Beweis für seine wachsende Überzeugung zu erbringen, dass Bewusstsein, Verstand und Persönlichkeit auch unabhängig vom Gehirn existieren können – dass der Mensch keinen zentralen, alles verbindenden Geist besitzt, sondern lediglich eine Maschine aus Nervengewebe ist, deren einzelne Bestandteile mehr oder minder selbstständig sind. Mit einer triumphalen Demonstration konnte West nun das Rätsel des Lebens in das Reich der Mythen verweisen. Der Körper zuckte jetzt heftiger und fing an, sich vor unseren begierigen Augen auf fürchterliche Weise herumzuwerfen. Die Arme regten sich auf beunruhigende Art, die Beine wurden angewinkelt, und einzelne Muskeln zogen sich zusammen und krümmten sich auf widerwärtige Weise. Dann riss das kopflose Ding seine Arme hoch, in einer Geste, die unmissverständlich Verzweiflung ausdrückte – eine aus Intelligenz geborene Verzweiflung, die anscheinend alle Theorien Herbert Wests hinreichend bestätigte. Gewiss erinnerten die Nerven sich an die letzte Tat im Leben dieses Mannes: das Ringen darum, sich aus dem abstürzenden Flugzeug zu befreien.

Was folgte, werde ich nie mit völliger Sicherheit wissen. Vielleicht war das Ganze nur eine Sinnestäuschung, hervorgerufen von dem Schock infolge der schlagartigen und völligen Vernichtung des Gebäudes durch orkanartiges deutsches Artilleriefeuer – wer mochte es leugnen, da West und ich nachweislich die einzigen Überlebenden waren? West wollte es vor seinem Verschwinden gerne glauben, doch gab es Zeiten, da er das nicht konnte; denn es war sonderbar, dass wir beide an derselben Halluzination leiden sollten. Das scheußliche Ereignis selbst war sehr schlicht und bemerkenswert nur darin, was es andeutete.

Der Körper auf dem Tisch hatte sich mit blindem und schrecklichem Herumtasten erhoben, als wir ein Geräusch hörten. Ich sollte dieses Geräusch nicht als Stimme bezeichnen, denn dafür war es zu entsetzlich. Und doch war das Timbre nicht das Entsetzlichste daran. Auch die Mitteilung war es nicht – etwas hatte lediglich geschrien: »Spring, Ronald, um Gottes willen, spring!« Das Entsetzliche war ihr Ursprung.

Denn sie war aus dem großen zugedeckten Bottich in jenem gespenstischen Winkel kriechender schwarzer Schatten gekommen.

VI. *Die Legionen des Grabes*

Als Dr. Herbert West vor einem Jahr verschwand, verhörte die Bostoner Polizei mich eingehend. Man hatte mich im Verdacht, etwas zu verschweigen, und vielleicht verdächtigte man mich noch schwerwiegenderer Dinge; doch ich konnte ihnen die Wahrheit nicht sagen, weil man mir nicht geglaubt hätte. Sie wussten durchaus, dass West sich mit Tätigkeiten befasst hatte, die gewöhnlichen Menschen unglaubwürdig erscheinen mussten, denn Wests scheußliche Experimente zur Wiederbelebung der Toten waren lange schon zu umfangreich gewesen, um eine vollkommene Geheimhaltung gewährleisten zu können; doch die finale, seelenerschütternde Katastrophe enthielt Elemente dämonischer Trugbilder, die selbst mich an der Wirklichkeit des Geschauten zweifeln ließen.

Ich war Wests engster Freund und einziger verlässlicher Assistent. Wir waren uns vor Jahren während der medizinischen Ausbildung begegnet, und von Anfang an hatte ich an seinen schrecklichen Forschungen teilgenommen. Er hatte nach und nach versucht, eine Lösung zu vervollkommnen, die, in die Adern eines jüngst Verschiedenen injiziert, das Leben wiederherstellte; für diese Arbeit hatten wir eine Unzahl frischer Leichen benötigt, deren Beschaffung mit überaus widernatürlichen Handlungen verbunden war. Noch erschütternder waren die Erzeugnisse mancher Experimente – grausige Fleischklumpen, die tot gewesen waren, die West jedoch zu einem blinden, hirnlosen, ekelerregenden Leben erweckt hatte. Darin bestand das übliche Ergebnis, denn um den Verstand wiederzuerwecken, waren Versuchsobjekte von so absoluter Frische vonnöten, dass kein Zerfall die empfindlichen Hirnzellen beeinträchtigen konnte.

Dieses Bedürfnis nach sehr frischen Leichen hatte West moralisch ruiniert. Sie waren schwierig zu beschaffen, und eines schrecklichen Tages hatte er sich eines Versuchsobjektes bemächtigt, das noch lebendig gewesen war. Ein

Kampf, eine Spritze und ein mächtiges Alkaloid hatten den Mann in einen überaus frischen Leichnam verwandelt, und das Experiment war einen kurzen und denkwürdigen Augenblick lang geglückt; doch West war daraus mit einer verhärteten und verdorrten Seele hervorgegangen, und seine starren Augen taxierten zuweilen mit schrecklicher Berechnung Männer mit einem hoch entwickelten Gehirn und besonders kraftvollem Körperbau. Gegen Ende hatte ich große Angst vor West, denn er fing an, mich auf diese Weise zu betrachten. Die Menschen schienen seine Blicke nicht zu bemerken, doch spürten sie meine Furcht; und nach seinem Verschwinden diente das als Grundlage für einige absurde Verdächtigungen.

In Wirklichkeit hatte West mehr Angst als ich, denn seine abscheulichen Unternehmungen hatten ein verstohlenes und furchtsames Leben zur Folge. Zum Teil fürchtete er die Polizei; doch ging seine Nervosität zuweilen tiefer und rührte von gewissen unbeschreiblichen Dingen her, in die er ein morbides Leben injiziert und aus denen er jenes Leben nicht mehr hatte weichen gesehen. Für gewöhnlich beendete er seine Experimente mit einem Revolver, doch ein paarmal war er nicht schnell genug gewesen. Da war jenes erste Versuchsobjekt, auf dessen ausgeplündertem Grab man später Wühlspuren gesehen hatte. Da war außerdem noch die Leiche jenes Professors aus Arkham, die Kannibalismus begangen hatte, bevor sie eingefangen und unerkannt in eine Zelle des Irrenhauses von Sefton geworfen worden war, wo sie seit sechzehn Jahren gegen die Wände trommelte. Die meisten andern Kreaturen, die möglicherweise überlebt hatten, waren weniger einfach zu beschreiben – denn in späteren Jahren war Wests wissenschaftlicher Eifer zu einer ungesunden und versponnenen Manie degeneriert, und er hatte seine größte Kunstfertigkeit darauf verwandt, nicht vollständige menschliche Körper, sondern abgetrennte Gliedmaßen wiederzubeleben, oder Teile, die er mit einer organischen Materie verband, die nicht menschlichen

Ursprungs war. Zum Zeitpunkt seines Verschwindens war es auf teuflische Weise ekelerregend geworden; viele der Experimente können auf Papier nicht einmal angedeutet werden. Der Große Krieg, in dessen Verlauf wir beide als Chirurgen dienten, hatte diese Seite von Wests Charakter verstärkt.

Wenn ich sage, dass Wests Furcht vor seinen Versuchsobjekten nebelhaft war, so denke ich dabei besonders an ihre komplexe Natur. Ein Teil davon entsprang lediglich dem Wissen um die Existenz solch namenloser Ungeheuer, indes ein anderer Teil aus der Angst vor dem körperlichen Leid rührte, das sie ihm unter gewissen Umständen zufügen mochten. Ihr Verschwinden trug zum Schrecken der Situation noch bei – West kannte nur den Aufenthaltsort eines einzigen, des mitleiderregenden Wesens im Irrenhaus. Dann gab es noch eine subtilere Furcht – ein überaus absurdes Gefühl, das von einem sonderbaren Experiment im Jahre 1915 herrührte, als er in der kanadischen Armee diente. West hatte inmitten einer heftigen Schlacht Major Sir Eric Moreland Clapham-Lee, D. S. O., wiederbelebt, einen Arztkollegen, der um seine Experimente wusste und sie hätte wiederholen können. Man entfernte seinen Kopf, um so die Möglichkeit eines quasi-intelligenten Lebens des Rumpfes untersuchen zu können. Gerade in dem Moment, als eine deutsche Granate das Gebäude auslöschte, war es zu einem Erfolg gekommen. Der Rumpf hatte sich auf verstandgesteuerte Weise bewegt; und, dies ist schier unmöglich zu berichten, wir beide mussten widerwillig eingestehen, dass artikulierte Laute von dem abgetrennten Kopf gekommen waren, der in einem schattigen Winkel des Labors gelegen hatte. Auf gewisse Weise war die Granate ein Segen gewesen – doch West konnte nie die gewünschte Sicherheit erlangen, dass wir beide die einzigen Überlebenden waren. Er pflegte schauerliche Mutmaßungen über die möglichen Taten eines kopflosen Arztes mit der Fähigkeit zur Wiederbelebung der Toten anzustellen.

Wests letzte Unterkunft befand sich in einem ehrwürdigen,

sehr eleganten Haus, das über einen der ältesten Kirchhöfe Bostons blickte. Er hatte den Ort aus rein symbolischen und verstiegenen ästhetischen Gründen gewählt, da die meisten Grabstätten aus der Kolonialzeit stammten und somit einem Wissenschaftler auf der Suche nach sehr frischen Leichen von geringem Nutzen waren. Das Labor befand sich in einem Tiefkeller, den auswärtige Arbeiter insgeheim gebaut hatten, und enthielt einen gewaltigen Verbrennungsofen zur heimlichen und vollständigen Entsorgung solcher Leichen, Körperteile oder künstlich zusammengefügter Karikaturen von Körpern, die als Reste der morbiden Experimente und unheiligen Vergnügungen des Eigentümers übrig bleiben mochten. Während der Ausschachtung des Kellers waren die Arbeiter auf sehr altes Mauerwerk gestoßen; zweifellos stand es mit dem alten Friedhof in Verbindung, wenngleich es viel zu tief lag, um zu einer der bekannten Grabstätten zu gehören. Nach einer Reihe von Berechnungen entschied West, es müsse sich um eine geheime Kammer unter dem Grab der Averills handeln, in dem die letzte Beisetzung anno 1768 erfolgt war. Ich war bei ihm, als er die salpeterhaltigen, triefenden Mauern untersuchte, die die Spaten und Hacken der Männer freigelegt hatten, und war vorbereitet auf den grausigen Kitzel, der die Enthüllung jahrhundertealter Grabesgeheimnisse begleiten würde; doch zum ersten Mal überwältigte Wests neue Ängstlichkeit seine naturgegebene Neugier, und seine Anweisung, das Mauerwerk unbeschädigt zu lassen und mit Gips zu verputzen, verriet den Verfall seines Charakters. So bildete es bis zu jener letzten infernalischen Nacht einen Teil der Wände des Geheimlabors. Ich sprach von Wests Niedergang, muss jedoch hinzufügen, dass es sich hierbei um eine rein geistige und ungreifbare Sache handelte. Nach außen hin blieb er bis zuletzt derselbe – ruhig, kalt, schlank und mit blonden Haaren, bebrillten blauen Augen und einem jugendlichen Erscheinungsbild, dem die Jahre und die Angst scheinbar nichts anhaben konnten. Er wirkte selbst dann gelassen, wenn er an jenes aufgewühlte Grab dachte und über die Schulter hinter sich blickte; selbst wenn er über das Menschen fressende Wesen grübelte, das an den Gittern von Sefton nagte und rüttelte.

Das Ende Herbert Wests nahm eines Abends seinen Anfang, als wir in unserem gemeinsamen Arbeitszimmer saßen und er seinen eigenartigen Blick zwischen der Zeitung und mir hin und her schweifen ließ. Eine seltsame Schlagzeile auf den zerknitterten Seiten hatte ihn wie ein Blitz getroffen; eine namenlose Riesenklaue schien über eine Zeitspanne von sechzehn Jahren hinweg nach ihm zu greifen. Etwas Fürchterliches und Unglaubliches hatte sich im achtzig Kilometer entfernten Irrenhaus von Sefton zugetragen, das die Nachbarschaft entsetzte und die Polizei ratlos machte. In den frühen Morgenstunden hatte eine Gruppe schweigsamer Männer das Gelände betreten, und ihr Anführer hatte die Wächter aufgeweckt. Es handelte sich um eine bedrohliche Gestalt mit militärischem Gehabe, die ohne die Lippen zu bewegen sprach und deren Stimme fast wie nach Art eines Bauchredners aus einer großen schwarzen Tasche, die sie bei sich trug, zu dringen schien. Das ausdruckslose Gesicht des Mannes war gut aussehend, von geradezu strahlender Schönheit, doch hatte es den Oberaufseher schockiert, als im Gang das Licht darauf fiel – denn es war ein wächsernes Gesicht mit Augen aus buntem Glas. Ein namenloses Unglück musste dem Mann zugestoßen sein. Ein größerer Mann begleitete ihn; ein abstoßender, ungeschlachter Klotz, dessen bläulich angelaufenes Gesicht zur Hälfte von einer unbekannten Krankheit zerfressen schien. Der Sprecher hatte sich nach dem Verbleib des Kannibalenmonsters erkundigt, das vor sechzehn Jahren aus Arkham hier eingewiesen worden war; und als man ihm die Auskunft verweigerte, gab er ein Zeichen, das einen erschütternden Tumult heraufbeschwor. Die Teufel hatten jeden Wächter, der nicht floh, geschlagen, niedergetrampelt und gebissen; sie töteten vier von ihnen und bewerkstelligten schließlich die Befreiung des Ungeheuers. Jene Opfer, die sich an das

Geschehen erinnern konnten, ohne in Hysterie zu verfallen, gaben ihr Wort, dass die Kreaturen sich weniger wie Menschen als vielmehr wie unvorstellbare Roboter betragen hätten, geleitet von ihrem wachsgesichtigen Führer. Als man schließlich Hilfe herbeirufen konnte, war jede Spur der Männer und ihres wahnsinnigen Schützlings verschwunden.

Von der Stunde an, als er diesen Artikel las, bis Mitternacht saß West fast wie betäubt da. Dann klingelte es an der Tür, was ihn entsetzt zusammenfahren ließ. Alle Dienstboten schliefen in der Mansarde, weshalb ich die Tür öffnete. Wie ich später der Polizei berichtete, stand kein Wagen auf der Straße, sondern nur eine Gruppe sonderbar aussehender Gestalten, die eine große rechteckige Kiste trugen, die sie in der Diele abstellten, nachdem eine von ihnen mit höchst unnatürlicher Stimme gegrunzt hatte: »Eilgut – vorausbezahlt.« Sie marschierten wackligen Schrittes hintereinander aus dem Haus, und wie ich sie gehen sah, kam mir der sonderbare Gedanke, dass sie sich in Richtung des alten Friedhofs wandten, der an die Rückseite unseres Hauses grenzte. Als ich die Tür hinter ihnen zugeschlagen. hatte, kam West herunter und sah sich die Kiste an. Sie war von etwas mehr als einem halben Meter Kantenlänge und mit Wests korrektem Namen und der derzeitigen Adresse beschriftet. Außerdem trug sie den Absender: ›Von Eric Moreland Clapham-Lee, St. Eloi, Flandern‹. Sechs Jahre zuvor war in Flandern unter Artilleriebeschuss ein Lazarett über dem kopflosen wiederbelebten Rumpf des Dr. Clapham-Lee und dessen abgetrenntem Kopf zusammengebrochen, der – vielleicht – artikulierte Laute von sich gegeben hatte.

Noch nicht einmal jetzt verlor West die Fassung. Sein Zustand war grausiger. Rasch sagte er: »Das ist das Ende – aber lass uns dies hier verbrennen.« Wir schleppten das Ding hinunter ins Labor – und lauschten. Ich kann mich nicht an viele Einzelheiten erinnern – man vermag sich meinen Geisteszustand wohl vorzustellen –, doch ist die Behauptung eine üble Lüge, es sei Herbert Wests Körper gewesen, den ich in den Verbrennungsofen steckte. Wir beide schoben die Kiste ungeöffnet hinein, schlossen die Tür und schalteten den Strom an. Aus der Kiste drang kein Laut.

Es war West, der als Erster den abbröckelnden Gips an jenem Teil der Wand bemerkte, wo das uralte Mauerwerk des Grabes verdeckt worden war. Ich wollte fortlaufen, doch er hielt mich zurück. Dann sah ich ein kleines schwarzes Loch, spürte einen ghoulhaften, eisigen Windhauch und roch die Eingeweide der fauligen Erde. Kein Geräusch wurde laut, doch gerade in diesem Moment ging das elektrische Licht aus, und ich sah vor dem phosphoreszierenden Hintergrund der jenseitigen Welt eine Schar stumm sich mühender Wesen, die nur Wahnsinn – oder Schlimmeres – zu erschaffen vermag. Ihre Umrisse waren menschlich, halb menschlich, zum Teil menschlich oder gar nicht menschlich – die Schar war auf groteske Weise von verschiedenartiger Gestalt. Sie brachen leise die Steine aus der jahrhundertealten Mauer, einen nach dem anderen. Und dann, als der Spalt breit genug war, drangen sie in einer Reihe in das Labor, angeführt von einem einherstolzierenden Geschöpf mit einem schönen aus Wachs geformten Kopf. Hinter dem Anführer trat ein Ungeheuer mit irrem Blick hervor und ergriff Herbert West. Er leistete keinen Widerstand und gab auch keinen Ton von sich. Dann sprangen sie alle auf ihn los und rissen ihn vor meinen Augen in Stücke, anschließend trugen sie die Überreste fort in jene unterirdische Gruft sagenhaften Grauens. Wests Haupt wurde von dem wachsköpfigen Führer davongeschleppt, der die Uniform eines kanadischen Offiziers trug. Als er verschwand, sah ich die blauen Augen hinter den Brillengläsern in einem Anflug panischer, sichtlicher Erregung entsetzlich funkeln.

Die Dienstboten fanden mich am Morgen bewusstlos auf. West war verschwunden. Der Verbrennungsofen enthielt nur unkenntliche Asche. Die Kriminalbeamten haben mich verhört, doch was kann ich schon sagen? Die Tragödie von Sefton werden sie nicht mit West in Zusammenhang bringen;

nicht diese und auch nicht die Männer mit der Kiste, deren Existenz sie in Abrede stellen. Ich erzählte ihnen von dem Gewölbe, und sie wiesen auf die unbeschädigte verputzte Mauer und lachten. Und so erzählte ich ihnen nichts mehr. Sie deuten an, ich sei entweder ein Irrer oder ein Mörder – vermutlich bin ich wirklich wahnsinnig. Doch vielleicht wäre ich nicht verrückt, wären jene verfluchten Legionen aus dem Grab nicht so stumm gewesen.

DAS GEMIEDENE HAUS

I

Selbst das größte Grauen entbehrt selten der Ironie. Manchmal mischt sie sich unmittelbar in den Gang der Ereignisse, manchmal aber auch entspringt sie lediglich den Verbindungen, die zwischen Menschen und Orten geknüpft werden. Als Paradebeispiel für die letztere Spielart mag ein Fall aus der alten Stadt Providence dienen, wo in den späten Vierzigerjahren des neunzehnten Jahrhunderts Edgar Allan Poe während seiner vergeblichen Werbung um die begabte Dichterin Mrs. Whitman häufig Aufenthalt nahm. Für gewöhnlich stieg Poe im Mansion House an der Benefit Street ab – dem früheren Golden Ball Inn, unter dessen Dach Washington, Jefferson und Lafayette geweilt haben – und sein Lieblingsspaziergang führte über ebendiese Straße in nördliche Richtung zu Mrs. Whitmans Haus und dem benachbart am Hügel ruhenden St. John's Friedhof, dessen versteckt gelegene Ansammlung von Grabsteinen aus dem 18. Jahrhundert eine eigentümliche Anziehungskraft auf ihn ausübte.

Folgendes ist nun die Ironie dabei. Auf diesem Spazierweg, den er so oft zurücklegte, war der weltgrößte Meister des Grauenvollen und Bizarren genötigt, an einem bestimmten Haus an der Ostseite der Straße vorüberzugehen; einem heruntergekommenen altertümlichen Bauwerk, das auf dem steil ansteigenden Seitenhügel kauerte, mit einem weitläufigen ungepflegten Hof aus Tagen, als diese Gegend zum Teil noch freies Feld gewesen war. Es hat nicht den Anschein, als habe er jemals davon gesprochen oder darüber geschrieben, kein Anhaltspunkt spricht dafür, dass er überhaupt davon Notiz nahm. Für die beiden Menschen, die gewisse Informationen besitzen, erreicht oder überbietet dieses Haus an Grauenhaftigkeit dennoch die kühnsten Fantasien dieses

Genies, das so häufig unwissentlich daran vorbeispazierte – und düster lauernd steht es als ein Sinnbild all dessen, das unsagbar schrecklich ist.

Dem Haus haftete – und haftet übrigens noch immer – etwas an, das bei Neugierigen Interesse weckt. Ursprünglich ein Bauernhof oder ein teilweise landwirtschaftlich genutztes Gebäude, spiegelte es die durchschnittliche koloniale Architektur Neuenglands aus der Mitte des 18. Jahrhunderts wider – ein stattlicher Bau mit Spitzdach, zwei Stockwerken und gaubenloser Mansarde, mit dem georgianischen Hauseingang und der hölzernen Innentäfelung, die der geschmackliche Fortschritt jener Zeit verlangte. Es blickte mit einem Giebel nach Norden, wobei es bis zu den unteren Fenstern im östlich aufragenden Hügel begraben war, während die andere Giebelseite frei bis zum Fundament zur Straße hin lag. Man hatte es errichtet, nachdem die Straße in jener Gegend planiert und begradigt worden war, denn die Benefit Street – die zunächst noch Back Street geheißen hatte – war einst als Feldweg angelegt worden, der sich zwischen den Begräbnisplätzen der ersten Siedler hindurch-geschlängelt hatte und dessen Begradigung erst erfolgte, als die Umbettung der Toten in den Nordfriedhof es ohne Verletzung der Pietät gestattete, eine Schneise durch die alten Familiengrabstätten zu legen.

Anfangs hatte sich die westliche Hausmauer gut sechs Meter von der Straße entfernt auf einer abschüssigen Rasen-fläche erhoben; doch eine Verbreiterung der Straße, etwa zur Zeit der Revolution, hatte den größten Teil des tren-nenden Zwischenraums abgeschnitten und die Fundamente bloßgelegt, sodass eine Grundmauer aus Backstein hoch-gezogen werden musste, die dem tiefen Keller eine Straßen-front mit einer Tür und zwei Fenstern oberhalb des Bodenniveaus verlieh, dicht an der neuen Streckenführung des öffentlichen Verkehrs. Als vor hundert Jahren der Gehsteig angefügt wurde, fielen auch die letzten trennenden Meter weg; und Poe muss auf seinen Spaziergängen nichts als eine bloße Auftürmung öden grauen Ziegelwerks erblickt haben, direkt an den Gehsteig stoßend und in drei Metern Höhe überragt von der uralten, schindelbedeckten Masse des eigentlichen Hauses.

Das farmähnliche Anwesen reichte rückwärtig weit den Hang hinauf bis fast zur Wheaton Street. Das Gelände südlich des Hauses, das an die Benefit Street grenzte, lag natürlich deutlich oberhalb des Bürgersteigniveaus und bildete eine Terrasse, die von einer hohen Stützmauer aus feuchten, moosgrünen Steinen befestigt wurde, durch die sich eine steile Flucht schmaler Stufen ihren Weg bahnte und zwischen schluchtartigen Begrenzungsflächen einwärts zum oberen Bezirk mit welkem Rasen, schiefen Backsteinmauern und ungepflegten Gärten führte. Mit den umgestoßenen Zementvasen, rostzerfressenen Kesseln, die von ihren Dreifüßen aus Knotenstöcken heruntergefallen waren, und ähnlichem Plunder bildete dies eine passende Kulisse für die verwitterte Eingangstür mit dem zersplitterten Fächerfenster, den bröckelnden ionischen Säulen und dem wurmzernagten dreieckigen Ziergiebel.

Was ich in meiner Jugend über das gemiedene Haus hörte, war lediglich, dass darin Menschen in erschreckend großer Zahl starben. Dies, so erfuhr ich, sei der Grund gewesen, warum die Erbauer und Erstbesitzer des Anwesens gut zwanzig Jahre nach seiner Fertigstellung ausgezogen waren. Es war einfach ungesund, vielleicht wegen der Feuchtigkeit und des Schwammbefalls im Keller, des *durchdringenden* üblen Geruchs, des Luftzugs in den Gängen und Fluren oder der Ungenießbarkeit des Wassers aus dem Pumpbrunnen. Diese Dinge waren schlimm genug, und sie waren alles, was bei meinen Bekannten Glauben fand. Erst die Notizbücher meines Onkels, des Altertumsforschers Dr. Elihu Whipple, enthüllten mir *in extenso* die dunkleren, vageren Vermutungen, die einen verstohlenen Strom volkstümlicher Überlieferungen unter den Dienstboten und dem einfachen Volk früherer Tage bildeten, Vermutungen, die niemals weit kursierten und die größtenteils schon vergessen waren, als Providence zu einer Metropole mit hektischen, modernen Einwohnern anwuchs.

Unumstößliche Tatsache ist, dass das Gebäude von den gediegeneren Gesellschaftskreisen niemals wirklich als ›Spukhaus‹ angesehen wurde. Geschwätz über rasselnde Ketten, eisige Luftzüge, ausgeblasene Lichter oder Gesichter an den Fenstern kursierte nicht. Zum Extrem neigende Menschen behaupteten manchmal, das Haus sei »vom Unglück heimgesucht«, aber mehr sagten sogar sie nicht. Was tatsächlich außer Frage stand, ist, dass eine beängstigende Anzahl von Menschen dort starb; oder genauer gesagt: gestorben *war*, denn seit einigen seltsamen Vorkommnissen vor über sechzig Jahren stand das Gebäude leer, weil es sich einfach nicht mehr vermieten ließ. Alle diese Menschen waren dem Leben nicht plötzlich durch irgendeine akute Todesursache entrissen worden. Vielmehr hatte es den Anschein, als litten sie unter einem schleichenden Entzug der Lebensenergie, sodass jeder von ihnen früher als vorherbestimmt an irgendeiner scheinbar natürlichen Krankheit verschied. Und jene, die nicht starben, offenbarten mehr oder weniger stark eine Art Blutarmut oder Schwindsucht und manchmal auch einen Verfall der geistigen Kräfte, was nicht gerade für die Bekömmlichkeit des Gebäudes sprach. Es muss hinzugefügt werden, dass die Häuser in der Nachbarschaft vollkommen frei von solchen abträglichen Eigenschaften waren.

So viel war mir bekannt, ehe meine beharrlichen Fragen meinen Onkel dazu brachten, mir die Notizbücher zu zeigen, die uns beide schließlich zu unserer schrecklichen Nachforschung veranlassten. In meiner Kindheit war das gemiedene Haus unbewohnt gewesen, mit kahlen, knorrigen und grässlich alten Bäumen, unnatürlich bleichem Gras und albtraumhaft missgeformtem Unkraut auf dem hochgelegenen Terrassengarten, wo sich niemals Vögel niederließen. Wir Jungen trieben uns häufig dort herum, und ich erinnere mich noch gut meines kindlichen Schreckens nicht nur angesichts der morbiden Fremdartigkeit der unheimlichen Vegetation, sondern auch wegen der schaurigen Atmosphäre und dem Geruch des baufälligen Hauses, durch dessen unverschlossene Eingangstür wir uns häufig vorwagten, um uns zu gruseln. Die Scheiben der kleinen Fenster waren zum größten Teil zerbrochen, und eine unbeschreibliche Aura der Verlassenheit lastete auf den rissigen Wandvertäfelungen, den wackligen Rollläden, der sich abschälenden Tapete, dem bröckelnden Verputz, den morschen Treppen und den Überresten der kaputten Möbel, die noch vorhanden waren. Staub und Spinnweben verstärkten die gespenstische Stimmung; und als wirklich mutig galt der Junge, der freiwillig die Leiter zum Speicher erklomm, einem riesigen, von Dachsparren gerippten Schlauch, erhellt nur durch winzige blinzelnde Fenster an den Giebelenden und angefüllt mit einem Haufen zertrümmerter Truhen, Stühle und Spinnräder, die unter den Staub- und Schmutzschichten endloser Jahre der Lagerung monströse und höllische Formen angenommen hatten.

Doch im Grunde war der Dachspeicher gar nicht mal der gruseligste Teil des Hauses. Der dumpfe, feuchte Keller war am schaurigsten. Auf unbestimmte Art weckte er den allerstärksten Abscheu in uns, obwohl er zur Straße hin ganz offen lag, mit einer von Fenstern durchbrochenen Ziegelmauer und einer dünnen Tür, die ihn vom belebten Gehsteig abgrenzte. Wir wussten nicht recht, ob wir ihn um des unheimlichen Kitzels willen aufsuchen oder unseren Seelen und unserer geistigen Gesundheit zuliebe meiden sollten. Zum einen war der üble Geruch des Hauses dort am stärksten; und zum anderen gefielen uns die weißen Pilzgewächse nicht, die zuweilen bei regnerischem Sommerwetter aus dem festgestampften erdenen Kellerboden sprossen. Diese Gewächse, ebenso grotesk wie die Pflanzenwelt des Außenhofs, waren wirklich widerwärtig anzuschauen: ekelhafte Parodien von Fliegenpilz und Fichtenspargel, wir hatten dergleichen nie zuvor gesehen. Sie verfaulten schnell und begannen, ab einem bestimmten Entwicklungsstadium schwach zu phosphoreszieren, deshalb sprachen nächtliche Passanten manchmal von Irrlichtern, die hinter den zerbrochenen Scheiben der Gestank verströmenden Fenster glommen.

Niemals – auch nicht in unserer übermütigsten Halloweenlaune – gingen wir bei Nacht in diesen Keller, doch konnten wir während einiger unserer Besuche bei Tageslicht die erwähnte Phosphoreszenz beobachten, vor allem an trüben und nassen Tagen. Es gab auch ein weniger fassliches Phänomen, das wir oftmals zu beobachten meinten – es handelte sich in der Tat um eine überaus seltsame, uneindeutige Sache. Ich meine ein verschwommenes weißes Muster auf dem schmutzigen Boden, eine sich bewegende Ablagerung von Schimmel oder Salpeter, deren Ursprung wir manchmal zwischen den spärlichen Pilzgewächsen nahe der großen Feuerstelle des Kellergeschosses vage auszumachen glaubten. Zeitweilig erinnerte uns dieser Fleck in unheimlicher Weise an eine zusammengekrümmte menschliche Gestalt, obwohl eigentlich keine derartige Ähnlichkeit existierte, und oftmals gab es überhaupt keine weißliche Ablagerung.

An einem regnerischen Nachmittag, als dieses Trugbild erstaunlich deutlich auftrat, und als ich darüber hinaus glaubte, den Anblick einer dünnen, gelblichen, schimmernden Ausdünstung erhascht zu haben, die von dem Salpetermuster in den gähnenden Kamin aufstieg, sprach ich meinen Onkel auf die Sache an. Er lächelte über diese sonderbare Einbildung, doch schien er sich mit diesem Lächeln auch an etwas zu erinnern. Später hörte ich, dass eine vergleichbare Beobachtung Eingang in einige der überspannten alten Geschichten des einfachen Volkes gefunden hatte – eine Beobachtung, die in entsprechender Weise auf ghoulische, wölfische Formen anspielte, die im Rauch aus dem großen Schornstein erkennbar sein sollten, und auf absonderliche Umrisse, die der verschlungene Wuchs einiger Baumwurzeln anzudeuten schien, die sich durch die losen Steine des Fundaments einen Weg in den Keller gesucht hatten.

II

Erst als ich erwachsen war, machte mein Onkel mir die Aufzeichnungen und Unterlagen zugänglich, die er über das gemiedene Haus gesammelt hatte. Dr. Whipple war ein sachlich denkender, konservativer Arzt der alten Schule, und trotz seines Interesses an diesem Ort strebte er nicht danach, die Gedanken eines jungen Menschen auf das Anormale zu lenken. Seine eigene Ansicht, die einfach von einem Gebäude und Grundstück mit auffällig ungesunden Eigenschaften ausging, hatte nichts mit dem Anormalen zu tun; und doch erkannte er, dass der romantische Aspekt des Ganzen, der sein eigenes Interesse geweckt hatte, die rege Fantasie eines jungen Mannes zu allerlei schauerlichen Gedankenverknüpfungen anstiften würde.

Der Doktor war Junggeselle; ein weißhaariger, glatt rasierter, altmodischer Gentleman und ein Lokalhistoriker von Ruf, der oftmals eine Lanze mit solch streitbaren Hütern der Tradition wie Sidney S. Rider und Thomas W. Bicknell gebrochen hatte. Er und sein einziger Diener bewohnten ein georgianisches Heim mit Türklopfer und eisernen Treppengeländern, das am steilen Gefälle der North Street beunruhigend um Gleichgewicht rang, direkt neben dem alten Gerichts- und Verwaltungsgebäude, in dem sein Großvater – ein Cousin jenes gefeierten Kaperfahrers Captain Whipple, der 1772 Seiner Majestät bewaffneten Schoner *Gaspee* in Brand setzte – bei der gesetzgebenden Versammlung vom 4. Mai 1776 für die Unabhängigkeit der Kolonie Rhode Island gestimmt hatte. In der klammen Bibliothek mit der niedrigen Decke, den modrigen weißen Paneelen, dem schweren, geschnitzten Kaminaufsatz und den kleinen, von Weinlaub beschatteten Fenstern umgaben ihn die Erinnerungsstücke und schriftlichen Zeugnisse seiner alteingesessenen Familie, darunter zahlreiche Andeutungen bezüglich des gemiedenen Hauses in der Benefit Street. Dieser verseuchte Ort liegt nicht weit von dort entfernt – denn die Benefit Street verläuft wie ein Gesims direkt oberhalb des Gerichtsgebäudes entlang der steilen Hügelflanke, an der die erste Ansiedlung empor-wuchs.

Als mein ständiges Drängen zu guter Letzt meinem Onkel die sorgsam gehüteten Informationen entlockt hatte, die ich haben wollte, lag eine wirklich sonderbare Chronik vor mir. Umständlich, statistisch und ermüdend genealogisch wie manches von den Dokumenten war, durchzog sie doch ein roter Faden von beharrlich brütendem Grauen und unnatür-licher Bosheit, die mich noch mehr als den guten Doktor beeindruckte. Einzelne Vorfälle standen auf einmal in einem unheimlichen Zusammenhang und vermeintlich unbedeu-tende Einzelheiten bargen einen Fundus abscheulicher Möglichkeiten.

Eine neue und brennende Neugier erwachte in mir, ver-glichen mit der meine jungenhafte Neugierde vergangener Tage matt und einfältig anmutete. Die ersten Enthüllungen führten zu einer erschöpfenden Recherche und letzten Endes zu der grauengetränkten Nachforschung, die sich als so verhängnisvoll für mich und die meinen erwies. Denn mein Onkel bestand darauf, an der Untersuchung mitzu-wirken, die ich in Angriff genommen hatte, und nach einer gewissen Nacht in jenem Haus verließ er es nicht mehr mit mir. Ich bin einsam ohne diese gütige Seele, deren lange Lebensjahre nur von Anstand, Tugend, Taktgefühl, Wohl-wollen und Gelehrsamkeit bestimmt gewesen waren. Ich habe zu seinem Gedenken eine Marmor-Urne für den St. John's Friedhof gestiftet – den Ort, den Poe liebte – jenen verborgenen Hain gewaltiger Weiden an der Hügelseite, wo Gräber und Grabsteine sich still unter der altersgrauen Stein-masse der Kirche und der Häuser und der Stützmauern der Benefit Street drängen.

Die Geschichte des Hauses, die mit einem Durcheinander an Daten beginnt, offenbarte keine Spur des Unheilvollen, weder in Bezug auf seine Errichtung noch bezüglich der wohlhabenden und ehrbaren Familie, die es erbaute. Und doch zeigte sich von Beginn an ein Anflug des Verhängnisvollen, der schnell eine unheilvolle Kraft gewann. Die gewissenhaft zusammengestellten Aufzeichnungen meines Onkels begannen mit der Grundsteinlegung im Jahre 1763 und verfolgten das Thema ungewöhnlich detailreich. Das gemiedene Haus, so scheint es, wurde zuerst von William Harris und seiner Frau Rhoby Dexter bewohnt sowie deren Kindern Elkanah, geboren 1755, Abigail, geboren 1757, William jr., geboren 1759, und Ruth, geboren 1761. Harris war ein achtbarer Kaufmann und Seefahrer im Westindienhandel und geschäftlich verbunden mit der Firma von Obadiah Brown und Neffen. Nach Browns Tod im Jahre 1761 ernannte ihn die neue Firma von Nicholas Brown & Co. zum Kapitän der 120-Tonnen-Brigg *Prudence*, die aus einer Werft in Providence stammte, was ihm ermöglichte, den neuen Familienwohnsitz zu bauen, von dem er seit seiner Heirat stets geträumt hatte.

Die von ihm erwählte Lage – ein vor Kurzem begradigter Abschnitt der neuen und vornehmen Back Street, die entlang der Hügelflanke oberhalb der dicht besiedelten Cheapside verlief – konnte wünschenswerter nicht sein, und das fertige Bauwerk wurde dem Standort gerecht. Es war das Beste, was sich mit seinen bescheidenen Mitteln erreichen ließ, und Harris beeilte sich einzuziehen, ehe seine Frau das von der ganzen Familie erwartete fünfte Kind zur Welt brachte. Dieses Kind, ein Knabe, wurde im Dezember geboren; er war tot – ganze anderthalb Jahrhunderte lang sollte in diesem Haus kein einziges Kind lebend entbunden werden.

Im folgenden April erkrankten die Kinder und noch vor Monatsende starben Abigail und Ruth. Dr. Job Ives' Diagnose lautete Kindfieber, obwohl andere behaupteten, es habe sich eher um schlichtes körperliches Siechtum oder

Dahinschwinden gehandelt. Die Sache schien auf jeden Fall ansteckend; denn Hannah Bowen, eine von zwei Bediensteten, starb im folgenden Juni auf die gleiche Weise. Eli Lideason, der andere Dienstbote, klagte ständig, dass er erschöpft sei – und er wäre auf die Farm seines Vaters in Rehoboth zurückgekehrt, hätte er nicht unverhofft eine zärtliche Neigung zu Mehitabel Pierce gefasst, die als Hannahs Nachfolgerin eingestellt worden war. Er starb im Jahr darauf: wahrlich ein trauriges Jahr, denn es brachte auch den Tod von William Harris, dessen Konstitution im Klima von Martinique angegriffen worden war, wo berufliche Pflichten ihn während der zurückliegenden Dekade über längere Zeiträume festgehalten hatten.

Die verwitwete Rhoby Harris erholte sich nie von dem Schock, den sie durch den Verlust ihres Mannes erlitten hatte, und als ihr Erstgeborener Elkanah zwei Jahre später starb, versetzte dies ihrem Verstand den Todesstoß. Anno 1768 fiel sie einer milden Form des Wahnsinns anheim, worauf man sie in den oberen Teil des Hauses verbannte.

Inzwischen war ihre ältere, unverheiratete Schwester, Mercy Dexter, eingezogen, um die Familie zu versorgen. Mercy war eine einfache, grobknochige Frau und sehr kräftig – und doch verschlechterte sich ihre Gesundheit seit dem Tag ihrer Ankunft sichtlich. Sie hing sehr an ihrer unglücklichen Schwester und hegte zu ihrem einzigen überlebenden Neffen William eine besondere Neigung, der sich von einem kräftigen Kind in einen kränkelnden, spindeldürren Knaben verwandelt hatte. In diesem Jahr starb die Dienstmagd Mehitabel, und der zweite Diener, Preserved Smith, kündigte ohne vernünftige Erklärung – er erzählte allerdings einige wüste Geschichten und beschwerte sich über den Geruch des Hauses, den er nicht gut vertrage.

Es dauerte einige Zeit, bis Mercy endlich neue Dienstboten fand, denn die sieben Todesfälle und der eine Fall von Wahnsinn, die alle innerhalb eines Zeitraums von fünf Jahren eingetreten waren, hatten die Welle von Klatschgeschichten ausgelöst, die später so bizarre Formen annahm. Schließlich jedoch warb sie Personal von außerhalb der Stadt an; Ann White, eine mürrische Frau aus jenem Teil North Kingstowns, der nun den Amtsbezirk Exeter bildet, sowie einen tüchtigen Mann aus Boston namens Zenas Low.

Es war Ann White, mit der das düstere Getratsche erstmals greifbare Züge gewann. Mercy hätte es besser wissen sollen, als jemanden aus der Gegend um Nooseneck Hill in Dienst zu nehmen, denn jener abgelegene, rückständige Landesteil war damals, wie auch heute, die Brutstätte des unerfreulichsten Aberglaubens. Noch im Jahre 1892 exhumierte eine Gemeinde in Exeter einen Leichnam und verbrannte feierlich das Herz, um vermeintliche, der öffentlichen Gesundheit und dem allgemeinen Frieden abträgliche Heimsuchungen zu unterbinden, und man kann sich unschwer die vorherrschende Geisteshaltung jenes Landstrichs im Jahre 1768 ausmalen. Anns Zunge war in unheilvoller Bewegung, und nach wenigen Monaten setzte Mercy sie vor die Tür und vergab ihre Stelle an eine treue und liebenswerte Amazone aus Newport, Maria Robbins.

Inzwischen verlieh die bedauernswerte Rhoby Harris in ihrem Wahnsinn Träumen und Trugbildern der scheußlichsten Sorte hörbaren Ausdruck. Zuweilen waren ihre Schreie unerträglich und lange Zeit formten ihre Stimmbänder kreischende Schrecken, die ihren Sohn manchmal zwangen, bei seinem Cousin Peleg Harris in der Presbyterian Lane nahe dem neuen Universitätsgebäude Unterkunft zu suchen. Nach diesen Gastaufenthalten schien der Junge immer sichtlich gekräftigt, und wäre Mercy so klug gewesen, wie sie wohlmeinend war, hätte sie ihn dauerhaft bei Peleg einquartiert.

Was genau Mrs. Harris während ihrer Tobsuchtsanfälle hinausschrie, hält die Überlieferung vornehm zurück – oder verbreitet vielmehr derart übertriebene Darstellungen, dass sie sich dank ihrer schieren Absurdität von selbst erledigen. Es kann ja nur absurd klingen, wenn man hört, dass eine

286

Frau, die nur bruchstückhafte Kenntnisse des Französischen besitzt, oftmals stundenlang in einem vulgären Dialekt dieser Sprache brüllte, oder dass dieselbe Person, allein im Zimmer, aber unter Beobachtung, heftig über ein Etwas klagte, das sie anstarre, sie beiße und an ihr kaue.

Im Jahre 1772 starb der Diener Zenas, und als Mrs. Harris davon hörte, lachte sie mit einer schockierenden Begeisterung, die überhaupt nicht zu ihr passte. Im folgenden Jahr starb sie selbst und wurde auf dem North Burial Ground neben ihrem Gatten beerdigt.

Als 1775 der Krieg gegen Großbritannien ausbrach, gelang es William Harris trotz seiner jungen sechzehn Jahre und schwachen körperlichen Verfassung, in die Erkundungstruppen unter General Greene einzutreten; und von da an erfreute er sich stets zunehmender Gesundheit und wachsenden Ansehens. Anno 1780, er war Hauptmann der Rhode-Island-Truppen unter Colonel Angell, heiratete er Phebe Hetfield aus Elisabethtown, die er nach seiner ehrenhaften Entlassung im folgenden Jahr nach Providence brachte.

Die Heimkehr des jungen Soldaten war kein Ereignis von ungetrübter Freude. Das Haus, zugegeben, war noch immer in gutem Zustand; und die Straße war verbreitert und von Back Street in Benefit Street umbenannt worden. Doch Mercy Dexters ehedem robuste Natur hatte einen schmerzlichen und unerklärlichen Verfall durchlaufen, sodass sie nunmehr eine gebeugte und traurige Frau mit tonloser Stimme und erschreckend blass war – Symptome, die in unnatürlichem Ausmaß auch die einzige verbliebene Dienerin Maria aufwies. Im Herbst 1782 gebar Phebe Harris ein totes Mädchen und am fünfzehnten Mai des folgenden Jahres schied Mercy Dexter aus einem hilfsbereiten, anspruchslosen und rechtschaffenen Leben.

William Harris, nun endlich überzeugt von der durch und durch gesundheitsschädlichen Natur seines Heims, bereitete sich auf den Auszug vor und wollte das Haus für immer aufgeben. Während er mit seiner Frau ein Ausweichquartier im jüngst eröffneten Golden Ball Inn bezog, gab er den Bau eines neuen und schöneren Hauses in der Westminster Street in Auftrag, die zum wachsenden Teil der Stadt am anderen Ende der Great Bridge gehörte. Dort wurde 1785 sein Sohn Dutee geboren; und dort wohnte die Familie, bis der vordringende Handel sie wieder über den Fluss und den Hügel zurück in die Angell Street trieb, ins neuere Wohnviertel der East Side, wo der verstorbene Archer Harris 1876 seine teure, aber geschmacklose Mansardendach-Villa errichtete. William und Phebe erlagen beide der Gelbfieber-Epidemie von 1797, Dutee wurde indessen von seinem Cousin Rathbone Harris, Pelegs Sohn, aufgezogen.

Rathbone war ein praktisch veranlagter Mann und vermietete das Haus in der Benefit Street, entgegen Williams Wunsch, es leer stehen zu lassen. Er betrachtete es als Verpflichtung seinem Mündel gegenüber, aus dem Besitztum des Jungen das Beste herauszuholen, und er kümmerte sich wenig um die Todes- und Krankheitsfälle, die einen so häufigen Wechsel der Bewohner bewirkt hatten, oder die beständig zunehmende Abneigung, mit der das Haus allgemein betrachtet wurde. Vermutlich empfand er nur Verdruss, als der Stadtrat ihm im Jahre 1804 auferlegte, wegen der viel diskutierten Tode von vier Menschen, mutmaßlich verursacht von der inzwischen abklingenden Fieberepidemie, das Anwesen mit Schwefel, Teer und Kampfer auszuräuchern. Es hieß, dem Ort hafte ein Fiebergeruch an.

Dutee selbst dachte wenig an das Haus, denn er fühlte sich zum Kapermatrosen berufen und diente im Krieg von 1812 mit Auszeichnung auf der *Vigilant* unter Captain Cahoone. Er kehrte unverletzt zurück, heiratete im Jahr 1814 und wurde in jener denkwürdigen Nacht des 23. September 1815 zum Vater, als ein mächtiger Sturm das Wasser der Bucht über die halbe Stadt peitschte und eine große Schaluppe weit die Westminster Street hinauftrieb, sodass ihre Masten fast an die Fenster des Harris-Hauses pochten, gleichsam als symbolische Bestätigung, dass der neugeborene Knabe, Welcome, der Sohn eines Seemanns war.

Welcome überlebte seinen Vater nicht, stattdessen war es ihm bestimmt, im Jahre 1862 bei Fredericksburg ruhmreich zu sterben. Weder ihm noch seinem Sohn Archer bedeutete das gemiedene Haus etwas anderes als ein Ärgernis, das sich um nahezu keinen Preis vermieten ließ – vielleicht aufgrund der Muffigkeit und des unerträglichen Gestanks verwahrlosten Alters. Es wurde tatsächlich nie mehr vermietet, nachdem sich eine Reihe von Todesfällen ereignet hatte, die ihren Höhepunkt 1861 erreichte und in den Kriegswirren nahezu ohne Echo blieb. Carrington Harris, letzter Spross der männlichen Linie, kannte das Haus lediglich als verlassenen und geradezu malerischen Kern lokaler Legenden, bis ich ihm von meinem Erlebnis erzählte. Er hatte vorgehabt, das Haus abzureißen und an seiner statt ein Apartmenthaus hochzuziehen, doch nach meinem Bericht entschied er sich nun, es stehen zu lassen, mit Wasserleitungen auszustatten und zu vermieten. Bislang hat er auch keine Schwierigkeiten gehabt, Mieter zu finden. Das Grauen ist verschwunden.

III

Es lässt sich leicht ermessen, welch starken Eindruck die Annalen der Harris-Sippe auf mich machten. In diesem fortlaufenden Bericht schien mir eine nachhaltige böse Macht zu brüten, die alles in den Schatten stellte, was die Natur, wie ich sie kannte, aufzubieten hatte; eine böse Macht, die klar ersichtlich mit dem Haus verknüpft war und nicht mit der Familie.

Dieser Eindruck wurde durch die ungeordnete Sammlung unterschiedlichster Hinweise meines Onkels bestärkt – Berichte, die beim Anhören von Dienstbotenklatsch niedergeschrieben wurden, Zeitungsausschnitte, Kopien von Sterbeurkunden aus dem Archiv von Arztkollegen und dergleichen mehr. Dieses Material hier vollständig vorzulegen ist nicht möglich, denn mein Onkel war ein unermüdlicher Altertumskundler und hegte ein tiefes Interesse an dem gemiedenen Haus. Doch möchte ich verschiedene wichtige Fakten anführen, die wegen ihrer Wiederholung in zahlreichen Berichten aus unterschiedlichen Quellen Aufmerksamkeit verdienen. So schrieb zum Beispiel der Dienstbotenklatsch dem pilzbefallenen und übel riechenden *Keller* des Hauses einmütig einen herausragenden Anteil des bösen Einflusses zu. Es hatte Hausangestellte gegeben – vor allem Ann White –, die sich weigerten, die Küche im Keller zu benutzen, und mindestens drei Aussagen bezogen sich konkret auf die gleichsam menschlichen oder teuflischen Umrisse, die Baumwurzeln oder Schimmelflecken in diesem Bereich bildeten. Besonders die letzteren Erzählungen interessierten mich aufgrund dessen, was ich in meiner Kindheit gesehen hatte, doch schien es mir, dass in jedem einzelnen Fall ihre Bedeutung durch Hinzufügungen aus dem üblichen Fundus lokaler Gespenstersagen stark beeinträchtigt worden war.

Ann White mit ihrem Exeter-Aberglauben hatte die überspannteste und zugleich in sich schlüssigste Geschichte ausgestreut; sie deutete an, dass unter dem Haus ein Vampir begraben liegen müsse – einer jener Toten, die ihre körperliche Gestalt beibehalten und sich vom Blut oder Atem der Lebenden nähren und deren grausige Legionen ihre Spukgestalten oder Geisterscheinungen bei Nacht nach Opfern aussenden. Um einen Vampir zu vernichten, so raten die Großmütter, müsse man ihn aus dem Grab zerren und sein Herz verbrennen, oder zumindest einen Pflock durch dieses Organ stoßen. Anns penetrante Forderung, unter dem Kellerboden nachzuforschen, war der Hauptgrund für ihre Entlassung gewesen.

Dennoch fanden ihre Geschichten breites Gehör und, weil das Haus tatsächlich auf einem Grundstück stand, das früher zu Begräbniszwecken gedient hatte, desto bereitwilligeren

Glauben. Für mich waren sie weniger wegen dieses Umstandes von Interesse als aufgrund der merkwürdig passenden Art und Weise, in der sie sich zu gewissen anderen Aspekten fügten – der Beschwerde des scheidenden Dieners Preserved Smith, der vor Ann angestellt gewesen war und nie von ihr gehört hatte, dass ihm etwas bei Nacht den »Atem saugte«; den Sterbeurkunden der Fiebertoten des Jahres 1804 aus dem Archiv von Dr. Chad Hopkins, laut denen alle vier Verstorbenen einen unerklärlichen Blutmangel aufwiesen; und den rätselhaften Verbindungen in den Delirien der armen Rhoby Harris, als sie sich vor den scharfen Zähnen einer starräugigen, halb sichtbaren Erscheinung fürchtete.

Obzwar ich frei von törichtem Aberglauben bin, lösten diese Dinge einen sonderbaren Aufruhr in mir aus, noch verstärkt durch zwei weit auseinander datierende Zeitungsausschnitte, die von Todesfällen im gemiedenen Haus handelten – einer aus der *Providence Gazette and Country Journal* vom 12. April 1815 und der andere aus dem *Daily Transcript and Chronicle* vom 27. Oktober 1845. Beide gingen ausführlich auf einen außerordentlich grauenerregenden Umstand ein, dessen Übereinstimmung erstaunlich war. Wie es scheint, durchliefen in beiden Fällen die Sterbenden eine Verwandlung – 1815 eine liebenswürdige alte Dame namens Stafford und 1845 ein Schullehrer mittleren Alters namens Eleazar Durfee – auf eine grauenvolle Art und Weise; ihre Augen blickten starr und glasig und sie versuchten, die betreuenden Ärzte in den Hals zu beißen.

Noch verwirrender jedoch waren die letzten Ereignisse, die der Vermietung des Hauses ein Ende setzten – eine Reihe von Todesfällen, verursacht durch Blutarmut. Allen waren Symptome fortschreitenden Wahnsinns vorangegangen, in dessen Verlauf die Patienten durchtrieben ausgeführte Mordanschläge auf ihre Verwandten verübten, indem sie sie an deren Hälsen oder Handgelenken verwundeten.

Dies geschah in den Jahren 1860 und 1861, als mein Onkel

gerade seine Arztpraxis eröffnet hatte; und ehe er an die Front ging, hörte er viel darüber von seinen älteren Berufskollegen. Das wirklich Unerklärliche war die Art, in der die Opfer – ungebildete Menschen, denn an andere konnte das übel riechende und weithin gemiedene Haus nicht mehr vermietet werden – Verwünschungen auf Französisch brabbelten, einer Sprache, die sie unmöglich in nennenswertem Umfang erlernt haben konnten. Es erinnerte an die arme Rhoby Harris fast ein Jahrhundert zuvor und berührte meinen Onkel so sehr, dass er, nachdem er einige Zeit nach seiner Heimkehr aus dem Krieg von den Ärzten Dr. Chase und Dr. Whitmarsh einen Bericht aus erster Hand über die Ereignisse vernahm, damit begann, historische Informationen über das Haus zu sammeln.

Ich erkannte, dass mein Onkel gründlich über diese Sache nachgedacht hatte und sich nun über mein eigenes Interesse daran freute – ein aufgeschlossenes und gleichgesinntes Interesse, das es ihm ermöglichte, Dinge mit mir zu erörtern, über die andere nur gelacht hätten. Seine Fantasie war nicht so weit vorausgeprescht wie meine, doch fühlte er, dass dieser Ort der Einbildungskraft ein selten weites Feld eröffnete und als Inspirationsquell auf dem Gebiet des Grotesken und Makabren Beachtung verdiente.

Ich für meinen Teil war geneigt, die ganze Angelegenheit verbissen ernst zu nehmen, und begann sofort, nicht nur die Zeugenaussagen zu prüfen, sondern so viel davon zu sammeln, wie ich konnte. Ich befragte den alten Archer Harris, dem das Haus inzwischen gehörte, viele Male, bevor er 1916 starb. Von ihm und seiner noch immer lebenden unverheirateten Schwester Alice erhielt ich eine authentische Bestätigung all der Informationen über die Familie, die mein Onkel dokumentiert hatte. Als ich sie allerdings fragte, welche Verbindung zu Frankreich oder dessen Landessprache das Haus wohl haben könnte, bekannten sie sich ebenso erstaunt und ahnungslos, wie ich es war. Archer wusste nichts, und alles, was Miss Harris beisteuern konnte, war, dass eine alte Andeutung, die ihr Großvater Dutee Harris gehört hatte, vielleicht etwas Licht in die Angelegenheit bringen könne. Der alte Seemann, der den Soldatentod seines Sohnes Welcome um zwei Jahre überlebte, hatte die Geschichte selbst nicht gekannt; doch erinnerte er sich noch an seine frühe Amme, jene Maria Robbins längst vergangener Tage – sie hatte eine dunkle Ahnung von etwas besessen, das den französischsprachigen Wahnausbrüchen von Rhoby Harris, die sie während der letzten Tage jener unglücklichen Frau so oft vernommen hatte, eine unheimliche Bedeutung verlieh. Maria war im gemiedenen Haus von 1769 bis zum Auszug der Familie im Jahre 1783 beschäftigt gewesen und hatte Mercy Dexter sterben sehen. Einmal hatte sie dem kleinen Dutee gegenüber einen reichlich merkwürdigen Umstand während Mercys letzter Augenblicke erwähnt, doch hatte der Junge bald alles darüber vergessen, außer dass es etwas Merkwürdiges gewesen war. Und die Enkelin entsann sich dieses Wenigen nur unter Mühen. Sie und ihr Bruder waren nicht so stark an dem Haus interessiert wie Archers Sohn Carrington, der gegenwärtige Eigentümer, mit dem ich nach meinem Erlebnis sprach.

Nachdem ich der Familie Harris alle verfügbaren Informationen entlockt hatte, wandte ich meine Aufmerksamkeit frühen städtischen Chroniken und Dokumenten zu, wobei ich einen gründlicheren Eifer an den Tag legte, als mein Onkel ihn zuvor bei derselben Tätigkeit gezeigt hatte. Mein Ziel war eine lückenlose Übersicht der Grundstücksgeschichte, beginnend mit seiner Besiedelung im Jahre 1636 – oder sogar noch früher, falls sich irgendeine Legende der Narragansett-Indianer aufstöbern ließ, die die Daten ergänzte. Gleich zu Beginn fand ich heraus, dass das Land zu der lang gezogenen Parzelle gehört hatte, die ursprünglich an John Throckmorton übertragen worden war; einer von zahlreichen ähnlichen Landstreifen, die an der Town Street neben dem Fluss beginnen und sich über den Hügel hinauf bis zu einer Linie erstrecken, die in groben Zügen der heutigen Hope Street entspricht. Throckmortons Parzelle ist erwartungsgemäß später mehrfach unterteilt worden und ich bemühte mich sehr, jenen Abschnitt zu ermitteln, durch den später die Back beziehungsweise Benefit Street verlief. Es war, so besagte ein Gerücht, tatsächlich der Friedhof der Throckmortons. Doch als ich die alten Dokumente eingehender durchforschte, fand ich heraus, dass die Gräber schon früher alle zum North Burial Ground an der Pawtucket West Road verlegt worden waren.

Dann stieß ich unverhofft – dank eines glücklichen Zufalls, da das Fundstück sich nicht im Hauptbestand der Dokumente befand und leicht hätte übersehen werden können – auf etwas, das mich in äußerste Spannung versetzte, da es mit verschiedenen der seltsamsten Phasen der Angelegenheit zusammenpasste. Es war der Nachweis der Verpachtung eines kleinen Grundstücks an einen Etienne Roulet und seine Frau im Jahre 1697. Nun endlich war das französische Element zum Vorschein gekommen – dies und ein weiteres, bedeutsameres Element des Schreckens, das dieser Name aus den dunkelsten Winkeln meines Geistes und meines weit gestreuten Aktenstudiums heraufbeschwor – und ich suchte fieberhaft, welchen Grundriss und welche Lage das Grundstück gehabt hatte, bevor zwischen 1747 und 1758 die Back Street hindurch verlegt und dann verbreitert worden war. Ich entdeckte, was ich nahezu erwartet hatte: Dort, wo nun das gemiedene Haus stand, hatten die Roulets hinter einem einstöckigen Wohnhaus mit Dachboden einst ihren eigenen Friedhof unterhalten – und nirgends ließ sich eine Verlegung der Gräber nachweisen.

Das betreffende Dokument endete allerdings etwas wirr; ich war genötigt, sowohl die Rhode Island Historical Society als auch die Shepley Library zu durchforsten, ehe ich, bildlich gesprochen, vor Ort eine Tür fand, zu der der Name Etienne Roulet als Schlüssel passte. Letztendlich entdeckte ich etwas, und dies war von solch unbestimmter, aber monströser Tragweite, dass ich auf der Stelle daranging, den

Keller des gemiedenen Hauses erneut mit angespannter Gründlichkeit zu erforschen.

Die Roulets, so schien es, waren 1696 über die Westküste der Narragansett-Bucht aus East Greenwich hergekommen. Sie waren Hugenotten aus Caude und hatten beträchtliche Widerstände überwinden müssen, ehe der Magistrat von Providence ihnen erlaubte, sich in der Stadt niederzulassen. In East Greenwich, wohin sie 1686 nach dem Widerruf des Ediktes von Nantes gezogen waren, waren sie unbeliebt gewesen, und gerüchteweise ging der Anlass der Abneigung über schlichte rassische oder nationale Vorurteile hinaus, wie auch über die Grenzstreitigkeiten, deretwegen sich andere französische Siedler mit den Engländern befehdeten, was selbst Gouverneur Andros nicht zu unterbinden vermochte. Doch wegen ihres glühenden Protestantismus' – zu glühend, raunten einige – und ihres offensichtlichen Unglücks, nachdem man sie förmlich aus dem Dorf geprügelt hatte, gewährte man ihnen Zuflucht. Der dunkelhäutige Etienne Roulet, weniger versiert im Ackerbau als im Lesen seltsamer Bücher und im Anfertigen seltsamer Diagramme, erhielt einen Posten als Schreiber im Lagerhaus an Pardon Tillinghasts Pier, das weit südlich in der Town Street lag. Dort ereignete sich jedoch später eine Art Aufruhr – ungefähr vierzig Jahre später, nach dem Tod des alten Roulet – und danach hat niemand noch etwas von der Familie gehört.

Mehr als ein Jahrhundert lang, so hat es den Anschein, blieben die Roulets als auffälliges Phänomen im ansonsten ruhigen Leben einer neuenglischen Hafenstadt deutlich in Erinnerung und Gegenstand häufiger Gespräche. Etiennes Sohn Paul, ein mürrischer Bursche, dessen unmögliches Benehmen vermutlich den Aufruhr herausforderte, der die Familie auslöschte, war der besondere Gegenstand von Mutmaßungen; und obwohl Providence nie den Hexenwahn seiner puritanischen Nachbarn teilte, wurde von alten Frauen offen angedeutet, dass seine Gebete weder zur rechten Zeit gesprochen noch an den rechten Empfänger gerichtet waren. All dies hat zweifellos die Grundlage zu der Geschichte abgegeben, von der Maria Robbins wusste. In welcher Beziehung es zu den französisch gesprochenen irren Reden von Rhoby Harris und denen anderer Bewohner des gemiedenen Hauses stand, das herauszufinden bleibt allein der Fantasie oder zukünftigen Nachforschungen überlassen.

Ich fragte mich, wie viele von jenen, die diese Legenden kannten, sich der zusätzlichen Verknüpfung mit dem Grauenvollen bewusst waren, die meine ausgedehnte Lektüre mir noch erschloss: jenes unheilvolle Schriftstück in den Annalen morbiden Schreckens, das von der Kreatur *Jacques Roulet aus Caude* berichtet, die anno 1598 als vom Teufel besessen zum Tode verurteilt, jedoch nachträglich vom Pariser Parlament vor dem Scheiterhaufen bewahrt und in ein Irrenhaus gesperrt wurde. Man fand ihn mit Blut und Fleischfetzen bedeckt im Wald auf, kurz nachdem zwei Wölfe einen Knaben getötet und zerrissen hatten. Einen der Wölfe sah man noch unverletzt davonhetzen. Dies war fraglos eine nette Geschichte für Abende am Kamin, und sonderbar bedeutungsvoll bezüglich des Namens und Ortes; doch ich gelangte zu dem Schluss, dass die Klatschmäuler aus Providence wohl nichts davon gewusst haben konnten. Hätten sie es gewusst, so hätte die Übereinstimmung des Namens zu handfesten und furchtgetriebenen Aktionen geführt – aber könnten nicht doch einige verstohlene Andeutungen darüber den Tumult ausgelöst haben, der die Roulets aus der Stadt fegte?

Ich besuchte den verfluchten Ort inzwischen immer häufiger, studierte die ungesunde Vegetation des Gartens, untersuchte sämtliche Mauern des Gebäudes und brütete über jedem Quadratzentimeter des Kellerbodens aus gestampfter Erde. Schließlich ließ ich mit Carrington Harris' Erlaubnis einen passenden Schlüssel zu der unbenutzten Tür anfertigen, die vom Keller unmittelbar auf die Benefit Street hinausging, denn ich bevorzugte einen direkteren Zugang zur Außenwelt als ihn die dunkle Stiege, die Eingangshalle und die Haustür bieten konnten. Dort unten, wo das Üble am dichtesten lauerte, suchte und stöberte ich lange Nachmittage herum, während das Sonnenlicht durch die Ritzen der spinnwebenverhangenen, ebenerdigen Tür sickerte, die mich wenige Meter entfernt mit der ruhigen Straße verband. Meine Mühen wurden nicht belohnt, ich fand nichts Neues – nur dieselbe Muffigkeit und vage Anflüge von widerlichen Gerüchen und salpetrige Umrisse auf dem Boden – und ich stelle mir vor, dass zahlreiche Fußgänger mir neugierig durch die zerbrochenen Scheiben zugeschaut haben müssen.

Schließlich entschied ich auf Anregung meines Onkels, den Ort während der Nacht aufzusuchen. In einer stürmischen Mitternacht ließ ich den Strahl einer elektrischen Taschenlampe über den modrigen Boden mit seinen unheimlichen Konturen und missgebildeten, halb phosphoreszierenden Pilzgewächsen wandern. Die Stätte bedrückte mich an jenem Abend auf seltsame Weise und eine Vorahnung beschlich mich, als ich inmitten der weißlichen Ablagerungen eine besonders scharfe Abbildung der ›zusammengekauerten Gestalt‹ sah oder zu sehen glaubte, an die ich mich aus meiner Kindheit erinnerte. Ihre Deutlichkeit war überraschend und unerhört – und während ich sie betrachtete, vermeinte ich, wieder die dünne, gelbliche, schimmernde Ausdünstung zu beobachten, die mich an jenem regnerischen Nachmittag vor so vielen Jahren mit Angst erfüllt hatte.

Sie stieg über dem menschenförmigen Schimmelfleck am Kamin auf: eine feine, kränkliche, beinahe durchscheinende Schwade, die, während sie zitternd in der klammen Luft hing, vage und schockierend Andeutungen einer Gestalt bildete, die allmählich in nebulöser Fäulnis verwehte und, einen ekligen Gestank hinter sich herziehend, in die Schwärze des großen Kamins abzog. Es war wirklich grausig, umso mehr im Lichte dessen, was ich über den Ort wusste. Meinen Fluchtimpuls unterdrückend, beobachtete ich, wie der Schwaden verschwand – und während ich hinsah, fühlte ich, dass er mich seinerseits gierig aus Augen beobachtete, die eher erahnbar als sichtbar waren.

Als ich meinem Onkel davon erzählte, war er äußerst aufgewühlt, und nach einer nervösen Stunde des Nachdenkens traf er einen endgültigen und folgenschweren Entschluss. Indem er die Bedeutung der Angelegenheit und unsere Beziehung dazu abgewogen hatte, forderte er, dass wir den Schrecken des Hauses während einer oder mehrerer gemeinsamer mühevoller Nachtwachen in jenem modrigen und pilzverseuchten Keller stellen und, falls möglich, vernichten sollten.

IV

Nachdem wir Carrington Harris gebührend verständigt hatten, ohne jedoch Andeutungen darüber zu verlieren, was wir zu finden erwarteten, trugen mein Onkel und ich am Mittwoch, dem 25. Juni 1919, zwei Campingstühle und ein zusammenklappbares Feldbett in das gemiedene Haus, außerdem einige wissenschaftliche Geräte, die schwer und kompliziert waren. Diese stellten wir tagsüber im Keller auf, klebten die Fenster mit Papier ab und planten, am Abend zu unserer ersten Nachtwache zurückzukehren. Wir hatten die Tür zwischen Keller und Erdgeschoss abgesperrt; und da wir einen Schlüssel zur Außentür des Kellers besaßen, waren wir bereit, unsere teure und empfindliche Apparatur – die wir heimlich und unter großen Kosten beschafft hatten – so viele Tage lang dort zu lassen, wie wir unsere Nachtwachen würden fortsetzen müssen. Gemeinsam wollten wir bis spät in die Nacht wach bleiben und dann einzeln im Zwei-Stunden-Turnus aufpassen, zuerst ich und dann mein Gefährte; der Pausierende sollte auf dem Feldbett ruhen.

Die Selbstverständlichkeit, mit der mein Onkel die Instrumente aus den Laboren der Brown University und aus der Cranston Street Armory besorgt hatte und die Leitung unseres Unterfangens übernahm, veranschaulichte deutlich die Vitalität und Energie des einundachtzigjährigen Mannes. Elihu Whipple hatte selbst immer nach den Gesundheitsvorschriften gelebt, die er als Arzt gepredigt hatte, und wäre es nicht zu den späteren Vorfällen gekommen, so würde er noch heute im Vollbesitz seiner Kräfte unter uns weilen. Nur zwei Menschen ahnten etwas davon, was geschehen würde – Carrington Harris und ich selbst. Ich musste Harris einweihen, denn er war der Eigentümer des Hauses und er besaß ein Recht, zu wissen, was sich daraus verflüchtigt hatte. Außerdem hatten wir vor unserer Untersuchung mit ihm gesprochen, und nach dem Tod meines Onkels spürte ich, dass er Verständnis aufbringen und mir bei einigen notwendigen öffentlichen Erklärungen zur Seite stehen würde. Er wurde sehr blass, erklärte sich jedoch bereit, mir zu helfen, und entschied, dass es nunmehr nicht länger gefährlich sei, das Haus zu vermieten.

Zu behaupten, wir seien in jener regnerischen Nacht des Wachehaltens nicht nervös gewesen, wäre eine ebenso schamlose wie lächerliche Untertreibung. Wie schon gesagt, kindisch abergläubisch waren wir ganz und gar nicht, doch wissenschaftliche Studien und Überlegungen hatten uns gelehrt, dass das bekannte Universum der drei Dimensionen nur einen Bruchteil des gesamten Kosmos aus Materie und Energie umfasst. In diesem Fall verwies das erdrückende Gewicht des Beweismaterials aus zahlreichen authentischen Quellen auf die zählebige Existenz gewisser Kräfte von großer Macht und unfassbarer Bösartigkeit. Zu sagen, dass wir tatsächlich an Vampire oder Werwölfe glaubten, wäre zu einfach. Eher müsste es heißen, dass wir die Existenz unbekannter Varianten von Lebensenergie und flüchtiger Materie nicht ausschlossen, die zwar im dreidimensionalen Raum höchst selten vorkommen, jedoch der Grenze zu unserer eigenen Welt nahe genug sind, um sich manchmal zu manifestieren – wir dürfen aber, in Ermangelung des geeigneten Überblicks, wohl niemals hoffen, sie je zu verstehen.

Kurzum, mein Onkel und ich glaubten an einen schleichend tätigen Einfluss im gemiedenen Haus, der auf den einen oder anderen der missliebigen französischen Siedler zwei Jahrhunderte zuvor zurückging und infolge seltener und unbekannter Bewegungsgesetze von Atomen und Elektronen noch immer aktiv war. Dass die Familie Roulet eine eigentümliche Neigung zu äußeren Bezirken des Daseins besaß – dunklen Sphären, die gewöhnlichen Menschen nur Abscheu und Schrecken einflößen –, schien ihre schriftlich überlieferte Geschichte zu belegen. Konnte es dann nicht sein, dass die Tumulte jener längst vergangenen 1730er Jahre im krankhaften Hirn eines oder mehrerer von ihnen – besonders dem des finsteren Paul Roulet – gewisse kinetische Abläufe ausgelöst hatten, die in den ermordeten Körpern überlebten und in irgendeinem vieldimensionalen Raum entlang der ursprünglichen Kraftlinie weiterhin wirkten, in Gang gesetzt von einem rasenden Hass auf die Gemeinschaft, die ihren Tod verursacht hatte?

Ein solcher Vorgang war sicherlich keine Unmöglichkeit, wenn man ihn im Licht der neueren Wissenschaft betrachtete, zu der die Relativitätstheorie und die Quantenmechanik gehören. Man könnte sich ohne Weiteres einen fremden Materie- oder Energiekern vorstellen, der sich durch langsame, unstoffliche Aneignung von der Lebenskraft und den Leibessäften anderer, fassbarerer Daseinsformen am Leben erhält, in sie eindringt und mit deren stofflicher Struktur bisweilen vollkommen verschmilzt. Er könnte aktiv feindselig sein oder lediglich gesteuert von blinden Selbsterhaltungstrieben. In jedem Fall müsste solch ein Ungeheuer in unserem System der Dinge notwendigerweise eine Anomalie und ein Eindringling sein, dessen Zerstörung die wichtigste Pflicht eines jeden Menschen darstellt, der kein Feind allen Lebens dieser Welt und ihres geistigen Heils ist.

Uns verunsicherte, dass wir absolut nicht wussten, wie wir uns des Dings erwehren konnten. Kein geistig gesunder

Mensch hatte es jemals gesehen, und nur wenige es deutlich gespürt. Es konnte reine Energie sein – eine ätherische Existenz außerhalb der materiellen Welt – oder teilweise fassbar; irgendeine unbekannte und konturlose, veränderliche Masse mit der Fähigkeit, sich nach Belieben den festen, flüssigen oder gasförmigen Aggregatzuständen zu nähern. Der menschenförmige Schimmelfleck auf dem Boden, die Form des gelblichen Dunstes und die Krümmung der Baumwurzeln in den alten Geschichten, all dies sprach für eine zumindest entfernte Verbindung zur menschlichen Gestalt; doch wie groß oder unveränderlich diese Ähnlichkeit sein mochte, das konnte niemand auch nur halbwegs sicher sagen.

Wir hatten zwei Waffen gewählt, um es zu bekämpfen; eine große und eigens modifizierte Crookes'sche Röhre, die von starken Akkumulatoren gespeist wurde und mit besonderen Schirmen und Reflektoren ausgestattet war, für den Fall, dass es sich als unstofflich erwies und nur mit hochzerstörerischer Ätherwellenbestrahlung vernichtet werden konnte, sowie zwei Armeeflammenwerfer, wie sie im Weltkrieg eingesetzt worden waren, falls es teilweise stofflich war und es sich mechanisch zerstören ließ – denn gleich den abergläubischen Bauern aus Exeter waren wir gerüstet, dem Ding das Herz auszubrennen, sofern es ein Herz zum Verbrennen besaß.

Diese Angriffsapparate bauten wir im Keller auf und berücksichtigten besonders jene Stelle vor dem Kamin, wo der Schimmel sonderbare Formen hervorgebracht hatte – doch dieser Fleck war nur schwach sichtbar, auch als wir am selben Abend zurückkehrten, um unsere Nachtwache anzutreten. Einen Moment lang zweifelte ich daran, dass ich ihn überhaupt jemals in der deutlicher gezeichneten Form gesehen hatte – doch dann erinnerte ich mich an die Legenden.

Unsere Wacht im Keller begann um zehn Uhr abends, und während sie sich hinzog, geschah nichts Besonderes. Ein schwaches Glimmen der regenumpeitschten Straßenlaternen, das von draußen hereinsickerte, und eine schwächliche Phosphoreszenz der widerwärtigen Schwämme im Kellerinneren enthüllten die tropfenden Mauersteine, deren Kalkanstrich völlig verschwunden war, ebenso den klammen, stinkenden und mehltaubedeckten Erdboden mit seinen obszönen Pilzgewächsen, die vor sich hin modernden Überreste von Hockern, Stühlen und Tischen und weiteres formloses Mobiliar, die schweren Bodendielen und massiven Balken des Erdgeschosses über uns, die altersschwache Brettertür, die zu Verschlägen und Kammern unterhalb weiterer Abschnitte des Hauses führte, die zerbröckelnde Steintreppe mit ihrem morschen Holzgeländer und den klobigen, grottenartigen Kamin aus geschwärzten Ziegeln, wo rostige Eisenfragmente das einstmalige Vorhandensein von Haken, Kaminböcken, Bratspieß, Kesselhalterung und einer Ofentür bezeugten – all diese Dinge sowie unser nüchternes Feldbett mit den Stühlen und die komplizierten Vernichtungsinstrumente, die wir hergebracht hatten.

Ebenso wie ich es bereits bei meinen früheren Untersuchungen getan hatte, ließen wir die Tür zur Straße unverschlossen, damit uns ein schneller Fluchtweg offen stand, falls sich etwas manifestieren sollte, gegen das wir nicht ankamen. Wir bauten darauf, dass unser anhaltender nächtlicher Besuch die übelwollende, lauernde Präsenz hervorlocken würde und dass wir dieses Etwas mit dem einen oder anderen von uns vorgesehenen Mittel unschädlich machen könnten, sobald wir es erst erkannt und genügend beobachtet hätten. Wie lange es dauern würde, das Ding heraufzubeschwören und zu vernichten, wussten wir jedoch nicht. Uns war ebenso bewusst, dass unser Abenteuer alles andere als ungefährlich war; denn welche Kräfte das Ding gegen uns aufzubieten vermochte, konnte niemand vorhersagen. Doch wir glaubten, das Spiel sei den Einsatz wert, und ließen uns ohne zu zögern darauf ein: im vollen Bewusstsein, dass die Inanspruchnahme fremder Hilfe uns nur der Lächerlichkeit preisgeben und womöglich unser gesamtes Vorhaben vereiteln würde. Dementsprechend war unsere Stimmung, während wir uns bis tief in die Nacht unterhielten, und als ich die wachsende Müdigkeit meines Onkels bemerkte, forderte ich ihn auf, sich zu seinem zweistündigen Schlaf niederzulegen.

So etwas wie Furcht beschlich mich, als ich während der frühen Morgenstunden einsam dort saß. Ich sage einsam, denn wer neben einem Schlafenden sitzt, ist in der Tat einsam; vielleicht einsamer, als ihm bewusst ist. Mein Onkel atmete mühsam, seine tiefen Atemzüge wurden vom rauschenden Regen draußen begleitet und untermalt von dem nervenzermürbenden Geräusch tropfenden Wassers irgendwo in den Eingeweiden des Hauses – dies war selbst bei trockenem Wetter widerlich feucht, bei diesem Sturm wurde es jedoch regelrecht zu einem Sumpf. Ich studierte das lockere, alte Mauerwerk im Schein der Schwämme und des schwachen Lichtschimmers, der sich von der Straße durch die zugeklebten Fenster hereinstahl. Einmal, als die ungesunde Atmosphäre meiner Umgebung mich zu ersticken drohte, zog ich die Tür auf und schaute die Straße hinauf und hinab und ließ meine Augen sich an vertrauten An- blicken und meine Nase an der frischen Luft erholen. Noch immer geschah nichts, das mein Wachen belohnte, und ich gähnte ein ums andere Mal, die Müdigkeit verdrängte die Furcht.

Dann fiel mir der unruhige Schlaf meines Onkels auf. Er hatte sich mehrmals ruhelos auf seinem Feldbett hin und her gewälzt, nun jedoch atmete er äußerst unregelmäßig und stieß gelegentlich einen tiefen Seufzer aus, der in mehr als nur einer Hinsicht an ein ersticktes Stöhnen gemahnte. Ich richtete das Licht der Taschenlampe auf ihn und fand sein Gesicht abgewandt, deshalb erhob ich mich und ging auf die andere Seite des Feldbettes. Abermals richtete ich das Licht auf ihn, um zu schauen, ob er vielleicht irgendwelche Schmerzen habe.

Was ich sah, ging mir unerwartet stark an die Nerven, wenn man bedenkt, wie banal es eigentlich war. Wahrscheinlich war es bloß die Verknüpfung einer ungewöhnlichen Beobachtung mit dem düsteren Gepräge der Umgebung und unserer Aufgabe, denn was ich sah, war an sich nicht furchterregend oder unnatürlich. Es war nur, dass der Gesichtsausdruck meines Onkels – von sonderbaren Träumen gezeichnet, die fraglos durch unsere Situation hervorgerufen wurden – starke Aufgewühltheit verriet und so gar nicht zu ihm passte. Gewöhnlich wirkte sein Gesicht freundlich, höflich gelassen, doch nun schienen eine Vielzahl unterschiedlichster Gefühle in ihm zu kämpfen. Ich glaube, alles in allem war es diese *Unterschiedlichkeit,* die mich am meisten verstörte. Während er immer unruhiger keuchte und sich herumwarf, jetzt mit offenen Augen, schien mein Onkel nicht nur eine einzige, sondern viele Personen gleichzeitig zu sein, was eine sonderbare Selbstentfremdung vermuten ließ.

Unvermittelt murmelte er, und während er sprach, behagte mir das Aussehen seines Mundes und seiner Zähne ganz und gar nicht. Zuerst waren die Worte nicht unterscheidbar, doch dann verstand ich einige von ihnen. Eiskalte Furcht erfüllte mich, bis ich mich der umfassenden Bildung meines Onkels entsann und seiner zahllosen Übersetzungen anthropologischer und archäologischer Artikel aus der *Revue des Deux Mondes.* Denn der ehrwürdige Elihu Whipple murmelte auf Französisch, und die wenigen Sätze, die ich heraushörte, schienen mit den finstersten Mythen zusammenzuhängen, die in der berühmten Pariser Zeitschrift jemals abgehandelt worden waren.

Plötzlich trat Schweiß auf die Stirn des Schläfers und er fuhr unvermittelt hoch, halb erwacht. Das französische Kauderwelsch mündete in einen Aufschrei auf Englisch, »Ich ersticke, ich ersticke!«.

Dann erwachte er völlig und die verzerrte Miene entspannte sich zu seinem gewohnten Gesichtsausdruck. Mein Onkel ergriff meine Hand und begann einen Traum zu erzählen, dessen verborgenen Sinn ich allenfalls ehrfürchtig erahnen konnte.

Er sei, berichtete er, aus einer gewöhnlichen Folge von Traumbildern in eine Szenerie hinübergedriftet, deren Fremdartigkeit mit nichts in Verbindung stand, worüber er je gelesen hatte. Sie war von dieser Welt, und auch wieder nicht – ein schattenhaftes geometrisches Durcheinander, in dem sich Bestandteile vertrauter Dinge in neuen und verstörenden Zusammenstellungen abzeichneten. Andeutungen merkwürdig verschobener Bilder, die einander überlagerten; eine Anordnung, in der die Grundbedingungen von Zeit und Raum aufgelöst und widersinnig vermengt schienen. In diesem kaleidoskopischen Strudel irrealer Anblicke blitzten gelegentliche Schnappschüsse auf, falls man diesen Ausdruck anwenden kann, von gestochener Schärfe und rätselhafter Mischung.

Einmal glaubte mein Onkel, er liege in einer flüchtig ausgehobenen Grube und eine Ansammlung wütender, von zottigen Locken und Dreispitzhüten umrahmter Gesichter starre auf ihn herab. Dann wieder schien er sich im Inneren eines Hauses zu befinden – ein offenbar altes Haus –, aber die Einzelheiten und die Bewohner verwandelten sich ständig, und er konnte sich der Gesichter und der Einrichtung nie sicher sein, ja sogar kaum der ihn umgebenden vier Wände, da Türen und Fenster sich ebenso im Fluss befanden wie die beweglichen Gegenstände.

Es war seltsam – verdammt seltsam – und mein Onkel wurde fast verlegen, als fürchtete er, ich glaube ihm nicht, als er erklärte, dass viele der fremden Gesichter unverkennbar die Züge der Harris-Familie aufgewiesen hätten. Und die ganze Zeit über würgte ihn ein Gefühl des Erstickens, so als habe sich eine allgegenwärtige Präsenz in seinem Körper ausgebreitet und danach getrachtet, sich seiner Lebensfunktionen zu bemächtigen. Ich schauderte bei dem Gedanken, wie diese Lebensfunktionen, die nach einundachtzig Jahren ununterbrochener Tätigkeit zwar abgenutzt waren, gegen unbekannte Kräfte ankämpften, die selbst der jüngste und stärkste Organismus fürchten musste – doch im nächsten Augenblick bedachte ich, dass Träume eben nur Träume sind und dass diese beunruhigenden Visionen wohl nicht mehr als die Reaktion meines Onkels auf die Erfahrungen sein konnten, die in letzter Zeit unsere Gemüter erfüllt und alles andere daraus verdrängt hatten.

Der Verlauf unserer Unterhaltung trug dazu bei, meine Beklemmung zu zerstreuen, und kurz darauf gab ich meiner Müdigkeit nach und legte mich schlafen. Mein Onkel schien jetzt völlig munter zu sein und trat seinen Teil der Wache bereitwillig an, obwohl der Albtraum ihn weit vor Ablauf der ihm zustehenden zwei Stunden aus dem Schlummer gerissen hatte.

Der Schlaf umfing mich schnell und ich wurde sofort von verstörenden Träumen heimgesucht. Ich verspürte eine kosmische und abgrundtiefe Einsamkeit, und Hass gegen mich drang von allen Seiten auf das Gefängnis ein, in dem ich festgehalten wurde. Ich schien gefesselt und geknebelt zu sein und wurde verhöhnt mit gellenden Schreien einer fernen Menschenmenge, die mein Blut wollte. Das Gesicht meines Onkels erschien vor meinen Augen, löste jedoch weniger angenehme Empfindungen in mir aus als in meinen wachen Stunden, und ich entsinne mich vieler vergeblicher Versuche, meine Fesseln abzustreifen und zu schreien. Es war kein angenehmer Schlaf und im ersten Moment bedauerte ich den widerhallenden Schrei nicht, der die Schranken dieses Schlummers durchbrach und mich in einen kristallklaren und überraschten Wachzustand riss, in dem jeder mir vor Augen stehende Gegenstand sich mit unnatürlicher Schärfe und Wirklichkeitstreue abzeichnete.

V

Ich hatte mit dem Gesicht vom Sitzplatz meines Onkels abge-
kehrt gelegen, sodass ich beim abrupten Erwachen erst nur
die Tür zur Straße sah, das weiter nördlich gelegene Fenster
und die Mauer, den Boden und die Decke im nördlichen
Teil des Raumes, alles mit krankhafter Deutlichkeit von
einem Licht in mein Hirn gebrannt, das heller war als das
Glühen der Schimmelpilze oder die von draußen herein-
fallende Straßenbeleuchtung. Es war kein helles Licht, mit
Sicherheit nicht annähernd hell genug, um in einem Buch
zu lesen. Doch es warf meinen Schatten und den des Feldbettes auf den Boden und besaß eine gelbliche, durchdringende Intensität, die auf Dinge schließen ließ, die machtvoller
waren als bloßes Licht.

Dies nahm ich mit ungesunder Schärfe wahr, obwohl zwei
meiner übrigen Sinne stark angegriffen wurden. Denn in
meinen Ohren wütete noch der Nachklang jenes erschreckenden Schreis, während meine Nase sich gegen den
Gestank empörte, der auf mich eindrang. Mein Geist, so
wach wie meine Sinne, erkannte die ungewohnte Bedrohung
und nahezu automatisch sprang ich auf und griff nach den
Vernichtungsgeräten, die wir auf den Schimmelfleck vor
dem Kamin gerichtet hatten. Als ich mich umwandte, fürchtete ich den Anblick, der sich mir bieten mochte, denn der
Schrei war von meinem Onkel ausgestoßen worden und ich
wusste nicht, gegen welche Bedrohung ich ihn und mich
selbst würde verteidigen müssen.

Dennoch war der Anblick schlimmer, als ich befürchtet
hatte. Es gibt Schrecken jenseits aller Schrecken, und dieser
zählte zum innersten Mark aller nur erträumbaren Abscheulichkeit, die sich der Kosmos vorbehält, um einige wenige
Glücklose und Verfluchte dem Verderben zu weihen. Aus
der schimmelverseuchten Erde quoll ein dampfendes
Leichenlicht hervor, gelb und krankhaft, das zu immenser
Höhe emporbrodelte. Vage formten sich halb menschliche,

halb monströse Umrisse, durch die ich den Kamin und den Rauchabzug dahinter erkennen konnte. Es bestand ganz aus Augen – wölfisch und hämisch – und der runzlige insektenhafte Kopf löste sich an der Spitze in einer dünnen Nebelschwade auf, die sich stinkend kräuselte und schließlich den Kamin hinaufzog und im Rauchfang verschwand.

Ich sage, dass ich das Ding sah, doch erst jetzt in der Erinnerung erkenne ich seine verteufelte Annäherung an eine Gestalt. In jenen Minuten war es für mich nur eine wabernde, trüb phosphoreszierende Wolke modriger Abscheulichkeit, die das einzige Objekt, dem meine Aufmerksamkeit galt, einhüllte und zu einer widerlichen Teigigkeit auflöste. Dieses Objekt war mein Onkel – der ehrwürdige Elihu Whipple. Mit schwarz verwesenden Gesichtszügen stierte er mich an und redete geifernd auf mich ein – während er triefende Klauen nach mir ausstreckte, um mich in den Wahnwitz hineinzuzerren, den dieses Grauen entfesselt hatte.

Es war eine unbewusste Reaktion, die mich vor dem Irrewerden bewahrte. Ich hatte mich auf den kritischen Augenblick intensiv vorbereitet und blindes Training kam mir nun zur Rettung. Indem ich erkannte, dass dem wallenden Übel weder Materie noch stoffliche Chemie etwas anhaben konnten, ignorierte ich den Flammenwerfer, der zu meiner Rechten stand, aktivierte stattdessen den Apparat mit der Crookes'schen Röhre und lenkte die stärksten Ätherwellen, die menschliche Erfindungsgabe aus den Räumen der Natur gewinnen kann, auf jenes unvergesslich blasphemische Schauspiel. Es entstand ein bläulicher Nebel und ein irrwitziges Gezisch, und die gelbliche Phosphoreszenz trübte sich vor meinen Augen. Doch ich bemerkte, die Trübung war nur ein Kontrasteffekt und die Wellen aus der Maschine erzielten nicht die geringste Wirkung.

Und dann, im Zentrum dieses dämonischen Spektakels, erblickte ich einen neuerlichen Schrecken, der Schreie auf meine Lippen riss und mich tastend und taumelnd zur unversperrten Tür jagte, die auf die ruhige Straße führte, nicht achtend, welch abnorme Furchtbarkeiten ich auf die Menschheit losließ. Inmitten des trüben blaugelben Gewölks begann sich die Gestalt meines Onkels abscheulich zu verflüssigen, eine Merkwürdigkeit, die sich jeder Beschreibung entzieht. Über sein vergehendes Gesicht huschte ein solcher Reigen wechselnder Physiognomien, wie ihn nur Wahnsinn ausbrüten kann. Er war zugleich ein Teufel und mehrere Menschen, ein Leichenhaus und eine Herrlichkeit. Erhellt von den vermischten und unsteten Lichtstrahlen, wechselte jenes glibberige Antlitz den Ausdruck dutzendmal – vierzigmal – hundertmal, und grinsend sank es auf einen Menschenkörper nieder, der dahinschmolz wie Talg, das groteske Ebenbild ganzer Heerscharen, die mir fremd und doch bekannt waren.

Ich erblickte die Gesichtszüge der Harris-Sippe, männlich und weiblich, erwachsen und kindlich, sowie weitere alte und junge Gesichter, ordinäre und kultivierte, vertraute und unvertraute. Eine Sekunde lang blitzte die entartete Kopie eines Portraits der armen Rhoby Harris auf, die ich im Museum der School of Design gesehen hatte, und ein anderes Mal glaubte ich, das grobknochige Antlitz von Mercy Dexter zu sehen, wie ich es von einem Gemälde in Carrington Harris' Haus her in Erinnerung hatte. Es war grässlich, jenseits aller Vorstellung.

Am Ende, als sich auf dem verpilzten Boden eine Lache aus grünlichem Fett ausbreitete und dicht darüber eine absonderliche Mischung aus Dienstboten- und Säuglingsgesichtern aufflackerte, schien es, als ob die wechselnden Fratzen darum kämpften, Züge zu formen, die dem gütigen Gesicht meines Onkels glichen. Ich möchte gern glauben, dass er in jenem Moment noch gegenwärtig war und dass er versuchte, von mir Abschied zu nehmen. Es scheint mir, als habe ich selbst ein »Lebewohl« aus meiner trockenen Kehle gewürgt, während ich auf die Straße hinaustaumelte und mir ein dünner Faden aus geschmolzenem Fett durch die Tür auf den regenüberfluteten Gehsteig nachlief.

Der Rest ist schattenhaft und monströs. Niemand ließ sich auf der nassen Straße blicken und es gab niemanden, dem ich mich um welchen Preis auch immer hätte anvertrauen mögen. Ziellos ging ich in südliche Richtung, vorbei am College Hill und am Athenäum, die Hopkins Street hinab und über die Brücke hinweg bis in das Geschäftsviertel, wo hohe Gebäude mich zu bewachen schienen, ganz so wie die modernen materiellen Dinge die Welt vor uraltem und ungesundem Aberglauben beschützen.

Inzwischen dämmerte im Osten diesig der graue Morgen herauf, schälte den archaischen Hügel und die ehrwürdigen Kirchtürme aus dem Zwielicht und winkte mich zu dem Ort, wo meine schreckliche Aufgabe noch der Vollendung harrte. Schließlich ging ich im frühen Licht des neuen Tages zurück, durchnässt, ohne Hut und benommen, und durchschritt jene entsetzliche Tür in der Benefit Street, die ich angelehnt gelassen hatte – sie schwang noch immer geheimnisvoll hin und her, direkt vor den Augen der Frühaufsteher unter den Anwohnern, mit denen ich kein Wort zu wechseln wagte.

Das Fett war verschwunden, versickert im porösen Schimmelboden. Vor dem Kamin fand sich keinerlei Überrest der großen, zusammengekauerten Silhouette aus Salpeter. Ich blickte auf das Feldbett, die Stühle, die Instrumente, meinen liegen gelassenen Hut und den gelben Strohhut meines Onkels. Ich war völlig benommen und konnte mich kaum entsinnen, was Traum gewesen war und was Wirklichkeit. Dann tröpfelte die Erinnerung in meine Gedanken und ich wusste, dass ich Dinge gesehen hatte, die grauenerregender waren, als ich es mir jemals erträumt hätte.

Ich setzte mich hin und versuchte mir zusammenzureimen, was nun eigentlich passiert war und wie ich dem Schrecken ein Ende bereiten könne, falls er denn tatsächlich real gewesen war. Es schien weder aus Materie noch aus Äther oder sonst irgendetwas zu bestehen, das ein sterbliches Hirn sich vorzustellen vermag. Was aber konnte es sonst sein außer irgendeiner nichtweltlichen Ausdünstung – ein vampirischer

Dunst, wie er laut den Erzählungen der Exeter-Bauern bestimmte Kirchhöfe heimsucht?

Dies, das fühlte ich, war der Schlüssel. Wieder sah ich auf den Boden vor dem Kamin, wo Schimmel und Salpeter zuvor diese absonderliche Form angenommen hatten. Nach zehn Minuten gelangte ich zu einem Entschluss, ergriff meinen Hut und trat den Weg nach Hause an. Nachdem ich gebadet und etwas gegessen hatte, bestellte ich per Telefon eine Spitzhacke, einen Spaten, eine Militärgasmaske und sechs Ballonflaschen mit Schwefelsäure, die alle am kommenden Morgen vor die Kellertür des gemiedenen Hauses in der Benefit Street gebracht werden sollten. Anschließend versuchte ich zu schlafen, doch da dies misslang, verbrachte ich die Stunden mit Lesen und dem Verfassen sinnloser Verse, um meine gedrückte Stimmung zu vertreiben.

Um elf Uhr am Vormittag des nächsten Tages begann ich zu graben. Die Sonne schien hell, und darüber war ich froh. Ich war immer noch allein, denn sosehr ich das unbekannte Grauen fürchtete, das ich aufspüren wollte, mehr Angst empfand ich bei dem Gedanken, jemandem davon zu erzählen. Später weihte ich Harris ein, doch nur weil es unumgänglich war und weil er von den alten Leuten seltsame Geschichten gehört hatte, was seine Bereitschaft, mir zu glauben, zumindest minimal erhöhte.

Als ich die stinkende schwarze Erde vor dem Kamin aushob und mein Spaten den weißen Pilzgeschwüren, die er zerschnitt, ein zähes, eitergelbes Sekret entlockte, zitterte ich bei der dunklen Vorstellung, was ich zutage fördern mochte. Manche Geheimnisse unter der Erdoberfläche sind der Menschheit nicht zuträglich, und dies schien eines davon zu sein.

Meine Hand zitterte merklich, doch ich grub weiter. Nicht lange, und ich stand in einem großen Loch, das ich ausgehoben hatte. Mit der stetigen Vertiefung der Grube, die knapp zwei Meter im Quadrat maß, verdichtete sich der üble Geruch, und ich verlor jeglichen Zweifel an meiner bevorstehenden

Berührung mit dem höllischen Ding, dessen Ausdünstungen das Haus anderthalb Jahrhunderte lang mit seinem Fluch durchtränkt hatten. Ich fragte mich, wie es wohl aussah. Welche Gestalt und Substanz wies es auf? Und welche Größe mochte es erreicht haben, nachdem es sich Generationen lang an fremdem Leben gemästet hatte?

Zuletzt kletterte ich aus der Grube heraus und verteilte die aufgeschüttete Erde, ehe ich die großen Ballonflaschen voll Säure an zwei Seiten des Lochs aufstellte, sodass ich sie bei Bedarf schnell nacheinander über den Grubenrand hinweg entleeren konnte. Anschließend häufte ich an den anderen beiden Seiten Erde an, jetzt arbeitete ich langsamer und setzte die Gasmaske auf, da der Gestank beständig zunahm. Meine Nähe zu dem namenlosen Ding am Grund dieses Erdlochs raubte mir beinahe die Nerven.

Plötzlich traf mein Spaten auf etwas Weicheres als Erde. Ich schauderte und wollte schon aus der Grube steigen, in der ich jetzt tief bis zum Hals stand. Doch dann kehrte mein Mut zurück und ich scharrte im Schein der Stablampe, die ich besorgt hatte, weiter. Die Oberfläche, die ich freilegte, war fischartig und glasig – eine Art halb verwesten, geronnenen Gallerts von schwacher Durchsichtigkeit. Ich scharrte weiter und erkannte, dass sie eine Form besaß. Ein Teil der Substanz war ineinander gefaltet und legte eine längliche Öffnung bloß. Diese ließ ein großes und ungefähr zylindrisches Objekt erkennen, das wirkte wie ein mammutgleiches, leicht blauweißes, gekrümmtes Ofenrohr mit einem Durchmesser, der an seiner dicksten Stelle deutlich mehr als einen halben Meter betrug.

Ich grub zuerst weiter, doch plötzlich sprang ich aus der Grube, nur weg von dem obszönen Wesen. Wie besessen entstöpselte ich die schweren Ballonflaschen und kippte sie um und ließ ihren ätzenden Inhalt Flasche für Flasche jenen Kadaverschacht hinabfluten, auf die unvorstellbare Abnormität, deren titanischen *Ellbogen* ich erblickt hatte.

Den blendenden Mahlstrom grünlich gelben Qualms, der

taifunartig aus dem Loch emporwirbelte, als die Säureströme abwärtsschäumten, werde ich nie vergessen. Den ganzen Hügel hinauf und hinab erzählen die Anwohner vom Gelben Tag, als giftige und grauenvolle Dämpfe von dem Fabrikmüll aufstiegen, der in den Providence River entsorgt wurde, doch ich weiß, wie gründlich sie sich in Bezug auf deren Ursprung irren. Auch erzählen sie von dem abscheulichen Brüllen, das zur selben Zeit von einer defekten unterirdischen Wasser- oder Gasleitung ausging – ich könnte sie auch darin berichtigen, falls ich es wagte.

Es war unsagbar schockierend, und ich weiß nicht, wie ich es überhaupt überlebte. Ich verlor die Besinnung, nachdem die vierte Ballonflasche geleert war und die Dünste durch meine Maske eindrangen, doch als ich wieder zu mir kam, sah ich, dass dem Loch keine frischen Dampfschwaden mehr entquollen.

Die beiden noch übrigen Flaschen goss ich ohne spürbare Wirkung aus, und nach einer Weile hielt ich es für vertretbar, die Erde zurück in die Grube zu schippen. Es dämmerte bereits, ehe es vollbracht war, doch die Angst hatte den Ort verlassen. Die Feuchtigkeit stank weniger und die seltsamen Pilzgewächse waren alle zu einer Art grauen Pulvers verdorrt, das wie Asche über den Boden wehte.

Einer der verborgenen Schrecken aus den Tiefen der Erde war für immer vernichtet und falls es eine Hölle gibt, so hat sie endlich die dämonische Seele eines unheiligen Wesens verschlungen. Als ich die letzte Schaufel voll Erde festklopfte, vergoss ich die ersten von vielen Tränen, mit denen ich dem Andenken meines geliebten Onkels Tribut zollte.

Im folgenden Frühling spross im Terrassengarten des gemiedenen Hauses kein bleiches Gras und kein bizarres Unkraut mehr, und wenig später vermietete Carrington Harris das Anwesen. Es wirkt noch immer gespenstisch, doch seine Fremdartigkeit fasziniert mich. Wird es einmal abgerissen werden, um einem Laden für billigen Schnickschnack oder einem tristen Mietshaus zu weichen, wird sich ein seltsames Bedauern in meine Erleichterung stehlen. Die kahlen alten Bäume im Hof tragen jetzt kleine süße Äpfel und letztes Jahr nisteten die Vögel in ihren knorrigen Zweigen.

GEFANGEN BEI DEN PHARAONEN
(Nach einer Idee und im Auftrag von Harry Houdini)

I

Das Geheimnisvolle zieht Geheimnisvolles an. Seit mein Name als Vollbringer unerklärlicher Bravourstücke um die Welt geht, komme ich immer wieder mit seltsamen Geschichten und Geschehnissen in Berührung, die nach allgemeiner Auffassung zu meinen berufsbedingten Interessengebieten und Unternehmungen passen. Einige davon waren banal und unbedeutend, einige hochdramatisch und fesselnd, andere führten zu unheimlichen und gefahrvollen Erlebnissen, und wiederum andere verstrickten mich in umfangreiche wissenschaftliche und historische Nachforschungen. Vieles davon habe ich freimütig berichtet und werde das auch weiterhin tun. Doch gibt es einen Fall, über den ich nur sehr widerstrebend spreche und den ich auch jetzt nur unter dem Druck hartnäckigen Drängens seitens der Herausgeber dieses Magazins schildere, die aus dem Kreis meiner Familie vage Gerüchte darüber vernommen haben.

Diese bisher sorgsam gehütete Begebenheit hängt mit meiner privaten Ägyptenreise vor vierzehn Jahren zusammen und wurde von mir aus mehreren Gründen gemieden. Zum einen scheue ich mich, gewisse unbestreitbar zutreffende Tatsachen und Umstände offenzulegen, die den Myriaden von Pyramidentouristen wohl unbekannt sind und die anscheinend von den Behörden in Kairo geflissentlich geheim gehalten werden, obwohl man dort nicht völlig in Unkenntnis darüber sein kann. Zum anderen missfällt es mir, ein Ereignis öffentlich zu machen, woran meine eigene überhitzte Einbildungskraft einen derart großen Anteil gehabt haben muss. Was ich sah – oder zu sehen glaubte – fand zweifellos nicht wirklich statt; vielmehr muss es als Folge meiner damals frischen ägyptologischen Lektüre betrachtet werden sowie meiner Gedankengänge zu diesem Thema, die meine Umgebung unweigerlich hervorrief. Diese Fantasie-anreize, verstärkt durch die Aufregung eines tatsächlichen, an sich schon hinreichend schrecklichen Erlebnisses, gebaren fraglos das überbordende Grauen jener wahn-witzigen Nacht, die nun schon so lange zurückliegt.

Im Januar 1910 hatte ich gerade einige Gastauftritte in England hinter mir und einen Vertrag für eine Tournee durch australische Theaterhäuser unterschrieben. Da mir für die Hinfahrt reichlich Zeit zur Verfügung stand, beschloss ich, das Beste daraus zu machen, indem ich auf die Art reiste, die mir am liebsten ist. Ich bummelte also in Begleitung meiner Frau genüsslich den europäischen Kontinent hinab und schiffte mich in Marseille auf dem P.-&-O.-Dampfer *Malwa* nach Port Said ein. Von dort aus beabsichtigte ich, die wichtigsten historischen Stätten Unterägyptens zu besuchen, bevor ich schließlich nach Australien abreisen würde.

Die Überfahrt war angenehm und wurde von zahlreichen jener amüsanten Zwischenfälle verkürzt, die einem Bühnen-magier abseits seiner Berufsausübung widerfahren. Um unbehelligt reisen zu können, hatte ich vorgehabt, meinen Namen geheim zu halten. Doch ließ ich mich von einem magischen Zunftbruder aus der Deckung locken, der es so penetrant darauf anlegte, die Passagiere mit billigen Tricks zu verblüffen, dass es mich unwiderstehlich in den Fingern juckte, seine Kunststückchen in einer Weise nachzumachen und zu übertreffen, die Gift für mein Inkognito war. Ich erwähne dies wegen seiner letztendlichen Auswirkung – einer Auswirkung, die ich hätte bedenken müssen, ehe ich mich vor einer Schiffsladung Touristen enttarnte, die sich anschließend über das gesamte Niltal verteilen würden. Die Folge war nämlich die, dass mein Name überall ausposaunt wurde, wohin auch immer ich nachher kam, und meine Frau und ich der ganzen stillen Unauffälligkeit beraubt wurden, an der uns so viel gelegen hatte. Wenn ich Sehenswürdigkeiten bereiste, musste ich es oft erdulden, mich selbst als eine Art von Sehenswürdigkeit bestaunen zu lassen!

Wir waren auf der Suche nach malerischen und mystischen Eindrücken nach Ägypten gekommen, fanden aber recht wenig davon, als der Dampfer vor Port Said ankerte und seine Passagiere in kleinen Booten ausschiffte. Flache Sanddünen, dümpelnde Bojen in seichtem Gewässer und eine langweilig europäische Kleinstadt, die nichts zu bieten hatte außer einem großen De-Lesseps-Standbild, ließen uns dringend wünschen, zu etwas Lohnenswerterem vorzustoßen. Nach längerer Beratung beschlossen wir, sofort nach Kairo und zu den Pyramiden aufzubrechen und später nach Alexandria weiterzureisen, wo uns das Schiff nach Australien sowie all die griechisch-römischen Sehenswürdigkeiten erwarteten, die jene antike Metropole bereithalten mochte.

Die Bahnfahrt verlief recht passabel und beanspruchte nur viereinhalb Stunden. Wir sahen viel vom Suezkanal, dessen Verlauf wir bis Ismailiya folgten, und bekamen später einen Vorgeschmack auf das Alte Ägypten, als wir einen Blick auf den wieder instand gesetzten Süßwasserkanal des Mittleren Reiches erhaschten. Dann endlich sahen wir Kairo durch die zunehmende Abenddämmerung schimmern; ein blinkendes Sternbild, das zu einem Feuerleuchten wurde, als wir im großen Gare Centrale hielten.

Doch abermals erwartete uns eine Enttäuschung, denn alles, was uns vor Augen kam, war europäisch, abgesehen von den Menschen und ihrer Kleidung. Eine prosaische U-Bahn brachte uns zu einem öffentlichen Platz, der vor Droschken, Taxis und Straßenbahnzügen wimmelte und im elektrischen Licht hoher Gebäude erstrahlte; wogegen eben jenes Theater, worin aufzutreten man mich vergeblich bat und das ich später als Zuschauer besuchte, kurz zuvor in ›American Cosmograph‹ umbenannt worden war. Wir stiegen im Shephard's ab, wohin wir mit einem Taxi fuhren, das über breite, von eleganten Gebäuden gesäumte Straßen jagte; und umgeben vom perfekten Service des Hotelrestaurants, von den Etagenaufzügen und dem ganz allgemein anglo-amerikanisch geprägten Luxus, schienen der geheimnis-trächtige Osten und die geschichtsträchtige Vergangenheit sehr weit weg.

Der nächste Tag jedoch stürzte uns ergötzlich mitten hinein in eine Märchenatmosphäre wie aus *Tausendundeiner Nacht,* und in den verwinkelten Gassen und exotischen Häuserzeilen Kairos schien das Bagdad Harun-al-Raschids wieder lebendig zu werden. Unter Anleitung unseres Baedekers waren wir auf der Suche nach dem Einheimi-schen-Viertel ostwärts spaziert, vorbei an den Ezbekiyeh-Gärten und durch den Mouski, und befanden uns bald in den Fängen eines stimmgewaltigen Fremdenführers, der – ungeachtet späterer Entwicklungen – unstrittig ein Meister seines Fachs war.

Erst später ging mir auf, dass ich im Hotel um einen amtlich ausgewiesenen Führer hätte bitten sollen. Unser Mann, ein glatt rasierter, halbwegs reinlicher Bursche mit sonderbar hohler Stimme, der wie ein Pharao aussah und sich selbst »Abdul Reis el Drogman« titulierte, schien beträchtliche Macht auf seinesgleichen auszuüben; wenn auch die Polizei später vorgab, ihn nicht zu kennen, und erklärte, dass *Reis* lediglich eine Bezeichnung für jede Art von hochgestellter Persönlichkeit sei, während es sich bei »Drogman« offenkundig um nicht mehr handele als eine Verballhornung des Begriffs für einen Führer von Touristen-gruppen – *Dragoman.*

Abdul geleitete uns durch Wunder, wie wir sie bisher nur aus Büchern und aus Träumen kannten. Kairos Altstadt ist selbst ein Märchenbuch und ein Traum – ein Irrgarten enger Gassen, durchwoben von den Düften aromatischer Gehei-misse; arabesk verzierte Balkone und Erker, die über kopf-steingepflasterten Straßen beinah aneinanderstoßen; ein Gewühl orientalischen Verkehrs mit fremdartigen Rufen, knallenden Peitschen, rumpelnden Karren, Münzgeklingel und Eselsgeschrei; ein Farbenrausch bunter Gewänder,

Schleier, Turbane und Fese, Wasserträger und Derwische, Hunde und Katzen, Wahrsager und Bartscherer; und über allem das Gewinsel blinder, in Nischen gekauerter Bettler und der tönende Singsang der Muezzine von Minaretten, die anmutig schlank vor einem unwandelbar tiefblauen Himmel gepinselt sind.

Die überdachten, ruhigeren Basare waren kaum weniger verlockend. Gewürze, Parfüme, Dufthölzer, Weihrauchperlen, Teppiche, Seidenstoffe und Messingwaren – Graubart Mahmud Suleiman hockt im Schneidersitz inmitten seiner klebrigen Flaschen, während schwatzende Knaben im ausgehöhlten Kapitell einer uralten klassischen Säule Senfkörner zerstoßen – das Kapitell ist von römisch-korinthischer Form, vielleicht stammt es aus dem benachbarten Heliopolis, wo Augustus eine seiner drei ägyptischen Legionen stationiert hielt. Die Antike beginnt, sich mit Exotik zu mischen. Und dann die Moscheen und das Museum – wir besichtigten alles und versuchten, unsere Arabien-Schwelgerei nicht der dunkleren Lockung des pharaonischen Ägyptens erliegen zu lassen, die den unbezahlbaren Museumsschätzen innewohnte. Dies nämlich sollte der Höhepunkt unserer Reise werden, und fürs Erste widmeten wir uns den mittelalterlich-sarazenischen Herrlichkeiten der Kalifen, deren großartige Grabmoscheen eine glitzernde Märchen-Nekropole am Rande der Arabischen Wüste bilden.

Zum Schluss führte Abdul uns über die Scharia Mohammed Ali zu der alten Moschee Sultan Hassans und dem von Türmen eingefassten Babel-Azab, hinter der zwischen steilen Mauern der Durchgang zu jener mächtigen Zitadelle ansteigt, die kein Geringerer als Saladin aus den Steinen vergessener Pyramiden erbaute. Die Sonne ging unter, als wir jenen Felshang erklommen, die moderne Moschee Mohammed Alis umrundeten und von dem schwindelerregenden Brustwehr auf das mystische Kairo hinabblickten – das mystische Kairo im Goldglanz seiner reich verzierten Kuppeln, seiner luftigen Minarette und seiner flammenden Gärten.

Fern erhob sich die riesige römische Kuppel des neuen Museums über der Stadt; und dahinter – jenseits des geheimnisvollen gelben Nils, der Mutter von Zeitaltern und Königsgeschlechtern – dräute bedrohlich das Sandmeer der lybischen Wüste, wogend und schillernd und Bosheit brütend in seinen uralten Geheimnissen.

Die rote Sonne sank tief und brachte die durchdringende Kälte der ägyptischen Abenddämmerung; und als sie schwerelos stillstand am Rand der Welt gleich jener alten Gottheit von Heliopolis – Re-Harachte, Sonne des Horizonts –, erschauten wir vor ihrem scharlachroten Brandopfer die schwarzen Silhouetten der Pyramiden von Giseh, deren uralte Grüfte bereits den Reif von Jahrtausenden trugen, als Tutanchamun im fernen Theben seinen goldenen Thron bestieg. Da wussten wir, dass wir mit dem sarazenischen Kairo abgeschlossen hatten und dass wir nun die tieferen Geheimnisse des uranfänglichen Ägyptens kosten mussten – des schwarzen Khem von Re und von Amun, von Isis und Osiris.

Am nächsten Morgen besuchten wir die Pyramiden. Wir fuhren in einem Victoria-Zweisitzer über die Insel Gezîret mit ihren mächtigen Lebbakh-Bäumen und die kleinere englische Brücke zum Westufer. Weiter ging es auf lebbakhgesäumten Alleen die Uferstraße hinab, vorbei am riesigen Tiergarten zum Randbezirk von Giseh, wo seither eine neue Brücke direkt nach Kairo gebaut wurde. Anschließend wandten wir uns entlang des Scharia-el-Haram landeinwärts und durchquerten eine Gegend voller spiegelglatter Kanäle und armseliger einheimischer Dörfer, bis vor uns die Ziele unseres Ausflugs in Sicht kamen, die aus dem Frühnebel ragten und sich in den spiegelnden Bassins seitlich der Straße kopfüber zu verwirklichen schienen. Hier blickten, wie Napoleon es seinem Gefolge an derselben Stelle gesagt hatte, vierzig Jahrhunderte auf uns hernieder.

Nun stieg die Straße plötzlich an, bis wir endlich den Ort unserer Weiterbeförderung vom Straßenbahn-Halteplatz zum Mena House Hotel erreichten. Abdul Reis, der uns beflissen die Zutrittskarten zu den Pyramiden besorgte, schien im Einvernehmen mit den aufdringlichen, keifenden und abstoßenden Beduinen zu stehen, die etwas weiter entfernt ein schmuddeliges Lehmhüttendorf bewohnten und jeden Reisenden ekelhaft bedrängten, denn er hielt sie geziemend auf Abstand und besorgte uns zwei ausgezeichnete Kamele. Er selbst stieg auf einen Esel und übertrug die Führung unserer Tiere einer Gruppe von Männern und Knaben, die sich als eher kostspielig denn nützlich erwiesen. Die zu bewältigende Strecke war so kurz, dass man gar keine Kamele benötigte, doch bereuten wir die Erweiterung unseres Erfahrungsschatzes um diese beschwerliche Art der Wüstenschifffahrt nicht.

Die Gruppe der Pyramiden erhob sich auf einem hohen Felsplateau als annähernd nördlichste jener Reihen von prachtvollen und erhabenen Totenburgen der Herrscher und der Hochgestellten, die in Nachbarschaft zur erloschenen Hauptstadt Memphis erbaut worden waren, welche etwas südlich von Giseh am selben Nilufer lag und von 3400 bis 2000 vor Christi Geburt in Blüte stand. Die größte der Pyramiden, die dem modernen Verkehrsweg am nächsten liegt, wurde etwa um 2800 v. Chr. von König Cheops oder Chufu errichtet und erreicht eine Höhe von über einhundertsiebenunddreißig Metern. Auf sie folgt in südwestlicher Linie zunächst die zweite Pyramide, eine Generation später von König Chephren auf einer Anhöhe erbaut, weshalb sie größer als die erste wirkt, obwohl sie eigentlich etwas kleiner ist, und anschließend die deutlich kleinere dritte Pyramide von König Mykerinos, erbaut um 2700 v. Chr. Am Rande des Plateaus, genau östlich von der zweiten Pyramide und mit einem Antlitz, das möglicherweise zu einem gigantischen Portrait Chephrens umgestaltet wurde, ihrem königlichen Instandsetzer, ragt die riesige Sphinx auf – stumm, sardonisch und weiser als die Menschheit und alle Erinnerung.

Kleine Pyramiden und die Spuren zerfallener kleiner Pyramiden finden sich an vielen Stellen, und das gesamte

Plateau ist unterhöhlt von den Gräbern der Würdenträger nichtköniglichen Ranges. Diese Grabstätten wurden ursprünglich von *Mastabas* gekennzeichnet, steinerne, stufenförmige Bauwerke über den tiefen Grabschächten, wie man sie von anderen memphischen Friedhöfen her kennt und als deren Musterbeispiel das Grab des Perneb im Metropolitan Museum von New York gelten kann. In Giseh jedoch wurden alle derartigen sichtbaren Zeugnisse von der Zeit und von Plünderern ausgetilgt; und lediglich die in den Fels getriebenen Schächte, entweder mit Sand gefüllt oder von Archäologen freigelegt, zeugen noch von ihrem einstigen Vorhandensein. Jedem Grab war eine Kapelle angeschlossen, worin Priester und Hinterbliebene dem gestaltlos schwebenden *Ka,* dem Lebensodem des Verstorbenen, Speisen und Gebete darbrachten. Bei den kleineren Gräbern sind die Kapellen in den *Mastabas* oder Überbauten enthalten, doch die Grabkapellen der Pyramiden, wo die Pharaonen-Herrscher ruhten, waren gesonderte Tempel, die jeweils östlich der betreffenden Pyramide lagen und durch einen Dammweg mit einem wuchtigen Torbau oder *Propylon* am Rande des Felsplateaus in Verbindung standen.

Die Torkapelle zur zweiten Pyramide gähnt unterirdisch, beinahe begraben unter Sandverwehungen, südostseitig der Sphinx. Eine beharrliche Überlieferung bezeichnet ihn als »Tempel der Sphinx«; und vielleicht trägt er diesen Namen zu Recht, falls die Sphinx tatsächlich den Erbauer der zweiten Pyramide, Pharao Chephren, darstellt. Es kursieren ungute Geschichten über die Sphinx vor Chephrens Zeit – doch wie auch immer ihr Antlitz einst aussah, der König ersetzte es durch seine eigenen Gesichtszüge, damit die Menschen das Monumentalstandbild ohne Furcht ansehen konnten.

In jenem großen Pfortentempel wurde die lebensgroße Diorit-Statue des Chephren entdeckt, die jetzt im Kairoer Museum steht, ein Standbild, vor dem ich in Ehrfurcht verharrte, als ich es sah. Ich bin nicht sicher, ob inzwischen das gesamte Bauwerk ausgegraben wurde, doch im Jahre 1910 lag es noch größtenteils unter der Erde und der Eingang war nachts schwer verbarrikadiert. Deutsche führten damals die Aufsicht über die Grabungen, und der Krieg oder andere Umstände brachten möglicherweise die Arbeiten zum Erliegen. Angesichts meines späteren Erlebnisses und gewisser geflüsterter Gerüchte der Beduinen, die man in Kairo leichthin abtut und gar nicht glaubt, würde ich viel darum geben, zu wissen, was im Zusammenhang mit einem bestimmten Schacht in einem Querstollen ans Licht kam, wo Standbilder des Pharaos in eigenartiger Nebeneinanderstellung mit Statuen von Pavianen gefunden wurden.

Die Straße, über die wir an jenem Morgen auf unseren Kamelen ritten, beschrieb eine enge Kurve um die Polizeistation, die Poststelle, den Bedarfswarenladen und andere Geschäfte und gabelte sich dann nach Süden und Osten zu einem Rundweg, der ansteigend um das gesamte Felsplateau verlief und uns einen direkten Ausblick über die Wüste bescherte, die sich im Schatten der großen Pyramide erstreckte. Wir ritten an zyklopischen Mauern vorüber, bogen um die Ostfassade und erblickten in der Tiefe vor uns ein Tal mit Kleinpyramiden, wohinter gen Osten der ewige Nil glitzerte und gen Westen die ewige Wüste schillerte. Ganz in der Nähe ragten die drei Hauptpyramiden auf, deren größte, ihrer Außenverkleidung beraubt, das nackte Gefüge ihrer riesigen Steinquader darbot, während die anderen noch Reste ihrer sauber aufgetragenen Ummantelung aufwiesen, der sie zu ihrer Zeit Glätte und Vollendung verdankt hatten.

Bald stiegen wir zur Sphinx hinab und hockten schweigend unter dem Bann ihrer schrecklichen, blickleeren Augen. Auf der gewaltigen Steinbrust erkannten wir blass das Zeichen von Re-Harachte, als dessen Bildnis die Sphinx während einer späten Dynastie fälschlich angesehen wurde; und obwohl Sand die Tafel zwischen ihren mächtigen Tatzen bedeckte, entsannen wir uns der Inschrift, die Thutmosis IV.

hineinmeißeln ließ, und des Traums, den er als Prinz gehabt hatte. Daraufhin erfüllte uns das Lächeln der Sphinx mit einem vagen Missbehagen und ließ uns über die Legenden von geheimen Gängen in der Erde unterhalb der monströsen Kreatur rätseln, die abwärts und immer weiter abwärts führen, bis hinab in Tiefen, auf die niemand anzuspielen wagt – Tiefen, mit denen Geheimnisse verknüpft sind, die weiter zurückreichen als das Ägypten der Könige, das wir aus dem Wüstensand schaufeln, und die einen dunklen Bezug zum Fortleben widernatürlicher, tierköpfiger Götter aus dem uralten Pantheon des Nils haben. Nun stellte ich mir selbst eine müßige Frage, deren grässliche Bedeutung erst viele Stunden später erhellt werden sollte.

Andere Touristen begannen jetzt zu uns aufzuschließen, und wir strebten weiter zum von Sand begrabenen Tempel der Sphinx, knapp fünfzig Meter in südöstlicher Richtung gelegen, den ich bereits zuvor als großen Torbau des Dammwegs zur Grabkapelle der zweiten Pyramide auf dem Plateau erwähnt habe. Er lag zum größten Teil noch immer unterirdisch, und obwohl wir von unseren Kamelen absaßen und durch einen modernen Tunnelgang zu seinem Alabasterkorridor und seiner Säulenhalle hinabstiegen, wurde ich das Gefühl nicht los, dass Abdul und der hiesige deutsche Aufpasser uns nicht alles gezeigt hatten, was es dort zu sehen gab.

Anschließend absolvierten wir den üblichen Rundgang über das Pyramidenplateau, besichtigten die zweite Pyramide und die eigentümlichen Ruinen ihres Totentempels an der Ostseite, ebenso die dritte Pyramide mit ihren südlich gelegenen Miniaturtrabanten und ihrer verfallenen östlichen Kapelle, dann die Felsengräber und die bienenwabenartigen Anlagen der vierten und fünften Dynastie sowie das berühmte Campbell-Grab, dessen schattendunkler Schacht steile sechzehn Meter tief zu einem düsteren Sarkophag hinabreicht, den einer unserer Kamelführer nach einem schwindelerregenden Abstieg am Kletterseil von seiner störenden Sandschicht befreite.

Jetzt drang Geschrei von der Großen Pyramide zu uns herüber, wo Beduinen eine Touristengruppe mit Angeboten bestürmten, die Leute einzeln in Rekordgeschwindigkeit zur Pyramidenspitze hinauf- und wieder hinunterzutragen. Bei sieben Minuten liegt angeblich die Bestmarke für eine solche Hinauf- und Hinabbeförderung, doch viele rüstige Scheichs und Scheichsöhne versicherten uns, selbige auf fünf Minuten verkürzen zu können, sofern man sie mit dem erforderlichen Ansporn eines großzügigen *Bakschischs* versehe. Von uns erhielten sie diesen Ansporn nicht, doch ließen wir uns von Abdul hinaufgeleiten und gelangten so in den Genuss eines beispiellos prächtigen Ausblicks, der nicht nur das ferne, glitzernde Kairo mit seinem zitadellengekrönten Hintergrund golden violetter Berghänge einschloss, sondern ebenso sämtliche Pyramiden der Memphis-Ebene, von Abu Roasch im Norden bis zur Daschur im Süden. Die Sakarra-Stufenpyramide, die den Schritt von der niedrigen *Mastaba* zur eigentlichen Pyramide kennzeichnet, hob sich klar und verlockend in der sandigen Ferne ab. In der Nähe dieses Monuments des Übergangs war das sagenumwobene Grab des Perneb entdeckt worden – mehr als sechshundert Kilometer nördlich des Felsentals von Theben, wo Tutanchamun schläft. Abermals verschlug es mir vor lauter Ehrfurcht die Sprache. Der Ausblick auf solche Altertümer und die Geheimnisse, die ein jedes altersgraue Monument zu umschließen und zu bewahren schienen, erfüllten mich mit einer Ehrerbietung und einem Gefühl der Gewaltigkeit, wie sonst nichts sie mir je eingeflößt hat.

Ermüdet von unserer Kletterpartie und angewidert von der Aufdringlichkeit der Beduinen, deren Betragen jeder Benimmregel spottet, ersparten wir uns die Mühe, zwecks näherer Erkundung in die engen Innenschächte einer der Pyramiden einzudringen, obzwar wir sahen, wie sich mehrere der wagemutigsten Touristen zum erstickenden Durchkriechen von Cheops' mächtigstem Denkmal rüsteten. Als wir unseren hiesigen Aufpasser mit allzu üppiger Vergütung entließen und anschließend mit Abdul Reis im Schein der Abendsonne zurück nach Kairo kutschierten, bereuten wir beinahe unser Versäumnis. Gerüchte berichteten Faszinierendes von noch tieferen Pyramidenschächten, die in den Reisebüchern nicht erwähnt werden; Schächte, deren Zugänge von gewissen verschwiegenen Archäologen, die sie entdeckt und mit ihrer Erforschung begonnen hatten, hastig verschlossen und getarnt worden seien.

Oberflächlich betrachtet entbehrten diese Geschichten natürlich jeder ernsthaften Grundlage; und doch erschien es sonderbar, wenn man bedachte, wie hartnäckig Reisenden verwehrt wurde, die Pyramiden bei Nacht zu betreten oder den tiefsten Katakomben und Krypten der Großen Pyramide einen Besuch abzustatten. Für den letzteren Fall bot vielleicht die psychische Auswirkung auf den Besucher Anlass zu Befürchtungen – er könnte sich erdrückt vorkommen unter einer gigantischen Anhäufung massiven Steins; mit seinem gewohnten Leben bloß durch eine enge Röhre verbunden, die ihm nur zu kriechen gestattet und die ein Unfall oder böser Wille jederzeit versperren können. Die ganze Angelegenheit erschien uns so unheimlich und verlockend, dass wir beschlossen, dem Pyramidenplateau bei der erstbesten Gelegenheit einen neuerlichen Besuch abzustatten. Ich selbst erhielt diese Gelegenheit weit früher als erwartet.

An jenem Abend fühlten sich die Mitglieder unserer Gruppe nach dem anstrengenden Tagesprogramm ein wenig ermüdet, und so brach ich allein mit Abdul Reis zu einem Spaziergang durch das pittoreske Araberviertel auf. Obwohl ich es bereits bei Tag gesehen hatte, wollte ich die Gassen und Basare auch in der Dämmerung erkunden, wenn dicht gewobene Schatten und zart flimmerndes Licht zu deren Zauber und fantastischer Betörung der Sinne beitrugen. Das Gewühl der Einheimischen lichtete sich bereits, doch ging es noch immer sehr laut und gedrängt zu, als wir im Su-ken-Nahhasin, dem Basar der Kupferschmiede, auf eine Traube ausgelassener Beduinen stießen. Ihr augenscheinlicher

Anführer, ein unverschämter junger Kerl mit groben Gesichtszügen und kess aufs Ohr gekipptem Fes, fasste uns ins Auge und bezeigte meinem fähigen, wenn auch zugegebenermaßen hochmütigen und zum Spott geneigten Führer ein nicht allzu freundliches Wiedererkennen.

Vielleicht, so dachte ich, provozierte ihn jenes sonderbare, verhaltene Sphinxlächeln, das ich häufig mit amüsierter Irritation auf Abduls Lippen bemerkt hatte; oder vielleicht gefiel ihm auch der hohle Grabesklang von Abduls Stimme nicht. Jedenfalls flogen im Nu orientalisch pralle Schmähworte hin und her; und binnen Kurzem begann Ali Ziz, wie ich den Fremden nennen hörte, wenn ihn gerade kein schimpflicherer Name traf, ungestüm an Abduls Gewand zu zerren, ein Übergriff, der sogleich Vergeltung fand und in ein lebhaftes Handgemenge mündete, in dessen Verlauf beide Kontrahenten ihre heilig gehaltene Kopfzier verloren und in eine noch beklagenswertere Verfassung geraten wären, hätte ich nicht eingegriffen und die Streithähne mit aller Gewalt auseinandergebracht.

Mein Dazwischengehen, das zunächst beiden Seiten unerwünscht schien, erzielte zumindest den Erfolg einer Einstellung des Streites. Mürrisch glättete jeder der beiden die Wogen seines Zorns und die Falten seines Gewands, und mit würdevollem Gehabe, das ebenso ausgeprägt war, wie es plötzlich kam, schlossen die beiden einen sonderbaren Ehrenpakt, was, wie ich bald erfuhr, uralthergebrachter Brauch ist in Kairo – einen Pakt zur Beilegung ihrer Meinungsverschiedenheit durch einen nächtlichen Faustkampf auf der Spitze der Großen Pyramide, lange nach dem Weggang des letzten Mondscheintouristen. Jeder Duellant musste sich eine Schar von Sekundanten suchen, und die Sache sollte um Mitternacht beginnen und Runde um Runde so zivilisiert wie möglich ausgetragen werden.

Vieles an diesen ganzen Vorbereitungen weckte mein Interesse. Der Kampf selbst versprach einzigartig und unvergesslich zu werden, außerdem brachte die Vorstellung einer solchen Szene auf jenem altersbleichen Steinkegel hoch über der vorsintflutlichen Ebene von Giseh unter dem schwindenden Mond der frühen Zwielichtstunden jede Saite meiner Fantasie zum Klingen. Auf meine Bitte war Abdul nur allzu gewillt, mich unter seine Sekundanten einzureihen. Infolgedessen begleitete ich ihn für den gesamten Rest des frühen Abends zu verschiedenen Räuberhöhlen in den gesetzlosesten Vierteln der Stadt – meist nordöstlich des Ezbekiyeh-Parks gelegen –, wo er Mann für Mann eine erlesene und furchterregende Bande ebenbürtiger Halsabschneider als Rückhalt für seinen Boxkampf anwarb.

Kurz nach neun Uhr abends drängte sich unsere Gruppe auf den Rücken von Eseln mit solch königlichen oder touristenwirksamen Namen wie ›Ramses‹, ›Mark Twain‹, ›J. P. Morgan‹ und ›Minnehaha‹ durch Gassenlabyrinthe sowohl morgen- wie abendländischen Gepräges, überquerte den schlammigen und mastenstarrenden Nil auf der Brücke der Bronzelöwen und kantaperte philosophisch zwischen Lebbakh-Bäumen auf der Straße nach Giseh dahin. Etwas mehr als zwei Stunden vergingen während dieses Ritts, gegen dessen Ende wir am letzten der heimkehrenden Touristen vorüberzogen, die letzte stadtwärts strebende Straßenbahn grüßten und dann allein waren mit der Nacht, der Vergangenheit und dem gespenstischen Mond.

Nun erblickten wir am Schluss der Allee die riesigen Pyramiden, ghoulenhaft und von einer vagen vorzeitlichen Bedrohlichkeit, für die ich anscheinend bei Tage unempfänglich gewesen war. Selbst der kleinsten von ihnen haftete ein Hauch des Schaurigen an – war nicht diese es gewesen, worin Königin Nitokris während der sechsten Dynastie lebendig begraben wurde; jene raffinierte Königin Nitokris, die einst all ihre Feinde zu einem Festmahl in einen Tempel unter dem Nil einlud und sie ertränkte, indem sie die Schleusen öffnen ließ? Ich entsann mich, dass die Araber Dinge über Nitokris munkeln und die dritte Pyramide während bestimmter Mondphasen meiden. Eben sie muss

Thomas Moore im Sinn gehabt haben, als er niederschrieb, worüber memphische Bootsführer murmeln:

Die Unterwelt-Nymphe, die in lichtlosem Prunk
und verborgenem Goldglanz ruhet hierin –
Der Pyramide Königin!

Obwohl wir zeitig eintrafen, erwarteten Ali Ziz und seine Schar uns bereits, denn wir sahen die Schattenrisse ihrer Esel vor dem Wüstenplateau bei Kafrel-Haram. Über diese ärmliche arabische Siedlung in der Nähe der Sphinx waren wir ausgewichen, anstatt der regulären Straße zum Mena House zu folgen, wo uns einer der verschlafenen, unfähigen Polizisten hätte beobachten und aufhalten können. Hier, wo schmuddelige Beduinen Kamele und Esel in den Felsengräbern von Chephrens Höflingen unterstellten, wurden wir die Felsen hinauf und über den Sand zur Großen Pyramide geführt, deren zeitbenagte Flanken die Araber nun emsig erklommen, wobei mir Abdul Reis seine Hilfe antrug, derer ich nicht bedurfte.

Wie die meisten Reisenden wissen, ist die eigentliche Spitze dieses Bauwerks längst dem Zahn der Zeit zum Opfer gefallen und hat eine halbwegs ebene Plattform von etwa vier Metern im Geviert hinterlassen. Auf dieser unheimlichen Zinne reihten wir uns nun zu einem Viereck, und binnen weniger Augenblicke äugte der hämische Wüstenmond auf einen Kampf hinab, der abgesehen von der Sprache der Zuschauerrufe ebenso in einem kleinen Sportclub in Amerika hätte stattfinden können. Beim Zusehen merkte ich, dass auch einige unserer weniger wünschenswerten Errungenschaften nicht fehlten; denn jeder Hieb, jede Finte und jedes Abblocken verrieten meinem nicht unkundigen Auge, dass hier nicht mit vollem Einsatz gekämpft wurde. Es war schnell vorbei, und trotz meines Vorbehalts gegen die Durchführung empfand ich so etwas wie Besitzerstolz, als Abdul Reis zum Sieger ernannt wurde.

Die Aussöhnung erfolgte erstaunlich rasch, und inmitten der sangesfreudigen und weinseligen Verbrüderung, die folgte, fiel mir die Vorstellung schwer, dass überhaupt jemals ein Streit die Gemüter getrübt hatte. Merkwürdigerweise schien ich selbst weit mehr im Mittelpunkt der Aufmerksamkeit zu stehen als die Duellanten; und ich reimte mir behelfs meiner oberflächlichen Kenntnise des Arabischen zusammen, dass sie über meine Bühnenauftritte und meine Befreiungsakte aus jeder Art von Fessel oder Gefängnis sprachen, und zwar auf eine Weise, die nicht nur ein erstaunliches Wissen über mich verriet, sondern ganz deutlich Feindseligkeit und Unglauben in Bezug auf meine Entfesselungskunststücke. Allmählich dämmerte mir, dass die alte Magie Ägyptens nicht spurlos erloschen ist und dass Reste seltsamen Geheimwissens und priesterlicher Kultpraktiken heimlich und in solchem Ausmaß unter den Fellachen überlebt haben, dass die Meisterschaft eines fremden *Hahwi* oder Zauberers herabgesetzt und in Abrede gestellt wird. Ich dachte daran, wie sehr mein hohlstimmiger Führer Abdul Reis äußerlich einem altägyptischen Priester oder Pharao oder einer lächelnden Sphinx ähnelte … und wunderte mich.

Plötzlich geschah etwas, das mir blitzartig die Berechtigung meiner Überlegungen bewies und mich die Dummheit verfluchen ließ, dank derer ich die Ereignisse dieser Nacht nicht als jenes abgekartete, böse Spiel durchschaut hatte, als das sie sich nun entlarvten. Ohne Vorwarnung und fraglos auf ein verstecktes Zeichen Abduls hin warf sich die gesamte Beduinenmeute auf mich; sie zogen starke Stricke hervor und hatten mich im Nu so fest verschnürt, wie ich nur je im Leben verschnürt worden war, sei es auf der Bühne oder sonstwo.

Anfangs wehrte ich mich, doch sah ich bald ein, dass ein einzelner Mann gegen eine Meute von über zwanzig kräftigen Barbaren nichts auszurichten vermochte. Die Hände wurden mir hinter dem Rücken zusammengebunden, meine Knie so stark wie möglich angewinkelt und meine Fußknöchel und

Handgelenke derb mit unnachgiebigen Stricken aneinander-
geknotet. Man zwängte mir einen erstickenden Knebel
zwischen die Zähne und schlang mir eine Augenbinde fest
ums Gesicht. Als mich die Araber dann hoch auf ihre Schultern luden und einen holpernden, stolpernden Pyramiden-
abstieg begannen, vernahm ich die Spottreden meines
ehemaligen Führers Abdul, der mit seiner hohlen Stimme
ausgelassen hämte und höhnte und mir versicherte, dass
meinen »magischen Fähigkeiten« endlich die entscheidende
Probe bevorstünde, die mir rasch jede Arroganz austreiben
würde, den meine Triumphe über sämtliche in Amerika und
Europa ersonnenen Prüfungen mir vielleicht eingeblasen
hätten. Ägypten, rief er mir in Erinnerung, sei überaus alt
und voll innerer Geheimnisse und uralter Kräfte, die den
heutigen Fachleuten gar nicht vorstellbar seien, deren Mittel
so übereinstimmend darin versagt hätten, mich gefangen zu
halten.

Wie weit oder in welche Richtung man mich verschleppte,
kann ich nicht sagen, denn sämtliche äußeren Umstände
standen einer verlässlichen Lagebeurteilung entgegen. Ich
weiß nur, dass es keine große Strecke gewesen sein kann, da
meine Beförderer sich niemals schneller als im Schritttempo
bewegten, mich aber dennoch nur kurze Zeit auf ihren
Schultern trugen. Es ist diese frappierend knappe Zeitspanne, die mich geradezu mit Schaudern erfüllt, wann
immer ich an Giseh und sein Plateau denke – denn die
mutmaßliche Nähe der alltäglichen Touristenwege zu
Dingen, die damals existierten und noch immer existieren
müssen, drückt mir auf die Seele.

Die böse Abnormität, von der ich spreche, zeigte sich
anfangs nicht. Meine Entführer setzten mich auf einem
Untergrund ab, der mir eher wie Sand statt Fels vorkam,
schlangen mir ein Seil um die Brust und schleiften mich
einige Schritte weit zu einer schartigen Öffnung im Boden,
durch die sie mich ohne Zögern und ausgesprochen unsanft
hinabließen. Scheinbar äonenlang prallte ich gegen die

rauen Steinwände eines eng ausgehauenen Schlundes, den ich für einen der zahlreichen Bestattungsschächte des Plateaus hielt, bis seine erstaunliche, ja geradezu unfassbare Tiefe mich aller weiteren Anhaltspunkte für Mutmaßungen beraubte.

Das Grauen dieser Erfahrung vertiefte sich mit jeder dahintropfenden Sekunde. Dass irgendein Abstieg durch massiven, gewachsenen Fels so endlos sein konnte, ohne den Erdkern selbst zu erreichen, oder dass irgendein von Menschenhand gefertigtes Seil lang genug sein konnte, um mich in diese unheiligen und scheinbar bodenlosen Tiefen der Erdeingeweide hinabzusenken, dies waren Vorstellungen von so grotesker Natur, dass es leichter fiel, an meinen überspannten Sinnen zu zweifeln, als sie hinzunehmen. Sogar jetzt noch bin ich dessen unsicher, denn ich weiß, wie trügerisch das Zeitempfinden werden kann, wenn man Verschleppung oder Misshandlung erduldet. Sicher bin ich mir allerdings, dass ich meine Fähigkeit zum logischen Denken bis dahin bewahrt hatte und dass ich zumindest nicht reine Ausgeburten meiner Fantasie einem Bild hinzufügte, das in seiner Realität ohnehin schon grauenvoll genug war und erklärbar als eine Art von Gehirntäuschung, die einer echten Halluzination äußerst nahekam.

All dies war nicht der Grund für meine erste kurze Ohnmacht. Die schockierende Zerreißprobe steigerte sich, und der erste der mir noch bevorstehenden Schrecken war eine deutlich spürbare Beschleunigung meines Absinkens. Die Araber gaben dieses endlos lange Seil nun sehr schnell aus, und ich schrammte grausam an den rauen und engen Wänden des Schachtes entlang, während ich wie rasend in die Tiefe schoss. Meine Kleidung hing in Fetzen und ich fühlte trotz der wachsenden und peinigenden Schmerzen Blut über meinen gesamten Körper rinnen. Auch meine Nase witterte nun eine schwer bestimmbare Gefahr: Ein schleichender, dumpfer und muffiger Geruch schlug mir entgegen, der seltsam anders war als alles, das ich je zuvor gerochen hatte, und der einen leichten Beigeschmack von

Gewürzen und Weihrauch enthielt, was ihm eine geradezu spöttische Note verlieh.

Dann erfolgte der mentale Kollaps. Es war grauenvoll – grässlich jenseits aller Worte, denn es entsprang allein der Seele, ohne eine schilderbare Einzelheit. Es war ein rasender Albtraum und die Summe alles Teuflischen. Die Plötzlichkeit, mit der es eintrat, war apokalyptisch und dämonisch – eben noch fiel ich mit dem Tode ringend jenen engen Schacht vieltausenddorniger Marter hinab, und im nächsten Augenblick ritt ich auf Fledermausschwingen in den Schlünden der Hölle; schwang in freiem Sausefall durch unendliche Weiten grenzenlosen, modrigen Raumes; stieg schwindelerregend zu maßlosen Höhen eisigen Äthers empor, um dann wieder atemlos in mahlstromartige Abgründe gefräßiger, abscheulicher, bodenloser Leere abzustürzen … Gott sei gedankt für das Erbarmen, das jene krallenden Furien des Bewusstseins in die Vergessenheit verbannte, die mich halb um den Verstand brachten und harpyiengleich an meinem Bewusstsein rissen! Diese eine Gnadenfrist, so kurz sie auch war, verlieh mir die Kraft und Geistesstärke, jene noch reineren Formen kosmischer Panik zu ertragen, die meiner lauernd und schnatternd harrten.

II

Nach diesem schaurigen Flug durch stygische Räume kam ich erst nach und nach wieder zu mir. Es war ein unendlich schmerzhafter Vorgang, durchwoben von fantastischen Träumen, die eigentümlich von meinem gefesselten und geknebelten Zustand zehrten. Die genaue Natur dieser Träume war sehr klar, während ich sie erlebte, verschwamm aber fast unmittelbar darauf in meiner Erinnerung und verblasste bald zum bloßen Schatten gegenüber den grauenhaften – realen oder eingebildeten – Ereignissen, die folgten. Ich träumte, ich befände mich in der Umklammerung einer riesigen und grässlichen Pranke; einer gelben, haarigen, fünfkralligen Pranke, die aus dem Boden emporfuhr, um mich zu zermalmen und zu verschlingen. Und als ich innehielt, um zu überlegen, was die Pranke denn sei, da kam es mir vor, als verkörpere sie Ägypten. Im Traum blickte ich auf die Ereignisse der vorangegangenen Wochen zurück und sah mich selbst, wie ich von irgendeiner höllischen Ghoulen-Geistmacht der uralten Nil-Magie Stück für Stück, unmerklich und heimtückisch, umgarnt und ins Netz gelockt wurde; einer Macht, die schon in Ägypten gewesen war, bevor es überhaupt Menschen gab, und die noch dort sein wird, wenn es längst keine Menschen mehr gibt.

Ich sah den Schrecken und das ruchlose Alter Ägyptens sowie die schaurige Verbindung, die es stets zu den Gräbern und Tempeln der Toten besessen hatte. Ich sah gespenstische Prozessionen von Priestern mit den Köpfen von Stieren, Falken, Katzen und Ibissen; gespenstische Prozessionen, die endlos durch unterirdische Labyrinthe und titanenhafte Säulenhallen zogen, neben denen ein Mensch wie eine Mücke wirkt, und unnennbaren Göttern unsägliche Opfer darbrachten. Steinkolosse marschierten durch endlose Finsternis und trieben Herden grinsender Sphinxmenschen hinab zu den Ufern ewiger, stockender Flüsse aus Pech. Und hinter all dem erblickte ich die unsagbare Bosheit uranfänglicher Nekromantie, schwarz und formlos und im Dunkeln gierig nach mir tastend, um mir den Geist auszutreiben, der sich vermessen hatte, ihrer durch Nachäffung zu spotten.

In meinem schlafenden Gehirn gewann ein Drama finsterer Wut und Verfolgung Gestalt, und ich sah, wie die schwarze Seele Ägyptens mich herauspickte und unhörbar flüsternd anrief; mich rief und verführte, mich mit dem Gefunkel und Geglitzer einer oberflächlichen sarazenischen Lackschicht voranlockte und mich doch nur immer tiefer zu den altersirren Katakomben und Schrecknissen ihres *toten* und bodenlosen pharaonischen Herzens hinabzog.

Dann nahmen die Visionen menschliche Züge an und ich

sah meinen Führer Abdul Reis in Königsroben, mit dem Hohnlächeln der Sphinx auf dem Gesicht. Und ich wusste, dass dieses Gesicht das Antlitz von Chephren dem Großen war, der die zweite Pyramide errichtete, der das Gesicht der Sphinx zu seinem eigenen Konterfei ummeißeln ließ und der jenen titanenhaften Pfortentempel erbaute, dessen vieltausendfache Gänge die Archäologen glauben, aus dem geheimnisvoll brütenden Sand und dem verschwiegenen Fels gegraben zu haben. Und ich blickte auf die lange, schlanke, starre Hand von Chephren; die lange, schlanke, starre Hand, wie ich sie an dem Diorit-Standbild im Kairoer Museum gesehen hatte – jenem Standbild, das in dem grauenvollen Pfortentempel gefunden worden war – und ich frage mich, warum ich nicht aufgeschrien hatte, als ich sie an Abdul Reis wiedererkannte … Diese Hand! Sie war widerlich kalt, und sie zermalmte mich; es war die Kälte und Umklammerung des Sarkophags … der Frosthauch und die Beklemmung des unvordenklichen Ägyptens … sie war das nachtdunkle, nekropolenbedeckte Ägypten selbst … diese gelbe Pranke … und was man über Chephren munkelt …

In diesem kritischen Moment erwachte ich langsam – oder wechselte zumindest in einen Zustand, der weniger dem des Schlafes glich als der vorangegangene. Ich entsann mich des Boxkampfes auf der Pyramidenspitze, der verräterischen Beduinen und ihres Überfalls, meiner grässlichen Abseilung durch endlose Felstiefen und meines wahnwitzigen Schaukelns und Eintauchens in eine eisige Leere, die den Ruch würziger Fäulnis verströmte.

Ich begriff, dass ich jetzt auf einem feuchten Felsboden lag und dass meine Fesseln mir noch immer unvermindert straff ins Fleisch schnitten. Es war sehr kalt und mir schien es, als strich ein schwacher Strom ekler Luft über mich hinweg. Die Schrammen und Prellungen, die mir die schroffen Wände des Felsenschachts beigebracht hatten, schmerzten erbärmlich, und die Schmerzen in den Wunden wurden durch einen beißenden Geruch in dem schwachen Luftzug zu einem scharfen Stechen oder Brennen gesteigert, sodass der bloße Vorgang des Herumwälzens genügte, mich vor namenloser Qual am ganzen Leib erbeben zu lassen.

Beim Umdrehen verspürte ich von oben einen Ruck und folgerte daraus, dass das Seil, an dem ich herabbefördert worden war, noch immer mit der Erdoberfläche in Verbindung stand. Ob die Araber es weiterhin festhielten oder nicht, war mir schleierhaft; ebenso schleierhaft war mir, wie tief im Innern der Erde ich mich befand. Ich wusste, dass die mich umgebende Finsternis vollkommen oder beinah vollkommen war, da kein einziger Mondstrahl durch die Augenbinde drang; doch traute ich meinen Sinnen nicht genug, um die Empfindung, mein Abstieg habe endlos gewährt, als Beweis für unermessliche Tiefe zu nehmen.

Immerhin wusste ich, dass ich mich in einem beträchtlich großen Raum aufhielt, der von der Erdoberfläche aus durch eine direkt über mir gelegene Öffnung zugänglich war, und so vermutete ich vage, dass mein Kerker womöglich in der verschütteten Grabkapelle des alten Chephren lag – dem Tempel der Sphinx. Vielleicht befand ich mich in irgendeinem tiefen, inneren Gang, den die Führer mir im Verlauf unseres morgendlichen Besuchs nicht gezeigt hatten und aus dem ich leicht entkommen könnte, falls es mir gelang, bis zum verrammelten Eingang vorzudringen. Ich würde mir den Weg durch ein Labyrinth suchen müssen, doch es konnte nicht schlimmer sein als jene, aus denen ich bereits früher in die Freiheit gefunden hatte.

Als Erstes musste ich Fesseln, Knebel und Augenbinde loswerden. Dies bedeutete keine große Herausforderung, wie ich wohl wusste, denn raffiniertere Experten als diese Araber hatten im Laufe meiner langen und wechselvollen Laufbahn als Meister der Entfesselungskunst jede bekannte Art der Schnürung an mir erprobt, ohne jedoch jemals meinen Kunstgriffen gewachsen zu sein.

Dann fiel mir ein, dass die Araber vielleicht vorhatten, mir am Eingang aufzulauern und mich anzugreifen, sobald irgendein Anzeichen, etwa eine heftige Bewegung des Seils, das sie vermutlich hielten, ihnen vom Abwerfen meiner Fesseln kündete. Dies setzte freilich voraus, dass es sich bei meinem Gefängnis tatsächlich um Chephrens Tempel der Sphinx handelte. Die unmittelbare Öffnung im Dach, wo immer sie klaffen mochte, konnte vom gewöhnlichen heutigen Zugang in der Nähe der Sphinx nicht allzu weit abliegen; falls auf der Erdoberfläche überhaupt große Entfernungen zu überwinden waren, denn das gesamte den Besuchern bekannte Gebiet ist nicht riesig. Ich hatte während meines Ausflugs am Tage keine solche Öffnung bemerkt, doch wusste ich, dass man dergleichen inmitten der Sandverwehungen leicht übersieht.

Während ich gekrümmt und gebunden auf dem Felsboden lag und mir diese Dinge durch den Kopf gehen ließ, vergaß ich beinahe die Schrecken meiner Albtraumreise in den Abgrund und meines Wirbelfluges durch die Unterwelt, die mich erst vor so kurzer Zeit in die Besinnungslosigkeit gestürzt hatten. Jetzt galten meine Gedanken nur dem Ziel, die Araber zu überlisten, und deshalb beschloss ich, so schnell wie möglich aus meinen Fesseln zu schlüpfen, ohne dabei an dem herabreichenden Seil zu reißen und dadurch meinen Befreiungsversuch, egal ob er nun unter einem günstigen oder ungünstigen Stern stand, zu verraten.

Dies jedoch war leichter gedacht als getan. Ein paar tastende Versuche machten deutlich, dass sich ohne beträchtliche Körperbewegung wenig ausrichten ließ; und es überraschte mich nicht, als ich nach einem besonders heftigen Aufbäumen die Schlingen des herabfallenden Seils spürte, die sich auf mir und neben mir türmten. Offenbar, so dachte ich, hatten die Beduinen meine Bewegungen mitbekommen und ihr Seilende losgelassen; und nun eilten sie fraglos zum eigentlichen Tempeleingang, um mir mordlüstern aufzulauern.

Diese Aussicht war nicht erfreulich – doch hatte ich zu meiner Zeit schon Schlimmeres gemeistert, und ich würde auch jetzt nicht verzagen. Vor allem musste ich mich erst einmal aus meinen Fesseln befreien und anschließend darauf bauen, dass meine Findigkeit mich unbeschadet aus dem Tempel bringen würde. Es ist schon seltsam, wie ich stillschweigend zu der Annahme gelangt war, mich im Tempel des Chephren nahe der Sphinx und nur ein kleines Stück unter der Erdoberfläche zu befinden.

Diese Annahme wurde von einem Umstand zerschlagen, der auch alle ursprünglichen Gedanken an abnorme Tiefen und dämonische Mysterien neu belebte und dessen Schrecklichkeit mir immer deutlicher ins Bewusstsein trat, während ich noch meinen philosophischen Plan schmiedete. Ich erwähnte, dass das fallende Seil sich neben mir und auf mir häufte. Nun merkte ich, dass es sich weit höher auftürmte, als jedes Seil von durchschnittlicher Länge es überhaupt vermocht hätte. Es regnete immer wuchtiger herab und schwoll zu einer Hanflawine an, die auf dem Boden zu einem wahren Gebirge emporwuchs und mich unter seinen immer zahlreicheren Schlingen halb begrub. Binnen Kurzem war ich gänzlich zugeschüttet und rang nach Luft, je mehr das ausufernde Hanfknäuel mich erstickend bedeckte.

Abermals gerieten meine Sinne ins Taumeln und ich versuchte vergebens, gegen eine Gefahr anzukämpfen, die ausweglos und unentrinnbar schien. Nicht nur, dass ich Martern litt, die menschliches Ertragen überstiegen – nicht nur wurden mir Leben und Atem langsam ausgepresst –, vielmehr dämmerte mir nun auch die Bedeutung dieser widernatürlichen Seillängen und ich begriff, welch unbekannte und unermessliche Schlünde des Erdinnern mich in diesem Augenblick umfangen mussten. Mein endloses Absinken und der Schaukelflug durch dämonische Weiten hatten demnach wirklich stattgefunden und ich selbst lag jetzt wohl bar jeder Hilfe in einer namenlosen Höhlenwelt nahe dem Erdkern. Eine solch unmittelbare Bestätigung äußersten Grauens war nicht mehr erträglich, und ich fiel zum zweiten Mal gnädigem Vergessen anheim.

Wenn ich von Vergessen spreche, heißt das nicht, dass ich

keine Träume hatte. Ganz im Gegenteil, meine Abwesenheit von der bewussten Welt war gekennzeichnet durch Visionen unsäglichster Abscheulichkeit. Gott! … Hätte ich doch bloß nicht so viele Bücher über Ägypten gelesen, ehe ich in dieses Land kam, das die Quelle alles Finsteren und Furchtbaren ist! Dieser zweite Ohnmachtsanfall erfüllte meinen schlafenden Geist erneut mit schauderndem Gewahrwerden des Landes und seiner uralten Geheimnisse, und dank irgendeines verdammenswerten Zufalls verweilten meine Träume bei den uralten Vorstellungen über die Toten und deren seelische und leibliche Verweilorte außerhalb jener mysteriösen Mausoleen, die eher Häuser als Gräber waren. In Traumbildern, deren ich mich zum Glück nicht entsinne, erinnerte ich mich an die sonderbare und ausgefeilte Bauweise ägyptischer Grabstätten und die höchst eigentümlichen und schrecklichen Vorstellungswelten, die diese Konstruktion bedingten.

Diese Menschen dachten an nichts anderes als an den Tod und die Toten. Sie glaubten an eine leibliche Wiederauferstehung des Leichnams, weshalb sie ihn mit verzweifelter Sorgfalt mumifizierten und sämtliche lebenswichtigen Organe in Kanopen-Krügen nahe bei dem toten Körper aufbewahrten. Außer an den Körper glaubten sie noch an zwei weitere Elemente, nämlich an die Seele, die von Osiris gewogen wurde, und, falls er sie für würdig befand, ins Reich der Seligen einging; zudem an den ominösen und machtvollen *Ka* oder Lebensodem, der auf schreckliche Weise die Ober- und die Unterwelt durchwandelte, bisweilen Eingang in den einbalsamierten Leichnam begehrte, die von Priestern und frommen Angehörigen in der Grabkapelle dargebrachten Opferspeisen verzehrte und manchmal – wie die Menschen flüsternd berichteten – von der Leiche oder deren hölzernem Ebenbild, das stets neben ihr bestattet wurde, Besitz ergriff und ruchlos umging, um ausgemacht widerwärtige Taten zu vollbringen.

Tausende von Jahren ruhten diese Leichname prachtvoll

eingeschreint und glasig starren Blicks, wenn sie nicht vom *Ka* besucht wurden, und warteten auf den Tag, da Osiris ihnen sowohl den *Ka* wie auch die Seele zurückgeben und die steifen Legionen der Toten aus den versunkenen Häusern des Schlafes führen würde. Es hatte eine strahlende Wiedergeburt werden sollen – doch wurden nicht alle Seelen auf der Waage für würdig befunden, noch blieben alle Gräber unversehrt, auch musste auf gewisse groteske *Fehler* und teuflische *Abnormitäten* Obacht gegeben werden. Sogar heute noch zischeln die Araber von unheiligen Zusammenkünften und verderbten Anbetungen in vergessenen Abgründen der Tiefe, woran nur geflügelte, unsichtbare *Kas* und seelenlose Mumien teilnehmen und von wo nur diese unbeschadet zurückkehren können.

Die vielleicht lästerlichsten, blutstockendsten Legenden sind jene, die von gewissen perversen Präparaten dekadenter Priester handeln – von *zusammengestückelten Mumien,* künstlich erzeugt durch die Verbindung menschlicher Rümpfe und Gliedmaßen mit Tierköpfen, um die alten Götter nachzuformen. Durch die ganze ägyptische Geschichte hindurch wurden heilige Tiere mumifiziert, auf dass geweihte Stiere, Katzen, Ibisse, Krokodile und dergleichen eines Tages in größerem Glanze wiederkehrten. Doch nur im Zeitalter der Dekadenz mischte man Mensch und Tier in ein und derselben Mumie – nur in der Zeit der Dekadenz, als die Vorrechte und Privilegien des *Ka* und der Seele nicht mehr begriffen wurden.

Was aus diesen zusammengestückelten Mumien wurde, wird nicht überliefert – zumindest nicht offen – und es ist gewiss, dass kein Ägyptologe jemals eine davon fand. Die Gerüchte der Araber sind reichlich überdreht und keineswegs verlässlich. Sie deuten sogar an, dass der alte Chephren – der mit der Sphinx, der zweiten Pyramide und dem gähnenden Pfortentempel – als Gatte der Ghoul-Königin Nitokris tief in der Erde lebt und über jene Mumien herrscht, die weder menschlich noch tierisch sind.

Von ihnen – von Chephren und seiner Gemahlin und seinem seltsamen Heer toter Mischwesen – träumte ich, und darum bin ich auch froh, dass die genauen Traumbilder aus meinem Gedächtnis entschwunden sind. Meine grässlichste Vision hing mit der müßigen Frage zusammen, die ich mir tags zuvor gestellt hatte, als ich auf das große, in Stein gehauene Rätsel der Wüste blickte und darüber grübelte, mit welcher unbekannten Tiefe der nahebei liegende Tempel vielleicht in heimlicher Verbindung stand. Diese Frage, die damals so arglos und exzentrisch wirkte, gewann in meinem Traum eine Bedeutung tobenden, kreischenden Wahnsinns ... *welch gewaltige und Abscheu erweckende Abnormität hatten die Steinmetze der Sphinx ursprünglich darstellen wollen?*

Mein zweites Erwachen – falls es ein Erwachen war – ist für mich eine höchst abscheuliche Erinnerung, der nichts in meinem Leben – ausgenommen eine Sache, die mir noch bevorstand – gleichkommt; und mein Leben war ereignisreicher und abenteuerlicher als das der meisten Menschen. Erinnern wir uns, dass ich das Bewusstsein verloren hatte, während die Kaskade des niederprasselnden Seils mich unter sich begrub, dessen schiere Menge die kataklysmische Tiefe meines gegenwärtigen Aufenthaltes offenbarte. Als ich jetzt wieder zu mir kam, fühlte ich, dass dieses Gewicht zur Gänze von mir genommen war; und ich stellte durch Herumwälzen fest, dass ich zwar noch gefesselt und geknebelt und mit einer Augenbinde versehen war, *jedoch irgendeine Macht die erstickende Hanflawine, die auf mich niedergegangen war, restlos entfernt hatte.*

Die Bedeutung dieser Veränderung dämmerte mir naturgemäß nur langsam; dennoch glaube ich, dass sie mich erneut in eine Ohnmacht gestürzt hätte, wäre ich nicht mittlerweile in einem Zustand derartiger emotionaler Erschöpfung gewesen, dass kein neuer Schrecken mehr von großer Wirkung sein konnte. Ich war allein ... *womit?*

Ehe ich mich selbst mit irgendeiner neuen Überlegung martern oder einen neuen Entfesselungsversuch in Angriff nehmen konnte, wurde ein weiterer Umstand offenbar. Zuvor nicht gefühlte Schmerzen tobten in meinen Armen und Beinen, und ich schien von einer Unmenge getrockneten Blutes bedeckt, weit mehr, als meinen bisherigen Schnittwunden und Abschürfungen zugeschrieben werden konnte. Ebenso schien meine Brust von Hunderten Wunden zerhackt, so als hätte irgendein bösartiger, riesenhafter Ibis auf sie eingepickt. Die Macht, die das Seil entfernt hatte, war fraglos feindlich und hatte damit begonnen, mir grässliche Verletzungen beizubringen, bis irgendetwas sie gezwungen hatte, von mir abzulassen. Und dennoch waren meine Empfindungen in diesen Momenten das genaue Gegenteil von dem, was man hätte erwarten können. Anstatt in einen bodenlosen Abgrund der Verzweiflung zu stürzen, fühlte ich mich von frischem Mut und Tatendrang beseelt – denn ich erkannte nun, dass die bösen Mächte körperlicher Art waren, sodass ein furchtloser Mann es unter ebenbürtigen Bedingungen mit ihnen aufnehmen konnte.

Mit der Kraft, die dieser Gedanke mir verlieh, zerrte ich erneut an meinen Fesseln und wandte sämtliche im Leben erworbenen Kniffe an, um freizukommen, wie ich es schon so oft im Rampenlicht und unter dem Beifall riesiger Menschenmengen getan hatte. Die vertrauten Finessen des Entfesselungsvorgangs begannen mich völlig in Beschlag zu nehmen, und da nun das lange Seil nicht mehr vorhanden war, gewann ich halbwegs meinen Glauben zurück, dass die schlimmsten der Schrecken letztlich nur auf Einbildung beruhten und dass es nie einen entsetzlichen Schacht, einen unermesslichen Abgrund oder ein endloses Seil gegeben hatte. Befand ich mich am Ende doch in dem Pfortentempel des Chephren neben der Sphinx, und hatten die verstohlenen Araber sich hereingeschlichen, um mich zu foltern, als ich dort hilflos lag? Wie auch immer, ich musste freikommen. Stand ich erst aufrecht ohne Fesseln, ohne Knebel und mit unverbundenen Augen, die auch den schwächsten Lichtschimmer wahrnehmen konnten, der sich irgendwo hereinstahl, dann würde ich den Kampf gegen gemeine und verräterische Feinde regelrecht herbeisehnen!

Wie lange ich brauchte, um mich der hinderlichen Bande zu entledigen, vermag ich nicht zu sagen. Gewiss länger als bei meinen Publikumsvorführungen, denn ich war verletzt, entkräftet und nervlich verwirrt von dem, was hinter mir lag. Als ich mich schließlich befreit hatte und tiefe Atemzüge einer kalten, dumpfen, vom Bösen durchwürzten Luft nahm, die ohne Knebel und Augenbinde ungehemmt noch schauderhafter anmutete, merkte ich, dass ich zu verkrampft und müde war, um gleich aufzustehen. So lag ich da für unbestimmte Zeit, versuchte, meinen gekrümmten und geschundenen Leib zu strecken und mühte meine Augen, um irgendeinen Lichtschein zu erspähen, der mir etwas Aufklärung über meine Lage verschaffen könnte.

Nach und nach kehrten meine Kraft und meine Geschmeidigkeit zurück, doch ich sah noch immer nichts. Als ich wankend auf die Füße kam, spähte ich angestrengt in jede Richtung, erschaute jedoch bloß eine Ebenholzschwärze, die ebenso tief war wie jene, die hinter meiner Augenbinde geherrscht hatte. Ich versuchte, meine blutverkrusteten Beine unter dem zerfetzten Hosenstoff zu bewegen und stellte fest, dass ich laufen konnte; leider wusste ich nicht, wohin ich meine Schritte lenken sollte. Offenkundig war es nicht ratsam, aufs Geratewohl loszuspazieren und mich dabei vielleicht direkt von dem gesuchten Eingang zu entfernen. Daher hielt ich inne, um festzustellen, woher der kalte, stinkende, natronhaltige Luftzug blies, den ich die ganze Zeit über verspürt hatte. In der Annahme, sein Ursprung sei möglicherweise auch der Eingang des Abgrundes, versuchte ich, diesem Wegweiser zu folgen und stetig auf ihn zuzugehen.

Ich hatte eine Schachtel mit Streichhölzern dabeigehabt und sogar eine kleine Taschenlampe, aber natürlich waren den Taschen meiner zerlumpten und zerrissenen Kleidung längst alle schweren Gegenstände entglitten. Während ich behutsam durch die Dunkelheit ging, wurde der Luftzug stärker und unangenehmer, bis ich ihn schließlich für nichts anderes mehr halten konnte als einen merklichen Strom abscheulicher Dünste, die irgendeiner Öffnung entwichen wie der Rauch des Dschinns dem Gefäß des Fischers in dem orientalischen Märchen. Der Orient ... Ägypten ... wahrlich, diese dunkle Wiege der Zivilisation war seit jeher der Urquell unaussprechlicher Schrecken und Wunder!

Je länger ich über die Natur dieses Unterweltwindes nachdachte, desto mehr wuchs meine Beunruhigung. Denn während ich seinem Ursprung trotz seines Geruchs in der Meinung nachgespürt hatte, es handele sich um einen zumindest indirekten Hinweis auf den Weg nach draußen, musste ich nun klar erkennen, dass diese faulige Ausdünstung keinerlei Beimengung oder sonstige Verbindung zu der sauberen lybischen Wüstenluft besaß. Vielmehr musste es sich bei diesem Pesthauch im Grunde um etwas handeln, was sogar noch tiefer gelegene, finstere Schlünde erbrachen. Ich war also in die falsche Richtung marschiert!

Nach kurzem Überlegen entschied ich mich, nicht wieder zurückzugehen. Ohne den Luftzug würde mir der Wegweiser fehlen, denn der halbwegs ebene Felsboden zeigte keinerlei Unterscheidungsmerkmale. Falls ich jedoch dem sonderbaren Luftstrom weiter folgte, müsste ich fraglos zu irgendeiner Art von Öffnung gelangen, die ich als Durchgang nutzen und mir dann entlang der Wände vielleicht meinen Weg zur gegenüberliegenden Seite dieser zyklopischen Halle ertasten konnte. Dass mir dies auch fehlschlagen konnte, wusste ich nur zu gut. Ich erkannte, dass dies kein Teil von Chephrens Pfortentempel war, den die Touristen kennen, und es durchfuhr mich, dass diese spezielle Halle sogar den Archäologen unbekannt sein mochte und von den neugierigen und übel wollenden Arabern, die mich meiner Freiheit beraubt hatten, vielleicht rein zufällig entdeckt worden war. Falls dies zutraf, existierte dann womöglich irgendein Tor, durch das die Flucht in die bekannten Gebäudeteile oder ins Freie möglich war?

Aber welche Anhaltspunkte besaß ich überhaupt noch, dass dies tatsächlich der Pfortentempel war? Einen Moment lang brachen meine abenteuerlichsten Mutmaßungen wieder über mich herein, und ich dachte an jenes lebhafte Gemisch von Eindrücken – den Hinabsturz, das Schweben im Raum, das Seil, meine Wunden und die Träume, die nichts als Träume waren. Bedeutete dies das Ende meines Lebens? Sollte ich es sogar als Gnade betrachten, falls dieser Augenblick *wirklich* mein Ende wäre? Ich fand auf keine meiner Fragen eine Antwort, sondern setzte mein Tun einfach fort, bis mich das Schicksal zum dritten Mal mit Ohnmacht umfing.

Diesmal träumte ich nicht, denn die schockierende Plötzlichkeit des Geschehens beraubte mich aller Gedanken, egal ob bewusst oder unterbewusst. Genau in dem Moment, als der widerliche Luftzug so stark wurde, dass er mir spürbaren Widerstand entgegensetzte, brachte mich eine unvermutete Abwärtsstufe ins Stolpern, und ich wurde kopfüber eine schwarze Flucht mächtiger steinerner Stufen und in einen Schlund grenzenloser Schrecklichkeit hinabgeschleudert.

Dass ich jemals wieder Atem schöpfte, beweist die Zählebigkeit, die dem gesunden menschlichen Organismus innewohnt. Oftmals denke ich an jene Nacht zurück und verspüre geradezu Belustigung über die wiederholten Ohnmachtsanfälle; Anfälle, deren Aufeinanderfolge mich damals an nichts so sehr erinnerte wie an die kruden filmischen Melodramen jener Zeit. Natürlich besteht die Möglichkeit, dass diese mehrmalige Bewusstlosigkeit sich niemals ereignete; dass all die Eindrücke jenes unterirdischen Nachtmahrs nur die Träume eines einzigen langen Komas waren, das mit dem Schock meines Absinkens in jenen Abgrund einsetzte und mit dem heilenden Balsam der frischen Luft und der aufgehenden Sonne endete, die mich im Sand von Giseh, hingestreckt unter dem höhnischen, vom Morgenrot gefärbten Angesicht der Großen Sphinx antrafen.

Ich ziehe es vor, so gut ich kann, an die letztere Erklärung zu glauben und war daher froh, als mir die Polizei mitteilte, dass man die Zugangssperre vor Chephrens Pfortentempel durchbrochen vorgefunden hatte und dass in einem Winkel seines bisher unausgegrabenen Abschnitts tatsächlich ein ansehnlicher, bis zur Erdoberfläche reichender Spalt existiert. Auch war ich froh, als die Ärzte urteilten, dass meine Wunden sich mit den von mir überstandenen Strapazen hinlänglich erklären ließen: meiner Gefangennahme, der Augenbinde, dem Abgeseiltwerden, meinem Kampf gegen die Fesseln, einem glimpflichen Sturz – möglicherweise in eine Bodenvertiefung im Innengang des Tempels –, meinem Irrweg zur äußeren Absperrung samt meinem Überwinden derselben und dergleichen mehr … eine überaus tröstliche Diagnose. Und dennoch weiß ich, dass mehr dahinterstecken muss, als es oberflächlich betrachtet den Anschein hat. Jenes extreme Hinuntersinken steht mir zu lebhaft in Erinnerung, um einfach abgetan zu werden – und es mutet sonderbar an, dass niemals ein Mann gefunden werden konnte, auf den die Beschreibung meines Führers gepasst hätte: Abdul Reis el Drogman – der Fremdenführer mit der Grabesstimme, der aussah und lächelte wie König Chephren.

Ich bin von meinem Bericht abgeschweift – vielleicht in der vergeblichen Hoffnung, mich vor der Wiedergabe jenes abschließenden Geschehnisses drücken zu können; jenes Geschehnisses, das noch gewisser als alle anderen eine Halluzination ist. Doch ich versprach, davon zu erzählen, und ich breche ein Versprechen nie.

Als ich nach dem Absturz über die schwarzen Steinstufen wieder zu Sinnen kam – oder dies zumindest glaubte –, war ich ebenso allein und von Dunkelheit umgeben wie zuvor. Der stinkende Wind, schon vorher schlimm genug, war jetzt höllisch; dennoch hatte ich mich inzwischen so sehr daran gewöhnt, dass ich ihn gleichmütig ertrug. Benommen begann ich, von der Stelle wegzukriechen, woher der Fäulniswind wehte, und spürte unter meinen blutenden Händen die kolossalen Blöcke einer gewaltigen Bodenpflasterung. Einmal stieß mein Kopf gegen etwas Hartes, und als ich es betastete, erkannte ich, dass es der Sockel einer Säule war – einer Säule unfassbaren Ausmaßes –, deren Oberfläche mit gigantischen eingemeißelten Hieroglyphen übersät war, die ich deutlich fühlte.

Als ich weiter vorankroch, traf ich auf weitere titanische Säulen, die unglaublich weit auseinanderstanden; und plötzlich wurde meine Aufmerksamkeit von etwas gefangen genommen, das unterbewusst schon lange auf mein Gehör eingewirkt haben musste, bevor es mir bewusst wurde.

Aus einem noch tiefer gelegenen Schlund der Erdeingeweide drangen gewisse *Klänge* hervor, gleichmäßig und klar und anders als alles, was ich jemals zuvor vernahm. Dass diese Klänge überaus alt und eindeutig zeremonieller Natur waren, empfand ich fast intuitiv; und meine ausgedehnte ägyptologische Lektüre veranlasste mich, sie mit der Flöte, der Sambyke, dem Sistrum und dem Tympanon in Verbindung zu bringen. In ihrem rhythmischen Pfeifen, Summen, Rasseln und Trommeln schien mir ein Schrecken mitzuschwingen, der alle bekannten irdischen Schrecken übertraf – ein Schrecken, der eigentümlich wenig mit individueller Furcht zu tun hatte und sich eher in einer Art objektiven Mitleids mit unserem Planeten kundtat, weil in seinem Schoße solches Entsetzen reifen sollte wie diesen ägipanischen Kakophonien zugrunde liegen musste. Die Klänge wurden lauter und ich merkte, dass sie näher kamen. Dann – und mögen sämtliche Götter sämtlicher Götterwelten sich verbünden, um meine Ohren künftig vor dergleichen zu verschonen –, dann begann ich, leise und fern, das morbide und vieltausendjährige Trampeln jener marschierenden Geschöpfe zu hören.

Es war abscheuerregend, dass so verschiedenartige Schritte in einem so perfekten Gleichklang voranstampfen sollten. Die Übung unheiliger Jahrtausende musste hinter diesem Marsch der Monstrositäten aus dem tiefsten Erdschoß stehen … trampelnd, schlurfend, klappernd, stolpernd, stelzend, staksend, kriechend … und all dies zu den abscheulichen Missklängen der hämischen Instrumente. Und dann – möge Gott die Erinnerung an jene Araberlegenden aus meinem Schädel tilgen! – die Mumien ohne Seelen … der Treffpunkt der schweifenden *Kas* … die Horden der höllenverdammten pharaonischen Toten aus vierzig Jahrhunderten … die *zusammengestückelten Mumien,* die König Chephren und seine Ghoul-Königin Nitokris durch die äußersten Onyx-Weiten führen …

Das Getrampel kam näher – der Himmel bewahre mich vor dem Klang jener Füße und Tatzen und Hufe und Pfoten und Klauen, die sich bald hörbar unterscheiden ließen! Aus endlosen Weiten sonnenloser Pflasterung flackerte ein Lichtfunke im stinkenden Wind, und ich trat hinter den gewaltigen Umfang einer zyklopischen Säule zurück, um vorübergehend dem Grauen zu entrinnen, das durch gigantische Säulenhallen unmenschlicher Furcht und panischen Alters millionenfüßig auf mich zustampfte. Das Lichtgeflacker nahm zu und das Trampeln und der misstönende Instrumentenschall wurden widerlich laut. In dem schwankenden orangefarbenen Licht gewann vage eine Szene von solch versteinernder Ehrfucht Gestalt, dass ich vor lauter Staunen, das selbst Angst und Abscheu besiegte, um Atem rang. Postamente von Säulen, deren Schäfte höher waren, als das menschliche Auge blicken kann … bloße Sockel von Gebilden, deren jedes den Eiffelturm zu zwergengleicher Nichtigkeit verdammte … von unvorstellbaren Händen eingemeißelte Hieroglyphen in Gewölben, wo das Tageslicht nur noch eine weit entfernte Legende sein kann …

Ich würde die marschierenden Wesen *nicht* ansehen. Dies schwor ich mir verzweifelt, als das Knarren ihrer Gelenke und ihr salpetriges Keuchen über die Musik und den Marschiertakt des Todes hinweg an mein Gehör drangen. Es bedeutete eine Gnade, dass sie nicht sprachen … aber Gott!, *ihre irrwitzigen Fackeln begannen, Schatten auf die Flanken jener unfassbaren Säulen zu werfen. Nilpferde sollten keine menschlichen Hände besitzen und Fackeln darin tragen ... Menschen keine Krokodilsköpfe ...*

Ich versuchte mich abzuwenden, aber die Schatten und die Geräusche und der Gestank waren allgegenwärtig. Dann erinnerte ich mich an etwas, das ich als Junge während halb wacher Albträume zu tun pflegte, und begann, mir immer wieder vorzusagen: »Dies ist nur ein Traum! Dies ist nur ein Traum!«

Aber es half nichts, und ich konnte nur noch meine Augen zupressen und beten ... dies zumindest glaube ich getan zu haben, denn Visionen können trügerisch sein – und ich weiß, um mehr als eine solche kann es sich nicht gehandelt haben. Ich fragte mich, ob ich je wieder die Außenwelt erreichen würde, und öffnete zuweilen verstohlen die Augen, um zu erspähen, ob ich irgendein Merkmal dieses Ortes sehen konnte, außer dem Wind würzgesättigter Verwesung, den Säulen ohne oberen Abschluss und den grotesk tanzenden Schatten widernatürlichen Grauens. Mittlerweile herrschte der zuckende Schein immer zahlreicher werdender Fackeln, und falls dieser höllische Ort nicht ganz ohne Wände war, würde ich sicherlich schon bald eine Begrenzung oder ein unverrückbares Orientierungszeichen erblicken. Doch musste ich die Augen wieder schließen, als ich gewahrte, wie viele von diesen Wesen zusammenströmten – und als mein Blick auf ein gewisses Etwas fiel, das feierlich und gemessen einherschritt, *doch oberhalb der Hüfte keinen Körper besaß.*

Ein höllisches und heulendes Leichengegurgel oder Todesgeröchel zerriss nun die Luft – diese Beinhaussticklüft, durch die giftige, brennöl- und erdpechschwangere Winde stoben – gleich einem einzigen vielstimmigen Chor jener ghoulischen Legionen hybrider Blasphemien. Meine Augen, deren Lider in widernatürlicher Weise aufgezwungen wurden, starrten momentlang auf ein Schauspiel, das kein Menschenwesen sich ohne Panik, Grauen und körperliche Ermattung auch nur vorzustellen vermag. Die Wesen waren feierlich mit einer bestimmten Blickrichtung aufmarschiert, dem Ursprung des widerlichen Windes zugewandt, und nun fiel der Schein ihrer Fackeln auf ihre gesenkten Köpfe – oder vielmehr die gesenkten Köpfe derer, die überhaupt Köpfe besaßen. Sie verharrten in Huldigung vor einer großen schwarzen, Gestank ausrülpsenden Wandöffnung, die bis fast außer Sichtweite in die Höhe wuchs und die, wie ich erkannte, von zwei gigantischen Stufenfluchten flankiert war, die flügelartig beidseits von ihr emporführten und deren Anfang weit entfernt im Schatten lag. Eine davon war fraglos dieselbe Treppe, die ich hinabgestürzt war.

Die Ausmaße des Loches entsprachen voll und ganz den Abmessungen der Säulen – ein normales Wohnhaus hätte sich darin verloren, und jedes durchschnittliche öffentliche Gebäude hätte problemlos hinein- und wieder hinausbefördert werden können. Sein Umfang war so gewaltig, dass man seine Grenzen nur mit schweifendem Blick ermessen konnte ... so riesig, so schauderhaft schwarz und eine solche aromatische Verpestung verströmend ... Unmittelbar vor dieses klaffende Zyklopentor warfen die Wesen Gegenstände – offenkundig Opfergaben oder Götterspenden, nach ihren Gesten zu urteilen. Chephren war ihr Oberhaupt; der hohnlächelnde König Chephren *oder der Führer Abdul Reis,* der, von einem goldenen Pschent gekrönt, mit hohler Totenstimme endlose Litaneien intonierte. An seiner Seite kniete die schöne Königin Nitokris, die ich einen Augenblick lang im Profil erblickte und bemerkte, dass ihre rechte Gesichtshälfte von Ratten oder sonstigen ghoulischen Geschöpfen weggefressen war. Und ich schloss abermals die Augen, als ich sah, welche Objekte als Opfergaben vor die Pestöffnung oder die womöglich darin hausende Gottheit hinklatschten.

Mir schien, dass die verborgene Gottheit, nach dem Aufwand des Huldigungsrituals zu urteilen, beträchtliche Bedeutung haben musste. Handelte es sich um Osiris oder Isis, Horus oder Anubis, oder um einen gewaltigen, unbekannten Gott der Toten, der noch erhabener und machtvoller war? Es geht eine Legende um, dass einem Unbekannten entsetzliche Altäre und Kolossalstatuen errichtet worden waren, noch ehe die bekannten Götter Anbetung fanden ...

Und nun, da ich meine Nerven stählte, um die hingebungsvollen Grabeshuldigungen jener namenlosen Wesen ansehen zu können, blitzte der Gedanke an Flucht in mir auf. Die Halle war düster und die Säulen von dichten Schatten umlagert. Solange jede Kreatur des Albtraumaufmarschs in schockierende Verzückung versunken war, würde es mir vielleicht knapp gelingen, an ihnen vorbei zur weit entfernten Schwelle einer der Steintreppen zu kriechen und ungesehen hinaufzuklettern; im Vertrauen darauf, dass Glück und Geschick mir anschließend ein Entkommen aus den oberen Bereichen ermöglichen würden. Ich wusste weder, wo ich mich befand, noch dachte ich ernstlich darüber nach – und einen Moment lang kam es mir erheiternd vor, ernsthaft eine Flucht zu planen, um aus etwas zu entkommen, das doch nur ein Traum war. Befand ich mich in einem verborgenen und ungeahnten tieferen Abschnitt von Chephrens Pfortentempel – jenes Tempels, der über Generationen hinweg beharrlich als Tempel der Sphinx bezeichnet wurde? Ich wusste es nicht, doch beschloss ich, ins Leben und ins wache Bewusstsein emporzugelangen, sofern Intelligenz und Muskelkraft es mir vergönnten.

Ich legte mich flach auf den Bauch und begann mit klopfendem Herzen auf die links gelegenen Stufen zuzurobben, die ich für die leichter erreichbare der beiden Treppen hielt. Ich vermag die Zwischenfälle und Empfindungen jener Kriecherei nicht zu schildern, doch kann man sie sich ausmalen, wenn man bedenkt, worauf ich in jenem übel wollenden, windgepeitschten Fackelschein ständig ein Auge halten musste, um einem Entdecktwerden vorzubeugen. Der Beginn der Steintreppe lag, wie schon gesagt, fernab im Schatten, bedingt durch den Umstand, dass sie ohne Krümmung direkt zu dem schwindelerregenden ummauerten Absatz über der titanischen Öffnung emporstrebte. Dadurch verlief der letzte Abschnitt meiner Kriecherei in einiger Entfernung von der abscheulichen Meute, wiewohl das Schauspiel mich selbst dann noch erschaudern ließ, als ich es rechts von mir weit hinter mir gelassen hatte.

Endlich hatte ich es bis zu den Stufen geschafft und begann sie zu erklimmen; dabei hielt ich mich dicht an der Wand, auf der ich Verzierungen der abscheulichsten Art bemerkte, und versprach mir Sicherheit von der tiefen, ekstatischen Entrückung, mit der die Monstrositäten die übeldünstende Öffnung und die gottlosen Opferspeisen betrachteten, die sie davor aufs Pflaster geworfen hatten. Obwohl die Treppe großstufig und steil war, aus mächtigen Porphyrblöcken wie für die Füße eines Riesen gefügt, schien der Aufstieg schier endlos zu währen. Die Angst vor Entdeckung und die Schmerzen, die diese neuerliche körperliche Anstrengung in meinen Wunden aufflammen ließ, lassen dieses Aufwärtskriechen quälend in mein Gedächtnis eingebrannt bleiben. Ich hatte vorgehabt, sofort nach dem Erreichen des letzten Treppenabsatzes auf jeder danach folgenden Stufenflucht weiterzuklettern, sofern sie mich nur aufwärts führte. Keinen Abschiedsblick wollte ich jenen aasigen Abscheulichkeiten gönnen, die zwanzig oder dreißig Meter unter mir herumfuchtelten und ihre Kniefälle vollführten – doch ein plötzliches Wiederaufbranden jenes tosenden Chors aus Leichengegurgel und Todesgeröchel, das erscholl, als ich das obere Treppenende fast erreicht hatte, und dessen feierlicher Rhythmus verriet, dass er nicht meiner Entdeckung galt, ließen mich innehalten und vorsichtig über die Brüstung spähen.

Die monströsen Kreaturen begrüßten vielstimmig ein Etwas, das sich aus der widerwärtigen Öffnung geschoben hatte, um die ihm dargebrachte höllische Kost aufzuklauben. Es war etwas ziemlich Massiges, selbst aus meiner Höhe betrachtet; etwas Gelbliches und Haariges, in dessen Bewegung sehnige Kraft lag. Es war etwa so groß wie ein ausgewachsenes Nilpferd, doch sehr sonderbar geformt. Es schien keinen Hals zu besitzen, doch fünf einzelne, zottige Köpfe, die nebeneinander einem annähernd zylindrischen Rumpf entsprangen; der erste sehr klein, der zweite mittelgroß, der dritte und vierte von ebenbürtiger, die andern übertreffender Größe, und der fünfte wieder recht klein, wenn auch nicht so klein wie der erste.

Aus diesen Köpfen schnellten eigentümliche, starre Tentakel hervor, die sich gierig über die Unmengen unaussprechlicher Nahrung hermachten, die vor der Öffnung lagen. Ab und an sprang das Ding hoch, und gelegentlich zog es sich auf äußerst seltsame Art in seine Höhle zurück. Seine Bewegungen waren so befremdlich, dass ich gebannt zusah und wünschte, es würde weiter aus seinem höhlenartigen Bau unter mir hervorkommen.

Dann *kam es hervor* … es *kam* hervor, und bei diesem Anblick warf ich mich herum und floh über den Treppenschacht, der hinter mir weiter nach oben führte, in die Dunkelheit hinauf. Ich floh gedankenlos unglaubliche Stufen und Stiegen und Rampen empor, zu denen mich weder menschliches Augenlicht noch menschliche Logik geleiteten und die ich mangels Beweisen auf ewig ins Reich der Träume verweisen muss. Es muss ein Traum gewesen sein, sonst hätte die frühe Dämmerung mich niemals lebend im Sand von Giseh und unter dem höhnischen, vom Morgenrot gefärbten Angesicht der Großen Sphinx angetroffen.

Die Große Sphinx! Gott! – jene müßige Frage, die ich mir selbst am vorangegangenen, sonnengesegneten Morgen gestellt hatte … *welch gewaltige und abscheuerweckende Abnormität hatten die Steinmetze der Sphinx ursprünglich darstellen wollen?*

Verflucht ist der Anblick, der mir, sei es im Traum oder nicht, jenes äußerste Grauen enthüllte – den unbekannten Gott der Toten, der sich im unerahnten Abgrund die gigantischen Lefzen leckt; dem seelenlose Absurditäten, die niemals hätten existieren dürfen, abscheuliche Leckerbissen füttern. Das fünfköpfige Monster, das hervorkam … das fünfköpfige Monster von der Größe eines Nilpferds … das fünfköpfige Monster – *und das, dessen bloße Vorderpranke es war …*

Doch ich überlebte, und ich weiß, es war nur ein Traum.

DER HUND

In meinen gequälten Ohren hallt unaufhörlich ein albtraumhaftes Schwirren und Flattern wider, und das altersschwache, ferne Bellen eines riesenhaften Hundes. Es ist kein Traum – und ich befürchte, es ist noch nicht einmal Wahnsinn –, denn es hat sich bereits zu vieles ereignet, als dass ich diese gnädigen Zweifel noch in Betracht ziehen könnte.

St. John ist ein zerfleischter Leichnam. Nur ich weiß weshalb, und dieses Wissens wegen werde ich mir sehr bald eine Kugel in den Kopf schießen, da ich Angst davor habe, in derselben Weise zerfetzt zu werden. Durch dunkle, unendliche Korridore grausiger Fantasien hetzt der schwarze, gestaltlose Peiniger, der mich in den Selbstmord treibt.

Möge der Himmel uns die Narretei und Morbidität verzeihen, die uns beiden ein so ungeheuerliches Schicksal eingehandelt hat! Der Banalitäten einer prosaischen Welt müde, wo selbst die Wonnen der romantischen Träumerei und des Abenteuers schnell von einem schalen Geschmack begleitet werden, waren St. John und ich begeistert jeder ästhetischen und intellektuellen Bewegung gefolgt, die uns einen Ausweg aus unserer niederschmetternden Langeweile verhieß. Wir kannten bereits all die Rätsel der Symbolisten und die Ekstasen der Präraffaeliten, doch war jede neue Stimmung allzu rasch ausgekostet und ihre ablenkende Neuartigkeit und ihr Reiz erschöpft.

Einzig die finstere Philosophie der Dekadenzautoren vermochte uns noch zu helfen, und dies auch nur, wenn wir den Grad und die teuflische Würze unserer Beschäftigung nach und nach erhöhten. Baudelaire und Huysmans verloren schon bald ihre erregenden Reize, bis uns zu guter Letzt nur noch die direkteren Anregungen absonderlicher eigener Erfahrungen und Abenteuer blieben. Dieses fürchterliche emotionale Bedürfnis führte uns schließlich auf jenen verabscheuungswürdigen Pfad, den ich selbst in meiner derzeitigen

Angst nur voller Scham und Zögern gestehe – ich rede von der scheußlichsten menschlichen Verworfenheit, von der widerwärtigen Praxis der Grabräuberei.

Ich kann weder die Einzelheiten unserer erschütternden Expeditionen enthüllen noch auch nur ansatzweise die schlimmsten der Trophäen aufzählen, die das unbeschreibliche Museum zierten, das wir in dem großen Steinhaus eingerichtet hatten, das wir beide allein und ohne Dienerschaft bewohnten. Unser Museum war ein gotteslästerlicher, unvorstellbarer Ort, an dem wir mit dem satanischen Geschmack nervenkranker Virtuosen einen Kosmos des Grauens und Verfalls arrangiert hatten, um unsere abgestumpften Sinne zu erregen. Es handelte sich um ein geheimes Zimmer, tief, tief unter der Erde, wo riesige, geflügelte Dämonen aus Basalt und Onyx aus ihren weit offenen, grinsenden Mäulern sonderbar grünes und orangefarbenes Licht ausspien und wo verborgene Luftröhren die Reihen der roten Körper aus dem Leichenhaus, die wir Hand in Hand in dichte schwarze Vorhänge gewoben hatten, in einen kaleidoskopischen Totentanz versetzten. Durch diese Röhren ließen wir zudem die Gerüche ausströmen, nach denen es unsere Gemütslagen gelüstete; mal der Duft bleicher Grablilien, ein andermal der narkotische Weihrauch erdachter Sarkophage von toten Königen des Orients, und manchmal – wie es mich bei der Erinnerung schaudert! – der fürchterliche, seelenzerfressende Gestank eines geöffneten Grabes.

An den Wänden dieses abstoßenden Raumes standen antike Mumiensärge, die sich mit herrlichen, wie lebendig aussehenden Leichen abwechselten, die von kunstfertigen Präparatoren ausgestopft und balsamiert worden waren, sowie Grabsteine von den ältesten Friedhöfen der Welt. Vereinzelte Nischen enthielten Schädel aller Formen und konservierte Köpfe in verschiedenen Stufen der Verwesung. Man fand dort die fauligen, kahlen Häupter von Edelmännern und die frischen, strahlend goldhaarigen Köpfchen jüngst begrabener Kinder.

Auch Standbilder und Gemälde fanden sich dort, allesamt mit teuflischen Motiven, einige davon von St. John und meiner Wenigkeit ausgeführt. Eine verschlossene Mappe, gebunden in gegerbte Menschenhaut, enthielt besondere unbekannte und unbeschreibliche Zeichnungen, die Gerüchten zufolge von Goya stammten, die er aber nicht zu signieren gewagt hatte. Es gab anstößige Musikinstrumente, Saiteninstrumente sowie Blasinstrumente aus Blech und Holz, auf denen St. John und ich zuweilen Dissonanzen von exquisiter Morbidität und kakodämonischer Grässlichkeit erzeugten. In mehreren verschnörkelten Ebenholzschränkchen ruhte die unglaublichste und unvorstellbarste Grabräuberbeute, die durch menschlichen Übermut und Perversität je zusammengetragen wurde. Vor allem von dieser Beute wage ich nicht zu erzählen – Gott sei Dank hatte ich den Mut, sie zu vernichten, lange bevor mir der Gedanke kam, mich selbst zu vernichten!

Die Raubzüge, auf denen wir unsere unsäglichen Schätze gesammelt hatten, waren vom künstlerischen Gesichtspunkt stets unvergessliche Abenteuer gewesen. Wir waren ja keine vulgären Grabschänder, sondern arbeiteten nur unter bestimmten Bedingungen, die an Stimmung, Landschaft, Umgebung, Wetter, Jahreszeit und Mondlicht gebunden waren. Dieser Zeitvertreib bedeutete uns die feinsinnigste Form ästhetischen Ausdrucks und wir widmeten uns den Einzelheiten sehr gewissenhaft und sachlich. Eine unpassende Stunde, ein störender Lichteffekt oder eine unbeholfene Behandlung des feuchten Erdreichs machten nahezu unausweichlich den rauschhaften Kitzel zunichte, der die Exhumierung eines unheimlichen, grinsenden Geheimnisses aus der Erde begleitete. Wir waren fieberhaft und unersättlich bei unserer Suche nach neuartigen Kulissen und anrüchigen Umständen – dabei war St. John stets der Führer, und er war es auch, der uns schließlich zu der höhnischen, verfluchten Stelle führte, die uns unser grauenhaftes und unausweichliches Verhängnis brachte.

Welch boshaftes Geschick lockte uns bloß auf jenen schrecklichen holländischen Friedhof? Ich glaube, es waren die finsteren Gerüchte und Legenden, die Erzählungen über einen, der hier vor fünf Jahrhunderten bestattet worden war, der zu Lebzeiten selbst ein Grabschänder gewesen war und der aus der Ruhestätte eines bedeutenden Mannes etwas Machtvolles geraubt hatte. Ich erinnere mich in diesen letzten Augenblicken an die Umgebung – der fahle Herbstmond über den Gräbern, der lange und furchtbare Schatten warf, die grotesken Bäume, die sich griesgrämig zum verwilderten Gras und den geborstenen Grabplatten herabneigten, die gewaltigen Scharen abnorm riesiger Fledermäuse, die zum Mond hinaufflatterten, die uralte, von Schlingpflanzen umwucherte Kirche, die mit einem kolossalen, gespenstischen Finger in den Himmel wies, die phosphoreszierenden Insekten, die in einer entlegenen Ecke unter den Eiben wie Totenlichter tanzten, die Gerüche von Moder, Vegetation und weniger klaren Ursachen, die sich schwach mit dem nächtlichen Winde mischten, der über ferne Sümpfe und Meere gestrichen war.

Doch am schlimmsten von allem war das altersschwache, tiefe Bellen eines gewaltigen Hundes, den wir nicht sehen konnten. Als wir dieses knappe Bellen hörten, erschauderten wir, denn uns fielen die Erzählungen der Landbevölkerung ein: Der, nach dem wir suchten, war vor Jahrhunderten hier an dieser Stelle aufgefunden worden, zerrissen und zerfleischt von den Krallen und Zähnen einer unbeschreiblichen Bestie.

Ich weiß noch, wie wir die Spaten in die Graberde des Grabschänders tauchten und welchen Reiz uns all dies vermittelte: der Anblick von uns selbst, das Grab, der fahle, beobachtende Mond, die erschreckenden Schatten, die bizarren Bäume, die gewaltigen Fledermäuse, die uralte Kirche, die tanzenden Totenlichter, die üblen Gerüche, der sanft klagende Nachtwind und das merkwürdige, kaum zu hörende, ortlose Bellen, von dem wir nicht einmal sicher waren, ob es tatsächlich zu vernehmen war.

Dann stießen wir auf etwas, das härter war als das feuchte Erdreich, und erblickten einen modrigen Sarg, der von mineralischen Ablagerungen des lange unangetasteten Grundes verkrustet war. Er war unglaublich hart und dick, doch so alt, dass wir ihn schließlich aufstemmten und unsere Augen an dem laben konnten, was er enthielt. Viel, erstaunlich viel war von dem Objekt erhalten geblieben, obschon doch fünfhundert Jahre verstrichen waren. Das Gerippe war zwar stellenweise von den Kiefern des Wesens zermalmt, das den Mann getötet hatte, hielt aber mit überraschender Festigkeit zusammen, und wir ergötzten uns an dem makellosen, weißen Schädel mit den langen, kräftigen Zähnen und den augenlosen Höhlen, in denen einst ein Leichenhausfieber gleich dem unsrigen geglüht hatte.

Im Sarg lag ein Amulett mit sonderbaren, exotischen Mustern. Der Ruhende hatte es offensichtlich um den Hals getragen. Es stellte die eigenartig vereinfachte Figur eines kauernden, geflügelten Hundes oder einer Sphinx mit halb hündischem Gesicht dar. Es war in altorientalischer Manier auf exzellente Weise aus einem kleinen grünen Jadestein geschnitten. Der Gesichtsausdruck war überaus abstoßend, deutete im selben Moment Tod, Blutdurst und Boshaftigkeit an. Der untere Teil trug eine Inschrift in Schriftzeichen, die weder St. John noch ich zu deuten vermochten, und auf der Rückseite war, als sei es das Siegel seines Schöpfers, ein grotesker, außergewöhnlicher Totenschädel eingraviert.

Sobald wir dieses Amulett erblickt hatten, wussten wir, dass es uns gehören musste, dass die uns zustehende Beute aus dem jahrhundertealten Grab allein dieser Schatz sein müsse. Wir wollten es besitzen, obwohl es uns sehr fremdartig vorkam – jedoch, als wir es genauer betrachteten, erkannten wir nach und nach, dass es uns nicht ganz unbekannt war. Zwar stand es in der Tat fernab von aller Kunst und Literatur, die geistig normale und ausgeglichene Leser kennen, doch wir erkannten darin das Symbol wieder, das in dem verbotenen Buch *Necronomicon* des verrückten Arabers Abdul

Alhazred umschrieben wird: das grässliche Seelenzeichen der verbotenen, leichenfressenden Sekte im unzugänglichen Leng in Zentralasien. Nur allzu gut kannten wir die düsteren Zeilen, die der alte arabische Dämonologe niedergeschrieben hatte. Zeilen, von denen er schrieb, sie seien abgeleitet von obskuren übernatürlichen Offenbarungen der Seelen jener, die sich an den Toten vergingen und an ihnen fraßen.

Wir ergriffen das grüne Jadeobjekt, warfen einen letzten Blick auf das ausgebleichte, blinde Antlitz seines Besitzers und richteten das Grab wieder so her, wie wir es vorgefunden hatten. Als wir eilig die abscheuliche Stätte hinter uns ließen, das gestohlene Amulett in St. Johns Tasche, glaubten wir zu sehen, wie die Fledermäuse in geschlossener Formation zu der Erde hinabflogen, die wir eben erst zugeschaufelt hatten, als suchten sie dort nach irgendeiner verfluchten und unheiligen Nahrung. Doch der Herbstmond schien nur schwach und fahl, deshalb waren wir uns dessen nicht sicher.

Auch am folgenden Tag, als wir die Niederlande auf einem Schiff verließen und unserer Heimat entgegenfuhren, glaubten wir das leise, ferne Bellen eines übergroßen Hundes in der Ferne zu hören. Aber der Herbstwind klagte traurig und matt, deshalb waren wir uns dessen nicht sicher.

Keine Woche war seit unserer Rückkehr nach England verstrichen, als sonderbare Geschehnisse sich ereigneten. Wir lebten wie Einsiedler, ohne Freunde, allein und ohne Dienstpersonal in ein paar Räumen eines alten Landhauses in einem öden und verlassenen Moor und nur selten klopfte ein Besucher an unser Tor. Nun jedoch wurden wir in den Nächten von regelmäßigen tastenden Geräuschen gestört, nicht nur an den Türen, auch an den Fenstern, in den oberen wie in den unteren Etagen. Einmal glaubten wir, ein großer, dunkler Körper verdunkle das Fenster der Bibliothek, als der Mond darauf schien, und ein andermal glaubten wir, in der Nähe ein schwirrendes, flatterndes Geräusch zu hören. Bei keinem dieser Geschehnisse brachte eine Nachforschung etwas zutage, und wir schrieben die Vorfälle nun allmählich unserer Einbildungskraft zu, die in unseren Ohren das greisenhafte, entfernte Bellen widerhallen ließ, das wir auf dem holländischen Friedhof zu hören vermeint hatten.

Das Jadeamulett ruhte jetzt in einer Nische unseres Museums und manchmal zündeten wir davor eine Kerze mit seltsamem Duft an. Wir lasen oft in Alhazreds *Necronomicon* über seine Eigenschaften und den Zusammenhang zwischen den Geisterseelen und dem Gegenstand, der es symbolisierte, und das Gelesene verstörte uns tief.

Dann kam das Grauen.

In der Nacht des 24. Septembers hörte ich, wie jemand an der Tür meines Zimmers klopfte. Da ich davon ausging, es sei St. John, bat ich ihn herein, doch zur Antwort erklang bloß ein schrilles Gelächter. Niemand befand sich im Korridor. Als ich St. John aus dem Schlaf riss, versicherte er, von all dem nichts zu wissen, und zeigte sich ebenso besorgt wie ich. In dieser Nacht wurde uns das gebrechliche, ferne Bellen über dem Moor zu einer schrecklichen Gewissheit.

Vier Tage später, wir hielten uns gerade im verborgenen Museum auf, hörten wir ein leises, vorsichtiges Kratzen an der einzigen Tür, die zu der geheimen Treppe in der Bibliothek führte. Unser Bestürzen hatte nun doppelten Anlass, denn neben unserer Angst vor dem Unbekannten hatten wir stets Furcht davor gehabt, unsere grausige Sammlung könnte entdeckt werden. Wir löschten alle Lichter, näherten uns der Tür und stießen sie schlagartig auf. Daraufhin verspürten wir einen unerklärlichen Luftzug und hörten eine wie im Rückzug begriffene, sonderbare Mischung aus Rascheln, Kichern und deutlich hörbarem Plappern. Ob wir nun wahnsinnig waren, träumten oder bei klarem Verstand – wir versuchten das gar nicht erst einzuordnen. Nur eines war uns klar, und diese Erkenntnis löste in uns die schwärzesten Befürchtungen aus: Das scheinbar körperlose Geplapper war ohne jeden Zweifel *in niederländischer Sprache* geschwatzt worden.

Danach lebten wir in wachsender Angst und Faszination. Meistens klammerten wir uns an die Theorie, dass wir beide aufgrund unseres Lebens voller unnatürlichen Nervenkitzels den Verstand verloren, doch zuweilen behagte es uns, uns als die Opfer eines kriechenden und abscheulichen Verhängnisses zu dramatisieren. Bizarre Ereignisse traten nun zu häufig auf, um sie zu zählen. Unser einsames Haus war allem Anschein nach von Leben erfüllt, von der Anwesenheit eines bösartigen Wesens, dessen Art wir nicht zu bestimmen vermochten, und jede Nacht brandete jenes dämonische Gebell über das windgepeitschte Moor, immer lauter und lauter.

Am 29. Oktober entdeckten wir in der weichen Erde unter dem Fenster der Bibliothek eine Reihe von Fußspuren, die unmöglich zu beschreiben sind. Sie waren ebenso verwirrend wie die Massen der großen Fledermäuse, die das alte Landhaus in bislang ungekannter und stetig wachsender Zahl heimsuchten.

Am 18. November erreichte das Grauen einen Höhepunkt, als St. John, der nach Anbruch der Dunkelheit vom trostlosen Bahnhof aus nach Hause ging, von einer entsetzlichen, fleischfressenden Kreatur gepackt und in Stücke gerissen wurde. Seine Schreie drangen bis ins Haus, und ich kam gerade noch rechtzeitig zu dem grausigen Schauplatz, um ein Flügelschwirren zu hören und ein unbestimmbares Etwas zu sehen, das sich einer schwarzen Wolke gleich vor dem aufgehenden Mond abhob.

Mein Freund lag im Sterben. Ich sprach ihn an, doch er vermochte keine zusammenhängenden Sätze mehr zu äußern. Nur eines flüsterte er noch: »Das Amulett – dieses verdammte Ding –«

Dann lag dort nur noch eine leblose Masse zerfetzten Fleisches.

In der nächsten Mitternachtsstunde bestattete ich ihn in einem unserer verwilderten Gärten und murmelte über seinem Leichnam eines der teuflischen Rituale, die er im

Leben so geliebt hatte. Kaum hatte ich den letzten dämonischen Satz gesprochen, da hörte ich von fern übers Moor das schwache Bellen eines riesigen Hundes. Der Mond schien, doch wagte ich nicht, hinaufzuschauen. Und als ich im trüben Moor einen enormen, nebelartigen Schatten sah, der von einem Hügel zum andern huschte, schloss ich die Augen und warf mich bäuchlings auf den Boden. Als ich mich zitternd wieder erhob, ich weiß nicht wie viele Stunden später, wankte ich ins Haus und flüsterte vor dem grünen Jadeamulett in seinem Schrein ein schockierendes Gebet.

Da ich mich nicht traute, alleine in dem alten Haus im Moor zu bleiben, reiste ich am nächsten Tag nach London – das Amulett nahm ich mit, nachdem ich den Rest der unheiligen Sammlung des Museums zum Teil verbrannt und vergraben hatte. Doch drei Nächte darauf hörte ich das Bellen wieder, und keine Woche war vergangen, da fühlte ich mich in der Dunkelheit in einem fort von seltsamen Augen beobachtet. Als ich eines Abends an der Victoria Embankment entlangschlenderte, weil ich dringend frische Luft benötigte, sah ich, wie ein schwarzer Umriss eine der Reflexionen der Laternen auf dem Wasser verdunkelte. Ein Wind, stärker als der übliche Nachtwind, griff nach mir, und ich wusste, dass ich das Los von St. John über kurz oder lang teilen würde.

Am nächsten Tag verpackte ich das grüne Jadeamulett sorgfältig und nahm ein Schiff in die Niederlande. Ich wusste nicht, welche Gnade mir zuteil würde, wenn ich diesen Gegenstand seinem stummen, schlafenden Besitzer zurückgab, doch ich hatte das Gefühl, jeden auch nur ansatzweise logischen Schritt versuchen zu müssen. Was dieser Hund war und weshalb er mich verfolgte – das waren noch unklare Fragen, doch das Bellen hatte ich zum ersten Mal auf jenem uralten Friedhof vernommen, und alle darauffolgenden Ereignisse, einschließlich des letzten Flüsterns des sterbenden St. John, hatten den Fluch mit dem Diebstahl in Zusammenhang gebracht. Dementsprechend versank ich in den tiefsten

Abgründen der Verzweiflung, als ich in einer Gaststätte in Rotterdam bemerkte, dass mein einziges Mittel zur Rettung von Dieben geraubt worden war.

Das Gebell war an diesem Abend laut, und am nächsten Morgen las ich von einer unbeschreiblichen Tat im anrüchigsten Viertel der Stadt. Der Pöbel war in Aufruhr, hatte sich doch ein so blutiger Mord in einem Mietshause ereignet, der selbst die schlimmsten Verbrechen in dieser Gegend verblassen ließ. In einer schäbigen Diebeshöhle war eine ganze Familie von etwas Unbekanntem in Stücke gerissen worden, das keine Spuren hinterlassen hatte, und die Menschen in der Nachbarschaft hatten die ganze Nacht hindurch einen leisen, tiefen, unaufhörlichen Laut gehört, wie von einem riesigen Hund.

So stand ich zuletzt wieder auf dem Unheil bringenden Friedhof. Der bleiche Wintermond warf scheußliche Schatten und die entlaubten Bäume neigten sich mürrisch zum vertrockneten, eisbedeckten Gras und den geborstenen Grabplatten hinab und die von Ranken umschlungene Kirche wies mit höhnischem Finger zum unfreundlichen Himmel. Der Nachtwind heulte wie toll über den gefrorenen Sümpfen und den eisigen Meeren herüber. Das Bellen klang nun sehr schwach und es verstummte vollständig, als ich mich dem alten Grab näherte, das ich einst geschändet hatte. Eine außerordentlich große Horde von Fledermäusen wurde aufgescheucht, die neugierig um das Grab herumflatterten.

Ich weiß nicht, weshalb ich dorthin ging. Vielleicht wollte ich beten oder das stille, weiße Ding, das darin lag, wie irre um Entschuldigung anflehen. Was immer auch der Grund gewesen sein mag, ich fiel über das halb gefrorene Erdreich mit einer Verzweiflung her, die teils aus mir selbst kam, teils aus einem mächtigen Willen außerhalb meiner selbst.

Die Ausgrabung war wesentlich einfacher als erwartet, obgleich ich einmal eine sonderbare Unterbrechung erlebte, als ein abgezehrter Aasgeier aus dem kalten Himmel herabstürzte und hysterisch in die Graberde hackte, bis ich ihn mit einem Schlag meines Spatens tötete. Endlich erreichte ich den moderndern Sarg und entfernte den feuchten, salpetrigen Deckel. Dies ist die letzte vernünftige Handlung, die ich ausgeübt habe.

Denn in diesem uralten Sarg, umgeben von einer dichten, albtraumhaften Gefolgschaft gewaltiger, sehniger, schlafender Fledermäuse, lag das knöcherne Ding, das von meinem Freund und mir beraubt worden war. Doch es war nicht mehr sauber und reglos, so wie wir es damals gesehen hatten, sondern bedeckt mit geronnenem Blut und Fetzen von fremdem Fleisch und Haar. Aus glühenden Augenhöhlen und mit scharfen, blutverkrusteten Reißzähnen starrte es mich voll verdorbenem Hohn an, denn es wusste um mein unausweichliches Ende. Und als aus diesem grinsenden Kiefer ein tiefes, sardonisches Bellen wie von einem Hund drang und ich sah, dass es in seiner blutig schmutzigen Klaue das vermisste, verhängnisvolle Amulett aus grüner Jade hielt, da schrie ich nur noch und rannte wie ein Irrsinniger davon, und meine Schreie lösten sich bald in hysterischem Gelächter auf.

Wahnsinn reitet auf dem Sternenwind ... Klauen und Zähne, die sich über Jahrhunderte an Leichen geschliffen haben ... der triefende Tod inmitten eines Gelages von Fledermäusen aus den nachtschwarzen Ruinen der begrabenen Tempel des Belial ... Nun, da das Bellen der toten, entfleischten Monstrosität lauter und lauter wird und das verstohlene Schwirren und Flattern der verfluchten Lederschwingen näher und näher kommt, will ich mithilfe meines Revolvers das Vergessen suchen, das meine einzige Zuflucht vor dem Unbekannten und Unfassbaren ist.

DIE RATTEN IM GEMÄUER

Nachdem der letzte Handwerker seine Arbeit verrichtet hatte, bezog ich am 16. Juli des Jahres 1923 Exham Priory. Die Restaurierung hatte eine gewaltige Aufgabe dargestellt, denn von dem Gebäude war kaum mehr übrig gewesen als eine ausgehöhlte, muschelähnliche Ruine; doch weil es der Sitz meiner Vorfahren war, scheute ich weder Mühen noch Kosten. Das Gebäude war seit der Herrschaft Jakob des Ersten nicht mehr bewohnt – damals hatte eine grässliche Tragödie den Hausherrn, fünf seiner Kinder und mehrere Dienstboten niedergestreckt. Da man keine Erklärungen fand, geriet der dritte Sohn, mein direkter Vorfahr und einziger Überlebender des verhassten Geschlechtes, in einen Sog aus Verdächtigungen und Panik, der ihn in die Flucht trieb.

Da der einzige Erbe als Mörder denunziert wurde, ging das Erbe an die Krone über. Der Verfluchte hat nicht einen Versuch unternommen, sich von den Vorwürfen reinzuwaschen oder seine Besitztümer zurückzuerlangen. Erschüttert von einem Grauen, das stärker war als jedes Gewissen oder Gesetz, einzig von dem panischen Wunsch geleitet, das uralte Bauwerk aus seiner Nähe und Erinnerung zu verbannen, war Walter de la Poer, der elfte Baron Exham, nach Virginia geflohen und hatte dort die Familie gegründet, die im folgenden Jahrhundert unter dem Namen Delapore bekannt wurde.

Exham Priory war unbewohnt geblieben, auch wenn es später in den Besitz der Familie Norrys gelangte und wegen der eigenartig verschachtelten Bauweise oft untersucht wurde; seine Architektur bestand aus gotischen Türmen, die auf einem Unterbau aus angelsächsischer oder romanischer Zeit errichtet waren. Das Fundament des Unterbaus wiederum ließ sich einem noch älteren Stil oder Stilvermischungen zuordnen – römisch und sogar druidisch oder kymrisch, so die Legenden denn wahr sind. Bei diesem Fundament handelte es sich wirklich um etwas Einzigartiges, da es auf einer Seite mit dem soliden Kalkstein des Abgrundes verschmolz, von dessen Rand aus die Priorei fünf Kilometer weit über ein unwirtliches Tal westlich des Dorfes Anchester blickte.

Architekten und Altertumsforscher waren vernarrt in dieses sonderbare Relikt vergessener Jahrhunderte, doch die Bauern der Gegend verabscheuten es. Sie hatten es vor vielen Hundert Jahren verabscheut, als meine Vorfahren noch dort gelebt hatten, und sie verabscheuten es noch heute, da das Moos und der Moder der Einsamkeit es bedeckten.

Ich hielt mich gerade erst einen Tag in Anchester auf, da wusste ich schon, dass ich einem verfluchten Geschlecht entstamme. Und jetzt, in dieser Woche, haben die Arbeiter Exham Priory gesprengt und sind damit beschäftigt, seine Spuren bis auf die Grundmauern zu tilgen. Die nüchternen Daten und Fakten über meine Familie waren mir immer bekannt, ebenso, dass mein erster amerikanischer Ahnherr unter seltsamen Umständen in die Kolonien kam. Doch wegen der Verschwiegenheit der Delapores hatte ich niemals Einzelheiten erfahren. Anders als die Besitzer der Nachbarplantagen rühmten wir uns nur selten unserer Ahnen unter den Kreuzrittern oder anderen Helden des Mittelalters und der Renaissance; auch gab man keine Überlieferungen von einer zur nächsten Generation weiter, mit Ausnahme der Aufzeichnungen in einem versiegelten Umschlag, die in der Zeit vor dem Sezessionskrieg von jedem Gutsherrn dem ältesten Sohn hinterlassen wurden, um sie nach seinem Tode zu lesen. Wir waren stolz auf den Ruhm, den wir seit unserer Einwanderung erlangt hatten; der Ruhm einer würdigen, ehrbaren, wenn auch etwas reservierten und scheuen Familie aus Virginia.

Während des Krieges wurde unser Vermögen eingezogen, und unser ganzes Dasein wandelte sich mit dem Brand von

Carfax, unseres Anwesens am Ufer des James-River. Mein Großvater, der sich im fortgeschrittenen Alter befunden hatte, kam in der wütenden Feuersbrunst um, und mit ihm verschwand der Umschlag, der unsere Familie mit der Vergangenheit verbunden hatte. Ich kann mich noch heute an das Feuer erinnern, wie ich es damals im Alter von sieben Jahren sah; die Soldaten der Föderalisten brüllten, die Frauen schrien und die Schwarzen heulten und beteten. Mein Vater diente in der Armee und verteidigte Richmond, und nach vielen Formalitäten wurden meine Mutter und ich endlich durch das Kriegsgebiet zu meinem Vater gebracht.

Nach dem Ende des Krieges zogen wir alle in den Norden, meine Mutter stammte von dort, und ich wuchs heran und wurde zum wohlhabenden Mann und dickfelligen Yankee. Weder mein Vater noch ich wussten, was der weitervererbte Umschlag enthalten hatte, und da mich die graue Alltäglichkeit des Geschäftslebens in Massachusetts sehr in Anspruch nahm, verlor ich jegliches Interesse an den Rätseln, die sich offenbar hinter den Wurzeln meines Stammbaums verbargen. Hätte ich ihre Natur auch nur erahnt, wie gerne hätte ich Exham Priory seinem Moos, seinen Fledermäusen und Spinnweben überlassen!

Mein Vater verstarb 1904, ohne eine Botschaft an mich oder an meinen einzigen, zehnjährigen, mutterlosen Sohn Alfred zu hinterlassen. Es war dieser Junge, der die Reihenfolge der Überlieferung über die Familie durcheinanderbrachte, denn obgleich ich ihm nur scherzhafte Mutmaßungen über die Vergangenheit vermitteln konnte, schrieb er mir, als er sich 1917 im Krieg als Offizier der Luftstreitkräfte in England aufhielt, von einigen sehr interessanten Legenden bezüglich unserer Ahnen. Allem Anschein nach hatten die Delapores eine bunte und wohl düstere Geschichte. Ein Freund meines Sohnes, Captain Edward Norrys von der Königlichen Luftwaffe, der in der Nähe unseres Familiensitzes in Anchester wohnte, erzählte einige abergläubische Geschichten der Bauern, deren Wildheit und Unglaubwürdigkeit nur wenige

Schriftsteller überbieten könnten. Norrys selbst nahm sie natürlich nicht so ernst; meinen Sohn aber amüsierten sie, und sie boten guten Stoff für seine Briefe an mich. Es waren diese Legenden, die meine Aufmerksamkeit auf meine überseeische Herkunft richteten, und nachdem Alfred von Norrys durch den alten Familiensitz in all seiner pittoresken Verlassenheit geführt worden war und er anbot, ihn uns zu einer überraschend fairen Summe zu überlassen, da sein eigener Onkel der derzeitige Eigentümer war, entschloss ich mich, den Familiensitz wiederzuerwerben und restaurieren zu lassen.

Ich kaufte Exham Priory im Jahre 1918, wurde aber sogleich von meinen Restaurierungsplänen abgebracht, als mein Sohn als gelähmter Invalide aus dem Krieg heimkehrte. Während der zwei Jahre, die er noch lebte, dachte ich an nichts anderes als seine Pflege und gab sogar die Leitung meines Geschäftes in die Hände von Teilhabern.

1921 blieb ich allein und ziellos als ein nicht mehr junger Fabrikant im Ruhestand zurück, und so fasste ich den Entschluss, mich während der nächsten Jahre mit der Arbeit an meinem neuen Besitz zu zerstreuen. Als ich im Dezember nach Anchester reiste, war Captain Norrys mein Gastgeber, ein gemütlicher, liebenswürdiger junger Mann, der von meinem Sohn viel gehalten hatte. Er sicherte mir seine Unterstützung zu, um Pläne und Anekdoten zu beschaffen, die bei der anstehenden Restaurierung hilfreich sein könnten. Der Anblick von Exham Priory löste keine besonderen Gefühle in mir aus, ein mittelalterlicher Trümmerhaufen, der allmählich zerfiel. Von Flechten bedeckt und wie ein Wabennest durchzogen mit Nistplätzen der Krähen, ragte er gefährlich nahe an einem Abhang auf. Es gab keine Fußböden oder Innendekor mehr, mit Ausnahme der Steinmauern der getrennt stehenden Türme.

Nachdem ich mir stückweise eine Zeichnung des Bauwerkes angefertigt hatte, wie es vor über dreihundert Jahre aussah, als meine Vorfahren es verließen, ging ich daran, Arbeiter für den Wiederaufbau zu suchen. Dazu musste ich allerdings die unmittelbare Umgegend verlassen, denn die Einwohner von Anchester hegten eine geradezu unglaubliche Furcht vor diesem Ort – ja, sogar Hass. Er war so stark, dass er sich zuweilen auch auf die Arbeiter von auswärts übertrug, was mehrere Kündigungen zur Folge hatte; und er schien sowohl der Priorei als auch der alten Familie zu gelten.

Mein Sohn hatte mir erzählt, er sei während seiner Besuche irgendwie gemieden worden, weil er ein de la Poer war, und nun fand ich mich aus ähnlichem Grunde verachtet, bis ich die Bauern davon überzeugen konnte, dass ich selbst nur wenig über meine Abstammung wusste. Auch dann noch hegten sie mir gegenüber eine mürrische Abneigung, sodass ich die Überlieferungen des Dorfes zumeist nur dank der Vermittlung von Norrys hören konnte. Wahrscheinlich konnten die Menschen mir nicht verzeihen, dass ich gekommen war, um ein ihnen verhasstes Symbol wieder aufzurichten; denn, begründet oder nicht, für sie war Exham Priory einfach ein Schlupfwinkel von Teufeln und Werwölfen.

Als ich die von Norrys gesammelten Erzählungen zusammentrug und sie um die Berichte mehrerer Gelehrter ergänzte, die die Ruinen untersucht hatten, kam ich zu dem Schluss, dass Exham Priory auf dem Platz eines vorgeschichtlichen Tempels stand, eines druidischen oder vordruidischen Bauwerks, das im selben Zeitraum wie Stonehenge entstanden sein musste. Dass dort unbeschreibliche Rituale zelebriert worden waren, bezweifelten nur wenige, und es gab unerfreuliche Schilderungen von der Übernahme solcher Riten in den Kybele-Kult, den die Römer einführten.

Inschriften in den tiefsten Kellergewölben offenbarten noch so unmissverständliche Buchstabenfolgen wie »DIV … OPS … MAGNAMAT …« Das waren die Zeichen der Magna Mater, deren dunkle Verehrung den Bürgern Roms einst vergeblich verboten worden war. Anchester war einst das Lager der dritten Legion des Augustus gewesen, wovon viele Überreste zeugen, und es hieß, dass der Tempel der Kybele prächtig gewesen sei und mit Anbetern zum Bersten gefüllt, die auf Geheiß eines phrygischen Priesters unaussprechliche Zeremonien vollführten. Der Sage nach hatten mit dem Untergang der alten Religion die Orgien im Tempel keineswegs aufgehört, sondern die Priester sie unter dem neuen Glauben hemmungslos fortgesetzt. Ebenso hieß es, dass die Riten sogar nach der Zeit der Römer abgehalten wurden und dass einige Angelsachsen die Reste des Tempels ausbauten und ihm den Umriss verliehen, den er seither hatte; und sie sollen den Ort zum Mittelpunkt eines Kultes gemacht haben, der in allen Königreichen der Insel gefürchtet war. Um 1000 unserer Zeitrechnung wird der Ort in einer Chronik als robuste steinerne Priorei erwähnt, von einem merkwürdigen und mächtigen Mönchsorden bewohnt und umgeben von weitläufigen Gärten, ohne den Schutz von Mauern, weil die verängstigte Bevölkerung sich ohnehin fernhielt. Auch von den Dänen wurde Exham Priory nicht angerührt, doch es muss in der Zeit nach der Eroberung durch die Normannen erheblich zerfallen sein, da es bis zum Jahre 1261 niemand bewohnte, als Heinrich der Dritte das Gelände meinem Urahnen Gilbert de la Poer zuwies.

Vor diesem Datum berichtete man nichts Nachteiliges über meine Familie, doch dann muss sich etwas Merkwürdiges zugetragen haben. In einer Chronik von 1307 gibt es die Erwähnung eines »von Gott verfluchten« de la Poer, während die Dorflegenden das Schloss, das aus den alten Grundmauern des Tempels und der Priorei erwuchs, einzig mit dem Bösen und einer panischen Angst verbinden. Die Verschwiegenheit und die unklaren, ausweichenden Worte verliehen diesen Ammenmärchen etwas Grausiges. Sie stellten meine Vorfahren als ein Geschlecht erbkranker Dämonen dar, neben denen Gilles de Rais und der Marquis de Sade wie blutige Anfänger erschienen, und machten sie stillschweigend über mehrere Generationen hinweg für das gelegentliche Verschwinden von Leuten aus den Dörfern verantwortlich.

Die schlimmsten Menschen waren anscheinend die Barone und ihre direkten Abkömmlinge gewesen; zumindest wurde über sie am meisten getuschelt. Es hieß, sobald ein Nachkomme gesündere Erbanlagen an den Tag legte, starb er schon jung auf geheimnisvolle Weise und machte einem eher typischen Sprössling Platz. Es schien innerhalb der Familie einen Kult zu geben, dem der Älteste vorstand und in den meist nur wenige Mitglieder eingeführt wurden. Offenkundig zählte eher das Temperament als die Abstammung für die Aufnahme in diesen Kult, denn man nahm mehrere in ihn auf, die in die Familie einheirateten. Lady Margaret Trevor aus Cornwall, Gemahlin von Godfrey, dem zweiten Sohn des fünften Barons, wurde in der Gegend zu einem Schreckgespenst für die Kinder und zur dämonischen Heldin einer besonders schauerlichen Ballade, die sich an der walisischen Grenze bis heute erhalten hat. Ebenfalls durch eine Ballade unsterblich gemacht, wenngleich aus anderen Gründen, wurde die grässliche Geschichte der Lady Mary de la Poer, die kurz nach ihrer Hochzeit mit dem Grafen von Shrewsfield von ihm und seiner Mutter ermordet wurde – die beiden Mörder erhielten von einem Priester die Absolution und wurden für die Tat gesegnet, deren genaue Umstände sie vor der Welt nicht zu berichten wagten.

Diese Mythen und Balladen, so typisch sie für den kruden Aberglauben auch sind, stießen mich heftig ab. Ihre Langlebigkeit und die Einbeziehung so vieler meiner Vorfahren waren besonders ärgerlich, nicht nur, weil die Behauptung der ungeheuerlichen Angewohnheiten mich unangenehm an einen Skandal in meiner unmittelbaren Verwandtschaft erinnerte – an den Fall meines Vetters, des jungen Randolph Delapore aus Carfax, der nach seiner Heimkehr aus dem Krieg in Mexiko unter die Eingeborenen ging und Voodoopriester wurde.

Viel weniger störte mich das Gerede über das Wehklagen und Geheul in dem kahlen, windgepeitschten Tal unterhalb des Kalksteinfelsens; über den Friedhofsgeruch nach den

Tagen des Frühlingsregens; über das zappelnde, kreischende weiße Ding, auf das Sir John Claves Pferd eines Nachts auf einem einsamen Feld trat; und über den Dienstboten, der wahnsinnig wurde beim Anblick dessen, was er am hell-lichten Tage in der Priorei gesehen hat. Dies waren nur abgedroschene Gespenstersagen, und ich war zu jener Zeit ein erklärter Skeptiker. Die Berichte über Bauern, die verschwanden, kann man zwar nicht so leicht abtun, doch angesichts der mittelalterlichen Sitten sind sie wohl nicht sonderlich bedeutsam. Wer zu neugierig war, musste sterben, und mehr als ein abgetrennter Kopf war auf den mittlerweile glatt geschliffenen Wehren um Exham Priory zur Schau gestellt worden.

Einige der Erzählungen waren überaus anschaulich und ich bedauerte es nun, dass ich in meiner Jugend nicht mehr über vergleichende Mythologie gelernt hatte. Da gab es beispielsweise die Vorstellung, dass eine Legion von Teufeln mit Fledermausschwingen jede Nacht einen Hexensabbat in der Priorei zelebriere – eine Legion, deren Ernährung den übermäßig großen Anbau von einfachem Gemüse in den gewaltigen Gärten erklären könnte. Und am lebhaftesten von allen war die dramatische Geschichte von den Ratten – der herumhuschenden Armee obszöner Schädlinge, die aus dem Schloss herausbrach, drei Monate nachdem die Tragödie es zur Einsamkeit verdammt hatte – der abgema-gerten, schmutzigen, gierigen Armee, die sich daraus ergoss und Hühner, Katzen, Hunde, Schweine, Schafe und sogar zwei unglückliche Menschen auffraß, ehe ihre Raserei ein Ende fand. Um dieses unvergessliche Heer der Nager spinnt sich ein ganzer Mythenkreis, denn die Tiere verstreuten sich in allen Häusern und brachten Fluch und Schrecken mit sich.

Mit solcherlei Sagen wurde ich geradezu überschüttet, als ich mit der Hartnäckigkeit des Alters daranging, die Restau-rierung des Heims meiner Ahnen zum Abschluss zu bringen – Captain Norrys und die Archäologen lobten mein Vorhaben immer wieder und ermutigten und unterstützten mich. Als die Aufgabe nach mehr als zwei Jahren vollbracht war, besichtigte ich voller Stolz die großen Räume, die vertäfelten Wände, die gewölbten Decken, die mit Mittelpfosten versehenen Fenster und die breiten Treppen; dieser Stolz entschädigte mich vollends für die ungeheueren Kosten der Wiederherstellung.

Jedes mittelalterliche Ornament war ganz wundervoll nachempfunden, und die neuen Teile fügten sich perfekt in die ursprünglichen Mauern und Fundamente. Der Stammsitz meiner Vorväter war vollendet, und nun freute ich mich darauf, endlich den Ruf meiner Familie, die mit mir endet, verbessern zu können. Ich wollte hier dauerhaft wohnen und beweisen, dass ein de la Poer (ich hatte die ursprüngliche Schreibweise des Namens wieder angenommen) kein Teufel sein muss. Mein Behagen wurde vielleicht noch durch die Tatsache verstärkt, dass Exham Priory zwar mittelalterlich ausgestattet, sein Inneres aber völlig neu war und frei von altem Ungeziefer und alten Geistern.

Wie ich bereits sagte, zog ich am 16. Juli 1923 ein. Mein Haushalt bestand aus sieben Dienstboten und neun Katzen, mit denen mich eine besondere Zuneigung verbindet. Meine älteste Katze ›Nigger-Man‹ war sieben Jahre alt und mit mir aus meinem Haus in Bolton in Massachusetts hergekommen; mit den übrigen hatte ich mich während der Restaurierung der Priorei angefreundet, als ich zu Gast bei Captain Norrys' Familie wohnte.

Fünf Tage verliefen in äußerster Seelenruhe, während derer ich die meiste Zeit mit der Aufarbeitung alter Familienüberlieferungen zubrachte. Ich hatte mittlerweile einige sehr ausführliche Berichte über die letzte Tragödie und die Flucht von Walter de la Poer erhalten und nahm an, dass sich der Inhalt der vererbten Unterlagen, die beim Brand in Carfax verloren gingen, darauf bezog. Es schien, dass mein Ahnherr aus gutem Grunde beschuldigt wurde, alle anderen Mitglieder seines Haushaltes im Schlafe ermordet zu haben, mit Ausnahme vierer ihm ergebener Dienstboten. Dies geschah zwei Wochen nach einer schockierenden Entdeckung, die sein Verhalten völlig veränderte, über die er aber mit niemandem redete, außer mit den Dienern, die bei der Tat halfen und später mit ihm flohen.

Dieses absichtliche Hinschlachten seines Vaters, seiner drei Brüder und seiner zwei Schwestern wurde von den Dorfbewohnern größtenteils gebilligt und von dem Gesetz so nachlässig behandelt, dass der Täter mit allen Bürgerrechten ungeschoren nach Virginia entkommen konnte; es hieß hinter vorgehaltener Hand, er habe das Land von einem uralten Fluch befreit. Welche Entdeckung eine solch grauenhafte Tat ausgelöst haben mochte, konnte ich mir nicht einmal vorstellen. Walter de la Poer musste seit Jahren die finsteren Geschichten über seine Familie gekannt haben, sodass sie ihm nicht den Anlass zur Tat gegeben haben können. War er etwa Zeuge eines abstoßenden antiken Rituals geworden? Oder war er auf ein fürchterliches und enthüllendes Zeichen in der Priorei oder ihrer nächsten Umgebung gestoßen? In England hatte er den Ruf eines schüchternen, scheuen Jünglings gehabt, in Virginia schien er weniger verbittert als vielmehr geplagt und ängstlich zu sein. Im Tagebuch eines anderen Abenteurers, Francis Harley aus Bellview, wird er erwähnt als ein Mann mit beispiellosem Sinn für Gerechtigkeit, Ehre und Anstand.

Am 22. Juli trug sich der erste Vorfall zu, der zu diesem Zeitpunkt leichthin abgetan wurde, hinsichtlich der späteren Geschehnisse aber eine übernatürliche Bedeutsamkeit annimmt. Es war so harmlos, dass man es fast hätte übersehen können, denn ich befand mich ja in einem Gebäude, das mit Ausnahme der Mauern praktisch neu gebaut war, und meine Dienstboten waren zuverlässig, deshalb schien trotz der Umgebung jedwede Ängstlichkeit einfach absurd.

Woran ich mich im Nachhinein erinnerte, ist lediglich, dass mein alter schwarzer Kater, dessen Launen ich so gut kenne, ungewöhnlich wachsam und ängstlich war, und dies passte so gar nicht zu seinem eigentlichen Charakter. Er streifte von Raum zu Raum, rastlos und verstört, und schnupperte immerzu an den Mauern, die noch zu der gotischen Bausubstanz gehörten. Ich weiß, wie abgedroschen dies klingt – wie der unvermeidliche Hund in der Gespenstergeschichte, der immer schon knurrt, ehe sein Herr die Gestalt im Leichentuch erblickt –, doch will ich es nicht verschweigen.

Am folgenden Tage saß ich in meinem Arbeitszimmer, einem hohen, westlich gelegenen Raum im zweiten Stock mit Kreuzbögen, schwarzer Eichenvertäfelung und einem dreigeteilten gotischen Fenster, durch das man auf den Kalksteinfelsen und das trostlose Tal blickte, als ein Diener den Raum betrat. Er beklagte sich über die Ruhelosigkeit aller Katzen im Haus, und noch während er sprach, sah ich die pechschwarze Gestalt von Nigger-Man an der westlichen Wand entlangschleichen und an der neuen Vertäfelung kratzen, die das alte Gestein verdeckte.

Ich antwortete dem Mann, es müsse von dem alten Gemäuer wohl ein besonderer Duft ausströmen, der für den menschlichen Geruchssinn nicht wahrnehmbar sei, den die feinen Nasen der Katzen aber durch die neuen Holztafeln hindurch wittern könnten. Das glaubte ich wirklich, und als der Diener anmerkte, es könnten ja Mäuse oder Ratten sein, erwiderte ich, dass es seit dreihundert Jahren hier keine Ratten mehr gegeben habe und dass man wohl auch keine Feldmäuse in den hohen Wänden finden könne, wo sie bekanntermaßen nie herumstreunen. Am Nachmittag suchte ich Captain Norrys auf, und er versicherte mir, dass es für Feldmäuse wirklich absolut ungewöhnlich sei, die Priorei heimzusuchen.

In jener Nacht, nachdem ich wie üblich meinen Kammerdiener fortgeschickt hatte, zog ich mich in das Schlafzimmer im Westturm zurück, das ich vom Arbeitszimmer aus über eine steinerne Treppe und eine kurze Galerie erreichten konnte – die Treppe war zum Teil uralt, die Galerie jedoch völlig neu. Das Zimmer war kreisförmig, sehr hoch und die

Wände ohne Vertäfelung, aber mit Gobelins behangen, die ich eigens in London ausgesucht hatte.

Wie ich sah, war Nigger-Man bei mir. Ich schloss die schwere gotische Tür und machte mich im Licht einer elektrischen Lampe, die auf so clevere Weise Kerzen gleicht, für den Schlaf fertig, knipste das Licht schließlich aus und versank in die Laken des geschnitzten Himmelbettes, wobei der ehrwürdige Kater sich auf seinem gewohnten Platz quer über meinen Füßen niederließ. Ich hatte die Vorhänge nicht zugezogen und blickte nun aus dem schmalen Nordfenster, das sich mir gegenüber befand. Die Abendröte spielte am Himmel, und die zarten Rahmen des Fensters hoben sich hübsch dagegen ab.

Irgendwann muss ich eingeschlafen sein, denn ich entsinne mich ganz deutlich, dass ich aus sonderbaren Träumen schreckte, als der Kater abrupt seine ruhige Stellung verließ. Ich sah ihn im fahlen Schein des Abendrots, den Kopf starr vorgestreckt, die Vorderpfoten auf meinen Fußknöcheln, die Hinterpfoten ausgestreckt. Er blickte angestrengt auf eine Stelle an der Wand westlich des Fensters, eine Stelle, die keine Besonderheit aufwies, der aber nun meine ganze Aufmerksamkeit galt.

Und während ich hinsah, wusste ich, dass Nigger-Man nicht umsonst so erregt war. Ob der Wandteppich sich tatsächlich bewegte, kann ich nicht sagen. Ich glaube schon, allerdings auch nur sehr leicht. Doch ich kann beschwören, dass ich dahinter ein leises, aber deutliches Trappeln wie von Ratten oder Mäusen vernahm. Einen Augenblick später war der Kater mit voller Wucht auf den Wandteppich gesprungen, der unter seinem Gewicht zu Boden fiel. Eine feuchte uralte Steinwand kam zum Vorschein, die hie und da von den Arbeitern ausgebessert worden war und keinerlei Spuren von Nagetieren aufwies.

Nigger-Man rannte vor der Wand hin und her, schlug nach dem herabgefallenen Gobelin und versuchte, mit einer Pfote zwischen die Wand und den Eichenboden zu langen. Er fand jedoch nichts und kehrte nach einiger Zeit erschöpft an seinen Platz zu meinen Füßen zurück. Ich hatte mich nicht bewegt, schlief diese Nacht aber nicht mehr ein.

Am nächsten Morgen befragte ich alle Dienstboten und erfuhr, dass niemand von ihnen etwas Ungewöhnliches bemerkt hatte, außer der Köchin, die sich an das ungewöhnliche Verhalten einer Katze erinnerte, die auf ihrem Fensterbrett geschlafen hatte. Diese Katze hatte irgendwann in der Nacht zu miauen begonnen und die Köchin geweckt, die noch sah, wie das Tier durch die offene Tür lief und die Treppe hinabjagte.

Zur Mittagszeit döste ich etwas vor mich hin, und am Nachmittag besuchte ich wieder Captain Norrys, der sich sehr für meinen Bericht interessierte. Die seltsamen Ereignisse – die belanglos und doch eigenartig – erinnerten ihn an einige der örtlichen Spukgeschichten. Wir beide waren wirklich bestürzt über die Gegenwart von Ratten, und Norrys lieh mir einige Fallen und Pariser Grün, die ich nach meiner Heimkehr von den Dienstboten an passenden Stellen aufstellen ließ.

Ich zog mich schon früh zurück, da ich sehr schläfrig war, wurde aber von grässlichen Träumen geplagt. Ich schien von einer immensen Höhe auf eine Grotte im Dämmerlicht hinabzublicken, die kniehoch mit Dreck gefüllt war und wo ein dämonischer Schweinehirt mit weißem Bart mit seinem Stock eine Herde schimmelüberwucherter, aufgedunsener Biester um sich scharte, deren Erscheinung mich mit unaussprechlichem Ekel erfüllte. Dann, als der Schweinehirt innehielt und über seiner Aufgabe einnickte, ergoss sich ein gewaltiger Schwarm Ratten in den stinkenden Abgrund und machte sich über die Schweine und den Mann her.

Aus dieser schrecklichen Vision wurde ich schlagartig durch die Bewegungen von Nigger-Man geweckt, der wie üblich auf meinen Füßen geschlafen hatte. Dieses Mal musste ich nicht nach dem Grund seines Knurrens und Fauchens suchen, und es war offensichtlich, warum er seine

Krallen ungeachtet ihrer Wirkung vor lauter Angst in meinen Knöchel grub; denn ringsherum waren die Mauern von ekelerregenden Geräuschen erfüllt – dem widerlichen Huschen gefräßiger gigantischer Ratten. Da nun kein Dämmerlicht ins Zimmer fiel, konnte ich den Zustand der Wandbehänge nicht erkennen, also schaltete ich das Licht ein.

Als die Glühbirnen aufleuchteten, sah ich durch den gesamten Wandbehang ein grausiges Beben laufen, sodass die eigenartigen Muster einen merkwürdigen Totentanz aufführten, doch dieses Rütteln hörte sofort auf, und es wurde still. Ich sprang aus dem Bett und stocherte mit einem langen Schürhaken, der in der Nähe lag, zwischen die Gobelins und hob einen Saum an, um zu sehen, was darunterlag. Da war nichts außer der ausgebesserten Steinmauer, und selbst der Kater war wieder ruhig geworden. Als ich die kreisförmige Falle untersuchte, die im Zimmer aufgestellt worden war, sah ich, dass alle Öffnungen zugeschnappt waren, doch gefangen worden war nichts.

Weiterzuschlafen war unmöglich, und so zündete ich eine Kerze an, öffnete die Tür und ging durch die Galerie zu der Treppe, die ins Arbeitszimmer führte. Nigger-Man folgte mir. Doch noch ehe wir die steinernen Stufen erreichten, schoss der Kater an mir vorbei und eilte die uralte Treppe hinab. Als ich weiterlief, hörte ich mit einem Mal Geräusche aus dem großen Raum unter mir; Geräusche, die eindeutig waren.

Die eichengetäfelten Wände lebten regelrecht vor lauter Ratten, sie hüpften und rannten, während Nigger-Man mit der Wut eines verwirrten Jägers hin und her raste. Als ich unten ankam, schaltete ich das Licht ein, doch dieses Mal verstummte der Lärm nicht. Die Ratten setzten ihren Aufruhr fort und polterten mit einer solchen Macht und Entschiedenheit, dass ich schließlich eine bestimmte Richtung heraushören konnte. Diese Kreaturen, die in scheinbar unerschöpflicher Zahl auftraten, wanderten von oben hinab in eine unvorstellbare Tiefe.

Jetzt vernahm ich Schritte auf dem Gang, und einen Moment später drückten zwei Dienstboten die massive Tür auf. Sie suchten das Haus nach der Ursache ab, die bei allen Katzen eine fauchende Panik ausgelöst und sie wie einen Sturzbach die Treppen hinabgetrieben hatte, bis sie nun jammernd vor der verschlossenen Tür zum tiefsten Kellergewölbe kauerten. Ich fragte die Diener, ob sie die Ratten gehört hätten, was sie jedoch verneinten. Und als ich ihre Aufmerksamkeit auf die Geräusche hinter der Wandvertäfelung richten wollte, stellte ich fest, dass der Lärm inzwischen versiegt war.

Mit den beiden Männern ging ich hinunter zur Tür des Gewölbes, die Katzen aber hatten sich bereits wieder zerstreut. Ich beschloss, die daruntergelegene Krypta später zu erforschen, jetzt suchte ich die Fallen ab. Alle waren zugeschnappt, und doch leer. Ich fragte noch einmal nach, aber außer den Katzen und mir hatte niemand die Ratten gehört, und so setzte ich mich bis zum Morgen ins Arbeitszimmer und grübelte über den Legenden, die sich um das Gebäude rankten.

Am Vormittag schlief ich ein wenig in dem behaglichen Lehnstuhl in der Bibliothek, den selbst mein Plan eines rein mittelalterlichen Mobiliars nicht hatte verbannen können, und telefonierte anschließend mit Captain Norrys, der herüberkam, um mir bei der Erforschung des Kellergewölbes zu helfen.

Dort fanden wir absolut nichts Ungewöhnliches, konnten aber ein Schaudern nicht unterdrücken, wenn wir daran dachten, dass dieses Gewölbe von römischen Händen erbaut worden war. Jeder niedrige Bogengang und jede massive Säule war römisch – nicht die ungeschickt nachgemachte romanische Bauweise der Angelsachsen, sondern der strenge und harmonische Klassizismus der Cäsaren; und die Mauern waren wirklich voller Inschriften, die den Archäologen, die den Ort wiederholt erforscht hatten, vertraut waren – Inschriften wie »P. GETAE. PROP … TEMP … DONA …« und »L. PRAEC … VS … PONTIFI … ATYS …«

Der Hinweis auf Atys ließ mich erschaudern, denn ich hatte Catull gelesen und wusste ein wenig über die scheußlichen Riten zu Ehren dieses orientalischen Gottes, dessen Kult stark mit jenem der Kybele vermischt war. Norrys und ich versuchten, im Licht der Laternen die sonderbaren und fast verblassten Zeichen auf einigen unregelmäßig rechteckigen Steinblöcken zu deuten, die man für Altäre hielt, konnten aber nichts Rechtes daraus ersehen. Wir erinnerten uns, dass eines dieser Zeichen, eine Art strahlender Sonne, von den Gelehrten für nichtrömisch gehalten wurde, weil sie vermuteten, dass diese Altäre von den römischen Priestern lediglich aus einer älteren Kultstätte der Eingeborenen an derselben Stelle übernommen worden waren. Auf einem dieser Blöcke fanden sich braune Flecken, die meine Neugier weckten, und auf dem größten Block, der in der Mitte des Raumes stand, entdeckte ich Spuren, die auf eine Berührung mit Feuer schließen ließen – vermutlich Brandopfer.

Das waren die Sehenswürdigkeiten in der Krypta, vor deren Tür die Katzen gejault hatten. Norrys und ich entschlossen uns nun, dort die Nacht zu verbringen. Die Dienstboten brachten Sofas herunter, und ich trug ihnen auf, das nächtliche Treiben der Katzen nicht zu beachten. Nigger-Man blieb als Hilfe und Gefährte bei uns. Wir verschlossen die große Eichentür – eine moderne Nachbildung mit Luftschlitzen –, zogen uns mit den brennenden Laternen zurück und warteten auf das, was auch immer sich zutragen mochte.

Das Gewölbe befand sich sehr tief in dem Fundament der Priorei und zweifelsohne weit unter der Oberfläche des überhängenden Kalksteinfelsens, der das unfruchtbare Tal überblickte. Dass hier unten das Ziel der huschenden Ratten lag, konnte ich nicht bezweifeln, wenngleich ich den Grund dafür nicht kannte.

Während wir erwartungsvoll dort lagen, mischten sich in meine Nachtwache halb geformte Träume, aus denen mich immer wieder die unruhigen Bewegungen des Katers zu meinen Füßen rissen. Diese Träume waren nicht gesund, sondern ebenso entsetzlich wie jener, den ich in der vorangegangenen Nacht gehabt hatte. Wieder sah ich die trübe Grotte und den Schweinehirten mit seinen unaussprechlichen wabbeligen Bestien, die sich im Dreck suhlten. Als ich diese Viecher betrachtete, schienen sie mir näher zu sein und deutlicher – so deutlich, dass ich fast ihre Fratzen studieren konnte. Dann konzentrierte ich mich auf eine dieser schlaffen Fratzen – und erwachte mit einem so lauten Schrei, dass Nigger-Man aufsprang, während Captain Norrys, der nicht geschlafen hatte, herzhaft lachte. Norrys hätte vielleicht noch mehr – oder auch weniger – gelacht, hätte er die Ursache meines Schreies gekannt. Doch ich selbst konnte mich erst später daran erinnern. Das größte Grauen löst oftmals in barmherziger Weise eine Lähmung des Gedächtnisses aus.

Norrys weckte mich, als das Phänomen begann. Wieder träumte ich denselben fürchterlichen Traum, als mich sein sanftes Rütteln hochfahren ließ, und da hörte ich auch schon die Katzen. Es wurde sehr laut, denn hinter der verschlossenen Tür an der Steintreppe spielte sich ein wahrer Albtraum aus Katzenjammern und Wühlen ab, während Nigger-Man, der seine Artgenossen draußen nicht beachtete, erregt an den kahlen Steinwänden entlanglief, in denen ich dasselbe Babel huschender Ratten vernahm, das mich in der letzten Nacht geplagt hatte.

Heftige Angst stieg in mir hoch, denn was hier geschah, war abnorm und ließ sich einfach nicht erklären. Diese Ratten, sofern sie denn nicht die Geschöpfe des Wahnsinns waren, den ich alleine mit den Katzen teilte, mussten sich durch römische Mauern graben und fressen, die ich für solide Kalksteinblöcke gehalten hatte … aber vielleicht hatte das Wasser im Laufe von mehr als siebzehn Jahrhunderten gewundene Tunnel geschaffen, die durch die Leiber der Nager frei und geräumig geschliffen worden waren … Doch selbst falls das zutraf, so wurde das gespenstische Grauen dadurch keineswegs geringer, denn wenn es sich dabei um lebendige Schädlinge handelte, warum hörte nicht auch Norrys ihren widerlichen Tumult? Weshalb drängte er mich, Nigger-Man zu beobachten und auf die Katzen draußen zu lauschen, und weshalb rätselte er ahnungslos herum, was die Tiere so erregt haben könnte?

Zu dem Zeitpunkt, da es mir gelungen war, ihm in möglichst vernünftigen Worten zu erklären, was ich zu hören glaubte, verhallten die letzten Echos des Getrippels, das *immer weiter abwärts* zog, weit unterhalb des tiefsten der Kellergewölbe, bis es schien, als werde der ganze Felsen darunter von suchenden Ratten durchfressen. Norrys war weniger skeptisch, als ich befürchtet hatte, er schien eher tief bewegt. Er wies mich mit einer Geste darauf hin, dass die Katzen vor der Tür ihren Lärm beendet hatten, als seien die Ratten verschwunden. Doch Nigger-Man wurde wieder unruhig und kratzte hektisch am Fuß des großen Steinaltars in der Mitte des Raumes, der dicht bei Norrys' Sofa stand.

Meine Furcht vor dem Unbekannten war jetzt sehr groß. Etwas Erstaunliches hatte sich zugetragen, und ich sah, dass Captain Norrys, ein jüngerer, stärkerer und vermutlich weitaus weltlicher gesinnter Mann, sich davon ebenso betroffen zeigte wie ich – vielleicht wegen seiner lebenslangen Vertrautheit mit den örtlichen Legenden. Wir konnten in diesem Moment nichts anderes tun, als dem alten schwarzen Kater zuzusehen, wie er mit schwindendem Eifer am Fundament des Altars kratzte und dabei gelegentlich zu mir aufsah und in dieser überredenden Weise miaute, die er stets dann gebrauchte, wenn er etwas von mir wollte.

Norrys holte nun eine Laterne nahe an den Altar heran und untersuchte die Stelle, wo Nigger-Man zugange war. Stumm kniete er nieder und kratzte die jahrhundertealten Flechten fort, die den massiven Block aus vorrömischer Zeit mit dem Mosaikboden verbanden. Er fand nichts und wollte gerade mit seinen Bemühungen aufhören, als mir ein banaler Umstand auffiel, der mich erschaudern ließ, auch wenn ich bereits etwas geahnt hatte.

Ich erzählte Norrys davon, und wir starrten beide fasziniert auf die Laterne, die neben dem Altar stand – ihre Flamme flackerte leicht, doch deutlich in einem Luftzug, der zuvor nicht da gewesen war und der unzweifelhaft aus der Spalte zwischen Boden und Altar drang, wo Norrys die Flechten weggekratzt hatte.

Wir verbrachten den Rest der Nacht im strahlend hell beleuchteten Arbeitszimmer und diskutierten nervös darüber, was wir als Nächstes tun sollten. Die Entdeckung, dass es unter diesem verfluchten Gebäude ein Gewölbe gab, das noch tiefer lag als das unterste römische Mauerwerk; ein Gewölbe, das die neugierigen Archäologen dreier Jahrhunderte nicht einmal erahnt hatten, wäre ausreichend gewesen, uns zu begeistern, wäre nicht dieser finstere Hintergrund gewesen. So jedoch war die Faszination zwiespältig, und wir überlegten, ob wir unsere Suche nicht aufgeben und die Priorei aus Furcht für immer verlassen sollten, oder ob wir unserer Abenteuerlust nachgehen sollten, allen Schrecken, die uns in der unbekannten Tiefe erwarten mochten, zum Trotz.

Gegen Morgen fanden wir einen Kompromiss: Wir beschlossen, nach London zu fahren, um eine Gruppe von Archäologen und Wissenschaftlern zusammenzustellen, die fähig sein würden, dieses Rätsel zu lösen. Es muss noch erwähnt werden, dass wir, ehe wir das Kellergewölbe verlassen hatten, vergebens versucht hatten, den Hauptaltar zu bewegen, in dem wir nun die Pforte zu einem neuen Abgrund namenloser Furcht erkannten. Welches Geheimnis diese Pforte öffnen würde, sollten nun klügere Männer als wir herausfinden.

Im Laufe vieler Tage in London präsentierten Captain Norrys und ich unsere Fakten, Schlussfolgerungen und das Legendenmaterial fünf bedeutenden Autoritäten, alles Männer, von denen man Verschwiegenheit erwarten konnte, was auch immer über die Familie ans Tageslicht kam. Den Männern war keineswegs nach Spott zumute, im Gegenteil, sie zeigten sich aufrichtig interessiert. Es ist wohl kaum vonnöten, sie alle namentlich zu erwähnen, doch möchte ich betonen, dass Sir William Brinton zu ihnen zählte, dessen Ausgrabungen in Troja seinerzeit die ganze Welt in Atem hielten. Als wir alle zusammen in den Zug nach Anchester stiegen, fühlte ich mich an der Schwelle entsetzlicher Offenbarungen.

Am Abend des 7. August erreichten wir Exham Priory, wo mir die Dienstboten versicherten, dass nichts Ungewöhnliches vorgefallen war. Alle Katzen, selbst der alte Nigger-Man, hätten sich völlig ruhig verhalten und keine einzige Falle sei zugeschnappt. Wir wollten mit der Erforschung am nächsten Tag beginnen, und so wies ich meinen Gästen die Zimmer zu.

Ich selbst zog mich in mein Turmzimmer zurück, wo Nigger-Man sich auf meinen Füßen niederließ. Der Schlaf kam rasch, doch scheußliche Träume suchten mich heim. Zuerst hatte ich die Vision eines römischen Gastmahles wie jenes des Trimalchio, mit etwas Grauenhaftem auf einer zugedeckten Servierplatte. Dann überkam mich wieder dieser verfluchte Traum von dem Schweinehirten und seiner schmutzigen Herde in der düsteren Grotte. Doch als ich erwachte, war es bereits heller Tag, und im Hause unter mir ertönten nur normale Geräusche. Die Ratten, lebende oder gespenstische, hatten mich nicht geplagt; und sogar mein Nigger-Man lag noch in tiefem Schlaf. Als ich hinunterging, erfuhr ich, dass es überall ruhig gewesen war; ein Umstand, den einer der anwesenden Gelehrten – ein Mann namens Thornton, der sich mit dem Übersinnlichen beschäftigte – absurderweise der Tatsache zuschrieb, dass mir bereits gezeigt worden sei, was gewisse Kräfte mir zu zeigen wünschten.

Es war nun alles bereit, und um elf Uhr vormittags stiegen wir mit sieben Mann, ausgestattet mit starken Taschenlampen und Werkzeug, zur Ausgrabung in das Kellergewölbe hinab und verriegelten die Tür hinter uns. Nigger-Man leistete uns Gesellschaft, denn die Forscher sahen keinen

Anlass, auf seine Sensibilität zu verzichten, besonders für den Fall, dass sich die obskuren Nager bemerkbar machen sollten. Wir schenkten den römischen Inschriften und unbekannten Zeichen auf den Altären nur kurz unsere Aufmerksamkeit, drei der Gelehrten kannten sie bereits. Unsere ganze Aufmerksamkeit nahm der bedeutsame Hauptaltar in Anspruch, und binnen einer Stunde gelang es Sir William Brinton, dass der Altar sich nach hinten neigte, im Gleichgewicht gehalten durch ein unbekanntes Gegengewicht.

Vor uns offenbarte sich nun ein solches Grauen, das uns, wären wir nicht darauf vorbereitet gewesen, übermannt hätte. Durch eine fast quadratische Öffnung im Plattenboden, verstreut auf den Stufen einer Treppe, die so erstaunlich abgenutzt war, dass sie wenig mehr als eine Schräge in der Mitte darstellte, lag eine gespenstische Ansammlung menschlicher oder halb menschlicher Knochen. Die intakten Skelette zeigten die Haltung panischer Furcht, und auf allen Knochen sah man die Spuren, die schabende Nagerzähne hinterlassen. Die Schädel deuteten auf äußerst Schwachsinnige, Kretins und primitive Affenmenschen.

Über die so teuflisch besäten Stufen wölbte sich ein abwärts führender Durchlass, anscheinend aus dem soliden Fels gemeißelt und durchströmt von einem Luftzug. Es war kein aufwallender giftiger Hauch wie aus einer gerade geöffneten Gruft, sondern eine kühle Brise von einer gewissen Frische. Wir zögerten nicht lange und suchten uns schaudernd einen Weg die Treppe hinab. Dabei machte Sir William, der die behauenen Wände untersuchte, die sonderbare Feststellung, dass der Durchgang gemäß der Richtung der Meißelschläge *von unten nach oben* gehauen worden war.

Ich muss nun sehr offen sein und meine Worte sorgfältig auswählen.

Nachdem wir ein paar Stufen durch die abgenagten Knochen zurückgelegt hatten, sahen wir vor uns ein Licht; kein geheimnisvolles Phosphoreszieren, sondern gefiltertes

Tageslicht. Es drang wahrscheinlich durch unbekannte Felsspalten des Abgrunds, der sich über dem ausgedorrten Tal erhob. Dass solche Spalten von außen nicht bemerkt worden waren, ist kaum verwunderlich, denn das Tal ist unbewohnt und der Felsen ist so hoch und hängt so weit über, dass man nur von einem Flugzeug aus seine Oberfläche genauer studieren könnte.

Wir stiegen weiter hinab und uns stockte buchstäblich der Atem bei dem, was wir sahen; so buchstäblich, dass Thornton, der sich ja so fürs Übersinnliche interessierte, ohnmächtig dem verwirrten Mann in die Arme fiel, der hinter ihm stand. Norrys, dessen rundes Gesicht nun völlig bleich war, schrie bloß etwas Unverständliches, während ich, das glaube ich zumindest, keuchte oder schnaubte und mir die Augen zuhielt.

Der Mann hinter mir – der Einzige der Gruppe, der älter war als ich – krächzte das abgedroschene »Mein Gott!« in der gebrochensten Stimme, die ich je gehört habe. Von sieben kultivierten Männern bewahrte alleine Sir William Brinton die Fassung, was umso mehr für ihn spricht, da er der Führer der Gruppe war und es zuerst sah.

Es war eine trübe Grotte von gewaltiger Höhe, die sich weiter erstreckte, als man zu sehen vermochte; eine unterirdische Welt grenzenloser Rätsel und entsetzlicher Andeutungen. Da standen Gebäude und andere architektonische Überreste – mit einem entsetzten Blick sah ich eine sonderbare Reihe von Hügelgräbern, einen wilden Kreis von Monolithen, eine römische Ruine mit niedrigem Kuppeldach, einen großen angelsächsischen Bauernhof und eine frühenglische Holzhütte –, doch all das verblasste neben der ghoulischen Szene, die uns die Oberfläche des Bodens darbot. Vor den Stufen erstreckte sich Meter um Meter hinweg ein wahnsinniges Gewirr menschlicher Knochen – oder besser gesagt, Knochen, die zumindest so weit menschlich waren wie jene auf der Treppe. Wie ein schäumendes Meer dehnte sich diese Knochenhalde vor uns aus, manche

Gebeine zerfallen, andere ganz oder teilweise als Skelette erhalten; Letztere lagen meist in Verrenkungen höllischer Panik, als hätten sie etwas abgewehrt, manche grapschten in kannibalischer Absicht nach den anderen.

Als Dr. Trask, der Anthropologe, die Schädel untersuchte, stellte er eine entartete Mischung fest, die ihn völlig verblüffte. Diese Kreaturen hatten auf der Entwicklungsstufe größtenteils noch unter dem Piltdown-Menschen gestanden, waren aber auf jeden Fall menschlich. Viele waren höher entwickelt, und einige wenige Schädel stammten von hoch und vernünftig entwickelten Arten. Alle Knochen waren abgenagt, meistens von Ratten, aber zuweilen auch von anderen aus der halb menschlichen Horde. Darunter mischten sich viele winzige Rattengerippe – gefallene Krieger des todbringenden Heeres, das dieses uralte Drama beendet hatte.

Es erstaunt mich, dass wir alle jenen scheußlichen Tag der Entdeckung überlebten und bei gesundem Verstand blieben. Weder Hoffmann noch Huysmans hätten eine solch unglaubliche, abstoßende Szenerie ersinnen können oder eine schaurigere Groteske als die, durch die wir sieben taumelten; und jeder machte eine Entdeckung nach der andern und versuchte, nicht an die Ereignisse zu denken, die sich hier vor dreihundert oder tausend, oder zweitausend oder zehntausend Jahren abgespielt haben mussten. Dies war der Vorhof zur Hölle. Der arme Thornton verlor erneut das Bewusstsein, als Trask ihm erzählte, dass einige der Skelette über die letzten zwanzig oder mehr Generationen als Vierbeiner herumgekrochen sein müssen.

Ein Entsetzen löste das nächste ab, als wir anfingen, die architektonischen Überreste zu erforschen. Die vierbeinigen Wesen waren – gelegentlich fanden wir auch Zweibeiner – in steinernen Pferchen gehalten worden, aus denen sie in ihrem letzten Hungerwahn oder aus Furcht vor den Ratten ausgebrochen sein mussten. Es hatte große Horden von ihnen gegeben, die man offenbar mit dem derben Gemüse gemästet hatte, dessen Überreste man als giftige Silage am

Boden der gewaltigen Steinsilos finden konnte, die älter als Rom waren. Nun wusste ich, warum meine Ahnen so ausgedehnte Gärten angelegt hatten – ich bete, ich könnte es vergessen – und nach dem Sinn und Zweck der Horden will ich lieber nicht fragen.

Sir William, der mit seiner Taschenlampe in der römischen Ruine stand, übersetzte laut das entsetzlichste Ritual, von dem ich je gehört habe; und er berichtete über den vorsintflutlichen Kult, den die Priester der Kybele mit dem ihren vermengt hatten, und über die Art ihrer Ernährung. Norrys, an die Schützengräben des Krieges gewohnt, konnte nicht mehr gerade gehen, als er aus der englischen Hütte trat. Es war eine Fleischerei und Küche – das hatte er zwar erwartet, doch es war einfach zu viel, an einem solchen Ort vertrautes englisches Geschirr zu sehen und englischsprachiges Wandgekritzel zu lesen, das bis ins Jahr 1610 reichte. Ich traute mich nicht, dieses Gebäude zu betreten – diese Hütte, deren teuflischem Nutzungszweck erst der Dolch meines Ahnherrn Walter de la Poer ein Ende bereitet hatte.

Ich wagte es jedoch, in das niedrige angelsächsische Haus zu gehen, dessen Eichentür längst zerfallen war, und darin fand ich eine schreckliche Reihe von zehn steinernen Zellen mit rostigen Gittern. In dreien lagen noch Skelette der höher entwickelten Klasse, und auf dem knochigen Zeigefinger von einem blinkte ein Siegelring mit meinem eigenen Wappen. Sir William entdeckte unter der römischen Kapelle ein Gewölbe mit weitaus älteren Zellen, doch diese waren leer. Unter ihnen befand sich eine niedrige Krypta voller Kisten mit zeremoniell arrangierten Gebeinen, von denen manche schrecklich bekritzelt waren in Latein, Griechisch und der Sprache Phrygiens.

In der Zwischenzeit hatte Dr. Trask eines der vorgeschichtlichen Hügelgräber geöffnet, und nun trug er Schädel heraus, die etwas menschenähnlicher waren als die der Gorillas und auf die unbeschreibliche Ideogramme eingeritzt waren. Mein Kater schritt ungerührt durch all dieses

Grauen. Einmal sah ich ihn auf einem Berg von Knochen thronen und fragte mich, welche Geheimnisse sich wohl hinter seinen gelben Augen verbargen.

Als wir die grauenvollsten Enthüllungen innerhalb dieses Zwielichts einigermaßen erfasst hatten – die durch meinen wiederkehrenden Traum so ekelerregend vorangekündigt worden waren –, wandten wir uns jener endlosen mitternächtlichen Höhle zu, in die kein Lichtstrahl drang. Wir werden nie erfahren, welche blinden stygischen Welten jenseits der kurzen Strecke gähnten, die wir gingen, denn es wurde einst bestimmt, dass die Menschheit solche Geheimnisse nicht erfahren darf. Doch es gab noch genug, um uns zu fesseln. Wir waren nicht weit gegangen, als die Lampen uns jene verfluchten Gruben zeigten, in denen die Ratten geschmaust hatten, bis der plötzliche Mangel an Nachschub das gierige Nagerheer zu den lebenden Horden der verhungernden Wesen getrieben hatte – und dann waren sie, in jener historischen Orgie der Verwüstung, welche die Bauern niemals vergessen werden, aus der Priorei ausgebrochen.

Gott! Diese fauligen schwarzen Gruben voller zersägter, abgenagter Knochen, diese geöffneten Schädel! Diese albtraumhaften Abgründe, angefüllt mit pithekanthropoiden, keltischen, römischen und englischen Gebeinen zahlloser ketzerischer Jahrhunderte! Manche davon waren bis zum Rand voll, und niemand vermag zu sagen, wie tief sie hinabreichten. Andere waren so tief, dass das Licht unserer Lampen auf keinen Boden traf, und unbeschreibliche Fantasien erfüllten sie.

Was wurde wohl aus den elenden Ratten, die auf ihrer Suche durch dieses finstere Totenreich in solche Fallen gestolpert sind?

Einmal glitt ich am Rande eines grässlich gähnenden Abgrundes aus und erlebte einen Augenblick hysterischer Furcht. Danach muss ich wohl eine ganze Weile vor mich hingebrütet haben, denn ich sah von der Gruppe nur noch den stämmigen Captain Norrys. Und dann drang ein

Geräusch aus dem tintenschwarzen ungeheueren Schlund hervor, das ich zu kennen glaubte; und ich sah meinen alten schwarzen Kater wie einen geflügelten ägyptischen Gott an mir vorbeischießen, geradewegs in den unendlichen Abgrund hinab ins Unbekannte. Eine Sekunde später gab es keinen Zweifel mehr, es war das grausige Huschen dieser dämonischen Ratten. Sie suchten stets nach neuen Schrecken und waren entschlossen, mich in diese grinsenden Schächte inmitten der Erde zu werfen, wo der verrückte, gesichtslose Gott Nyarlathotep blind in der Finsternis zur Musik von zwei idiotischen Flötenspielern vor sich hin heult.

Meine Lampe erlosch, doch ich rannte weiter. Ich hörte Stimmen ... Gejohle ... hörte Echos ... doch vor allem dieses gottlose, heimtückische Trippeln, es erhob sich langsam, langsam, wie eine steife, aufgeblähte Leiche aus einem öligen Fluss, der unter endlosen Onyxbrücken hindurch in ein schwarzes, fauliges Meer strömt.

Etwas berührte mich – etwas Weiches und Fleischiges. Es müssen die Ratten gewesen sein; dieses bösartige, schwabbelige, gierige Heer, das die Toten und die Lebenden frisst ... Weshalb sollten Ratten nicht einen de la Poer fressen, so wie ein de la Poer Verbotenes frisst? ... Der Krieg fraß meinen Jungen, verdammt noch mal ... und die Yankees haben Carfax mit ihren Flammen gefressen und Großvater Delapore und das Geheimnis verbrannt ... Nein, nein, ich schwöre euch, ich bin *nicht* der dämonische Schweinehirt aus der Zwielichtgrotte! Es war *nicht* Edward Norrys' fettes Gesicht auf jenem pilzigen, schwammigen Ding! Wer sagt, ich sei ein de la Poer? Er hat überlebt, aber mein armer Junge ist tot! ... Soll denn ein Norrys die Ländereien eines de la Poer bekommen? ... Es ist Voodoo, sage ich euch ... die gestreifte Schlange ... Sei verflucht, Thornton, ich werde dich lehren, in Ohnmacht zu fallen, bei dem, was meine Familie tut! ... Beim Blut, du Stinktier, ich will dir zeigen, dass es dir schmeckt ... willst so zu plagen du mich lehren? ... *Magna Mater! Magna Mater! ... Atys ... Dia ad aghaids 's ad aodaun ...*

agus bas dunach ort! Dhonas's dholas ort, agus leat-sa! … Ungl …
ungl … rrlh … chchch …

Das soll ich angeblich gesagt haben, als sie mich nach drei Stunden in der Finsternis fanden; mich fanden, wie ich im Dunklen über dem fetten, halb aufgefressenen Körper von Captain Norrys kauerte, und mein eigener Kater hing mir an der Kehle. Jetzt haben sie Exham Priory gesprengt, mir meinen Nigger-Man genommen und mich in dieses vergitterte Zimmer in Hanwell gesperrt, und sie tuscheln so gemein über meine Erbanlagen und was geschehen ist. Thornton hockt im Nebenzimmer, doch sie lassen mich nicht mit ihm reden. Sie wollen auch die Wahrheit über die Priorei verheimlichen. Wenn ich den armen Norrys erwähne, beschuldigen sie mich einer grässlichen Tat, aber sie müssen doch erfahren, dass ich es nicht getan habe. Sie müssen erfahren, dass es die Ratten waren, diese wuselnden, scharrenden Ratten, deren Huschen mich nie wieder schlafen lassen wird; diese dämonischen Ratten, sie flitzen hinter den gepolsterten Wänden dieses Raumes hin und her, sie rufen mich hinab ins größte Grauen, die Ratten, die sie einfach nicht hören, die Ratten, die Ratten im Gemäuer.

KÜHLE LUFT

Sie bitten mich um eine Erklärung, warum ich jeden kühlen Luftzug scheue, weshalb ich beim Betreten eines kalten Zimmers stärker erschaudere als andere Menschen und angeekelt und abgestoßen wirke, sobald sich durch die Wärme eines milden Herbsttages die abendliche Kühle einschleicht. Manche behaupten, ich würde auf Kälte so reagieren wie andere auf üble Gerüche, und ich bin der Letzte, der dieser Ansicht widerspricht. Ich möchte Ihnen nun von der schrecklichsten Begebenheit erzählen, die mir jemals widerfahren ist, und Ihnen die Entscheidung überlassen, ob dies eine angemessene Erklärung für mein Verhalten darstellt oder nicht.

Es ist ein Irrtum zu glauben, das Grauen müsse unweigerlich mit Dunkelheit, Stille und Einsamkeit einhergehen. Mir begegnete es im hellen Licht des Nachmittags, im Lärm einer Großstadt und der Lebhaftigkeit einer gewöhnlichen, etwas heruntergekommenen Pension im Beisein der kleinbürgerlichen Vermieterin und zweier mutiger Männer, die mir beistanden.

Im Frühling des Jahres 1923 hatte ich bei einer Zeitschrift in New York eine öde und schlecht bezahlte Anstellung gefunden. Da ich nicht in der Lage war, höhere Mieten zu bezahlen, zog ich von einer billigen Unterkunft zur nächsten, immer auf der Suche nach einem Zimmer, das sowohl einigermaßen sauber, anständig möbliert und auch günstig zu haben war. Schon bald stellte sich heraus, dass mir lediglich die Wahl zwischen verschiedenen Übeln blieb, bis ich nach einer Weile ein Haus in der West Fourteenth Street fand, das mich weniger abstieß als die anderen, die ich mir bisher angesehen hatte.

Das Haus, ein dreistöckiges Gebäude aus rötlich braunem Sandstein, war dem Anschein nach etwa in den späten Vierzigerjahren des 19. Jahrhunderts erbaut worden und die

befleckte und verblichene Pracht der Holz- und Marmor-
arbeiten kündete von dem steilen Niedergang eines ehemals
hohen Niveaus an Wohnkultur. In den großen, hohen
Räumen, geschmückt mit unmöglichen Tapeten und fast
lächerlich verschnörkelten Stuckfriesen, herrschte eine
deprimierende Muffigkeit und der Geruch fremdländischer
Küche hing in der Luft, doch die Böden waren sauber, die
Bettwäsche wurde in erträglichen Abständen gewechselt,
und das heiße Wasser wurde auch nicht allzu häufig kalt oder
ganz abgedreht. Ich sah in diesem Haus also einen halbwegs
hinnehmbaren Ort, um die Zeit zu überbrücken, bis es mir
endlich wieder besser ging.

Die Vermieterin, eine unordentliche, fast bärtige Spanierin
namens Herrero, belästigte mich weder mit Tratsch noch
beschwerte sie sich darüber, dass in meinem Zimmer im
zweiten Stock so oft noch bis spät in die Nacht das Licht
brannte. Die übrigen Mieter waren so leise und unaufdring-
lich, wie man es sich nur wünschen konnte – größtenteils
handelte es sich um spanische Einwanderer, einfache Leute.
Nur der Lärm der Straßenbahn in der Durchfahrtsstraße
unten vor dem Haus erwies sich als echtes Ärgernis.

Ich wohnte dort seit ungefähr drei Wochen, als sich der
erste sonderbare Zwischenfall zutrug. Eines Abends, etwa
gegen acht Uhr, hörte ich, wie etwas auf den Fußboden
tropfte und wurde mir mit einem Mal des stechenden
Geruchs von Ammoniak bewusst. Als ich aufschaute,
bemerkte ich, dass die Zimmerdecke nass war und herab-
tröpfelte, die Feuchtigkeit breitete sich offenbar von einer
zur Straße hin gelegenen Ecke aus. Darauf bedacht, das Übel
rasch zu beseitigen, eilte ich ins Untergeschoss, um der
Vermieterin davon zu berichten. Sie versicherte mir, dass
man sich unverzüglich um das Problem kümmere.

»Doktor Muñoz«, rief sie, als sie vor mir die Treppe hoch-
stürmte. »Är hat wieder seine Chemikaliän verschütten. Är
isse zu krank, um sein eigenär Doktor zu sein – wird immer
schlimmer und schlimmer –, aber är will sich von keinem

andern helfe lasse. Isse sähr seltsam seine Krankheit – är dauernd nimmt stinkende Bad und är darf nicht beweglich und warm werden. Är macht sein Haushalt selbst – sein kleine Zimmär isse voll mit Flaschen und Maschinen, und är gar nischt mehr arbeitet als Doktor. Aber är war ganz bekannt früher – auch meine Vatär in Barcelona haben von ihm gehört –, und erst vor Kurzem hat är gerichtät Arm von Klempnär, der sich verlätzt hatte. Är niemals rausgäht, nur auffe Dach, und mein Sohn Esteban ihm bringen Ässen und Wäsche und Mädizin und Chemikaliän. Meine Gott, dase viele Salmiak, dase der Mann braucht, um sich kalt zu machen!«

Mrs. Herrero verschwand die Treppe hinauf zum dritten Stock, und ich kehrte in mein Zimmer zurück. Das Ammoniak tropfte nicht länger herab, und als ich sauber machte und das Fenster öffnete, um durchzulüften, hörte ich über mir die schweren Schritte der Vermieterin. Doktor Muñoz hatte noch nie irgendwelche Geräusche verursacht, er musste sehr sanft und leise auftreten, nur gelegentlich ertönte ein Brummen wie von einem Benzinmotor. Ich fragte mich einen Moment lang, an welcher sonderbaren Krankheit dieser Mann wohl litt und ob seine hartnäckige Weigerung, Hilfe anzunehmen, nicht bloß auf reiner Verschrobenheit beruhte. Oftmals umgibt etwas enorm Mitleiderregendes das Schicksal eines ehemals bedeutenden Menschen, der ins Straucheln geraten ist, sinnierte ich banal.

Womöglich hätte ich Doktor Muñoz nie kennengelernt, hätte mich nicht eines Vormittags, als ich in meinem Zimmer saß und schrieb, eine Herzattacke ereilt. Die Ärzte hatten mich vor den Gefahren dieser Anfälle gewarnt, und so wusste ich, dass nun keine Zeit zu verlieren war. Ich schleppte mich eine Etage höher, da ich mich daran erinnerte, was die Vermieterin über die Hilfe erzählt hatte, die der kranke Arzt einem verletzten Handwerker geleistet hatte, und klopfte schwach an die Tür über der meinen. Auf mein Pochen fragte eine gedämpfte Stimme in gutem Englisch nach meinem Namen und was ich wünsche, und als ich darauf geantwortet hatte, öffnete sich eine Tür rechts neben der, an die ich geklopft hatte.

Ein Hauch kühler Luft begrüßte mich, und obwohl dieser Tag gegen Ende Juni einer der heißesten war, erschauderte ich beim Betreten des großen Apartments, dessen teure und geschmackvolle Einrichtung mich in diesem Nest voller Schäbigkeit überraschte. Eine ausklappbare Couch erfüllte gerade ihre Tagesaufgabe als Sofa und das Mahagoni-Mobiliar, die kostbaren Vorhänge, die alten Ölgemälde und die schönen Bücherregale gehörten eher in das Arbeitszimmer eines Gentleman als in den Schlafraum einer angemieteten Wohnung. Ich sah nun, dass das Zimmer über meinem – das »kleine Zimmär« voller Flaschen und Maschinen, das Mrs. Herrero erwähnt hatte – dem Doktor bloß als Laboratorium diente. Seine eigentlichen Wohnräume lagen in dem großen angrenzenden Zimmer, dessen praktische Nischen und das große, anschließende Badezimmer ihm gestatteten, alle Schränke und alltägliche Utensilien außer Sichtweite unterzubringen. Doktor Muñoz war offensichtlich ein Mensch guter Herkunft, kultiviert und geschmackvoll.

Der Mann, der nun vor mir stand, war klein, aber von kräftigem Körperbau. Er trug einen konventionellen, perfekt sitzenden Anzug. Ein kurz geschnittener, eisengrauer Bart zierte sein vornehmes, selbstbewusstes, doch nicht arrogant wirkendes Gesicht, und ein altmodischer Zwicker beschirmte die runden, dunklen Augen und saß auf einer Adlernase, die seiner sonst deutlich keltischen Physiognomie einen nordafrikanischen Einschlag verlieh. Das dichte, gepflegte Haar scheitelte sich über der hohen Stirn und verriet die regelmäßigen Besuche eines Friseurs – kurz, der Mann vor mir wirkte sehr intelligent, war offenbar von vorzüglicher Abstammung und schien eine gute Erziehung genossen zu haben.

Dennoch verspürte ich, als ich Dr. Muñoz in diesem kühlen Luftzug zum ersten Mal sah, eine Abscheu, zu der nichts in seinem Aussehen einen Anlass gab. Einzig sein bleiches

Gesicht und die Kälte seines Händedrucks hätten eine körperliche Ursache für dieses Gefühl zu bieten vermocht, doch aufgrund der bekannten Krankheit des Mannes war dies nur zu verständlich. Vielleicht lag es auch an der auffälligen Kälte, die mich zurückweichen ließ, schließlich war eine so frostige Temperatur ungewöhnlich an einem derart heißen Tag, und das Ungewöhnliche erregt stets Abneigung, Misstrauen und Furcht.

Doch die anfängliche Abscheu war bald vergessen und wich einer Bewunderung für die hervorragenden Fähigkeiten des merkwürdigen Arztes, die trotz der eisigen Kälte seiner zitternden, blutleer wirkenden Hände offenbar wurden. Er erkannte auf den ersten Blick, was mir fehlte, und kümmerte sich um mich mit dem Geschick des Fachmannes. Unterdessen beruhigte er mich mit einer sanften, wenngleich hohlen und klanglosen Stimme, und versicherte, dass er ein erbitterter und eingeschworener Feind des Todes sei, und aufgrund seiner lebenslangen Versuche, den Tod zu vereiteln und auszulöschen, sein Vermögen und alle seine Freunde verloren habe. Ihn umgab etwas von einem gutmütigen Fanatiker, während er ohne Pause weiterplauderte, mir die Brust abhorchte und anschließend ein passendes Tonikum aus den Arzneien zusammenmischte, die er aus dem kleineren Zimmer mit dem Laboratorium holte. Offenkundig empfand er die Gesellschaft eines gebildeten Mannes als eine seltene Abwechslung in dieser schäbigen Umgebung, die Erinnerung an bessere Zeiten überkam ihn und bewegte ihn zu ungewohnter Redseligkeit.

Seine Stimme klang zwar eigenartig, wirkte aber beruhigend; ich bemerkte nicht einmal, dass er Luft holte, während die Sätze auf weltgewandte Weise hervorsprudelten. Indem er von seinen Theorien und Experimenten erzählte, wollte er mich von meinem Anfall ablenken. Ich erinnere mich noch, wie er mich mitfühlend über mein schwaches Herz hinwegtröstete, indem er mir versicherte, dass der Wille und das Bewusstsein stärker seien als das reine organische Leben und falls man einen Körper nur einigermaßen gesund und funktionsfähig erhalte, könne man – trotz schlimmster Verletzungen, Erkrankungen und sogar ohne lebenswichtige Organe – durch eine wissenschaftliche Stimulierung eine Art nervlicher Belebtheit bewahren. Er könne mir, so meinte er halb scherzend, eines Tages vielleicht beibringen, wie man ganz ohne Herz lebt – oder doch zumindest eine Art bewusster Existenz führen kann!

Er selbst leide an verschiedenen Krankheiten, die ihn zu einer sehr bedachten Lebensweise zwingen, zu der auch eine beständige Kälte zähle. Jeder merkliche Anstieg der Temperatur über längere Zeit könnte sich tödlich auf ihn auswirken. Die Kälte in seiner Wohnung – es herrschten ungefähr zwölf bis dreizehn Grad Celsius – werde durch ein System gewährleistet, das auf Kühlung durch Ammoniak beruhe – dessen pumpenden Benzinmotor hatte ich also so oft unten in meinem Zimmer gehört.

In erstaunlich kurzer Zeit von meinem Anfall genesen, verließ ich den frostigen Ort als ergebener Jünger des begabten Einsiedlers. Danach besuchte ich ihn häufiger und lauschte, in einen dicken Mantel gehüllt, wie er von seinen geheimen Forschungen und deren geradezu grausigen Befunden berichtete, und wenn mein Blick die ungewöhnlichen und überaus alten Bücher auf seinen Regalen streifte, erschauderte ich ein wenig. Im Lauf der Zeit, möchte ich noch hinzufügen, wurde ich schließlich durch seine verständige und liebevolle Fürsorge von meiner Krankheit so gut wie geheilt. Es schien, als nehme er die Beschwörungsformeln mittelalterlicher Gelehrter durchaus ernst, da er daran glaubte, dass diese kryptischen Zaubersprüche ungeheuerliche psychologische Stimuli enthielten, die vielleicht einzigartig auf das Nervensystem wirken können, aus dem der organische Pulsschlag schon entflohen ist.

Mich berührte besonders sein Bericht über den betagten Dr. Torres aus Valencia, der ihm bei seinen früheren Experimenten geholfen und ihn während seiner schlimmen

Erkrankung vor achtzehn Jahren, aus der Muñoz' derzeitige Beschwerden hervorgingen, gepflegt hatte. Kaum hatte der ehrwürdige Arzt seinen Kollegen gerettet, da musste er sich selbst dem grimmigen Feind, den er bekämpft hatte, geschlagen geben. Vielleicht war die Belastung zu groß gewesen, denn Muñoz gab mir flüsternd zu verstehen – ohne genauere Angaben zu machen –, dass Dr. Torres Heilungsmethoden ausgesprochen ungewöhnlich gewesen seien und Verfahren mit einbezogen hätten, die bei älteren und konservativeren Ärzten keine Billigung gefunden hätten.

Im Lauf der nächsten Wochen bemerkte ich mit Bedauern, dass mein neuer Freund tatsächlich allmählich, aber sicher körperlich abbaute, so wie Mrs. Herrero es angedeutet hatte. Immer blasser wurde seine Gesichtsfarbe, seine Stimme klang zunehmend hohler und undeutlicher, das sichere Zusammenspiel seiner Muskelbewegungen verlor sich mehr und mehr, und sein Verstand und sein Wille büßten beständig an Schärfe und Entschlusskraft ein. Er selbst schien sich dieser traurigen Veränderungen durchaus bewusst zu sein, und nach und nach schlich sich in sein Mienenspiel und in seine Konversation eine grausige Ironie ein, die in mir wieder etwas von der unterschwelligen Abscheu auslöste, die ich anfangs verspürt hatte.

Er entwickelte sonderbare Launen, so etwa eine Vorliebe für exotische Gewürze und ägyptischen Weihrauch, bis sein Zimmer wie die Grabkammer eines einbalsamierten Pharaos im Tal der Könige roch. Zugleich nahm sein Verlangen nach kühler Luft zu – ich half ihm dabei, das Rohrsystem der Ammoniakkühlanlage in seinen Räumen zu verstärken, wir verbesserten zudem die Pumpen und die Zuleitungen so weit, dass er die Temperatur auf drei bis fünf Grad Celsius senken konnte. Schließlich unterschritt er sogar deutlich den Gefrierpunkt. Das Badezimmer und das Labor hielt er natürlich nicht so kalt, damit die Wasserrohre nicht einfroren und die chemischen Prozesse nicht beeinträchtigt wurden. Der Mieter, der nebenan wohnte, beschwerte sich über die eisige Luft, die durch die Verbindungstür drang, und so half ich Dr. Muñoz auch dabei, schwere Wandteppiche anzubringen, um dieses Problem zu lindern. Er schien nun zunehmend von einer wirren, morbiden Furcht besessen zu sein. Unablässig redete er über den Tod, lachte aber nur hohl, sobald unser Gespräch taktvoll auf Dinge wie das Begräbnis oder die Art der Bestattung gelenkt wurde.

Alles in allem wurde er zu einem verstörenden, ja sogar schauerlichen Gefährten, doch aus Dankbarkeit für meine Heilung konnte ich ihn nicht einfach so den Fremden um ihn herum überlassen. Deshalb staubte ich, in einen schweren Mantel gehüllt, den ich eigens zu diesem Zweck gekauft hatte, in seinen Zimmern jeden Tag ab und kümmerte mich um seine übrigen Bedürfnisse. Ich erledigte auch einen Großteil seiner Einkäufe und staunte nicht schlecht über manche der Chemikalien, die er bei Apothekern und Laborlieferanten bestellte.

Ringsherum um seine Wohnung schien sich eine zunehmende, unerklärliche Atmosphäre der Panik auszubreiten. Wie ich bereits sagte, herrschte im ganzen Hause ein modriger Geruch, doch in seinen Räumen war er ganz besonders schlimm, trotz des Aromas von all den Gewürzen, des Weihrauchs und der stechend riechenden Chemikalien für seine Bäder, die er nun immer häufiger nahm und bei denen er sich jede Hilfe verbat. Ich vermutete, dass es mit seiner Erkrankung zu tun haben müsse und erschauderte bei der Vorstellung, um welche Krankheit es sich dabei wohl handeln mochte. Mrs. Herrero bekreuzigte sich, wenn sie ihn sah, und überließ ihn ganz meiner Obhut; sie erlaubte nicht einmal mehr ihrem Sohn Esteban, Botengänge für ihn zu erledigen.

Als ich Dr. Muñoz vorschlug, andere Ärzte hinzuzuziehen, geriet der Leidende in einen Zorn, den er nur mühsam zügeln konnte – offensichtlich fürchtete er die physikalischen Auswirkungen heftiger Gefühlsregungen. Dennoch nahmen seine Willensstärke und seine Antriebskraft jetzt eher noch zu, als dass sie nachließen. Er weigerte sich sogar, im Bett liegen zu bleiben. Die Mattigkeit der letzten Tage seiner Krankheit wurde nun wieder von einer flammenden Entschlossenheit abgelöst, als wolle er seinem Erzfeind, dem Todesdämon, der ihn bereits in seinen Klauen hielt, erbitterten Widerstand leisten. Die Nahrungsaufnahme war für ihn immer schon eher eine bloße Pflicht gewesen, doch nun aß er gar nichts mehr, alleine seine Geisteskraft schien ihn vorm endgültigen Zusammenbruch zu bewahren.

Er verfasste nun mehrere lange Schriftstücke, die er sorgfältig versiegelte und mit der Anweisung versah, dass ich sie nach seinem Tode bestimmten Personen, die er mir nannte, zusenden sollte – größtenteils handelte es sich dabei um indische Gelehrte, doch es gehörte auch ein einstmals berühmter französischer Mediziner dazu, der aber schon gestorben sein sollte und über den die unvorstellbarsten Gerüchte im Umlauf gewesen waren. Ich habe diese Unterlagen später ungeöffnet verbrannt.

Dr. Muñoz Aussehen und Stimme flößten mir immer mehr Furcht ein, seine Gegenwart wurde geradezu unerträglich. Eines Tages im September löste sein unerwarteter Anblick bei einem Handwerker, der gekommen war, um die elektrische Schreibtischlampe zu reparieren, einen epileptischen Anfall aus; einen Anfall, den Dr. Muñoz durch seine Anweisungen, die ich ausführte, rasch behandelte, wobei er sich selbst umsichtig außer Sichtweite hielt. Es war schon merkwürdig, dass dieser Mann die Grausamkeiten des Weltkrieges durchlebt hatte, ohne auch nur annähernd einen solchen Schrecken zu ertragen.

Mitte Oktober offenbarte sich dann unfassbar und plötzlich das endgültige Grauen. Eines Nachts gegen elf Uhr versagte die Pumpe des Kühlsystems, sodass innerhalb von drei Stunden die Abkühlung durch das Ammoniak völlig zum Erliegen gekommen war. Dr. Muñoz rief mich herbei, indem er auf seinen Fußboden pochte, und ich mühte mich verzweifelt, den Fehler zu beheben, während mein Gastgeber in einem Tonfall vor sich hin fluchte, dessen leblose, rasselnde Hohlheit sich jeder Beschreibung entzieht. Meine amateurhaften Versuche erwiesen sich jedoch als nutzlos, und als ich einen Mechaniker aus einer benachbarten, rund um die Uhr geöffneten Werkstatt herbeiholte, erfuhren wir, dass man bis zum nächsten Morgen nichts ausrichten könne, da erst ein neuer Kolben besorgt werden müsse. Die Angst und Wut des dem Tode geweihten Einsiedlers nahmen nun groteske Ausmaße an und drohten, seinem angegriffenen Körper den Todesstoß zu versetzen, und tatsächlich: Plötzlich überfielen ihn Zuckungen, er schlug die Hände vor die Augen und taumelte ins Badezimmer. Er tastete sich mit einem völlig mit Mullbinden verbundenen Kopf wieder heraus – seine Augen habe ich niemals wieder gesehen.

Die Kälte in der Wohnung wich nun spürbar, und gegen fünf Uhr morgens zog der Doktor sich ins Badezimmer zurück. Er trug mir auf, ihn mit allem Eis zu versorgen, das ich in den ganztägig geöffneten Läden und Cafeterias auftreiben könne. Wenn ich von meinen zuweilen ergebnislosen Streifzügen zurückkehrte und meine Ausbeute vor die verschlossene Badezimmertür legte, konnte ich dahinter ein nervöses Plätschern hören – und eine belegte Stimme, die im Befehlston krächzte: »Mehr … mehr!«

Endlich brach ein warmer Tag an und eines nach dem anderen öffneten die Geschäfte ihre Eingänge. Ich bat Esteban darum, mir dabei zu helfen, noch mehr Eis zu besorgen, während ich mich um die Bestellung des Kolbens kümmere, oder ob er den Kolben besorgt, während ich mit dem Eis weitermache, doch seine Mutter verbot ihm rundheraus, mir behilflich zu sein, und so weigerte er sich.

Schließlich heuerte ich einen abgerissen aussehenden Strolch an, den ich an der Ecke zur Eighth Avenue auflas, um den Patienten mit Eis aus einem kleinen Laden zu versorgen; ich selbst kümmerte mich nun um die dringende Aufgabe, einen Kolben für die Pumpe und einen kompetenten Monteur zu dessen Einbau aufzutreiben. Diese

Aufgabe schien unlösbar, und ich wurde beinahe so zornig wie der Einsiedler, als ich sah, wie die Stunden ergebnislos verstrichen, ohne dass ich dazu kam, Atem zu holen oder etwas zu essen, indem ich umsonst herumtelefonierte und mit der Untergrundbahn und der Straßenbahn hektisch von einem Laden zum nächsten eilte.

Gegen Mittag fand ich weit in der Innenstadt endlich ein Geschäft, das den Kolben vorrätig hatte. Gegen 13:30 Uhr kam ich wieder in der Pension an, in meiner Begleitung zwei kräftige, intelligente Mechaniker. Ich hatte getan, was ich konnte, und hoffte, dass ich noch rechtzeitig kam.

Doch das schwarze Grauen war mir zuvorgekommen. Das ganze Haus befand sich völlig in Aufruhr, und durch das Geplapper erregter Stimmen hindurch vernahm ich, wie ein Mann mit tiefer Bassstimme laut betete. Dämonisches Unheil lag in der Luft, und die Mieter griffen zu ihren Rosen-kränzen, als sie den Gestank wahrnahmen, der unter der verschlossenen Tür des Doktors hervordrang. Der Rumtreiber, den ich angeheuert hatte, war anscheinend schreiend und mit irrem Ausdruck in den Augen geflohen, nachdem er seine zweite Eislieferung hergebracht hatte – vielleicht war das die Folge zu großer Neugierde gewesen. Natürlich hatte er die Tür nicht hinter sich abgesperrt, doch jetzt war sie verschlossen, vermutlich von innen. Dahinter war nichts zu hören außer einem unbeschreiblichen, langsamen Tröpfeln wie von einer dicken Flüssigkeit.

Nach einer kurzen Beratschlagung mit Mrs. Herrero und den Mechanikern riet ich dazu, die Tür aufzubrechen, obwohl tief in meiner Seele die Angst nagte. Der Vermieterin gelang es jedoch, den Schlüssel von außen mit einem Stück Draht umzudrehen. Zuvor hatten wir bereits die Türen der anderen Zimmer des Flurs geöffnet und alle Fenster so weit wie möglich aufgerissen. Nun hielten wir uns Taschentücher vor die Nasen und traten zitternd in das verfluchte Südzimmer ein, in das die warme Sonne des frühen Nachmittags schien.

Ein dunkle, schleimige Spur führte von der offenen

Badezimmertür zur Eingangstür und von dort zum Schreibtisch, wo sich eine eklige kleine Pfütze gebildet hatte. Etwas
stand dort in einer kaum lesbaren Handschrift wie der eines
Blinden mit Bleistift auf einen Zettel gekritzelt. Das Papier
war scheußlich verschmiert von der Klaue, die in aller Hast
eine letzte Botschaft geschrieben hatte. Vom Schreibtisch
führte die Spur zur Couch und endete dort in etwas Unaussprechlichem.

Was auf der Couch lag oder gelegen hatte, kann und traue
ich mich hier nicht zu erzählen. Aber ich berichte, was ich
erschaudernd auf dem klebrigen, verschmierten Zettel entzif-
ferte, ehe ich ein Streichholz zückte und ihn zu Asche
verbrannte. Ich las die Nachricht voller Grauen, während die
Vermieterin und die beiden Mechaniker panisch von diesem
höllischen Ort flohen, um auf der nächsten Polizeiwache
ihre wirren Geschichten hervorzustammeln. Im gelben
Sonnenschein, mit dem Lärm der Autos und Lastwagen, der
von der belebten Fourteenth Street heraufdrang, schienen
die abstoßenden Worte beinahe unglaublich, doch ich gebe
zu, dass ich ihnen damals Glauben schenkte. Ob ich sie
heute noch für wahr halte, kann ich ehrlich nicht beantworten. Es gibt Dinge, über die man besser nicht nachdenkt.
Ich kann nur sagen: Ich verabscheue den Geruch von
Ammoniak und bei einem überraschenden kalten Luftzug
verliere ich beinahe die Besinnung.

Das widerwärtige Gekritzel lautete: »Das Ende ist
gekommen. Kein Eis mehr – der Mann hat hereingesehen
und rannte davon. Jede Minute wird es wärmer. Das Gewebe
kann dem nicht standhalten. Ich schätze, Sie verstehen –
nach all meinen Erklärungen über den Willen und die
Nerven und die Erhaltung des Körpers, obwohl die Organe
ihre Arbeit einstellten. Es war eine gute Theorie, konnte in
der Praxis aber nicht ewig währen. Es gab einen stetigen
Verfall, den ich nicht vorhergesehen habe. Dr. Torres war
eingeweiht, doch der Schock tötete ihn. Er hielt es nicht aus,
was er tun musste – als er den Anweisungen in meinem Brief

folgte und mich an einen finsteren Ort brachte und mich pflegte, bis ich wieder auf den Beinen war. Aber die Organe haben nie wieder funktioniert. Also musste es auf meine Weise geschehen – Konservierung –, denn Sie müssen wissen: *Ich bin schon vor achtzehn Jahren gestorben.*«

DIE GRUFT

In Verbindung mit den Ereignissen, die zu meiner Gefangenschaft in diesem Refugium für die Geisteskranken führten, ist mir bewusst, dass meine derzeitige Situation natürlich Zweifel an der Glaubwürdigkeit meiner Erzählung aufkommen lassen wird. Es ist eine unglückliche Tatsache, dass ein Großteil der Menschheit in seiner geistigen Sichtweite zu eingeschränkt ist, um mit Geduld und Intelligenz jene vereinzelten Phänomene zu erforschen, die nur von einigen wenigen psychologisch Feinfühligen gesehen und gefühlt werden und die außerhalb der alltäglichen Erfahrungen liegen. Menschen mit höherer Intelligenz wissen, dass zwischen dem Realen und dem Irrealen keine scharfe Grenze verläuft und dass wir nur durch feine, individuelle, körperliche und geistige Sinne alle Dinge um uns herum so erfassen können, wie wir es tun. Doch der nüchterne Materialismus der Bevölkerung verdammt die erhellenden Blitze des Verstehens, die manchmal den gewöhnlichen Schleier durchdringen, der vor der klaren Wahrnehmung hängt, als Wahnsinn.

Mein Name ist Jervas Dudley und ich bin schon als Kind ein Träumer und Visionär gewesen. Reichtum enthob mich von der Notwendigkeit einer Erwerbstätigkeit, und weil ich mich für die üblichen Studien und gesellschaftlichen Zerstreuungen meiner Bekannten nicht eigne, habe ich schon immer in Bereichen geweilt, die nicht so recht zur sichtbaren Welt gehören. Meine gesamte Jugend habe ich mit uralten und wenig bekannten Büchern verbracht und mit dem Durchstreifen der Felder und Wälder in der Umgebung des Familiensitzes. Ich glaube nicht, dass das, was ich in diesen Büchern las oder was ich in diesen Feldern und Wäldern erblickte, dem entsprach, was andere Jungen gewöhnlich lasen oder dort sahen. Aber allzu viel darf ich nicht darüber erzählen, da ein ausführlicher Bericht die grausamen Verleumdungen über meinen Geisteszustand bestätigen würde, die ich manchmal belausche, wenn die durchs Haus schleichenden Pfleger miteinander tuscheln. Es reicht mir, die Geschehnisse zu schildern, ohne Ursachen zu erklären.

Ich habe gesagt, dass ich meine Jugend abseits der sichtbaren Welt verbrachte, doch ich habe nicht gesagt, dass ich sie dort alleine verbrachte. Das sollte kein menschliches Wesen tun, denn wenn es ihm an der Gesellschaft der Lebenden fehlt, zieht er unausbleiblich die Gesellschaft von Dingen an, die nicht – oder nicht mehr – lebendig sind. In der Nähe meines Hauses liegt eine einzigartige, bewaldete Talsenke, in deren dämmriger Tiefe ich einen Großteil meiner Zeit zubrachte – lesend, grübelnd, träumend. Auf diesen moosbedeckten Hängen habe ich als kleines Kind meine ersten Schritte getan und um ihre grotesken, gichtigen Eichenbäume die ersten fantastischen Einfälle meiner Kindheit gewoben. Die Dryaden, die über diese Bäume wachten, kannte ich sehr gut und oft habe ich ihre wilden Tänze in den schwankenden Strahlen des abnehmenden Mondes beobachtet – doch über solche Dinge sollte ich jetzt nichts sagen. Ich will nur von dem einsamen Grab im dunkelsten Unterholz der Hänge berichten, dem verwilderten Grab der Hydes, einer alten und ehrwürdigen Familie, deren letzter direkter Nachfahre schon viele Jahrzehnte vor meiner Geburt in seine schwarze Tiefe zur Ruhe gebettet worden war.

Diese Gruft besteht aus uraltem Granit, der durch den Nebel und den Regen vieler Generationen verwittert und farblos geworden ist. Das Bauwerk wurde in die Flanke des Hügels gegraben und ist deshalb nur vom Eingang her sichtbar. Die Tür, eine schwere, drohende Steinplatte, hängt in rostigen Angeln und wird auf besonders unheimliche Weise mit schweren Eisenketten und einem Vorhängeschloss einen Spaltbreit offen gehalten, wie es vor einem halben Jahrhundert der grässlichen Mode entsprach. Der Wohnsitz des Geschlechtes, dessen Angehörige hier in Särgen ruhen, hat einst den Abhang gekrönt, in dem die Gruft sich befindet, ist aber schon vor langer Zeit nach einem Blitzschlag den Flammen zum Opfer gefallen. Der Brand hatte einen Mann das Leben gekostet.

Die älteren Bewohner der Umgegend sprechen zuweilen leise und ängstlich über den mitternächtlichen Sturm, der dieses finstere Herrenhaus zerstörte, und spielen dabei in einer Art und Weise auf den »Zorn Gottes« an, die in späteren Jahren meine ohnehin schon große Faszination für die von Wald verfinsterte Grabstätte noch verstärkte. Als der letzte der Hydes an diesem Ort der Schatten und Stille bestattet wurde, hatte man den Sarg mit seinen traurigen Überresten aus einem fernen Land gesandt, in das die Familie nach dem Brand des Anwesens zurückgekehrt war. Niemand ist mehr übrig, um Blumen vor das Portal aus Granit zu legen und nur wenige sind mutig genug, sich den bedrückenden Schatten zu nähern, die das verwitterte Gestein sonderbar zu umfangen scheinen.

Ich werde nie den Nachmittag vergessen, als ich zum ersten Mal auf das halb verborgene Totenhaus gestoßen bin. Es war im Hochsommer, als die Alchemie der Natur die waldige Landschaft in eine lebendige und geradezu überschäumende grüne Masse verwandelt und einem die Sinne von den wogenden Meeren feuchten Grüns und den unergründlichen Gerüchen des Bodens und der Vegetation berauscht. In solchen Umgebungen verliert der Geist seinen festen Halt, Zeit und Raum werden bedeutungslos und unwirklich, und der Widerhall einer vergessenen vorzeitlichen Vergangenheit drängt sich beharrlich in das betörte Bewusstsein.

Den ganzen langen Tag hindurch hatte ich die mystischen Haine der Talsenke durchwandert, Gedanken nachgehangen, die ich hier nicht zu beschreiben brauche, und mit Wesen in Verbindung gestanden, die ich nicht benennen muss. Als zehnjähriges Kind hatte ich bereits viele Mysterien wahrgenommen, die der Allgemeinheit unbekannt sind, und war in gewisser Hinsicht schon merkwürdig reif für mein Alter. Nachdem ich mir einen Weg durch dichtes Dornengesträuch gebahnt hatte und plötzlich vor dem Eingang der Gruft stand, war mir überhaupt nicht bewusst, was ich gerade entdeckt hatte. Die dunklen Blöcke aus Granit, die so sonderbar offen stehende Tür und die Begräbnisreliefs über dem Eingangsbogen erweckten in mir keinerlei Assoziationen der Trauer oder des Schreckens. Über Gräber und Grüfte wusste ich viel, stellte mir auch einiges darunter vor, doch wegen meines eigentümlichen Gemüts hatte man mich bislang von Friedhöfen ferngehalten. Das seltsame Steinhaus am bewaldeten Hang weckte nun mein Interesse und ließ mich Vermutungen anstellen und das kalte, feuchte Innere, in das ich vergebens durch die so verlockend offene Tür spähte, enthielt für mich keinen Hinweis auf Tod und Verwesung.

Doch in diesem Augenblick der Neugier wurde das irrsinnige, unvernünftige Verlangen geboren, das mich in diese Hölle der Inhaftierung gebracht hat. Angespornt von einer Stimme, die von der abscheulichen Seele des Waldes gekommen sein muss, entschloss ich mich dazu, der schwerfälligen Kette zum Trotz, in die lockende Finsternis einzudringen. Im schwindenden Licht des Tages rüttelte ich an den rostigen Hemmnissen, um die steinerne Tür aufstoßen zu können, versuchte meine kleine Gestalt durch den bereits vorhandenen Spalt zu zwängen, doch keinem dieser Vorhaben war Erfolg beschieden.

Anfangs nur neugierig, war ich jetzt besessen, und als ich im tiefer werdenden Zwielicht nach Hause kam, hatte ich den hundert Göttern des Haines längst geschworen, dass ich eines Tages einen Weg in die schwarzen, kalten Tiefen finden würde, die mich zu rufen schienen – *koste es, was es wolle.* Der Arzt mit dem eisengrauen Bart, der mich jeden Morgen in meinem Zimmer aufsucht, sagte einmal zu einem Besucher, dass dieser Entschluss den Anfang meiner tragischen

Monomanie bezeichnete, doch ich will die endgültige Entscheidung darüber meinen Lesern überlassen, sobald sie alles gehört haben.

Die Monate, die auf meine Entdeckung folgten, brachte ich mit fruchtlosen Versuchen zu, das komplizierte Vorhängeschloss der einen Spaltbreit offenen Gruft aufzubrechen, sowie mit vorsichtig formulierten Nachfragen über Art und Geschichte dieses Bauwerks. Mit den bekanntlich empfänglichen Ohren eines kleinen Jungen brachte ich einiges in Erfahrung, doch eine mir eigene Heimlichtuerei hielt mich dazu an, niemandem von meinem Wissen oder meinem Entschluss zu erzählen. Vielleicht ist es erwähnenswert, dass ich überhaupt nicht überrascht oder entsetzt war, als ich vom Zweck der Gruft erfuhr. Meine recht originellen Vorstellungen über das Leben und den Tod hatten mich dazu gebracht, den kalten Lehmboden auf unbestimmt Weise mit dem atmenden Körper in Zusammenhang zu bringen, und ich spürte, dass die große und düstere Familie aus dem niedergebrannten Herrenhaus irgendwie in dem steinernen Raum, den ich erforschen wollte, repräsentiert wurde. Das Gerede über unheimliche Riten und gottlose Ausschweifungen, die in vergangenen Tagen in der alten Halle stattgefunden haben sollten, verstärkten noch mein Interesse an dem Grab, vor dessen Eingang ich jeden Tag stundenlang saß. Einmal hielt ich eine Kerze in den offenen Spalt, konnte aber nichts erkennen außer einigen feuchten Treppenstufen, die nach unten führten. Der Geruch des Ortes stieß mich ab und verhexte mich zugleich. Ich fühlte, dass ich ihn schon kannte, aus einer Vergangenheit jenseits aller Erinnerung, sogar jenseits meines Verweilens in dem Körper, den ich heute bewohne.

Im Jahr nach meiner Entdeckung des Grabes stieß ich im büchergefüllten Speicher meines Elternhauses auf eine wurmzerfressene Übersetzung von Plutarchs *Parallelbiografien*. Als ich über das Leben des Theseus las, beeindruckte mich besonders der Abschnitt über den großen Stein, unter dem

410

der jugendliche Held die Hinweise auf seine Bestimmung finden sollte, sobald er erst alt genug war, um dessen enormes Gewicht anzuheben. Diese Legende zügelte meine brennende Ungeduld, endlich die Gruft zu betreten, gab sie mir doch das Gefühl, dass die Zeit dafür noch nicht reif sei. Später, sagte ich mir, würde ich kräftig und klug genug sein, um die schwer verkettete Tür ganz leicht zu öffnen, aber bis dahin musste ich mich einfach mit dem abfinden, was der Wille des Schicksals zu sein schien.

Also saß ich nicht mehr so oft vor dem feuchten Portal und nutzte den Großteil meiner Zeit für andere, wenn auch ebenso sonderbare Unternehmungen. Gelegentlich stand ich des Nachts ganz leise auf und stahl mich ins Freie, um auf den Kirchhöfen und Begräbnisstätten spazieren zu gehen, von denen meine Eltern mich bislang ferngehalten hatten. Was ich dort tat, sollte ich besser nicht sagen, da ich mir mittlerweile der Realität gewisser Dinge nicht mehr sicher bin – ich weiß allerdings, dass ich an den Tagen nach einem solchen nächtlichen Streifzug die Menschen meiner Umgebung mit der Kenntnis über Themen verblüffte, die seit vielen Generationen nahezu vergessen waren. So schockierte ich nach einer solchen Nacht die Gemeinde mit einer eigenartigen Ansicht über das Begräbnis des reichen und berühmten Gutsherren Brewster, eine Persönlichkeit der Lokalgeschichte, der im Jahre 1711 bestattet worden ist und dessen Schiefergrabstein, auf dem ein Totenkopf mit gekreuzten Knochen zu sehen war, allmählich zu Staub zerfiel. In einem Moment kindischer Fantasie schwor ich nicht nur, dass der Bestatter, Goodman Simpson, dem Verstorbenen vor der Beerdigung die Schuhe mit den Silberschnallen, die Seidenhose und die Kniestrümpfe aus Satin gestohlen hätte, sondern auch, dass der Gutsherr selbst nicht völlig leblos gewesen sei und sich am Tag nach der Beerdigung in seinem erdbedeckten Sarg mehrmals umgedreht habe.

Doch der Wunsch, das Grab zu betreten, ließ mich nie los. Es gab sogar einen zusätzlichen Anreiz durch die unerwartete genealogische Entdeckung, dass ich mütterlicherseits eine zumindest schwache Verbindung zur als ausgestorben geltenden Familie Hyde aufwies. Als letzter Träger meines väterlichen Namens war ich auch gleichzeitig der letzte Nachkomme dieser älteren, geheimnisvollen Linie. Ich fühlte nun immer stärker, dass das Grab *mir* gehörte, und fieberte dem Tag entgegen, an dem ich endlich durch die steinerne Tür treten und die schleimbedeckten Steinstufen in die Dunkelheit hinabsteigen würde. Ich gewöhnte mir jetzt an, an der leicht geöffneten Pforte andächtig zu lauschen, und wählte für diese sonderbare Wache die mitternächtliche Stille, meine liebsten Stunden.

Als ich volljährig wurde, hatte ich in dem Dickicht vor der moderbefallenen Fassade im Hang eine kleine Lichtung geschaffen und der Vegetation gestattet, diesen freien Raum wie die Wände und das Dach einer Gartenlaube zu umwachsen. Diese Laube war mein Tempel, das verschlossene Tor mein Schrein, und hier lag ich auf dem moosbedeckten Boden und hing sonderbaren Gedanken und sonderbaren Träumen nach.

Die Nacht der ersten Offenbarung war ziemlich schwül. Ich muss vor lauter Erschöpfung eingeschlafen sein, denn als ich die Stimmen hörte, fühlte ich mich, als sei ich gerade erwacht. Ich zögere, von ihren Betonungen und Akzenten zu sprechen. Über ihre Eigenschaften will ich mich nicht äußern, doch ich kann zumindest sagen, dass sie in der Wortwahl, der Betonung und der Aussprache beklemmend abweichend klangen. Jede Färbung des neuenglischen Dialekts schien in diesem schattenhaften Zwiegespräch vernehmbar zu sein, von den groben Silben der puritanischen Kolonisten bis hin zur klaren Rhetorik, wie sie vor fünfzig Jahren gesprochen wurde, wenngleich mir diese Tatsache erst später bewusst wurde.

Damals wurde meine Aufmerksamkeit auf ein anderes Phänomen gelenkt, ein so flüchtiges Phänomen, dass ich keinen Eid schwören möchte, ob es auch wirklich stattfand.

Ich glaubte beim Erwachen kurz wahrzunehmen, wie in dem eingesunkenen Grabmal hastig ein *Licht* gelöscht wurde. Ich erinnere mich nicht, dass mich das mit Staunen oder Panik erfüllte, aber ich weiß, dass ich mich in jener Nacht stark und dauerhaft *verändert* habe. Als ich nach Haus kam, ging ich geradewegs zu einer verrotteten Truhe auf dem Speicher, und in dieser fand ich den Schlüssel, mit dem ich am nächsten Tag ohne Weiteres das Hindernis aufschloss, gegen das ich so lange erfolglos angestürmt war.

Im sanften Glühen des späten Nachmittages betrat ich das Grabgewölbe in dem verlassenen Hang zum ersten Mal. Ein Zauber lag über mir und mein Herz hüpfte so vor Freude, dass ich es kaum beschreiben kann. Als ich die Tür hinter mir schloss und im Licht meiner einsamen Kerze die feucht-getropften Stufen hinabschritt, schien ich den Weg zu kennen. Obgleich die Kerze in dem erstickenden Brodem des Ortes flackerte, fühlte ich mich in der schimmligen Leichenhausluft merkwürdig zu Hause.

Ich sah mich um und betrachtete die vielen Marmor-platten, auf denen Särge – oder die Überreste von Särgen – standen. Manche waren versiegelt und gut erhalten, andere so gut wie verschwunden, nur ihre silbernen Griffe und Tafeln lagen noch inmitten merkwürdiger Haufen von weißlichem Staub. Auf einer dieser Tafeln las ich den Namen von Sir Geoffrey Hyde, der 1640 aus Sussex hergekommen und hier wenige Jahre danach gestorben war. In einer auffälligen Nische befand sich ein recht gut erhaltener, leerer Sarg, darauf stand ein einzelner Name, der mich zugleich zum Lächeln und zum Schaudern bewegte. Ein kurioser Impuls trieb mich dazu, auf den breiten Marmorstein zu klettern, meine Kerze auszulöschen und mich in die leere Kiste zu legen.

Im grauen Licht der Morgendämmerung schwankte ich aus dem Grabgewölbe ins Freie und verschloss die Türkette wieder hinter mir. Ich war nun kein junger Mann mehr, obwohl erst einundzwanzig Winter meinen fleischlichen

Leib hatten frösteln lassen. Einige früh aufgestandene Dorfbewohner, die mir auf meinem Heimweg begegneten,
schauten mich eigenartig an. Sie wunderten sich offenbar
über die Anzeichen eines derben Gelages bei jemandem, der
für seine nüchterne und zurückgezogene Lebensführung
bekannt war. Erst nach langem und erfrischendem Schlaf
ließ ich mich vor meinen Eltern blicken.

Hernach suchte ich das Grab jede Nacht heim. Ich sah,
hörte und tat Dinge, an die ich mich niemals erinnern darf.
Meine Sprechweise, seit jeher für Einflüsse aus der Umwelt
anfällig, war das erste, was sich dem Wandel unterwarf und
schon bald fiel den Leuten meine so plötzlich altertümlich
klingende Sprache auf. Später prägten eine seltsame Kühnheit und ein Übermut mein Verhalten, bis ich mich unbewusst wie ein Mann von Welt aufführte, was überhaupt nicht
zu meiner lebenslangen Zurückgezogenheit passte. Meine
bisherige Einsilbigkeit wich dem gewandten Charme eines
Chesterfields oder dem gottlosen Zynismus eines Rochester.
Ich offenbarte jetzt eine eigentümliche Bildung, die so gar
nicht den absonderlichen, mönchischen Lehren entsprach,
über denen ich in meiner Jugend gebrütet hatte, und ich
bedeckte die Vorsatzblätter meiner Bücher mit lockeren,
spontanen Sinnsprüchen, die an Gay, Prior und die lebhaftesten Gelehrten und Verseschmiede aus der Zeit Augustinus'
erinnerten. Eines Morgens beim Frühstück löste ich beinahe
eine Katastrophe aus, als ich mit imitierter angesäuselter
Stimme eine fröhliche, weinselige Ballade des 18. Jahrhunderts zum Besten gab, ein Stück georgianischer Verspielt-
heit, die in keinem Buch zu finden ist und ungefähr so
lautete:

Kommt her, meine Freunde, den Krug voll mit Bier,
Und trinkt auf das Jetzt, solang' wir noch hier;
Häuft auf dem Teller den Braten zum Genuss,
Denn Speis und Trank vertreiben jeden Verdruss:
So füllt euch das Glas,

Denn das Leben ist Spaß;
Wenn ihr tot seid, bleibt auf ewig geschlossen das Fass!

Anakreons Nase war rot, so heißt es manchmal;
Doch wenn man feiert ist das völlig egal.
Gott verdamm' mich, ich bin lieber hier und rot,
Als weiß wie 'ne Lilie und seit Tagen schon tot!
Ach, Betty, mein Schatz,
Gib mir 'nen Schmatz;
In der Hölle ist für Wirtstöchter wie dich doch kein Platz!

Der junge Harry sitzt da, steif wie 'n Backfisch,
Mitsamt Perücke fällt er wohl bald untern Tisch,
Doch füllt die Pokale, reicht sie nur weiter –
Lieber unterm Tisch als im Grabe voll Eiter!
Also zecht und furzt,
Stillt euern Durst;
Sechs Fuß in der Erde ist es euch sowieso wurst!

Hol mich der Teufel! Ich kann gar nicht mehr geh'n,
Ja verdammt, kaum noch reden und steh'n!
Hör, Wirt, hey Betty ich schlaf hier bei euch beiden;
Bei meiner Frau darf ich heut' gewiss nicht bleiben!
So reicht mir die Hand
Und gebt mir 'nen Stand,
Doch bin ich fröhlich, solang' ich weil' in diesem Land!

Etwa zu dieser Zeit entwickelte ich meine derzeitige Panik vor Feuer und Gewitter. Solche Dinge waren mir zuvor völlig gleichgültig, doch nun hegte ich ein unbeschreibliches Grauen davor und verkroch mich in die innersten Winkel des Hauses, sobald der Himmel mit einer elektrischen Entladung drohte. Ein beliebter Zufluchtsort während des Tages wurde der verfallene Keller des niedergebrannten Herrenhauses, und in meiner Fantasie malte ich mir aus, wie das Bauwerk wohl zu seinen Glanzzeiten ausgesehen hatte.

Einmal verwirrte ich einen Dorfbewohner, indem ich ihn voller Gewissheit zu einem niedrigen Zwischenkeller führte, von dem ich wusste, obwohl er seit vielen Generationen verborgen und vergessen war.

Schließlich geschah, was ich schon lange befürchtet hatte. Meine Eltern, bestürzt über das veränderte Benehmen und Auftreten ihres einzigen Sohnes, unterzogen alle meine Streifzüge einer fürsorglichen Beobachtung, die in eine Katastrophe zu münden drohte. Ich hatte mit niemandem über meine Besuche im Grab gesprochen und seit der Kindheit mein geheimes Ziel mit religiösem Eifer bewacht, doch nun sah ich mich dazu gezwungen, sorgfältig auf meinen Weg durch den Irrgarten der bewaldeten Talsenke zu achten, um mögliche Verfolger abzuschütteln. Den Schlüssel zum Grabgewölbe trug ich an einem Band um meinen Hals, und nur ich wusste davon. Ich nahm niemals etwas von den Dingen, auf die ich in den Mauern des Grabmals stieß, mit heraus.

Eines Morgens, als ich aus dem feuchten Grab heraustrat und die Kette des Portals mit nicht allzu sicherem Griff verschloss, bemerkte ich in einem nahe gelegenen Dickicht das gefürchtete Gesicht eines Beobachters. Nun war sicher das Ende nahe – meine Laube war entdeckt und das Ziel meiner nächtlichen Wanderungen enthüllt.

Der Mann sprach mich nicht an, also hastete ich nach Hause, um belauschen zu können, was er meinem besorgten Vater wohl berichtete. Würden meine Streifzüge jenseits der verketteten Tür nun der ganzen Welt bekannt gegeben? Kann man sich mein freudiges Erstaunen vorstellen, als ich hörte, wie der Spion meinen Vater flüsternd darüber informierte, *ich hätte die Nacht in der Laube vor dem Grab verbracht,* meine schlaftrunkenen Augen auf den Spalt gerichtet, wo das verriegelte Portal offen stand!

Durch welches Wunder war der Späher derart getäuscht worden? Nun war ich davon überzeugt, dass mich eine übernatürliche Macht beschützte. Erkühnt durch diesen vom Himmel geschickten Umstand ging ich wieder ganz offen zum Grabgewölbe, denn ich vertraute darauf, dass niemand mein Eindringen beobachten konnte. Eine Woche lang kostete ich ungeniert von den Wonnen der Leichenfledderei, die ich nicht beschreiben muss, als die *Sache* geschah und man mich in dieses verfluchte Heim des Kummers und der Eintönigkeit schaffte.

Ich hätte mich in jener Nacht nicht hinauswagen sollen, denn in den Wolken brodelte der Donner und aus dem fauligen Sumpf auf dem Grund der Senke stieg ein höllisches Phosphoreszieren. Auch der Ruf der Toten war anders. Statt des Grabes im Hügel rief mich der verkohlte Keller auf der Spitze des Abhangs, winkte mir der Dämon, der dort hauste, mit unsichtbaren Fingern.

Als ich aus dem dazwischenliegenden Hain auf die freie Fläche vor der Ruine trat, sah ich im nebligen Mondschein etwas, das ich unterschwellig schon immer erwartet hatte. Das bereits vor einem Jahrhundert abgebrannte Herrenhaus bot sich dem entzückten Blick wieder in stattlicher Höhe dar, jedes Fenster prachtvoll erhellt von zahllosen Kerzen. Über die lange Einfahrt rollten die Kutschen des Bostoner Großbürgertums heran und aus den benachbarten Anwesen kamen zu Fuß große Gruppen von Edelleuten mit gepuderten Perücken. Ich gesellte mich zu dieser Schar, obgleich ich wusste, dass ich eher zu den Gastgebern als zu den Gästen gehörte.

Im Innern brandeten Musik und Gelächter durch den Saal und in jeder Hand schimmerte ein Weinpokal. Mehrere der Gesichter erkannte ich wieder, doch ich kannte sie besser in ihrem welken, von Tod und Zerfall zerfressenen Zustand. Inmitten einer wilden und ungezügelten Menge war ich der Wildeste und Hemmungsloseste. Die grässlichen Blasphemien strömten mir fröhlich über die Lippen und bei meinen schockierenden Ausbrüchen würdigte ich weder ein Gesetz Gottes oder der Natur.

Mit einem Mal krachte ein Donnern, das selbst das Lärmen unseres schweinischen Aufruhrs übertönte, durch das Dach und brachte die ausgelassene Gesellschaft zu ängstlichem Schweigen. Rote Flammenzungen und brennende Hitzeböen verschlangen das Haus. Die Säufer flohen schreiend in die Nacht, schreckensbleich über das Heranziehen einer Verheerung, die jede Grenze der ungezügelten Natur zu überschreiten schien. Als Einziger blieb ich zurück, von einer kriechenden Furcht, wie ich sie nie zuvor erlebt hatte, an meinen Stuhl gefesselt.

Und dann ergriff ein zweites Grauen von meiner Seele Besitz. Falls ich bei lebendigem Leibe verbrannte und der Wind meine Asche in alle vier Himmelsrichtungen verwehte, *würde ich niemals in der Gruft der Hydes beigesetzt!* Stand mein Sarg denn nicht schon für mich bereit? Hatte ich denn nicht das Recht, in aller Ewigkeit unter den Nachfahren von Sir Geoffrey Hyde zu ruhen? Oh doch! Ich würde mein Totenerbe einfordern, selbst wenn meine Seele dafür durch die Jahrhunderte streifen musste, auf der Suche nach einer neuen körperlichen Hülle, um meinen Platz dort in der leeren Nische des Grabgewölbes einzunehmen. *Jervas Hyde* wird niemals das traurige Los des Palinuros teilen!

Als das Trugbild des brennenden Hauses verblasste, fand ich mich schreiend und wie toll um mich schlagend in den Armen zweier Männer wieder, einer davon war der Spitzel, der mir zum Grab gefolgt war. Es regnete in Strömen, und über dem Horizont im Süden zuckten die Blitze des Gewitters, das sich erst kurz zuvor über uns entladen hatte. Während ich schrie, man solle mich gefälligst in mein Grab legen, stand mein Vater daneben, das Gesicht von Sorge zerfurcht, und ermahnte mehrmals meine Häscher, mich so sanft wie möglich zu behandeln. Ein geschwärztes Loch auf dem Boden der Kellerruine verriet einen heftigen Blitzeinschlag, und dort erspähte eine Gruppe neugieriger Dörfler mit Laternen eine kleine, altmodische Kiste, die der Blitz ans Licht gefördert hatte.

Ich gab meine vergeblichen und nutzlosen Befreiungsversuche jetzt auf und sah den Männern zu, wie sie ihren

Schatz untersuchten – ich durfte ebenfalls ihre Entdeckung begutachten. Die Kiste, deren Schloss durch den Blitz, der sie ans Licht gebracht hatte, zerschmettert worden war, enthielt viele Dokumente und wertvolle Gegenstände. Aber ich hatte nur Augen für ein einziges Objekt. Es war die Porzellanminiatur eines jungen Mannes mit elegant gelockter Zopfperücke, versehen mit den Initialen ›J. H.‹. Das Gesicht sah mir so ähnlich, dass ich ebenso gut in einen Spiegel hätte schauen können.

Am nächsten Tag brachte man mich in diesen Raum mit den vergitterten Fenstern, doch ich wurde durch einen alten, treuherzigen Dienstboten, den ich während meiner Kindheit sehr mochte und der wie ich den Friedhof liebt, über gewisse Dinge informiert. Das, was ich von meinen Erlebnissen im Grabgewölbe zu erzählen gewagt habe, hat mir nur mitleidiges Lächeln eingebracht.

Mein Vater, der mich regelmäßig besucht, behauptet, ich hätte das verkettete Portal zur Gruft niemals passiert. Er schwört, nachdem er es untersucht hat, dass das verrostete Vorhängeschloss seit fünfzig Jahren nicht angerührt worden sei. Er sagt sogar, dass das gesamte Dorf von meinen Ausflügen zum Grab wusste, und dass man mich oft gesehen hat, wie ich in der Laube vor der schauerlichen Fassade schlief, die halb offenen Augen auf den Spalt gerichtet, der ins Innere führt. Gegen diese Behauptungen kann ich keinerlei Beweise erbringen, denn ich habe meinen Schlüssel in den Kämpfen jener grauenhaften Nacht verloren. Die sonderbaren Dinge aus der Vergangenheit, von denen ich während meiner nächtlichen Treffen mit den Toten erfahren habe, tut er ab als Fantasien meiner lebenslangen, emsigen Lektüre der uralten Bücher in der Familienbibliothek.

Gäbe es meinen alten Diener Hiram nicht, wäre ich zu diesem Zeitpunkt wohl selbst von meinen Wahnvorstellungen überzeugt gewesen. Doch Hiram, treu bis ins Letzte, hat den Glauben an mich nicht verloren und etwas getan, das mich dazu zwingt, wenigstens einen Teil meiner Geschichte publik zu machen. Vor einer Woche hat er die Kette vor dem Portal der Gruft gesprengt und ist mit einer Laterne in die dämmerigen Tiefen hinabgestiegen. Auf einem Sockel in einer Nische fand er einen alten, aber leeren Sarg, auf dessen angelaufener Tafel nur ein einziges Wort steht: *Jervas*. Man hat mir versprochen, dass ich dereinst in diesem Sarg und in dieser Gruft bestattet werde.

PICKMANS MODELL

Glaub nicht, ich sei verrückt, Eliot – viele haben merkwürdigere Abneigungen als diese. Weshalb lachst du nicht über Olivers Großvater, der in kein Auto steigen will? Wenn ich diese verfluchte Untergrundbahn nicht mag, so ist das allein mein Problem; und mit dem Taxi sind wir ohnehin viel schneller hierhingelangt. Wir hätten den Hügel von der Park Street aus hochgehen müssen, hätten wir die U-Bahn genommen.

Ich weiß, dass ich nervöser geworden bin seit unserem Treffen letztes Jahr, doch du musst mir ja nicht gleich eine Diagnose stellen. Es gibt genügend Gründe dafür, weiß Gott, und ich kann mich vermutlich glücklich schätzen, überhaupt noch bei Verstand zu sein. Warum drängst du eigentlich so? Du warst doch früher nicht so neugierig.

Nun, wenn du es denn unbedingt hören willst, warum soll ich es dir nicht erzählen. Ist vielleicht auch besser, denn sonst schreibst du mir wieder wie eine besorgte Mutter Briefe, weshalb ich den Kunstverein meide und mich von Pickman fernhalte. Jetzt, da er verschwunden ist, gehe ich ab und an wieder in den Verein, aber meine Nerven sind nicht mehr das, was sie einmal waren.

Nein, ich weiß nicht, was aus Pickman geworden ist, und ich möchte auch keine Vermutungen darüber anstellen. Du hast wohl angenommen, ich habe ihn fallen gelassen, weil ich vertrauliche Informationen über ihn erhielt – und das ist auch der Grund, weshalb ich nicht daran denken möchte, wo er nun steckt. Soll die Polizei doch nachforschen – viel wird nicht herauskommen angesichts der Tatsache, dass sie bislang noch nichts von dem alten Haus in North End wissen, das er unter dem Namen Peters gemietet hatte. Ich bin mir nicht mal sicher, ob ich selbst es wiederfinden könnte – aber ich würde es niemals versuchen, nicht einmal bei hellem Tageslicht! Ja, ich weiß, oder besser: Ich fürchte, ich weiß, weshalb er dieses Haus gemietet hatte. Das werde ich dir gleich erklären. Und ich glaube, du wirst sofort verstehen, weshalb ich der Polizei nichts sage. Sie würden mich darum bitten, sie dorthin zu führen, aber ich kann nicht dahin zurück, selbst wenn ich den Weg wüsste. Dort war etwas … und nun traue ich mich nicht mehr, mit der Untergrundbahn zu fahren oder – ja, lach nur darüber – in einen Keller hinabzusteigen.

Ich hoffe sehr, du weißt, dass ich Pickman nicht aus den selben albernen Gründen fallen ließ wie Dr. Reid oder Joe Minot oder Rosworth – diese pedantischen alten Weiber. Morbide Kunst schockiert mich nicht, und wenn ein Mann über solches Genie verfügt wie Pickman, so ist mir seine Bekanntschaft eine Ehre, gleich welche Richtung sein Werk einschlägt. In Boston gab es nie einen größeren Maler als Richard Upton Pickman. Ich habe das schon früher gesagt, und ich sage es nach wie vor, und davon rückte ich auch keinen Zoll ab, selbst nachdem er mir sein Gemälde ›Leichenfresser beim Mahle‹ zeigte. Das war, wie du dich erinnerst, der Moment, da Minot ihn zu schneiden begann.

Weißt du, es bedarf großer Kunstfertigkeit und profunder Einsicht in die Schöpfung, um solche Sujets malen zu können wie Pickman. Jeder lausige Titelbildzeichner kann wild mit Farbe herumklecksen und das dann als ›Nachtmahr‹ oder ›Hexensabbat‹ oder ›Porträt des Teufels‹ bezeichnen, doch nur ein großer Maler vermag, so zu arbeiten, dass das Bild wirklich Angst einflößt und in seiner Wahrhaftigkeit bestürzt. Denn nur ein wahrer Künstler kennt die tatsächliche Gestalt des Grauens, das Gesicht der Furcht – die genaue Anordnung von Linien und Lichteffekten, die verborgene Instinkte der Angst und des Fremdartigen in uns erwecken. Ich muss dir nicht erklären, weshalb ein Füssli uns erschaudern lässt, während eine billige Illustration zu einer Geistergeschichte lediglich zum Lachen reizt. Es gibt etwas – irgendetwas von außerhalb unserer Welt –, das diese Burschen einfangen und uns einen Augenblick lang spüren lassen. Doré hatte diese Gabe. Sime hat sie. Angarola aus Chicago ebenfalls. Und Pickman hatte sie in so hohem Maße wie kein anderer vor ihm und – das hoffe ich bei Gott – keiner nach ihm.

Frage mich nicht, *was* sie sehen. Du weißt, in der gewöhnlichen Kunst liegen ganze Welten zwischen den lebendigen, atmenden Dingen, die nach der Natur oder Modellen gezeichnet werden, und dem künstlichen Plunder, den kommerzielle Kleingeister in der Regel in ihren kahlen Ateliers hinschmieren. Nun, ich möchte sagen, dass der wahrhafte Künstler des Unheimlichen von einer Vision geleitet wird, die ihm ein Modell liefert, und mittels derer er die gespenstische Welt, in der er lebt, heraufbeschwört. Jedenfalls gelingt es solchen Meistern, Ergebnisse zu zeitigen, die sich von den bröckelnden Träumen der Schmierfinken in ungefähr der gleichen Weise unterscheiden, wie die Werke eines begabten Porträtmalers sich von den Ergüssen eines Fernkurs-Zeichners unterscheiden. Hätte ich je gesehen, was Pickman sah – doch nein! Hier, lass uns etwas trinken, bevor wir näher darauf eingehen. Gott, ich wäre nicht mehr am Leben, hätte ich je gesehen, was dieser Mensch – so er denn einer war – gesehen hat!

Du erinnerst dich sicher daran, Pickmans Stärke waren Gesichter. Ich glaube, es hat seit Goya kein Maler vermocht, in ein Antlitz ein solches Ausmaß reinster Hölle zu bannen. Und vor Goya muss man schon zurückgehen bis zu den Burschen des Mittelalters, die die Wasserspeier und Chimären von Notre Dame und Mont Saint-Michel gefertigt haben. Die glaubten an alle möglichen Dinge – und sahen vielleicht auch einige ungewöhnliche Dinge, denn im Mittelalter gab es sonderbare Zeitabschnitte. Ich weiß noch, wie du selbst einmal Pickman fragtest, woher in Dreiteufelsnamen er solche Ideen und Visionen hernehme. War das kein widerliches Lachen, mit dem er dir antwortete? Es lag zum Teil an diesem Lachen, dass Reid nichts mehr mit ihm zu tun haben wollte. Reid hatte, wie du weißt, gerade mit dem Studium der vergleichenden Pathologie begonnen und war voll von groß-spurigem ›Eingeweihten-Wissen‹ über die biologische oder evolutionäre Bedeutsamkeit dieser oder jener geistigen oder körperlichen Krankheitsmerkmale. Er sagte, Pickman stoße ihn mit jedem Tag mehr ab, und irgendwann bekam es Reid sogar mit der Angst – Pickmans Gesichtszüge hätten sich allmählich in einer Weise verändert, die ihm nicht behagte und die keinesfalls menschlich sei. Er machte viel Getue über Ernährungsweisen und sagte, Pickman sei pervers und höchst extrem. Ich glaube, du hast einmal zu Reid gesagt, dass es nicht Pickman, sondern dessen Gemälde seien, die ihn nervlich derart aufwühlen und seine Fantasie verwirrten. Ich weiß noch, dass ich ihm das Gleiche sagte – damals.

Doch glaube nicht, dass ich Pickman wegen solcher Dinge fallen ließ. Im Gegenteil, meine Bewunderung für ihn wuchs sogar, denn jenes ›Leichenfresser beim Mahle‹ war eine gewaltige Leistung. Wie du weißt, wollte der Kunstverein es nicht ausstellen, das ›Museum of Fine Arts‹ weigerte sich, es als Geschenk anzunehmen, und niemand wollte es kaufen, also bewahrte Pickman es bis zu seinem Verschwinden in seinem Haus auf. Nun steht es bei seinem Vater in Salem – du weißt ja, dass Pickman einem alten Salemer Geschlecht entstammt, und eine seiner weiblichen Vorfahren wurde im Jahre 1692 als Hexe aufgeknüpft.

Ich machte es mir zur Gewohnheit, Pickman recht häufig zu besuchen, insbesondere nachdem ich begonnen hatte, Aufzeichnungen für eine Monografie über unheimliche Kunst zu sammeln. Vermutlich waren es seine Werke, die mir diese Idee eingegeben hatten; jedenfalls gab er mir nützliche Informationen und Vorschläge, als ich meine Arbeit in Angriff nahm. Er zeigte mir all seine Gemälde und Zeich-nungen, einschließlich einiger Federtuscheskizzen, die, hätten die Vereinsmitglieder sie zu sehen bekommen, seinen sofortigen Rauswurf aus dem Verein zur Folge gehabt hätten, davon bin ich überzeugt. Es dauerte nicht lange, da war ich einer seiner hingebungsvollsten Jünger und lauschte, einem

Schuljungen gleich, stundenlang seinen Kunsttheorien und philosophischen Betrachtungen, die verstiegen genug waren, um seine Einweisung ins Irrenhaus von Danvers zu garantieren. Meine Verehrung für ihn und die Tatsache, dass die Menschen immer weniger mit ihm zu tun haben wollten, ließen ihn mir gegenüber sehr vertraulich werden; und eines Abends deutete er an, dass er mir, falls ich einigermaßen verschwiegen und nicht allzu zimperlich sei, vielleicht etwas recht Ungewöhnliches zeigen würde – etwas, das um einiges heftiger sei als alles, was in seinem Atelier hing.

»Weißt du«, sagte er, »es gibt Dinge, die kann man in der Newbury Street nicht zeigen – Dinge, die dort fehl am Platze sind und die man sich dort auch nicht vorstellen kann. Es ist meine Aufgabe, die Untertöne der Seele einzufangen, und die findet man nun einmal nicht in einer spießigen Villengegend. Back Bay ist nicht Boston – es ist bislang noch gar nichts, weil es zu wenig Zeit hatte, Erinnerungen anzuhäufen und geistige Materien anzuziehen. Sollte Back Bay von irgendwelchen Geistern heimgesucht werden, so sind das zahme Gespenster, ausgebrütet in einem Salzsumpf oder in einer seichten Bucht; doch ich will die Geister von Menschen einfangen – die Geister von Wesen, die hoch entwickelt sind, die einen Blick in die Hölle geworfen und die Bedeutung des Geschauten erkannt haben.

North End ist der angemessene Wohnort für einen Künstler. Falls es einer dieser Ästheten ernst meinte, so zöge es ihn in die Elendsviertel, schon alleine wegen der dort angehäuften Überlieferungen. Bei Gott! – erkennst du nicht, dass solche Orte nicht bloß *aufgebaut* wurden, sondern tatsächlich *gewachsen* sind? Generation um Generation lebte und fühlte und starb dort, und das in Zeiten, da die Menschen keine Furcht hatten zu leben, zu fühlen und zu sterben. Weißt du eigentlich, dass es 1632 eine Mühle auf dem Copp's Hill gab und die Hälfte der Straßen dieser Stadt vor 1650 angelegt wurden? Ich kann dir Häuser zeigen, die bereits seit zweieinhalb Jahrhunderten und länger stehen; Häuser, die Dinge sahen, die moderne Häuser zu Staub zerfallen ließen. Was wissen die modernen Menschen schon vom Leben und den dahinterstehenden Mächten? Du nennst die Hexenangst von Salem Aberglauben, aber ich wette, dass meine Urururururgroßmutter dir so einiges hätte erzählen können. Man hängte sie auf dem Gallows Hill, und Cotton Mather sah affektiert dabei zu. Mather, verflucht soll er sein, hatte nur Furcht, es könne jemandem gelingen, sich aus dem Käfig der damaligen Eintönigkeit zu befreien – ich wünschte, jemand hätte ihn mit einem Fluch belegt oder in der Nacht sein Blut ausgesaugt! Ich kann dir ein Haus zeigen, in dem er wohnte, und ich kann dir ein weiteres zeigen, in das er nicht einmal einzutreten wagte, ungeachtet all seiner großmäuligen Sprüche. Er wusste von Dingen, die er sich nicht in seinem idiotischen *Magnalia* oder dem kindischen *Wunder der Unsichtbaren Welt* zu erwähnen traute.

Wusstest du, dass das gesamte North End einst von Tunneln durchzogen war, welche gewissen Leuten dazu dienten, von Haus zu Haus, zum Friedhof und sogar ans Meer zu laufen? Sollten sie doch oben ihre Hexenverfolgung veranstalten – unten gingen jeden Tag Dinge vor, die niemand erahnte, und nachts hörte man Gelächter, aber woher es kam, wusste man nicht!

Mann, ich wette, man findet in acht von zehn erhaltenen Häusern, die in der Zeit vor 1700 erbaut wurden, etwas Merkwürdiges im Keller. Es vergeht kaum ein Monat, ohne dass man etwas über Handwerker liest, die bei Abrissarbeiten in einem solchen alten Haus zugemauerte Bogengänge und Brunnen finden – letztes Jahr konnte man einen solchen in der Nähe der Henchman Street sehen. Dort haben früher Hexen und das, was ihre Zaubersprüche heraufbeschworen, gehaust; Piraten und was sie aus dem Meer mit sich brachten; Schmuggler; Räuber – und ich sage dir, diese Menschen wussten damals noch, wie man lebt und wie man die Grenzen des Lebens erweitert! Es gab mehr als diese Welt, und das konnte ein kühner und weiser Mann auch erleben – pah!

Und schau dir im Vergleich dazu die Menschen von heute an mit ihren blassrosa Hirnen, wo sogar ein Verein sogenannter Künstler Gänsehaut und Krämpfe bekommt, wenn ein Gemälde die Vorstellungskraft eines Teekränzchens in der Beacon Street übersteigt!

Das einzige Tröstende an der Gegenwart ist die Tatsache, dass wir verdammt noch mal zu dumm sind, die Vergangenheit näher zu untersuchen. Was sagen denn Karten und Chroniken und Reiseführer wirklich übers North End aus? Pah! Ich garantiere dir, dass ich dich nördlich der Prince Street durch dreißig oder vierzig Gassen und ihre Verbindungsgänge führen kann, von denen keine zehn lebenden Menschen etwas ahnen, ausgenommen die Ausländer, von denen es dort wimmelt. Doch was wissen die schon von ihrer Bedeutung? Nein, Thurber, diese uralten Orte träumen herrliche Träume von Wundern und Schrecken, sie führen aus dem Gewöhnlichen hinaus, aber keine lebende Seele versteht das oder zieht daraus Gewinn. Oder besser gesagt: Einen solchen Menschen gibt es doch – denn ich habe nicht umsonst in der Vergangenheit herumgewühlt!

Sieh mal, du bist doch an diesen Sachen interessiert. Was wäre, wenn ich dir erzählen würde, dass ich dort ein zweites Atelier eingerichtet habe, wo ich den nächtlichen Geist uralten Grauens einfangen und Dinge malen kann, an die ich in der Newbury Street nicht einmal denken könnte? Natürlich erzähle ich diesen verfluchten alten Jungfern im Verein nichts davon – es reicht mir bereits, dass der verdammte Reid tuschelt, ich sei eine Art Ungeheuer auf dem Weg der umgekehrten Evolution. Ja, Thurber, ich habe schon vor langer Zeit entschieden, dass man das Grauen, ähnlich dem Schönen, nach dem Leben malen muss, und so ging ich an Orten auf Entdeckungsreise, von denen ich annahm, dass dort das Grauen haust.

Ich habe ein Haus gefunden, von dem ich überzeugt bin, dass außer mir keine drei Fremden es je gesehen haben. Es liegt nicht weit von der U-Bahn entfernt, was die räumliche

Distanz betrifft, doch seelisch liegt es Jahrhunderte entfernt. Ich habe es wegen des sonderbaren alten Ziegelbrunnens im Keller gemietet – einer jener Sorte, von der ich dir erzählt habe. Die Bruchbude fällt fast zusammen, deshalb will dort niemand wohnen, und ich zahle sehr wenig dafür. Die Fenster sind mit Brettern vernagelt, doch das ist mir lieb, da ich bei dem, was ich tue, kein Tageslicht gebrauchen kann. Ich male im Keller, wo die Inspiration am stärksten ist, aber ich habe auch andere Zimmer im Erdgeschoss eingerichtet. Das Haus gehört einem Sizilianer, und ich habe es unter dem Namen Peters gemietet.

Wenn du also bereit bist, nehme ich dich heut Abend mit dorthin. Ich glaube, die Bilder würden dir gefallen, denn wie ich schon sagte, ich habe mich dort ein wenig gehen lassen. Es ist kein langer Weg – manchmal lege ich ihn sogar zu Fuß zurück, denn ich will an einem solchen Ort keine Aufmerksamkeit auf mich ziehen, indem ich ein Taxi benutze. Wir können die Bahn von der South Station aus Richtung Battery Street nehmen, und danach ist es nicht mehr weit.«

Nun, Eliot, nach dieser flammenden Rede hielt mich nichts mehr davon ab, ins nächste freie Taxi zu springen, das uns unter die Augen kam. An der South Station stiegen wir in die U-Bahn um, und gegen Mitternacht liefen wir die Stufen der Battery Street hinab und gingen rasch am alten Hafenviertel hinter Constitution Wharf entlang. Ich achtete nicht darauf, durch welche Straßen wir kamen, und ich kann dir nicht sagen, in welche wir schließlich einbogen, aber es war nicht Greenough Lane, das weiß ich.

Wir schritten durch die menschenleere Gasse, die älteste und schmutzigste, die ich mein Lebtag gesehen habe, mit vermodert wirkenden Giebeln, kleinen zerschlagenen Fensterscheiben und uralten Schornsteinen, die sich halb zerfressen vor dem mondhellen Himmel abzeichneten. Ich glaube nicht, dass es dort mehr als drei Häuser gab, die nicht schon zu Cotton Mathers Zeiten gestanden hatten – ich erblickte wenigstens zwei mit merkwürdigen Erkern, und einmal glaubte ich, in einem spitzen Dachumriss den fast vergessenen Vorgänger des Walmdaches zu erkennen, wenngleich Historiker sagen, dass es davon in Boston keine mehr gibt.

Aus dieser trübe beleuchteten Gasse bogen wir nach links in eine ebenso stille und noch engere ohne jedes Licht ein; und binnen einer Minute ging es durch das Dunkel nach rechts. Kurz danach zückte Pickman eine Taschenlampe, und ihr Lichtkegel offenbarte eine furchtbar wurmstichig aussehende getäfelte Tür.

Pickman sperrte auf und geleitete mich in eine kahle Eingangshalle mit Wänden, die einstmals von Paneelen aus prachtvollem dunklen Eichenholz geschmückt gewesen waren, die jetzt verfaulten – auf aufreizende Weise erinnerten sie an die Zeiten der Hexenprozesse von Andros und Phipps. Dann führte er mich durch eine Tür zur Linken, entzündete eine Öllampe und sagte mir, ich solle mich ganz wie zu Hause fühlen.

Nun, Eliot, ich bin das, was man wohl als ziemlich ›abgebrüht‹ bezeichnen würde, doch ich muss bekennen, dass das, was ich an den Wänden jenes Raumes erblickte, mir einen kalten Schauer über den Rücken jagte. Es waren seine Bilder, weißt du – jene, die er in der Newbury Street nicht malen oder hätte zeigen können –, und es war, wie er es gesagt hatte: Er hatte sich in ihnen ›gehen lassen‹. Hier – trink noch etwas – ich jedenfalls brauche jetzt einen Schluck!

Es ist zwecklos, dir die Bilder beschreiben zu wollen, weil der entsetzliche, der gotteslästerliche Horror, diese unglaubliche Widerlichkeit und moralische Fäulnis einfach aus Pinselstrichen rührten, die keine Worte der Welt zu beschreiben vermögen. Er hatte weder die exotische Technik verwendet, die man bei Sidney Sime sieht, noch die transsaturnischen Landschaften und Mondgewächse eines Clark Ashton Smith, die uns das Blut stocken lassen. Als Hintergründe hatte er oft alte Kirchhöfe gewählt, finstre Wälder, Meeresklippen, Ziegelsteintunnel, die uralte Holztäfelung von Sälen oder schlicht die Mauern von Grüften. Der Friedhof von Copp's Hill, der nur ein paar Blocks von seinem Haus entfernt liegen dürfte, war die bevorzugte Kulisse.

Der Wahnsinn und die Ungeheuerlichkeit aber lagen in den Gestalten im Vordergrund – denn Pickmans morbide Kunst zeigte sich in erster Linie in seinen dämonischen Porträts. Diese Gestalten waren meist nicht ganz menschlich, sondern näherten sich dem Menschenstadium in verschiedenen Graden an. Die meisten der Leiber, obwohl irgendwie zweibeinig, neigten sich stark nach vorn und wirkten entfernt hündisch. Die Mehrzahl war von einer unangenehm gummiartigen Beschaffenheit. Ihhh! Ich sehe sie jetzt noch vor mir! Was sie taten – nun, frage mich besser nicht danach. Meistens sah man sie beim Fressen – ich sag lieber nicht, was. Man sah sie in Rudeln auf Friedhöfen oder in unterirdischen Gängen, und häufig schienen sie um ihre Beute zu kämpfen – oder besser gesagt: um ihre Vorräte. Und welch abscheulichen Ausdruck Pickman manchmal den augenlosen Gesichtern dieser Leichenhausmeute verlieh! Gelegentlich zeigte er diese Kreaturen dabei, wie sie des Nachts durch offene Fenster sprangen oder auf der Brust eines Schlafenden kauerten und dessen Kehle würgten. Eine Leinwand stellte einen Kreis von ihnen auf dem Gallows Hill dar, kläffend um eine erhängte Hexe versammelt, deren totes Gesicht den ihren sehr ähnlich sah.

Doch glaube nicht, es wären all diese scheußlichen Motive gewesen, die mich fast um die Besinnung gebracht hätten. Ich bin kein dreijähriger Junge, und ich habe schon zuvor ähnliche Dinge gesehen. Es waren die *Gesichter*, Eliot, diese verfluchten *Gesichter*, die wie lebendig von der Leinwand heruntergrinsten und geiferten! Bei Gott, Mann, ich glaube tatsächlich, dass sie *lebendig* waren! Dieser widerliche Hexenmeister hatte mit seinen Farbpigmenten die Feuersbrünste der Hölle zum Leben erweckt, und sein Pinsel war ein Zauberstab, der Albträume in die Welt setzte. Gib mir noch mal die Karaffe, Eliot!

Ein Gemälde trug den Titel ›Die Lektion‹ – der Himmel erbarme sich meiner, dass ich es jemals gesehen habe! Hör zu – kannst du dir einen Kreis von kauernden, namenlosen, hundeähnlichen Wesen auf einem Friedhof vorstellen, die einem Kind beibringen, sich auf ihre Weise zu ernähren? Das Los eines Wechselbalgs, wie ich vermute – du kennst doch den alten Mythos von den unheimlichen Gestalten, die die Menschenkinder rauben und im Austausch ihre Brut in den Wiegen zurücklassen. Pickman zeigte, was mit diesen geraubten Kindern geschieht – wie sie aufwachsen –, und dann erkannte ich allmählich eine schreckliche Ähnlichkeit zwischen den Gesichtern der menschlichen und der nicht-menschlichen Gestalten. Pickman deutete bei all den morbiden Abstufungen zwischen dem offen Nichtmenschlichen und dem entartet Menschlichen eine sardonische Verwandtschaft und Herkunft an. Die Hundewesen hatten sich aus Sterblichen entwickelt!

Und kaum hatte ich mir die Frage gestellt, was wohl aus ihren eigenen Jungen wurde, die als Wechselbälger bei den Menschen blieben, da streifte mein Blick auch schon ein Gemälde, das eben jenen Gedanken verkörperte. Es stellte eine uralte puritanische Inneneinrichtung dar – ein mit schweren Balken versehener Raum, Gitterfenster, eine Sitzbank und klobiges Mobiliar des 17. Jahrhunderts, auf dem die Familie sich niedergelassen hatte, derweil der Vater aus der Heiligen Schrift vorlas. Aus jedem Gesicht strahlte aufrichtige Frömmigkeit und tiefer Glaube, doch ein Gesicht spiegelte den Hohn der Hölle wider. Es war das Gesicht eines jungen Mannes, zweifelsohne der älteste Sohn jenes frommen Vaters, doch in Wirklichkeit war es ein Verwandter dieser unreinen Wesen. Es war ihr Wechselbalg – und aus einem Anfall von Ironie heraus hatte Pickman ihm seine eigenen Gesichtszüge verliehen.

Pickman hatte inzwischen im angrenzenden Zimmer eine Lampe entzündet, hielt mir nun höflich die Tür auf und fragte mich, ob mir daran gelegen sei, seine ›modernen

Studien‹ zu sehen. Ich war bisher nicht in der Lage gewesen, ihm meine Meinung über seine Bilder mitzuteilen – mir hatte es vor Furcht und Ekel die Sprache verschlagen –, aber ich glaube, er bemerkte es und fühlte sich überaus geehrt.

Ich will dir erneut versichern, Eliot, dass ich kein Muttersöhnchen bin, das sofort zu plärren beginnt, falls etwas nur ein wenig vom Üblichen abweicht. Ich bin mittleren Alters und habe einiges in der Welt gesehen, und ich schätze, du hast mich in Frankreich genügend beobachtet, um zu wissen, dass ich nicht ohne Weiteres die Beherrschung verliere. Bedenke auch, dass ich mich gerade an jene fürchterlichen Gemälde gewöhnt hatte, die aus dem kolonialen Neuengland eine Art Vorzimmer zur Hölle machten. Nun, als ich in den Nebenraum trat, stieß ich einen Schrei aus, und um nicht hinzufallen, musste ich mich am Türrahmen festhalten. Die Bilder in der vorangegangenen Kammer hatten eine Meute von Leichenfressern und Hexen gezeigt, welche die Welt unserer Vorväter heimsuchte, doch diese brachten das Grauen geradewegs in unseren eigenen Alltag!

Großer Gott, wie dieser Mann malen konnte! Eine Studie trug den Titel ›Unfall in der Untergrundbahn‹. Man sah eine Schar der abstoßenden Wesen durch einen Riss im Boden aus einer unbekannten Katakombe heraufkletterten, und auf dem Bahnsteig des U-Bahnhofs in der Boylston Street fielen sie über eine Gruppe von Menschen her. Ein weiteres Bild zeigte sie tanzend zwischen den Gräbern auf dem Copp's Hill, und im Hintergrund erblickte man die Stadt, so wie sie heute aussieht. Dann gab es eine Reihe von Kellereinblicken, in denen Ungeheuer durch Löcher und Spalten im Mauerwerk krochen und grinsten, hinter Fässern oder Heizkesseln kauerten und des erstbesten Opfers harrten, das die Treppe hinabsteigen mochte.

Eines dieser widerlichen Bildnisse schien einen gewaltigen Querschnitt vom Beacon Hill darzustellen, und Armeen der mefitischen Monstren zwängten sich ameisengleich durch Höhlengänge, die den Boden wie Bienenwaben durchzogen.

Ihre Tänze auf den modernen Friedhöfen waren freimütig abgebildet, und ein Entwurf erschütterte mich aus irgendeinem Grunde mehr als die übrigen – eine Szene in einer Gruft, wo Scharen der Bestien sich um einen der ihren sammelten, der einen wohlbekannten Reiseführer von Boston in den Klauen hielt und allem Anschein nach laut daraus vorlas. Alle blickten auf einen bestimmten Gang, und ihre Fratzen schienen von krampfartigem und widerhallendem Gelächter so verzerrt, dass ich das teuflische Echo fast zu hören vermeinte. Der Titel des Gemäldes lautete ›Holmes, Lowell und Longfellow liegen in Mount Auburn begraben‹.

Während ich mich allmählich wieder fasste und an diesen zweiten Raum voll Teufelskunst und Schrecken gewöhnte, überlegte ich, weshalb mich diese Werke derart anekelten. Mir wurde klar, dass sie mich vor allem deshalb so abstießen, weil sie Pickmans Unmenschlichkeit und abgebrühte Grausamkeit offenbarten. Der Kerl musste ein eingeschworener Feind der gesamten Menschheit sein, um solche Freude bei der Marter von Hirn und Fleisch zu empfinden. Die Genialität der Bilder verängstigte mich besonders; sie waren von einer außerordentlichen Kunstfertigkeit – sah man die Bilder, erwachten die Dämonen, und man bekam es mit der Angst. Und das Sonderbare daran war, dass Pickman diese Kraft nicht aus der Verwendung bizarrer Szenerien bezog. Nichts war verschwommen, verzerrt oder abgemildert dargestellt; die Konturen waren scharf und dem Leben nachempfunden und die Details fast schmerzhaft genau wiedergegeben. Und diese Gesichter!

Was ich sah, war weit mehr als die Interpretation eines Künstlers, das war das Pandämonium selbst, kristallklar in nüchterner Objektivität. Das war es, um Himmels willen! Dieser Mann war beileibe kein Fantast oder Romantiker – er versuchte nicht, uns das schäumende, prismatische Flüchtige der Träume zu vermitteln, sondern reflektierte kalt und sardonisch eine authentische Schreckenswelt, die er in ihrer Gesamtheit klar überschaute. Gott weiß, was für eine Welt das sein mag oder wo er je die gotteslästerlichen Gestalten gesehen hatte, die dort hüpften, watschelten und krochen. Was auch immer die rätselhafte Quelle seiner Bilder sein mochte, eines war sicher: Was Absicht und Ausführung betraf, war Pickman in jeder Hinsicht ein durch und durch sorgfältiger und fast wissenschaftlich genauer *Realist.*

Mein Gastgeber führte mich nun hinab in den Keller zu seinem eigentlichen Arbeitsraum, und ich wappnete mich gegen einige höllische Effekte bei den unvollendeten Gemälden. Als wir die unterste Stufe der feuchten Treppe erreicht hatten, richtete er das Licht seiner Taschenlampe in eine Ecke des großen Raumes vor uns und enthüllte einen kreisförmigen Ziegelrand, der anscheinend zu einem großen Brunnen im Erdboden gehörte. Wir schritten näher hin, und ich sah, dass der Brunnen einen Durchmesser von anderthalb Metern besitzen musste, mit einer Mauer von gut dreißig Zentimetern Dicke, die ungefähr fünfzehn Zentimeter aus dem Boden ragte – eine solide Arbeit des 17. Jahrhunderts, wenn ich mich nicht sehr täuschte. Dies, so sagte Pickman, sei das, worüber er gesprochen habe – ein Einstieg in das Geflecht von Tunneln, die früher den Hügel durchzogen hatten. Mir fiel auf, dass die Öffnung des Brunnens nicht zugemauert, sondern nur durch eine schwere Holzscheibe abgedeckt war. Als ich mir die Dinge vorstellte, mit denen dieser Schacht in Verbindung stehen musste, sofern Pickmans ungeheuerliche Andeutungen nicht nur bloßes Gerede waren, erschauderte ich und wandte mich ab, um ihm über eine Stufe und eine enge Tür hindurch in einen recht großen Raum zu folgen, der mit Holzdielen ausgelegt und als Atelier ausgestattet war. Eine Azetylen-Gaslampe lieferte das zur Arbeit notwendige Licht.

Die unfertigen Arbeiten auf den Staffeleien und an den Wänden waren ebenso entsetzlich wie die vollendeten eine Etage höher. Sie zeigten die gewissenhaften Methoden des Künstlers. Die Szenen waren mit äußerster Sorgfalt skizziert, und mit Bleistift gestrichelte Orientierungslinien erzählten von der minutiösen Genauigkeit, die Pickman anwandte, um die richtige Perspektive und die richtigen Proportionen zu erreichen. Der Mann war großartig – das sage ich auch jetzt noch, da ich so vieles mehr weiß. Ein großer Fotoapparat auf einem Tisch erregte meine Aufmerksamkeit. Pickman erklärte mir, er benutze ihn für die Aufnahmen der Hintergründe, sodass er diese anhand von Fotografien im Atelier nachmalen könne, anstatt seine Ausrüstung um dieses oder jenes Ausblicks wegen durch die ganze Stadt zu karren. Er arbeite oft mit Fotografien, dies sei ebenso gut wie eine wirkliche Szene oder ein wirkliches Modell.

Etwas überaus Verstörendes haftete den ekelerregenden Skizzen und halb vollendeten Ungeheuerlichkeiten an, die von den Wänden des Raumes herabgrinsten, und als Pickman plötzlich eine riesige Leinwand enthüllte, konnte ich um nichts in der Welt einen lauten Schrei unterdrücken – den zweiten, den ich in dieser Nacht ausstieß. Er hallte durch die trüben Gewölbe jenes uralten und modrigen Kellers, und ich musste den Drang ersticken, in hysterisches Gelächter auszubrechen. Barmherziger Gott! Eliot, ich weiß nicht, wie viel davon Wirklichkeit und wie viel Fiebertraum war. Mir scheint es undenkbar, dass die Welt einen solchen Anblick für uns bereithalten könnte!

Es war eine riesenhafte und unbeschreibliche Blasphemie, ein Wesen mit funkelnd roten Augen, und in seinen knöchrigen Krallen hielt es etwas, das einst ein Mensch gewesen war, und es nagte an seinem Kopf wie ein Kind an einer Zuckerstange knabbert. Es kauerte sprungbereit da und wirkte, als könne es seine gegenwärtige Beute jeden Augenblick fallen lassen, um sich einen saftigeren Leckerbissen zu suchen. Aber in Dreiteufelsnamen, es war nicht einmal das dämonische Motiv, welches diese Panik verursachte – nicht das Hundegesicht mit den spitzen Ohren, die blutunterlaufenen Augen, die flache Nase oder die geifernden Lefzen. Auch nicht die schuppigen Klauen, noch der von Erde verkrustete Leib oder die halb behuften Füße – nichts davon, obschon der Anblick allein einen weniger beherrschten Menschen in den Wahnsinn getrieben hätte.

Es war seine Technik, Eliot – diese verfluchte, gottlose, widernatürliche Art der Technik! Wirklich, ich habe niemals ein Gemälde gesehen, das wie dieses zu leben und zu atmen schien. Das Ungeheuer war Realität – es starrte und nagte, nagte und starrte. Einzig die Aufhebung der Naturgesetze hätte es ermöglicht, dass ein Mensch ein solches Wesen ohne Modell malte. Niemand vermochte, diese Arbeit zu vollbringen, ohne einen Blick in eine andere Welt zu werfen, ohne seine Seele zu verkaufen.

An einer leeren Ecke der Leinwand war mit einem Reißnagel ein stark verknittertes Papierstück befestigt – vermutlich, so dachte ich, das Foto, anhand dessen Pickman den Hintergrund malen wollte. Ich griff danach und wollte es glatt streichen und mir ansehen, als Pickman plötzlich wie vom Donner gerührt auffuhr. Er hatte mit eigenartiger Anstrengung gehorcht, seitdem mein entsetzter Schrei ungewohnten Widerhall im finstren Keller erzeugt hatte, und nun schien er von Angst erfüllt, die, mit der meinen nicht vergleichbar, eher körperlicher als geistiger Natur war. Er zog einen Revolver und bedeutete mir zu schweigen; dann schritt er in den Hauptkeller und zog die Tür hinter sich zu.

Ich glaube, ich war einen Augenblick lang gelähmt. Ich lauschte nun wie Pickman zuvor, und ich bildete mir ein, irgendwo ein leises Getrippel zu hören, dann ein Quieken und gleich darauf Schläge, aus einer Richtung, die ich nicht bestimmen konnte. Ich dachte an riesige Ratten und erschauderte. Bald darauf war ein dumpfes Klappern zu hören, das mir eine Gänsehaut bereitete – ein verstohlenes, tastendes Klappern, wenngleich ich nicht in Worte zu kleiden vermag, was ich ausdrücken will. Es klang wie schweres Holz, das auf Stein oder Ziegel fällt. Holz auf Ziegel – woran ließ mich das denken?

Das Geräusch erklang abermals, diesmal lauter, als sei das Holz aus größerer Höhe gefallen als zuvor. Darauf folgte ein scharfes, knirschendes Geräusch, ein unverständlicher Aufschrei von Pickman und die ohrenbetäubende Entleerung aller sechs Kammern eines Revolvers, zu Einschüchterungszwecken abgefeuert, so wie ein Löwenbändiger in die Luft schießt. Ich hörte ein gedämpftes Kreischen oder Geifern und einen dumpfen Plumps. Dann weiteres Knirschen von Holz und Ziegeln, eine Pause, und die Tür öffnete sich wieder – wobei ich, wie ich bekennen muss, heftig erschrak. Pickman tauchte wieder auf, seine rauchende Waffe in der Hand, und er fluchte über aufgedunsene Ratten, die den uralten Brunnen heimsuchten.

»Weiß der Teufel, was die fressen, Thurber«, grinste er, »denn diese altertümlichen Tunnel führen zum Friedhof, in die Hexenhöhlen und an die Meeresküste. Aber was es auch sein mag, sie müssen hungern, denn sie waren teuflisch erpicht darauf, herauszukommen. Dein Geschrei hat sie wohl angelockt. An solch alten Orten ist man besser vorsichtig – unsere nagenden Freunde sind hier der einzige Nachteil, obwohl ich manchmal glaube, dass sie sich positiv auf die Atmosphäre und die Farben auswirken.«

Nun, Eliot, dies war das Ende eines nächtlichen Abenteuers. Pickman hatte mir versprochen, mir das Haus zu zeigen, und das hatte er weiß Gott getan. Er führte mich anscheinend auf einem anderen Weg aus dem Alleengewirr hinaus, denn als wir ins Licht einer Laterne traten, befanden wir uns in einer halbwegs vertrauten Straße mit Reihen gedrängter Wohnblöcke und alten Häusern. Es war die Charter Street, wie sich herausstellte, doch war ich zu durcheinander, um darauf zu achten, wo wir uns befanden. Für die U-Bahn war es zu spät, und so gingen wir durch die Hanover Street zu Fuß zurück in die Innenstadt. Ich erinnere mich deutlich an diesen Weg. Wir wechselten von der Tremont in die Beacon, und Pickman verließ mich an der Ecke Joy Street, in die ich einbog. Ich habe seitdem nie wieder mit ihm gesprochen.

Warum ich nichts mehr mit ihm zu tun haben wollte? Sei

nicht so ungeduldig. Warte, ich bestelle Kaffee. Wir hatten jetzt genug von dem anderen Zeug, aber ich brauche noch etwas. Nein – es lag nicht an den Gemälden, die ich an diesem Ort sah; obwohl ich davon überzeugt bin, dass er ihretwegen aus neun von zehn Häusern und Clubs in Boston verbannt worden wäre.

Nun, ich vermute, jetzt fragst du dich nicht mehr, weshalb ich mich von der U-Bahn und von Kellern fernhalte.

Und – ich fand etwas, am nächsten Morgen in der Tasche meines Mantels. Du weißt doch, das zerknitterte Foto, das an jene fürchterliche Leinwand im Keller geheftet war; das Papier, das ich für die Fotografie irgendeiner Landschaft gehalten hatte, die er als Hintergrund für das Bildnis dieses Monstrums verwenden wollte. Als Pickman im Nebenraum verschwand und diese grässlichen Geräusche zu hören waren, wollte ich es gerade glatt streichen, und es scheint, als habe ich es geistesabwesend in meine Tasche gesteckt. Ahh, hier ist der Kaffee – trink ihn schwarz, Eliot, wäre sicher klug.

Ja, dieses Stück Papier ist der Grund, weshalb ich mit Pickman nichts mehr zu schaffen haben möchte; mit Richard Upton Pickman, dem größten Künstler, den ich je gekannt habe – und gleichwohl das verkommenste Subjekt, das jemals über die Grenzen des Lebens in die Abgründe von Mythos und Wahnsinn hinaustrat. Eliot – der alte Reid hatte völlig recht. Pickman war kein Mensch mehr. Entweder wurde er unter sonderbaren Umständen geboren, oder aber er fand einen Weg, um verbotene Pforten zu öffnen. Das ist jetzt alles egal, denn er ist fort – zurückgekehrt in die sagenhafte Finsternis, in der er so gerne umherstreifte.

Und jetzt mach mal das Licht an. Bitte, frag nicht, was ich verbrannt habe. Frage mich auch nicht, was die wirkliche Ursache jenes maulwurfartigen Scharrens war, das Pickman so bemüht auf die Ratten schieben wollte. Es gibt Geheimnisse, weißt du, die noch aus den alten Zeiten Salems stammen, und Cotton Mather berichtet von noch seltsameren Dingen. Du weißt, wie verdammt lebensecht Pickmans

Gemälde waren – dass wir alle uns immer fragten, woher er bloß diese Gesichter nahm.

Nun – jenes Stück Papier war keine Fotografie irgendeines Hintergrundes. Es zeigte schlicht und einfach das ungeheuerliche Wesen, das er auf diese grausige Leinwand gemalt hatte. Es war Pickmans Modell – und im Hintergrund war deutlich die Mauer des Kellerateliers zu sehen. Verstehst du, Eliot – *es war die Fotografie eines lebenden Wesens.*

H. P. Lovecraft

DER SILBERNE SCHLÜSSEL
Fantasygeschichten

Nach der zweibändigen CHRONIK DES CTHULHU-MYTHOS folgen mit DIE LAUERNDE FURCHT und DER SILBERNE SCHLÜSSEL H. P. Lovecrafts restliche Horror- und Fantasygeschichten. Diese vier Bände enthalten das komplette unheimlich-fantastische Werk Lovecrafts (abgesehen von Kooperationen mit anderen Autoren).

INHALT:

H. P. LOVECRAFT

CHRONIK DES CTHULHU-MYTHOS I & II

ISBN Band I: 978-3-86552-144-6
eBook: 978-3-86552-172-9

ISBN Band II: 978-3-86552-145-3
eBook: 978-3-86552-173-6

Diese Chronik in zwei Bänden vereint erstmals die vollständigen Werke Lovecrafts zum Cthulhu-Mythos – neben
allen Kurzgeschichten auch die berühmten Novellen wie
Berge des Wahnsinns, Der Schatten über Innsmouth oder Der
Fall Charles Dexter Ward.